KNAUR

Über die Autorin:
Maja Ilisch, geboren 1975 in Dortmund, arbeitet nach mehreren Stationen in Buchhandel, Verlags- und Bibliothekswesen nun als freie Autorin. Neben dem Schreiben betreibt sie das Fantasy-Autorenforum *Tintenzirkel.* Sie lebt mit ihrem Mann bei Aachen in einem alten Haus, in dem es nur vielleicht spukt.

MAJA ILISCH

Die SPIEGEL von KETTLEWOOD HALL

ROMAN

KNAUR

Besuchen Sie uns im Internet:
www.knaur.de

Wenn Ihnen dieser Roman gefallen hat und Sie auf der Suche sind nach ähnlichen Büchern, schreiben Sie uns unter Angabe des Titels »Die Spiegel von Kettlewood Hall« an: fantasy@droemer-knaur.de

FSC
www.fsc.org
MIX
Papier aus verantwortungsvollen Quellen
FSC® C083411

Originalausgabe April 2018
Knaur Taschenbuch

Ein Imprint der Verlagsgruppe
Droemer Knaur GmbH & Co. KG, München

Dieses Buch wurde vermittelt von der
Literaturagentur erzähl:perspektive, München.
Redaktion: Hannah Brosch
Covergestaltung: Guter Punkt, München
Coverabbildung: © Guter Punkt unter Verwendung
von Motiven von Shutterstock und Thinkstock
Innenteilabbildungen: Olesia Misty / Shutterstock.com
Satz: Adobe InDesign im Verlag
Druck und Bindung: CPI books GmbH, Leck
ISBN 978-3-426-52078-9

2 4 5 3 1

Für meine Eltern,
die mir aus dem Kaninchenbau halfen
und wieder hinein

»Da ist ja ein gewaltiges Schachspiel im Gang – über die ganze Welt – vorausgesetzt, das *ist* überhaupt die Welt. Ach, wie lustig! Wie *wünschte* ich mir, da mitzumachen!«

Lewis Carroll
Alice im Spiegelland

Prolog

Sie sind in jedem Spiegel. Ich kann sie sehen, und, was noch schlimmer ist, sie sehen mich. Ihre Augen folgen mir. Ihr Zorn. Ich ertrage ihre Blicke nicht, und noch weniger meine Schuld. Jede Fensterscheibe bei Nacht, jede Pfütze, sie sind überall. Ich sehe, wie sie nach mir greifen. Sie wollen mich hinüberziehen, zu sich, in das Reich der Verbannten – ich dachte, ich wäre so schlau, ich dachte, ich wäre alldem entflohen, aber hier bin ich, gefangen in meiner Schuld, in meiner Angst, und das, dem ich entkommen wollte, habe ich stattdessen mitgenommen.

Wie sie dort stehen, eng zusammengerückt, Gesicht an Gesicht, Fratze an Fratze, jeder will mich zuerst haben, es ist ein Gedränge, dass ich über alldem mein eigenes Gesicht nicht mehr sehen kann, und das ist gut. Sie können mir in die Augen sehen. Ich selbst kann es nicht mehr. Mein Atem lässt den Spiegel nicht beschlagen, verdeckt nicht die Schatten und Schemen, er geht glatt durch das Glas hindurch, ich könnte ihm folgen, hinabsteigen in ein Reich aus Spiegeln und Schuld.

Sie bekommen mich nicht, so viel steht fest. Nicht, solange in meiner Brust noch ein Herz schlägt. Ich höre sie rufen, durch das Glas hindurch rufen sie mich, verfluchen meinen Namen, verfluchen den Tag, an dem ich zur Herrin wurde über Leben und Tod.

Ich wollte das nicht. Nichts von alledem. Aber es ist zu spät. Ich kann es nicht ungeschehen machen. Ich kann nur weiterleben mit dem, was ich getan habe. Der Herr sei meiner Seele gnädig. Ich habe keine Wahl. Damals nicht, und auch heute nicht. Wenn ich jemals Vergebung finden will in diesem Leben oder dem nächsten, muss ich zurückgehen.

Zurück nach Kettlewood.

1

Es ist seltsam, dass man manchmal seine Träume mehr fürchtet als die Wirklichkeit. Als ich ein kleines Mädchen war, hatte mir die Spinnmaschine zwei Finger abgerissen, und doch stand ich weiter jeden Tag in der Fabrik, folgte dem Tanz der tausend Spulen, zwei Schritte vor, zwei Schritte zurück, viermal in der Minute, und zuckte nur dann mit der Wimper, wenn mir wieder eine der feinen Baumwollfasern ins Auge flog.

Aber meine Träume, die fürchtete ich. Zumindest diesen einen. Ich hatte ihn, seit ich denken konnte, der älteste Traum von allen: Da stand ich vor einem Haus, einem furchterregenden dunklen Bau, schwärzer noch als der Backstein von Warwicks Textilfabrik. Ich kannte den Ort nicht, doch ich fürchtete ihn. Und noch mehr fürchtete ich die beiden Hunde, die aus der offenen Tür angerannt kamen, groß wie Kälber, einer schwarz, einer weiß, und mir den Kopf abbissen.

Ich stand nur da und ließ es geschehen. Wenn sich das riesige Hundemaul um meinen Kopf schloss, wurde ich wach und wagte es nicht mehr, einzuschlafen. Ich fürchtete diesen Traum, und obwohl ich im Leben noch von keinem gebissen worden war, hatte ich Angst vor Hunden.

Es war nur ein Traum, und er kam nur alle paar Wochen. Um Hunde konnte ich einen Bogen machen. In der Fabrik stand ich jeden Tag bis auf sonntags, ich konnte es mir nicht leisten, dabei Angst zu haben.

Manchmal erlaubte ich mir zu tagträumen. Manchmal. Nicht während der Arbeit, da hatte ich auf Zack zu sein, aufzupassen, dass die Spulen nicht aus ihren Halterungen tanzten oder die Fäden rissen. Hinspringen, richten, zurückspringen, und nur ja keinen Fehler machen. Zwei Schritte vor, Pause, zwei Schritte zurück. Wir kannten den Takt der Maschine, atmeten in ihrem Rhythmus, wussten, wann wir hinrennen durften und wann wir uns hüten mussten. Das Wasserrad, das draußen die Maschinen antrieb, lief von früh bis spät, und die Maschine anzuhalten kostete Mr. Warwick bares Geld. Fehler waren teuer und Tagträume tödlich. Ich hatte noch Glück, dass ich nur zwei Finger verloren hatte. Einmal war ein Mädchen umgekippt, vor Hunger oder Erschöpfung, und unter die Maschine geraten – ich wollte lieber glauben, dass sie es überlebt hatte. Auch eine Form von Träumen, vielleicht.

Zum Tagträumen kam ich, wenn ich auf müden Beinen von der Arbeit nach Hause stolperte. Wenn ich Wasser holte und an der Pumpe warten musste, bis ich dran war. Wenn niemand hinsah, wenn ich einen Moment für mich hatte, dann stellte ich mir vor, dass es mir irgendwann gelingen würde, der Fabrik zu entkommen.

Ich war keine Gefangene, niemand kettete mich an, bloß wo hätte ich hingehen sollen? Ich machte mir da wenig vor. Es war ein ziemlich mickriger Traum, zu mehr fehlte mir die Kraft. Unerreichbar erschien mir selbst das. Unsere Leben begannen in der Fabrik und endeten dort, und beides viel zu früh.

Meine Mutter starb, als ich vierzehn war und sie selbst noch keine vierzig. Es war nicht die Schwindsucht, die sie

Blut husten ließ, es war der feine Baumwollstaub, er war in unseren Augen und unseren Haaren und unseren Mündern und Nasen. Hätte man mich in die Spinnmaschine eingespannt, man hätte mir einen Faden aus dem Rachen ziehen können, lang genug für drei Spulen.

Vierzehn Jahre alt und meine Mutter gerade unter der Erde: Wenigstens musste ich mich nicht fragen, was nun aus mir werden sollte. Ich war in der Fabrik, und ich würde in der Fabrik bleiben, bis ich irgendwann gar keine Finger mehr hatte oder ganz unter die Maschine geriet oder selbst Blut zu spucken begann. Außerdem hatte ich immer noch meine Großmutter. Am Hals.

»Du undankbares, faules Stück!«, fuhr sie mich an, ohne bestimmten Anlass. »Wärst du nur nie geboren!«

Ich blickte zu Boden und schwieg. Es war eine himmelschreiende Ungerechtigkeit, dass meine Mutter, die ich lieb gehabt hatte wie nur etwas, so früh hatte sterben müssen, während meine Großmutter ein abscheuliches Weib war, dem die Jahre nichts anhaben konnten. Natürlich, meine Großmutter hatte keinen Tag ihres Lebens in der Fabrik stehen müssen, sie war zu uns gekommen, als ihr Mann starb und sie ihren Hof aufgeben musste, damit wir sie durchfütterten und sie uns das Leben schwer machen konnte. Zu meiner Mutter war sie nicht ganz so garstig, das war immerhin ihre Tochter, aber dafür bekam ich es ab, und als meine Mutter tot war erst recht.

»Es ist doch nur deine Schuld!«, fauchte sie mich an. »Wenn du nicht wärst, hätte sie ihre Stellung behalten können und nicht sterben müssen …« Sie ohrfeigte mich, doch es waren die Worte, die mehr wehtaten. Ich versuchte, ihr zu vergeben, entschuldigte sie damit, dass die Trauer aus ihr sprach, dass sie schließlich gerade ihre einzige Tochter begraben hatte. Aber die Wahrheit war, sie konnte mich einfach nicht ausstehen.

Dass ich auch noch das Bett mit ihr teilen musste, machte es nicht besser. Seit meine Mutter nicht mehr zwischen uns schlief, fühlte ich, wie die Kälte meiner Großmutter nachts zu mir herübergekrochen kam, selbst wenn ich stocksteif lag. Zu gern hätte ich gefragt, ob wir vielleicht tauschen könnten, vorgeschlagen, dass meine Großmutter sich das Bett mit Mrs. Randall teilen sollte und ich mit deren Tochter Annie, die immerhin so was wie meine beste Freundin war; ich hätte auch mit Mrs. Randall selbst vorliebgenommen, doch ich hütete meine Zunge und schluckte den Zorn hinunter, wie immer.

»Und wegen der Miete? Da hast du auch noch keinen Finger gerührt, was?«

Ich seufzte und nickte. Es stimmte, ich konnte nicht allein unseren Anteil am Zimmer aufbringen. Wir mussten eine weitere Frau aufnehmen, um über die Runden zu kommen, und die hatte natürlich Anrecht auf ein halbes Bett. Selbst wenn ich dann auf dem Fußboden schlafen musste, war mir das lieber, als neben meiner Großmutter zu liegen. »Ich kümmere mich drum«, flüsterte ich. Ich war nicht versessen darauf. Mit Mr. Ainley reden wegen des Zimmers, mit Mr. Daniels wegen meiner Arbeit: Ich wusste, alles, was jetzt schon schlimm war, würde noch viel schlimmer werden.

Vor allem der Hass meiner Großmutter. »Es ist ein Unrecht, dass du lebst!«, spie sie mir immer wieder entgegen. »So viele Kinder kommen nicht übers erste Jahr, und du, die keiner gewollt hat und die ihre Mutter ins Unglück gestürzt hat, wirst mit jedem Jahr größer und fetter –«

Ich wusste nicht, wo sie das Fett an mir sehen wollte. Ich

war schmal und drahtig, wie alle Mädchen in Warwicks Textilfabrik. Ich hatte ein hartes, kantiges Gesicht, das mich älter aussehen ließ, als ich war, so wie alles an mir hart und kantig war, jeder Muskel in meinem Körper, meine Beine, auf denen ich zwölf Stunden am Stück vor der Maschine stehen konnte, wenn die Kontrolleure nicht da waren. Wir wussten immer, wann sie kamen, und was wir zu sagen hatten, wenn sie uns fragten. Ich hatte gelernt, wie aus der Pistole geschossen zu antworten: »Ich bin elf Jahre alt«, sodass ich das selbst dann noch behauptete, als ich längst zwölf war.

Sie meinten es ja gut, wenn sie sagten, dass Kinder nur acht Stunden am Tag arbeiten durften. Bloß, dann wurden wir auch nur für acht Stunden bezahlt, und niemand von uns stand zum Vergnügen in der Fabrik. Es war schlimm genug, dass ich auch noch zur Schule gehen musste – zwei weitere Stunden am Tag, während derer ich nicht arbeiten durfte und für die mir auch noch Geld abgezogen wurde. So schön es auch war, einen Ort zu haben, wo ich in Ruhe sitzen konnte, das Geld reichte hinten und vorne nicht.

Anderen Familien ging es besser, die hatten noch einen Vater, und Männer verdienten mehr, das Stahlwerk zahlte ganz anständig, hatte ich mir sagen lassen. Die hatten ein Zimmer für sich allein oder sogar eins von den kleinen Häusern die Straße runter. Allerdings hatten die meistens auch mehr Kinder. Und ich war froh, dass es Annie gab – wir zwei Kinder der Sünde, die nur deswegen auf der Welt waren, weil der liebe Gott unsere Mütter für ihre Vergehen bestrafen wollte.

Annie Randall hatte es schlimmer getroffen als mich. Ich war einfach ein Mädchen ohne Vater, Mrs. Randall hingegen hatte so schwer gefehlt, dass sie eine schreckliche Krankheit davongetragen hatte und die arme Annie ohne Augenlicht geboren worden war. Ich konnte immerhin noch arbeiten und mir so mein Anrecht auf Leben zurückverdienen, doch Annie war wirklich zu nichts zu gebrauchen. Man hatte versucht, ihr Arbeit zu geben, sie Garnspulen nach Größe sortieren lassen, dafür musste man nicht sehen können, nur konnte sie nicht einmal das oder wollte es nicht, sie war ein faules kleines Ding. Dennoch war sie meine Freundin, solange sie nicht versuchte, sich mir gegenüber so blöd zu stellen, wie sie es bei anderen tat. Ich war nett zu ihr, schon allein weil ich sie gernhatte, und ich musste wiedergutmachen, dass meine Großmutter auch Annie schalt und schlug und schikanierte. Vor allem, da Mrs. Randall mich niemals schlug, höchstens einmal anschrie.

Annie war es dann auch, die mich tröstete, als ich wirklich nicht mehr wusste, wohin mit mir und meiner Trauer und meinem Zorn. Ich hockte schluchzend, aber nur ganz leise, in der Ecke hinter dem Ofen. Sie kroch zu mir, obwohl die Nische schon längst zu klein für uns war, und auch wenn Annie drei Jahre jünger war als ich, legte sie den Arm um mich und flüsterte: »Weinst du wegen deiner Mutter?«

Ich zog die Nase hoch. »Tu nicht so doof! Natürlich!«

Annie lachte leise, so wie sie das manchmal machte, im völlig falschen Moment. »Hätte ja auch sein können, dass du wegen deiner Großmutter weinst«, sagte sie.

»Wegen beiden«, murmelte ich. »Weil die eine tot ist ...« Und die andere lebt. Ich sprach es nicht aus. Aber wenn ich ehrlich zu mir war, sehnte ich den Tod meiner Großmutter herbei, genau wie sie mir meinen wünschte. Über der Erkenntnis erschrak ich so sehr, dass ich glatt zu weinen aufhörte.

»Ich mochte deine Mutter«, sagte Annie. »Sie war was Besonderes.« Sie sagte das in einem seltsamen Ton, und ich konnte nicht einordnen, wie sie es meinte – meine Mutter war ein guter Mensch gewesen, aber auch nur eine gewöhnliche Fabrikarbeiterin, und obwohl ich viele Worte für sie gehabt hätte, wäre ›besonders‹ nicht darunter gewesen. Trotzdem, ich nickte. Irgendwie hatte Annie recht.

»Was machst du jetzt?«, fragte sie weiter.

»Montag versuche ich, mit Mr. Daniels zu reden. Ich bin alt genug, um wie eine Erwachsene zu arbeiten, wenn er mich lässt. Ich weiß, das ist nicht erlaubt, er muss mich nur unter dem Namen meiner Mutter weiterarbeiten lassen …« Ich merkte, wie mir wieder die Tränen kamen.

»Aber dann kannst du nicht mehr in die Schule!«

Annie war so ziemlich der einzige Mensch, der glücklich darüber war, dass ich zur Schule ging. Noch lieber wäre sie selbst gegangen, und ich hätte zu gern mit ihr getauscht, bloß was hätte es ihr gebracht? Vermutlich nichts als Enttäuschung, und das nicht nur, weil sie blind war. Sie glaubte, dass ich dort großartige Dinge lernte, und ich traute mich nicht, ihr zu sagen, dass ich die zwei Stunden damit verbrachte, zu stricken und in der Bibel zu lesen, wenn ich denn überhaupt etwas mitbekam vom Unterricht – oft war ich zu müde, um mich zu konzentrieren. Wenn ich nach Hause kam und Annie mich ausfragte, dann erfand ich Sachen für sie. Fremde Länder, große Schlachten: Ich wusste, lügen war eine Sünde, aber ich hatte nur wenig schlechtes Gewissen dabei. Annie würde nie herausfinden, dass das alles nicht stimmte.

»Ist sowieso mein letztes Jahr«, antwortete ich. »Auf die paar Monate kommt es nicht an. Ich muss einfach Geld verdienen.« Ich versuchte, das nicht zu vorwurfsvoll zu sagen.

Wenn Mrs. Randall damit einverstanden war, dass Annie nicht arbeitete, war es nicht an mir, über sie zu richten.

»Und ich hatte gedacht, du willst vielleicht weglaufen«, sagte Annie und klang regelrecht hoffnungsvoll dabei. »Du hast mir so viel von der Welt erzählt, willst du dann nichts erleben? Nach Amerika fahren oder Fatalien?«

Ich verzog das Gesicht, froh, dass sie es nicht sehen konnte. »Wo soll ich denn hin? Ich bin ein Mädchen, ich habe kein Geld …« Es war egal, dass es Fatalien nicht gab. Amerika existierte für mich genauso wenig. Natürlich, wegrennen konnte auch nicht schlimmer sein als bleiben, trotzdem wollte ich nicht auf der Straße enden, und ich konnte doch nichts, außer in der Fabrik stehen.

»Ich würde weglaufen, wenn ich könnte«, sagte Annie. »Bloß, ich kann nicht. Der einzige Ort, wo ich hinkann, ist mein eigener Kopf. Also gehe ich dahin. Du dagegen …«

Ich seufzte nur und schwieg. Am liebsten hätte ich Annie gesagt, dass sie recht hatte. Ich wusste nicht, was mich draußen erwartete, und in der Fabrik war ich sicher und versorgt – eine trügerische Sicherheit, in der man seine Finger verlor und starb, bevor auch nur die eigenen Kinder erwachsen waren.

Annie, die nicht verstand, warum ich zögerte, rückte noch etwas näher an mich heran. »Ich will, dass du wegläufst«, flüsterte sie. »Wenn du wegläufst, kann ich mir vorstellen, was du gerade für Abenteuer erlebst. Gott ist bei dir, wo immer du bist. Er hat dich lieb, sonst wärst du nicht hier.«

»Danke«, sagte ich. Es tat gut, daran erinnert zu werden. Ich tat mir allzu sehr selbst leid und dachte, Gott hätte mich vergessen oder verlassen, dass er mich bestrafte, doch Annie wusste es besser, vielleicht, weil sie den ganzen Tag betete.

Gott strafte uns nicht, solange wir ihm keinen Grund dazu gaben, er prüfte uns nur. Gott verlangte auch Gehorsam – nur hieß das, dass ich wirklich jedem zu gehorchen hatte?

»Wenn du wegläufst«, sagte Annie, »dann darfst du meinen Schatz haben.«

»Was für einen Schatz?«, fragte ich vorsichtig. Wenn Annie wieder etwas geklaut hatte – das tat sie manchmal, aller Frömmigkeit zum Trotz, sie konnte die Schuld ja hinterher wegbeten, und falls sie erwischt wurde, tat sie so, als hätte sie in ihrer Blindheit nicht wissen können, dass das jemand anderem gehörte –, wollte ich damit nichts zu tun haben. Ich hatte nicht so viel Zeit zum Beten wie sie. Mich würde Gott bestrafen. Und als Annie dann tatsächlich versuchte, mir eine Perlenkette in die Hände zu drücken, mit einem kleinen Kreuzanhänger, stieß ich sie weg. »Nein! Das will ich nicht!«

»Schscht!«, machte Annie. »Du weißt nicht, was das ist. Das hat mir Mrs. O'Leary gegeben, als Mutter mich betteln geschickt hat.« Mrs. Randalls Versuche, Annie um Geld betteln zu lassen, waren nie von Erfolg gekrönt – zum einen, weil Annie es schaffte, sich selbst zum Betteln zu blöd zu stellen, und zum anderen, weil hier weit und breit niemand lebte, der etwas abzugeben hatte. Annie durfte sich nicht zu weit vom Fabrikgelände und den Mietshäusern entfernen, weil sie sonst niemals zurückgefunden hätte, und so hatte es mit der Bettelei bald ein Ende gehabt. Dass ausgerechnet Mrs. O'Leary, die drei Türen den Flur hoch wohnte, eine Perlenkette zu verschenken hatte, konnte und wollte ich nicht glauben.

»Du lügst doch!«, rief ich. »Du hast die Kette gestohlen!« Doch so entrüstet ich auch sein mochte, irgendwo in mir war eine kleine Stimme, die meinte, dass so eine Kette bestimmt viel wert war und ich damit in die Welt hinauskommen konnte, um irgendwo mein Glück zu machen. So gab ich mich noch entrüsteter, um das auszugleichen.

Annie lachte nur. »Das ist doch keine Kette!«, rief sie. »Das ist ein Rosenkranz, die Katholiken brauchen das zum Beten.«

»Wir sind nicht katholisch!« Die Vorstellung erschien mir schlimmer als klauen und lügen gleichzeitig.

»Wir nicht«, antwortete Annie. »Aber wer weiß, vielleicht Gott? Ich will ganz sicher sein, ich bete immer für beide. Mrs. O'Leary hat mir gezeigt, wie es geht, ich darf mich nur nicht erwischen lassen.« Sie klang so ernst, dass ich einen Moment lang fast glaubte, sie könnte recht haben. »Das ist mein größter Schatz«, sagte sie. Ich wusste, es war auch ihr einziger. »Du darfst ihn haben. Damit Gott doppelt auf dich aufpassen kann.«

»Das … das ist …«, murmelte ich, auf der einen Seite sprachlos vor Dankbarkeit, auf der anderen unsicher, wie ich ein Geschenk ablehnen sollte, das ich wirklich nicht haben wollte. »Du bist so lieb«, sagte ich. Und in dem Augenblick begriff ich, dass ich selbst einen Schatz hatte, viel größer als alles, was Annie in ihrem Leben besitzen würde, einen Schatz, mächtig genug, um mich hier rauszuholen. Annie hatte einen Rosenkranz. Ich hatte das schwarze Pferd.

Das schwarze Pferd war nicht mein eigener Schatz. Es gehörte meiner Mutter. Nur, sie war tot, und niemand außer mir wusste überhaupt davon oder hätte etwas damit anfangen können. Meine Großmutter jedenfalls nicht. Und es war eine tröstliche Vorstellung, dass meine Mutter mir zumindest irgendetwas hinterlassen hatte.

Es war viele Jahre her, dass ich es in ihren Sachen gefunden und damit gespielt hatte, bis sie von der Arbeit kam, mich erwischte und ausschimpfte – und das so richtig. Wie alt war ich damals gewesen? Sechs Jahre vielleicht, aber vergessen hatte ich die Geschichte nie. Das Pferd war wunderschön, kein Spielzeug, nicht einfach aus Holz geschnitzt, sondern so schwer, als ob es aus Stein wäre, ein schwarzes steigendes Pferd, viel zu schade zum Verstecken.

Ich weiß noch, wie meine Mutter dazukam, als ich gerade meine Puppe durch unser Zimmer galoppieren ließ. Ich dachte, meine Mutter würde mich loben, weil ich brav im Haus geblieben war, anstatt draußen mit den anderen Kindern zu spielen, was ich nicht sollte, wenn es regnete. Doch sie freute sich nicht. Sie blieb in der Tür stehen wie erstarrt. »Iris, was um Himmels willen machst du da?«

Ich verstand, dass etwas nicht stimmte, trotzdem strahlte ich meine Mutter an. »Fanny ist jetzt ein Soldat!«, sagte ich stolz. »Sie reitet in den Krieg.« Tatsächlich ritt meine Puppe nur mit sehr viel Wohlwollen und Festhalten, sie war zu klein für das große Pferd und konnte auch nicht darauf sitzen. Meine Mutter hatte sie aus einer Wäscheklammer gebastelt, aber da es meine Puppe war, war es an mir, zu entscheiden, was Fanny konnte und was nicht. Auch wenn ich wusste, dass Mädchen nicht in den Krieg zogen, war sie jetzt ein Soldat. »Gib das sofort her!« Schon war meine Mutter bei mir, ohrfeigte mich und nahm mir das schwarze Pferd weg, und um sicherzugehen, dass ich es nie wieder auch nur anfassen würde, bekam ich später noch eine solche Tracht Prügel, dass ich mich den ganzen Tag nicht mehr zu sitzen traute. »Wo hast du das gefunden? Du hast deine Puppe zum Spielen, lass die Finger von Dingen, die dir nicht gehören!«

Ich versuchte ihr zu erklären, dass ich an der Kommode gewesen war, weil ich ein Stück Stoff als Umhang gesucht hatte, um zu spielen, dass Fanny die Königin war. Natürlich hatte ich mir denken können, dass etwas, das ganz unten in der Kommode steckte und in mehrere Wollsocken eingewickelt war, nicht für mich bestimmt war. Und eine Entschuldigung wollte meine Mutter auch gar nicht hören. Ich schwor ihr hoch und heilig, in Zukunft nicht mehr an ihre Sachen zu gehen, doch selbst das glaubte sie mir nicht. Sie warf das schwarze Pferd in den Ofen, der an diesem Tag, es war kalt draußen, tatsächlich einmal brannte. Ich habe nie vergessen, wie bitterlich ich weinte, als die Flammen meinen Schatz fraßen …

Vielleicht erinnerte ich mich auch falsch, denn am anderen Tag fand ich die Figur auf dem Fensterbrett, unversehrt, noch nicht mal ein bisschen angesengt. Ich strich sachte über die Kruppe, froh, dass meine Mutter es sich offenbar anders überlegt hatte. Es wäre auch zu schrecklich gewesen, so einen Schatz zu zerstören. Doch am Abend bekam ich den nächsten Satz Prügel.

»Ich habe es dir verboten!«, schrie meine Mutter, völlig außer sich. »Und an den Ofen zu gehen – du weißt, dass du das nicht darfst!«

Ich heulte vor Schmerzen und wegen ihrer Ungerechtigkeit. Vor dem Ofen hatte ich einen Heidenrespekt, so wie vor allem Feuer, und ich hatte doch nichts getan! »Ich war da nicht dran!«, brachte ich hervor, während mir Rotz und Wasser über das Gesicht liefen. »Ich dachte, du hättest …«

Meine Mutter wurde bleich. »Du warst nicht am Ofen?«, fragte sie tonlos. »Und wo hast du es dann her?«

»Ich weiß es nicht«, schluchzte ich. »Es war einfach da. Auf dem Fensterbrett.«

Sie glaubte mir. Ich weiß nicht, warum, aber sie glaubte mir. »Versprich mir, dass du das nie wieder tust«, flüsterte sie.

Ich versprach es ihr, so wie ich es schon am Tag davor geschworen hatte. Natürlich hielt ich mich nicht daran, aber ich passte auf. Manchmal, wenn meine Mutter in der Arbeit war und Mrs. Carr und ihre Mutter, mit denen wir uns damals das Zimmer teilten, auch nicht da waren, holte ich heimlich das Pferd aus der Kommode, bewunderte es, fuhr mit dem Finger andächtig über den glatten, schwarzen Stein, dass ich ein echtes Pferd nicht liebevoller hätte anfassen können, wickelte es dann behutsam wieder ein und legte es an seinen Platz zurück. Als ich selbst groß genug war, um zu arbeiten, und zu alt, um mit Puppen zu spielen, hatte ich das schwarze Pferd lang vergessen. Aber jetzt kam es mir wieder in den Sinn.

Meine Mutter hatte über das schwarze Pferd kein Wort mehr verloren, doch wenn sie es verkauft hätte, hätte ich es sicher mitbekommen. Und meine Großmutter konnte auch nichts davon wissen, sonst hätte sie meine Mutter beschuldigt, das Pferd gestohlen zu haben, oder darauf bestanden, es zu Geld zu machen. Das hieß, es musste noch da sein. Nur wo?

Es steckte nicht mehr in der Kommode, aber das hatte ich auch nicht erwartet. Meine Großmutter kümmerte sich um unsere Wäsche, und zwischen den Strümpfen hätte sie das Pferd sicher gefunden. Ansonsten gab es in unserem Zimmer nicht viele mögliche Verstecke und noch weniger Orte, wo es vor Annie sicher gewesen wäre. So gern sie mir bestimmt suchen geholfen hätte, froh um jedes bisschen Abwechslung in ihrem kargen Leben, wollte ich die Gelegenheiten abpassen, in denen ich das Zimmer für mich allein hatte. Das schwarze Pferd war der größte Schatz meiner Mutter gewesen. Vor allem aber war es ein Geheimnis.

Vielleicht war das der Grund, warum ich sie nie danach gefragt hatte. Nicht, weil es mir an Neugier gefehlt hätte, sondern weil ich fürchtete, dass es eine ganz simple, alltägliche Erklärung gab, die nicht halb so viel wert war wie das Geheimnis an sich. Die Vorstellung, dass eine Fabrikarbeiterin ein eigenes Geheimnis haben konnte, war ebenso tröstlich wie die Vorstellung, selbst einmal keine mehr sein zu müssen.

Wo hatte meine Mutter das Pferd versteckt? Das Zimmer, in dem sich außerhalb der Fabrik unser ganzes Leben abspielte, war eng. Da standen die beiden Betten und der Ofen, auf dem meine Großmutter für uns und Mrs. Randall sich und Annie das Essen kochte, was immer für Streit sorgte, wer wann an der Reihe war.

Wir teilten uns auch die Kommode, in der unsere Wäsche war, eine Schublade für uns und eine für die Randalls, und die Waschschüssel teilten wir uns ebenso. Wir teilten uns sogar den Eimer für die Nachttöpfe … Je länger ich darüber nachdachte, desto weniger fiel mir ein, wo meine Mutter etwas hätte verstecken können, ohne dass jemand anderes darüberstolperte.

Ich suchte nachts, wenn alles schlief, in der Kommode und unter den Betten, ich klopfte gegen das Ofenrohr, ob es irgendwo dumpf klang, und nahm mir auch die eine Stelle vor, an der die Bodendiele auf diese bestimmte Weise knarzte, um zu schauen, ob das Brett vielleicht lose war. Nirgends wurde ich fündig. Aber es war seltsam: Je öfter und vergeblicher ich suchte, desto größer wurde der Schatz in meiner Vorstellung, und desto mehr wuchs meine Hoffnung. Das schwarze Pferd machte es mir nicht einfach, und das war gut so.

Nur kam irgendwann der Moment, in dem ich nicht mehr wusste, wo ich noch suchen sollte. Selbst in der Schublade der Randalls hatte ich gewühlt, heimlich und mit schlechtem Gewissen, die Matratzen gewendet, so gut das ging, wenn ich immer nur wenige Minuten Zeit hatte. Langsam dämmerte mir, dass ich mich sehr wahrscheinlich irrte. Dass meine Mutter die Figur wohl doch längst verkauft hatte.

Trotzdem nutzte ich weiterhin jede Gelegenheit, die sich mir bot. Ich rannte von der Arbeit nach Hause, um vor der Schule noch einmal suchen zu können. Es war Waschtag, das hieß, Annie, Mrs. Randall und meine Großmutter waren fort, niemand da, der mich stören konnte, bis ich in fünf Minuten wieder losmusste, um pünktlich zum Unterricht zu erscheinen. Ich zog die Tür hinter mir zu, und vor Erschöpfung klappten mir die Beine weg.

Ich hätte etwas essen oder einen Schluck Wasser trinken sollen. Stattdessen lag ich bäuchlings auf dem Boden, drückte das Kinn gegen die Dielen und gab dem Zimmer von da unten eine letzte Chance, mir zu verraten, wo mein Schatz war. Ich konnte unter die Kommode spähen, wo sich der Staub sammelte, weil kein Besen dort richtig hinkam. Ich sah den Spalt unter der Tür – und ich sah die Fußleiste einen Schatten werfen, in der Ecke beim Fenster.

Vergessen war die Erschöpfung. Auf Händen und Knien krabbelte ich hin, rechnete mit der nächsten Enttäuschung, sicher wieder nur ein Mauseloch, das mir vorher nicht aufgefallen war. Aber es war mehr als das. Ein Loch, gerade groß genug, um zwei Finger hineinzuschieben, und darin stieß ich gegen etwas Festes, das sich hin und her schieben ließ. Tote Maus? Das hätte ich gerochen. Und die blieben auch nicht lange fest. Mit vor Aufregung zitternden Fingern rüttelte ich vorsichtig an der Fußleiste. Sie war lose, ließ sich von der Wand wegbiegen, gerade weit genug, dass man mit der Hand dahinterkam.

In der Aushöhlung steckte etwas. Ein Bündel, in eine ziemlich schmutzige Socke eingeschlagen, außen weich von Wolle und darunter hart wie Stein. Mir stockte der Atem. Ich wusste sofort, was das war. Mein schwarzes Pferd. Fast traute ich mich nicht, nachzuschauen. Einen langen, bangen Moment überlegte ich, ob der Traum nicht viel mehr wert war, ob ich ihn nicht zerstörte, wenn ich ihn in die Wirklichkeit holte. Dann schüttelte ich den Kopf, lachte mich selbst aus und riss mit kühner Entschlossenheit die Socke von der Figur.

Es war ein schwarzes Pferd. Doch bis auf diese Tatsache hatte es nur wenig mit dem aus meiner Erinnerung gemein. Es war weniger prachtvoll, als ich erwartet hatte, wirkte grobbehauen im Vergleich zu dem Bild hinter meiner Stirn, wo es ganz wie ein echtes Pferd aussah, detailgetreu nachgebildet bis in die Spitzen der Mähne. Tatsächlich war es nicht einmal wirklich schwarz, sondern eher bräunlich, und an manchen Stellen schimmerte der helle Untergrund durch, als wäre es nur angemalt. Es bestand auch nicht aus Stein, sondern aus einem leichteren Material – kein Holz, so viel erkannte ich, darüber hinaus hatte ich keine Ahnung. Und obwohl in meiner Erinnerung nur meine Puppe darauf geritten war, trug das Pferd bereits einen Reiter, eine gebeugte Gestalt mit einem Hut, der viel von einem Topfdeckel hatte.

Ich war enttäuscht. Das sollte das Pferd aus meiner Erinnerung sein? Der Schatz aus schwarzem Marmor, der ein Vermögen wert sein musste? Jetzt verstand ich, warum meine Mutter selbst in unseren schlechtesten Zeiten nicht versucht hatte, das Pferd zu Geld zu machen. Ich hätte keinen

Viertelpenny dafür bezahlt. Warum meine Mutter das alte Ding aufgehoben hatte …

Am liebsten hätte ich es in sein Loch zurückgestopft und nie mehr einen Gedanken daran verschwendet, aber nach der langen Suche konnte ich es nicht einfach wieder wegpacken. Zu irgendwas würde es schon gut sein. Jetzt hatte ich keine Zeit mehr, darüber nachzudenken. Der Lehrer wartete nicht auf mich, außer mit dem Rohrstock. Schnell wickelte ich das Pferd zurück in die Socke und stopfte es in den Korb mit meinem verhassten Strickzeug, den ich in der Schule häufiger brauchte als jedes Buch. Und als ich dann losrannte und das ungewohnte Gewicht zwischen den Wollknäueln an meinem Arm zog, konnte ich fast wieder glauben, dass ich einen echten Schatz mit mir herumschleppte.

In der Schule fiel es mir schwerer als sonst, dem Unterricht zu folgen. Ich war schon unter normalen Umständen keine gute Schülerin, was zum einen daran lag, dass ich oft noch völlig erschöpft von der Arbeit war und mein Körper dachte, die Tatsache, dass ich sitzen durfte, wäre eine Einladung, zu schlafen. Zum anderen bestand der Unterricht immer nur aus drei Dingen: erstens Bibellektüre, bei der eine Schülerin nach der anderen aufstehen und einen Vers vorlesen musste, ehe sie sich, wenn sie es mit Ach und Krach bis zum letzten Buchstaben geschafft hatte, wieder setzen und hoffen durfte, die Nächste würde noch mehr Fehler machen.

Zweitens Moral, weil wir Mädchen bei der Arbeit und daheim allen erdenklichen Verwerflichkeiten ausgesetzt waren. Keine von uns sollte enden wie die unselige Mrs. Randall, die für ihre Ausschweifungen von ihrem Ehemann verstoßen und von Gott mit einer Krankheit und einem blinden Kind gestraft worden war. Da halfen ihr auch die Beteuerungen wenig, die Krankheit überhaupt erst von ihrem Mann bekommen zu haben – sie war eine lockere Person und musste selbst sehen, was sie davon hatte. Ein paar Türen weiter lebte eine noch verwerflichere Frau, die sich heimlich mit Männern traf, und auch die würde ihren Lohn dafür noch empfangen. Nur, was ausgerechnet unser Lehrer tun sollte, um uns vor solchen Einflüssen zu schützen, das wollte uns nicht in den Kopf. Wir lernten, dass Männer ein schlechter Umgang für uns waren, von einem Lehrer, der selbst ein Mann war. Versteh mal einer die Schule.

Das dritte und schlimmste von allem waren Handarbeiten, und sie machten den Großteil des Unterrichts aus. Ich glaubte nicht, dass Mr. Whitham, unser Lehrer, auch nur die leiseste Ahnung vom Stricken oder Sticken hatte. Wir wussten schon, was wir taten, aber wenn wir nacheinander nach vorne kamen und ihm unsere Arbeiten zeigten, bohrte er mit seinen vom Tabak gelben Fingern darin herum, suchte vergessene Maschen und Schlamperei, hieß uns auftrennen und neu anfangen, selbst wenn es überhaupt keine Fehler gab, bloß weil er der Lehrer war.

Er war nicht so streng wie sein Vorgänger, was den Rohrstock anging. Oft saß er auch nur da, rauchte, versteckte sich hinter seiner Zeitung und dachte wohl, wir merkten nicht, dass er zu verkatert war, um die Augen offen zu halten. Wenn wir dabei mucksmäuschenstill blieben, konnten wir tun und lassen, was wir wollten – schlafen, zum Beispiel. Vielleicht hatte Mr. Whitham sich unter unserer Schule etwas anderes vorgestellt. Als er neu war – kaum ein Lehrer blieb lange bei uns –, hatte er noch mit funkelnden Augen vor uns gestanden und gefragt, was wir im letzten Jahr gelernt hatten. Als wir nur Bibelverse aufsagen konnten, wurde sein Gesicht länger und länger.

Ich konnte es ihm nicht verdenken. Bei der Aussicht, dass wir eine Schule bekommen sollten und jeden Tag zwei Stunden lang unterrichtet werden, statt an den Maschinen zu stehen, hatte ich mich auch erst einmal furchtbar gefreut. Lesen und Schreiben zu lernen, eine völlig neue Herausforderung, hatte mir Spaß gemacht. Ich ahnte, dass ich die Buchstaben für so viel mehr hätte brauchen können, aber ob es nun an unserer Armut lag oder daran, dass wir Mädchen waren, es gab einfach nichts anderes, das man uns lernen ließ.

Und Handarbeiten, ausgerechnet! Sticken ging ja noch, das bekam ich hin, auch wenn ich Buchstaben lieber mit dem Griffel malte als mit Nadel und Faden. Aber beim Stricken fehlten mir diese zwei Finger wirklich. Ich konnte kaum die Nadeln halten. Meine rechte Hand war so verkrüppelt, dass sie wie eine Vogelkralle aussah, und beim Stricken konnte ich sie ebenso wenig verstecken wie die hässlichen, krummen Lappen, die ich fabrizierte.

Ausgerechnet an diesem Tag erschien Mr. Whitham wach und nüchtern und quälte uns mit dem Testament. Ich war eigentlich nicht schlecht im Vorlesen, es war das Einzige, was ich wirklich konnte, tat ich es doch oft für Annie, wo die Mühe wenigstens einen Sinn hatte. Aber wenn die anderen Mädchen mühsam durch die Heilige Schrift stolperten, hörte man nur Gestotter und Herumgedruckse, sodass ich, als ich an die Reihe kam, kaum eine Ahnung hatte, bei welchem Vers wir gerade waren. Das kam davon, wenn ich die Augen nicht auf dem Buch hatte, sondern unter der Bank, wo meine geheime Fracht verstaut war!

»Äh, ähem, ja«, stammelte ich und versuchte bei meiner

Banknachbarin Emma abzuschauen, wo wir gerade waren, worauf diese natürlich ihr Buch mit der Hand abdeckte, blöde Kuh, die sie war.

Mr. Whitham schnauzte mich an: »Markus 12:17 – wie oft muss ich dir noch sagen, pass auf, Iris?«

Ich murmelte eine Entschuldigung, fand meinen Vers und schaffte ihn dann tatsächlich fast fehlerfrei: »Da antwortete Jesus und sprach zu ihnen: So gebet dem Kaiser, was des Kaisers ist …« Aber wo ich anderntags vielleicht ein Lob bekommen hätte, blieb mir jetzt nichts übrig, als mich mit hochrotem Kopf wieder hinzusetzen, in meinen Schoß zu starren und vorsichtig mit den Füßen den Korb näher heranzuziehen. Es würde ein bisschen dauern, bis ich wieder drankam, also konnte ich vielleicht … Während ich vorgab, konzentriert in meine Bibel zu blicken, tastete ich mit der linken Hand vorsichtig nach dem Pferd. Ich wollte es nicht auswickeln, nicht hier, wo man mich hätte sehen können, nur fühlen, ob es noch da war –

»Iris Barling! Hände auf den Tisch!« Schuldbewusst schoss ich hoch. Warum musste Mr. Whitham, dem sonst herzlich egal war, was ich tat, ausgerechnet heute so unerträglich aufmerksam sein? Es kam noch schlimmer. »Was kramst du da? Was hast du da?«

Ich fühlte, wie mich die ganze Klasse ansah, alle sechzig Mädchen froh über die Galgenfrist, bis sie selbst vorlesen mussten. »Ich …«, würgte ich hervor und zog geistesgegenwärtig ein Knäuel hellgrauer Wolle aus dem Korb. Es sollte für ein paar Strümpfe reichen und war sicher nicht das, womit ich mir im Unterricht die Zeit vertrieben hätte, bloß, konnte Mr. Whitham das wissen?

Er konnte. Und er wurde zornig. »Lüg nicht, Iris! Was hast du noch in deinem Korb? Bring ihn mir. Sofort!«

»Ich …« Ich konnte nichts mehr sagen, keine Lügen, keine Ausflüchte, da stand Mr. Whitham schon an meinem Pult, und der Rohrstock ging nicht auf meine Hände, sondern mit einem lauten Klatschen auf das Holz nieder.

»Gib mir den Korb, Iris!«

Ich starb tausend Tode, aber ich hatte keine Möglichkeit mehr, das verräterische Bündel noch irgendwo anders verschwinden zu lassen. Mit zitternden Händen reichte ich meinem Lehrer den Korb und konnte nur beten, dass er es bei einem flüchtigen Blick belassen würde, dass er nur die alten Socken sehen würde und nicht das, was darin eingewickelt war. Und zum Beten hatte ich jetzt viel Zeit. Mr. Whitham nickte bloß, nahm den Korb mit zu seinem Katheder und stellte ihn dort ab, wo die ganze Klasse ihn sehen konnte. Er sagte nichts mehr dazu, machte mit dem Unterricht weiter, als wäre nichts geschehen. Noch nie hatte sich ein Schultag derart lang angefühlt.

Im Geiste legte ich mir verschiedene Erklärungen zurecht, je nachdem, was Mr. Whitham mich nach dem Unterricht fragen würde. Ich wusste schon, worauf es hinauslaufen würde: auf die Anschuldigung, die Figur gestohlen zu haben. Was konnte ich dazu sagen? Auch wenn ich die Figur in den Sachen meiner Mutter gefunden hatte, hieß das nicht, dass sie die rechtmäßige Besitzerin gewesen war. Warum hätte sie das Pferd sonst verstecken sollen? Ich musste aufhören, mir etwas vorzumachen. Meine Mutter war tot, und ich konnte nur beten, dass sie in den Himmel kommen würde. Sie war beileibe kein Engel gewesen, nicht nur, weil sie ein uneheliches Kind zur Welt gebracht hatte.

Meine Mutter hatte nicht immer in der Fabrik gearbeitet. Das wusste ich von meiner Großmutter, meine Mutter selbst hatte wenig von ihrer Vergangenheit erzählt. Sie hatte ein gutes Auskommen, als sie als junges Mädchen Anstellung als Dienstmädchen in einem Herrenhaus fand, und natürlich war sie damit der ganze Stolz ihrer Eltern. Drei, vier Jahre später hatte das Glück ein Ende. Sie wurde ohne einen Penny auf die Straße gesetzt, dafür mit einem Kind unter dem Herzen. Selbst ich konnte mir zusammenreimen, dass da einer von den feinen Herren die Finger im Spiel gehabt hatte oder, was ich nicht aus dem Moralunterricht wusste, sondern von den Frauen in der Fabrik, etwas anderes als die Finger.

War es meiner Mutter dann zu verübeln, wenn sie sich noch ein anderes Andenken mitgenommen hatte, etwas, das sie zu Geld machen konnte, um sich und das Kind, das einmal ich werden sollte, durchzubringen? Sie hatte Arbeit in der Fabrik gefunden. Vielleicht gab es niemanden, der ihr das Pferd abkaufen wollte, oder sie hatte doch zu kostbare Erinnerungen an ihre Zeit in dem Haus, die sie damit verband. Ich wusste natürlich, es war nicht recht, zu stehlen – doch jemand, der ein armes Mädchen, schwanger noch dazu, einfach aus dem Haus warf, hatte nach meinem Sinn für Gerechtigkeit nichts anderes verdient. Nur, das konnte ich schlecht Mr. Whitham erklären.

Nach der Bibelstunde sollten wir unser Strickzeug nehmen, und ich hoffte noch, dass ich meinen Korb wiederbekommen würde, aber Mr. Whitham sagte mit etwas, das ich für ein böses Lächeln hielt: »Du nicht, Iris, du hast ja gerade schon vorgearbeitet. Sitz nur still und rühr dich nicht, das ist alles.«

So saß ich da und litt weiter. Immerhin war ich gut darin, mich nicht zu rühren; so wie jedes Mädchen, das sich ein schmales Bett mit anderen Familienmitgliedern teilen musste und wusste, wie sich ein Rohrstock auf den Fingern anfühlte. Solange Mr. Whitham mich nur ausschimpfte und mir den Korb zurückgab … Er konnte mir schließlich nichts nachweisen. Wenn er mich nur nicht bei Mr. Daniels, dem Vorarbeiter, anschwärzte und ich meine Stelle verlor …

»Iris! Komm nach vorne!« Ich schluckte, stand auf und wünschte mir, meine Knie würden weniger zittern. »Und ihr anderen Mädchen, ihr könnt nach Hause gehen.«

Der Weg zum Katheder ließ mir die letzte Bedenkzeit für eine Erklärung, oder zum Beten. Danach gab es kein Entkommen mehr. »Sir?«

Mr. Whitham blickte auf mich hinunter, eine Hand auf meinem Korb wie ein Hund, der den Knochen bewacht. »Ich höre, deine Mutter ist gestorben?«

Ich nickte zaghaft und fragte mich, woher er das wusste und ob ihn das überhaupt zu interessieren hatte.

»Das tut mir leid«, sagte er, und ich wunderte mich über seinen fast freundlichen Ton. »Einen Vater hast du auch nicht mehr, nicht wahr?«

»Ich … ich hatte nie einen.« Ich weiß nicht, wieso, aber ich fasste ein bisschen Vertrauen zu diesem Mann, der als Lehrer schlechter war denn als Mensch und aus der Nähe nach Tabak und Alkohol roch. »Ich … ich muss mit der Schule aufhören, Sir. Ich muss jetzt verdienen wie eine Erwachsene.«

Einen Moment lang wurde Mr. Whithams Gesicht hart. »Du bist ein Kind, Iris.«

»Ich habe mir das nicht ausgesucht«, flüsterte ich. »Bitte, darf ich meinen Korb wiederhaben? Ich entschuldige mich, dass ich unaufmerksam war. Es wird nicht wieder vorkommen.«

»Nicht, wenn du nicht mehr zum Unterricht kommst«,

antwortete Mr. Whitham. »Du hast ein Andenken an deine Mutter dabei, nicht wahr?«

»Ich habe –«, fing ich an, aber da nahm Mr. Whitham schon das Päckchen aus dem Korb. Die Strümpfe, in die das Pferd einmal so sicher eingewickelt gewesen war, klafften weit auseinander, und der Kopf des Reitersmannes ragte hervor. Ich hätte die Finger davon lassen sollen, als ich es noch konnte.

»Was ist das?« Er zog vorsichtig das Pferd ans Tageslicht. Das Schulzimmer war viel heller als der Raum, in dem ich wohnte, und jetzt konnte ich sehen, dass die Farbe kein einfaches Dunkelbraun war, sondern einen Rotstich hatte, fast wie getrocknetes Blut. »Iris, weißt du, was das ist?«

Ich schüttelte den Kopf. »Eine Figur von einem Pferd, Sir. Sie hat meiner Mutter gehört.«

Mr. Whitham drehte und wendete die Figur in seinen Händen. Ich hatte Angst, dass jemand hereinkommen und uns dabei erwischen könnte, wie wir etwas Verbotenes taten. »Iris, ich denke, das ist eine Schachfigur.«

»Aha«, sagte ich.

»Weißt du, was Schach ist?«

Ich kam mir sehr dumm vor. »Der Name des Reiters, Sir?«

Jetzt lachte Mr. Whitham, und es versetzte mir einen Stich, dass er mich für etwas auslachte, das ich überhaupt nicht wissen konnte. »Das ist ein Spiel, Iris. Du hast wirklich noch nie davon gehört?«

Wieder schüttelte ich den Kopf. »Mit solchen Leuten gebe ich mich nicht ab, Sir.« Natürlich stimmte das nicht, die Väter einiger Mädchen aus der Fabrik waren Spieler, aber Mr. Whitham unterrichtete mich doch auch in Moral, da sollte er an meiner nicht zweifeln müssen.

»Kein solches Spiel, Iris«, sagte er und seufzte. »Ein Spiel für Gentlemen. Kein Wunder, dass du nie davon gehört hast – wie solltest du auch?«

»Darf ich die Figur dann wiederhaben?«, fragte ich. »Bitte? Sir?«

»Ich frage mich, wie du oder deine Mutter an so eine Figur gekommen ist«, sprach Mr. Whitham weiter und machte natürlich keine Anstalten, mir das Pferd zurückzugeben. Wenn es wertvoll war und er es behalten wollte, hatte ich keine Möglichkeit, zu beweisen, dass es jemals mir gehört hatte.

»Es war ein Geschenk«, log ich. »Von ihren Herrschaften. Meine Mutter hat einmal in einem Herrenhaus gearbeitet. Bevor ich geboren wurde.«

Mr. Whitham wirkte nicht überzeugt. »Weißt du, Iris«, sagte er, »so eine Figur ist eine Menge wert. Sie ist alt, vielleicht über hundert Jahre, und ich denke, sie stammt aus dem Ausland, möglicherweise aus Indien. Aber sie ist nur eine von vielen. Um Schach zu spielen, brauchst du zweiunddreißig Figuren, nicht nur Springer, auch Läufer, Könige, Bauern. Ohne die anderen ist diese eine Figur längst nicht so viel wert wie als Teil des Ganzen. Und für denjenigen, der den Rest der Figuren besitzt, sind diese auch nicht mehr viel wert, solange der Springer fehlt. Ich denke nicht, dass jemand diese Figur einfach verschenkt hätte. Mehr noch, ich glaube, es gibt jemanden, der sie zurückhaben möchte.«

Ich fühlte mich erröten. »Entschuldigung, Sir«, flüsterte ich. »Das wusste ich alles nicht. Ich dachte, das ist einfach nur ein Pferd.«

»Ich weiß, Iris.« Mr. Whitham nickte. »Nur, wenn du Geld brauchst, weil deine Mutter gestorben ist, und die Figur verkaufen möchtest – das meiste wird dir dafür derjenige geben, dem sie einmal gehört hat.«

»Aber … wenn sie gestohlen ist?« Ich brachte die Worte kaum heraus.

»Du hast sie nicht gestohlen«, antwortete Mr. Whitham. »Und so lange, wie sie ihrem Besitzer jetzt schon fehlt, wird er sich bestimmt freuen, sie wiederzubekommen. Du kannst es versuchen. Aber wenn sie die Figur zurückfordern, ohne dir etwas dafür zu bieten, musst du sie ihnen trotzdem geben. Unrecht Gut, du weißt schon.«

Ich nickte. Es war seltsam, meinen Lehrer so reden zu hören. Wir wussten, dass Mr. Whitham auch ein Mensch war und nicht nur ein Lehrer, wir wussten, dass er trank, vielleicht war er selbst ein Spieler. Doch er redete mit mir, nicht von oben herab, er befahl mir nichts oder drohte mir Strafe an, sondern gab mir einfach einen guten Rat. Wenn ich Gott gehorchen wollte, musste ich die Figur zurückbringen und konnte vielleicht auf einen Finderlohn hoffen. Wenn ich mehr auf meinen Bauch hörte, war es auch nicht schlimm, ein bisschen Geld zu verlangen.

»Es gibt nur ein Problem«, sagte ich und fühlte mich, als hätte ich ausgerechnet meinen Lehrer zu meinem Komplizen gemacht. »Ich weiß nicht, wo es ist. Das Herrenhaus, meine ich. Es ist nicht hier in der Gegend. Meine Mutter hat sich nach Leeds durchgeschlagen, um Arbeit zu finden …« Oder, wie mir jetzt dämmerte, um nicht gefunden zu werden. Wenn das Pferd wirklich so alt und wertvoll war, hätte sie sonst vielleicht ins Gefängnis gemusst. »Aber wenn ich das herausfinde, denken Sie, dass ich dann eine Chance habe? Wenn die mir kein Geld zahlen wollen, brauchen sie vielleicht zumindest ein Hausmädchen.«

Ich hatte keine Ahnung, was Hausmädchen können mussten. Vermutlich nicht das, was ich konnte. Aber ich hatte auch nicht wirklich vor, ein Hausmädchen zu werden. Irgendwer in diesem Herrenhaus war mein Vater. Und ich hatte die Schachfigur, um das zu beweisen.

Mr. Whitham drehte das Pferd in der Hand, rieb mit dem Fingernagel über die Unterseite, kniff die Augen zusammen, schüttelte den Kopf und blickte endlich wieder mich an. »Weißt du, woher deine Mutter stammt, Iris? «

»Tut mir leid, Sir«, antwortete ich und kam mir furchtbar dumm vor. Ich wusste, dass meine Mutter irgendeinen Ort genannt hatte, als es darum ging, dass meine Großmutter zu uns ziehen sollte, aber ich hatte nichts drauf gegeben, kein Ort, den ich kannte … »Aber ich weiß, wie das Haus heißt. Hilft das weiter?« So oft hatte der Name in meinen Ohren geschrillt, wenn meine Großmutter wieder meiner Mutter Vorwürfe machte oder, häufiger, mir. Aus dem Mund meiner Mutter hatte ich ihn nie gehört, und ich konnte nicht vergessen, wie sie bei dem Klang zusammenzuzucken pflegte.

Mr. Whitham lachte. »Natürlich hilft das! Der Name ist die halbe Miete – wenn du den weißt, bist du schon mit einem Bein da.«

Ich nickte, und trotzdem zögerte ich. Es kostete mich Überwindung, den Namen selbst auszusprechen. »Kettlewood«, sagte ich. »Das Haus heißt Kettlewood.«

2

Wieder sah ich Mr. Whitham einen Augenblick nachdenken. »Hör zu, Iris«, sagte er dann, »es wird mir vielleicht irgendwann leidtun, aber würdest du mir erlauben, dir zu helfen?«

Ich konnte ihn nur anstarren. Es war nicht grob gemeint. Ich war es einfach nicht gewohnt, Hilfe angeboten zu bekommen, egal, von wem. »Was meinen Sie damit?«, fragte ich vorsichtig.

»Nichts Verwerfliches«, beeilte sich Mr. Whitham zu sagen. »Aber ich kann für dich herausfinden, wo dieses Herrenhaus ist. Und du sagst, du brauchst Geld, um über die Runden zu kommen?«

Dieses Mal nickte ich noch zögerlicher. Was immer er mir anbieten wollte, es konnte nichts Anständiges sein, und wir durften kein Geld von Männern annehmen, selbst wenn sie hundertmal unsere Lehrer waren. Aber ich brauchte Geld, und da ich selbst die Schule bezahlen musste, einen Penny von jedem Shilling, den ich verdiente, war es nur recht und billig, wenn ich von Mr. Whitham zumindest einen Teil davon zurückbekam.

»Pass auf«, sagte Mr. Whitham. »Ich lebe allein, und ich habe niemanden, der bei mir putzt und für Ordnung sorgt. Du möchtest versuchen, eine Stelle als Dienstmädchen zu ergattern: Ich kann dich beschäftigen. Du kannst nach dem

Unterricht zu mir kommen, oder musst du dann noch mal in die Fabrik zurück? Ich zahle dir Sixpence die Woche, und ich werde dir ein Zeugnis dafür ausstellen, das dir helfen wird, da du bis jetzt ja nur in der Fabrik gearbeitet hast.«

Ich starrte zu Boden und biss mir auf die Unterlippe. Sixpence mehr klangen verlockend, aber wenn ich als Erwachsene in der Fabrik beschäftigt wurde, würde das einen noch größeren Unterschied machen. Nur konnte ich dann auf keinen Fall zusätzlich für Mr. Whitham arbeiten. Wenn meine Mutter nach zwölf Stunden aus der Fabrik heimgekommen war, war sie nicht mehr imstande gewesen, auch nur unser eigenes Zimmer zu fegen, geschweige denn das eines Fremden. Und wie ich mir Mr. Whithams Lebenswandel vorstellte, so schmuddelig, wie er oft in der Schule erschien, konnte das bei ihm keine einfache und vor allem keine schnelle Arbeit sein. »Einen Shilling«, sagte ich. »Dann mache ich das.« Ich fühlte mein Herz rasen. Im Leben hatte ich noch nie irgendetwas gefordert, aber wenn ich weiterhin immer nur nahm, was man mir anbot, würde ich nicht weit kommen.

Mr. Whitham zögerte kurz, ich sah ihn rechnen – wie viel verdiente ein Lehrer? Mehr als meine Mutter und ich zusammen, ganz sicher. Er war ein Mann. Und ein Lehrer bekam bestimmt noch mehr als ein Stahlwerker, er musste schließlich selbst zur Schule gegangen sein und das länger als zwei Stunden am Tag. Ich war mir sicher, er konnte sich mich leisten. Wenn nicht, sollte er eben weniger trinken und spielen. Endlich sagte er: »Einverstanden.«

Natürlich bekam ich schon im nächsten Moment Angst vor meiner eigenen Courage. »Ich muss nur noch meine Großmutter fragen!«, sagte ich schnell, nicht, weil ich das wirklich vorhatte, sondern damit er mich nicht für ein Mädchen hielt, das leichtfertig Geld annahm.

»Tu das«, sagte Mr. Whitham. »Und frag sie auch, was sie über dieses Herrenhaus weiß. Sie wird dir sagen können, ob der Ort genauso heißt und in welcher Grafschaft dieses Kettlewood liegt. Dienstmädchen kommen üblicherweise aus der Umgebung, das heißt, deine Großmutter muss früher selbst in der Gegend gelebt haben.« Er machte eine kurze Pause. »Sie ist doch noch bei klarem Verstand, deine Großmutter?«

»Ich denke schon«, sagte ich, was so viel heißen sollte wie: ›Aber sie wird es mir nicht sagen, weil sie mich hasst.‹ Versuchen konnte ich es.

»Wenn du bereit wärst, mir die Figur für ein paar Tage zu leihen …«, sagte Mr. Whitham. »Es wird nichts drankommen, das verspreche ich dir. Ich kann versuchen, herauszufinden, wie alt sie ist und woher sie stammt, und dann weißt du auch ungefähr, was sie wert sein könnte.«

Mechanisch schüttelte ich den Kopf. Das Pferd war alles, was ich in diesem Moment von meiner Mutter hatte, und ich konnte es nicht einfach aus der Hand geben. Wer sagte mir denn, dass Mr. Whitham mir nicht gerade das Blaue vom Himmel versprach, nur um sich dann mit meinem Schatz aus dem Staub zu machen? Ich rechnete mit Widerstand, doch Mr. Whitham zuckte nur die Schultern.

»Es ist deine Entscheidung, Iris. Ich will es dir gewiss nicht wegnehmen. Hier.« Endlich, er gab mir das Pferd zurück. Ich drückte es an mich, als könne es mir im nächsten Moment aus dem Arm springen, dann wickelte ich es vorsichtig wieder in seine Socke. Ich würde es weiterhin im Wollkorb aufbewahren. Und wenn es da nicht sicher war, konnte ich die Figur immer noch Mr. Whitham überlassen.

Ich konnte nur hoffen, dass sowohl meine Großmutter als auch Annie davon wegbleiben würden.

»Danke«, stammelte ich. In meinem Kopf ging alles drunter und drüber, weniger wegen des unerwarteten Hilfsangebots und der Aussicht, einen ganzen Shilling in der Woche mehr zu verdienen, als wegen der Möglichkeiten, die mir das schwarze Pferd jetzt bot.

Warum war ich nie auf die Idee gekommen, nach meinem Vater zu suchen? Ich wusste ja, dass der irgendwie reich sein musste, und natürlich hatte ich mir ab und zu ausgemalt, was gewesen wäre, wenn er meine Mutter geheiratet hätte. Doch es war mir auch hoffnungslos vorgekommen. Dass mein Vater mich nicht haben wollte, stand außer Frage, sonst wäre meine Mutter nicht auf der Straße gelandet. Selbst wenn ich ihn fand, wie sollte ich beweisen, dass er wirklich mein Vater war? Sogar mit der Figur im Gepäck musste ich damit rechnen, am Ende genauso arm und vaterlos dazustehen wie zuvor. Aber ich musste es versuchen. Einmal im Leben etwas wagen – es konnte ja nicht schlimmer kommen.

»Darf ich dann gehen?«, fragte ich leise.

Mr. Whitham nickte. »Nur zu, Iris. Bloß erzähl nicht überall herum, dass ich dir helfe. Besser, das bleibt ein Geheimnis zwischen uns. Wenn das herauskommt, bekommen wir beide Probleme.«

Ich nickte. Ich hatte ohnehin nicht vorgehabt, die Geschichte irgendwem zu erzählen, so wie auch niemand von dem Pferd wissen durfte.

»Und Iris –« Ich war schon halb an der Tür, blieb stehen, drehte mich um, nur damit Mr. Whitham doch abwinkte. »Ach, es ist egal.«

Ich wollte nicht, dass er es sich anders überlegte. Daheim

wurde ich erwartet, wenn auch nur von meiner Großmutter. Ich machte, dass ich fortkam. Aber obwohl ich einen langen und harten Tag hinter mir hatte, war mir nach Tanzen zumute.

Unter normalen Umständen versuchte ich, einen Bogen um meine Großmutter zu machen. Ich tat, was sie mir befahl, verkniff mir alle Widerworte und versuchte, ihr so wenig Grund wie möglich zu geben, mich zu beschimpfen, doch ich wäre nicht auf die Idee gekommen, ihre Nähe zu suchen. Aber wenn ich etwas über die Vergangenheit meiner Mutter herausfinden wollte, führte kein Weg an meiner Großmutter vorbei. Dass ich sie verärgert hatte, indem ich zu spät von der Schule heimkam, war mir daher fast schon recht.

»Wirklich, Mädchen, immer müssen wir auf dich warten!«, keifte sie. »Du träumst, du trödelst, und andauernd müssen sie dir Lohn abziehen, weil du wieder geschlampt hast. Streng dich doch einmal im Leben an!«

Ich zuckte unter ihren Worten zusammen. Da ging er hin, mein Vorsatz, sie nach meiner Mutter zu fragen. Aber wo ich sonst versucht hätte, um jeden Preis die Tränen zurückzuhalten, ließ ich ihnen nun freien Lauf, und wenn ich jemals meine Großmutter mit etwas überrumpelt hatte, dann damit.

»Na so was«, schnaubte sie, »jetzt fängst du auch noch an zu heulen!«

Ich nickte und schluchzte und brachte kein Wort heraus. Ich hatte nicht erwartet, meine Großmutter damit erweichen zu können, ich hatte mich immer stark gegeben, um ihr zu beweisen, dass sie keine Macht über mich hatte, aber ausgerechnet dieser Moment der Schwäche zeigte Wirkung.

Meine Großmutter seufzte und klopfte mir auf die Schulter. »Komm, Mädchen, reiß dich zusammen – du raubst Mrs. Randall ja allen Schlaf!«

Ich zog lautstark die Nase hoch, weil ich kein Taschentuch zur Hand hatte, und warf einen Blick auf Mrs. Randall, deren Schicht um sechs in der Frühe begann und die sich in ihrem Bett nicht mehr regte als sonst. Wir waren alle Arten von Lärm gewohnt in dem mit Menschen vollgestopften Haus mit seinen dünnen Wänden, wir hätten selbst dann noch schlafen können, wenn sich draußen die Erde aufgetan und das Jüngste Gericht begonnen hätte. Und meine Großmutter hielt sonst auch nicht viel von Rücksichtnahme. Ich brachte ein »Danke« hervor, und meine Großmutter verzog das Gesicht zu einem Lächeln, das erst recht ungewohnt aussah, aber ehrlich wirkte.

»Ich weiß«, sagte sie. »Wir müssen jetzt ein bisschen enger zusammenrücken.« Sie schien zu denken, dass ich wegen des Geldes weinte. Es stimmte, mir wurde oft etwas vom Lohn abgezogen, ein Viertelpenny hier, ein halber da; dann hieß es, ich könnte ja nicht so gut arbeiten wie ein Mädchen, das noch alle Finger hatte, und ich sollte mich freuen über die Gnade, überhaupt noch arbeiten zu dürfen. Doch in diesem Augenblick war mir sogar der Shilling, den mir Mr. Whitham versprochen hatte, gleichgültig.

»Sie fehlt mir so«, krächzte ich. Drei Minuten weinen reichten aus, um mir für den Rest des Tages die Stimme zu rauben, mein Hals war immer so trocken. »Und ich habe überhaupt nichts von ihr.«

»Du hast dein Leben«, antwortete meine Großmutter, die Stimme wieder schroff. »Was ist mir geblieben?«

»Und früher?« Endlich konnte ich versuchen, auf das Thema zu sprechen zu kommen, auf das ich eigentlich aus war, auch wenn ich erschöpft und aufgewühlt war und eigentlich nur noch ins Bett wollte, um meinen kostbaren, knappen Schlaf zu bekommen. Ich nahm meinen Mut zusammen und rückte ein kleines Stück näher an sie heran, nicht so nah, dass ich sie berührt hätte, aber doch fast wie eine Familie.

»Früher hatte ich eine Tochter.« Womit sie festgelegt hatte, wer von uns den größeren Verlust zu tragen hatte.

Ich traute mich nicht mehr, weiter zu fragen. Mein Mut reichte meistens nicht allzu weit. Selbst später, als ich dann im Bett lag und eigentlich hätte schlafen sollen, kreisten meine Gedanken um die ungestellte Frage. Die Wahrheit war, ich brachte es nicht über mich. Nach Kettlewood zu fragen bedeutete, dass ich nach meinem Vater suchen wollte, und das hieß zugleich, meine Großmutter hier im Stich zu lassen. Natürlich, das war der Sinn des Ganzen: wegkommen von dieser Frau, die nicht oft genug betonen konnte, dass die Welt ohne mich besser gewesen wäre. Doch im Grund meines Herzens wusste ich ja, sie meinte es nicht so. Sie konnte es nicht meinen, denn wer hätte sonst das Geld verdient, von dem sie lebte? Ich konnte durchbrennen, und ich würde es tun. Aber ich konnte nicht meine Großmutter dafür benutzen. Ebenso gut hätte ich ihr die Schaufel in die Hand drücken können, um schon mal ihr Grab auszuheben.

Da lag sie neben mir, eine Mutterbreite entfernt und doch so weit weg, und schnarchte. Ich konnte nicht schlafen. Nichts war mehr übrig von dem Gefühl, einen Schatz gefunden zu haben, nichts mehr von der Leichtigkeit, mit der ich von der Schule nach Hause gehüpft war. Ich fühlte mich schuldig und schäbig. Meine Mutter hatte alles für mich geopfert. Sie hätte mich aussetzen können, in Pflege oder zur

Adoption freigeben, aber sie war immer bei mir geblieben bis zum Schluss, nur damit ich jetzt ihre Mutter im Stich ließ. Ich wünschte, sie wäre noch da. Ich wünschte, ich hätte sie fragen können, was ich tun sollte.

Irgendwann stieg ich aus dem Bett, so leise ich konnte. Diesmal hatte ich nicht vor, heimlich in den Schubladen zu wühlen. Ich schlich mich zu meinem Korb und holte das schwarze Pferd heraus, und dann, obwohl es das denkbar schlechteste Versteck war, nahm ich es mit ins Bett. Es taugte nicht dazu, es war hart und kantig, und ein schlechteres Versteck gab es auf der Welt nicht, aber das war mir in dem Moment egal. Ich hoffte, das Pferd würde meine Träume mit Bildern von Kettlewood füllen, mit prächtigen Hallen und glücklichen Menschen vor vollen Tellern.

Ich fror, meine Füße waren eiskalt, und so rückte ich noch etwas näher an meine Großmutter heran, die im Schlaf eine Wärme versprach, die ihr bei Tag fehlte. Aber diesmal musste ich gegen sie gestoßen sein, oder sie spürte die Bewegung der dünnen Matratze, jedenfalls wurde sie wach. Verschlafen grunzte sie etwas, und ich hatte schon Angst, sie würde sich gleich zu mir umdrehen und mein Geheimnis entdecken, aber da war sie schon wieder still, und das Schnarchen ging weiter. Auch ich, zusammengerollt, das kleine harte Pferd an meine Brust gedrückt, muss eingeschlafen sein, denn als Nächstes fand ich mich am letzten Ort wieder, wo ich im Leben, Tod oder Traum sein wollte: vor dem schwarzen Haus.

Ich war wieder ein kleines Mädchen. Ich konnte mich nicht rühren, nur hilflos zusehen, als die Tür aufflog und die Hunde herausgestürzt kamen, mit einem Schwall von Licht, das mir in die Augen stach, obwohl ich verstand, dass sie eigentlich geschlossen waren. Ein schwarzer Hund und ein weißer Hund, beide größer als ich, Geifer vor dem Maul, glänzende Zähne, die Blutgier im Blick –

Ich wusste, sie bissen mich. Sie bissen mir den Kopf ab. Das taten sie immer. Ich konnte nur hoffen, wach zu werden, bevor es vorbei war. Ich war gelähmt vor Angst, ich wusste, wenn ich im Traum starb, starb ich auch in Wirklichkeit, ich konnte nichts dagegen tun –

In diesem Moment passierte etwas, was noch niemals passiert war: Der Traum veränderte sich. Noch ehe die Hunde mich erreicht hatten, galoppierte wie aus dem Nichts ein Reiter heran, der mich packte und auf sein Pferd zog und mit mir davonpreschte, dorthin, wo es keine Hunde gab. Es ging so schnell, dass ich mich nicht einmal umsehen konnte. Ich wusste nur, das Pferd war rot, als stünde es in Flammen, und sein Reiter auch, und doch verbrannte er mich nicht.

»Wer bist du?«, wollte ich fragen. Da drehte er sich zu mir um, und ich blickte in das hölzerne Gesicht meiner alten Puppe, Fanny – und in dem Augenblick wachte ich auf.

Es war anders als sonst, ich lag nicht starr vor Angst, sondern vor Verwunderung. Zehn Jahre und länger begleitete mich der Traum schon, doch noch nie hatte mich jemand vor den Hunden beschützt … Es lag an der Figur, so viel verstand ich. Wie, oder warum, das wusste ich nicht und würde es vielleicht nie erfahren, es war ja nur – und zum ersten Mal nur – ein Traum.

Ich wusste nichts über die Hunde und nichts über den Reiter. Aber dafür hatte das Haus nun einen Namen. Kettlewood.

Am nächsten Tag konnte ich es gar nicht abwarten, dass die Arbeit und der Unterricht hinter mir lagen, damit Mr. Whitham mir erzählen konnte, was er herausgefunden hatte. Ich hatte zu wenig geschlafen und nicht genug gegessen, und es war einer der Tage, an denen sich acht Stunden Arbeit so lang wie die zwölf anfühlten, die meine Mutter gearbeitet hatte.

Mir war so schlecht vor Schwindel, dass ich kaum noch stehen konnte, als ich endlich an der Schule ankam, doch wie ich schnell feststellen musste, galt dasselbe für Mr. Whitham. Der Tag davor war einer seiner besten gewesen. Vielleicht hatte er etwas nachzuholen. Wenn man bedachte, dass er vor uns schon drei andere Klassen unterrichtet hatte, dann wollte ich nicht wissen, was für einen Anblick er den Mädchen am Morgen geboten haben musste. Seine Augen waren blutunterlaufen, sein Gesicht fahl, und nachdem er uns den Befehl zugebellt hatte, an unserer Strickerei zu arbeiten, verschwand er hinter einer Zeitung, die er kaum halten konnte.

Er tat mir leid. Ich hätte Verachtung für ihn empfinden müssen, aber er tat mir leid – fast so sehr wie ich mir selbst. An diesem Tag würde ich keine Antworten bekommen. Ich hätte mich ebenso gern hinter einer Zeitung versteckt und die Augen geschlossen und durfte es nicht. Es gab Momente, in denen war die Welt nicht gerecht. Nicht einmal ein ganz kleines bisschen.

Zumindest hatten wir im Unterricht unsere Ruhe. Niemand schnauzte uns an, dass wir aufmerksam sein oder gerade sitzen oder die Hände über dem Tisch halten sollten. Das war auch nicht nötig. Wir waren gut genug gedrillt. Wo Mr. Whitham nicht hinsah, taten es die anderen Mädchen. Mein Platz war mitten im Klassenraum, wo mich jeder gesehen hätte, wenn ich versucht hätte, noch einmal das Pferd aus meinem Korb zu holen. Als die Zeiger der großen Uhr den Unterricht beendeten, konnte ich es kaum erwarten, vor die Tür zu kommen. Ich hatte nicht vor, mit Mr. Whitham zu sprechen, und ging auch nicht davon aus, dass er sich überhaupt noch an sein Angebot erinnerte. Aber als ich mich am Lehrerpult vorbei aus dem Schulzimmer schleichen wollte, kam plötzlich Leben in meinen Lehrer.

»Iris!« Mr. Whitham ließ die Zeitung sinken und stierte mich an.

»Sir?«

»Wo willst du hin? Was ist mit unserer Abmachung?«

Ich schluckte. Mr. Whitham war betrunken, oder verkatert, aber ich hatte versprochen, für ihn zu arbeiten, und genauso wie ich meinem Vorarbeiter gehorchen musste, selbst wenn er wieder versuchte, mich anzufassen, hatte ich auch Mr. Whitham zu gehorchen. »Ich … ich wusste nicht, dass ich heute schon anfangen sollte!«, log ich. »Meine Großmutter, wissen Sie –«

»Deine Großmutter interessiert mich nicht.« Er war ein anderer Mr. Whitham als am Tag davor – das machte der Alkohol aus Menschen. Ich hätte keinen Moralunterricht gebraucht, ich musste mich nur umschauen. Mr. Whitham rappelte sich hoch und stand schwankend auf den Füßen, rollte die Zeitung zusammen und stopfte sie in seine Tasche, ein großes, schwarzes Ding aus Leder, das er jeden Tag neben dem Katheder stehen hatte. Es erschien viel zu sperrig dafür, dass er immer nur seine Zeitung und seinen Tabak daraus hervorholte. »Hier. Trag meine Tasche.«

Er warf sie mir mehr zu, als dass er sie mir reichte, und ich fing sie auf, nur um sie fast wieder fallen zu lassen, überrascht von ihrem Gewicht. Was trug Mr. Whitham da zur Schule? Backsteine? Oder hatte er jetzt schon die übrigen Figuren des Schachspiels ausfindig gemacht? Neugierig versuchte ich, einen Blick hineinzuwerfen, ohne dass Mr.

Whitham es merkte. Halb erwartete ich Flaschen – aber die Tasche war voller Bücher. Bücher, die im Unterricht niemals hervorgeholt wurden.

Mr. Whithams Tasche zu tragen gab mir wenigstens einen Grund, ihn zu begleiten. Wenn irgendjemand mich sehen sollte, dann sahen sie nicht Iris, die mit einem Mann mitging, sondern Iris, die ihrem Lehrer half. Mr. Whitham hielt sich immerhin besser auf den Beinen, als ich befürchtet hatte. Er ging so aufrecht, als hätte er einen Stock verschluckt, und seine Bewegungen waren mechanisch wie die eines Webstuhls. Doch er stolperte nicht, schwankte nicht und hatte so viel Würde, wie das gerade noch möglich war, den Hut tief in die Stirn gezogen und mindestens so froh wie ich, Blicken ausweichen zu können.

Ich hatte keine Angst vor dem, was mich erwartete, wenn ich nach Hause kam. Ich würde zwar viel zu spät dran sein, und meine Großmutter hatte keine Ahnung, wo ich steckte, nur, was sollte sie tun? Sie konnte mich verprügeln, und sie würde es, doch was hatte ich zu fürchten? Sie liebte mich sowieso nicht.

Ich hatte erwartet, dass unser Lehrer deutlich besser wohnen würde als wir. Aber unser Weg führte uns nicht zu einem hübschen kleinen Cottage, noch nicht einmal zu den gedrungenen Reihenhäusern, die das Fabrikgelände säumten, sondern zu einem Wirtshaus. Schon von Weitem sah ich das Schild über der Tür, kein Bild, nur Buchstaben, und hielt an, um sie zu entziffern. Ich kam sonst nie auch nur in die Nähe von Wirtshäusern oder in die Verlegenheit, außerhalb von Schule und Kirche etwas zu lesen. ›Zur Ente und dem Erpel‹, entzifferte ich und war ganz stolz auf mich.

Mr. Whitham war wenig begeistert von meiner Trödelei. »Was ist, Iris? Komm schon!«

»Ich habe das Schild gelesen, Sir«, erwiderte ich. Es machte mich nicht glücklich, meinen Lehrer ausgerechnet zu einem Wirtshaus begleiten zu müssen, doch ich hoffte, dass er nicht einkehren wollte, sondern nur eine Flasche Bier für den Abend kaufen. Wenn ich draußen auf ihn wartete, hatte er einen Grund, schnell wieder herauszukommen.

Mr. Whitham hielt mir die Tür auf. »Habe ich dir nicht gesagt, du sollst nicht trödeln?«

Ich schüttelte den Kopf. »Sir, ich warte lieber hier.«

»Und ich sage, hinein mit dir! Hast du keinen Hunger?«

Durch die geöffnete Tür schlugen mir Wärme und der Geruch von geräuchertem Schinken entgegen, aber ich roch auch das Bier, ich hörte den Lärm, und ich wusste, dort drinnen hatte ein anständiges Mädchen nichts verloren. Im Geiste sprach ich ein Gebet, dann fasste ich mir ein Herz. Ich hatte so viele Jahre lang auf Vorrat gebetet, noch dazu wusste Gott, dass ich so ein Haus von alleine niemals betreten würde. Kurz hineingehen, vielleicht etwas zu essen bekommen – das konnte ja ein Lohn für die getragene Tasche sein, da war schon nichts Schlimmes dran. Ich hoffte, dass Mr. Whitham wirklich nur auf ein Bier einkehren wollte und sich nicht abscheulich betrinken. Aber das musste er dann mit Gott ausmachen, nicht ich.

Mr. Whitham schob mich förmlich durch die Tür, hinein in die schummrige, warme Stube, wo der Wirt uns zunickte, als hätte er uns schon erwartet. Dass er Mr. Whitham kannte, überraschte mich nicht, aber dass er sich kein bisschen über meine Anwesenheit wunderte … Kam das öfter vor, dass Mr. Whitham eine seiner Schülerinnen in den Pub mitnahm?

»Bisschen früh dran heute, Maurice, was?« Der Mann,

rund, kahl und so glänzend, als hätte man ihm den Kopf mit einer Schweineschwarte eingerieben, blickte an mir hinunter, und die Art, wie er das Gesicht zu einem Grinsen verzog, gefiel mir nicht. »Und wen bringst du heute mit?«

»n'Abend, Stan«, sagte Mr. Whitham. »Ich bin wegen deines Schachspiels hier. Ich weiß, du hast eins.«

»Ganz der Schulmeister!« Der Wirt lachte. »Lange her, dass hier zuletzt jemand Schach gespielt hat, seit der Doktor gestorben ist. Dame, das schon. Aber die Figuren sind natürlich noch da. Wenn du kurz wartest ... das Übliche? Und für die junge Lady?«

»Die Lady bekommt etwas zu essen«, antwortete Mr. Whitham. Ich atmete auf, erleichtert, dass ich nicht genötigt wurde, auch noch mit ihm zu trinken. »Und für mich ein Pint Bitter, ja.« Dann drehte er sich zu mir um. »Was dachtest du denn, worum es hier geht? Dass du hier putzen sollst?« Er lachte und schüttelte den Kopf. »›Die Ente und der Erpel‹ haben ein Schachbrett, und es ist höchste Zeit, dass du eins zu sehen bekommst.«

Während der Wirt im Hinterzimmer verschwunden war und Mr. Whitham sein Bier trank, sah ich mich in der Wirtsstube um. Ich war allemal gewarnt worden, niemals einen Fuß in so ein Haus zu setzen, dass ich mir wer weiß was ausgemalt hatte, wie es in so einem Sündenpfuhl zugehen würde. Aber alles, was ich sah, war eine Gruppe Männer, die friedlich herumstanden oder -saßen, ein Bier tranken, eine Schüssel Eintopf löffelten. Fabrikarbeiter, die weder Frau noch Familie hatten, mussten auch irgendwo essen, wenn sie hungrig von der Arbeit kamen, und dieses Haus schien eher für sie zu sein als für die Trinker. Vielleicht war es noch zu früh am Tag. Trotzdem, sicher fühlte ich mich nicht. Ich war das einzige Mädchen an einem Ort voller

Männer, zog ihre Blicke an, und Mr. Whitham schien nichts davon zu merken. Es war zwar besser, von lauter Fremden umgeben zu sein, als erkannt zu werden, aber immer wenn die Tür aufging, hatte ich Angst, es könnte jemand aus der Fabrik sein.

»Hier, gefunden.« Der Wirt kam mit einem quadratischen Holzbrett und einer Blechdose zurück. »Das Essen bringe ich euch gleich an den Tisch. Noch ein Pint?«

»Nachher vielleicht … Ach, gern.« Mr. Whitham winkte mich zu einem Tisch in der Ecke, zum Glück mit etwas Sichtschutz zur Tür, und legte das Brett auf den Tisch. Es war in schwarze und weiße Felder unterteilt, und ich hatte so etwas schon einmal gesehen, aber ich kannte es nur als Damebrett. So konzentrierte sich meine Neugier auf die Dose, zerbeult, rot und golden, mit verkratzten schwarzen Buchstaben, die ich lange anstarren musste, bis sie das Wort ›Rübensirup‹ ergaben. Interessiert sah ich zu, wie Mr. Whitham die Dose aufhebelte und ihren Inhalt auf dem Tisch ausbreitete.

Die hölzernen Figuren sahen ganz und gar nicht aus wie mein schwarzes Pferd. Sie waren viel kleiner und längst nicht so detailreich. Die schwarzen Figuren waren wirklich schwarz, nicht braun und scheckig, die weißen Figuren eher gelblich. Aber es waren in jeder Farbe zwei Pferde darunter, und ich wollte hören, wozu sie da waren. So sah ich Mr. Whitham gespannt zu, wie er die Figuren auf den Feldern des Brettes verteilte, jede auf ihrem Platz: Er kannte sich aus, musste nicht lange überlegen, welche wohin gehörte.

»Es ist lange her, dass ich zuletzt gespielt habe«, murmelte er und nickte dem Wirt zu, der mir eine Schüssel Eintopf brachte und ihm noch ein Bier. »So was verlernt man nicht … Schau gut hin, Iris. Das ist ein Schachspiel.«

»Und Sie wollen es mir beibringen?« Es kam mir ganz schön kompliziert vor. So viele verschiedene Figuren – ich konnte noch nicht einmal Dame, und da sahen alle Steine gleich aus.

»Wenn du mit Schachfiguren hantierst, solltest du wissen, womit du es zu tun hast.« Ich riss den Blick vom Schachbrett los und schaute in sein Gesicht. Er erschien so übernächtigt und zerknittert wie zuvor, aber da war wieder ein Funkeln in seinen Augen, und ich verstand, dass es nicht vom Bier kam. »Schach, Iris. Man nennt es auch das Spiel der Könige. Aber das ist es nicht. Willst du wissen, warum?«

Ich nickte langsam. Mr. Whitham fuhr mit dem Finger an der vorderen Reihe der Figuren entlang, die kleiner und schlichter waren als der Rest, eine wie die andere, nicht viel mehr als ein Kegel mit einem Knubbel drauf. Er lächelte. »Schach ist das Spiel der Bauern«, sagte er leise. »Nur beim Schach kann ein Bauer einen Bischof schlagen, einen Turm zu Fall bringen, einen König stürzen. Nur beim Schach. Und jetzt pass auf.«

So lernte ich Schach spielen. Vieles hätte ich im Leben nötiger brauchen können, aber es gefiel mir. Es hatte nichts mit den Glücksspielen zu tun, mit denen unselige Menschen sich und ihre Familien ins Verderben stürzten. Glück spielte überhaupt keine Rolle, leider: Mit Glück hätte ich zumindest einmal gewinnen müssen. So lernte ich vor allem, mich nicht zu sehr zu ärgern, wenn meine Figuren, allen voran die armen Bauern, starben wie die Fliegen. Vielleicht hätte ich bei dem Spiel einen König stürzen können. Zunächst aber stürzte alles, was ich hatte.

Trotzdem fand ich Spaß daran. Ich mochte es, ein Geheimnis zu haben. Während meine Großmutter dachte, dass ich für Mr. Whitham putzte, was sie schneller akzeptiert hatte als befürchtet, sah ich seine Wohnräume tatsächlich nie von innen. Er hatte zwei Zimmer, die direkt hinter dem Schulzimmer lagen, so viel erfuhr ich, aber statt dorthin nahm er mich jedes Mal ›Zur Ente und dem Erpel‹ mit, wo ich etwas zu Essen bekam und wir Schach spielten.

Ich gab mein Bestes, doch oft genug verzweifelte Mr. Whitham an mir. Ich war ja schon im Unterricht zu erschöpft zum Lernen. Beim Schachspielen wurde es noch schlimmer, denn man musste dabei denken, richtig denken. Etwas, das ich vorher selten hatte tun müssen – aber ich hatte dieses Hirn im Kopf und war froh, es endlich einmal für etwas gebrauchen zu können. Und wo ich mit dem Schachspiel selbst zu kämpfen hatte, sog ich gierig alles in mich auf, was Mr. Whitham mir dabei noch erzählte: von den toten Königen vergangener Zeiten, von denen ich noch nie gehört habe, und sogar von Bauern, die versucht hatten, das zu tun, was meinen Schachfiguren niemals gelingen wollte und was auch damals in einem Blutvergießen geendet hatte. Ich kam zu spät nach Hause, bekam zu wenig Schlaf, und warum sich das ausgerechnet für ein Spiel lohnen sollte, war mir nicht so recht klar – doch es war die kostbarste Zeit des Tages für mich, und irgendwie auch für Mr. Whitham.

Ich hätte gerne gesagt, dass er über dem Schachspiel ein anderer Mensch wurde, dass er das Trinken drangegeben hätte oder dass von dem Feuereifer, mit dem er mir die Schachregeln erklärte, auch etwas in seinen Unterrichtsstunden zu spüren gewesen wäre, doch er war, wer er war. An manchen Tagen zitterten ihm die Hände so sehr, dass er kaum die Figuren halten konnte. Dann ließ er mich das

Spiel aufbauen unter dem Vorwand, sehen zu wollen, ob ich es mir richtig gemerkt hatte. Ich kam noch oft genug dabei durcheinander, vertauschte Läufer und Springer, König und Dame und schalt mich selbst für meine Dummheit.

An manchen Tagen beließ es Mr. Whitham nicht dabei, nur zwei Bier zu trinken, dann wollte er noch bleiben, wenn es Zeit zum Aufbrechen war, und ließ mich allein nach Hause laufen. Ich versuchte, keine Angst zu haben, aber ich hatte zu viele schlimme Sachen von den Mädchen in der Fabrik gehört, und über die, die nicht mehr da waren. Mr. Whitham kümmerte das nicht. Ich nahm mir dann jedes Mal vor, am anderen Tag nicht mehr mitzukommen, doch mein Schachspiel war mir zu kostbar, es war ein Angebot, das ich nicht noch einmal bekommen würde.

Tage gingen ins Land, Wochen sogar, ohne dass wir von Kettlewood sprachen. Ob Mr. Whitham wirklich etwas unternahm, um den Ort zu finden, wusste ich nicht, aber eigentlich wollte ich es gerade auch gar nicht wissen. Was ich wollte, war ein besseres Leben. Das hatte ich jetzt, zumindest während wir Schach spielten. Ich hatte jeden Tag eine warme Mahlzeit im Bauch und bekam am Ende der Woche einen zusätzlichen Shilling oder manchmal sogar zwei. Es war das beste Leben, das ich jemals gehabt hatte, wenn man von einer Sache absah: Nacht für Nacht kamen die Hunde.

Mit jedem Tag, an dem ich Mr. Whitham nicht nach Kettlewood fragte, wuchs mein schlechtes Gewissen, Schuldgefühle gegenüber dem Pferd, von dem ich längst gelernt hatte, es einen Springer zu nennen, das endlich nach Hause wollte, und gegenüber dem, der sehnlichst darauf wartete. Abends ging ich ins Bett und dachte, jetzt müsste ich mich doch endgültig an den Albtraum gewöhnt haben – aber diese Hoffnung hielt immer nur so lange an, bis der Traum begann. Ich konnte nicht jeden Abend mit einem Springer im Arm schlafen gehen, und das nicht nur, weil dessen Existenz immer noch ein Geheimnis sein musste.

Meine Träume machten mir zu schaffen. Der fehlende Schlaf rächte sich bei der Arbeit, ich wurde fahrig und ließ zu, dass gute Fäden rissen, was mir dann wieder vom Lohn abgezogen wurde. In der Schule dämmerte ich noch öfter als sonst weg. Und Mr. Whitham, als wolle er davon ablenken, dass wir so etwas wie Freunde geworden waren, wurde ungerecht gegen mich, rief mich auf, wenn ich keine Ahnung hatte. Dann schrie er mich vor der ganzen Klasse an, schlug mich mit dem Rohrstock, wo er es bei anderen nicht tat, und kam nicht auf die Idee, sich wenigstens hinterher dafür zu entschuldigen.

Nicht einmal auf Annie konnte ich noch bauen. Das war meine Schuld, schließlich hatte sie viel stärker als ich darunter zu leiden, dass ich niemals mehr Zeit für sie hatte. Aber selbst wenn ich dann am Sonntag nach der Kirche zu ihr kam, um mit ihr zu reden, um ihr Dinge zu erzählen, die ich gelernt hatte – keine erfundenen Sachen dieses Mal, sondern das, was Mr. Whitham mir beigebracht hatte, wenn er einen guten Tag hatte –, Annie wollte mir nicht mehr zuhören.

»Nie hast du noch Zeit für mich!«, schrie sie. »Dann habe ich auch keine Zeit mehr für dich! Dann weißt du, wie das ist!«

»Aber dann hast du niemanden mehr!«, rief ich und bereute die Worte im nächsten Moment.

»Ich habe Gott!«, schrie Annie.

Gott war es auch, den ich um Vergebung bat wegen allen, die ich mit meiner Selbstsucht verletzt hatte und noch verletzen würde – aber ich wusste, beten allein reichte jetzt nicht mehr. Gott hatte mir das schwarze Pferd geschickt, damit ich es ihm mit meinem Leben nachtat, einen Schritt zur Seite und zwei Schritte vor, von einem schwarzen Feld auf ein weißes und von dort weiter ins Glück. Ich konnte nicht einfach stehen bleiben und darauf warten, dass jemand anderes mein Spiel zu Ende spielte, ich musste es selbst in die Hand nehmen. Am nächsten Tag musste ich endlich mit Mr. Whitham reden. Doch fast wäre es dazu nicht mehr gekommen.

»Soll ich wieder Ihre Tasche tragen?«, fragte ich nach dem Unterricht, wie ich es jeden Tag tat – jeden Tag eine Tasche voller Bücher, die doch nie ans Licht kamen. Aber diesmal schüttelte Mr. Whitham den Kopf.

»Geh nach Hause, Iris.«

Ich nickte schnell. »Entschuldigen Sie, dass ich gefragt habe, Sir.« Ich vermutete, dass Mr. Whitham sich nicht wohlfühlte, sein Lebenswandel verlangte vielleicht endlich seinen Preis. Es stand mir nicht zu, mich nach seinem Wohlbefinden zu erkundigen. »Dann morgen wieder, Sir?«

Mr. Whitham schüttelte den Kopf. »Es geht nicht, Iris. Wir können damit nicht weitermachen. Mr. Mosby – der Wirt – sagte, dass sich jemand erkundigt hat. Nach dir. Und mir, natürlich. Es ist für ihn so gefährlich wie für uns, er darf nicht einfach ein minderjähriges Mädchen bewirten – wenn es ab und zu vorkommt, sagt niemand etwas, aber wir waren jeden Tag da. Wenn mein Name ins Spiel kommt – wir müssen damit aufhören, Iris. Du hast gut gelernt. Die Schachregeln kannst du, und was ich dir sonst noch beibringen könnte … Du wirst es im Leben nicht brauchen. Ich habe es versucht, aber was bringt es?«

Ich hatte meinen Lehrer schon nüchtern und betrunken erlebt, wach und verkatert, aber noch niemals derart niedergeschlagen, derart hoffnungslos. Vielleicht wäre ich wirklich besser heimgegangen, hätte Mr. Whitham allein gelassen, auch wenn er es vermutlich nicht erwarten konnte, seine Sorgen zu ertränken. Stattdessen holte ich den Springer aus meinem Korb und reichte ihn meinem Lehrer. »Hier«, sagte ich. »Sie wollten ihn mitnehmen. Und herausfinden, wo Kettlewood liegt.«

Mr. Whitham schaute mich an, schüttelte den Kopf, zögerte, die Figur zu nehmen. »Ich kann nicht –«, sagte er, aber ich, zum ersten Mal in meinem Leben, fiel einem Mann ins Wort.

»Bitte, Sir. Sie sagten, Sie wollen mir helfen. Kettlewood. Mehr weiß ich nicht. Aber Sie können es finden.«

Endlich nahm Mr. Whitham den Springer. »Ich kann nichts versprechen.«

Ich ging nicht darauf ein. »Ich muss nach Hause. Danke, Mr. Whitham, Sir.« Dann lief ich weg. Ich wusste nicht, ob es klug war, ob ich die Figur jemals wiedersehen würde – aber es war getan. Mein erster Zug. Zwei Schritte zur Seite. Und einen nach vorn.

Die nächsten Tage mied ich Mr. Whitham. Ich hatte genug andere Sorgen als die Frage, wo Kettlewood lag und wie man dort auf mich oder auf die Schachfigur reagieren würde. Unsere Geldnot war wichtiger. Selbst mit einem Shilling in der Woche mehr – und ich wusste nicht, ob ich davon noch einmal etwas sehen würde, wenn jetzt das Schachspielen ein Ende hatte – fehlte mir immer noch so viel von dem, was meine Mutter verdient hatte, dass ich keine andere Wahl hatte, als endlich mit Mr. Ainley zu sprechen, unserem Hausverwalter.

Wie unser Hausbesitzer hieß, wusste ich nicht einmal,

der wohnte nicht bei uns im Haus oder in unserer Straße, er hatte eine feine Villa irgendwo außerhalb. Mr. Ainley war der Mann, der sich um alles kümmerte oder sich zumindest um alles hätte kümmern sollen; tatsächlich tat er nicht viel, außer die Miete einsammeln, aber er musste erfahren, dass ich unsere nicht mehr bezahlen konnte.

Mir hämmerte das Herz, als ich die Treppe hinunterstieg und zum Ende des Flures schlich, wo Mr. Ainley seine Wohnung hatte. Was, wenn er von mir und Mr. Whitham wusste? Wenn mich jemand auch bei ihm angeschwärzt hatte? Wenn er uns jetzt einfach vor die Tür setzte? Das hatte ich mir dann selbst zuzuschreiben. Ich wusste, dass ich den Pub nicht hätte betreten dürfen. Wenn ich jetzt Ärger bekam, war das meine eigene Schuld. Und so nahm ich meinen Mut zusammen und klopfte.

Der Hausverwalter war daheim, und er ließ mich nicht lange warten. »Was gibt es?«

»Entschuldigen Sie, Mr. Ainley«, sagte ich. »Ich bin Iris Barling, wir wohnen oben in Nummer 224.«

»Ah«, sagte Mr. Ainley. »Und?«

»Meine Mutter ist gestorben«, antwortete ich. »Vor ein paar Wochen schon, Sie haben das vielleicht mitbekommen.«

Mr. Ainley zuckte die Schultern. »Nichts gegen deine Mutter, Mädchen, aber hier wohnen viele, und hier sterben viele. Kommt ihr mit der Miete nicht mehr hin?«

Ich nickte. Dass er mich nicht kannte, mit meinem Namen nichts anzufangen wusste, war ein gutes Zeichen. Ich war auch nur eine von Hunderten, niemand Besonderes. »Wenn Sie noch jemanden für uns haben«, sagte ich, »ein, zwei Frauen passen bei uns noch rein.«

Mr. Ainley blickte an mir hinunter bis zu den Füßen, aber

als er wieder an mir hinaufblickte, blieb er irgendwo in der Mitte hängen, und mir gefiel sein Gesichtsausdruck nicht. »So wie du aussiehst, passt bei dir auch ein Mann rein«, sagte er mit einem Grinsen. Ich konnte nur so tun, als wisse ich nicht, wovon er redete, schüttelte standhaft den Kopf und sagte: »Nein, Sir, keine Familien, bei uns wohnt noch Mrs. Randall mit ihrer Tochter, und wir haben nur Platz für ein oder zwei Frauen.«

Das Grinsen verschwand nicht aus Mr. Ainleys Gesicht. Er wusste, ich hatte ihn genau verstanden. »Ich mache dir ein Angebot, Iris. Ich kann euch mit der Miete ein bisschen entgegenkommen, wenn du mir auch ein bisschen entgegenkommst, und dann treffen wir uns in der Mitte.« Wir wussten beide, wessen Mitte er damit meinte.

Mir schoss vor Scham das Blut in den Kopf. Ich fühlte mich hilflos. Was brachte es, uns einzubläuen, dass wir keusch sein und alles meiden sollten, das unsere Sittsamkeit in Gefahr bringen konnte, wenn dann so etwas passierte? Wir mussten irgendwo wohnen, und Mr. Ainley wusste das; ich musste Geld verdienen, und Mr. Daniels wusste das. Ich hätte das den Inspektoren melden können, wenn sich einer dafür interessiert hätte. Aber das Ende vom Lied wäre gewesen, dass ich meine Stelle verlor, und ebenso wenig wollte ich jetzt für meine Großmutter und mich die Wohnung verlieren. Das Letzte, was noch blieb, war, in der Kirche zu beichten, dass ich gesündigt hatte, indem ich die Blicke der Männer auf mich zog. Wenn ich ihnen Grund gab zu denken, ich wäre nicht keusch, hatten sie ja vielleicht recht …

»Was jetzt?«, fragte Mr. Ainley. »Ich habe nicht ewig Zeit. Das ist nur ein Angebot. Nimm es an oder lass es bleiben. Reine Nettigkeit von mir.«

»Es tut mir leid, Sir«, flüsterte ich. »Aber ich kann

nicht …« Es war nicht Kannnicht, es war Willnicht, aber eins kam aufs andere raus.

Er zuckte die Schultern, bedrängte mich nicht weiter. »Du bist nicht der einzige Fisch im Teich, nimm dich nicht so wichtig. Wenn du denkst, ich komm dir noch weiter entgegen mit dem Preis … Dann bekommt ihr eben jemanden dazu. Ist mir auch recht. Gibt genug Frauen, denen das etwas wert ist.«

Ich nickte und ging und unterdrückte den Drang, mich zu übergeben. Es war nichts geschehen. Er hatte mich nicht einmal angefasst. Und immerhin, er hielt Wort. Am folgenden Donnerstag zog Miss Hardaker bei uns ein, nur ein paar Jahre älter als ich, schwanger genug, dass man es schon sehen konnte.

»Wenn sie Glück hat, macht's es nicht lange«, hörte ich Mrs. Randall leise zu meiner Großmutter sagen.

Meine Großmutter nickte. »Oder es geht ihr so wie meiner.« Sie seufzte lang und tief.

Alle Versuche, die ich gemacht hatte, mich meiner Großmutter anzunähern – mit Verständnis, mit Widerspruch, mit Demut, mit Stolz, alle Mühen, genug zu verdienen, um sie durchzufüttern, und sie hatte noch immer nur Verachtung für mich übrig. Meine Entscheidung war endgültig gefallen. Meinen Platz im Bett brauchte Miss Hardaker dringender. Annie konnte mit dem Kind spielen, wenn es einmal auf der Welt war, und würde mich nicht lange vermissen. Und meine Großmutter konnte mir gestohlen bleiben. Wenn ich erst einmal wusste, wo Kettlewood lag, würde mich nichts mehr zurückhalten. Für einen Springer gab es keine Hindernisse.

3

Wieder vergingen Tage, in denen ich nicht von der Stelle kam. Ich traute mich nicht, Mr. Whitham zu fragen, ob er mit der Suche nach Kettlewood weitergekommen war, ich mochte ihm nicht auf die Nerven fallen. Aber er hatte immer noch meine Schachfigur, und selbst wenn er nichts herausgefunden hatte, wollte ich die doch irgendwann wiederhaben. Egal, wo Kettlewood lag, in der Fabrik bleiben würde ich nicht länger. Die nächste Woche ging zu Ende, und ich mochte nicht mehr warten.

Es war wieder einer jener Tage, an denen man von Mr. Whitham nur eine aufgeschlagene Zeitung zu sehen bekam. Trotzdem, als der Unterricht vorbei war und die anderen Mädchen es eilig hatten, nach Hause zu kommen, blieb ich zurück, wartete, während Mr. Whitham seine Zeitung zusammenlegte, und dann, als er keine Anstalten machte, mich hinauszuscheuchen, ging ich vorsichtig zu ihm hin.

»Entschuldigen Sie, Sir …«

Mr. Whitham nickte. »Da bist du ja, Iris.«

»Ich war die ganze Zeit hier, Sir.« Fast erwartete ich, dass er erwidern würde ›Ich nicht‹ – es hätte sicher der Wahrheit entsprochen. Doch Mr. Whitham lächelte.

»Es ist gut, dass ich dich sehe, Iris. Ich habe etwas herausgefunden.«

Das war eine Antwort, mit der ich nicht mehr gerechnet

hatte. Umso mehr hämmerte mir das Herz. »Über Kettlewood, Sir?«

»Genau.« Mr. Whitham packte seine Zeitung ein. »Hier. Trag meine Tasche.«

»Ich dachte, wir dürften nicht …«, sagte ich zögerlich und nahm die Tasche trotzdem. Vielleicht ging es ihm wie mir. Vielleicht hatte er das alles hier so satt, dass es ihm egal war, was die Leute über ihn dachten. Aber er schüttelte den Kopf.

»Nur bis in mein Zimmer, Iris. Ich will dir etwas zeigen.«

So sah ich schließlich zum ersten Mal die Wohnung meines Lehrers. Sie war nicht sauber, aber ich hatte in unserem Haus schon viel, viel Schlimmeres gesehen, da hatte ich mehr Dreck erwartet. Es waren die Bücher, an denen mein Blick hängen blieb und die ich mit offenem Mund anstarrte. Ich dachte, Mr. Whitham schleppe immer alle seine Bücher in der Tasche mit sich herum, aber tatsächlich waren die nur ein kleiner Teil davon. In seinem Regal standen mindestens fünfzig Stück. So viel Wissen auf einmal! Mir wurde fast schwindelig bei der Vorstellung. Ehrfürchtig blieb ich auf der Schwelle stehen, den Griff von Mr. Whithams Tasche immer noch umklammert.

»Trödle nicht herum, Iris. Es muss keiner mitbekommen, dass du hier bist, ich möchte nicht, dass irgendjemand auf dumme Gedanken kommt. Ich habe dein Kettlewood gefunden.« Er deutete auf einen Tisch, der fast völlig unter Papier verschwand. Als ich näher kam, sah ich, dass das alles Landkarten waren. Ich kannte die Karte der Britischen Inseln, die bei uns im Schulzimmer an der Wand hing, aber auf diesen hier, ohne die vertrauten Küstenlinien, fand ich mich nicht zurecht.

»Du weißt, was das ist?«

Ich nickte. »Eine Landkarte, Sir.«

»Immerhin.« Mr. Whitham nickte. »Es ist die detaillierteste Karte von England, die ich gefunden habe. Deswegen hat es auch ein paar Tage gedauert.«

Ich musste schlucken. »Sie haben die Karte abgesucht?«

Mr. Whitham zuckte die Schultern. »Es war das Letzte, was mir noch eingefallen ist. Zu deiner Schachfigur habe ich nichts herausfinden können. In meinem Lexikon stand nichts über ein Kettlewood. Ich war in einer Buchhandlung und habe gefragt, ob sie ein Exemplar von Burkes Adelskalender haben, dort meinten sie, ich wäre der Erste, der jemals danach gefragt hätte. Sie wollten es mir bestellen, aber das hätte lange gedauert und wäre sehr teuer geworden, darum habe ich erst einmal nur den Reiseatlas gekauft. Danach musste ich nur noch suchen.«

Dass er sich so viel Arbeit gemacht hatte, für mich ... Mit kleinen Schritten trat ich näher. Von der winzigen Schrift auf der Karte tränten mir die Augen. Waren das alles Ortsnamen? So viele Städte, Dörfer, und er hatte sie sich alle angeschaut? Ich war froh, überhaupt etwas erkennen zu können – die Namen der größeren Orte konnte ich noch entziffern, B-I-R-M-I-N-G-H-A-M, aber die kleinen? Die Namen gingen kreuz und quer in winziger Schrift, überschnitten sich, und dazu so viele Linien, ich wusste nicht, waren das Straßen oder Flüsse oder doch die Eisenbahn? Ich suchte nach dem, was ich kannte, wo Leeds auf der Karte im Schulzimmer war, hatte ich einmal gewusst, aber hier schwirrte mir der Schädel. Oben war Schottland ... Es half nichts. Ich war zu dumm für diese Karte.

»Schau her, Iris.« Mr. Whitham zog mich näher. Er roch nach Tabak, aber nicht nach Alkohol. Vielleicht hatte er in der Schule nur so müde ausgesehen, weil er die ganze

Nacht über der Karte gesessen hatte? Das musste wirklich Ewigkeiten gedauert haben. Mit einer Lupe wanderte seine Hand über die Karte und machte die Ortsnamen lesbar. »Hier sind wir. Yorkshire. Hier ist Leeds.« Ich versuchte, mir die Stelle einzuprägen, falls ich doch noch mal zurückkommen wollte und die Stadt wiederfinden musste. »Und hier, das ist Essex.« Viel weiter unten, aber noch nicht in London. London fand ich immer. »Und hier ist Kettlewood.« Diesmal musste ich mit weit hinunterbeugen, die Lupe fast mit der Nase berühren, um den Namen entziffern zu können. Der Ort war ein winziger Punkt. »Hat deine Mutter einmal erwähnt, dass sie aus Essex stammt? Oder deine Großmutter?«

Ich schüttelte den Kopf. »Aber sie hat auch nie gesagt, dass sie woanders herkommt«, sagte ich. Kettlewood. Wenn man den Namen las, klang er viel freundlicher, als wenn meine Großmutter ihn meiner Mutter entgegengespien hatte.

»Danke, Sir.« Ich konnte Mr. Whitham kaum ansehen. Wenn ich den Blick nur einmal abwandte, würde ein Kobold kommen und mir Kettlewood von der Karte stehlen.

»Ich habe die ganze Karte abgesucht, um sicherzugehen, aber es gibt kein zweites Kettlewood«, sagte Mr. Whitham. »Ist es dir immer noch ernst damit, dass du die Schachfigur zurückbringen willst?«

Ich nickte langsam, immer noch von der Karte gefesselt. »Lieber heute als morgen, Sir.«

»Weißt du, wie du dort hinkommen kannst?«

Mir schwand der Mut. Das war etwas, worüber ich bisher nicht nachgedacht hatte, um nicht daran zu verzweifeln, dass ich keine Ahnung hatte. »Mit der Eisenbahn, Sir?« Das war geraten. Leeds lag an der Eisenbahn, natürlich, aber so ein kleiner Ort auf dem Land? Was sollte die Eisenbahn dort wollen?

»Gut, Iris«, rief Mr. Whitham. »Sehr gut!« Es kam selten genug vor, dass er mich lobte. »Es gibt einen Bahnhof in Newport, nicht weit von Kettlewood, und von dort ist es nur ein Stück zu laufen. Ich kann dir etwas Geld für die Fahrkarte geben.«

Ich schluckte. Was eine Fahrkarte kostete, wusste ich nicht, nur, dass ich nicht mal einen Viertelpenny dafür übrig gehabt hätte. Alles Geld, das ich mir dazuverdient hatte, war an meine Großmutter gegangen, damit sie Essen kaufen konnte und Stoff für einen neuen Mantel. »Das ... das würden Sie für mich tun, Sir?«

Mr. Whitham nickte. »Sieh es einmal so, Iris. Ich weiß nicht, ob dir das aufgefallen ist, doch du bist meine einzige echte Schülerin. Die einzige, die jemals etwas von mir gelernt hat. Ich will, dass du etwas aus dir machst. Selbst wenn du ein Dienstmädchen wirst, hast du es immer noch besser, als wenn du hier in der Fabrik bleibst, bis du da stirbst oder im Kindbett ...« Er schüttelte den Kopf. »Gib nichts auf das, was ich rede, ich bin nur ein müder alter Mann. Wenn du nach Kettlewood willst, um dein Glück zu suchen, dann sorge ich zumindest dafür, dass du dorthin kommst.«

Ich konnte nicht anders, ich fing an zu weinen. Selbst meine eigene Großmutter gönnte mir kaum das Schwarze unter den Fingernägeln, und hier stand ein Fremder, einer, der mir nichts schuldete und mich kaum kannte, und wollte so viel für mich tun?

»He«, sagte Mr. Whitham und reichte mir ein Schnupftuch, aus dem Tabakkrümel gerieselt kamen. »Hör auf zu weinen, Iris. Es ist mir ernst. Sag mir nur – wird dir das etwas bringen?«

Ich zog die Nase hoch und wischte mir mit dem Taschentuch das Gesicht ab, froh, nicht zugeben zu müssen, dass ich kein eigenes hatte und sonst meine Ärmel nahm. »Ja!«, sagte ich schnell, bevor er es sich anders überlegte.

»Wenn ich dir das Geld gebe, weißt du, wie du damit nach Newport kommst? Du fährst nicht stattdessen nach Newport in Wales? Du weißt, wie die Eisenbahn funktioniert, wo man eine Karte bekommt und wie man umsteigt?«

So schnell prasselten seine Worte auf mich ein, dass ich eingeschüchtert den Kopf schüttelte. Dann packte mich die Wut. »Woher soll ich das alles wissen?«, rief ich. »Ich bin mein ganzes Leben lang noch nicht aus der Fabrik rausgekommen, und das wissen Sie!« Dann schlug ich mir erschrocken die Hand vor den Mund. Wenn Mr. Whitham mir jetzt nicht mehr helfen wollte, dann geschah mir das nur recht! Aber er lachte nur. Ich schrie ihn beinahe an, und er lachte.

»Das dachte ich mir«, sagte er. »Morgen ist Samstag. Und ich habe mir dringend einen Tag Luftveränderung verordnet. Dieser Dreck hier, all der Kohlenstaub, eure ganze Baumwolle – ich muss einmal wieder etwas Grünes sehen. Essex soll sehr schön sein.«

Ich blickte ihn nur an, wusste nicht, was ich sagen sollte. In diesem Moment fühle es sich nicht an, als stünde ich meinem Lehrer gegenüber. Er vertraute sich mir an, ich vertraute ihm – ich hätte nie erwartet, dass es möglich war, sich mit einem Mann anzufreunden, nur Freundschaft, nicht mehr, kein Grapschen und kein Glubschen, nur zwei Menschen, die in Not waren, jeder auf seine Weise, und die einander brauchen konnten. »Sie ... Sie wollen mich hinbringen, Sir?«

Mr. Whitham nickte. »So viele schlaflose Nächte. Da möchte ich dieses sagenumwobene Kettlewood einmal mit eigenen Augen sehen.«

Eigentlich hatte ich vorgehabt, mich heimlich davonzustehlen wie ein Dieb in der Nacht. Doch ich merkte schnell, dass das unmöglich war. Ich konnte nicht einfach alle meine Kleider und den Mantel, das Umschlagtuch und den Hut meiner Mutter übereinander anziehen und den Rest meiner Besitztümer in meinen Korb packen, ohne dass es jemandem auffallen würde. Meine Großmutter hatte zwar schlechte Augen, und Annie war blind, aber niemand von ihnen war dumm.

Es war vielleicht schwerer, mich zu verabschieden, als mich einfach aus dem Staub zu machen, noch weniger gefiel mir allerdings die Vorstellung, wie sie nach mir suchen und Angst haben würden, mir könnte etwas zugestoßen sein. Das Mindeste, was ich tun konnte, war reinen Tisch machen.

Samstag war der Tag, an dem die Maschinen schon mittags stillstanden und ich nicht zur Schule musste und an dem wir darum Zeit hatten, uns endlich einmal um den Haushalt zu kümmern. Unser Zimmer stand vor Dreck, der sich im Lauf der Woche angesammelt hatte; es war der Tag, an dem geflickt und der Ascheeimer geleert werden musste und ich auf der Straße nach runtergefallenen Kohlen suchte, um die ich mich mit anderen Kindern prügelte. Obwohl die Fabriksirene uns lange vor dem Morgengrauen weckte, wussten wir schon beim Aufstehen, dass wir mit der Arbeit nicht fertig werden würden und am heiligen Sonntag weiterarbeiten mussten in der Hoffnung, Gott würde Verständnis dafür haben, dass wir nicht in unserem Dreck ersticken wollten. Betten wurden aufgeschüttelt, Besen geschwungen, und in dem ganzen Trubel kniete Annie in ihrer Ecke und betete.

Ich trat an sie heran, auf Zehenspitzen, damit niemand sonst es bemerkte. »Annie«, flüsterte ich, »hörst du mich?«

Annie schüttelte den Kopf. »Ich habe dir doch gesagt, du sollst weggehen.«

»Das tue ich auch, Annie. Jetzt gleich, noch heute. Ich gehe und komme nicht mehr wieder.« Ich flüsterte, so leise ich konnte, doch ich hörte meine Stimme zittern und wusste, das entging auch Annies feinen Ohren nicht. »Wie du es dir immer gewünscht hast.«

»Fein«, sagte Annie. In ihren Worten schwang immer noch die Verletztheit mit. »Kann ich jetzt weiterbeten?«

»Annie, es ist mir ernst. Ich gehe weg. Und ich will mich von dir verabschieden.«

Annies Hände blieben gefaltet. »Ich habe das gehört. Ich bin nicht taub.« Dann lächelte sie kurz. »Ich bete für dich.«

»Danke.« Ich musste schlucken. »Ich werde auch für dich beten.« Es stimmte. Früher hatte ich immer dafür gebetet, dass Gott Mrs. Randall verzeihen und Annie ihr Augenlicht zurückgeben würde, doch daran glaubte ich nicht mehr. Was ich tun wollte, war beten, dass auch Annie die Schule besuchen durfte, dass Mr. Whitham, wenn ich nicht mehr da war, stattdessen sie unterrichten würde, er wollte so viel lehren und sie so viel lernen … »Ich vergesse dich nicht, Annie Randall. Und wenn ich nach Amerika komme oder Fatalien oder wohin auch immer, rufe ich dir einen Gruß in den Wind. Weil ich weiß, dass du das hören kannst mit deinen Ohren.«

»Nicht mit den Ohren«, erwiderte Annie und verstand mich. Danach fuhr ich damit fort, meine Kleider anzulegen.

Um sieben Uhr sollte ich Mr. Whitham vor der Schultür treffen, was für mich schon fast zu spät klang, für Mr. Whitham hingegen sicher sehr früh war. Vorher musste ich noch mit meiner Großmutter sprechen. Ich tröstete mich damit, dass es das letzte Mal sein sollte.

»Was tust du da, Mädchen? Was willst du mit dem Hut? Zur Kirche vielleicht?«

Ich straffte mich und blickte meiner Großmutter ins Gesicht. Wir hatten nur wenig Licht, die Petroleumlampe war nichts als eine trübe Funzel, trotzdem glaubte ich, dass man die Entschlossenheit in meinen Augen sehen konnte. »Ich gehe fort, Großmutter. Ich möchte nicht enden wie meine Mutter. Ich habe mir die Entscheidung nicht leicht gemacht, aber ich gehe, jetzt gleich.«

Meine Großmutter lachte, dass es ebenso gut ein Husten sein konnte. »Das wüsste ich aber! In drei Tagen bist du wieder hier, weil dich der Hunger umtreibt, und wer weiß, was für Krankheiten du dir eingefangen hast, wenn du dich nicht gleich schwängern lässt!«

»Es ist mir ernst«, sagte ich. »Lebwohl, Großmutter. Auf Wiedersehen, Mrs. Randall, Miss Hardaker. Ich wünsche Ihnen alles Gute. Vor allem mit der Geburt und so.«

Die beiden Frauen nickten nur. Von Miss Hardaker war nichts anderes zu erwarten, sie kannte mich schließlich kaum, aber bei Mrs. Randall wunderte es mich doch. Vielleicht rechnete sie damit, dass ich spätestens am Abend wieder da sein würde.

»Das kannst du nicht tun!« Jetzt endlich schien meine Großmutter zu begreifen, dass ich nicht nur drohte oder irre redete. »Du kannst mich nicht hier allein lassen – wovon soll ich leben? Ich bin deine Großmutter!«

»Und du wünschst dir, ich wäre niemals geboren«, sagte

ich fest. »Du wünschst dir, es gäbe mich nicht. Ich erfülle deinen Wunsch. Ich verschwinde aus deinem Leben, als wäre ich nie da gewesen.« Während ich sprach, legte ich die Dinge, die ich mitnehmen wollte, in meinen Korb. Etwas Wolle – auch wenn ich eine lausige Strickerin war, wusste man nie, wann man das brauchen konnte. Bibel und Gebetbuch, als gäbe es dort, wo ich hinreiste, keine Christenmenschen. Es waren die einzigen Bücher, die ich besaß, deshalb wollte ich sie bei mir haben. Zwei schon ziemlich schrumpelige Möhren – irgendwas würde ich während der Fahrt essen müssen, und wir hatten mal wieder kein Brot im Haus. Und natürlich die Schachfigur.

»Aber Mädchen, wie kannst du so etwas von mir denken?«

»Weil du es mir gesagt hast«, erwiderte ich. »Immer und immer wieder. Du bist seit über zwei Jahren hier und hast mich nie auch nur mit meinem Namen angesprochen. Ich bin Iris Barling. Wenn du irgendwann glaubst, dass ich doch Teil deiner Familie bin, kannst du ja nachkommen. Ich gehe nach Kettlewood.«

Das Letzte hatte ich ihr eigentlich nicht verraten wollen, aber ich hatte doch ein schlechtes Gewissen, sie so zurückzulassen, ohne ihr diese Chance zu geben. Sie hatte ihre Heimat aufgegeben, um bei ihrer Tochter sein zu können. Jetzt hatte sie weder das eine noch das andere. Ich war drauf und dran, Mr. Whitham zu fragen, ob wir sie nicht mitnehmen konnten, eine alte Frau nahm nicht viel Platz weg. Doch mit der Reaktion meiner Großmutter hatte ich nicht gerechnet. Sie sagte nichts. Sie spuckte mir ins Gesicht.

»Dann kommst du eben nicht nach«, sagte ich und ging. Mit schlotternden Knien und durchgedrücktem Rücken, mit Übelkeit und Wut im Bauch, aber auch mit einem Stolz, den mir weder die Fabrik noch meine Großmutter jemals ganz hatten nehmen können. Ich ging, ohne zurückzublicken. Ich würde noch in drei Jahren Baumwollfasern in meinem Kamm finden oder sie auf der Zunge schmecken, das war Andenken genug. Ich schwitzte unter der dicken Kleiderschicht, froh, dass ich nicht mehr Kleider besaß. Vor allem war ich aufgeregt und neugierig auf das, was mir bevorstand.

Und dann war ich weg.

Fast hatte ich erwartet, dass Mr. Whitham nicht kommen würde, so oft wie er es schaffte, selbst zum Unterricht zu spät zu erscheinen. Aber da stand er, ganz wie abgemacht, eine dunkle Gestalt in Hut und Mantel. Er hielt die Tasche in der Hand, die ich so oft getragen hatte, dass ich ihm böse geworden wäre, wenn er sie dagelassen hätte.

»Da bist du ja, Iris«, sagte er. »Gehen wir zum Bahnhof. Wir haben eine weite Reise vor uns. Hast du Hunger?«

Ich schüttelte den Kopf. Vor Aufregung hätte ich nichts hinunterbekommen, selbst wenn Mr. Whitham mir Zuckerstangen angeboten hätte.

Trotzdem reichte er mir einen Apfel, den ich dankbar annahm, denn meine Möhren würden nicht den ganzen Tag vorhalten. »Hier«, sagte er. »Dann hast du zumindest etwas.«

Ich nickte vorsichtig. »Danke, Sir«, flüsterte ich. »Ich hoffe, Sie bekommen keine Probleme? Wenn jemand Sie mit mir sieht, meine ich.«

Ein bisschen lächelte Mr. Whitham. Er sah trauriger aus, als er an so einem Tag hätte sein dürfen. »Wenn jemand fragen sollte«, sagte er, »so bin ich dein Gevatter, und ich bringe dich nach Essex, damit du dort eine Anstellung antreten kannst. Das ist doch sehr nah an der Wahrheit.«

»Gut«, sagte ich, nicht ohne mich nach allen Seiten umzublicken. Wenn wir einmal am Bahnhof angekommen waren, würde uns niemand mehr erkennen. Es war kein weiter Weg. Schon von unserem Haus aus konnten wir die Eisenbahnen hören, wie sie schnauften und stampften und keuchten. Wie musste das erst sein, wenn man direkt danebenstand oder gar in ihren Bauch hineinstieg!

Während Mr. Whitham Fahrkarten kaufte, durfte ich auf den Bahnsteig vorgehen und schauen, wie die Züge einfuhren. Ich sah eine Lok nahen, ein riesiges schwarzes Ungetüm, in eine Wolke aus stinkendem Rauch gehüllt wie der Teufel persönlich, aber ich blieb stehen, eine Hand an meinem Hut, ließ sie herankommen und dicht an mir vorbeifahren, bevor sie langsam zum Stillstand kam. Dass der Qualm dabei auch mich völlig einhüllte und ich husten musste, wie ich es sonst nur von meiner Mutter kannte, war jeden Augenblick dieser Begegnung wert. Ich drückte meinen Korb an mich, damit er mir nicht im Schutz der Rauchschwaden gestohlen wurde, und hoffte, dass Mr. Whitham schnell mit den Karten zurückkommen würde.

Endlich kam er angelaufen. Ich wusste nicht einmal, dass er auch rennen konnte. »Spring rein, Iris!«, rief er, während er angehetzt kam. »Das ist unserer!«

Trotzdem wartete ich, bis er bei mir war. Was hätte es gebracht, ohne Mr. Whitham und die Fahrkarten im Zug zu sitzen? Die Eile war auch gar nicht nötig. Es dauerte lange, bis der Zug fertig beladen war, Menschen, Gepäck, Vieh, alles musste am richtigen Ort verstaut werden. Mir wäre es lieber gewesen, die Fahrt hätte sofort losgehen können. So saß ich unruhig auf meiner Bank, eingezwängt zwischen Mr. Whitham auf der einen Seite und einer dicken Frau, die nach Bier und Zwiebeln roch, auf der anderen. Am liebsten wäre ich wieder zurückgelaufen, zu meiner Großmutter, zu Warwicks Textilfabrik, um an dem Ort zu bleiben, den die Natur mir zugedacht hatte, statt zu versuchen, dorthin zu entkommen, wo ich nichts zu suchen hatte. Lag es an mir, dass der Zug nicht losfuhr? Wollte Gott mir noch ein Zeichen geben? Aber da, endlich, setzten wir uns in Bewegung.

»Am besten versuchst du, etwas zu schlafen«, sagte Mr. Whitham freundlich. »Wir haben eine lange Fahrt vor uns.«

Schlafen! Wie er nur daran denken konnte, war mir schleierhaft. Für mich war das alles zum Schlafen viel zu aufregend. Der Zug rumpelte und rüttelte und lärmte. Vielleicht war es anders, wenn man reich war und in der ersten Klasse reisen durfte oder in der zweiten, doch als Mr. Whitham sich bei mir entschuldigen wollte, dass wir nur in der dritten Klasse fahren konnten, starrte ich ihn verwirrt an – wo denn sonst? Dass ich nicht im Viehabteil fahren musste, aus dem sie am Bahnhof eine Herde Schafe ausgeladen hatten, reichte mir schon. Ich bedauerte bloß, dass die Fenster so schwarz vom Ruß waren, dass ich nicht hinausschauen konnte.

Die Fahrt dauerte Stunden. Wir konnten nicht einfach nach Essex fahren, sondern mussten erst nach London, obwohl das weiter weg war, um dort in einen Zug nach Essex umzusteigen. Und so aufregend es noch gewesen war, als der Zug zum ersten Mal anfuhr, nutzte sich dieses Gefühl schnell ab. Weil ich nicht hinausblicken konnte, tröstete ich mich mit der Vorstellung, was ich alles zu sehen bekommen würde, wenn wir einmal in London waren. Über diesen Gedanken muss ich wohl doch eingenickt sein, denn irgendwann schüttelte mich Mr. Whitham bei der Schulter: Wir waren da.

Als die Türen unseres Abteils von außen aufgerissen wurden, freute ich mich, aussteigen zu dürfen. Meine Knie fühlten sich vom langen Sitzen ganz eingerostet an, besonders froh war ich allerdings über die frische Luft.

»King's Cross«, sagte Mr. Whitham. »Da wären wir, Iris. Hättest du dir das träumen lassen?«

Ich schüttelte den Kopf und drückte meinen Korb an mich, völlig erschlagen von der Größe um mich herum. Ich hatte den Bahnhof von Leeds schon für groß gehalten, und ich war Fabrikhallen gewöhnt, aber wenn London die größte Stadt der Welt war, musste sie natürlich auch den größten Bahnhof der Welt haben. Vor allem aber gab es hier Menschen, Unmengen Menschen.

»Wo müssen wir jetzt hin?«, schrie ich über den Bahnhofslärm hinweg, und Mr. Whitham antwortete ebenso laut: »Nach draußen!«

Ich wunderte mich, schließlich wollten wir mit der Eisenbahn weiterfahren, doch ich glaubte meinem Lehrer. Tatsächlich war dieser Bahnhof, so groß er auch sein mochte, nur einer von vielen, und die Züge nach Essex fuhren von einem anderen los, Liverpool Street Station. Und um dort hinzukommen, mussten wir die halbe Stadt durchqueren.

Zunächst einmal waren wir wohl beide dankbar, die Sonne wiederzusehen, oder das, was London anstelle von Sonne hatte: Die Stadt war in eine Glocke aus Rauch und Nebel gehüllt. Wenn ich gehofft hatte, London wäre schöner und weniger schmutzig als Leeds, um einer Königin würdig zu sein, hatte ich mich geirrt. Plötzlich war ich erleichtert, dass es auf dem schnellsten Weg wieder aus der Stadt hinausgehen sollte.

»Und wie finden wir jetzt diesen anderen Bahnhof?«, fragte ich besorgt.

Ich hoffte inständig, dass wir uns in dieser riesigen Stadt nicht verlaufen würden. Mr. Whitham, der im Bahnhof mit einem Schaffner gesprochen hatte, winkte ab. »Keine Angst, Iris, du gehst hier nicht verloren. Bleib einfach in meiner Nähe. Es sind nur ein paar Meilen zu Fuß, und wir können auch eine Droschke nehmen, wenn du möchtest. Oder die Untergrundbahn.«

Ich war hin- und hergerissen. Meine Armut wollte zu Fuß gehen, meine Neugier wissen, was diese Untergrundbahn war, aber meine Angst entschied sich für die Droschke. Der Fahrer würde den Weg besser finden als wir, und auch wenn ich noch nie in einer gesessen hatte, war nichts Unheimliches daran, wie ein Pferd einen Wagen zog. Der Tag war schon mehr als halb vorbei, und ich hatte Hunger. In der Droschke würde ich endlich meinen Apfel essen können … Stattdessen schlief ich erneut ein. So kam es, dass ich zwar behaupten konnte, in London gewesen zu sein, aber außer zwei Bahnhöfen nichts, wirklich nichts von der Stadt gesehen hatte.

Als mir Mr. Whitham an der Liverpool Street Station aus der Kutsche half, war ich immer noch hundemüde und wusste nicht, warum. Ich hatte nichts getan als stundenlang herumsitzen, trotzdem fühlte ich mich so erschöpft wie nach einem langen Arbeitstag. Die Aussicht, gleich in den nächsten Zug zu steigen und mich durchschütteln zu lassen, machte es nicht besser. Von mir aus konnte Kettlewood warten. Alles, was ich noch wollte, war ein Bett. Und ich schwitzte. So viele Kleider übereinander – wie gern hätte ich zumindest wieder meinen Mantel ausgezogen.

Mr. Whitham hatte Mitleid mit mir. »Hier, ruh dich ein bisschen aus.« Er führte mich in die Bahnhofshalle, wo es Bänke gab, von denen tatsächlich noch eine frei war. Ich setzte mich, auch wenn ich mich am liebsten auf der Bank ausgestreckt hätte, aber ich wollte niemandem den Platz wegnehmen. »Ich komme gleich wieder«, sagte Mr. Whitham. »Ich will mir … nur kurz die Füße vertreten. Pass auf meine Tasche auf, ja? Und falls jemand danach fragt – hier ist deine Fahrkarte.« Er drückte mir ein Pappkärtchen in die Finger, nickte mir noch einmal zu und verschwand in der Menge.

Ich blinzelte. Dösen erschien verlockend, doch vorher wollte ich warten, bis Mr. Whitham zurückkam. Nicht, dass jemand unsere Sachen stahl und ich plötzlich ohne die Schachfigur dastand! Die Füße vertreten … Mr. Whitham brauchte mich nicht anzulügen. Ich hoffte nur, dass er nicht zu lange wegbleiben und nicht völlig betrunken sein würde, wenn er zurückkam.

Ich wartete. Nachdem ich einmal den Mantel ausgezogen, meinen Apfel gegessen und meinen Durst an einem kleinen Brunnen gestillt hatte, ging es mir besser, und Mr. Whitham konnte von mir aus zurückkommen. Menschen gingen vorbei, eilten zu ihren Zügen, kamen froh in London an, fielen ihren Lieben in die Arme. Es herrschte ein einziges Durcheinander an Geräuschen, Stimmengewirr, das Schnaufen und Pfeifen der Lokomotiven, und darüber die Stationsvorsteher, die ausriefen, welcher Zug ankommen sollte und welcher abfahren. Oben auf der anderen Seite der Halle hing eine große Uhr, deren Zeiger unermüdlich weiterrückte. Kein Mr. Whitham.

Wo eben noch Müdigkeit gewesen war, wuchs in mir die Wut. Dachte er, ich schliefe und würde sein Fehlen nicht bemerken? Ich war wach und zornig. Dreimal überlegte ich, ihn suchen zu gehen, es konnte nicht so viele Wirtshäuser um den Bahnhof herum geben, aber er hatte mir aufgetragen zu warten, und ich hatte Angst, mich zu verlaufen, allein in so einer großen Stadt. Mr. Whitham würde schon wiederkommen. Er wusste, dass ich ohne ihn aufgeschmissen war, er trank ein Bier oder zwei oder drei, aber er würde wiederkommen.

Die Zeiger der Uhr wanderten weiter. Sechs Uhr abends. Fast zwei Stunden, seitdem Mr. Whitham verschwunden war. Ich saß mit geballten Fäusten auf meiner Bank, so steif, als hätte ich einen Stock verschluckt, starrte abwechselnd auf meinen Korb und die Uhr und erstickte fast an meiner Wut. Der nächste Zug fuhr ein, mit halbem Ohr hörte ich den Stationsvorsteher die Zielorte herunterrattern: Hackney, Tottenham, Walton Cross … und schließlich: Newport, und weiter nach Cambridge. Ich biss die Zähne zusammen. Das war unser Zug. Und Mr. Whitham war nicht da.

Ich rang mit mir. Alles in mir wollte aufspringen, zum Bahnsteig rennen und in den Zug steigen – doch ich blieb sitzen. Ich hatte mein Leben lang gehorcht und konnte nicht einfach damit aufhören, nur weil mein Lehrer ein Säufer war und mich versetzt hatte und keinen Funken Anstand im Leibe. Der Zug nach Newport fuhr ohne mich ab. Die Zeiger rückten weiter.

Langsam wich meine Wut der Angst. Ich saß in London. Ich hatte keinen Penny in der Tasche, ich war ein Mädchen und ganz allein, selbst wenn ich mitten im Bahnhof, mit so vielen Leuten um mich herum, wohl noch einigermaßen sicher war. Vielleicht konnte ich hier übernachten, auf der

Bank, bis Mr. Whitham am nächsten Morgen aus der Gosse gekrochen kam und ihm wieder einfiel, dass es mich auch noch gab und wir ein Ziel hatten. Ich war darauf vorbereitet, es alleine mit ganz Kettlewood aufzunehmen, aber nicht mit London.

Ich wusste es besser, als um Hilfe zu bitten. Niemand außer Mr. Whitham hatte mir jemals geholfen. Die anderen waren wie Mr. Ainley, sie wussten meine Notlage nur zu gut auszunutzen … Es half nichts, und ich hasste mich dafür, doch ich fing an zu weinen. Wo war meine Wut? Ich wollte meine Wut wiederhaben! Ich zog die Nase hoch, fletschte die Zähne und stand auf. Ich war nicht so hilflos, wie ich dachte. Ich hatte mein Gepäck, und ich hatte meine Fahrkarte. Und alles, was mich vielleicht noch im Bahnhof gehalten hätte, war Mr. Whithams Tasche. Es waren Bücher darin – kein Hemd zum Wechseln, kein Proviant, nur seine Zeitung und die gleichen Bücher, die er auch jeden Tag mit in die Schule geschleppt hatte. Was er damit wollte? Ich hatte keine Ahnung. Aber ich hatte ihm versprochen, darauf achtzugeben, und anders als er wollte ich mein Wort halten.

Ich hatte kein schlechtes Gewissen, dass ich die Tasche mitnahm, als ich endlich von der Bank aufstand. Wenn ich sie dort stehen ließ, war sie gestohlen, lange bevor Mr. Whitham wieder auftauchte. Mit der schlechten Hand packte ich meinen Korb, mit der guten die Tasche, dann wanderte ich langsam zu dem Bahnsteig, wo mir der letzte Zug davongefahren war. Ich wusste nicht, wie man die Fahrpläne las, doch da stand ein Mann in Uniform, der es wissen musste. Mein Herz hämmerte vor Aufregung, Angst und Zorn, und ich musste meinen ganzen Mut zusammennehmen, um zu ihm hinzugehen.

»Entschuldigung, Sir.« Ich brachte die Worte kaum heraus, fühlte mich von allen Seiten angestarrt, ein lockeres Mädchen, das einfach fremde Männer ansprach, aber nun war es zu spät. »Können Sie mir sagen, ob hier der Zug nach Newport abfährt?«

Der Mann sah mich an und legte den Kopf schief. Er konnte nur ein paar Jahre älter sein als ich, und er grinste. »Nicht, wenn Sie nach Wales wollen.« Ich starrte ihn an, wusste nicht, was ich sagen sollte. Er lachte nur. »Kommt öfter vor, als Sie denken, Miss. Sie wollen nach Essex?«

Stumm nickte ich, rot vor Scham.

»Halbe Stunde noch«, sagte der Mann. »Nicht zu übersehen, wenn Sie hier warten. Brauchen Sie Hilfe?«

Ich schüttelte den Kopf, murmelte ein Dankeschön und wartete in sicherer Entfernung, um mich nicht in ein Gespräch verwickeln zu lassen. Auf Zehenspitzen schaute ich hinüber zu der Bank, auf der ich so lange gesessen hatte. Wenn dort jetzt doch noch Mr. Whitham auftauchte …

Dann passierte etwas Seltsames – nicht im Bahnhof, sondern in mir. Ich ließ meine Angst los und im gleichen Augenblick auch meinen Lehrer. Er hatte alles getan, damit ich nach Kettlewood kam. Alles, was ich jetzt noch zu tun hatte, war, in den richtigen Zug zu steigen, und das konnte ich auch ohne ihn. Spätestens in Kettlewood hätten sich unsere Wege so oder so getrennt. Ja, Mr. Whitham hätte das Herrenhaus gern gesehen, doch er hatte seine Entscheidung getroffen. Es gab etwas, das ihm wichtiger war als das, und es war nicht an mir, ihn dafür zu verurteilen. Ich verdankte ihm zu viel, um jetzt zornig in den Zug zu steigen. Stolz sollte ich es tun, und aufrecht, und voll Dankbarkeit für den Mann, der mich hierhergebracht hatte.

Mir blieb nicht mehr viel Zeit, bis der Zug fuhr, und ich war fest entschlossen, diesmal mitzufahren. Trotzdem wollte ich nicht einfach verschwinden, ohne Mr. Whitham eine Nachricht zu hinterlassen. In seiner Tasche fand ich Papier und einen Bleistift. Ich hatte noch nie einen Brief geschrieben und auch noch nie einen bekommen, aber so schwer konnte das nicht sein. »Guten Tag Mr. Whitham«, schrieb ich, mit zittriger Hand, gegen eine Anschlagstafel gedrückt. »Vielen Dank für alles. Ich bin auf dem Weg nach Kettlewood.« Und weil das noch nicht wirklich so aussah, wie ich mir einen Brief vorstellte, schrieb ich dazu: »Gott behüte Sie.«

Es war kein langer Brief. Ich konnte nur langsam schreiben, so selten, wie ich das brauchte. Direkt gegenüber der Bank, auf der ich so lange gesessen hatte, war ein Stand, der Zeitschriften verkaufte: Wenn Mr. Whitham zurückkam und mich nicht mehr fand, würde er sich bestimmt dort erkundigen. Ich faltete meinen Brief zusammen, schnappte mir das Gepäck und lief hinüber. Und jetzt, da so wenig Zeit blieb, war ich auf einmal gar nicht mehr schüchtern.

»Mein … mein Oheim und ich haben einander verpasst«, sprudelte es aus mir heraus. »Ich muss meinen Zug nehmen – können Sie ihm das hier geben? Er wird ganz sicher nach mir fragen!« Mit wenigen hastigen Worten beschrieb ich meinen Lehrer, auch wenn es mir vorkam, als ob damit die halbe Stadt gemeint sein könnte, aber so viele Leute würden sich schon nicht nach mir erkundigen. Seine Tasche mit den Büchern behielt ich. Er hatte sie mir anvertraut, und wenn er wollte, konnte er mir immer noch nach Kettlewood folgen.

Dann saß ich im Zug, ganz allein, und es gab kein Zurück mehr. Ich konnte nur hoffen, dass ich das Richtige getan hatte. Obwohl ich mir einzureden versuchte, dass mit Mr. Whitham alles in Ordnung war, machte ich mir Sorgen um ihn. Aber vielleicht war das ganz gut so: Damit war ich viel zu beschäftigt, um noch Angst zu haben vor dem, was mich in Kettlewood erwartete.

Der Zug ratterte durch den Abend, und diesmal war ich hellwach. Niemand war da, um mir zu sagen, wann ich auszusteigen hatte, ich musste selbst aufpassen, und es gefiel mir. Das hilflose kleine Mädchen hatte ich in Leeds zurückgelassen.

Wir wurden langsamer. Ein Bahnhof, und nicht irgendeiner. Ich hatte mitgezählt.

»Newport! Hier ist Newport!«, rief der Schaffner. Aber für mich klang es, als riefe er: »Hier ist Kettlewood.«

4

Ich hatte noch nie einen so klaren Himmel gesehen. Es war schon ziemlich dunkel, als ich in Newport aus dem Zug stieg, ohne die leiseste Ahnung, wie ich so spät nach Kettlewood finden sollte, doch ein Blick zum Himmel entschädigte mich für alles, was auf der Reise schiefgelaufen war. Er war voller Sterne. Ich stand und starrte und konnte gar nicht damit aufhören – Sterne, mehr als man zählen konnte. Und nachdem der Zug sich in seine Qualmwolke gehüllt hatte und mit ihr wieder davongefahren war, kam eine Luft auf, die nach Gras und Kräutern und Abenteuer roch und nach tausend Dingen, die sie mir noch nicht verraten wollte.

Am liebsten wäre ich losmarschiert, um bei Sternenlicht den Weg nach Kettlewood zu suchen, aber jenseits der Straßen von Newport, wo es immerhin gasbetriebene Laternen gab, wartete eine Finsternis, zu dunkel, um auch nur die Hand vor Augen zu erkennen. Die Sterne waren wunderschön. Bloß Licht gaben sie keins.

»Kann ich Ihnen helfen, Miss?« Es waren nur wenige Menschen in Newport ausgestiegen, und außer mir hatten es alle eilig gehabt, den Bahnhof wieder zu verlassen. Nur ich war übrig, und der Stationsvorsteher, der jetzt zu mir herüberkam.

Ich nickte schüchtern. »Dürfte ich heute Nacht hierbleiben, Sir?«

»Hier?« Der Stationsvorsteher schüttelte verwirrt den Kopf. »Auf dem Bahnsteig?«

Wieder nickte ich. Jetzt hätte ich Mr. Whitham wirklich brauchen können. Ich hatte keine Ahnung, was ich sagen sollte, oder tun.

»Wollen Sie auf den nächsten Zug zurück nach London warten? Oder sind Sie zu früh ausgestiegen und müssen weiter in Richtung Cambridge?«

Diesmal schüttelte ich den Kopf. »Nein, Sir. Ich bin auf dem Weg nach Kettlewood. Es ist nur schon so dunkel.«

Ich sah den Mann bang an, wartete auf Entsetzen, auf eine Warnung, ein hastiges Kreuzzeichen. Doch der Mann nickte nur. »Ach, da sind Sie hier natürlich richtig«, sagte er. »Sie kommen aber nicht wegen des Herrenhauses, oder? Früher durfte man an Sonntagen noch den Park besuchen, nur vor einigen Jahren hat das leider aufgehört, die wollen schließlich auch ihre Ruhe. So ein schönes Haus – wenn Sie in der Umgebung spazieren gehen, haben Sie einen guten Blick darauf, vorausgesetzt, das Wetter spielt mit.«

Ich schluckte. »Eigentlich … eigentlich wollte ich fragen, ob ich dort Arbeit bekomme.«

»Na, dann wünsche ich doppelt Glück!«, sagte der Stationsvorsteher. »Ich wüsste nicht, dass sie gerade suchen, und wenn, nehmen sie üblicherweise Mädchen aus der Gegend. Versuchen Sie es ruhig – wer sagt denn, dass sie bei so einem hübschen jungen Ding nicht einmal eine Ausnahme machen?«

Am liebsten hätte ich noch mehr Fragen gestellt, doch ich wollte mich nicht zum Gerede machen. In meiner Vorstellung war Kettlewood ein abstoßendes, düsteres Gemäuer gewesen, von riesenhaften bissigen Hunden bewacht. In den Worten des Stationsvorstehers klang es ganz anders. »Ich kann hier bis morgen warten, oder?«

»Warum übernachten Sie nicht im ›Hahnenkampf‹?«, fragte der Stationsvorsteher. »Da bekommen Sie ein anständiges, sauberes Zimmer …« Er brach ab, bevor ich mir die Blöße geben musste, zu erklären, dass ich kein Geld hatte. »Oder Sie können es sich auf der Bank im Bahnhofsgebäude gemütlich machen«, sagte er schnell. »Da haben Sie zumindest ein Dach über dem Kopf.«

»Danke, Sir«, antwortete ich und starrte auf meine Füße. Sie waren kaum zu sehen, so unförmig verschwand mein Leib unter den Kleiderschichten. Zumindest musste ich keine Angst haben, in der Nacht zu erfrieren. Alles juckte mich. Aber bis zum nächsten Tag sollte ich das schon aushalten. »Das ist sehr gütig von Ihnen.«

Ich hätte viel für ein Bett gegeben. Wenigstens hatte ich eine ganze Bank für mich. An anderen Tagen hätte ich mich gefürchtet, ganz allein im Bahnhof mit einem fremden Mann zu übernachten, selbst wenn ich unten im Wartesaal schlief und der Stationsvorsteher oben seine Wohnung hatte. Doch wenn die andere Möglichkeit darin bestand, mutterseelenallein in finsterer Nacht auf der Landstraße unterwegs zu sein, machte mir die Nähe eines fremden Mannes plötzlich keine Angst mehr. Und anders als in London gab es hier im Bahnhof sicher keine Diebe. Ich war allein und sollte das auch bleiben, und sicherer als unter freiem Himmel war ich dort allemal.

In aller Herrgottsfrühe, lange vor der Morgendämmerung, war ich wach und wusste, dass ich keinen Schlaf mehr finden würde. Das Bahnhofsgebäude war dunkel und verlassen, und der freundliche Mr. Copeland, der mir die Tür offen gelassen hatte, noch in seiner Wohnung. Ich hoffte, dass es noch ein Weilchen so bleiben sollte, denn länger hielt ich es beim besten Willen nicht mehr in all den Kleidern aus.

Ich zog mich um, so schnell ich konnte, und obwohl weit und breit niemand war, um mir zuzusehen, genierte ich mich dabei furchtbar. Ich faltete alle Sachen zusammen bis auf mein Sonntagskleid, das ich anzog, und stopfte sie zu den Büchern in Mr. Whithams Tasche.

Dann machte ich mich davon. Es tat mir leid, dass ich mich nicht mehr bei Mr. Copeland bedanken konnte, doch ich war wie gerädert von der harten Bank und konnte es nicht erwarten, endlich nach Kettlewood zu kommen.

Draußen dämmerte es, als ich die Tür des Bahnhofsgebäudes aufschob und sie so sorgfältig hinter mir zuzog, dass sie aussah wie abgeschlossen, ehe ich hinaustrat in den Morgennebel. An der Pumpe einer Pferdetränke konnte ich einen Schluck Wasser trinken und mir das Gesicht waschen, so gut es ging. Ein Stück die Straße hinunter sah ich eine kleine, graue Kirche, die ich mit ihren Zinnen beinahe erst für eine Burg gehalten hätte, und auch wenn ihre Türen so früh noch geschlossen waren, war es schon Sonntag. Zur Frühmesse war es wahrscheinlich gar nicht mehr lange hin, doch ich wollte nicht darauf warten. Stattdessen kniete ich mich auf dem Kirchhof nieder, sprach ein Gebet und las zwei Seiten in meinem Gebetbuch, um zumindest ein bisschen von meiner Sonntagspflicht getan zu haben. Danach ging es mir besser. Und meine Taschen wogen nicht mehr so schwer.

Die Straßen waren leer, und ich sah niemanden, den ich nach dem Weg hätte fragen können, doch als hätte man gewusst, dass eines Tages ich daherkommen würde, stand dort, wo sich die Straßen kreuzten, ein Wegweiser. In einer

Richtung ging es nach Wendens Ambo, in der anderen nach Debden – und auf dem dritten Schild stand: Kettlewood, neun Meilen. Wenn ich daran dachte, wie weit ich schon gekommen war, sollte ich auch einen Fußmarsch von neun Meilen überstehen, selbst wenn mir der Magen knurrte.

Der Dunst hob sich, noch bevor die letzten Häuser von Newport hinter mir lagen. Schon war ich im Grünen. Der Weg führte durch ein Wäldchen, vorbei an Wiesen und Weiden, und ich atmete mit jedem Schritt die Schönheit ein und stellte mir vor, dass hier meine neue Heimat sein sollte. Langsam fing ich an zu verstehen, was meine Mutter zurückgelassen hatte, als sie in den Norden gegangen war. Es tat mir leid, dass ich dem Stationsvorsteher nicht meinen Namen genannt und ihn gefragt hatte, ob er von meiner Familie gehört hatte. In Kettlewood hoffte ich, etwas über meinen Vater zu erfahren, doch tatsächlich wusste ich über die Seite meiner Mutter kaum mehr.

Um mich herum wurde es Tag. Der Weg schien immer länger zu werden, weil ich mit jedem Schritt meine Erschöpfung stärker spürte. Nicht genug damit, dass ich während der Nacht kaum geschlafen hatte, ich hatte auch lange nichts mehr zu beißen bekommen. Ich kam mit wenig zurecht, aber gar nichts reichte selbst mir nicht, und Korb und Tasche hatten auch ihr Gewicht. Ich rastete halb sitzend auf einem alten Holzzaun und bereute, dass ich mein gutes Kleid angezogen hatte. Durst bekam ich auch, nur mit dem kam ich besser zurecht. Wie lang waren neun Meilen?

Über mir zogen sich Wolken zusammen. Die Straße führte in sanften Kurven durch das nächste Waldstück, und in der Ferne hörte ich ein Grollen, von dem ich lieber glauben wollte, dass es ein wildes Tier war oder die nahe Eisenbahn als ein drohendes Unwetter, doch wo eben noch der Tag angebrochen war, wurde es nun wieder trüber und dunkler. Meine Beine taten weh, und was gerade ein erfrischender Lufthauch gewesen war, drohte mir nun den Hut vom Kopf zu wehen. Ich ging weiter. Die Bäume boten zu wenig Schutz vor einem Regenguss, und ich tat besser daran, schnell in die Nähe befestigter Häuser zu kommen, als im Wald festzusitzen und mich durchnässen zu lassen.

Damit warteten die Wolken, bis das Wäldchen hinter mir lag und ich wieder zwischen den Feldern war. Dann grollte der Donner, der Himmel wurde einen Augenblick von einem fernen Blitz beleuchtet, und ich entschied mich, die Beine in die Hand zu nehmen. Ich hatte bestimmt schon die Hälfte des Weges hinter mir, es konnte nicht mehr weit sein, und das Jammern meines durchgefrorenen und übermüdeten Körpers übertönte der Donner ganz vortrefflich. Aber obwohl ich mich beeilte, wurde ich nass. Ich wurde ganz vortrefflich nass. Hut, Tuch, Mantel, Kleid, Schuhe, von oben bis unten, ich konnte nur hoffen, dass die Kleider in der Tasche trocken blieben und die Bücher auch. Weit und breit war weder ein Herrenhaus noch ein Dorf zu sehen, nicht mal eine Bauernkate, wo ich mich hätte unterstellen können, und bestimmt hatte ein dummer Junge den Wegweiser verdreht, sodass ich die ganze Zeit in die falsche Richtung gelaufen war –

Dann, gerade als der Weg sich erneut gabelte, hörte es wieder zu regnen auf, brach die Sonne durch die Wolken, und ein einzelner Strahl goldenen Lichts schien genau auf die Stelle, wo ein Wegweiser nach rechts zeigte, mit den halb verwitterten Worten ›Kettlewood Hall‹. Irgendwo grollte immer noch leise der Donner, aber das kümmerte mich jetzt nicht mehr. Ich war meinem Ziel so nah wie nie, und ich rechnete mir bessere Chancen aus, eingelassen zu werden, wenn draußen gerade ein Unwetter tobte.

Der Moment, als ich hinter den Bäumen das Herrenhaus aufblitzen sah, war trotz Kälte, Erschöpfung und durchweichter Schuhe großartig. Ich hatte mir eine Villa vorgestellt wie die, in der der Fabrikbesitzer wohnte und die ich immer nur von fern gesehen hatte. Doch Kettlewood Hall war ein Schloss, groß, eindrucksvoll, der Queen selbst würdig. Es war mindestens so groß wie Warwicks Textilfabrik, obwohl beide sonst nichts gemein hatten. Kettlewood Hall war alt, mächtig, vor allem aber war es wunderschön.

Auch wenn das Grundstück von einer hohen Mauer umgeben war, wirkte es freundlich und einladend. Das schmiedeeiserne Tor stand offen, und ich konnte einfach hindurchspazieren, zwischen Bäumen auf das Haus zu, während die ganze Welt im Regenglanz glitzerte – das Haus, das Gras, die Bäume, ein kleiner See. Doch es war nicht das Haus aus meinem Traum.

Dieses hier war aus hellem Stein erbaut, mit hohen Fenstern und zierlichen Türmchen mit schiefergrauen Dächern. Ein Schloss wie aus einem Märchen, nicht aus einem bösen Traum. Wie hätte ich es auch kennen sollen? Meine Mutter war von hier fortgegangen, bevor ich geboren wurde. Ich setzte Korb und Tasche ab, richtete mein Kleid und den Hut, dann machte ich tapfer die letzten Schritte auf die Tür zu.

Ich kratzte meinen Mut zusammen und betätigte den Türklopfer, einmal, zweimal, dreimal. Und wartete.

Ich war darauf gefasst, eine Ewigkeit auf der Schwelle stehen zu müssen, ehe etwas passierte. Es war Sonntag, niemand rechnete mit mir, und die Familie konnte ebenso gut zur Kirche gefahren sein. Damit mir nassem Ding die Tür nicht sofort wieder vor der Nase zugeschlagen wurde, holte ich die Schachfigur aus dem Korb, in dem ich sie so lange mit mir herumgetragen hatte. Ich hatte sie gerade ausgepackt, als auch schon die kleine Pforte neben der Tür geöffnet wurde.

Ein Mann stand dort, dunkel gekleidet, weißes Hemd, glänzendes schwarzes Haar mit kaum einer grauen Strähne, und alles an ihm so sauber, dass ich erst jetzt verstand, wie grau und schmutzig alles war, wo ich herkam, einschließlich meiner selbst. Wäre nicht sein Gesicht von Pockennarben entstellt gewesen, ich wäre erschrocken vor so viel Vollkommenheit.

Er blickte an mir hinunter, und in seinem Blick war etwas, das ich nicht einordnen konnte. Etwas, das mehr hinter seinen Augen lag als darin. Gefiel ihm, was er sah? Wahrscheinlich nicht, und warum auch? Ich stand da, klamm und kläglich in meinem armseligen besten Kleid, und schaffte es kaum, zaghaft zu lächeln, als er fragte: »Was ist? Worum geht es, Miss?«

»Entschuldigung, Sir. Ich würde gerne Mr. Kettlewood sprechen. Ich glaube, ich habe etwas, das ihm gehört.« Mit beiden Händen streckte ich ihm die Figur hin, wobei ich sie gut festhielt – ansehen durfte er sie, nehmen nicht.

Jetzt wurde das starre Gesicht blass. Womit immer der Diener gerechnet hatte, es war nicht die Schachfigur. Doch er erkannte sie, ich war mir ganz sicher.

»Kommen Sie herein, Miss«, sagte er. Mir entging nicht, wie belegt seine Stimme klang. »Warten Sie, geben Sie mir Ihren Hut. Sie sind ja völlig durchnässt!«

Meinen Hut durfte er nehmen. Und das Mädchen, das angelaufen kam, nicht älter als ich oder meine Mutter damals, durfte mir aus meinem Tuch und Mantel helfen. Selbst von Mr. Whithams Tasche ließ ich mich trennen. Aber niemand bekam meinen Korb oder den Springer, bevor ich nicht eine Chance hatte, mit den Hausherren zu reden. So stand ich da, zitterte vor Kälte, die hier drinnen bitterer zu sein schien als draußen, und blickte mich um.

Was für eine Halle! Wenn nicht der Diener und das Mädchen gewesen wären, die mich nicht aus den Augen ließen, hätte ich mich staunend im Kreis gedreht, um keinen Winkel von dieser Pracht zu verpassen.

Noch nicht einmal in der Kirche hatte ich solche Reichtümer gesehen. Fußböden aus Marmor, eine Treppe, breiter als unser ganzes Zimmer, Spiegel an den Wänden, Kronleuchter unter der Decke, und alles so strahlend hell, dass ich kaum glauben konnte, dass ich mich in einem Gebäude befand. Wenn das ein Traum sein sollte, wollte ich nie mehr daraus erwachen.

Aber etwas stimmte nicht. Ich brauchte einen Moment, um zu erkennen, woran es lag. Es waren die Spiegel. In jeder Ecke der Halle hing einer, und ich hätte schwören können, dass sich dort etwas bewegte. Ich stand da wie versteinert, spähte aus dem Augenwinkel, versuchte, mir nichts anmerken zu lassen – und zuckte zusammen, als ich plötzlich eine Hand an meiner Schulter spürte.

»Kommen Sie«, sagte der Diener. »Ich zeige Ihnen, wo Sie sich ein wenig aufwärmen können, Miss … Barling.« Mir lief ein Schauer über den Rücken bei der Art, wie er meinen Namen aussprach – und weil er ihn kannte. Aber noch weniger gefiel mir in diesem Moment, dass ich mir die rätselhaften Spiegel nicht näher anschauen konnte, sondern dem Mann in ein deutlich kleineres Zimmer folgen musste, in dem umgeben von dunkler Täfelung ein großer Kamin brannte. »Bitte warten Sie hier.«

Ach, das Feuer prasselte wirklich einladend, und der weiche Sessel schien meinen Namen zu flüstern. Ich hatte Wasser in den Schuhen, mich kurz auszuruhen war verlockend. Aber die Spiegel in der Halle ließen mir keine Ruhe. Ich nickte artig, wartete, bis der Diener verschwunden war, dann schlich ich mich zurück, immer noch mit der Schachfigur in der Hand.

Es war gut, dass außer mir niemand mehr da war, niemand, der hätte sehen können, wie ich mich lächerlich machte. Natürlich bewegte sich etwas in den Spiegeln. Ich bewegte mich. Was auch sonst?

Ich schüttelte den Kopf und lachte verlegen, und meine Spiegelbilder lachten mit. Dann fasste ich mir ein Herz und trat näher an den erstbesten Spiegel heran. Von allen befremdlichen Dingen, die es in Kettlewood Hall geben mochte, waren Spiegel beinahe das fremdeste für mich. Da, wo ich herkam, hatten wir keinen. Wir waren zu arm. Und vielleicht gab es noch einen anderen Grund.

Ein Wimpernschlag, und ich war wieder ein kleines Mädchen. »Wo hast du gesteckt?«, herrschte meine Mutter mich an. »Ich habe dich überall gesucht!«

»Gespielt«, antwortete ich. »Drüben bei Molly.« Molly Callow wohnte damals am anderen Ende des Flures, eines von vielen Kindern im Haus, die noch zu klein zum Arbeiten waren und zusammen spielten, bis abends die Mütter zurückkamen.

»Du weißt, wann ich aus der Fabrik komme«, sagte meine Mutter. »Bis dahin hast du wieder hier zu sein!«

»Aber Molly hat einen Spiegel!«, fing ich an. »Hast du schon mal einen gesehen? Man kann Grimassen schneiden, und das Spiegelbild macht alles nach –« Ich hätte ihr noch stundenlang begeistert von unserem neuen Spielzeug erzählen können, doch weiter kam ich nicht. Meine Mutter wurde so bleich, dass ich Angst bekam, sie würde gleich in Ohnmacht fallen.

»Du hältst dich von den Spiegeln fern«, sagte sie ganz dumpf, und ich fing an zu weinen, weil ich nicht verstand. Ich hatte nichts Schlimmes getan, nichts Verbotenes …

Einen Augenblick stand meine Mutter wie eingefroren. Dann kehrte die Farbe in ihre Wangen zurück, ein ungesundes Brennen, das ich nicht von ihr kannte. Es dauerte zu lange, bis sie wieder mit mir sprach, mit einem fremden Klang in der Stimme und so überdeutlich, als müsse sie mir die Worte erst noch beibringen.

»Spiegel sind eitel!«, sagte sie. Selbst damals kam es mir seltsam vor, als würde sie eine Erklärung erfinden. »Und Eitelkeit ist eine Sünde!«

Ich nickte verwirrt und machte einen Schritt rückwärts. »Ja, Mutter«, flüsterte ich. Ich brauchte keine andere Erklärung als die, dass ich zu gehorchen hatte, und dass ich jetzt eine bekam, erschien mir falsch. »Es tut mir leid.« Obwohl wirklich nichts passiert war, dauerte es noch Stunden, bis meine Mutter sich wieder beruhigt hatte. Sie blieb aufgebracht, wurde plötzlich zornig ohne Grund – so kannte ich sie nicht. Sie musste einen harten Tag gehabt haben …

Ein Wimpernschlag, und ich stand wieder in Kettlewood Hall, endlich alt genug, um zu verstehen, warum wir daheim nie einen Spiegel gehabt hatten. Meine Mutter hatte Angst davor. Splitter meiner Kindheit tanzten vor meinen Augen – Bilder meiner Mutter, die bei einer Bewegung in der Fensterscheibe zusammenzuckte, die sich bekreuzigte vor einer Wasserpfütze. Angst vor Spiegeln … Ich zuckte die Schultern, und vier Spiegelbilder zuckten mit. Vor irgendetwas musste man schließlich Angst haben. Ich sah hier jedenfalls nichts, was es sich zu fürchten gelohnt hätte. Nicht mal die Grimasse, die ich mir schnitt, geriet auch nur im Entferntesten furchterregend.

Mit Eitelkeit hatte dieser Spiegel auch nichts zu tun, eher mit dem Gegenteil. Bis dahin hatte ich noch glauben dürfen, dass das Gesicht, das mich morgens aus der Waschschüssel anblickte, doch irgendwie hübsch war, aber nun wusste ich es besser. Mit gnadenloser Gründlichkeit zeigte der Spiegel eine zu spitze Nase, ein zu hartes Kinn, fleckige Wangen und raue, aufgeplatzte Lippen. Das Glas war einfach zu blank poliert für jemanden wie mich.

Ich versuchte zu lachen – es blieb mir im Hals stecken. Alles war still, keine Schritte zu hören, doch plötzlich spürte ich, dass etwas hinter mir war, und im Spiegel sah ich, wie sich am anderen Ende der Halle eine Tür öffnete. Ich fuhr herum, hatte schon eine Entschuldigung auf den Lippen, warum ich unerlaubt hier war – nur, da war niemand. Die Tür, die ich im Spiegel offen gesehen hatte, war zu. Ich schüttelte den Kopf, warf einen letzten Blick in den Spiegel. Ich sollte wirklich schnell ins Kaminzimmer zurückgehen, damit niemand dachte, ich wollte etwas stehlen … Im Spiegel stand die Tür noch immer offen.

Ich wagte es nicht mehr, auch nur zu atmen. Nur ja keine Bewegung machen, damit ich nicht noch mehr Angst bekam. Es war sicher bloß das Licht, das mir einen Streich spielte. Während ich hinsah, schob sich die Tür ein Stück weiter auf. Ich sah eine Hand und den schattigen Umriss eines Gesichts, das durch den Spalt spähte. Ich spürte den Blick. Aber ich hörte nichts. Ich schielte über die Schulter, um zu sehen, was die echte Tür tat. Vor meinen schmerzenden Augäpfeln tanzten dunkle Flecken, doch die Tür rührte sich nicht. Und im nächsten Moment war sie auch im Spiegel wieder geschlossen.

Das Gefühl, beobachtet zu werden, wuchs dagegen eher an. Etwas war hinter mir. Nicht in der Halle – im Spiegel. Und nicht etwas, sondern jemand. In dem Spiegel, vor dem ich stand, spiegelten sich die drei anderen, zeigten mich, wenn ich den Kopf nur ein bisschen drehte, von allen Seiten, und in einem von ihnen war ich nicht allein. Nur einen Augenblick lang sah ich am anderen Ende der Halle, halb von der Treppe verdeckt, eine zweite Gestalt, nichts als einen Schemen … Kälte kroch mir über den Rücken. Ich blinzelte, trat näher heran, um das Ganze besser erkennen zu können –

Der Spuk war vorbei. Die Spiegel zeigten niemanden mehr als mich.

Was blieb, war die Idee einer Bewegung, ein Schatten im Augenwinkel, immer da, wo ich ihn nicht greifen konnte. Mein Herz hämmerte, ich fuhr herum, doch es blieb hinter mir, huschte von Spiegel zu Spiegel, trieb sein Spiel mit mir, machte mich schwindelig. Ich nahm die Beine in die Hand und lief zurück ins Kaminzimmer.

Meine Mutter hatte sich wirklich vor Spiegeln gefürchtet, und jetzt wusste ich auch, warum. Etwas lebte in den Spiegeln von Kettlewood. Oder jagte ich mich selbst ins Bockshorn, weil ich danach suchte, weil ich verstehen wollte, warum sie nie über das, was ihr in Kettlewood widerfahren war, hatte sprechen mögen?

Ich war nicht meine Mutter. Ich hatte ihre Kleider geerbt, doch ihre Angst wollte ich nicht haben. Mir reichte schon meine eigene vor Hunden. Und die Wärme des Kamins sollte das Gefühl der Eiseskälte aus meinen Knochen schnell vertreiben.

Als ich mich im weichsten Sessel meines Lebens niederließ, hatte ich es eilig, die Schachfigur in meinen Korb zurückzustecken. Ich wollte nicht daran denken müssen, was ich da im Spiegel gesehen hatte, lieber glauben, dass es nur Einbildung war. Die Tür zum Flur war geschlossen, der Weg zur Halle versperrt, und was immer dort lauerte, es war mir nicht gefolgt. Im Kaminzimmer hing kein Spiegel, und ich schalt mich dafür, wie froh ich plötzlich über so etwas war. So sehr mir das Blut noch durch die Ohren rauschte, in diesem Haus würde ich ohnehin nicht lange bleiben.

Die Schachfigur gehörte nach Kettlewood. Ich tat es nicht. Es war nur eine Frage von Minuten, bis der Diener zurückkommen würde und mit ihm die Polizei, um mich als Diebin festzunehmen.

Doch es war kein Polizist, der nach einiger Zeit ins Zimmer trat. Es war ein Gentleman, ein Herr in feinem Anzug, die Haare zwischen dunkelblond und grau, alt genug, um mein Vater zu sein. Genau das fragte ich mich: ob er mein Vater war. Ich suchte in seinem Gesicht nach einer Ähnlichkeit zu mir und fand keine. Doch ich hatte so oft gehört, wie sehr ich meiner Mutter glich, dass das nichts heißen musste. Wichtiger war, dass der Mann mir freundlich zunickte.

»Sie sind die junge Dame, die unsere Schachfigur wiedergefunden hat?«, fragte er, und ich hatte im Leben noch keine so sanfte und warme Stimme gehört. »Sie wissen gar nicht, was für eine Freude Sie uns damit machen.«

»Sind Sie Mr. Kettlewood?«, fragte ich. Ich versuchte ruhig zu bleiben, doch meine Stimme zitterte.

Das Lächeln wurde breiter. »Es gibt keinen Mr. Kettlewood«, sagte der Gentleman. Selbst wenn er mich auslachte, sah er dabei liebenswürdig aus. »Es gibt einen Earl of Kettlewood, der bin ich. Mein Name ist Aubrey.«

»Entschuldigen Sie, Mr. Aubrey, Sir.« Zu spät kam ich auf die Idee, aus dem Sessel aufzuspringen und zu knicksen. Er musste denken, ich hätte keine Manieren, aber niemand hatte mir beigebracht, was man tat, wenn man einem echten Earl gegenüberstand. »Das wusste ich nicht. Bitte vergeben Sie mir.«

»Schon gut«, antwortete der Earl. »Machen Sie sich darüber keine Sorgen. Sie bringen unsere Figur zurück – wir dachten schon, unser Spiel muss für immer unvollständig bleiben. Gestatten Sie nur, dass ich Sie frage, wie Sie daran gekommen sind?«

»Ich habe sie nicht gestohlen«, antwortete ich hastig. »Aber …« Ich musste schlucken. »Ich glaube, meine Mutter hat das getan. Sie hat früher hier gearbeitet. Celia Barling. Cilla. Ich bin ihre Tochter, Iris Barling.«

»Iris«, wiederholte der Earl unverändert freundlich. »Sie werden das vielleicht nicht glauben, aber ich erinnere mich gut an Ihre Mutter.«

Unwillkürlich musste ich grinsen. »Wenn mir jemand eine wertvolle Figur gestohlen hätte, würde ich mich auch an den erinnern.« Ich weiß nicht, was mir plötzlich die Angst nahm. Es war nicht Mr. Aubreys Tonfall. Es war auch nicht die Erinnerung an meine Mutter, der ich Ehre machen wollte, selbst wenn sie wirklich eine Diebin gewesen war. Es war das Wissen, dass ich entweder längst verloren hatte oder nichts mehr zu verlieren.

Erstaunlicherweise schien der Earl mir meine Worte nicht übel zu nehmen. Er nickte nur. »Miss Barling, wir sind Ihrer Mutter sehr dankbar, dass sie den Springer nach all den Jahren an uns zurückgeben möchte. Bitte richten Sie ihr das aus.« Sein Blick sagte etwas anderes. Er konnte sich denken, dass nicht von ungefähr ich anstelle meiner Mutter die Figur zurückbrachte. So konnte ich zumindest ruhig nicken, statt mit den Tränen kämpfen zu müssen.

»Sie ist gestorben«, sagte ich.

»Das tut mir sehr leid«, antwortete der Earl. »Ich hoffe, Sie stehen jetzt nicht ganz allein da?«

Diesmal musste ich schlucken. Ich wollte nicht klingen wie eine Bettlerin, ich wollte stolz und aufrecht erst meinen Finderlohn und dann meinen Vater von dieser grässlichen, kalten Familie verlangen, die meine Mutter in die Armut getrieben hatte. Aber der Earl war so gütig, so ehrlich froh, den Springer zurückzubekommen, dass ich ihm die Figur am liebsten direkt in die Hand gedrückt hätte. »Ich …« Die Worte ›Ich habe ein Auskommen‹ lagen mir auf der Zunge, doch ich schüttelte den Kopf und sagte: »Ich bin allein.« Ich konnte immer noch fragen, ob ich hier Arbeit bekam. Es war schön hier – solange man nicht in die Spiegel schaute.

»Machen Sie sich keine Sorgen, Miss Barling«, erwiderte der Earl. »Wir sind Ihnen sehr dankbar, dass Sie uns die Figur zurückbringen, und wir werden eine Möglichkeit finden, Sie für Ihre Mühen zu entschädigen. Sie haben einen weiten Weg hinter sich aus dem Norden. Darf ich Ihnen vielleicht eine Tasse Tee anbieten? Eine kleine Stärkung?«

Jetzt wurde er mir unheimlich. »Woher wissen Sie, wo ich herkomme?«, stammelte ich. »Haben Sie meine Mutter verfolgen lassen?« Warum erschreckte mich diese Vorstellung so? Das Gegenteil hätte mich mehr wundern müssen.

Der Earl lachte nur. Selbst jetzt blieb er noch gutmütig! »Miss Barling, auch wenn ich mir vorstellen kann, dass Ihre Mutter Angst vor uns oder unserem Zorn hatte – sie war keine Diebin, sondern ein herzensgutes Mädchen, und wir sind härter mit ihr umgesprungen, als sie es verdient hatte. Das soll jetzt nicht Ihre Sorge sein. Was Ihre Herkunft verrät, ist nur Ihr Dialekt. Woher kommen Sie, Yorkshire?«

Ich nickte. »Leeds, Sir. Eure Hoheit.« Ich errötete. Wie redete man einen Earl an?

»Lord Kettlewood«, sagte er. »Keine Bange, Miss Barling, das werden Sie schnell lernen. Da, wo Sie herkommen, gibt es nicht viele Peers, möchte ich annehmen.« Er lächelte immer noch. »Ihre Mutter hat es weit von ihrer Heimat verschlagen. Dann hat sie in einer Fabrik gearbeitet? Und Sie ebenfalls?«

Diesmal wusste ich, wie er das erraten hatte. Es gab nicht viele Gründe, warum ein Mädchen nur noch acht Finger haben sollte. So nickte ich. Aber diese Höflichkeiten wurden mir langsam zu viel. Ich wollte zur Sache kommen. Vorsichtig holte ich die Schachfigur wieder aus dem Korb. Ich fühlte den Blick von Lord Kettlewood auf mir ruhen, erwartungsvoll, angespannt, doch er schwieg. »Hier, Mylord«, sagte ich. »Ich habe ein schlechtes Gewissen, wenn ich so viel rede, statt Ihnen den Springer zurückzugeben. Sie wollen sicher überprüfen, ob er heil ist.«

Ich hatte erwartet, dass der Earl sich auf die Figur stürzen würde wie ein Verhungernder auf eine Schüssel Porridge, aber das war vielleicht der Unterschied zwischen uns Arbeitern und einem Aristokraten. Lord Kettlewood schüttelte den Kopf und machte eine abwehrende Handbewegung. »Behalten Sie ihn noch einen Moment, Miss Barling. Möchten Sie die Ehre haben, ihn an seinen Platz zurückzustellen?«

Ich versuchte mir meine Freude nicht anmerken zu lassen, doch das Leuchten in meinen Augen ließ sich nicht unterdrücken. »Sie meinen … auf das Schachbrett?« Bis dahin hatte ich nicht gewusst, wie sehr ich Schach liebte. Ich hatte den Unterricht mit Mr. Whitham genossen, weil er mir erlaubt hatte, für eine Weile die Arbeit hinter mir zu lassen, aber selbst jetzt, hier, konnte ich es kaum erwarten, die anderen Figuren zu sehen. Dieses Schachspiel war sicher nichts, was man in einer Sirupdose aufbewahrte! »Das … das wäre mir eine Ehre!«

»Dann kommen Sie, Miss Barling. Das Schachbrett steht in der Bibliothek. Und ich verspreche Ihnen, so eines finden Sie in ganz England nicht noch einmal.«

Ich stand aus dem Sessel auf, schön warm auf der dem Kamin zugewandten Seite, noch ganz klamm auf der anderen, und fühlte wieder diesen Schwindel, diesmal stärker. Ich wollte nicht glauben, dass das etwas mit der Erscheinung im Spiegel zu tun hatte: Ich war schlichtweg schwach vor Hunger. Lord Kettlewood hatte mir etwas zu essen versprochen, aber zuerst war der Springer an der Reihe.

Der Earl wartete an der Tür auf mich. Ich folgte ihm mit der Schachfigur in Händen, so andächtig, wie sonst nur der Pfarrer die Heilige Schrift trug. »Kommen Sie, Miss Barling. Haben Sie die Figur? Gut.«

Auf der Treppe wäre ich fast gestolpert, als mein Schwindel schneller oben war als ich. Aber ich ließ den Springer nicht fallen. So schafften wir es unversehrt hinauf, Lord Kettlewood stieß eine mächtige Doppelflügeltür auf, ich freute mich schon auf das Schachbrett und schauderte bei dem Gedanken an die Reichtümer, die mich hinter dieser Tür erwarten würden, als uns jemand entgegenkam. Erst sah ich nur ein kleines Mädchen mit einem weißen Kleid und einem Kopf voller bezaubernder Korkenzieherlocken, doch dahinter –

Ich sah nur noch die beiden Hunde, riesengroß und schwarz, die auf mich zugelaufen kamen. Dann versank die Welt in Dunkelheit.

Es war nicht das erste Mal, dass ich in Ohnmacht fiel, aber das erste Mal, dass es nicht nur vor Hunger und Erschöpfung, sondern auch vor Schreck geschah. Die Hunde griffen nicht an, sie bellten nicht einmal, sie waren einfach nur da, doch das reichte. Auch wenn Kettlewood Hall nicht das Haus aus meinem Traum war, hätte ich diese Hunde unter Tausenden erkannt, egal, welche Farbe sie hatten.

Als ich wieder zu mir kam, fühlte ich unter mir etwas Weiches, das ich für ein Bett hielt. In der Nähe waren Stimmen, und instinktiv ließ ich die Augen geschlossen. Ich wollte hören, was geredet wurde. Es ging um mich, kein Zweifel.

»Es ist erstaunlich.« Das war die Stimme von Lord Kettlewood. »Sie ist wirklich Cillas Tochter, das wusste ich, noch bevor sie den Mund geöffnet hat. Aber ihr seht, wem sie auch ähnelt?«

Mein Vater. Er sprach von meinem Vater. Ich spitzte die Ohren. Die nächste Stimme gehörte zu einer Frau. »Es grenzt an ein Wunder, dass das Kind hierhergefunden hat, ganz von allein.«

»Ein Wunder?« Eine andere Männerstimme, älter als Lord Kettlewood. »Oder vielmehr der Ruf des Blutes?« Sie sollten mich nicht so auf die Folter spannen! Ewig konnte ich nicht bewusstlos spielen. Wer war denn nun mein Vater? Konnten sie nicht einfach entgeistert rufen ›Das ist Alfred, wie er leibt und lebt‹, oder William, oder Vetter George?

»Ruf des Blutes?« Noch eine neue Stimme, diesmal weiblich. Hatten sie die ganze Familie zusammengetrommelt?

Wie lange war ich ohnmächtig gewesen? »Das Mädchen ist ein Bastard, die Tochter einer Diebin. Was erwartet ihr von ihr? Ihr denkt doch nicht etwa daran, sie ins Haus aufzunehmen?« Ich merkte mir die Stimme, schon um hinterher zu wissen, wer die Sumpfschnepfe war.

»Wir sind es ihr schuldig«, erwiderte Lord Kettlewood. »Und ihrer Mutter. Und ihrem Vater.«

Eine fünfte Stimme, jung, vermutlich männlich, setzte leise hinzu: »Und uns.«

Mein Lid zuckte, ich verzog das Gesicht und hatte keine andere Wahl mehr, als auch offiziell wieder wach zu werden. Ich lag auf einem Sofa, einem, bei dem die Rückenlehne fehlte. Um mich herum stand eine Gruppe fremder Menschen. Die beiden Hunde entdeckte ich nirgendwo, ebenso wenig wie das kleine Mädchen. Zwei Männer, zwei Frauen. Den, dem die fünfte Stimme gehörte, sah ich nicht.

Ich hielt mich mit dem Blick an Lord Kettlewood fest, weil ich den schon kannte und weil der am ehesten auf meiner Seite stand. Mir war immer noch schwindelig, meine schlechte Hand tat weh, und als ich versuchte, mich aufzusetzen, wäre ich fast vom Sofa gerutscht, während mein Magen ein unüberhörbares Knurren von sich gab. Ich lachte verlegen.

»Nein, bleiben Sie liegen!«, sagte Lord Kettlewood. »Geht es Ihnen gut? Sollen wir einen Arzt rufen?«

Ich hörte die eine Frau schnauben und wusste sofort, das war die von eben, eine zierliche Lady mit kastanienrotem Haar und bildschönem Gesicht, wie aus einem Gemälde entsprungen. »Wozu die Mühe? Das verschlagene Ding markiert doch nur!« Dann machte sie kehrt und rauschte davon.

Sie konnte nicht sehen, wie ich erleichtert aufatmete.

Endlich benahm sich jemand mir gegenüber, wie ich es erwartet hatte. Ein Haus, in dem ein Bewohner reizender war als der andere, wäre zu schön gewesen, um wahr zu sein.

»Oh, Agnes, du bist abscheulich!«, rief die Frau, die ich für Lady Kettlewood hielt, weil sie das passende Alter hatte und sehr nah neben Lord Kettlewood stand. Dick genug für eine Lady war sie allemal; wo Agnes nur ein Kinn hatte, ein spitzes dafür, hatte sie mindestens drei, und auch sonst hatte sie von allem mehr als nötig – üppige Locken, die sich über ihren Rücken ergossen, Rüschen und Verzierungen an ihrem prachtvollen Kleid: Wenn das nicht die Lady war, wusste ich es auch nicht. »Liebes Kind, wie können wir dir helfen? Du siehst völlig ausgehungert aus!«

Ich fühlte mich erröten. Wenn mein Gesicht ansonsten so bleich war, wie ich ahnte, dann musste ich ziemlich krank aussehen. »Es tut mir leid«, murmelte ich. »Ich wollte nicht umkippen … Ich war so aufgeregt, ich wusste nicht, wie Sie mich empfangen würden …« Mein Magen knurrte noch einmal laut. Trotzdem sagte ich: »Und ich habe mich vor Ihren Hunden erschrocken.«

»Vor den Hunden?«, fragte Lord Kettlewood. Einen Moment lang fürchtete ich, er würde sagen: ›Aber es gibt hier doch keine Hunde!‹ Stattdessen sagte er: »Oh, vor den beiden brauchen Sie keine Angst zu haben. Castor und Pollux sind nur unsere Wachhunde.«

»Wir füttern sie auch gut«, sagte die junge Männerstimme, die ich vorhin gehört hatte, und jetzt sah ich auch, wer da sprach: Er stand ein Stück abseits am Fenster, blickte nach draußen und zeigte nichts als einen makellos geraden Rücken mit dunkler Anzugjacke und einem Schopf von schwarzem Haar. So schmale Schultern, der hätte bei uns keinen halben Tag durchgehalten. Das war das Gute am

Adel, da hatten auch Schwächlinge eine Chance. »Und Vater, du solltest Cillas Tochter auch gut füttern, sonst wird sie am Ende bissig, wo die Hunde es nicht sind. Ich höre ihren Magen bis hierher.«

Nun setzte ich mich doch auf und versuchte erneut einen Blick auf den Sprecher zu erhaschen. Aber er hielt es offenbar nicht für nötig, sich zu mir umzudrehen. Inständig hoffte ich, dass nicht das mein Vater war. Der andere Mann, der neben Lord Kettlewood stand, konnte es allerdings auch nicht sein – er war viel zu alt. Nicht krumm und zahnlos, aber sein schütteres Haar war weiß, sein Gesicht lag in tiefen Falten, und diese mächtige Nase musste viel Zeit gehabt haben, um zu wachsen. Der Vater der Lady, oder vielleicht ein Onkel? Sein Blick war gütig, mit einem Anflug von Schalk darin. Ich entschied mich, ihn in die Gruppe der Freundlichen einzuordnen. Solange die größer blieb als die der Unfreundlichen, war alles in Ordnung.

»Bleiben Sie sitzen, Miss Barling«, sagte Lord Kettlewood. »Wir werden dem Koch Bescheid sagen, dass der Ihnen schnell etwas zubereitet. Etwas kalter Braten wird sicher noch zu finden sein.«

Während er sprach, ging er zur Tür und zog an einer kleinen Kette, von der ich vermutete, dass am anderen Ende eine Glocke für das Hausmädchen hing. Es gab so vieles in Kettlewood, was ich noch nie gesehen hatte. Die riesigen Bücherregale an den Wänden schaute ich mir lieber nicht so gründlich an, solange mir schwindelig war. Da hatte ich gedacht, Mr. Whitham hätte viele Bücher!

Erst als ich mich fragte, wo ich eigentlich meinen Korb gelassen hatte, merkte ich, dass ich immer noch die Schachfigur in der Hand hatte. So, wie ein Vogel sich am Ast festkrallte und selbst im Sturm nicht vom Baum fiel, hielten meine drei Finger den Springer wie eine Zwinge. Wie ich es geschafft hatte, bewusstlos zu Boden zu fallen, ohne loszulassen, wusste ich nicht.

»Mein Lieber«, sagte die Frau, die ich für Lady Kettlewood hielt. »Möchtest du uns nicht vorstellen? Das arme Mädchen kann doch nicht wissen, wer wir sind, und das alles muss für sie höchst verwirrend sein.« Sie lächelte mir zu, dann dem älteren Gentleman. Wie es sich gehörte, wartete sie, dass der Earl die Vorstellung übernahm.

Der nickte. »Du hast so recht, meine Liebe! Wo habe ich heute nur meinen Kopf? Kaum kehrt unser Springer zurück, vergesse ich meine gute Erziehung.« Sein Lachen ließ ihn jünger erscheinen. »Miss Iris Barling, erlauben Sie mir, meine bezaubernde Gemahlin vorzustellen, Lady Kettlewood. Der wie immer so geduldige Herr zu meiner Rechten ist Mr. Arthur Reynard, im Weitesten mein Onkel, aber ich erwarte nicht von Ihnen, den Stammbaum der Kettlewoods innerhalb eines Tages zu kennen.«

»Ich bin erfreut, Ihre Bekanntschaft zu machen, Lady Kettlewood«, sagte ich und fand, dass das nicht mehr ganz ungebildet klang. »Und Ihre auch, Mr. Reynard.« War das richtig so? Kein Titel? Niemand widersprach. Dann blickte ich fragend zum Fenster hin, wo der junge Mann mir immer noch den Rücken zukehrte. Er sah aus, als ob er den Kopf schüttelte. Wollte der Earl mir nicht auch seinen Sohn vorstellen? Lord Kettlewood machte keine Anstalten, was mich ebenso wunderte wie seine Nachsichtigkeit gegenüber diesem rüden jungen Mann.

Ich schluckte. Es musste Einbildung sein, doch je genauer ich hinschaute, desto schlechter konnte ich den Mann am Fenster erkennen. Er wirkte durchsichtig, als wäre er selbst nur ein Spiegelbild auf der Scheibe, ein Schemen, ein Schatten. Erst jetzt fiel mir auf, dass keiner der Anwesenden auf seine Äußerungen eingegangen war.

Einen Moment lang wurde mir wieder kalt. Erst die Gestalt im Spiegel, jetzt das … Ich hätte mir denken können, dass es in so einem alten Haus spukte, aber ich hatte nicht erwartet, das so schnell und am helllichten Tag mit eigenen Augen zu sehen. Doch es war seltsam – die Vorstellung machte mir weniger Angst als die Tatsache, dass es hier zwei große schwarze Hunde gab.

Vorsichtig stellte ich den Springer auf dem kleinen Tisch neben dem Sofa ab und stand auf, zum einen, um endlich vor Ihrer Ladyschaft und Mr. Reynard zu knicksen, aber vor allem, um bessere Sicht auf das Fenster zu haben. Es half nichts. Als hätte der Geist meine Absicht durchschaut, war er verschwunden.

»Dann ist es nun an der Zeit, den Springer zurückzusetzen«, sagte Lord Kettlewood. »Wenn Sie denken, dass Sie es bis zum Schachtisch schaffen, Miss Barling, wollen Sie mir die Ehre erweisen?«

Ich brauchte einen Moment, um zu verstehen, dass er mir seinen Arm anbot, damit ich mich aufstützen konnte. Ich schüttelte den Kopf. So schwach war ich nicht. Mit dem Springer folgte ich Lord Kettlewood andächtig durch die Bibliothek, vorbei an Regalen über Regalen, hin zu einer Nische, in der zwischen zwei verzierten Polsterstühlen das größte Schachbrett stand, das ich jemals gesehen hatte – größer als das eine, das ich kannte, hieß das –, und darauf eine Reihe Figuren, zu denen mein rotbrauner Springer passte wie ein Schlüssel ins Schloss. Ich blieb stehen und glotzte. Der Park, das Haus, die Bücher waren nichts dagegen. In meinem Leben hatte ich nichts so Schönes, so Ehrfurchtgebietendes gesehen wie dieses Schachspiel.

Jede Figur sah anders aus. Selbst die Bauern, auch wenn sie nur halb so groß waren wie die Offiziere, waren kleine Männer mit einem Schwert in der Hand, jeder mit seinem eigenen Gesicht, und die Könige überragten alle anderen Figuren, was gut war, weil ich zumindest am Anfang König und Dame immer verwechselt hatte. Die weißen Figuren waren von gelblicher Farbe, die schwarzen in diesem etwas scheckigen Rotbraun wie mein Springer. Alle schienen sie alt und wertvoll. Und das Brett erst! Das war ein ganzer Tisch, dessen Rand über und über mit Schnitzereien verziert war, die ich mir einmal genauso gründlich ansehen wollte wie die Figuren.

Der schwarze Springer war nicht der einzige, der auf dem Schachbrett fehlte. Die Figuren standen nicht in ihrer Startposition. Es sah vielmehr so aus, als ob die Spieler gerade erst von einer Partie aufgestanden wären und das Brett mitten im Spiel verlassen hätten. Die geschlagenen Figuren lagen neben dem Schachbrett, und vielleicht lagen sie da bereits seit fünfzehn Jahren. Natürlich, wenn eine Figur fehlte, konnte man die Partie nicht zu Ende spielen. Aber das Ganze einfach stehen zu lassen …

Lord Kettlewood drehte sich zu mir um. Sein Lächeln war das wärmste von allen, die er mir diesen Tag geschenkt hatte. »Miss Barling, erlauben Sie mir, Ihnen das Kostbarste vorzustellen, was unsere Familie besitzt: das Kettlewood-Spiel.«

5

Ich starrte auf das Schachbrett und fühlte meine Finger zittern. Erst dachte ich, dass es schon wieder am Hunger läge, doch dann verstand ich. Das war nicht mein Magen. Es war der Springer in meiner Hand. Einen Augenblick glaubte ich, er wolle zum Leben erwachen, er zuckte, bereit, aus meinen Fingern direkt auf das Schachbrett zu springen. Es war ein seltsames Gefühl, als würde ich ein Tier in der Hand halten, wie den jungen Spatzen, der sich einmal in die Fabrikhalle verirrt hatte und den ich zum Fenster hatte zurückbringen wollen, bevor er in der Maschine in Stücke gerissen wurde.

Ich packte den Springer fester, damit er Ruhe gab, doch unter meinen Fingern fühlte ich ihn pulsieren wie ein schlagendes Herz. Es musste Einbildung sein oder ein Traum, vielleicht lag ich in Wirklichkeit noch bewusstlos auf dem Sofa, vielleicht in meinem Bett in Leeds, aber aufwachen wollte ich um keinen Preis. So hoffte ich nur, dass mir die Kettlewoods nichts anmerkten, und hielt das Pferd mit seinem Reitersmann so fest, wie es ein Spatz unmöglich überlebt hätte.

»Danke, dass ich das sehen darf, Lord Kettlewood«, sagte ich ergriffen. »Das ist wirklich wunderschön.« Die Figur war warm in meiner Hand, doch das konnte ebenso gut meine eigene Wärme sein. »Auf welche Position kommt der schwarze Springer?«

Hinter mir hörte ich ein leises Lachen, dann legte der alte Mr. Reynard seine Hand auf meine Schulter. »Was sagt man dazu? Position? Das Mädchen hat Ahnung von Schach!«

Auch Lord Kettlewood nickte. »In der Tat. Haben Sie mit Ihrer Mutter Schach gespielt, Miss Barling?«

»Nein, Mylord. Sie hat die Figur nie erwähnt, oder überhaupt Schach, was das betrifft. Nur mein Lehrer …« Jetzt musste ich schlucken. »Ich hatte einen Lehrer, der mir sehr geholfen hat. Er hat mir das Schachspielen beigebracht. Ohne ihn wäre ich jetzt nicht hier.« Ich fragte mich, ob er meinen Brief bekommen hatte. Ich wollte mir keine Sorgen mehr um ihn machen, aber trotzdem …

Doch für Mr. Whitham schien sich niemand groß zu interessieren, und ich war froh darüber. »Wenn Sie Schach spielen können, ist das umso besser«, sagte Lord Kettlewood. Mr. Reynard klopfte mir noch einmal auf die Schulter, dann nahm er die Hand weg, sehr zu meiner Erleichterung. Es war nur meine Schulter, aber mit einer Hand auf der Schulter hatte das auch bei Mr. Daniels angefangen, und mir wurde schlecht bei der Vorstellung, wo seine Hand dann noch überall gelandet war. Über Mr. Daniels hatte ich mich nicht beschweren dürfen, so sagte ich auch bei Mr. Reynard nichts.

Der Earl redete weiter: »Dann ist Ihnen nicht entgangen, dass das Schachspiel mitten in einer Partie zu stehen scheint. Das tut es seit Jahren. Vielleicht erzähle ich Ihnen einmal die Geschichte dazu, wenn Sie das interessiert, aber erst einmal setzen Sie bitte den Springer zurück.«

»C6«, sagte Mr. Reynard, ohne lange nachdenken zu müssen. Erstaunlich, dass er das nach all den Jahren noch wusste. Vielleicht war es seine eigene Partie gewesen, die nicht weitergespielt werden konnte, nachdem meine Mutter den Springer mitgenommen hatte. Doch wenn diese Partie ihm so am Herzen lag, warum hatten sie dann nicht einfach einen anderen schwarzen Springer genommen? Der hätte vielleicht nicht zum Rest gepasst, aber meine Schuhe passten auch nicht zueinander, und hüpfte ich deswegen auf einem Bein?

»C6«, wiederholte ich. Diesmal zitterten mir wirklich die Hände. Ich hatte Angst, das Brett anzustoßen, alle Figuren umzuwerfen, und auch wenn sie sich schnell wieder hinstellen ließen, fühlte ich, dass ich achtgeben musste. Das war kein normales Schachspiel.

»C6 …« Ich musste die Figur von der rechten in die linke Hand wechseln, weil ich die rechte nicht mehr ruhig halten konnte; die Stelle, wo meine Finger fehlten, kribbelte wie von tausend Ameisen. Endlich, langsam, vorsichtig stellte ich die Figur auf ihr Feld zurück. Ein schwarzer Springer auf einem weißen Feld – es fühlte sich richtig an. Als ob er mir dankbar wäre. Ich lächelte und widerstand dem Drang, dem Reiter den Kopf oder dem Pferd die Flanken zu tätscheln. Das war ein Spiel, doch kein Spielzeug.

»Gut gemacht«, sagte Lord Kettlewood. »Danke, Miss Barling.« Als er mich anlächelte, glaubte ich, Tränen in seinen Augen glitzern zu sehen. Es hatte etwas Rührendes, aber zugleich stieß es mich ab. Dass jemand sich so sehr an ein Ding hängen konnte statt an einen Menschen. Wegen meiner Mutter hätte ich weinen mögen, nicht wegen einer Schachfigur, und er war ein erwachsener Mann … Vielleicht ging es gar nicht um das Schachspiel, sondern um den, der es zuletzt gespielt hatte. Was wusste ich schon?

»Victor wird sich freuen«, sagte Mr. Reynard leise. »Hast du ihn schon …?«

Lord Kettlewood schüttelte den Kopf. »Ich kann es nicht

erwarten, mit ihm darüber zu sprechen – aber die Kirche ruft.« Er wandte sich wieder an mich. »Miss Barling, es tut mir leid, dass ich mich schon von Ihnen verabschieden muss, doch es ist Sonntag, und unsere Familie fährt gleich ins Dorf, um dort den Gottesdienst zu besuchen.«

Ich dachte, er wollte mich vielleicht mitnehmen und im Dorf absetzen, damit ich es nicht so weit zum Bahnhof hatte, daher sagte ich schnell: »Ich war heute auch schon in der Kirche«, obwohl ich doch nur vor der Tür gebetet hatte. Ich hatte Angst, Kettlewood gleich wieder verlassen zu müssen, nun, da die Figur zurück an ihrem Platz war. Aber ich wollte bleiben. Unbedingt. Ich hatte so einen weiten Weg auf mich genommen, und jetzt ... Es war ein seltsamer Gedanke. Jetzt wollte ich sichergehen, dass es meinem Springer gut ging.

Lord Kettlewood machte eine abwehrende Geste. »Ich wollte Ihnen wirklich nicht zu nahe treten, Miss Barling! Sie sollen nur Bescheid wissen, dass wir uns gleich auf den Weg machen, auch der größte Teil unseres Personals war noch nicht in der Messe. Nur der Koch und ein paar Hilfen bleiben hier, um das Essen vorzubereiten, sie gehen immer am Samstag in den Abendgottesdienst. Wenn es Ihnen nichts ausmacht, können Sie Ihre Mahlzeit unten in der Küche einnehmen.« Er schmunzelte leicht. »Es wird Ihnen sicher nichts ausmachen. Und was das Übrige angeht – betrachten Sie sich als unser Gast. Wir haben uns an Ihrer Mutter versündigt. Dann wollen wir das an Ihnen zumindest ein bisschen wiedergutmachen.«

Ich nickte wortlos. Irgendwann, wenn die Zeit reif war, würde ich meinen Mut zusammennehmen und fragen, was genau damals vorgefallen war. Eines nach dem anderen. Der Springer hatte mir die Tür geöffnet, jetzt war es an mir, dafür zu sorgen, dass sie nicht wieder zufiel.

So folgte ich einem wortkargen Dienstmädchen in die Küche. Die Marmorkacheln in der Halle waren gemustert wie ein Schachbrett, und ich hüpfte darüber wie ein Springer. Natürlich, das musste dem Personal alles sehr merkwürdig vorkommen, doch ich würde schon noch Gelegenheit bekommen, meine Geschichte zu erzählen. Meine Füße waren immer noch nass, aber das war mir egal. Zwei Felder vor, eines zur Seite – und meiner ersten Mahlzeit seit Ewigkeiten entgegen.

Eine mächtige steinerne Wendeltreppe führte hinunter in das Kellergewölbe, in dem sich die Küche von Kettlewood befand. Wenn ich vorher noch nicht sicher gewesen wäre, dass das Haus wirklich alt war, hätte ich es jetzt gewusst. Die Wände waren dick und bucklig, die Stufen krumm, und eine feuchte Kälte schlug mir entgegen. Ich verstand diese reichen Leute immer weniger. Wenn das Haus groß genug war, um die halbe Welt darin unterzubringen, warum hatte dann ausgerechnet etwas so Wichtiges wie die Küche keinen Platz mehr gefunden? Aber mein Hunger war drängender als alle Fragen. Das Mädchen öffnete mir noch die Tür, dann beeilte es sich, wieder hinaufzukommen.

»Lord Kettlewood sagte, ich kann hier noch etwas zu essen kriegen«, sagte ich schüchtern, während ich mich in die Küche schob, vorsichtig, um nicht zu viel Wärme entfliehen zu lassen. Mir schlugen Dampf und Hitze entgegen, und der Duft von gebratenem Fleisch ließ mir das Wasser im Mund zusammenlaufen. Die Küche war riesig, und der Herd ein solches Monstrum, mit Rohren, die von überall kamen und oben in der Decke verschwanden, dass er es mit allen Fabrikmaschinen hätte aufnehmen können. In der Mitte des Raums stand ein langer Tisch mit Bänken, an dem bestimmt zwanzig, dreißig Leute Platz gefunden hätten.

Der Koch war allein. Er hielt inne, als ich hereinkam, und blickte mich mit zusammengezogenen Brauen an. Er musterte mich von oben bis unten, sah aus, als wolle er etwas sagen, doch dann schüttelte er nur den Kopf und schnaubte geringschätzig. Ich war erleichtert, als er sich wieder den Töpfen auf dem Herd zuwandte.

»Na, was das wieder geben soll!«, brummte er, laut genug, dass es im ganzen Raum widerhallte. Der Koch selbst war kaum weniger eindrucksvoll als sein Herd, mit mächtigem Leibesumfang und einem prachtvollen Schnurrbart. Eine Respektsperson, auf jeden Fall, und hätte er einen Anzug getragen statt des weißen Kittels, ich hätte keinen Augenblick daran gezweifelt, dass er der Earl of Kettlewood wäre. »Neues Hausmädchen, was? Als ob's daran mangeln würde! Was ich brauche, ist eine Küchenmagd, die Herrschaften wissen's, aber nein …«

Er drehte sich wieder zu mir und schob mir einen Teller hin, bei dessen bloßem Anblick mir erneut schwindelig wurde. Ich sah Braten, Kartoffeln, grüne Bohnen, und dass diese Köstlichkeiten schon kalt waren und wohl noch vom Samstagabend stammten, hätte mir nicht gleichgültiger sein können. Ich suchte etwas zum Festhalten, weil mir die Knie so zitterten, wagte es aber nicht, mich auf eine der Bänke zu setzen, bevor der Koch es mir ausdrücklich erlaubte. Erst als er mir unwirsch bedeutete, mich zu setzen und gefälligst loszulegen, packte ich das Besteck, als müsse ich es gegen einen Feind verteidigen, begann Essen in mich hineinzuschaufeln und fühlte, wie sich mir im nächsten Moment die Kehle zusammenschnürte, weil ich mein Tischgebet vergessen hatte. Ich fühlte den Blick des Kochs auf mir ruhen, verschluckte mich, versuchte durchzuatmen und wusste, dieser Mann hielt mich sogar für zu dumm zum Essen.

Der Koch sagte nichts, aber er starrte mich weiterhin an, und ich wusste nicht, ob ich das Essen noch schneller hinunterschlingen sollte, um es hinter mir zu haben, oder doch alles dransetzen, irgendwie die Situation zu retten. Schließlich hatte ich vor, in diesem Haus zu bleiben. »Danke, Sir«, brachte ich heraus und fühlte meinen Hals schmerzen von einem zu großen Stück Kartoffel. »Aber wie kommen Sie darauf, dass ich ein Hausmädchen sein soll? Hat Lord Kettlewood das gesagt?«

»Willst du mich für dumm verkaufen, Mädchen? Was sollst du denn sonst sein?«

Ich bemühte mich zu lächeln. »Vielleicht die Küchenmagd, auf die sie gewartet haben?« Ich war nicht wild darauf, Küchenmagd zu werden, den ganzen Tag hier unten im Keller zu bleiben, wo es kein Tageslicht gab und das Licht der Petroleumlampen sich von früh bis spät durch den Dunst kämpfen musste. Dafür gab es hier Arbeit, von der ich etwas verstand. Was ein Hausmädchen machte, wusste ich dagegen nicht so genau.

»Ha!«, machte der Koch. »Meine Küchenmägde wissen, dass sie nichts bekommen, wenn sie nicht pünktlich zu den Mahlzeiten hier sind.« Er schüttelte den Kopf. »Aber du wirst noch früh genug lernen, wie es hier zugeht.« Den letzten Satz sagte er leiser als den Rest, und mehr zu sich selbst.

Mir lag die Frage auf der Zunge, ob er nicht lieber nehmen wollte, was er bekam, anstatt noch länger auf Hilfe warten zu müssen. Aber ich verkniff sie mir. Die Arbeit dieses Mannes konnte auch nicht einfach sein. Und ich wollte keine Schwierigkeiten bekommen, ich wollte ausnutzen, dass niemand da war, und mir das Haus genauer ansehen. So sagte ich schließlich: »Vielen Dank für das Essen, es war fabelhaft.« Ich konnte immer noch Lord Kettlewood fragen, ob ich in der Küche mitanpacken sollte oder durfte oder musste, je nachdem, wie das hier mit mir weitergehen sollte. Mit einer ordentlichen Mahlzeit im Bauch fühlte ich neuen Tatendrang und war sogar bereit, noch einmal diesen Hunden über den Weg zu laufen, wenn ich dafür mehr von der Pracht von Kettlewood Hall erleben konnte. Ich trug noch meinen Teller zum Spülstein, dann machte ich, dass ich wegkam. So ein großes Haus, so ein kurzer Tag.

Als ich wieder in der Halle ankam, versuchte ich, so unbeeindruckt zu schlendern, als ob ich mein ganzes Leben lang über Marmor gewandelt wäre oder daran gewöhnt, durch Häuser zu spazieren, die unsere Kirche an Pracht so weit übertrafen wie der Mond eine Straßenlaterne. Ich kam an alten Gemälden vorbei, von Menschen, die lange tot sein mussten und in ihren Rahmen trotzdem so lebendig wirkten, als könnten sie mir jeden Moment zunicken. Ich schaute mir ihre Gesichter an, überlegte, ob sie mit mir verwandt waren, und ertappte mich bei der Frage, ob eines Tages jemand auch von mir so ein Bild malen würde.

Ich war einmal fotografiert worden, als die Inspektoren in die Fabrik kamen, musste reglos neben der Maschine stehen, und während das Bild aufgenommen wurde, hatte ich furchtbare Angst, dass mir währenddessen eine Spule davonspringen oder ein Faden reißen würde. Alles für eine Aufnahme, die ich nicht einmal zu sehen bekam. Irgendwo gab es also schon ein Bild von mir, aber etwas Gemaltes wäre doch schöner gewesen. Jetzt sollten mir die Bilder helfen, eine Familie kennenzulernen, die ich lieber schon vierzehn Jahre früher getroffen hätte.

Keiner der Kettlewood-Ahnen sah so aus wie ich, und das war gut, sonst wäre es mir doch unheimlich erschienen. Ich hatte oft gehört, ich sähe meiner Mutter ähnlich, aber ohne einen eigenen Spiegel zu Hause musste ich mich darauf verlassen, was andere sagten. Jetzt, wo ich das nachprüfen konnte …

Und wieder, obwohl es doch das Letzte war, was ich wollte, zog es mich zu den Spiegeln zurück. Das Haus schien voll von ihnen zu sein. Nicht nur in der Halle, auch hier auf dem Gang hing einer über einer kleinen Kommode. Sein Rahmen war golden und mit so dicken Schnörkeln verziert, dass ich mir einen Moment lang einbilden konnte, vor einem gerahmten Gemälde meiner selbst zu stehen. Leider blieb ich genauso unansehnlich wie beim letzten Versuch. Und sah ich meiner Mutter ähnlich? Ich fand es nicht.

Doch es war nicht mein Gesicht, das mich gebannt hielt, oder die Spuren meiner Vorfahren darin. Es war die Ahnung, dass außer mir noch etwas im Spiegel war.

Was ich in der Halle gesehen hatte, war kein Hungergespinst gewesen, kein Vorgeschmack darauf, dass ich kurz danach das Bewusstsein verlieren sollte: Hier stand ich, satt, wach, bei klarem Verstand – und am Rande des Spiegels, nicht zu fassen, nur aus dem äußersten Augenwinkel sichtbar, war wieder eine Bewegung, als husche etwas hinter mir vorbei, doch wenn ich mich umblickte, so schnell herumschoss, als gelte es einen Sonnenstrahl zu fangen, gab es nichts zu sehen. Nur die Gewissheit, dass mich gerade in dem Moment, in dem ich den Spiegel aus den Augen ließ, etwas von dort beobachtete. Jemand. Ich blieb lange vor dem Spiegel stehen, wand mich und schielte und versuchte, zu greifen zu bekommen, was nicht zu greifen war – dann schüttelte ich den Kopf.

Bloß ein Spuk. Je weniger ich mich davon beirren ließ, desto besser. Was nur im Spiegel lebte, konnte mir nichts tun. Die Hunde waren wirklich, das war etwas anderes, aber Schemen im Spiegel, der Geist in der Bibliothek … Ich gab mein Bestes, mir davon keine Angst einjagen zu lassen. Ich durfte mir den Kopf zerbrechen, darüber rätseln, statt mich zu fürchten, doch es blieb ein Gefühl der Beklommenheit, das ich nicht abschütteln konnte.

Als ich Schritte nahen hörte, zuckte ich erschrocken zusammen, suchte erst im Spiegel nach ihrem Ursprung, bevor ich auf die Idee kam, mich umzublicken; so sehr glaubte ich schon, das einzige Lebewesen im ganzen Haus zu sein, dass ich nicht mehr damit rechnete, hier auf andere Menschen zu treffen. Aber da kam ein junger Mann auf mich zu, mit festen Schritten, die auf dem Boden hallten. Auch wenn er so perfekt aussah, als wäre er eben aus einem der Bilder herausgeklettert, war er ohne jeden Zweifel wirklich. Ich brauchte einen Moment, um mich zu erinnern, wo er mir schon einmal begegnet war, und mochte es nicht glauben, selbst als ich seine Stimme hörte.

»Was für eine Freude, Miss Barling, Sie wieder auf Ihren Füßen zu sehen«, sagte er und schenkte mir ein knappes Nicken mit einem noch knapperen Lächeln, versteckt in einem Augenwinkel und genauso wenig greifbar wie die Bewegungen im Spiegel. Ich hatte keinen Zweifel, dass ich ihn eben noch als Geist in der Bibliothek gesehen hatte. Jetzt war er keiner mehr, und das war unheimlicher, als hätte er immer noch halbdurchsichtig vor mir gestanden. Ich schluckte, befahl meinem Körper, nicht noch einmal in Ohnmacht zu fallen, und schaffte es dann, sein Lächeln zu erwidern.

»Sie haben sich aber auch gut gemacht«, antwortete ich

mit einer Keckheit, die ich erst noch üben musste. Schließlich war ich nicht daran gewöhnt, mit jungen Herren zu sprechen, ob als Geist oder in Fleisch und Blut. Er konnte nur ein paar Jahre älter sein als ich. Alles, was mich an meinem eigenen Gesicht gestört hatte, war bei ihm so, wie es zu sein hatte. Man hätte ihn vom Fleck weg malen können, ohne irgendetwas beschönigen zu müssen. Aber es gefiel mir, wie er – nicht ich! – bei meinen Worten errötete.

»Ich wusste nicht, dass Sie mich bemerkt hatten«, antwortete er. »Sonst hätte ich mich Ihnen längst vorgestellt. Es kommt selten genug vor, dass wir hier im Haus ein so hübsches neues Gesicht begrüßen dürfen.«

Ich lachte, etwas Besseres fiel mir nicht ein. »Na, bis jetzt ist eher mein Magen begrüßt worden«, sagte ich und hatte keine Ahnung, wo diese Worte plötzlich herkamen. War ich nicht eben noch nervös gewesen? Erschrocken? Nichts davon. Ich redete, ich lächelte, ich dachte an nichts anderes mehr als diesen einen Moment, der ruhig noch ein wenig länger dauern durfte.

»Oh, glauben Sie mir, Mägen haben wir hier alle«, erwiderte er, und wieder war da dieses kurze Blitzen in seinen Augen, halb versteckt hinter einer einzelnen schwarzen Haarsträhne, die sich verselbstständigt hatte. »Aber ein Gesicht wie Ihres – auf das haben wir lange gewartet.«

»Auf mein Gesicht?«, fragte ich leise. »Oder auf das meiner Mutter?« Ich hätte mich dafür ohrfeigen können, dass ich diesen besonderen Moment ruinierte. Doch wenn ich die Wahl hatte, war Wissen mir lieber als das beste Wortgeplänkel. Auch wenn der junge Mister Kettlewood gut aussehen und charmant sein mochte, ließ ich mich besser nicht von ihm einwickeln. Wir wussten beide, was bei so etwas herauskommen konnte.

»Nein, glauben Sie mir, Miss Barling, Sie sind hier genau richtig.« Er nickte, und diesmal lachte nichts an ihm. »Und Sie dürfen mich ruhig dafür ausschimpfen, dass ich mich nicht vorgestellt habe. Ich bin Victor, Lord Kettlewoods Sohn. Entschuldigen Sie, dass ich Sie habe rätseln lassen.«

Ich schüttelte den Kopf. Gerätselt hatte ich nur bei der Frage, wie dieser Bursche mal ein Geist sein konnte und mal quicklebendig. Wessen Sohn er war, war im Vergleich dazu fast egal.

»Dann sind Sie ein Aubrey, Lord Victor?«, fragte ich, um irgendwas zu sagen. Einen Mann fragen, ob er tot war, das ging nicht.

Wieder lachte er. »Ich bin ein Aubrey, allerdings kein Lord. Viscount Kettlewood, aber ist das nicht viel zu hochgestochen? Wissen Sie, Miss Barling, Sie dürfen mich Victor nennen, wenn ich dafür Iris zu Ihnen sagen darf. Oder wollen Sie wirklich erst ein paar Wochen lang Benimmunterricht nehmen und lernen, wie man jeden Einzelnen aus unserer buckligen Familie offiziell anzureden hat, nur um dann zu erfahren, dass Sie selbst zur Familie gehören?«

Ich wusste nicht, was ich antworten sollte. »Danke?«, versuchte ich es, doch es klang falsch. Ich schüttelte den Kopf. »Bitte machen Sie keine Spielchen mit mir«, sagte ich dann. »Ich bin nicht in der Erwartung hergekommen, in Ihre Familie aufgenommen zu werden, und erst recht nicht, damit Sie alle einmal darüber lachen dürfen, wie dieses dumme, ungebildete Bastardmädchen über die eigenen Füße stolpert. Das ist alles sehr ernst für mich.«

»Nicht nur für Sie«, antwortete Victor leise. »Wir machen keine Spielchen. Das einzige Spiel, das es hier gibt, ist das Schachspiel in der Bibliothek. Und das hat mit Spielen nichts mehr zu tun. Sie verstehen nicht, wie viel es meiner Familie bedeutet, dass es wieder vollständig ist.«

Ich nickte. Mir lag eine böse Erwiderung auf den Lippen – für ihn ging es hier um ein paar Figuren, für mich um die Frage, ob ich am Leben blieb oder verhungerte. Nur, wenn ich das sagte, würde er mich für eine Bettlerin halten, und dann ging er hin, mein schöner Stolz. Außerdem klang Victor so ernst … Ich wusste, ich hatte es mir nicht eingebildet, als ich das Licht durch ihn hatte hindurchscheinen sehen, bevor ich die Schachfigur zurückgesetzt hatte. Wenn ich wissen wollte, was hier los war und was es mit mir und meiner Mutter zu tun hatte, blieb mir nichts anderes übrig, als im wahrsten Sinne des Wortes mitzuspielen.

»Wie kommt es, dass Sie nicht mit dem Rest der Familie in der Kirche sind?«, fragte ich unschuldig.

Victor lachte, und wenn ich gehofft hatte, er würde mir jetzt erklären, warum ich ihn als Geist gesehen hatte, hätte ich ihn besser genau das gefragt. »Mir war heute Morgen nicht wohl«, sagte er. »Diese kalte, zugige Kirche, da hätte ich mir ja den Tod holen können!« Er schüttelte den Kopf, und das Lachen war verschwunden. »Fragen Sie nicht, Iris. Denken Sie. Wenn Sie Fragen haben, dann stellen Sie sie sich selbst. Sonst werden Sie an unserem Haus nicht viel Freude finden.«

Fast erwartete ich, dass er sich vor meinen Augen in Luft auflöste. Doch er nickte mir nur noch einmal zu, machte eine kleine Verbeugung und ging dann davon, mit Schritten, die ihm nachhallten, auch als ich ihn längst nicht mehr sehen konnte. Erst jetzt begann mein Herz zu hämmern. Aber nur ein bisschen.

Während ich durch die Flure schlich und die Gemälde bewunderte, die Kerzenleuchter, die wunderschönen seidenen Tapeten, und dabei über die Begegnung mit Victor nachdachte, wurde mir etwas klar: Es ging wirklich ein Geist um in Kettlewood, und dieser Geist war ich. Ich war ein Fremdkörper, ein Wesen aus einem fernen Land. Vielleicht sogar aus einer anderen Zeit, versetzt an einen Ort, der ebenso gut einem vergangenen Jahrhundert entsprungen sein konnte, als es noch keine Maschinen gab und die Menschen aussahen wie die gemalten Vorfahren, die dort hängen mochten, seit dieses Haus erbaut worden war.

Es war nicht meine Welt. Mehr noch, ich konnte mir auch nicht vorstellen, dass ich mich hier jemals heimisch fühlen würde. Irgendwo in mir steckte ein Stück Kettlewood, so viel war sicher, aber es dachte nicht daran, herauszukommen, sondern gab sich mit einem Platz in der hintersten Reihe zufrieden. Hier war man freundlich zu mir, gab mir zu essen … Doch ich glaubte nicht daran, dass dies die Wirklichkeit war. Es war ein schöner Traum im Tausch gegen meinen bösen, einer, in dem die Dinge nur hinter Glas passierten. Ich wollte mir alles ansehen, so viel Kettlewood wie möglich in mich aufnehmen, ehe ich mich, noch bevor der Earl und seine Familie zurückkamen, davonschlich, zurück zum Bahnhof und dann sonst wohin, nach London vielleicht oder gleich nach Amerika, wo ich auch mein Glück machen, aber dabei ich selbst bleiben konnte. Dafür brauchte ich noch nicht einmal zu wissen, wer mein Vater war, oder Geld annehmen, das meiner Mutter auch nichts mehr nützen würde. Es war eindrucksvoll, einen Tag lang über den Marmorboden zu tanzen. Doch es war nichts für jeden Tag im Leben. Nicht in meinem Leben, zumindest. In meinem Leben waren die Dinge, wie sie waren. Und zwischen all diesen Spiegeln verstand ich plötzlich, dass das gar nicht so schlecht war.

Als ich mich auf den Weg zur Tür machte, war ich seltsam zufrieden. Ohne diese Reise nach Kettlewood hätte ich nicht verstanden, dass mir die ganze Welt offenstand. Ich wäre in der Fabrik geblieben und irgendwann gestorben, doch jetzt war ich frei. Ich wusste nicht, wie meine Mutter sich gefühlt hatte, als sie dieses Haus verließ, ob sie weggeschlichen war oder doch stolz und aufrecht davongeschritten, aber ich ging hoch erhobenen Hauptes. Dort ging es in die Halle, da war die Tür –

Ich erstarrte. Vor mir lag die Tür, dahinter mein Leben, und doch konnte ich sie nicht erreichen. Die beiden Hunde versperrten mir den Weg. Sie warteten nicht auf jemanden, der sie hinausließ. Sie warteten auf mich. Und sie wollten nicht, dass ich wieder ging.

Diesmal fiel ich nicht in Ohnmacht. Zwei riesige schwarze Hunde, jeder von ihnen reichte mir gut und gern bis zur Brust, doch das bedeutete, ich war immer noch größer als sie. Ich nahm meinen Mut zusammen und machte ein paar Schritte auf die Tür zu. Die Hunde richteten die Ohren auf, schauten mich an, die Augen seltsam wissend, wachsam, ohne Gnade. Ich sah, wie sie zum Knurren ihre Lefzen hoben, doch ich hörte nur das Rauschen meines eigenen Blutes.

»Gute Hunde«, sagte ich, um es selbst glauben zu können. »Brave Hunde.« Ich hob die Hände, um ihnen zu zeigen, dass ich harmlos war. Es waren Wachhunde, sie durften mich nicht für eine Diebin halten. Wenn ich jetzt ging, würden sie mir schon nichts tun, ich wollte nur hinaus, versuchte schließlich nicht, in das Haus einzudringen …

Noch ein Schritt, und noch einer, den Blick auf den Türgriff geheftet. Hunden bloß nicht in die Augen sehen, das galt schon für den kleinen Kläffer unten bei uns im Hof, ruhige Bewegungen, sie riechen deine Angst. Die Hunde schienen mich zu mustern, und ohne dass ich eine Bewegung wahrgenommen hätte, standen sie plötzlich näher bei mir. Fast blieb mir das Herz stehen. Noch einen Schritt –

Ich machte den Schritt, aber ich machte ihn rückwärts. Ich hasste mich dafür. Eben noch mutig genug, um die ganze Welt besitzen zu wollen, ließ ich mich im nächsten Moment von zwei dummen Tieren einschüchtern. Warum musste ich so feige sein? Meine Hände ballten sich zu Fäusten vor Wut auf mich selbst, und ich nahm sie schnell hinter den Rücken, damit die Hunde nicht dachten, dass ich sie angreifen wollte. Sie schienen sich etwas zu entspannen, als sie sahen, dass ich mich zurückzog, sie hatten noch nicht versucht, mich zu beißen, sie fraßen mich nicht. Mein eigentlicher Gegner war ich selbst, meine Angst. Statt zu warten, bis die Hunde irgendwann den Weg freigaben, wollte ich nur noch vor ihnen weglaufen. Die Hunde beobachteten mich, schienen jeden meiner Schritte abzuwägen wie kühl kalkulierende Soldaten. Wenn ich jetzt doch einfach zurückstarrte?

»Sie werden dich nicht gehen lassen.«

Ich schrak zusammen, als ich eine Stimme hörte, direkt hinter mir, ohne dass dort vorher Schritte gewesen wären – aber selbst wenn, ich hätte sie wohl auch nicht gehört, all meine Aufmerksamkeit galt den Hunden. Jetzt stand da ein kleines Mädchen, das gleiche, das ich schon bei meiner ersten Begegnung mit den Hunden gesehen hatte. Sie war bildschön, bleich, aber zumindest nicht durchsichtig. Die Hunde schienen vor meinen Augen zu wachsen, als das Kind zu ihnen hintrat, und sie blickten mich immer noch unverwandt wachsam an.

»Kannst du ihnen sagen, dass sie mich hinauslassen sollen?«, hörte ich mich fragen. Meine Stimme zitterte noch mehr als meine Hände. Wenn die Hunde wussten, dass ich sie fürchtete, war das eine Sache, doch vor diesem Mädchen hätte ich meine Angst gerne verborgen. Das gehörte zu den Dingen, die ich früh gelernt hatte: Wenn man schwach war, durfte das niemals jemand erfahren, wollte man nicht noch viel schwächer werden.

»Das werde ich nicht«, antwortete das Mädchen mit heller, klarer Stimme. »Warum sollte ich? Sie wissen, dass du nach Kettlewood gehörst. Und warum solltest du dann gehen?«

Ich schluckte. »Weil ich das immer noch selbst zu entscheiden habe«, sagte ich. Vielleicht waren die Hunde nur ein Spuk, vielleicht bildete ich mir das alles nur ein, weil ich insgeheim einen Grund suchte, doch hierzubleiben? Aber hätte mir dann nicht besser Victor die Tür verstellen sollen?

Das Mädchen lächelte und ähnelte dabei den Hunden mit ihren verzogenen Lefzen. »Oh, aber das ist keine Entscheidung«, sagte es. »Nicht für Castor und Pollux, und erst recht nicht für dich. Wenn das irgendjemand zu entscheiden hat, dann Kettlewood. Wenn Kettlewood findet, du gehörst hierher, dann hat keiner dareinzureden, nicht einmal Tante Agnes. Du solltest froh sein, dass es so ist, sonst wärst du schon längst wieder draußen im Regen.«

Tante? Ich atmete durch. Dann war das Mädchen kein Geist, oder wenn, dann noch nicht so lange, aber das hieß nicht, dass ich keine Angst zu haben brauchte. »Wer bist du denn?«, fragte ich endlich und wusste nicht, ob ich mich nicht gerade völlig blamierte, weil ich eine Countess oder Prinzessin wie ein gewöhnliches Kind anredete, aber sie war mehr als einen Kopf kleiner als ich, und ich konnte mir nicht vorstellen, vor ihr zu knicksen. Ob sie Victors Schwester war?

»Ich bin Phoebe Reynard«, sagte das Mädchen. »Und dies sind Castor und Pollux. Sie bewachen dieses Haus.«

»Das wusste ich schon«, sagte ich. Innerlich zitterte ich noch immer. Fast musste ich lachen, aus reiner Verlegenheit, aber ich konnte den Drang unterdrücken. »Welcher ist wer?« Nicht, dass mir die Antwort irgendwie weitergeholfen hätte, aber Reden half gegen die Angst.

Phoebe runzelte die Stirn. »Tut das etwas zur Sache?«, fragte sie. »Es sind Castor und Pollux. Sie sind unzertrennlich. Du wirst nie nur einen von ihnen antreffen.« Sie schüttelte den Kopf. »Meine Schwester hatte recht, du weißt wirklich sehr wenig. Sie hat mich gewarnt, dass ich auf dich Rücksicht nehmen muss, aber dass du so dumm bist –«

Sie sagte es nicht einmal unfreundlich, doch das machte es noch schlimmer. Eine Beleidigung war etwas, das man einfach so dahersagte; aus Phoebes Mund wurde es zu einer bedauerlichen Tatsache. Doch der Zorn über diese Verletzung gab mir endlich meinen Stolz zurück und meinen Mut.

»Ich bin nicht dumm«, sagte ich. »Ja, es stimmt, ich weiß wenig. Das ist etwas anderes. Ich habe Grips im Kopf, verdammt viel.« Ich hoffte, dass Gott es mir nicht übel nahm, ausgerechnet am Sonntag geflucht zu haben. »Aber ich habe nur zwei Jahre lang zur Schule gehen können, nur zwei Stunden am Tag, und beigebracht haben sie mir da nichts. Ich habe so viel Bildung, wie ich irgendwie haben kann – wenn du auf mich hinunterblicken willst, kleines Mädchen, musst du erst noch wachsen!«

In Phoebes Augen blitzte es auf. Wahrscheinlich hatte ich sie mir jetzt zur Feindin gemacht, doch das war mir schnurz.

Wenn sie mich dafür vor die Tür setzte, war ich da, wo ich hinwollte.

Phoebe lachte nur. »Erwarte kein Mitleid von mir, Barling-Mädchen. Du willst Bildung? Die kannst du haben. In Kettlewood gibt es Bücher. Und wenn du in zwei Jahren Schule nicht mal Lesen gelernt hast, dann habe ich jedes Recht der Welt, dich dumm zu nennen!«

Ich fragte mich, wie alt sie war. Ich schätzte sie auf vielleicht sieben. Dann konnte sie nicht viel mehr Schulunterricht gehabt haben als ich, aber sie sprach anders als alle Kinder, die ich kannte, klüger, geschraubt, hochmütig. Ich kannte zu wenige reiche Leute, um zu wissen, ob die immer so waren. Ein bisschen erinnerte sie mich sogar an Annie. Aber wenn ich im Leben eins gelernt hatte, dann, alle Chancen zu nutzen, die sich mir boten. »Danke für das Angebot«, sagte ich. »Warum machst du nicht den Anfang und bringst mir bei, was es über deine Familie zu wissen gibt?«

Phoebe lachte, als hätte ich einen besonders gelungenen Witz gemacht. »Alles über meine Familie? Angefangen bei Lawrence Aubrey, oder noch früher, wie hättest du es denn gern?« Sie hörte gar nicht mehr auf zu gackern. »Barling-Mädchen, so viel Zeit hast du im Leben nicht, das alles zu lernen!« Endlich beruhigte sie sich wieder, sie machte noch die Hunde nervös, und ich wäre lieber von ihnen weggegangen. »Weißt du, wie alt dieses Haus ist?«

Ich schüttelte den Kopf. »Tausend Jahre?«, riet ich und ahnte sofort, dass ich danebenlag. »Ein paar Hundert?«

Phoebe schnaubte nur. »Und ich habe recht, du bist einfach zu dumm. Was bringt es, wenn ich dir sage, dass die Aubreys Normannen waren und Kettlewood von König Heinrich dem Ersten zum Lehen bekommen haben? Du weißt weder, was Normannen sind, noch wer König Heinrich war. Ich habe wirklich Besseres zu tun, als mit dir meine Zeit zu verschwenden.« Sie schien kurz nachzudenken, dann setzte sie, wieder etwas freundlicher, hinzu: »Wenn die Großen aus der Kirche kommen, kannst du die fragen. Wenn du wirklich beweisen willst, dass du klüger bist als deine Mutter …« Ich wollte sie fragen, wie sie irgendetwas über meine Mutter wissen wollte, so jung, wie sie war, aber ich kam nicht dazu. Phoebe schüttelte den Kopf, dann winkte sie die Hunde herbei. »Ihr könnt sie haben.«

Ich erstarrte.

Die Hunde liefen auf mich zu. Ich stand still, stocksteif, hielt die Hände ruhig. Nur keine überstürzten Bewegungen, besser gar keine, sollten sie mich ruhig beschnuppern und mich dann für harmlos befinden … Ich schloss die Augen, als ich kalte Nasen an meinen Fingern fühlte. Wenigstens waren es echte, lebende Hunde, keine Geister, versuchte ich mich aus meiner Angst herauszureden – dann spürte ich ihre Zungen an meinen Fingern. Feucht und warm, waren sie das Entsetzlichste, was ich jemals gefühlt hatte. Ich hörte Phoebe kichern.

»Bitte!«, flüsterte ich. »Bitte, mach, dass sie aufhören!«

»Warum?«, fragte Phoebe. »Sie tun dir doch nichts.«

Aber es machte keinen Unterschied, ob die Hunde mich in Stücke rissen oder über meine Hände leckten, Wirklichkeit und Traum überlappten sich, und ich war mittendrin gefangen. »Bitte …« Mehr bekam ich nicht mehr heraus.

Endlich, Phoebe hatte Mitleid mit mir. »Castor! Pollux! Das genügt!«

Ich weiß nicht, ob die Hunde ihr gehorchten oder bloß genug von mir hatten, doch sie ließen von mir ab. Da stand ich, zitternd, mit verkrampften Fingern, die ich nicht einmal an meinem Kleid abzuwischen wagte. »Danke«, würgte ich hervor und wagte es zu guter Letzt, die Augen wieder zu öffnen.

Phoebe schüttelte den Kopf. »Wirklich, an Castor und Pollux wirst du dich gewöhnen müssen. Sie tun dir nichts, solange du ihnen keinen Grund dazu gibst. Komm, gib mir deine Hände.«

»Die möchte ich gerne behalten«, flüsterte ich, während Phoebe mit einem bestickten seidenen Taschentuch, das allein mehr wert sein mochte als mein Wochenlohn, meine Finger abtupfte. Erst dachte ich, sie wollte mir helfen. In Wirklichkeit nutzte sie nur die Gelegenheit, sich etwas aus der Nähe anzusehen, was ihre Neugier geweckt hatte.

»Du hast acht Finger«, sagte sie, irgendwo zwischen interessiert und zufrieden, und berührte die vernarbten Stellen, an denen meine Haut so empfindlich war, dass Schmerzen durch meinen ganzen Arm zuckten, und ich war zu erstarrt, um ihr auch nur zu sagen, dass sie damit aufhören sollte. »Das ist gut.«

Ich lachte verlegen. »Ja, ich kenne Mädchen, die haben die ganze Hand verloren –«

»Du verstehst nichts«, erwiderte Phoebe unwirsch. »Es sind acht, nicht mehr und nicht weniger. Du trägst das Zeichen der Acht. Castor und Pollux wissen das, Kettlewood weiß es, und jetzt weiß ich es auch.«

Dann machte sie kehrt und ließ mich mit den Hunden zurück. Castor und Pollux sahen mich unverwandt an, und diesmal wollte ich nicht warten, bis sie wieder zu knurren begannen. Rückwärts, mit kleinen Schritten, verließ ich die Halle.

Ziellos irrte ich durch den Flur. Ich wusste nicht mehr, was ich wollte. Etwas stimmte nicht in Kettlewood – alles in mir, was Vernunft war, wollte davor davonlaufen, doch zugleich war meine Neugier geweckt, eine Neugier, von der ich nicht einmal geahnt hatte, dass sie in mir steckte. Und obwohl die Vernunft überwog, war mir der Ausweg versperrt. Es machte mich rastlos: Ich wollte mich hinsetzen, aber ich hatte Angst, die Hunde könnten zurückkommen. Ich fühlte mich beobachtet, aus Bildern, aus Spiegeln. Dort war Bewegung, wo nur ich hätte sein dürfen … Ein mächtiger Rahmen am Ende des Flures zog mich an. Kein Spiegel, nur ein Gemälde. Das Bild eines Mannes aus lang vergangener Zeit.

Er hatte dunkle Haare, die ihm lang und lockig über die Schultern fielen, und ich bildete mir ein, dass er ein bisschen wie Victor aussah, was mich seltsam freute. So langes Haar an einem Mann hatte ich noch nie gesehen, doch er hatte einen Schnurrbart, damit man sah, dass er ein Mann war. Er trug eine Art Mantel und schien es nicht erwarten zu können, sich zum Essen an den Tisch zu setzen, denn er hatte sich schon einen Latz aus weißer Spitze umgebunden. Ich verstand, dass das einmal Mode gewesen sein musste, auch wenn ich nicht wusste, wann. Aber ich brauchte zu lange, um zu erkennen, was mich an diesem Gemälde so fesselte.

Der Mann stand neben dem Schachbrett aus der Bibliothek, und in seiner Linken hielt er eine der Figuren. Nicht meinen Springer, sondern die weiße Dame. Mit der rechten Hand deutete er auf das Brett, als versuche er gerade, dem Maler die Schachregeln zu erklären.

»Miss? Miss Barling? Entschuldigen Sie …«

Ich drehte mich um, langsam, um nicht zu erschrocken zu wirken – ich sollte mich daran gewöhnen, dass in Kettlewood Menschen auftauchten, wo man nicht mit ihnen rechnete. Da stand ein Dienstmädchen, vielleicht so alt wie ich, schwarzes Kleid, weiße Schürze, Häubchen, und lächelte mich an. Nicht die von vorhin. Eine andere. »Bitte entschuldigen Sie, dass ich mich erst jetzt um Sie kümmere. Die Herrschaften hatten mich gebeten, ein Zimmer für Sie herzurichten. Bestimmt möchten Sie sich einen Moment ausruhen.«

Ich fuhr mir mit der Zunge über die Lippen, wusste nicht, was ich sagen sollte. »Oh, ich … ich bleibe nicht lange. Ich warte nur, bis die Herrschaften aus der Kirche kommen …« Mir erstarb die Stimme, als ich Enttäuschung in die Augen des Mädchens treten sah. Sie sah traurig aus, fast bestürzt. Hatte sie Angst, dass sie Ärger bekommen würde? Würde der Earl noch denken, ich wolle nicht bleiben, weil das Mädchen das Zimmer nicht zu meiner Zufriedenheit vorbereitet hatte? Ich schluckte. »Schon gut«, beeilte ich mich zu sagen. »Danke. Etwas Ruhe tut mir sicher gut.« Ich hätte mich direkt auf den Boden legen mögen oder mir das Bett mit drei anderen Frauen und einem Dutzend Wanzen geteilt, aber das musste das Mädchen nicht wissen und der Earl erst recht nicht. Ich war froh, als das Mädchen erleichtert nickte.

»Dann kommen Sie, Miss. Ich kümmere mich gleich um ein heißes Bad für Sie. Bitte entschuldigen Sie, dass ich Sie habe warten lassen, Sie sind bestimmt ganz nass geworden da draußen …« Sie schien meinem Blick auszuweichen. Ich wollte sie nicht in Verlegenheit bringen, also schaute ich lieber auf meine Füße, meine alten schwarzen Schuhe, in denen noch immer das Wasser stand. Die endlich ausziehen und mich hinlegen, selbst wenn es nur für eine Stunde war, und mir einbilden dürfen, dass ich in einem prachtvollen Schloss wie Kettlewood ein eigenes Zimmer besaß. Mein Verstand wollte immer noch, dass ich auf dem schnellsten Weg wieder ging. Doch im Augenblick hatte mein Körper das Sagen. Und mein Körper wollte bleiben.

6

Ich habe nie erfahren, was an diesem Tag aus meinem Bad geworden ist. Dabei war es so eine schöne Vorstellung, in heißem Wasser zu liegen, das meinen Körper umfing wie eine Umarmung, ein Traum, aus dem mich niemand vertreiben konnte. Aber es blieb genau das, ein Traum. Wenn das Dienstmädchen noch einmal wiedergekommen war, um mir zu sagen, dass das Bad nun bereitstand, so bekam ich davon nichts mit, so tief und fest schlief ich, kaum dass mir die Lider zugefallen waren.

Ich verschlief mein Bad, verschlief das Essen, schlief, als wollte mein Körper nie wieder aufwachen. Niemand kam, um mich zu wecken. Mein Körper war klüger als ich, wusste, er musste diese Gelegenheit nutzen. Wann hatte ich sonst jemals schlafen können, so viel ich wollte? Doch als ich nach einer halben Ewigkeit wieder aufwachte, fühlte ich mich alles andere als ausgeschlafen.

Ich wusste nicht genau, was mich weckte. Es klang wie eine Stimme, die meinen Namen flüsterte, oder mehrere Stimmen, weit entfernt, wie aus einem anderen Land. Mit geschlossenen Augen versuchte ich zu lauschen, aber je angestrengter ich die Ohren spitzte, desto ferner war das Flüstern.

»Iris! Iris Barling!« Waren das wirklich Worte oder rauschte nur das Blut in meinen Ohren? Mir war schwindelig, der Kopf schwer. Ich wagte es nicht, die Augen zu öffnen, aus Angst vor dem, was mit mir im Zimmer war, und noch größerer Angst vor der Erkenntnis, allein zu sein. »Hilf uns!«

Ein Rauschen wie der Wind, wie ein Regen, der über mich niederging. Ich fühlte mich, als ob ich ersticken müsste, das Bettzeug rang mich nieder, eine dicke, schwere Decke, unter der ich keine Luft bekam. Meine Kehle war wie zugeschnürt, meine Füße glühten, ich kämpfte und strampelte und wand mich aus den Laken. Bis ich endlich frei war, war von den flüsternden Stimmen nichts mehr zu hören.

Ich war allein. Es war hell draußen; Licht sickerte durch die Vorhänge, die ein freundlicher Mensch zugezogen und dann so gelassen hatte, um mich nicht zu wecken. Das Zimmer war erfüllt von einer Dämmerung, die meinen Augen sehr gelegen kam. In meinem Augenwinkel bewegte sich etwas. Ich dachte erst, es müsste der Wind gewesen sein, aber das Fenster war geschlossen, die Luft bleiern und stickig, und die Vorstellung, dass es hier spuken sollte, machte mir plötzlich Angst. Jetzt war kein Hund da, um meine Furcht zu binden, nur Stimmen und Schatten und etwas, das keinen Namen hatte, doch meinen kannte – und ich trug nur Leibchen und Unterrock, war so klatschnass geschwitzt wie meine Haare und das ganze Bett. Ich fühlte mich schwindelig und hilflos.

Ich war stärker, wenn ich auf meinen Füßen stand, auch wenn es ein rechter Kampf war, aus dem Bett zu kommen, während mein Körper nur wieder in das weiche Kissen zurücksinken wollte. Trotzdem musste ich zum Fenster, die Vorhänge aufreißen, das garstige Licht hineinlassen und die Schatten hinaus. Endlich stand ich, schwankte und stand, sah wieder eine Bewegung, wo ich sie nicht greifen konnte, und als ich mich danach umdrehte, hätte ich in all meinem Elend fast lachen müssen. Über einer mächtigen Kommode hing ein Spiegel, nur ein Spiegel, ein großes, altes, halbblindes Ding mit verziertem Rahmen. Sicherlich sehr schön, aber in dem Moment war ich bereit, alles zu fürchten, selbst mein eigenes Spiegelbild.

Nur mein eigenes. Daran hielt ich mich fest. Doch im Grunde meines Herzens wusste ich, dass der Spiegel nicht blind war, sondern dass in ihm etwas war, das lebte und sich bewegen konnte, wie Wolken, die über den Himmel zogen. Noch einmal rauschte ein Flüstern durch meine Ohren, keine Worte, doch wieder klang es für mich wie mein Name.

Ich sprang zum Fenster hin, um dem Spuk ein Ende zu setzen, packte den Vorhang. Dann hing ich da, an den Stoff gekrallt wie ein Säugling an die Mutter. Während sich die Welt um mich drehte, wusste ich, wenn ich losließ, würde ich zu Boden stürzen, und wenn ich nicht losließ, kam mir gleich der ganze Vorhang entgegen, staubiger dunkelbrauner Stoff, der einen seltsamen Geruch verströmte, von dem mir noch schlechter wurde. Mit winzigen Schritten arbeitete ich mich vorwärts, bis ich mich an der Fensterbank abstützen konnte. Mit Kopf und Schulter schob ich den Vorhang zur Seite, nur ein Stück. Das Licht vertrieb den Spuk aus meinem Zimmer, aber nicht aus meinem Kopf.

Zwei Stockwerke unter mir lag ein Garten, der aus einem Märchenbuch stammen musste, ein Meer von Grün und Blüten. Ich stand und starrte, alles drehte sich, ich war nur eine Scheibendicke von der rettenden frischen Luft entfernt und doch außerstande, auch nur das Fenster zu öffnen. Ich drückte meine heiße Stirn gegen das kalte Glas, feucht von den Wassertropfen, die sich dort gesammelt hatten, und das tat so gut, dass ich mich nie wieder von der Stelle rühren wollte.

Als ich hörte, dass hinter mir die Tür geöffnet wurde, fuhr ich herum, doch die jähe Bewegung war zu viel für mich. Meine Beine gaben unter mir nach, und ich versuchte, mich am Vorhang festzuhalten, ehe ich zu Boden ging. Es war gut, dass ich keine Unze Fett auf den Rippen hatte. Der Vorhang hielt.

»Oh, nein, Miss!«, rief das Hausmädchen, das mit einem Tablett in der Hand im Türrahmen stand. Ihr Blick irrte hektisch durchs Zimmer, zu mir, zum Tablett, zurück zu mir, bis sie endlich das Tablett auf dem Nachttisch abstellte und zu mir eilte. »Sie dürfen doch nicht einfach aufstehen!«

Ihr Gesicht verschwamm, so nah war es an meinem, ich sah nur schwarz und weiß – Haare und Augen dunkel, Haut und Häubchen hell, ich hätte Schach auf ihr spielen können und wunderte mich nicht einmal darüber, dass ich auf solche Gedanken kam. »Hat das Haus das gesagt?«, fragte ich.

»Was?« Sie verstand mich nicht. »Miss, kommen Sie, Sie müssen zurück ins Bett. Die Herrschaften haben nach Doktor Raeburn geschickt, als Sie heute Morgen immer noch nicht aufwachen wollten, aber der Doktor lebt unten im Dorf, und bis er hier ist …« Sie war nicht größer als ich, doch so kräftig, dass sie mich fast zum Bett tragen konnte. Das war gut, denn meine Beine brachten keinen Schritt mehr zustande. »Hier, legen Sie sich hin, warten Sie, ich bringe Ihnen gleich ein reines Laken. Aber erst müssen Sie etwas trinken, ich habe Ihnen Tee gemacht.«

Liegen half mir nicht, jetzt drehte sich das ganze Zimmer, und die Kissen wollten mich wieder verschlucken. Ich ließ mir nichts anmerken. »Wie lange habe ich geschlafen?«, fragte ich und war ganz stolz darauf, wie normal und richtig dieser Satz klang. Sie durften nicht denken, dass ich krank war; ich durfte nicht krank werden. Wenn sie nur den Doktor wieder wegschickten!

»Zwei Tage und zwei Nächte«, sagte das Mädchen. »Und heute ist Dienstag«, fügte sie hinzu. So lange hatte ich geschlafen – ich lächelte bei der Vorstellung. Wenn mich jemals jemand gefragt hätte, wie ich mir das Paradies vorstellte, dann als einen Ort, wo man schlafen konnte, so viel man wollte. Aber ins Paradies kam man erst, wenn man starb.

»Hier, ich helfe Ihnen«, sagte das Mädchen und zog mich hoch, bis ich zumindest wieder saß. »Passen Sie auf, er ist noch heiß. Kamillenblüten, frisch aus unserem Garten, es gibt nichts Besseres.«

Ich nippte vorsichtig, doch der Tee war wirklich sehr heiß, und ich hatte einen solchen Durst, dass ich lieber kaltes Wasser gehabt hätte. Ich vergaß meine Vorsicht, nahm einen tüchtigen Schluck. Meine Lippen brannten schon zu sehr, als dass ich die Verbrennung gefühlt hätte. Es tat gut. Zwar drehte sich immer noch der Raum um mich, aber die Schatten waren da, wo sie hingehörten, und der Spiegel leer. »Wie heißt du?«, fragte ich endlich.

»Ich bin Tillie, Miss.« Das Mädchen deutete einen Knicks an. »Wenn Sie irgendwas von mir wollen, da neben dem Bett ist ein Klingelzug, sehen Sie? Greifen Sie nach dem Kettchen, dann bin ich gleich bei Ihnen.«

»Danke«, flüsterte ich, ehe ich mich einen Schritt weiter wagte: »Könnte ich ein Glas Wasser bekommen? Oder gleich den ganzen Krug?«

»Sicher, Miss.« Ich hatte erwartet, dass Tillie zum Waschtisch gehen würde, wo Wasser genug war, doch stattdessen wandte sie sich zum Gehen. »Ich bin gleich zurück. Aber nicht, dass Sie mir wieder aufstehen!«

»Nein, nein«, beeilte ich mich zu sagen. Ich wusste nicht mal, wie ich so lange wach bleiben sollte.

Mit großen Schritten ging Tillie zum Fenster und schloss die Vorhänge wieder, ehe sie mich allein ließ. Als sie die Tür hinter sich zuzog, hörte ich sie etwas murmeln: »Arme kleine Cilla.«

Ich nickte bei mir. In dem Moment freute ich mich nur, dass man sich in Kettlewood noch an meine Mutter erinnerte, von den herrschaftlichen Töchtern bis hin zu den Dienstmädchen. Irgendetwas in mir fand, ich sollte mich wundern. Doch mir war nur nach schlafen.

»Hier ist sie«, sagte der Earl, als er den Doktor hereinführte, und dann machte er selbst keine Anstalten, wieder zu gehen. Ich zog mir die Bettdecke zum Kinn hoch. Da ich im Bett lag, im Leibchen, machte es mich verlegen, wenn Männer hereinkamen.

»Das sehe ich«, antwortete der Arzt etwas knurrig. Er kam mir finster vor, doch das mochte an seinem schwarzen Schnurrbart liegen und daran, dass mir an diesem Tag irgendwie alles Angst machen wollte. »Seit wann fiebert sie?«

Ich verzog das Gesicht. Fragte der Arzt mich, oder wollte er seine Antwort vom Earl haben? Natürlich, der Earl hatte das Sagen, und er bezahlte die Rechnung, vielleicht wusste er dann auch besser als ich, wie es mir ging?

»Wir haben sie zwei Tage lang schlafen lassen«, antwortete Lord Kettlewood bedächtig. »Sie hatte eine weite Reise hinter sich und war erschöpft, aber als heute dann immer noch keine Regung von ihr kam …«

»Hrm«, machte der Arzt. Mit einem weiteren »Hrm« war er bei mir, ließ sich auf meiner Bettkante nieder und klappte seine große braune Tasche auf. Ohne mich auch nur anzusehen, legte er mir eine Hand auf die Stirn. »In der Tat«, sagte er dann. Er roch nach Tabak. »Gut, dass Sie mich haben kommen lassen. Das ist anständiges Fieber.«

Ich hustete vernehmlich, nicht, weil ich Husten hatte, sondern um den Arzt darauf aufmerksam zu machen, dass ich ein lebender Mensch war und nicht nur ein Tier, das keine Sprache hatte, oder ein Heizofen. Das weckte endlich seine Aufmerksamkeit.

»Husten Sie noch mal!«, herrschte er mich an. Ich gehorchte.

»Öchö. Öhö.« Es war kein richtiger Husten, und ich fühlte mich wie eine Hochstaplerin.

»Haben Sie das öfter?«, fragte der Arzt. Diesmal fragte er wirklich mich. Ich schüttelte den Kopf. »Und Blut?«, fragte er weiter. »Schon mal Blut gehustet?«

Jetzt schüttelte ich den Kopf mit dreimal so viel Nachdruck. So hatte das bei meiner Mutter angefangen, doch mir sollte das nicht passieren. »Im Leben nicht, Sir.«

»Hrm«, machte der Arzt, als glaube er mir nicht. »Setzen Sie sich mal auf.« Er nahm eine hölzerne Röhre aus seiner Tasche und horchte damit an meiner Brust und meinem Rücken. Bei seinem vierten »Hrm« verstand ich, dass er das nicht machte, weil er es nicht so mit Worten hatte, sondern weil er selbst erkältet war. Das erklärte auch seine schlechte Laune. Und dann den weiten Weg machen zu müssen für nichts als ein fiebriges Fabrikmädchen … »Und sonst? Haben Sie das öfter? Fieber?«

»Keinen Tag, Sir«, antwortete ich schnell. »Ich war noch nie krank.« Es stimmte nicht, natürlich. Ich hatte schon mehr als einen Schnupfen hinter mir, aber das war nichts, was mich vom Arbeiten abhielt. Wer lieber im Bett blieb, war ganz schnell ohne Arbeit. Wir konnten uns das Kranksein nicht leisten. Dass Lord Kettlewood extra für mich nach einem Arzt geschickt hatte!

Die Worte strengten mich an. Diesmal musste ich wirklich ein bisschen husten, weil mein Hals so trocken war.

»Hrm«, machte der Arzt, packte das Hörrohr wieder ein und klappte die Tasche zu.

»Was hat sie?«, fragte Lord Kettlewood. Ich fand, dass er besorgter wirkte als ich. »Dr. Raeburn, es ist doch hoffentlich nichts Ernstes?«

»Fieber«, antwortete der Arzt. »Und Erschöpfung, möchte ich meinen. Wenn jemand immer schwer gearbeitet hat und auf einen Schlag damit aufhört, dann ist so etwas kein Wunder.« Er sprach ohne Mitleid. Es klang, als ob er mich für faul hielt. »Ich lasse ihr ein Tonikum zur Stärkung da. Sagen Sie dem Mädchen, es soll ihr Wadenwickel machen, viel mehr können wir gegen das Fieber nicht tun. Wenn sie durchkommt, kommt sie durch. Aber die Lunge scheint gerade noch in Ordnung zu sein, Zunge sieht gut aus – sorgen Sie dafür, dass sie anständig Speck auf die Rippen bekommt, fette Brühe, Eier, Lebertran, der Rest legt sich von selbst.«

Dann war er weg, der Arzt, und ich fragte mich, ob das immer so schnell ging und warum Ärzte dann so teuer waren. Wer hingegen blieb, war Lord Kettlewood. Er ging im Zimmer auf und ab, dreimal sah es aus, als wolle er etwas sagen, dreimal überlegte er es sich anders, bis er endlich vor meinem Bett stehen blieb und mit ernster Miene auf mich hinunterblickte.

»Wie geht es Ihnen, Miss Barling?« Ich brachte ein Lächeln zustande. Das schien ihm Antwort genug zu sein. »Ich hoffe, ich muss Ihnen nicht mehr sagen, dass wir keinen anderen Wunsch an Sie haben, als dass Sie bald wieder gesund werden. Sie sind uns ein willkommener Gast in Kettlewood, nein, mehr als das.«

Ich lächelte weiter, auch wenn ich mich ausgetrickst fühlte, nicht vom Earl selbst, aber von seinem Haus. Die Worte des kleinen Mädchens spukten mir immer noch im Kopf herum: Kettlewood wollte nicht, dass ich ging. Bloß, musste es mich dafür gleich krank machen? Jetzt hatte es mich am Wickel. Ich musste warten, bis ich wieder auf den Beinen war. Und ich ahnte, in der Zeit konnte viel passieren.

»Es gibt etwas, das ich gerne mit Ihnen besprechen würde, Miss Barling.« Lord Kettlewoods Hände rangen miteinander wie er mit den Worten. »Was macht Ihr Fieber? Fühlen Sie sich klar genug, um mir zuzuhören?«

Wieder nickte ich. Ich war schwach, mir war schwindelig, und mein Kopf tat weh, aber ich hatte an diesem Tag so viel geschlafen, dass ich jetzt zumindest wach war.

»Es geht um Ihre Mutter«, sagte er. Ich nickte. Natürlich. »Es fällt mir nicht leicht, Ihnen das zu sagen, aber wir – meine Familie und allen voran ich selbst – haben uns sehr an dieser armen Frau versündigt. Ach, wie soll ich Ihnen das nur erklären? Sie wissen, dass ich Ihr Großvater bin?«

Großvater. Ich biss mir auf die Zunge, um nicht herauszuplatzen: ›Ich dachte schon, Sie sind vielleicht mein Vater!‹, doch ich schaffte es, nur den Kopf zu schütteln. Er schien mehr als das zu erwarten, und so brachte ich noch ein kleines Lächeln zustande und sagte: »Na ja, ich habe geahnt, dass irgendwer hier im Haus …« Dann musste ich wieder husten. Der Earl reichte mir ein Glas Wasser und wartete, bis ich ein paar Schlucke getrunken hatte.

»Nicht irgendwer«, erwiderte er dann. »Mein Sohn.« Er senkte den Blick. »Es tut mir leid.«

Ich runzelte die Stirn. Das Denken fiel mir schwerer, als

mir lieb war. Sein Sohn … Das konnte nicht sein. Victor war so jung! Und er war – ich konnte mich nicht entscheiden, was er war, ich wusste nur, dass ich ihn ganz sicher nicht zum Vater haben wollte. Trotzdem war es besser, die Wahrheit zu kennen, als auf falsche Gedanken zu kommen. »Heißt das, Victor?«, fragte ich. Mir fiel ein gewaltiger Stein vom Herzen, als Lord Kettlewood den Kopf schüttelte.

»Nein, nicht Victor.« Er lächelte, so ein warmes Lächeln! »Es freut mich, dass Sie Gelegenheit hatten, ihn kennenzulernen. Victor ist unser Jüngerer, ein Nachzügler. Siebzehn Jahre ist der Bengel alt und niemandes Vater, so wahr mir Gott helfe. Sein Bruder Charles dagegen, mein Erstgeborener …« Jetzt wurde seine Miene finster. »Ihre Mutter war ein hübsches junges Ding, unvorsichtig, natürlich, aber war es allein ihre Schuld? Damals habe ich das gedacht. Heute denke ich, ich hätte besser meinen nichtsnutzigen Sohn vor die Tür setzen sollen als die arme Cilla. Nun, er hat mir diese Entscheidung abgenommen.«

Ich versuchte, im Gesicht des Earls zu lesen, was er nicht aussprechen wollte oder konnte, doch es gelang mir nicht. Ich musste fragen. »Was ist mit ihm? Ist er tot?« Ich wusste, es schmerzte den Mann, darüber zu reden, doch da musste er durch.

Mit eingefrorener Miene schüttelte Lord Kettlewood den Kopf. »Wenn ich das nur wüsste! Nein, davongemacht hat er sich, der Taugenichts. Wir haben seit Jahren kein Lebenszeichen von ihm. Dabei ist er mein Erbe … Wir werden ihn wohl für tot erklären müssen, ehe mir noch etwas zustößt. Dennoch ist er mein Sohn, und welcher Vater will schon glauben müssen, dass sein Sohn tot ist? Aber nun sind Sie ja hier, Miss Barling.«

Mir schwirrte der Kopf, doch das lag nicht am Fieber. Erst jetzt verstand ich, dass ich zwar hatte wissen wollen, wer mein Vater war, aber nicht darauf vorbereitet war, tatsächlich einen Vater zu haben. Ich hatte auf ein Handgeld gehofft oder ein bisschen mehr als das, auf eine Anstellung oder sonst ein Auskommen – nicht auf einen Mann, der plötzlich mein Großvater sein wollte. So große Mühe ich mir auch gab, er blieb für mich Lord Kettlewood. So einfach wurde man nicht zu meiner Familie, nicht mit ein paar Worten. Selbst wenn: Meine Großmutter in Leeds war auch Familie und trotzdem ein gehässiges altes Weib.

»Ich …«, brachte ich heraus, und »Danke«, und wusste sonst nichts mehr zu sagen.

»Sie müssen sich jedenfalls keine Sorgen mehr um Ihre Zukunft machen«, sagte Lord Kettlewood. »Und auch nicht um Ihre Gesundheit. Sie kommen schnell wieder auf die Beine, das verspreche ich Ihnen. Nun sind Sie erst einmal hier, als unser Gast, und, wenn Sie möchten, als ein Mitglied unserer Familie.«

Ich zwinkerte. Das war ein Köder, den ich noch nicht schlucken mochte. »Was sagt denn Ihre Familie dazu?«

Das Gesicht des Earls verdüsterte sich. »Ich bin der Herr dieses Hauses. Was ich sage, ist hier Gesetz. Niemand kann an meiner Entscheidung rütteln. Aber natürlich ist das nichts, was jeder gleich nachvollziehen oder akzeptieren kann. Nicht jeder in diesem Haus hat gerade einen hellen Tag. Das soll jedoch nicht Ihre Sorge sein, Miss Barling.« Er stand auf und nickte. »Das ist jetzt sicher sehr viel für Sie. Sie werden drüber schlafen müssen, am besten ein paar Nächte, bis Sie das wirklich begreifen können. Ich lasse Sie nun wieder allein. Wenn Sie etwas benötigen, zögern Sie nicht, nach dem Mädchen zu läuten. Und wenn Sie mich zu sprechen wünschen, sagen Sie nur Bescheid. Ich wünsche Ihnen eine gute Besserung.«

Ich nickte und fühlte mein Gesicht glühen. »Danke«, sagte ich noch einmal. Das Wort ›Großvater‹ lag mir auf der Zunge. Stattdessen sagte ich: »Sir.« Darüber waren wir wohl beide froh.

So blieb ich in Kettlewood als … ich wusste nicht, als was. Erst einmal als Kranke, so viel stand fest. Aber während die Tage an mir vorbeizogen, wurde mir klar, dass der Arzt sich geirrt hatte. Ich konnte sicherlich Schlaf und ein paar anständige Mahlzeiten brauchen. Doch was mir wirklich fehlte, war etwas, das ich erst in Kettlewood verloren hatte. Mein Zorn war fort. Und er fehlte mir mehr als alles andere.

All die Jahre hatte er mich am Leben gehalten. Es war ein stiller Zorn, kein wildes Wüten, das zu nichts geführt hätte, sondern ein Glühen in mir, der unbändige Wunsch nach einem anderen, einem besseren Leben. Nun hatte ich genau das, doch es war nicht, was ich wollte. Ich hatte nie gelernt, nichts zu tun. Ich wusste nichts mehr mit mir anzufangen und noch weniger mit meinem Leben. Kettlewood war mehr, als ich jemals zu träumen gewagt hatte. Nun blieben mir keine Träume mehr übrig.

Mir wurden Mahlzeiten ans Bett serviert, jede einzelne davon so köstlich, dass ich sonst eine Woche lang von nichts anderem hätte reden mögen, aber ich aß sie ohne Freude oder Ehrfurcht, und obwohl sie mich satt machten, stärkten sie mich nicht. Auch wenn mein Fieber sich legte, fühlte ich mich wie eine welkende Blume.

Sicherlich hätte ich mein Zimmer verlassen können, aber ich wollte es vermeiden, jemandem aus meiner Familie über den Weg zu laufen. Mehr noch, ich wollte es vermeiden, von den Kettlewoods als meiner Familie denken zu müssen. Ich verstand mich selbst nicht. Immerhin war ich auch gekommen, um meinen Vater zu finden, und während Lord Kettlewood und seinen Angehörigen ohne Vorwarnung eine neue Verwandte ins Haus geschneit war, hatte ich mich darauf vorbereiten können. Aber ich ahnte, das Problem waren nicht nur die Aubreys und die Reynards. Mein Problem fing mit V an und hörte mit ictor auf. Während ich mir selbst leidtat, weil mir nichts mehr zum Träumen blieb, war die Wahrheit, dass es da diesen einen Traum gab, den ich mich einfach nicht zu träumen traute.

Ich konnte mit einem Schulterzucken abtun, dass er ein Geist war, oder mal ein Geist gewesen – nein, natürlich nicht, ich wollte, dass er lebendig war, aber fast noch wichtiger war mir in dem Moment, dass ich ihn nicht zum Onkel wollte. Von einem Geist hätte ich träumen dürfen … Ich zehrte von der Erinnerung, wie wir uns auf dem Flur begegnet waren als zwei Fremde. Ihm jetzt am Esstisch gegenübersitzen zu müssen und ihn Onkel nennen, einen Jungen, der nicht viel älter war als ich und den ich insgeheim gernhatte, das konnte ich nicht. Noch nicht, jedenfalls.

Wenn Tillie mir mein Essen brachte, stellte ich mich kränker, als ich war. Ich röchelte und schniefte, dass es eine Pracht war, auch wenn es mir leidtat, dem Mädchen etwas vorzumachen. Ich durfte nicht so krank erscheinen, dass sie wieder den Arzt riefen, aber ich brauchte eine Entschuldigung, in meinem Zimmer zu bleiben.

Am vierten oder fünften Tag, nachdem ich wach geworden war, wurde ich in meiner Höhle gestört. Tillie klopfte immer, und als ich hörte, wie sich ohne Vorwarnung der Türknauf drehte, wusste ich, dass es diesmal jemand anderes sein musste. Erst wollte ich mich schlafend stellen, aber ich war zu neugierig und irgendwie auch zu einsam. So blieb ich aufrecht sitzen, verzichtete auf das Husten und wartete ab. Zuerst wurde die Tür nur verstohlen einen Spalt aufgeschoben. Dann schlüpfte ein Mädchen ins Zimmer und zog die Tür hinter sich zu, schnell und leise, als fürchte es, ertappt zu werden, jedoch nicht von mir.

Die Ähnlichkeit mit der kleinen Phoebe war so unübersehbar, dass ich gleich wusste, ich hatte es mit ihrer Schwester zu tun. Dieses Mädchen musste in meinem Alter sein, vielleicht ein bisschen jünger, auf jeden Fall alt genug, um ein Korsett und ein langes Kleid zu tragen, unter dessen ausladendem Steiß ich mich hätte verstecken können. Es saß so eng um ihre schmale Taille, dass ich mich schon beim Ansehen unförmig fühlte. Aber besser unförmig, als selbst so etwas tragen zu müssen.

»Du bist also Iris«, sagte sie, und ich war froh, dass sie dabei lächelte. »Jetzt warte ich schon seit Tagen, dass du herauskommst, da dachte ich mir, du hast vielleicht Angst vor uns. Andererseits, solange du im Bett liegst, kannst du auch nicht weglaufen, also bin ich jetzt hier.«

»Ich wüsste nicht, warum ich vor dir Angst haben sollte«, antwortete ich.

»Das liegt daran, dass du sehr wenig weißt«, erwiderte das Mädchen. »Über uns. Über dieses Haus. Rate mal, wer daran jetzt nichts ändern wird? Ich.« Sie schüttelte den Kopf und lachte.

»Du kannst mir wenigstens sagen, wer du bist«, sagte ich. Langsam wurde ich ärgerlich. Und ich war froh darüber. »Schließlich kennst du meinen Namen, da ist es nur gerecht –«

»Gerecht!«, rief das Mädchen und hatte es sich endgültig mit mir verscherzt, als sie weiterredete: »Du bist eine stinkende kleine Fabrikratte, du solltest das Wort ›gerecht‹ nicht einmal kennen. Gerechtigkeit gibt es nicht, nicht in diesem Haus. Das sage ich dir, weil ich deine Freundin bin.«

»Eine Freundin, die sich nicht mal vorstellen mag?« Ich schlug die Decke zurück und stieg aus dem Bett. Auch wenn ich nur ein Nachthemd trug, wollte ich dieser Person aufrecht begegnen und nicht wie jemand, auf den man hinunterblicken konnte. Die kleine Schwester war mir unheimlich gewesen, aber die große konnte ich schon jetzt nicht ausstehen.

»Lorina Reynard«, sagte sie mit sich kräuselnden Mundwinkeln. »Als ob es darauf ankäme. Ich bin deine Freundin, ob du willst oder nicht, weil du noch nicht verstehen kannst, wie dringend du eine brauchst.«

Am liebsten hätte ich den Blick gesenkt, doch ich zwang mich, Lorina direkt ins Gesicht zu schauen, in die Augen und durch sie hindurch. »Oh, ich habe Freundinnen«, sagte ich fest. »Selbst wenn sie nicht hier sind.« Ich hätte Namen aufzählen können, Annie, Mädchen aus der Fabrik, egal, ob sie wirklich meine Freundinnen waren, sogar egal, ob es sie gab. »Aber wie sieht es mit dir aus? Warum sagst du mir nicht einfach, dass du eine Freundin brauchst, allein in diesem riesigen Haus, wo es weit und breit nichts und niemanden gibt?«

Es war geraten, ich wusste nicht, wie viele Schwestern sie vielleicht noch hatte, aber jetzt hatte ich sie, ich sah es in ihren Augen. Doch der Moment der Verwundbarkeit dauerte nicht lang. »Du dummes Ding!«, lachte sie. »Glaubst du immer noch, dass du hier einfach wieder weggehen kannst?«

Ich starrte sie an, ohne zu zwinkern. »Leichter als du, möchte ich meinen!« Ein Schauer lief mir über den Rücken, und meine Nackenhaare stellten sich auf bei dem Gefühl, beobachtet zu werden, hinter mir, wo nichts war als der Spiegel.

Lorina schüttelte den Kopf, dass ihr eine zarte Locke aus dem hochgesteckten Haar rutschte. »Weder du noch ich«, zischte sie, »noch sonst jemand.« Sie schaute nicht mich an, sondern über meine Schulter. Ich fragte mich, was oder wen sie da sah. »Darum brauchst du eine Freundin. Mich.«

»Aber warum?«, fragte ich. »Was ist hier los? Mit dem Haus, mit euch allen?« Meine Augen begannen zu tränen, aber ich erlaubte es mir noch immer nicht zu blinzeln. Diesmal, einmal in meinem Leben, musste ich die Oberhand behalten. »Wenn du meine Freundin sein willst, dann mach das, was Freundinnen tun. Sag mir die Wahrheit!«

Doch was auch immer Lorina im Spiegel gesehen hatte, es war fort, das sah ich nicht nur in ihrem Blick, das fühlte ich am ganzen Leib. »Welche Wahrheit?«, fragte Lorina höhnisch. »Glaubst du wirklich, das ist es, worum es hier geht?«

Ich schüttelte den Kopf. »Ich weiß gar nichts. Nur, dass hier etwas nicht stimmt. Ich weiß nicht, ob es in diesem Haus spukt oder ob ihr alle einfach verrückt seid, du, deine Schwester –«

»Wenn du dich in deinem Zimmer vergräbst, wirst du es auch nicht erfahren.« Erst jetzt gelang es Lorina, meinen Bann zu brechen. Sie trat auf mich zu, legte mir eine Hand auf die Schulter. Nun war ich es, die ihr gehörte. »Was erwartest du? Was verstehst du von der Welt außerhalb deiner Fabrik? Du weißt nichts von uns. Meine kleine Schwester ist da, wo die Hunde sind – sie sind unsere Wächter, dann hat besser jemand ein Auge auf sie, nicht wahr?«

Lorina streckte die Hand aus und zählte die Familienmitglieder ab. »Mein Bruder spielt in seinem Baumhaus mit dem Gärtnerjungen. Tante Agnes sitzt im Salon und tut so, als ob sie in einem Journal blättert, das sie in Wirklichkeit nicht im Geringsten interessiert. Onkel Arthur schreibt Briefe, die niemand jemals lesen wird. Und ich … ich schlage mich mit Cilla Barlings dummer Tochter herum.« Sie lachte. »Wir sind nicht verrückt. Hier nennt man das adlig.«

»Und deine Eltern?« Ich hoffte, dass die Frage wehtat. »Was ist mit denen?«

Lorina zuckte die Schultern. »Weg«, sagte sie knapp.

»Wie, weg?«, bohrte ich. »Tot?«

»Einfach nur weg«, antwortete Lorina. »Vielleicht in Indien, was weiß ich? Sie werden wiederkommen.« Wieder sah sie aus, als rede sie mit dem Spiegel. Vorsichtig warf ich einen Blick über die Schulter, aber was immer dort leben mochte, floh meinen Blick.

»Das freut mich zu hören«, sagte ich kalt. Die Worte ›Meine Mutter kommt nicht wieder‹ lagen mir auf der Zunge, doch ich verkniff sie mir. Aber was war mit meinem Vater? »Was weißt du über Charles?«

»Welcher Charles?« Lorina verzog das Gesicht.

»Charles Aubrey«, versuchte ich es etwas freundlicher. »Der Sohn von Lord Kettlewood.«

»Ach, der!« Lorina lachte wieder. Es klang gequält. »Den habe ich fast nicht mehr kennengelernt. Er ist schon so lange verschwunden …«

Eigentlich hätte ich mit dieser Antwort rechnen müssen. Lorina musste ein sehr kleines Mädchen gewesen sein, als Charles Aubrey sich aus dem Staub gemacht hatte. Nur warum klangen dann alle Leute so, als wäre meine Mutter gerade erst zur Tür hinaus? »Ja«, sagte ich schnell. »Das hätte ich mir denken können.« Wusste Lorina, dass er mein Vater war? Was hatte Lord Kettlewood seiner Familie erzählt?

»Wenn du die Familie kennenlernen willst, zieh dir ein Kleid an, und ich stelle dich vor.« Lorina blickte an mir hinunter, bis auf meine Füße. Erst als ich ihrem Blick folgte, begriff ich, wie schmutzig sie waren. Ich trug ein weißes, ein sehr weißes Nachthemd, das ich von Tillie bekommen hatte, prachtvoller als jedes Kleid, das ich je besessen hatte. Gesicht und Hände hatte ich mir am Waschtisch gewaschen, bemüht, dabei nicht auf den Spiegel zu achten. An meine Füße hingegen hatte ich keinen Gedanken verschwendet, und weil mir warm gewesen war, im Bett die Strümpfe ausgezogen. Meine Füße waren so erbärmlich schmutzig, dass ich mich schämte. Auch wenn Lorina nichts dazu sagte, verzog sie angewidert das Gesicht, ehe sie den Kopf schüttelte.

Ich kniff die Lippen zusammen, blickte ihr in die Augen und versuchte, mit glühenden Wangen so viel Stolz auszustrahlen, wie ich nur konnte. In mir brodelte es. »Ich werde mich schon selbst vorstellen, wenn es so weit ist«, sagte ich heiser. »Was willst du überhaupt sagen, wenn du keine Ahnung hast, wer ich bin? Ich bin mehr als fehlende Finger oder schwarze Füße oder der Name meiner Mutter. Und zu alledem brauche ich dich ganz sicher nicht!«

Lorinas Gesicht wurde erst bleich, dann rot. »Du hattest die Chance!«, fauchte sie. »Du hättest mich zur Freundin haben können! Ich hätte dir vorgelesen und von der Welt erzählt und dir das Haus gezeigt, auch die Winkel, die du allein nie finden wirst. Aber wenn du keine Freundin willst, bekommst du eben das Gegenteil!«

Sie stürmte aus dem Zimmer. Nachdem sie so verstohlen hereingeschlichen war, schlug sie nun mit solcher Gewalt die Tür hinter sich zu, dass man es sicher im halben Haus hörte. Ich blieb zurück, starrte ihr nach, und dann begann ich zu lachen, laut, schallend, gemein. Lorina konnte vielleicht nichts dafür, und vielleicht würde ich es wirklich noch bereuen, mich mit ihr angelegt zu haben, aber sie hatte mir gerade mehr geholfen, als es der Doktor mit all seinen bitteren Tropfen und fettigem Tran fertiggebracht hatte. Sie hatte mir meinen Zorn zurückgegeben.

Eben noch hatte ich mir selbst leidgetan, mich zurückgesehnt in mein altes Leben, in die Fabrik, wo ich wusste, wo mein Platz war, selbst wenn es kein guter Platz sein mochte. Doch jetzt war ich voller Zorn, von den schwarz umrandeten Zehennägeln bis unter die Haarwurzeln. Es war ein neuer Zorn, einer, der nicht geschluckt werden wollte, sondern ausgespien, Zorn auf die Welt, aus der ich kam. Eine Welt, in der ein Mädchen froh war, überhaupt etwas sauberes Wasser zum Waschen zu haben, und in der man nicht fragte, ob die Füße schmutzig waren, sondern wie sehr die Frostbeulen schmerzten, selbst wenn man zwei Paar Strümpfe übereinander trug. Zorn auf eine Welt, in der Menschen weniger wert waren als die Maschinen, die sie bedienten, und in der nur das Geld zählte, das man selbst niemals hatte.

Lorina mit ihren zarten, weichen Fingern, die im Leben nicht hatte arbeiten müssen – ich wollte sie nicht zur Feindin haben. Aber noch weniger wollte ich mich selbst zur Feindin haben. Lorina konnte mir leidtun … und Kettlewood sollte mich noch kennenlernen. Jetzt.

Ich hatte den Klingelzug neben meinem Bett noch nie benutzt, ich wollte Tillie keine zusätzliche Arbeit machen. Doch man hatte mir ein Bad versprochen. Es war an der Zeit, es einzufordern.

Auf dieses Bad hatte ich vierzehn Jahre lang gewartet, und es war jedes einzelne davon wert. Schon die Badewanne war das wundervollste Ding der Welt, außen mit dunklem Holz verkleidet und so lang, dass ich mich darin ausstrecken konnte wie in einem Bett. Sie sah fast aus wie ein Schiff, bereit, mich einmal um die ganze Welt zu tragen. So schloss ich die Augen, ließ mich im warmen Wasser treiben und tastete nach meinen Träumen.

Ich stellte mir vor, wie mein Leben ausgesehen hätte, wenn sich Charles Aubrey damals über alle Standesgrenzen hinweggesetzt und meine Mutter geheiratet hätte. Wenn ich Iris Aubrey gewesen wäre, wenn dies nicht mein erstes Bad gewesen wäre, sondern mein tausendstes ... Dann hätte ich es nicht derart genießen können. Für dieses Bad, für diesen Moment wollte ich Iris Barling sein. Aber danach konnte ich versuchen, eine Aubrey zu werden.

Ich blieb so lange liegen, bis das Wasser kalt geworden war und meine Handflächen und Fußsohlen völlig verschrumpelt waren. Wenigstens war ich jetzt von oben bis unten sauber. Ich entstieg dem Bad wie neugeboren, hüllte mich in das Handtuch, das Tillie mir hingelegt hatte, und stand vor einem Problem. Ich wusste nicht, wo meine Kleider waren.

Da lag noch der Hausmantel, in dem ich das Badezimmer betreten hatte, doch das Nachthemd hatte Tillie mitgenommen. Es half nichts, ich musste wieder nach dem Mädchen läuten, so peinlich mir das auch war. Ich stand auf einem kleinen weichen Teppich, ängstlich, dass meine Füße gleich wieder schmutzig werden würden, wenn ich irgendwo anders hintrat, und wartete. Unter dem Hausmantel fühlte ich mich nackter als in der Wanne, wo ich es heimlich genossen hatte, einmal keinen Faden am Leib zu tragen. Doch dort war ich für mich allein gewesen, geborgen hinter einem

Wandschirm, damit Tillie meine Sachen davontragen konnte, aber nicht meine Scham.

Zumindest musste ich nicht lange warten. Tillie kam und brachte mir Kleider mit. Nur, dass es nicht meine Kleider waren. »Schauen Sie, Miss Barling!«, sagte sie mit einer Begeisterung, die ich schlecht teilen konnte. »Wollen Sie das einmal anprobieren?«

Ich sah Kleid, Korsett, Reifrock und wäre am liebsten davongerannt. Es gab nur einen Ort, wo sie das so schnell aufgetrieben haben konnte: in Lorina Reynards Ankleidezimmer. Und nachdem ich so mit Lorina aneinandergeraten war, wollte ich ihr ganz sicher nicht in ihrem abgelegten Kleid, oder, noch schlimmer, in einem, das sie überhaupt nicht hatte ablegen wollen, über den Weg laufen.

»Ich hätte lieber meine eigenen Sachen zurück«, sagte ich leise. »Ich weiß, sie sind nicht so gut wie das hier, aber – ich habe noch nie ein Korsett getragen, und ich weiß nicht, wie man sich mit einer Tournüre bewegt.« Ich war schon froh, überhaupt das Wort zu kennen. »Weißt du, was aus meinen Kleidern geworden ist?« Meine Nacktheit nahm mir die Scheu. Lorina hatte recht, ich brauchte eine Freundin in diesem Haus, doch ich wusste es besser, als unter den Herrschaften danach zu suchen. Ich wollte Tillie. Wenn nicht als Freundin, dann zumindest als Verbündete.

»Ich weiß es nicht, Miss. Vielleicht haben die Herrschaften sie verbrennen lassen?«

»Das waren meine besten Kleider!« Das wonnige Gefühl aus dem Bad war dahin. »Meine Mutter hat sie genäht!« Ich fing fast an zu weinen. »Wenn sie die in der Kirche einer armen Frau geschenkt hätten, das hätte ich ja noch verstanden, aber einfach verbrennen …«

»Ich weiß es doch nicht, Miss«, stammelte Tillie hilflos.

Sie sah aus, als hätte sie mich am liebsten in den Arm genommen. »Ich kann versuchen, die Herrschaften zu fragen … Wollen Sie es nicht zumindest einmal mit den neuen Kleidern versuchen?«

Bockig schüttelte ich den Kopf. »Dann trage ich lieber ein Dienstmädchenkleid. Wie meine Mutter.«

»Aber Sie sind kein Dienstmädchen, Miss Barling.«

»Ich weiß!«, schrie ich. »Ich bin eine Fabrikratte! Ich bin ein Bastard! Und kein Korsett der Welt kann mich zu etwas anderem machen …« Jetzt heulte ich wirklich.

Tillie senkte den Blick und reichte mir ein Taschentuch. »Wenn Sie möchten, kann ich Ihnen mein Sonntagskleid leihen«, flüsterte sie. »Aber Lord Kettlewood wird das nicht gefallen. Er wollte, dass Sie etwas Standesgemäßes tragen.«

»Ich bin nicht für Lord Kettlewood hier«, antwortete ich und versuchte, schniefend meine Würde wiederzufinden. »Ich danke ihm für das großzügige Angebot. Aber ich will selbst entscheiden, was ich trage. Solange ich noch irgendetwas entscheiden kann.« Der Spiegel über dem großen porzellanenen Waschbecken war zu beschlagen, um etwas darin zu erkennen, geschweige denn mich selbst. Einen Moment lang fühlte ich mich nicht von den Schatten hinter dem Glas beobachtet.

»Miss Barling …« Tillie blickte zu Boden, und ich merkte, wie verlegen ich sie machte. Meine Position in diesem Haus war nicht nur für mich schwierig. Ich machte es auch dem Personal nicht leicht. Tillie war eine Dienerin. Selbst wenn ihre Arbeit wahrscheinlich angenehmer war, als in der Fabrik zu stehen, und hoffentlich auch besser bezahlt, hatte sie immer noch viel zu tun. Wenn ich weiter so laut herumtönte, nicht zu den Herrschaften zu gehören, warum sollte sie mir dann nicht alles vor die Füße werfen?

Ich hatte Glück, dass sie besser wusste als ich, wo ihr Platz war. Dennoch wünschte ich mir, sie würde ihn zumindest für einen Augenblick vergessen. Bei den Kindern mochte das gehen – ich stellte mir vor, wie Lorinas kleiner Bruder friedlich mit dem Sohn des Gärtners spielte, als ob sie beide aus einer Welt stammten –, aber wir waren für so etwas zu alt. »Bitte«, sagte ich. Meine Stimme zitterte noch von den Tränen, die nicht mehr flossen. »Ich brauche Hilfe. Ich will hier nicht verloren gehen.«

Endlich lächelte Tillie. »Sie gehen hier nicht verloren, ganz sicher nicht«, sagte sie. »Kettlewood verliert nichts. Irgendwann taucht alles wieder auf. Sie sowieso.«

Ich hatte aufgehört, mich über solche Sätze zu wundern. So etwas gehörte zu Kettlewood genau wie seltsame Spiegel und Geistererscheinungen. Irgendwann würde ich verstehen, was dahintersteckte. »Würdest du mir dann dein Kleid …« Die Worte erstarben mir in der Kehle, noch bevor ich den Satz zu Ende sprechen konnte. Zu was hatte dieses Haus mich gemacht? Ich wollte kein Kleid von Lorina anziehen, die bestimmt noch ein Dutzend andere hatte – stattdessen versuchte ich, das gute Kleid eines Dienstmädchens zu bekommen, das einzige gute Kleid, das sie besaß, und vor allem das einzige, in dem sie wie sie selbst aussah und nicht wie das Eigentum der Kettlewoods. Wirklich, ich sollte mich schämen! »Oder … oder Sie zeigen mir, wie ich in dieses Korsett komme.«

Tillie sah mich an, und ich wusste, sie hatte mich durchschaut. »Dafür bin ich doch da«, sagte sie warmherzig. »Und machen Sie sich keine Sorge wegen des Korsetts. Ich schnüre es nur ganz locker. Sie sind so schmal, da macht das bestimmt kaum einen Unterschied.«

Aber es machte doch einen Unterschied. Als ich in Lorina Reynards Kleid, Korsett, Turnüre und Schuhen meine ersten hilflosen Schritte durch den Flur machte, war ich froh, dass mich niemand sah, bis auf die Gemälde an den Wänden. Ich konnte kaum atmen, ich fühlte mich, als trüge ich einen Vogelkäfig unterm Hintern, und wusste nicht, wie ich mich jemals wieder setzen sollte. Doch das Schlimmste waren die Schuhe. Während Kleid und Korsett mir immer noch zu weit waren, jedenfalls da, wo es drauf ankam, waren die Schuhe viel zu eng. Wären sie nicht so hoch geschnürt gewesen, wäre ich auf den hohen Absätzen bei jedem Schritt nach links und rechts weggeknickt. So stakste und stolperte ich umher, hoffte, dass der bodenlange Rock zumindest meine ungeschickten Schritte verbarg, und fragte mich, ob es sehr auffallen würde, wenn ich doch barfuß lief.

Jeden Augenblick hatte ich Angst, dass jemand hinzukommen würde, um mich auszulachen – Lorina oder Victor, ich wusste nicht, wen von beiden ich mehr fürchtete. Aber niemand kam, ich hatte den Flur für mich allein und konnte üben. Das Korsett drückte meine Brüste nach oben und zusammen, dass sie fast wie ein Busen aussahen. Auch wenn das nicht angenehm war, musste ich so wenigstens nicht arbeiten. Und was meine Füße anging, in den klobigen Schuhen hatte ich zwar mehr Platz gehabt, doch selbst die waren meinen Füßen nach ein paar Stunden schon zu viel. Ich sollte mich nicht so anstellen. Da hatte ich schon ganz andere Sachen durchgestanden. Mit ein bisschen Übung würde ich solche Kleider tragen, als hätte ich mein Leben lang nichts anderes getan.

Schritt für Schritt, auch wenn sie wacklig waren, eroberte ich mir das Haus. Lord Kettlewood hatte mich eingeladen, das Abendessen mit der Familie einzunehmen, sobald ich mich besser fühlte, aber bis zum Abend war noch Zeit. Ich wusste genau, wo ich die verbringen wollte. Ich war es leid, mich dumm und schmutzig nennen zu lassen. Dummheit ließ sich nicht so leicht abwaschen wie Dreck, aber in einem Haus voller Bücher hatte ich keine Entschuldigung, es dabei zu belassen. Ich hatte in der Bibliothek mehr gesehen als nur ein altes Schachspiel. Ich wusste, wo das Wissen war. Und darauf kam es an.

7

Elegant wie eine Dame schritt ich die Treppe hinunter, vorsichtig, Stufe für Stufe, froh, dass ich es nicht eilig hatte. Selbst jetzt, da die ganze Familie zu Hause sein sollte, begegnete ich niemandem. In Kettlewood hätten dreihundert Menschen leben können, ohne dass es eng geworden wäre. Wie viele es tatsächlich waren, wusste ich nicht. Als ich im ersten Stock dann doch jemanden traf, war es niemand, den ich so schnell hatte wiedersehen wollen.

»Iris!« Ich hörte eine Stimme hinter mir und fuhr herum. Der Einzige, der mich in diesem Haus jemals mit meinem Vornamen angesprochen hatte, war Victor, und mein Herz tat einen Hüpfer, bevor meine Ohren es darauf hinweisen konnten, dass die Stimme jemand anderem gehörte. Es war der Diener, dem ich an meinem ersten Tag begegnet war. In Leeds hatte mich nie jemand Miss Barling genannt, doch in Kettlewood hatte ich gelernt, es zu erwarten, erst recht von diesem Mann. Ich blieb stehen, betrachtete ihn kühl und hob eine Augenbraue.

»Ja?«, fragte ich, bemüht, so herrschaftlich wie möglich zu klingen.

»Ich wollte nur fragen …«, sagte der Mann und war mit drei Schritten bei mir, näher, als mir lieb sein konnte. »Ich sehe, Sie haben sich erholt?«

Ich wandte den Blick ab und drehte mich weg, als seine Hand sich meiner Schulter näherte. Er schreckte zurück.

»Bitte entschuldigen Sie«, sagte er mit einer Stimme, die von Sanftheit nur so troff und ihn glatter machte, als das vernarbte Gesicht es eigentlich erlaubte. »Ich fürchtete nur, Sie würden wieder in Ohnmacht fallen, und wollte Sie auffangen.«

»Wenn ich in Ohnmacht falle, lassen Sie mich bitte fallen«, erwiderte ich kalt. »Sie dürfen mich dann vielleicht vom Boden aufheben, aber warten Sie zumindest, bis ich unten angekommen bin.«

Er schenkte mir ein Lächeln, das Erste an ihm, was echt wirkte. »Dann darf ich Lord Kettlewood ausrichten, dass Sie wieder wohlauf sind, munter und lebensfroh?«

»Das dürfen Sie gerne«, erwiderte ich, schon um ihm einen Grund zu geben, sich zu entfernen. »Ich werde heute auch am Abendessen teilnehmen, er freut sich bestimmt, das zu hören.« Meine Höflichkeit verbot mir, ihm zu sagen, er solle sich sonst wohin scheren, aber ich versuchte, ihn stattdessen mit einem Augenaufschlag und sanftem Heben des Kinns zu verscheuchen. Ich fürchtete diesen Mann nicht. Er hatte keine Macht über mich und würde sie niemals haben. Ich war zu oft vor Männern zurückgewichen – jetzt nicht mehr. Nie wieder.

Doch an meiner Fähigkeit, Männer zu vergraulen, musste ich noch arbeiten. Er nickte nur und lächelte mit zu vielen Zähnen. »Und wohin darf ich Sie derweil bringen, Iris … Miss Barling?«

Immerhin, er wusste wieder, was sich gehörte. Trotzdem. »Vielen Dank, ich finde den Weg allein«, antwortete ich, ehe ich ihn stehen ließ. Es waren nur noch wenige Schritte bis zur Bibliothekstür, damit war mein Ziel kein Geheimnis, doch das war mir gleichgültig. Er hatte einen Auftrag auszuführen.

Der Diener folgte mir nicht. Dennoch musste ich erst einmal durchatmen, als ich die Bibliothekstür hinter mir zugezogen hatte. Dieser Mann … Ich konnte nicht genau sagen, was ich an ihm so unangenehm fand, noch über sein aufdringliches Verhalten hinaus. Etwas stimmte nicht mit ihm. Aber war das in diesem Haus verwunderlich?

Anstatt weiter darüber nachzudenken, schaute ich mich lieber in der Bibliothek um. Ich sah keinen Menschen, aber so viele Bücher! Ich wusste, ich wollte etwas lesen, und es konnte mir egal sein, womit ich anfing, denn jeder einzelne dieser Bände steckte voller Dinge, die ich noch nicht wusste. Alles, was ich sah, war ein einziges Meer von Buch. Und der Geruch in der Luft, schwer und staubig und ledrig, kühn und geheimnisvoll, dass man schon klug werden konnte, wenn man nur dastand und atmete. Doch stärker als die Bücher oder die große hölzerne Erdkugel zog mich der Schachtisch an. Ehrfürchtig starrte ich ihn an. Ich konnte nicht sagen, was mich daran mehr fesselte: die prächtigen Figuren oder die Tatsache, dass jemand eine angefangene Schachpartie vierzehn Jahre lang stehen ließ. Bei der Vorstellung, wie die Zimmermädchen vorsichtig um die Figuren herum staubwischten, gruselte es mich. Im Vergleich zu den Spiegeln war das Schachspiel wirklich nichts zum Angsthaben, doch mir lief ein Schauder über den Rücken. Hatten die Kettlewoods inzwischen wenigstens weitergespielt, nun, da der Springer wieder da war? Ich versuchte mich zu erinnern, wie die Figuren bei meiner Ankunft gestanden hatten. Ich sah keinen Unterschied. Fast war ich enttäuscht. Doch vielleicht hatten sie nach all den Jahren vergessen, wer am Zug war.

Mitten unter den Figuren, als wäre er nie fort gewesen, stand der zweite schwarze Springer. Egal, was die Kettlewoods sagen mochten, diese Figur war meine und würde es auch immer bleiben. Ich widerstand dem Drang, ihn wieder hochzuheben oder mir die anderen Steine aus der Nähe anzusehen. Doch sie waren so schön – jede von ihnen hatte so viel Würde, dass man glatt vergessen konnte, dass es nur leblose Gegenstände waren.

Warum hatte meine Mutter ausgerechnet einen Springer gestohlen? Warum nicht zum Beispiel einen der Türme? Es waren die beeindruckendsten Türme, die man sich vorstellen konnte. Sie sahen aus wie Elefanten. Das erkannte ich, auch wenn ich noch nie einen echten Elefanten gesehen hatte. Nur ein Bild in der Fibel, »E steht für Elefant«, wo man sich fragen musste, was nun schwerer zu lernen war, der fremde Buchstabe oder das Tier, von dem man noch nie gehört hatte. Wirklich, warum der schwarze Springer? Warum hatte sie keine von den Figuren mitgenommen, die schon geschlagen waren? Die Partie musste schon einige Zeit angedauert haben, beide Seiten hatten ihre Verluste zu beklagen. Sie hätte getrost den einen weißen Springer nehmen können, der seine Schlacht schon verloren hatte. Warum ausgerechnet diesen? Es juckte mich in den Fingern, ihn auf ein anderes Feld zu stellen, nur um zu sehen, ob es jemand merken würde …

Ich schüttelte den Kopf, trat vom Schachtisch zurück und ballte die Hände zu Fäusten. Es juckte mich weiter, immer heftiger, wo mir die Finger fehlten. Manchmal hatte ich das, und ich hasste es. Ich konnte nichts dagegen tun. Ich rieb die anderen Finger aneinander, ich trieb meine Nägel in die Handflächen, aber davon ging es nicht weg. Stattdessen wurde es schlimmer. Wenn ich nur eine der Figuren bewegte, nur einen Bauern, das würde schon nicht auffallen. Wer achtete schon auf die Bauern?

Ich erinnere mich nicht an den Zug selbst. Ich erinnere mich an die Absicht, an die diebische Freude bei der Vorstellung, und dann an den Anblick des Bauern, wie er auf seinem neuen Feld stand. Hatte ich das getan? Sicherlich. Aber es war fast von allein passiert, so wie man manchmal arbeitete, ohne es richtig mitzubekommen, wenn man sehr müde war. Immerhin hatte das Jucken aufgehört. Ich wollte die Figur auch schnell wieder zurücksetzen, mit plötzlichem schlechtem Gewissen, als ich hinter mir ein Geräusch hörte.

Schnell verschränkte ich die Hände hinter dem Rücken und tat, als wäre ich ganz in andächtiger Betrachtung des Schachspiels versunken, ohne jemals irgendetwas angefasst zu haben.

»Hier finde ich Sie also, Miss Iris.«

Ich drehte mich langsam und bloß nicht schuldbewusst um und sah in das freundlich lächelnde Gesicht von Arthur Reynard, der mit schleppendem Gang und sanftem Nicken auf mich zukam. Konnte ich ihn Onkel Arthur nennen, so wie Lorina das getan hatte? Ich wagte es nicht. »Sir?«

»Miss Iris. Nehmen Sie doch Platz! Wie schön, Sie wieder wohlauf zu sehen.«

Ehe ich michs versah, saß ich am Schachtisch und Onkel Arthur gegenüber. Ich fühlte mich erröten. Hatte er mich ertappt? Ich wusste nicht, wie gut er noch sehen konnte. Er war jedenfalls so freundlich zu mir wie am Tag meiner Ankunft. »Danke, Sir«, sagte ich leise. »Es geht mir schon viel besser.«

Onkel Arthur schmunzelte. »Warum so schüchtern? Wir

sind hier unter uns, und vor mir müssen Sie gewiss keine Angst haben. Ich sehe, Sie bewundern unser schönes Schachspiel. Es ist doch ein Kleinod, nicht wahr?«

Immer noch schüchtern nickte ich. Dann wagte ich mich etwas weiter. »Die Türme – das sind Elefanten, oder?«

»Ah!« Der Blick aus den blassblauen Augen wurde noch wärmer. »Sie verstehen etwas von Schach, ich erinnere mich.«

»Mehr als von Elefanten.« Jetzt musste ich lachen. Dieser Mann wusste mit nicht viel mehr als einem Zwinkern alle Spannung aus einem Raum weichen zu lassen. Es gab solche Menschen, nur zu selten da, wo ich bisher gelebt hatte.

»Vortrefflich.« Onkel Arthur nickte erst mir zu, dann dem Schachtisch. »Dann werden wir vielleicht sogar einmal die Gelegenheit haben, eine Partie zu spielen. Ich hörte, Sie werden länger bleiben? Nicht mit diesem Spiel, natürlich. Ich besitze noch ein anderes.«

Jetzt musste ich seinem Blick wieder ausweichen. Er schien direkt in mich hineinzuschauen, und ich hätte schwören können, dass er genau wusste, was ich gerade getan hatte. »Warum nicht mit diesem? Ist es zu alt und wertvoll?« Gut, dass ich nur eine Figur bewegt hatte. Nichts kaputt gemacht. Nichts, das man nicht wieder rückgängig machen konnte.

»O nein, machen Sie sich da keine Sorgen. Dieses Spiel hat die Jahrhunderte überdauert und wird uns noch alle überleben, das verspreche ich Ihnen.« Onkel Arthur lachte leise in sich hinein. »Aber Ihnen ist sicher aufgefallen, dass das Spiel mitten in einer Partie steht. Nun, wir lassen es so.«

»Darf … dürfte ich fragen, was es damit auf sich hat?«

»Oh, Sie dürfen, Sie dürfen.« So vorsichtig, als würde ich sonst zerbrechen, legte Onkel Arthur seine Hand auf meine, und anders als bei allen Männern vor ihm hatte ich nicht das Bedürfnis, die Finger wegzuziehen. Er war an diesem Tag wirklich mein Onkel. »Fragen Sie, was immer Ihnen in den Sinn kommt. Ich werde mein Bestes geben, Ihrer Unwissenheit den Garaus zu machen. Das Geheimnis dieser Partie, also.«

Ich nickte und schluckte. Plötzlich kam mir Victors Mahnung in den Sinn, besser keine Fragen zu stellen. Vielleicht hatte ich im ganzen Leben nur drei Fragen frei …

»Ich muss Sie warnen, Miss Iris, es ist eine traurige Geschichte, doch schnell erzählt. Lang ist sie nur an Jahren. Ich hoffe, Sie möchten sie trotzdem hören?«

Ich nickte. Durchs Fenster fiel ein Sonnenstrahl herein und direkt auf den Schachtisch, sodass es keine schwarzen und weißen Felder mehr gab, sondern nur noch Gold und Silber. Mein schwarzer Springer glänzte in dem Licht rot wie Blut.

»Wir müssen mit meinem Bruder anfangen, Cornelius«, sagte Onkel Arthur. »Mein großer Bruder, zwei Jahre älter als ich, und ein wirklich kluger Kopf. Glauben Sie mir, Miss Iris, wenn einmal ein Mensch jedes Buch in dieser Bibliothek gelesen hat, dann war er das. Er hatte einen guten Freund, Robert Drake, der Sohn unseres damaligen Pfarrers. Nun, Robert folgte dem Vorbild seines Vaters, wurde ein Kirchenmann und ging als Missionar nach Afrika.«

»Afrika«, wiederholte ich und nahm mir vor, das auf der großen Erdkugel zu suchen. Afrika und Indien. Ich wusste nicht viel, doch ich merkte mir, was immer ich hörte.

»In dem Jahr, als er sich einschiffte, begannen die beiden, eine letzte Partie Schach zu spielen«, redete der Onkel, der nicht wirklich mein Onkel war, weiter. »Wenn Sie eine Erfrischung wünschen, vielleicht einen Schluck Tee, dann geben Sie mir Bescheid, ja? Ich kann Sie den ganzen Tag über langweilen, aber Sie dürfen mir dabei nicht verdursten!«

Er blickte mich erwartungsvoll an, und es tat mir leid, ihn enttäuschen zu müssen. Ich hatte keinen Durst bis auf den nach Wissen. »Wie konnten sie Schach spielen, wenn Robert Drake in Afrika war?«

»Ah, jetzt haben Sie mich!« Onkel Arthur lachte. »Sie haben einander Briefe geschrieben. Die konnten Wochen unterwegs sein oder Monate, in die eine Richtung geht es schneller als in die andere, je nachdem, wie der Wind weht. Cornelius schrieb Robert seinen Zug, Robert dann Cornelius den seinigen. Jeder hatte sein eigenes Schachbrett, sodass diese Partie wirklich auf zwei Kontinenten gleichzeitig gespielt wurde. Das, was Sie hier sehen, ist Cornelius' Partie. Was sagen Sie?«

Ich schluckte. Vielleicht hätte ich doch nach einem Tee verlangen sollen. »Und Cornelius, wo ist der …?« Ich konnte es mir denken. Natürlich war er tot, und Robert Drake am anderen Ende der Welt vermutlich auch. Sie hatten ihre Partie nie beenden können, weil meine Mutter den Springer gestohlen hatte. Plötzlich fühlte ich mich elend, auch, weil ich selbst in die Partie eingegriffen hatte. Ich musste nur auf einen Augenblick warten, in dem Onkel Arthur abgelenkt war, um den Bauern zurückzusetzen. Ich hatte nicht das Andenken seines Bruders beschädigen wollen. Aber wie hätte ich das auch wissen sollen?

»Sie sehen blass aus, Miss Iris.« Onkel Arthur kam mir zu Hilfe. »Sind Sie sicher, dass Sie nicht doch einen Schluck zu trinken wünschen?«

»Vielleicht einen Tee«, sagte ich und war erleichtert, als der alte Mann aufstand und zur Wand schlurfte, um dort den Klingelzug zu betätigen. Er drehte mir den Rücken zu. Schnell den Bauern wieder an seinen Platz –

Als ich ihn berührte, schoss ein Stechen durch meine Hand. Ich wusste genau, welchen Bauern ich bewegt hatte. Doch ich konnte ihn nicht zurückstellen. Er stand auf seinem schwarzen Feld, als hätte er dort Wurzeln geschlagen. Und ich hatte Mr. Whithams Stimme im Ohr. Berührt – geführt.

»Zurücksetzen gilt nicht«, flüsterte ich und wusste plötzlich nicht mehr, ob ich lachen oder weinen sollte.

»Sie haben genug gedarbt, Miss Iris.« Ausgerechnet in diesem Moment kam Onkel Arthur zurück. »Das Mädchen kommt gleich.«

Ich nickte nur und brachte kein Wort heraus. Wenn er mich jetzt fragte, was mit mir war … Oder bemerkte, wo der Bauer stand … Ich hätte ihn zu gern gefragt, was hier los war. Aber meine Kehle war wie zugeschnürt. Ich bekam keine Luft mehr.

»Sie sind ja ganz blass«, redete Onkel Arthur weiter. »Geht es Ihnen auch wirklich gut?«

»Ja – keine Sorge«, brachte ich heraus. »Ich … es geht schon wieder. Nur etwas atemlos. Dieses Kleid …« Ich sah, wie sich in seinem Blick etwas veränderte. Vielleicht hätte er mir verraten, was da gerade passiert war mit mir und dem Bauern. Doch ich hatte ihn angelogen, und er wusste es.

»Dann werde ich Sie jetzt nicht weiter belästigen«, sagte er und verneigte sich knapp. »Erholen Sie sich gut, Miss Iris. Der Tee kommt gleich.«

Er wanderte in den hinteren Teil der Bibliothek, und ich

blickte ihm nach, als er zwischen den Regalen verschwand. Ich blieb zurück, klebte in meinem Sessel so unbeweglich wie der Bauer auf seinem Feld, und egal, wie lange und ratlos ich auf die Figuren vor mir starrte, sie erzählten mir nichts von ihrem Geheimnis.

Mir schwirrte noch immer der Kopf, als es ans Abendessen ging, und das war gut. So konnte ich nicht darüber nachdenken, wie die Familie auf mich reagieren würde oder wie ich mich zu verhalten hatte, und noch weniger darüber, dass ich gleich Victor wiedersehen würde. Meine Gedanken kreisten um das Schachspiel, ich kam einfach nicht davon los – ich spazierte durch die Bibliothek, tat so, als würde ich Buchrücken studieren, von denen ich in Wirklichkeit kaum etwas entziffern konnte, während mein Blick immer wieder zum Schachtisch huschte. Was erwartete ich, dass der Bauer von allein auf seine Startposition zurückwanderte?

Onkel Arthur saß direkt daneben, ganz in sein Buch versunken. Nur ab und an blickte er auf, und jedes Mal rechnete ich damit, dass er mich doch noch auf meinen Schachzug festnageln würde, aber er sagte nichts mehr, bis er plötzlich ausrief: »Du meine Güte, wie die Zeit schon wieder vergeht! Wenn Sie sich zum Abendessen noch umkleiden wollen, sollten Sie sich beeilen. Und hier sitze ich und halte Sie auf.«

Umkleiden? Ich hatte mich doch gerade erst angezogen! »Ist es sehr schlimm, wenn ich mich nicht umkleide?«, fragte ich und war erleichtert, als der alte Mann lachte.

»Miss Iris, Sie sehen in diesem Kleid ganz bezaubernd aus. Vergessen Sie, was ich gesagt habe. Sie müssen sich nicht jede unserer Unarten angewöhnen. Wer weiß, vielleicht können wir letztlich von Ihnen lernen?«

Er machte mich verlegen, aber ich musste nicht lang nach einer Antwort suchen. Die Tür ging auf, und das Hausmädchen, das uns eben den Tee gebracht hatte, kam herein. Zum Glück sah sie nicht, dass ich meine Tasse kaum angerührt hatte. »Sir … Miss … Das Essen ist angerichtet.«

Onkel Arthur nickte und stand mit wackligen Beinen aus seinem Sessel auf. »Vielen Dank, Edith. Dass ich auch immer die Zeit vergesse!« Er lächelte mir zu und streckte mir seinen Ellbogen hin. »Miss Iris, darf ich bitten?«

Etwas zögerlich – ich wusste nicht, ob ich mich unterhaken oder nur damenhaft ein Händchen auf seinen Arm legen sollte – nickte ich. Wenigstens musste ich so nicht ganz allein vor das Tribunal treten und hatte schon einen Verbündeten an der Seite. Mehr noch, einen Onkel.

Der Speisesaal war beinahe so groß wie eine Fabrikhalle und glänzte so hell, dass ich geblendet stehen blieb. Von der Decke hingen nicht weniger als drei Kronleuchter, jeder von ihnen mit unzähligen Stücken glitzernden Glases geschmückt, dazu standen Kerzenleuchter auf einer Tafel, an der dreißig, vierzig hungrige Menschen Platz gefunden hätten. Am Ende des Saals prasselte ein Feuer im Kamin, und überall sah ich Spiegel. Über dem Kamin, an allen Wänden, Dutzende Spiegel, die den Raum noch größer wirken ließen und aus einem Menschen zehn machten. Der Saal war voller Lichter. Vor allem aber war er voller Schatten.

Alles war in Bewegung, Lichter und Schatten tanzten, nur die Menschen saßen still auf ihren Plätzen, die Köpfe zur Tür gewandt, und blickten mich an. Ich schluckte, doch es hätte schlimmer kommen können. Tatsächlich hatte ich fast alle Gesichter schon einmal gesehen und kannte auch die Namen dazu.

Da war der Earl, am Kopf der Tafel, wie es sich gehörte,

und die Lady an seiner Seite. Neben ihr Victor … Ich hätte nicht hinschauen sollen. Ich fühlte, wie mir alles Blut in die Wangen schoss, und hoffte nur, dass ich vom durchgestandenen Fieber noch so bleich war, dass es wie eine gesunde Röte wirkte. Ich bildete mir ein, dass Victor mir zulächelte. Genau konnte ich es nicht sagen, weil meine Augen bei seinem Anblick buchstäblich einen Satz auf die andere Seite des Tisches machten.

An die säuerlich dreinblickende Frau erinnerte ich mich ebenfalls noch gut, ihr Name war Agnes. Auch wenn Lorina sie Tante genannt hatte, würde ich das ganz sicher nicht tun. Ihre Laune schien sich seit letztem Sonntag jedenfalls nicht gebessert zu haben, ebenso wenig wie ihre Meinung von mir. Sie machte keinen Hehl daraus, wie sich bei meinem Eintreten ihre Mundwinkel nach unten bogen. Neben ihr saß Lorina, die mir ein so süßliches Lächeln schenkte, dass es unmöglich echt sein konnte. Ihre Schwester Phoebe sah ein bisschen verloren aus und sehr klein an dem riesigen Tisch, doch wenigstens entdeckte ich die beiden Hunde nirgends. Ob sie unter dem Tisch lagen? Das Tischtuch reichte bis zum Boden. Ich wollte gar nicht darüber nachdenken, was alles darunter verborgen sein mochte.

Der junge Mann, der an Phoebes anderer Seite saß, war mir noch nie begegnet. Ich hielt ihn für etwas jünger als Victor. Seine Ähnlichkeit mit den Schwestern war unverkennbar. Die gleichen lockigen Haare von der Farbe dunklen Goldes, ziemlich lang für einen Mann, aber um diese Haare wäre es auch schade gewesen. Die Himmelfahrtsnase, noch ausgeprägter als bei den Mädchen, verlieh ihm etwas Hochmütiges, doch seine blitzenden blauen Augen glichen das aus.

Er gefiel mir nicht so gut wie Victor, doch er gefiel mir.

Gedanken, die ich mir früher nie gemacht hätte. Obwohl ich bei der Arbeit genug Männer gesehen hatte, hatte mir keiner von denen auch nur im Entferntesten gefallen. Ich war froh gewesen, wenn sie mich nicht weiter beachteten. Jetzt ertappte ich mich bei der Frage, ob ich nicht vielleicht doch schön war, in diesem Kleid und nachdem Tillie mir die Haare hochgesteckt hatte …

Der Einzige, der zu fehlen schien, war der kleine Bruder, aber da schon Phoebe kaum über den Rand der Tafel blicken konnte, dachte ich mir, dass ein noch kleineres Kind wahrscheinlich längst im Bett war. Ich würde ihn sicherlich noch kennenlernen. Es waren auch so genug Menschen anwesend, und ich bemühte mich, ihnen mit einem gewissen Stolz zu begegnen, bloß nicht zu scheu, oder sie würden mich bei lebendigem Leibe auffressen.

»Iris, kommen Sie.« Ich zuckte zusammen, als sich von hinten der Diener an mich heranschob – kannte der Mann keine Scham? Es war eine Sache, mir zu nahe zu kommen, wenn außer uns niemand auf dem Flur war, doch hier, vor den versammelten Herrschaften? Schon hatte ich seine Hand an meinem Arm. »Erlauben Sie mir, Sie zu Ihrem Stuhl zu führen.«

»Vielen Dank, aber ich bin sehr gut zu Fuß«, antwortete ich. »Zeigen Sie mir, wo ich sitze, den Weg schaffe ich dann allein.« Das stimmte auch, nur mit dem Hinsetzen haperte es. Ich würde schon irgendwie auf einem Stuhl landen. In der Bibliothek hatte es ja auch geklappt, nur unter so vielen Augen war das etwas anderes.

»Wie Sie wünschen«, sagte der Mann leise und so nah an meinem Ohr, dass ich seine Nase an meiner Haut spürte. Ich erstarrte unter der Berührung, sie hatte eine Kälte, wie sie von keinem lebenden Menschen ausgehen sollte, und ich wusste, dass mir der ganze Saal mein Unbehagen ansehen konnte.

»Hören Sie auf, Hargreaves, Sie machen das arme Mädchen ganz verlegen!« Ehe ich etwas sagen konnte, war Victor bei mir. Die Kälte wich, als Hargreaves zur Seite trat. »Kommen Sie, Iris, hier ist nur noch ein Gedeck übrig, sofern es Sie nicht stört, neben mir zu sitzen. Dafür brauchen wir wirklich keinen Butler.« Sehr leise, kaum hörbar, formten seine Lippen die Worte: »Und auch sonst nicht.« Dann lauter: »Sie werden mir doch die Freude machen, hoffe ich?«

»Wenn sonst nirgendwo mehr Platz ist …«, erwiderte ich und erlaubte mir dabei ein Grinsen, wenn auch nur ein leichtes. Es musste nicht gleich jeder sehen können, wie sehr mich diese Aussicht freute. Die Hauptsache war, dass Victor es verstand, und das tat er wohl.

»Oh, wir rutschen alle ein Stückchen enger zusammen«, sagte er. »Für Sie tun wir das gerne.«

Ich schwebte zu meinem Platz, anders konnte ich das Gefühl nicht beschreiben. Victor selbst rückte mir den Stuhl zurecht, damit ich mich setzen konnte, und ich war so damit beschäftigt, mein pochendes Herz zu beherrschen, dass ich mich gar nicht mehr um die Tournüre sorgen konnte. Ich war ja nicht die erste Frau, die sich mit Reifrock am Tisch wiederfand. Tatsächlich ließ er sich so zusammenfalten, dass ich auf dem Stuhl landen konnte, ohne mich völlig zum Narren zu machen. Nur mit dem Atmen klappte es noch nicht so gut.

»Ich beneide Sie nicht um das Kleid«, flüsterte Victor, und ich versuchte mir vorzustellen, wie er selbst darin ausgesehen hätte statt in dem dunklen Anzug, den er trug.

»Dann können wir jetzt endlich das Tischgebet sprechen?«, fragte Agnes mit einem Blick zur Uhr auf dem Kaminsims. »Wenn sie schon mit uns essen muss und nicht in der Küche, wo sie hingehört, dann soll sie wenigstens pünktlich sein.«

»Das wäre sie auch gewesen, meine Liebe«, erwiderte Onkel Arthur, »wenn sie nicht meinen morschen Knochen hierhergeholfen hätte – etwas, das du noch nie getan hast.«

»Weil ich weiß, Arthur, dass deine Knochen alles andere als morsch sind.«

»Ich bin nicht mehr so beweglich wie früher, meine Liebe.«

Die beiden schienen so geübt darin, sich zu streiten, dass ich mich fragte, ob sie verheiratet waren. Natürlich, sie wirkte erheblich jünger als er, aber vielleicht hatte sie sich einfach nur besser gehalten. Auch der Earl sah kaum älter aus als meine Mutter kurz vor ihrem Tod, obwohl er mein Großvater war. Und Victor mein Onkel … Das musste ich immer im Gedächtnis behalten. Ich durfte ganz vernarrt sein in sein Aussehen, seinen Charme, solange ich nur nie, niemals vergaß, dass er der Bruder meines Vaters war.

Es war schön zu wissen, dass Victor neben mir saß. Doch ich sah nichts von ihm als eine Hand und die dazugehörige Manschette. Weil es sehr aufgefallen wäre, wenn ich ständig den Kopf zu ihm hingedreht hätte, starrte ich besser auf meinen Teller, auf die verwirrende Vielzahl von Löffeln, Messern und Gabeln. Der junge Reynard, dem meine Verlegenheit nicht entging, zwinkerte mir über den Tisch hinweg allzu unverblümt zu. Von ihm sah ich mehr als von dem Mann an meiner Seite. Um mich mit Victor zu unterhalten, war dieser Tisch eindeutig der falsche Ort.

Ich war auch nicht hier, um mich zu unterhalten. Höchstens als Unterhaltung, zumindest für Agnes, Lorina und

Phoebe. Auch die anderen schienen entweder über mich zu tuscheln oder mich nicht zu beachten. Selbst Lord Kettlewood schenkte mir nicht mehr als ein Nicken. Ich hatte gehofft, er würde noch etwas sagen, dass ich zur Familie gehörte, dass ich unter seinem persönlichen Schutz stand oder Ähnliches – aber was erwartete ich? Er hatte tagelang Zeit gehabt, das mit dem Rest der Familie zu klären, da brauchte es keine große Ansprache mehr.

Es war nur ein Essen. Ich sollte mich einfach an den Speisen erfreuen und das Gerede ignorieren. Allein die Suppe, mit der unser Mahl begann, hätte sonst für den ganzen Tag reichen müssen. Dicke braune Suppe mit Fleischstücken, das war noch etwas anderes als die Brühen, die ich auf meinem Krankenlager bekommen hatte. Ich beobachtete, welchen Löffel die anderen nahmen, und tat es ihnen nach. Beim Suppelöffeln konnte man nicht viel falsch machen. Dachte ich.

»Seht ihr, wie sie schlingt?«, flüsterte Lorina ihrer Schwester zu, oder ihrem Bruder, oder einfach in den Raum hinein, wo ich es hören konnte. »So etwas Gieriges!«

Phoebe kicherte nur, während ich unauffällig versuchte, die Hälfte von dem, was auf meinem Löffel war, zurück auf den Teller zu schütten, nur um es damit auch wieder niemandem recht zu machen.

»Und wie sie schlabbert! Hat sie ihre Tischmanieren von den Hunden gelernt?« Lorina schüttelte den Kopf. »Sie weiß nicht mal, wie man einen Löffel hält.«

Ich tat, als hörte ich nichts davon. Ich hielt den Löffel mit rechts auf die einzige Art, die mir mit meinen fehlenden Fingern möglich war, und selbst ich wusste, dass man seine Suppe nicht mit links aß. Trotzdem trafen mich ihre Worte und ließen die eigentlich köstliche Suppe in meinem Mund so bitter werden, dass ich mich fast zwingen musste, meinen Teller leer zu essen.

»Was kommt als Nächstes?«, giftete Agnes, ebenfalls in keine bestimmte Richtung. »Bettelmädchen am Tisch, falsche Schildkrötensuppe, wie schnell soll dieses Haus noch niedergehen?«

Niemand ging darauf ein, aber es widersprach auch niemand. Immer wieder schielte ich verstohlen in Victors Richtung, doch er sagte nichts. Obwohl er weniger als eine Armeslänge von mir entfernt saß, hätte er ebenso gut in einem anderen Raum sein können, und ich fühlte mich allein mit den vielen bösen Zungen.

Auf die Suppe folgte Fisch, gebackener Hecht. Mir war schon aller Appetit vergangen, dabei wusste ich, das war noch nicht einmal der Hauptgang. Es lag nicht nur an den Lästereien. Das ungewohnte Korsett schnürte mich so ein, dass in meinem Magen kein Platz mehr blieb, und ich hatte keine Ahnung, wie die anderen Frauen am Tisch es schafften, aufzuessen, ohne dass hinter jeder von ihnen eine Zofe stand, die ihnen regelmäßig die Schnüre lockerte. Ich wünschte mir mein altes Kleid zurück, und mein altes Leben. Selbst wenn meine Großmutter Agnes oder Lorina an Garstigkeit in nichts nachstand, war zumindest meine Mutter immer auf meiner Seite gewesen.

Ich begann zu würgen, als etwas mir die Kehle zuschnürte, das irgendwo zwischen Kummer und Wut saß. Natürlich blieb auch das nicht unbemerkt.

»Iris? Geht es Ihnen gut?«

Ich versuchte zu nicken, während mir die Tränen in die Augen schossen. Victors Stimme klang besorgt.

»Haben Sie eine Gräte verschluckt? Schnell, trinken Sie einen Schluck!« Er schob mir sein Glas hin. Obwohl ich mich noch nicht getraut hatte, mein eigenes auch nur anzurühren, aus Angst, mich völlig zu blamieren, nippte ich jetzt vorsichtig an seinem Wein. Er schmeckte frisch, säuerlich und eigentlich nicht schlecht, aber er brannte mir im Hals. Auch wenn er flüssig war, drückte er wie ein Stein in meiner Kehle. »Danke«, flüsterte ich. »Keine Gräte. Ich bekomme nur keine Luft.«

»Übernehmen Sie sich nicht«, sagte Victor leise. »Sie waren krank. Ich bin froh, dass Sie wieder unter uns weilen.«

Endlich traute ich mich, richtig zu ihm hinzusehen. Nach meinem Gehuste starrte mich ohnehin jeder an, und schlimmer konnte es wirklich nicht mehr werden. »Sie sehen aber auch wieder gut erholt aus«, erwiderte ich, ohne lange nachzudenken.

Victor verzog das Gesicht. »Wie kommen Sie darauf, dass ich krank gewesen wäre?«

Ich biss mir auf die Zunge, weil ich wusste, ich hatte etwas Falsches gesagt. »Ich meine, als wir uns letzten Sonntag gesehen haben – da waren Sie doch gerade …« Ich brach ab. Victor und ich mochten nur zu gut wissen, wovon ich sprach, und jeder andere am Tisch vermutlich auch. Doch es war nichts, worüber man redete.

Meine Wangen brannten vor Scham. Aber musste es mir peinlich sein, einen Geist gesehen zu haben? »Vielleicht hat mir nur das Fieber einen Streich gespielt«, sagte ich hastig. »Als ich Sie das erste Mal getroffen habe, in der Bibliothek –«

Victor sah mich mit einem Stirnrunzeln an. »Wir sind uns auf dem Gang begegnet, nicht in der Bibliothek«, sagte er, sehr langsam, als rede er mit einer Schwachsinnigen.

Und in dem Moment verstand ich. Ich hatte mich so sehr gewundert, warum mir die gleiche Person erst als Geist und dann als lebender Mensch begegnen sollte, ohne dabei auf das Naheliegendste zu kommen. Auch wenn das, was Victor bei unserer Begegnung im Flur gesagt hatte, genau zu dem gepasst hatte, was ich glauben wollte – der Geist, den ich in der Bibliothek gesehen hatte, war nicht Victor. Die gleiche Statur, die gleiche Stimme: so ähnlich wie ein Bruder dem anderen. Ich hatte keine Beweise für meinen Verdacht außer dem Gefühl, dass etwas nicht stimmte, einem Bohren in meinem Innersten. Mein Vater hatte sich nicht wie ein feiger Schuft aus dem Staub gemacht. Mein Vater war tot.

Meine Augen brannten vor Zorn, der nicht wusste, wohin mit sich, und Tränen, die niemand sehen sollte. Ich wollte zurück in mein Zimmer, fliehen und mich verstecken und die Tür hinter mir zuschlagen, aber so gern ich auch davongerannt wäre, als ich vom Tisch aufsprang, die Schuhe und das Kleid behinderten mich. Ich konnte nicht sagen, wovor ich wirklich davonlief, ob vor den Lügen, die man mir erzählt hatte, vor der Vorstellung, dass jemand an diesem Tisch Charles auf dem Gewissen hatte, oder doch nur vor der Tatsache, dass ich darauf hereingefallen war: Es war egal. Ich kam nicht davon. Zumindest nicht allein.

»Iris – Miss Iris – warten Sie! Ich muss mit ihnen reden!«

Ich warf nur einen Blick über die Schulter, blieb nicht stehen, hastete weiter, nicht einmal Victor hätte mich in diesem Moment aufhalten können. Victor war der Letzte, der mich so sehen durfte. Ich hasste mich dafür, dass ich so vieles mit mir machen ließ, ohne mich je zur Wehr zu setzen, und dass mir auch jetzt nichts anderes einfiel, als wegzulaufen. In dem Moment wusste ich nicht, was ich glauben sollte – Charles tot, Victor ein Geist, nichts wollte einen Sinn ergeben. Und doch musste irgendetwas die Lösung sein, irgendetwas, das nicht mit dem Verstand zu erklären war.

Aber es war nicht Victor, der mir folgte – das nahm ich ihm fast übel –, sondern der andere Junge, der blond gelockte Reynard-Bruder, und er war hartnäckig.

»Bitte, Iris! Sie müssen mir zuhören!«

Ich blieb auf der Treppe stehen, weil er mich ohnehin schon fast eingeholt hatte, und fuhr herum. »Was wollen Sie? Sehen Sie nicht, dass ich gerade keine Zeit habe?«

Der Junge schüttelte grinsend den Kopf und sah dabei mit seinen ziemlich großen Vorderzähnen wie ein gutgelauntes Kaninchen aus. »Nein, sagen Sie, was Sie meinen. Sie haben kein Interesse. Sie haben Besseres zu tun, als sich von mir belästigen zu lassen, nachdem Sie heute schon Hargreaves' schmierige Finger an sich hatten und dann das ganze Essen über meinen langweiligen Cousin ertragen mussten. Sagen Sie's ruhig. Sagen Sie, was Sie denken. Sie haben nichts zu befürchten. Nicht von mir, und auch sonst von keinem Menschen.«

Ich seufzte. »Was wollen Sie?«

»Mit Ihnen reden.« Der junge Reynard deutete mit einladender Geste den Gang entlang. »Begleiten Sie mich in den Garten. Ich habe mich davor gedrückt, Sie kennenlernen zu müssen, was dumm war, weil ich nicht drum herumkommen werde. Es gibt da etwas über Kettlewood, das Sie wissen müssen.«

»Warum redet hier jeder in Rätseln?«, schnaubte ich. Dieser Kerl wollte, dass ich sagte, was ich dachte? Das konnte er haben. »Warum sagt mir niemand die Wahrheit? Über meine Mutter, meinen Vater –«

Der Junge legte einen Finger an die Lippen. »Schscht«,

machte er. »Garten. Bitte. Ich will Ihnen so vieles erklären – aber hier drinnen kann ich es nicht.«

»Und draußen soll das anders sein?«, fragte ich schnippisch. »Mit Ihnen in den Garten, halten Sie mich wirklich für so dumm?«

Er antwortete mit einem einzigen Wort: »Spiegel.« So befand ich mich als Nächstes auf dem Weg ins Freie, in einen Garten, der anderswo Park geheißen hätte, und wo die einzigen Schatten, die sich bewegten, unsere eigenen waren.

»Wir sind uns nie vorgestellt worden«, sagte der Bursche, »und ich weiß nicht, was Sie bis jetzt über mich gehört haben. Toby Reynard. Ich bin kein Umgang für eine Dame, aber glauben Sie mir, Sie sind keine. Das meine ich als Kompliment.«

»Iris Barling«, antwortete ich. »Und ich bin auch kein Umgang für eine Dame.« Ich wusste nicht, wieso, doch ich musste lachen. Danach ging es mir besser.

»Ich hoffe, es ist Ihnen recht, wenn ich Iris sage? Ich meine, Sie gehören ja praktisch zur Familie.«

»Mir ist der Tonfall wichtiger als der Name«, antwortete ich.

»Also könnte ich Sie Würstchen nenne, wenn ich es freundlich tue?«

War denn wirklich jeder in diesem Haus verrückt? »Nein!«, rief ich. »Iris, Miss Barling, Miss Iris, das ist mir gleich. Aber ich bin es leid, Barling-Mädchen genannt zu werden, oder nur Mädchen, oder statt irgendeiner Anrede hören zu müssen, wie über meinen Kopf hinweg über mich geredet wird!«

Toby lachte nur. »Haben Sie solche Angst vor Worten?«, fragte er. »Ich kann Ihnen vieles nennen, was Sie in diesem Haus fürchten sollten, aber Worte gehören nicht dazu. Lassen Sie die Leute reden. Niemand kann Ihnen etwas anhaben. Es ist egal, was man über Sie denkt oder sagt. Vergessen Sie bloß eines nicht: Kettlewood ist das, was Sie daraus machen. Es kann ein Gefängnis sein oder der freieste Ort der Welt. Gehen Sie aufrecht. Seien Sie frei. Sie haben mehr Macht als so ziemlich jeder von uns.«

Ich lachte mit, grimmig. »Und was für eine Macht soll das sein?«

»Wenn ich es Ihnen verrate, sind Sie enttäuscht, weil Sie es nicht mehr selbst herausfinden können.« Toby machte einen kleinen Hüpfer zur Seite und wieder zurück. »Sie sind ein gescheites Mädchen. Ich könnte Ihnen jedes Geheimnis erzählen, das unsere Familie mit sich herumschleppt, aber finden Sie's selbst heraus, und Sie haben Grund, stolz auf sich zu sein. Sie sehen gerade nicht aus, als ob Sie das wären.«

»Warum haben Sie mich mit nach hier draußen genommen, wenn Sie mir doch nichts verraten wollen?«

»Oh, das Wichtigste habe ich Ihnen schon gesagt«, erwiderte Toby vergnügt. »Fürchten Sie niemanden. Lassen Sie die Leute reden. Ich tue das seit Jahren, und ich war im Leben noch nie so frei. Kettlewood ist anders als alle Orte auf der Welt. Man muss das nur zu schätzen wissen.«

»Und das konnten Sie mir nicht drinnen sagen?« Ich wusste, ich hätte mich für den Rat bedanken sollen, doch mir taten die Füße weh, meine Fersen waren aufgescheuert, was mich noch unleidlicher machte, als ich nach all den beim Essen durchgestandenen Beleidigungen ohnehin schon war. Ich kannte Toby Reynard nicht, und ich hatte keinen Grund, ihm zu trauen. »Was hat das mit den Spiegeln zu tun?«

»Ach, das!« Wieder hüpfte Toby hin und her. »Ich gebe

es zu, ich wusste, mit den Spiegeln kriege ich sie. In Wirklichkeit wollte ich Ihnen nur den Garten zeigen.«

»Den Garten zeigen«, wiederholte ich. Worauf wollte dieser Mensch hinaus? »Es ist ein sehr schöner Garten.« Ich kannte mich mit Gärten nicht aus, und ich verstand sie auch nicht. Es leuchtete mir ein, wenn sich jemand sein Haus schön und gemütlich einrichtete. Das, was draußen wuchs, wuchs dagegen auch ohne Menschenhand. Gärten waren für Leute, die zu viel Zeit hatten. Doch ich sah, wie Tobys Augen aufleuchteten, als es um den Garten ging, und ich wollte ihm seine Freude nicht nehmen. Danach beantwortete er mir vielleicht umso lieber meine Fragen über das Schicksal meines Vaters. Ihn musste ich nicht verdächtigen, etwas damit zu tun zu haben, er war zu jung, aber alt genug, etwas darüber zu wissen.

»Hier, sehen Sie? Dieser Garten ist der ganze Stolz der Kettlewoods. Sie hätten ihn früher einmal sehen müssen! Da hatten wir nicht weniger als vier Gärtner. Glauben Sie mir, Sie hätten in ganz England keinen schöneren Garten gefunden. Besucher konnten kommen und den Garten besichtigen. Auch wenn immer mal wieder einer über die Beete getrampelt ist, war es uns wichtig, diese Schönheit mit der Welt zu teilen.« Er seufzte. »Jetzt sind es nur noch zwei Gärtner, leider, und der Garten ist ein Schatten seiner selbst. Doch unsere Rosen, die müssen Sie sehen. Will hütet sie wie seinen Augapfel. In ganz Kettlewood finden Sie keinen Besseren. Wenn es um den Garten geht, ist natürlich immer nur von Mr. Sutton die Rede, Will ist nur sein Bursche, aber was Sie hier sehen, ist alles Wills Werk.«

Ich ließ ihn reden, stolperte hinter ihm her und sah mich gehorsam um. Letztlich gefiel mir Tobys Wertschätzung für den Gärtnerburschen besser als der Garten selbst. Die Bediensteten blieben in Kettlewood normalerweise so unsichtbar, dass es mich freute, wenn die Herrschaften auch mal an diejenigen dachten, denen sie ihr angenehmes Leben verdankten.

»Hier, das sind die Rosen. Ich weiß, Sie hatten eben noch schlechte Laune, aber man kann keine schlechte Laune haben, wenn man eine Rose sieht! Kommen Sie, berühren Sie die Blüten – sie stechen nicht. Und riechen Sie! Was sagen Sie jetzt? Haben Sie schon mal an einer echten Rose gerochen?«

Ich musste ein bisschen lachen, weil Tobys Begeisterung so ansteckend war. Aber zugeben, dass ich wirklich einer Rose noch nie so nah gekommen war, mochte ich nicht. Ich fühlte die zarten Blütenblätter, ich roch einen Duft, den ich nur aus Erzählungen kannte, und war erstaunt, wie klein diese Blüten waren. Rosen waren so berühmt, ich hatte gedacht, sie müssten gewaltig groß sein, wie echte Königinnen unter den Blumen, doch sie waren zierlich, und ja, sie waren schön. Trotzdem hätte ich es lieber gehabt, wenn Victor mich an Tobys Stelle durch den Garten geführt hätte.

»Verstehen Sie jetzt, warum ich Ihnen das zeigen musste?« Toby blickte sich zum Haus um, von dem wir inzwischen ein ganzes Stück entfernt waren, ehe er weitersprach. »Der Garten ist wahrhaftig. Alles, was Sie hier sehen, ist, wie es ist. Keine Blume kann tun, als ob sie duftet, wenn sie in Wirklichkeit wie ein Misthaufen riecht. Das würden Sie sofort merken. Für das Haus gilt das nicht.«

Ich nickte langsam. »Ich verstehe, was Sie meinen.«

Toby rieb sich den Nacken. Er war nicht nur auf einen Schlag ernst geworden, sondern wirkte auch unruhig. »In Kettlewood begegnen Sie zwei Arten von Menschen«, sagte er leise. »Es gibt diejenigen, die Ihnen nicht die Wahrheit sagen. Und diejenigen, die Ihnen Lügen erzählen.«

»Warum?«, fragte ich. »Und warum gehen Sie nicht mit gutem Beispiel voran und verraten mir endlich, was hier los ist?«

»Weil ich es nicht kann«, antwortete Toby. »Keiner von uns kann es. Wir dürfen nicht. Wir können nur hoffen, dass Sie es irgendwann von selbst verstehen … Aber wir sind nicht gezwungen zu lügen. Trauen Sie denen, die in Rätseln sprechen. Sobald jemand Ihnen eine Geschichte erzählt, glauben Sie kein Wort.«

»Und die Sache mit dem Gärtnerjungen gerade, war das auch eine Lüge?« Meine Stimme zitterte. Der Garten war mir egal. Aber die traurige Geschichte von Onkel Arthurs Bruder, und alles, was man mir über meinen Vater erzählt hatte –

»Nein«, sagte Toby. »Es hat Sie nicht interessiert, aber es war die Wahrheit. Bis auf das, was ich nicht gesagt habe. Suchen Sie die Lücken. Wenn wir sie nicht mit Lügen füllen, haben alle unsere Geschichten Lücken.«

Ich blinzelte. Trotz der beginnenden Dämmerung war es mir plötzlich hier draußen viel zu hell. »Warum sind es nur noch zwei Gärtner und nicht mehr vier?«, fragte ich.

Toby grinste. »Warum haben wir nur noch zwei Hausmädchen? Warum flucht der Koch, dass ihm Küchenmägde fehlen? Und nein, uns ist nicht das Geld ausgegangen.« Mit der Schuhspitze zeichnete er einen Kreis auf den Boden. »Kommen Sie. Ich muss Ihnen noch etwas anderes zeigen.«

Wieder folgte ich ihm über sauber geharkte Wege, behutsam, um den Kies nicht zu sehr durcheinanderzubringen. Diesmal führte Toby mich nicht zum nächsten Beet, um mir mehr von seinem Wundergärtner zu erzählen. Er führte mich zu einem Tor in der Mauer, nicht dem großen, durch das ich gekommen war, sondern zu einer kleineren Pforte.

»Ausgetrickst«, sagte er zufrieden. »Machen Sie schnell, ehe die Hunde kommen. Solange alle denken, ich zeige Ihnen den Garten … Laufen Sie, Miss Iris. Laufen Sie, so schnell und so weit Sie können.«

Ich blickte an mir hinunter, deutete auf Kleid und Schuhe, die noch nicht einmal für den Spaziergang, den wir hinter uns hatten, geeignet waren. »Wie stellen Sie sich das vor?«, fragte ich. »Wo soll ich hin, in den Sachen?«

»Egal, wohin«, sagte Toby atemlos. »Hauptsache fort. Bitte, beeilen Sie sich, ehe das Haus es merkt … Laufen Sie!« Er zerrte an dem schmiedeeisernen Gitter, das zu lange nicht mehr geöffnet worden war und gerade weit genug aufging, dass ich hindurchgepasst hätte. Und doch, sooft ich auch davon gesprochen hatte, Kettlewood den Rücken zu kehren – jetzt, mit all den unbeantworteten Fragen? Und wenn ich angeblich Macht über alle hatte?

»Was, wenn ich bleibe?«, fragte ich. Es hatte frech klingen sollen, doch heraus kam ein halb ersticktes Flüstern.

»Kettlewood hat Pläne mit Ihnen.« Jedes Wort schien Toby größte Schwierigkeiten zu bereiten, aber er sprach weiter. »Man wird Sie glauben lassen, Sie wären am Zug. In Wirklichkeit werden Sie nur Teil eines abscheulichen Seelenschachers, und am Ende können Sie froh sein, wenn Sie Ihre Seele behalten, aber um welchen Preis? Bitte, Sie dürfen nicht mitmachen. Gehen Sie, solange Sie noch können. Ich würde Sie ans Ende der Welt bringen, doch ich kann mich nicht weit vom Haus entfernen … Ich versuche es, ich begleite Sie ein Stück, wenn Sie nur gehen …« Er sprach wie im Fieber. »Noch haben Sie es in der Hand, solange Sie keine der Schachfiguren angerührt haben –«

Toby verstummte. Er sah es an meinem Gesichtsausdruck, und der eigene entglitt ihm. Ich sah Bestürzung, ich sah Angst, Kummer, Zorn, dann schüttelte er langsam den Kopf.

»Sie haben den ersten Zug getan.«

Ich nickte. Mir war kalt. Der Duft des Gartens verlor sich in plötzlich schneidendem Wind.

Toby schluckte. »Dann sind wir verloren. Wir alle. Sie. Und ich.«

8

Ich starrte Toby an, und gerade weil er so aussah, als ginge die Welt unter, weigerte ich mich, auch nur ein Wort von dem zu glauben, was er da redete. Das Schachspiel war nur ein Schachspiel; die Pforte nur eine Pforte. Ich konnte hindurchgehen, auf und davon, nach Leeds oder London oder Amerika, die Welt war groß und stand mir offen. Ein Schritt, und ich konnte Toby und vor allem mir selbst beweisen, dass seine Sorgen grundlos waren.

Ich machte den Schritt. Ich erstarrte. Ein Heulen ertönte, ich wusste nicht, von wo, es war in meinen Ohren und überall, das Heulen von zwei großen Hunden. Ich fühlte mich zittern. Worauf wartete ich? Jetzt hatte ich doppelt Grund, wegzulaufen! Noch ein Schritt, die Angst lähmte meine Füße, dass sie fast am Boden festklebten, und das Heulen kam näher, ein Heulen und Knurren –

Toby packte mich beim Handgelenk, so grob, dass es wehtat, und riss mich zurück in den Garten. Hatte er es auch gehört? Sein Gesicht war angespannt, blass, die Lippen zusammengekniffen, doch er sagte nichts. Ich machte noch einen Schritt in Richtung Haus und hörte nur noch das Rauschen in den Blättern – mehr noch, ich konnte nicht einmal sicher sein, ob ich vielleicht die ganze Zeit über nur den Wind gehört hatte. Aber mein Herz hämmerte noch immer.

Ich blickte Toby an und sagte leise: »Es tut mir leid.«

Er schüttelte den Kopf. »Machen Sie sich keine Vorwürfe.« Seine Stimme klang dumpf und mutlos, und der Duft der Blumen war verflogen. »Sie konnten das nicht wissen. Wie auch? Es darf ja keiner mit Ihnen drüber reden.«

»Dann sagen Sie mir wenigstens jetzt, was los ist!«, bat ich. »Jetzt ist es passiert, wir haben nichts mehr zu verlieren –« Ich versuchte, mich nicht zu fragen, ob ich Kettlewood Hall wirklich nicht mehr verlassen konnte.

»Wir haben alles zu verlieren«, erwiderte Toby, drehte sich um und ging. Ich lief noch hinter ihm her, doch er machte lange Schritte, die ich nicht einholen konnte. Ich sah noch seine dunkle Silhouette in der Ferne, aber er blickte sich nicht mehr um. Ich folgte ihm langsam zurück zum Haus, meine Füße schmerzten bei jedem Schritt, und als ich die Tür erreicht hatte, sah ich nichts mehr von Toby.

Mein erster Gedanke war, in mein Zimmer zurückzugehen und mir Kleid und Schuhe vom Leib zu reißen, doch stattdessen zog es mich in die Bibliothek. Ich musste wissen, was es mit dem Schachspiel auf sich hatte. Tobys Angst und Bestürzung waren echt, echter als Onkel Arthurs Geschichte vom Schach spielenden Bruder. Und wenn es einen gab, der mir meine Fragen beantworten konnte, dann der Geist. Er war schon tot, hatte nichts mehr zu befürchten. Ich klammerte mich an die Vorstellung, dass der Geist mein Vater war, weil ich ihn dann noch kennenlernen konnte, selbst wenn er nicht mehr lebte.

Es war kein Geist in der Bibliothek und auch kein lebender Mensch. Ich schüttelte den Kopf. Mit ein bisschen Abstand erschien mir Tobys Aufregung doch überzogen. Ich hatte nur einen Bauern bewegt, ein Feld weit, davon sollte die Welt nicht untergehen! Doch auch wenn gerade niemand in der Bibliothek sein mochte, in der Zwischenzeit war jemand dort gewesen. Ich merkte es sofort und staunte darüber, wie gut ich mir die Anordnung der Steine auf dem Brett eingeprägt hatte: Mein Bauer stand nicht mehr sicher auf seinem Feld. Auf der anderen Seite bedrohte ihn jetzt ein Läufer, von dem ich genau wusste, dass er zuletzt noch nicht dort gestanden hatte.

Also gut. Ich hatte offenbar einen Gegner. Ich hatte keine Ahnung, wer es war, aber ich fühlte mich auf seltsam gute Weise ernst genommen. Wenn sich Toby schon wegen eines einzigen Zuges so anstellte, konnte ich ruhig noch ein bisschen mitspielen – nicht mal, weil ich dachte, dass es nur ein Spiel war, so dumm war ich nicht. Es war viel mehr als nur ein Spiel. Aber wenn ich keine Bewegung in die Sache brachte, würde ich vielleicht wirklich für alle Tage in Kettlewood Hall festsitzen, ohne eine einzige Antwort auf meine Fragen zu bekommen.

Zum ersten Mal betrachtete ich meine Figuren strategisch. Dass ich Schwarz spielte, war gut, es ermöglichte mir, auf die gegnerischen Züge zu reagieren. Darin war ich besser, als mir selbst eine Strategie überlegen zu müssen, nur um dann festzustellen, dass mein Gegner doch ganz andere Sachen machte als erwartet.

Meine Figuren standen … merkwürdig. Wer vor mir an dieser Partie gespielt hatte, spielte sehr anders als ich. Ich mochte meine Bauern. Ich versuchte immer, einen Bauern durchzubringen und zu einer Dame zu machen. Hier hatte ich kaum noch Bauern übrig. Mir fehlten auch ein Turm und ein Läufer. Bei den Weißen waren noch sechs Bauern übrig, ich hingegen hatte nur noch vier. Und bald würden es nur noch drei sein.

Der Bauer war gedeckt, mein tapferer Springer passte auf

ihn auf, nur was hieß das schon? Ich wollte meine Figuren nicht rächen müssen. Ich wollte sie behalten. Mit zusammengekniffenen Lippen starrte ich auf das Schachbrett. Dass ich zuletzt mit Mr. Whitham gespielt hatte, konnte kaum zwei Wochen her sein und fühlte sich doch an wie etwas aus einer anderen Welt. Konnte ich den Läufer schlagen? Keine Chance, ich kam nicht dran. Ich konnte nur hoffen, dass mein Gegner einen Läufer gegen einen Bauern für einen schlechten Tausch hielt. Doch ich konnte etwas anderes tun. Meine Dame stand neben einem weißen Bauern. Und der Läufer, der den vorher gedeckt hatte, stand nun woanders – Pech für den Bauern.

Es tat mir leid, dass niemand dabei war, um mir zuzusehen. In diesem Moment vermisste ich Mr. Whitham. Er war mir im Schach ein besserer Lehrer gewesen als in der Schule, er lobte mich, wenn ich den besten Zug fand, oder wies mich auf Fehler hin, wenn ich etwas Wichtiges übersehen hatte. Den Finger über der Dame, gerade eben ohne sie zu berühren, ging ich noch mal alle gegnerischen Figuren durch. War der Bauer vielleicht doch gedeckt? Nein, durch niemanden. Dafür merkte ich jetzt, dass in Wirklichkeit meine Dame bedroht war. Der gegnerische Elefant – von dem ich nicht vergessen durfte, dass er ein Turm war und damit sehr mächtig – musste sie nur einsammeln. Selbst wenn sie durch meinen anderen Springer gedeckt war: Turm gegen Dame, da machte ich einen schlechten Tausch. Und wenn die Dame sowieso da wegmusste und den gegnerischen Turm nicht schlagen konnte, weil den seinerseits der Läufer deckte …

Meine Dame schritt zur Tat. Ein Schritt nach rechts, und der Bauer war erledigt. Ich war sehr stolz auf mich, als ich die Figur vom Brett nahm. Einen Moment lang konnte ich mich mächtig fühlen, durfte niemand mich dumm nennen. Ja, ich wusste die einfachsten Dinge nicht, hatte keine Bücher gelesen und noch nie einen Elefanten gesehen. Doch von Schach hatte ich zumindest genug Ahnung, um meine Dame zu retten, einen Bauern zu schlagen, und, wie ich feststellte, auch noch den gegnerischen Läufer zu bedrohen. Wo waren Lorina und Phoebe jetzt, um sich über mich lustig zu machen?

Es war schade, dass ich das Gesicht meines Gegners nicht sehen konnte. Aber wenn ich eines jetzt hatte, dann Zeit, und nichts mit ihr anzufangen. Ich konnte ebenso gut warten, bis jemand vorbeikam. Wenn ich mir ein Buch suchte und so tat, als ob ich darin las … Ich stand auf, war schon halb am nächstbesten Regal angekommen und überlegte es mir anders. Mein Gegner hatte sich nicht erwischen lassen. Ich wollte es auch nicht.

Ich lauschte an der Bibliothekstür, ob jemand in der Nähe war, bevor ich aus dem Raum schlich. Die Wandleuchten im Flur flackerten, wenn ich an ihnen vorbeikam, doch das jagte mir keine Angst mehr ein. Zum ersten Mal, seit ich nach Kettlewood gekommen war, fühlte ich mich nicht mehr klein oder wehrlos. Ich hatte nichts getan, als eine Schachfigur zu schlagen, und dann auch noch die unwichtigste von allen. Aber es war ein Sieg. Mein allererster Sieg.

Niemand sah mich, bis ich mein Zimmer erreichte. Kein Mensch, zumindest. Doch ich hörte Schritte hinter mir, das Geräusch tapsender Pfoten, fast ein freundlicher Klang, aber die Schatten, die ich hinter mir aufragen sah, im Augenwinkel, wo ich ihnen nicht entkommen konnte, waren die von zwei Hunden, die mir groß wie Pferde vorkamen. Sie versuchten nicht, mich einzuholen, sie trotteten nur hinter mir her, als hätten sie zufällig den gleichen Weg, und ich bemühte mich, ganz normal zu gehen und mir nicht anmerken zu lassen, dass ich immer noch mehr als nur Ehrfurcht vor den beiden Tieren hatte. Von meinem Hochgefühl war nicht mehr viel übrig. Ich blieb nicht stehen, drehte mich nicht nach ihnen um, und als ich meine Zimmertür erreicht hatte, war von Castor und Pollux nichts mehr zu sehen.

Ich setzte mich auf meine Bettkante und kämpfte mich aus den Schuhen. Meine Waden waren verspannt wie nach einem Tag, an dem ich stundenlang gestanden hatte, und wie ich befürchtet hatte, prangten an meinen Fersen dicke Blasen, obwohl ich gedacht hatte, dass meine Füße aus nichts als Hornhaut bestanden. Wer schön sein wollte, musste leiden, allerdings fühlte ich mich in diesen Sachen nicht annähernd schön genug, um so viel Ungemach auszugleichen. Schlimmer noch, ich hatte keine Ahnung, wie ich aus dem Kleid kommen sollte.

Nach einigen nutzlosen Verrenkungen kam ich endlich auf die Idee, Tillie um Hilfe zu rufen. Dann wartete ich. Draußen schritt die Dämmerung voran. Ich humpelte ans Fenster, um ein bisschen Abendluft hereinzulassen. Sie schmeckte nach Schatten und Rosenblüten, und mit ihr begann Zwielicht mein Zimmer zu füllen. Ich hatte noch keine Kerzen angezündet, und an die Gaslichtlampen an der Wand wagte ich mich nicht heran – sie waren mir unheimlich, wie sie brannten, ohne dass man sehen konnte, was das Feuer nährte. Da, wo ich herkam, konnte ein einziger Funke schon eine Katastrophe auslösen, so gut brannten die Stoffe und Fäden, die Fasern und der Staub und die Menschen. Ich kam mit sehr wenig Licht zurecht. So stand ich am offenen Fenster und blickte hinaus, erfüllt von einer seltsamen Mischung aus Zufriedenheit und Vorahnung.

Als Tillie nach einer Weile immer noch nicht da war, läutete ich ein zweites Mal. Vielleicht war die Klingelschnur gerissen? Ich schüttelte den Kopf. Ich sollte nicht so ungeduldig sein. Wenn ich schon zu blöd war, um aus einem Kleid zu kommen, musste nicht die arme Tillie alles stehen und liegen lassen.

Zurück am Fenster hatte ich das Gefühl, eine Bewegung hinter mir wahrzunehmen. Es war wieder nur der Spiegel. Um diese Uhrzeit wurden die Schatten unruhig, schienen hinter dem Glas zu tanzen, und ich durfte nichts darauf geben. Was auch immer es war, es blieb im Spiegel und kam nicht heraus, warum sollte ich es dann fürchten? Aber ich schloss das Fenster. Durch ein offenes Fenster konnte alles Mögliche hereinkommen, Mücken, Vögel, Fledermäuse. Frische Luft hatte ich erst einmal genug. Wo nur Tillie blieb?

Als ich gerade zum dritten oder vierten Mal nach ihr läuten wollte, kam sie endlich, und schon an ihrem hastigen Klopfen hörte ich, dass sie sich abgehetzt hatte. »Miss Barling? Es tut mir so leid, ich habe Sie warten lassen –«

Ich winkte ab. »Kein Grund zur Entschuldigung, es tut mir leid, dass ich Sie so durch die Gegend gescheucht habe. Ich habe so ein dummes Problem und weiß nicht … Sie haben mir so lieb in das Kleid geholfen, helfen Sie mir auch wieder raus?«

Ich hatte gehofft, dass Tillie darüber lachen konnte und ich mit ihr, doch sie nickte nur; dann erst sah ich in dem dämmrigen Licht, dass sie geweint hatte. Sie tat mir leid. Sie sagte nichts, sondern trat hinter mich und fing an, mir mit geschickten Fingern die Schnüre und Ösen von Kleid und Korsett zu lösen, und ich fühlte Atem in mich hineinfließen, als hätte ich den ganzen Tag mit einer Schlinge um den Hals verbracht.

»Oh, vielen Dank!« Ich war so froh, meine Schultern wieder recken zu können, am liebsten hätte ich Tillie umarmt, dann seufzte ich nur vor Erleichterung. »Sie sind ein Engel, wissen Sie das? Wirklich, es tut mir leid, dass Sie dafür herkommen mussten. Wollen Sie sich einen Moment ausruhen? Setzen Sie sich, es merkt ja keiner –«

Tillie schüttelte den Kopf. »Danke, aber ich habe keine Zeit dafür.«

»Das tut mir leid«, sagte ich schuldbewusst. »Aber das gilt auch für später. Wenn Sie mal eine ungestörte Pause brauchen, kommen Sie vorbei.«

»Wann soll ich denn eine Pause machen?« Plötzlich wurde Tillies Stimme schrill. »Wo ich jetzt auch noch Ediths ganze Arbeit zu machen habe, wie stellen Sie sich das vor?«

Eine jähe Kälte kroch mir über den Rücken, und die hatte nichts damit zu tun, dass dort mein Kleid jetzt offen klaffte. »Was ist mit Edith, ist sie krank geworden?« Tillie antwortete nicht, und ich Dummkopf plapperte weiter. »Oder hat sie ihren freien Tag?«

»Sie ist weg.« Tillie sah mich nicht an, blickte nur auf ihre Hände. Ihre Stimme war dumpf.

»Wie, weg?« Wusste ich nicht, wann ich aufhören sollte? »Besucht sie ihre Familie?« Beim Abendessen hatte Edith noch das Geschirr abgeräumt, und ich konnte mir nicht vorstellen, dass Lord Kettlewood sie gefeuert haben sollte, wenn ihr nicht gleich alle Teller auf einmal heruntergefallen waren …

»Weg«, antwortete Tillie. »Weg, weg, weg. Was gibt es da noch zu fragen?«

Ich verstand sie, das war das Schlimme. Verstand sie besser, als mir lieb war. »Es tut mir leid«, sagte ich und wusste, etwas Lahmeres konnte mir in drei Tagen nicht einfallen.

»Schon gut«, antwortete Tillie. »Wenn Sie mich jetzt nicht mehr brauchen – ich habe noch zu arbeiten.«

Ich ließ sie gehen und fühlte mich wie der letzte Feigling, weil ich nicht einmal versucht hatte, sie zu trösten. Warum sollte sie auch ausgerechnet von mir Trost annehmen? Wir wussten es doch beide nur zu gut. Toby Reynard hatte mich noch gewarnt, aber ich hatte ja nichts Besseres zu tun gehabt, als einen Bauern zu schlagen. Und als Nächstes war eines der Hausmädchen verschwunden. Ich war so ein Idiot!

Doch als ich am Fenster stand und dem schwindenden Tag hinterherstarrte, fühlte ich mich nicht wie ein Idiot. Ich fühlte mich wie eine Mörderin.

Ich weiß nicht, wie, aber ich schlief tatsächlich in dieser Nacht, auch wenn meine Träume mich das Einschlafen später bitter bereuen ließen. Sie waren wirr, voller fremder Wesen, wie ich sie noch nie gesehen hatte, Geschöpfe mit furchterregenden Fratzen und acht Armen und Kränzen aus Schlangen, und auch ohne den Feuerschein, der sie umgab, wusste ich, ich blickte direkt in die Hölle. Sie riefen meinen Namen, griffen nach mir, ich wurde hinabgerissen, doch noch ehe die Flammen mich umfingen, fühlte ich, wie etwas mich zurückriss. Davon wurde ich wach.

Ich kniete neben meinem Bett nieder und betete um Vergebung. Zum ersten Mal bedauerte ich es, Annies Geschenk ausgeschlagen und ihre katholischen Perlen nicht mitgenommen zu haben – vielleicht hätten die mich doch davor behütet, in ein Spiel verwickelt zu werden, das der Teufel selbst gesandt haben mochte. Ich verstand nichts von Hexenwerk und Zauberei, und ich hoffte, wünschte, betete, dass ich mich irrte, dass Edith aus einem anderem Grund fort war und vor allem noch am Leben. Aber ich hatte zu viel gesehen, seit ich nach Kettlewood gekommen war, über zu viele Warnungen nur gelacht, und ich wusste, ich war schuldig.

Als der Morgen kam, war ich völlig zerschlagen und übermüdet, doch ich verstand, was ich zu tun hatte. Ich konnte das, was ich angerichtet hatte, wiedergutmachen, zumindest ein bisschen. Nicht für die arme Edith, von deren Schicksal ich nichts ahnte und am liebsten auch nichts wissen wollte. Aber für Tillie.

Ich hatte keinen Wecker und konnte nur raten, wie früh es war, doch wenn draußen die Sonne aufging, hieß es für das Personal aufstehen und an die Arbeit gehen, und so musste ich nicht befürchten, jemanden zur Unzeit aus dem Schlaf zu reißen. Ich warf mir den Hausmantel über, den ich von Tillie bekommen hatte. Nichts, um damit vor die Tür zu gehen, aber um einmal ein Stockwerk höher zu laufen, wo das Personal seine Zimmer hatte, reichte er allemal aus.

Die oberste Etage, in die nur eine schmale Treppe am Ende des Flures führte, war kein Vergleich zu den Fluren, wo die Herrschaften flanierten. Der Boden bestand aus einfachen Holzdielen ohne Teppich, die unter meinen Füßen so vertraut knarzten, dass ich mich gleich wie zu Hause fühlte, und die gekalkten Wände kamen ohne Tapeten aus. Es war alles viel schlichter als unten, doch auch ehrlicher. Hatte ich wirklich geglaubt, dort hinzugehören? Hier war ich richtig. Und zu spät.

Niemand war da. Sie mussten alle schon vor mir aufgestanden sein, vielleicht saßen sie gerade unten in der Küche für ein hastig eingenommenes Frühstück, vielleicht waren sie längst bei der Arbeit. Ich hatte ihren Flur für mich, und das war gut. Ich probierte vorsichtig Türknäufe aus, warf einen schnellen Blick in die Zimmer, und wenn sie bewohnt aussahen, zog ich mich gleich wieder zurück. Ich wusste, was ich suchte. Edith war nicht das erste Hausmädchen, das aus Kettlewood verschwunden war. Menschen verschwanden, niemand fand etwas dabei. Was war dann mit ihren Sachen? Ich hoffte, dass ich in einem verlassenen Zimmer ein paar passende Kleider finden würde.

Ein bisschen fühlte ich mich wie eine Diebin, doch ich war lang genug mit Annie befreundet gewesen, um zu wissen, wie ich mich rechtfertigen konnte. Diese Sachen gehörten der Dienerschaft schließlich gar nicht. Sie gehörten den Kettlewoods, wurden dem Personal nur zur Verfügung gestellt, damit die bei der Arbeit auf den ersten Blick als Hausmädchen, Gärtner, Stallknecht zu erkennen waren, und da ich selbst eine Kettlewood war, so gut wie, waren das praktisch auch meine Sachen. Ich ging nicht an persönliche Dinge. Ich wollte nur ein Kleid haben, in dem ich selbst arbeiten konnte. Ich war schuld, dass Edith nicht mehr da war, da war es nur recht und billig, wenn ich ihren Platz einnahm.

Nachdem ich in mehrere Zimmer gespäht hatte, fand ich endlich eines, das mir unbewohnt vorkam. Als ich die Tür öffnete, schlug mir ein Geruch von Staub und Verlassenheit entgegen. War dies das Zimmer meiner Mutter gewesen? Es war eine kleine Kammer mit zwei Betten, auf denen nur ein Paar zusammengefalteter Wolldecken lag, noch nicht einmal ein Laken auf der nackten Matratze, eine Waschkommode, in deren Krug schon lange kein Wasser mehr stand, ein Schrank.

Ich hatte Glück. Als es mir endlich gelang, die verzogene Tür aufzustemmen, fand ich darin tatsächlich Kleider. Nicht nur die schwarze Uniform eines Dienstmädchens, sondern auch zwei gewöhnliche Kleider, Strümpfe, Leibchen, ein paar Unterröcke. Ein langer Mantel. Zwei schwarze Hüte, wie man sie zum Kirchgang trug. Und auf einem der Bretter lag ein kleines Buch – ein Gebetbuch. Die gesamten Habseligkeiten von einem, vielleicht auch zwei Mädchen, weggeräumt, als könnte die Besitzerin jeden Augenblick zurückkommen. Ich zögerte, ehe ich die Sachen anfasste, fühlte mich, als ob ich in ein Reich eindrang, in dem ich nichts zu suchen hatte. Über dem Ganzen lag ein Hauch von Muff und Alter; es musste Jahre her gewesen sein, dass zuletzt jemand diesen Schrank geöffnet hatte.

Dann nahm ich die Uniform an mich. Nur geborgt. Wenn die Besitzerin wiederkam, würde ich alles wieder zurückgeben. Wer immer das gewesen sein mochte, ihr Kleid passte mir jedenfalls besser als Lorinas, und es war auch deutlich einfacher anzuziehen. Nur Schuhe fand ich keine, und ich seufzte bei der Vorstellung, mich noch einmal in Lorinas Stiefelchen zwängen zu müssen. Aber barfuß laufen konnte ich wohl kaum, auch wenn meine Füße gut daran gewöhnt waren … Während ich mich anzog, lauschte ich angestrengt auf Geräusche im Flur. Alles blieb still.

Zu guter Letzt nahm ich das Gebetbuch, vorsichtig, andächtig. Das ledergebundene Büchlein war abgegriffen und verriet mir, dass seine Besitzerin viel darin gelesen haben musste. Mir stiegen die Tränen in die Augen. So ein Buch war nichts, was man einfach so zurückließ wie eine Uniform, die man nicht mehr tragen wollte. Auf der ersten Seite stand in Tinte ein Name geschrieben, eine geschwungene Schrift, die ich nur mit Mühe entziffern konnte: »Sally Bickmore«. So alt, wie diese Sachen aussahen und rochen, konnten sie noch aus der Zeit meiner Mutter stammen. Warum hatte sie nie von Kettlewood erzählt?

An der Wand über dem Waschtisch hing ein Kruzifix. Ich

kniete davor nieder und sprach ein Gebet für Sally Bickmore, wo immer sie sein mochte – die Augen fest auf das Kruzifix gerichtet, auf keinen Fall auf den Spiegel darunter, selbst wenn das Glas verstaubt und blind sein mochte. Ich las auch ein paar Sprüche aus ihrem Gebetbuch für sie und musste wieder an die Schule denken, an all die Psalmen, die ich heruntergestottert hatte, ohne dass auch nur ein Wort davon in meiner Erinnerung hängen geblieben war. Was war aus meinem eigenen Gebetbuch geworden? Ich hatte so viel an meine verschwundenen Kleider gedacht, doch nun begriff ich, wie viel mehr ich verloren hatte. Wo war Mr. Whithams Tasche, wo waren seine Bücher? Erst jetzt kamen sie mir wieder in den Sinn, und ich schämte mich deswegen. Ich musste Tillie danach fragen. Wenn sie noch mit mir reden wollte, hieß das.

Endlich legte ich das Buch in den Schrank zurück, schloss die Türen und zog mich auf Strümpfen in mein Zimmer zurück, wo ich mich mit zusammengebissenen Zähnen in die zu engen Stiefel zwängte. Es passte nicht zusammen, Kleid und Schürze eines Dienstmädchens und die Schuhe der Herrschaften, trotzdem fühlte ich mich viel mehr wie ich selbst, als ich die Treppen hinuntereilte.

Auch wenn ich das Personal verpasst hatte – von den Aubreys und Reynards schliefen zum Glück noch alle. Ich wusste nicht, wie sie auf meine Entscheidung reagieren würden. Freudig? Eher nicht. Verärgert? Selbst wenn … Ich verstand es nicht. Wenn das Schachspiel solche Folgen hatte, warum waren dann alle so glücklich, als ich den Springer zurückbrachte? Warum hatten sie nicht verhindert, dass ich jemals die Bibliothek betrat? Tobys Verhalten, als einziges, ergab Sinn. Aber das der anderen? So vieles, das ich nicht verstand … Ich würde es herausfinden.

Es war Sonntag. Ein guter Tag, um Buße zu tun. In der Küche fand ich zwar den Herd, der fröhlich vor sich hin heizte und mir verriet, dass doch noch jemand außer mir in diesem Haus lebte, aber keine Menschenseele. Eine dicke graue Katze blickte mich zweifelnd an und wollte sich auch nicht von mir streicheln lassen, doch auch wenn sie mir nichts verriet, verstand ich, wo alle waren: in der Frühmesse. Und auch wenn mich ein schlechtes Gewissen plagte bei der Vorstellung, schon wieder den Gottesdienst zu verpassen, wollte ich lieber hier unten auf die Rückkehr des Personals warten und eine von ihnen werden, als nachher mit Seiner Lordschaft und Familie mit der Kutsche zur Kirche zu fahren.

Erst setzte ich mich nur auf die Bank und wartete, dann ging mir auf, dass ich mich ebenso gut nützlich machen konnte. In einer Ecke stand ein Besen, und die Küche, ohne jetzt irgendjemandem zu nahe treten zu wollen, sah aus, als ob sie einmal Fegen vertragen konnte. Oben, wo sich die Herrschaften bewegten, war alles sauber und ordentlich. Doch wo es am Personal fehlte, blieb Arbeit liegen. Mit unserem Zimmer in Leeds war es doch genauso. Niemand lebte gern im Dreck, nur wann hatten wir schon die Zeit, uns darum zu kümmern? Und auch wenn man am Sonntag ruhen sollte: Das galt für die, die sich das leisten konnten. Es tat gut, den Besen durch die Küche von Kettlewood zu schwingen – eine ehrliche Arbeit, deren Ergebnis man sofort sehen konnte. Es lenkte sogar von den Schmerzen in meinen Füßen ab.

»Wer sind Sie, und was haben Sie hier zu schaffen?«

Mit dem Besen in der Hand fuhr ich herum und sah mich einer kleinen, rundlichen Frau gegenüber, die Haare streng hochgesteckt, die Schürze gestärkt, und sie sah alles andere als erfreut aus. Das musste die Haushälterin sein.

»Iris Barling, Ma'am.« Ich versuchte zu knicksen, aber meine Beine wollten nicht so recht. »Ich … ich will mithelfen. Damit Tillie nicht Ediths ganze Arbeit machen muss.«

»Unfug, Miss!« Die Haushälterin schüttelte den Kopf. »Wer Ihnen diese Flausen in den Kopf gesetzt hat … Jetzt laufen Sie schon, ziehen Sie sich etwas Richtiges an, ehe Ihre Ladyschaft das sehen muss.« Sie schien nicht recht zu wissen, ob sie mir den Kopf waschen sollte wie einer Dienstmagd oder mich doch zu den Herrschaften zählen, und entschied sich für irgendetwas in der Mitte.

»Bitte, Ma'am!«, flehte ich. »Ich kann arbeiten, hart arbeiten, und ich weiß, dass Sie dringend jemanden brauchen.« Ich sagte nicht, dass ich mich schuldig an Ediths Verschwinden fühlte, und ich fragte auch nicht, was hier vorging. Wichtiger war erst einmal, dass die Arbeit getan wurde und ich eine Beschäftigung für Hände und Kopf hatte.

Die Haushälterin blickte an mir hinunter und seufzte. »Miss Barling, Ihr guter Wille in Ehren, nur wie stellen Sie sich das vor? Lord Kettlewood hat mich informiert, dass Sie seine Enkeltochter sind und wir Sie dementsprechend zu behandeln haben, da kann ich Sie nicht einfach zu niederen Arbeiten heranziehen, bei allem Eifer. Jetzt kommen Sie, ehe der Koch wieder da ist –«

Ich schüttelte den Kopf. Wenn ich zu den Herrschaften gehörte, musste ich mir dann vom Personal vorschreiben lassen, was ich zu tun hatte? »Haben Sie meine Mutter gekannt?«, fragte ich leise. »Cilla Barling? Tun Sie einfach so, als wäre ich sie. Nur ein Hausmädchen. Bitte.«

Die Haushälterin verzog das Gesicht zu einem halben Lächeln. »Miss Barling, ehe ich Sie an das Porzellan lasse oder riskiere, dass Sie den Herrschaften über die Schuhe stolpern, mache ich Sie zur Scheuermagd, da können Sie nicht so viel falsch machen. Man wird nicht von einem Tag auf den anderen ein Hausmädchen.«

»Dann werde ich eine Scheuermagd«, sagte ich schnell. »Bitte. Ich kann putzen, ich helfe dem Koch, ich muss einfach etwas tun, ich kann nicht nur herumsitzen und Däumchen drehen!«

Die Haushälterin musterte mich noch etwas länger. »Wenn Sie bereit sind, das Ihrer Ladyschaft zu erklären, so wie Sie mir das gerade erklärt haben …«

Ich nickte emsig. »Ich will Sie wirklich nicht in Schwierigkeiten bringen, Ma'am. Ich brauche einfach eine Aufgabe in diesem Haus, sonst gehe ich noch ein.«

»Sie haben bereits eine Aufgabe«, antwortete die Haushälterin leise. »Aber von mir aus. In einer halben Stunde nimmt Ihre Ladyschaft im Salon ihr Frühstück ein. Danach bringe ich Sie zu ihr. Doch erwarten Sie nicht, dass sie begeistert sein wird. Ich kann Ihnen jetzt schon verraten, sie hat heute keinen guten Tag.«

Aber das war mir egal. In einer halben Stunde konnte ich anständig viel fegen.

Während ich dem Koch und seiner Magd dabei zusah, wie sie das Frühstück für Lord und Lady Kettlewood zubereiteten, und mir der Duft geräucherter Makrelen in die Nase stieg, löffelte ich selbst eine Schüssel kalten Porridges, die das Personal übrig gelassen hatte. Es war seltsam, dass ich hier zwar so viel und so reichhaltig essen konnte, wie ich wollte, aber tatsächlich kaum noch Hunger hatte – wahrscheinlich, weil ich nicht mehr arbeiten musste. Wenn ich sah, welche Mengen den Herrschaften aufgetischt wurden … Es war schwer vorstellbar, dass die das alles essen sollten. In Lady Kettlewood hätte meine Mutter zweimal reingepasst und ich wahrscheinlich gleich mit. Nur Agnes war dünn, natürlich, die verbrachte mehr Zeit damit, sich über andere das Maul zu zerreißen, als mit Kauen. Kurz sah ich Tillie, als sie erst das Tablett für Lady Kettlewood holte, dann wiederkam und das Essen für den Earl mitnahm. Jetzt, da ich sah, wie viel Arbeit dahintersteckte, hatte ich ein noch schlechteres Gewissen wegen Edith.

Wir gaben Lady Kettlewood ein Weilchen, um ihr Frühstück einzunehmen. Falls sie, wie die Haushälterin meinte, mit dem falschen Fuß aufgestanden war, hatte sie sicherlich bessere Laune, wenn sie etwas im Magen hatte. Anstelle von Tillie zogen die Frau und ich los, um das Tablett abzuräumen. Mir war mulmig zumute. Im Geiste klammerte ich mich an das, was Toby mir gesagt hatte – dass ich auf das Gerede der Leute nichts geben sollte. Aber selbst wenn er damit recht hatte, hatte Toby sein ganzes Leben als Adliger verbracht, und außerdem war er ein Mann. Ich hingegen hatte immer nur gehorchen gelernt, das verging nicht von einem Tag auf den anderen.

Lady Kettlewood saß im kleinen Salon im ersten Stock, einem hübschen, hellen Raum, dessen große Fenster auf den Garten hinausgingen, doch anstelle der freundlichen Morgensonne sah man draußen nur den Regen niedergehen, und das schien auch Ihrer Ladyschaft aufs Gemüt geschlagen zu haben. Ihre Miene verfinsterte sich, als wir hereinkamen.

»Was gibt es jetzt schon wieder, Mrs. Pleasance? Wo ist das Mädchen? Und sagen Sie mir, wo steckt Chapman?«

Sie hatte mich noch nicht einmal bemerkt, da schob die Haushälterin mich schon nach vorne. »Mylady, ich bringe Ihre Enkelin, Miss Barling. Sie hat etwas, das sie mit Ihnen besprechen möchte.« Während sie sprach, räumte sie so routiniert Geschirr auf das Tablett, dass es überhaupt kein Geräusch gab. »Ich lasse Sie dann alleine. Ich werde Chapman sagen, dass sie sich bereithalten soll.«

»Das heißt, Chapman ist noch …« Lady Kettlewood sprach den Satz nicht zu Ende, und sie schien erleichtert aufzuatmen, bevor sie mich ansah und Zorn in ihre gestern noch so süßen Augen trat. »Und du, Iris? Was soll dieser Aufzug? Willst du dich über uns lustig machen?«

»Nein, Mylady.« Wenn ich an eines gewöhnt war, dann an garstige Großmütter. »Ich bitte um Ihre Erlaubnis, arbeiten zu dürfen. Ich habe gehört, dass Edith, das Hausmädchen, nicht mehr da ist, und da dachte ich mir –«

»Du hast nicht zu denken!«, fuhr mich Lady Kettlewood an, und jetzt verstand ich endgültig, was Sache war. Ich hatte das Unheil ins Haus gebracht, und sie wusste es. »Das Personal geht dich nichts an, du hast mit keinem von ihnen etwas zu schaffen, außer, dass sie dir dienen. Du bist ein undankbares, undankbares Ding!« Einen Moment lang fürchtete ich, sie würde mich ohrfeigen, und machte sicherheitshalber einen Schritt zurück, doch sie beherrschte sich. »Wir speisen dich, wir kleiden dich, und du dankst es uns, indem du dich kleidest wie eine schmutzige Dienstmagd, unsere Großherzigkeit mit Füßen trittst! Nimm unseren Großmut nicht selbstverständlich, Kind! Am Ende bist du nur der Bastard einer Diebin, vergiss das nicht!«

Ich hörte ihr zu, nickte, lächelte. Das waren Worte, die mich nicht verletzen konnten. »Wenn Sie es wünschen, gehe ich. Ich danke für die angenehme Zeit in Ihrem Haus, aber ich werde mich in London nach Arbeit umsehen und Ihnen nicht mehr zur Last fallen …«

»Du bleibst!«

Die Worte durchpeitschten den Raum, dass mir fast ein

mechanisches »Ja, Mylady« herausgerutscht wäre, aber ich biss mir auf die Zunge. »Wenn ich bleibe«, sagte ich und fühlte mich dabei am ganzen Körper zittern, »dann möchte ich das nach meinen Regeln tun.«

Lady Kettlewood starrte mich an, als wäre ich ein Tier aus einem fremden Land. »Wofür hältst du dich?«, flüsterte sie, und ihre Augen funkelten, dass gleich Dolche daraus schießen mochten. »Du machst nicht die Regeln. Die Regeln sind älter als du, älter als jeder in diesem Haus, und du bist die Allererste, sie zu befolgen.«

Ich antwortete nicht. Alles in mir wollte knicksen und um Verzeihung bitten, und so standen wir nur da und blickten einander an, ein Machtspiel, in dem die Lady so viel mehr Erfahrung hatte als ich.

»Jetzt geh auf dein Zimmer und kleide dich an«, sagte sie nach etwas, das mir wie eine Ewigkeit vorkam. »Ich werde dir diesen Ausfall nachsehen, vielleicht ehrt es dich sogar, dass du dich nützlich machen willst und nicht selbstverständlich davon ausgehst, dass dein Platz hier oben ist. Ab morgen wirst du Unterricht bekommen bei Mr. Attridge, unserem Hauslehrer. Der wird dir diese Flausen austreiben und dich Anstand und Benimm lehren.«

Anstand und Benimm. Ich schluckte. Daran mangelte es mir nicht; in diesem Moment fühlte ich mich eher, als ob ich zu viel davon hatte. Wenn dieser Lehrer mir eines beibringen sollte, dann Wissen, davon hatte ich zu wenig.

»Hast du mich verstanden, Kind?«

Es war die letzte Gelegenheit, ihr in die Augen zu blicken und zu flüstern: ›Sagen Sie mir die Wahrheit! Was hat es mit dem Schachspiel auf sich, dass Menschen in diesem Haus verschwinden, wenn eine Figur geschlagen wird?‹ Aber ich sagte es nicht, ebenso wenig wie: ›Und wen muss ich schlagen, damit du verschwindest?‹ Ich nickte nur, murmelte ein »Ja« und fühlte mich schäbig und schuldig bis in die Zehenspitzen. Ich hatte eine Bestrafung verdient – wie konnte ich nur auf die Idee kommen, dass ich die mir selbst aussuchen sollte?

»Gut«, sagte Lady Kettlewood, und ihr Tonfall klang ein wenig versöhnlich. »Und nun geh. Es ist der Tag des Herrn, und ich warte auf meine Zofe, um mich für den Kirchgang herzurichten.«

»Ja, Mylady«, antwortete ich. »Ich werde mich beeilen und mich umziehen, damit ich Sie nicht warten lasse.«

»Warten?« Jetzt erschien Lady Kettlewood einen Moment lang verwirrt, danach fast belustigt. »Für die Kirche? Liebes Kind, du wirst nicht mit uns zur Kirche fahren.«

»Oh«, sagte ich. »Ich war auch nicht in der Frühmesse.«

»Du wirst hierbleiben, mit den anderen Kindern«, erwiderte Lady Kettlewood, als wäre es eine unerhörte Vorstellung, dass ich überhaupt zur Kirche wollte. »Du kannst lesen? Dann frag meinen Sohn nach der Bibelstelle, die Lord Kettlewood für heute ausgewählt hat, lies sie und verbringe die Stunden, bis wir wieder da sind, im Gebet.«

»Aber warum …?« Ich brach ab. Es war klar, dass sie nicht mit mir gesehen werden wollten; auch wenn man mich in die Familie aufgenommen hatte, blieb ich doch ein Schandfleck, uneheliche Tochter eines Sohns, auf den sie alles andere als stolz waren. Dass sie mich nicht gleich der Gemeinde vorstellen wollten, ehe sie sicher sein konnten, dass ich wusste, wie eine junge Frau von Stand sich zu verhalten hatte, leuchtete mir ein. Was ich nicht verstand, war, warum die Kinder, zu denen offenbar selbst Victor noch gehörte, nicht mitkommen durften. Doch Lady Kettlewood sah nicht aus, als stünde ihr der Sinn nach Erklärungen.

Und wenn ich stattdessen versuchen konnte, eine von Victor zu bekommen, war das gar nicht so schlecht. Das, und eine Bibelstelle. »Ja, Mylady.«

Dann stand ich wieder vor der Tür, und mir kamen die Tränen. Ich war wütend auf mich, dass ich so schnell nachgegeben hatte, vor allem aber fürchtete ich um mein Seelenheil. In diesem Haus gingen Dinge vor, die waren nicht christlich, nicht natürlich, und ob ich wollte oder nicht, ich war ein Teil davon, nicht weil man mich dazu gezwungen hätte, sondern aus eigener Entscheidung, eigener Dummheit, eigener Verantwortung. Meine erste Lektion hatte ich gelernt. Was auch immer kommen sollte – so schnell bekam mich niemand mehr in die Nähe des Schachbretts.

Es tat mir sehr leid, Mrs. Pleasance sagen zu müssen, dass es doch nichts werden sollte mit meiner Hilfe, aber sie stand so nah bei der Tür des Salons, immer noch mit dem Frühstückstablett in der Hand, dass sie jedes Wort mitgehört haben musste. Sie wirkte nicht überrascht.

»Trotzdem vielen Dank für Ihr Angebot, Miss Barling. Wenn Sie noch etwas wünschen oder benötigen, lassen Sie es mich wissen, ich schicke Ihnen dann das Mädchen.«

Das Mädchen. Nur noch eines. Ich schluckte. »Machen Sie sich keine Umstände meinetwegen«, sagte ich hastig. »Nein, eine Bitte habe ich doch. Wenn Sie nächste Woche in die Frühmesse gehen – würden Sie mich wecken, damit ich mitkommen kann? Oder noch besser, könnte ich vielleicht einen Wecker bekommen?«

Ich sah so etwas wie ein Lächeln über Mrs. Pleasance' Gesicht huschen. »Ich werde sehen, was sich machen lässt«, antwortete sie.

Ich verabschiedete mich schnell. Wenn ich schon den

Auftrag hatte, Victor nach einer Bibelstelle zu fragen, mochte ich damit nicht warten. Dabei wusste ich nicht einmal, wie gern ich Victor wiedersehen wollte – beim Abendessen am Vortag hatte er mich nicht verteidigt, mir die kalte Schulter gezeigt und nur wenig gemein gehabt mit dem charmanten jungen Mann, den ich vor einer Woche getroffen hatte. Aber ich brannte darauf, herauszufinden, wer der echte Victor war, selbst wenn es hieß, meine Schwärmerei begraben zu müssen. Bloß, ich hatte keine Ahnung, wo ich ihn finden sollte. So ging ich schließlich doch in mein Zimmer zurück, wartete am Fenster, bis ich sah, dass draußen die Kutsche vorfuhr, um die Herrschaften zur Kirche zu bringen. Jetzt konnte ich mich ein bisschen ungestörter auf die Suche nach Victor machen.

Doch das war nicht einmal nötig. Als es an meiner Tür klopfte, war kein Dienstmädchen draußen, auch wenn ich eines gebraucht hätte, um mich wieder umzukleiden, sondern niemand anderes als Victor. »Meine Mutter meinte, ich soll bei Ihnen vorstellig werden. Sie benötigen Hilfe beim Bibelstudium?« Er blickte an mir hinunter, sah das Kleid, doch er sagte nichts dazu. Nur ein kleines Lächeln stahl sich in sein Gesicht und ließ mich von oben bis unten erröten. Es half nichts, ich konnte noch so eine Wut auf ihn im Bauch haben, mein Herz war anderer Ansicht.

»Das … ja … das, in der Tat«, stammelte ich und hätte mich dafür ohrfeigen können, schon wieder keinen ganzen Satz herauszubringen. »Ich wäre gern mit zur Kirche gefahren.« Dann wurde ich mutiger. »Wie kommt es, dass Sie nicht mitfahren dürfen?«

Victors Miene verfinsterte sich. »Wissen Sie noch nicht, was passiert, wenn Sie in diesem Haus zu viele Fragen stellen?«

»Ja«, antwortete ich, und plötzlich war meine Schüchternheit verflogen. »Ich bekomme zu wenige Antworten. Aber das hält mich nicht davon ab, zu fragen.«

Jetzt lachte Victor leise und grimmig. Wenn er zornig war, dann nicht auf mich. »Warten Sie es nur ab – irgendwann ist Ihre Enttäuschung so groß, dass Sie das Fragen aufgeben.« Es klang fast hoffnungsvoll.

»Irgendwann«, sagte ich, »ist auch niemand mehr da, um mir zu antworten.«

Victor atmete durch und nickte. »Kommen Sie, Iris. Ich habe Freude an Ihrer Gesellschaft, aber wir müssen nicht hier herumstehen. Wir haben das Haus für uns, und es gibt so viele Ecken in Kettlewood, die Sie sicher noch nicht kennen.«

»Solange wir nicht in die Bibliothek müssen«, antwortete ich. Ich wollte nicht sehen, ob mein unbekannter Gegner den nächsten Zug gemacht und vielleicht doch meinen armen Bauern geschlagen hatte, nur damit noch jemand verschwunden war. »Und wenn wir nicht den Hunden über den Weg laufen würden, wäre mir das ganz lieb.«

Victor schüttelte den Kopf und lachte. »Machen Sie sich keine Sorgen wegen der Hunde. Es gibt hier kaum etwas, das Sie weniger fürchten müssen als Castor und Pollux. Das sind zwei gutmütige alte Köter, die tun keiner Fliege etwas zuleide.«

»Außer wenn ich gehen will«, sagte ich leise.

»Aber das wollen Sie doch gerade gar nicht. Kommen Sie, Iris. Nutzen wir es aus, dass wir den Salon für uns haben können. Haben Sie schon etwas gefrühstückt?«

Ich schüttelte den Kopf. »Bitte, Victor. Es ist mir ernst. Ich brauche Antworten. Sie können sie mir ruhig geben – jeder in Kettlewood weiß doch, was hier los ist. Und so gern ich anderswo wäre, ich bin jetzt ein Teil von Kettlewood. Ich habe das gleiche Anrecht, alles zu wissen, wie jeder andere. Ich habe einen Geist in der Bibliothek gesehen – waren das nun Sie, oder war das Ihr Bruder?«

»Mein Bruder …« Victor verzog das Gesicht, und dann wurde doch ein Lächeln daraus. Plötzlich fiel mir auf, dass seine Augen blau waren. »Mein Bruder Charles …« Er schüttelte den Kopf. »Ich habe ihn kaum gekannt. Praktisch gar nicht.«

»Bitte«, sagte ich. »Das ist keine Antwort auf meine Frage. Ich verstehe ja, dass alle ein Geheimnis um das Schachspiel machen, aber um Charles? Er ist immerhin mein Vater!«

»Es tut mir leid«, antwortete Victor. »Ich war … ich war ein kleines Kind, als er verschwunden ist. Meine Eltern haben nie über ihn geredet. Bei Gott, ich habe so lange gedacht, ich bin ihr einziger Sohn …«

»Er ist tot, nicht wahr?«, fragte ich leise. »Sie müssen mir nichts vormachen, ich habe ihn ja gesehen. Den Geist, meine ich. Ich dachte erst, das wären Sie gewesen. Deswegen – deswegen habe ich so seltsame Dinge zu Ihnen gesagt, gestern beim Essen.«

»Nehmen Sie es so«, erwiderte Victor. »Sie sind nicht die Einzige in diesem Haus, die seltsame Dinge sagt. Was Sie gesehen haben – ich weiß nicht, ob es der Geist von Charles war, nicht, ohne ihn selbst gesehen zu haben. Aber wenn es Ihnen hilft, kann ich Ihnen ein Bild zeigen. Mein Vater mit seinem erstgeborenen Sohn. Interessiert Sie das?«

Ich nickte stumm. Es hingen so viele Bilder in diesem Haus, vielleicht hatte ich Charles' Bild längst gesehen und gedacht, es zeige Victor. Es war ein seltsames Gefühl, einen Vater zu haben und zugleich keinen.

»Dann kommen Sie«, sagte Victor. »Sie waren bestimmt noch nicht im Herrenzimmer, und meine Eltern müssen nicht wissen, dass ich Sie dahin mitnehme. Sie gehen ja als vieles durch, aber sicher nicht als Herr.« Er lachte leise. »Ich wette, das ist der einzige Grund, warum das Bild noch da ist. Meine Mutter betritt es nie, und sie hat alles, was an Charles erinnern könnte, aus dem Haus verbannt. Sie ist so enttäuscht, wenn es um ihn geht.«

»Das heißt, seine restlichen Sachen sind zerstört worden?«, fragte ich vorsichtig und versuchte, meine Enttäuschung zu unterdrücken. »Verbrannt oder so?«

Victor lachte. »Ach, Sie kennen uns nicht gut genug. Wir verbrennen nichts. Wir hängen an unserer Vergangenheit und in ihr. Ich wette, die Sachen sind gut weggepackt, in einer Kiste im Keller oder unter dem Dach oder in einem der leer stehenden Räume – ich werde mich umhören für Sie, das verspreche ich Ihnen, und wenn ich etwas herausfinde, erfahren Sie es als Erste. Aber jetzt kommen Sie. Ich will Ihnen das Bild zeigen, ehe meine Eltern zurückkommen.«

Es wäre die Gelegenheit gewesen, nach meinen Büchern zu fragen, aber ich war gerade Charles auf der Spur, davon wollte ich nicht ablenken. Einen Moment lang zögerte Victor, dann reichte er mir seine Hand. Und ich zögerte ebenso lange, ehe ich sie nahm, zaghaft und vorsichtig wie etwas Zerbrechliches. Seine linke Hand und meine rechte, aber er sagte nichts dazu, dass sie verkrüppelt war, fragte nicht, schloss nur seine Finger um meine, und ich fühlte ein Kribbeln in der ganzen Hand. Ich kannte es, dass meine fehlenden Finger juckten und mich quälten, aber dies war anders. Ich fühlte seine Wärme in ihnen, und wenn ich die Augen schloss, war meine Hand so ganz, wie sie es nur irgendwie sein konnte.

Meine Füße schienen den Boden kaum zu berühren, als Victor mich durch das Haus fühlte. Er hätte mich hinter sich herziehen können wie ein Spielzeug an einer Schnur, ich hätte ihm nicht eifriger folgen können. Selbst die Schmerzen in meinen Füßen waren vergessen, und dass ich ein unangemessenes Kleid trug und dass er eigentlich mein Onkel war, und überhaupt … In dem Moment konnte Kettlewood gar nicht groß genug sein und der Weg gar nicht weit genug. Ich zuckte kurz zusammen, als wir an der Tür zur Bibliothek vorbeikamen, doch sie war verschlossen, und wir hielten nicht an. Das Herrenzimmer befand sich im Erdgeschoss am Ende eines langen Flures, hinter einer von zu vielen Türen, von denen ich nicht wusste, was dahinter lag.

Es war eine mächtige Doppelflügeltür, und Victor stieß sie so herrschaftlich auf, als wären wir König und Königin persönlich. Der schwere Geruch von Holz und dem Rauch von Kamin, Zigarren und Pfeifen, viele hundert Jahre lang in Möbel, Tapeten und Gebälk gezogen, schlug mir entgegen. So also roch ein Ort, an dem eine Frau nichts verloren hatte – es erinnerte mich an die ›Ente und den Erpel‹, nur für reiche Leute. Im Kamin prasselte bereits ein einladendes Feuer, und dann sah ich auch, warum. Wir waren nicht die ersten Besucher. Toby Reynard war bereits da.

Er saß auf einem Sofa, einem knopfbesetzten Bruder von dem aus dem Salon, nur dass es mit dunklem Leder bezogen war, passend zu den kräftigen Brauntönen, die das ganze Zimmer bestimmten. Ich brauchte nur einen Blick, um zu erkennen, dass er betrunken war. Auch ohne das Glas und die Flasche auf dem Tisch vor ihm war es offensichtlich. Ich merkte es daran, wie Toby dasaß, die Beine zu breit auseinander, den Kopf zu weit im Nacken, das Hemd zu unordentlich, den Kragen lose, und als er unsicher auf seine Beine stolperte, wusste ich, dass ich recht hatte.

Victor schob sich vor mich, als wollte er mich vor diesem Anblick bewahren. »Iris – würden Sie bitte vor der Tür warten?«, fragte er leise, und ich verriet ihm nicht, dass ich wahrscheinlich erfahrener im Umgang mit Betrunkenen war als er. Nicht, dass ich das in Kettlewood erwartet hätte, nicht vormittags und erst recht nicht am heiligen Sonntag. Aber es war irgendwie tröstlich, dass nicht nur arme Leute zur Flasche griffen, wenn sie nicht mehr weiterwussten.

Ich schlich langsam rückwärts, doch da hatte mich Toby schon bemerkt. »Ha!«, machte er. »Sie – sie – ich habe sie gesehen, versuch gar nicht erst, sie zu verstecken.« Er lachte höhnisch. »Dass du dich mit ihr abgibst, Victor – das sieht dir ähnlich!«

Mit zwei Schritten war Victor bei ihm und packte ihn beim Arm, während er mir bedeutete, endlich den Raum zu verlassen. »Sei still, Toby«, sagte er, nicht unfreundlich, aber bestimmt. »Du weißt nicht mehr, was du redest. Du solltest dich sehen – dass du dich nicht schämst!«

Mein Herz hämmerte, nicht vor Angst, sondern vor Aufregung, als ich wieder im Flur stand. Ich zog den einen Türflügel laut zu, den anderen hingegen lehnte ich nur leise an. Natürlich hatte ich vor zu lauschen. Es war vielleicht schändlich, aber besser schändlich als dumm. Ich wollte wissen, was hier los war, und Toby war näher dran als irgendein anderer, es mir zu verraten.

»Setz dich, Toby«, hörte ich Victor sagen. »Ich helfe dir gleich in dein Zimmer, nur lieber Himmel, komm zu dir! Wie viel hast du getrunken?«

»Nicht genug«, antwortete Toby, sein Lachen ein verzerrtes Gegenstück zu dem, das ich am Vortag gehört hatte. »Im Leben nicht genug.«

»Du erlaubst, dass ich dir widerspreche? Dass du so einen Narren aus dir machst –«

In dem Moment kippte die Stimmung wie das letzte von zu vielen Gläsern. »Halt dein verdammtes Maul, Victor!«, schrie Toby. »Du verstehst nichts, nichts! Du warst nicht da, all die Jahre warst du nicht da – du hast vergessen, was Leben heißt, du weißt nichts vom Glück, von meinem Glück, du denkst, sie ist hier, um uns alle zu erlösen, aber mich – mich wird sie ins Unheil stürzen!«

»Schscht«, machte Victor. »Ruhig. Iris steht vor der Tür, das weißt du.«

Ertappt machte ich einen Schritt von der Tür weg, doch nicht zu weit.

»Und?«, johlte Toby. »Soll sie's nur hören! Sie ist so ein süßes, nettes, dummes junges Ding – sie weiß nicht, was sie anstellt, und keiner sagt es ihr, feige Lügner seid ihr, allesamt!«

Ich sah nicht viel durch meinen Türspalt, nicht genug auf jeden Fall, aber ich hörte Handgreiflichkeiten, als ob die beiden miteinander rangen, und wusste nicht, ob ich mich weiter wegschleichen sollte oder doch wieder näher ran – da, wo ich war, konnte ich nicht bleiben, auf halber Strecke zwischen versteckt und entdeckt war kein guter Ort.

»Jetzt bleib sitzen, Toby!«, hörte ich Victor noch sagen – keinen Augenblick später riss Toby schon die Tür auf, das Gesicht gerötet mehr noch vom Zorn als vom Trinken, und mit ausgestrecktem Finger kam er auf mich zu.

»Hier – hier steht sie! Was, wenn ich ihr die Wahrheit sage? Wenn ich ihr von ihrem Vater …« Ich stand mucksmäuschenstill, die Lippen zusammengekniffen und den

Atem angehalten, um nur ja kein Wort zu verpassen, doch Toby sprach den Satz nicht zu Ende, lachte nur, schüttelte den Kopf und zog schwankend an mir vorbei.

Victor war dicht hinter ihm, aber er ließ Toby ziehen, kam stattdessen zu mir, und dass er mir dabei eine Hand auf die Schulter legte, fühlte sich nicht wie Trost an, sondern mehr wie der Befehl, dem Betrunkenen nicht zu folgen. »Bitte entschuldigen Sie, Iris«, sagte er leise. »Dass Sie das mit ansehen mussten … Bitte, denken Sie nicht schlecht von meinem Cousin.«

Victor irrte. Ich dachte nicht schlecht von Toby. Im Gegenteil. Ich war der Wahrheit ein Stück näher. Nicht nah genug, noch nicht so weit, dass ich auch nur eine Ahnung gehabt hätte – aber hier war eine Quelle, und sie hatte zu sprudeln begonnen. Und wenn ich ganz Kettlewood betrunken machen musste, um mehr herauszufinden: Ich würde nicht mehr aufhören.

9

Am liebsten wäre ich direkt hinter Toby hergelaufen, doch Victor schob mich mit Nachdruck ins Herrenzimmer, und ich wehrte mich nicht. Ehe Toby wieder nüchtern war, sollte noch genug Zeit sein, und bis dahin wollte ich Victors Nähe genießen können.

»Nehmen Sie Platz«, sagte er, während er die Tür fest verschloss. Ich ließ mich in einem mächtigen, dunklen Ohrensessel nieder, passend zum Sofa und so ausladend, dass ich zweimal darin Platz gefunden hätte. Es hätte mich beunruhigen sollen, dass Victor abschloss, aber ihm vertraute ich. »Ich weiß, was Sie gerade denken, nur bitte, tun Sie das nicht.«

Ich zwinkerte. »Was meinen Sie?«

Victor schüttelte den Kopf. »Ich kann es Ihnen an der Nasenspitze ansehen. Mein Cousin ist gerade nicht er selbst, und Sie wollen das ausnutzen. Und ja, wahrscheinlich würde er ihnen erzählen, was immer Sie wissen wollen.« Er lachte leise. »Toby mag eine Menge Fehler haben, aber der größte ist, er ist ehrlicher, als ihm guttut. Bitte, tun Sie ihm das nicht an. Er weiß gerade nicht, was richtig und was falsch ist, aber Sie auch nicht – lassen Sie ihn in Ruhe. Es ist besser, für ihn und uns alle.«

Langsam nickte ich. Es war mehr als anständig von Victor, Toby in Schutz zu nehmen, nachdem der sich derart unmöglich aufgeführt hatte, und ich mochte die Vorstellung, dass Victor ein treuer Freund war. »Ich … es tut mir leid«, murmelte ich und fand gleichzeitig, dass ich mich nicht wirklich zu entschuldigen hatte für etwas, das nie passiert war. Vielleicht entschuldigte ich mich mehr dafür, dass es nachher doch passieren würde?

»Nein, ich verstehe Sie zu gut«, antwortete Victor. »Ich weiß, was an Ihnen nagt. Sie haben sich Antworten mehr als verdient. Sie sollen sie von mir bekommen.«

»Aber Sie sagten gerade noch …«, warf ich lahm ein und biss mir dann auf die Zunge – ich wollte diese Antworten doch, was widersprach ich dann?

»Ich darf Ihnen eigentlich nichts sagen.« Victor ließ sich im zweiten Sessel nieder, lehnte sich zurück und schlug die Beine übereinander. »Mir ist es nur lieber, ich weiß, was ich tue, und lebe mit den Folgen, als wenn Sie Tobys Dummheit ausnutzen.«

»Danke«, sagte ich heiser und schaffte es noch nicht einmal, ihn dabei anzusehen.

Victor seufzte. »Ich will schnell reden, ehe die Wächter es mitbekommen. Ich darf die Spielregeln nicht brechen, und jede Antwort, die ich Ihnen gebe, bedeutet, dass ich das Spiel beeinflusse, was verboten ist. Doch Sie können sich schon denken, dass ein Fluch auf Kettlewood liegt, nicht wahr?«

Ich nickte, wortlos, um ihn nicht zu unterbrechen.

»Sie haben die Macht, diesen Fluch von uns zu nehmen, Iris.« Victor schüttelte den Kopf. »Nein, das ist falsch, der Fluch wird immer ein Teil unserer Familie sein, er liegt nicht auf dem Haus, er liegt auf den Menschen. Aber Sie können unsere Generation von ihm befreien, und auch wenn wir wissen, dass er zwanzig, dreißig Jahre später zurückkehren wird, bedeutet uns das sehr viel. So wie jetzt können wir nicht weiterleben, und nur Sie haben die Macht, uns zu helfen.«

Victor hielt inne und schien zu lauschen, doch was immer er hörte, war für mich nicht wahrnehmbar. Er zuckte zusammen und sprach schneller.

»Sie sind nicht die Erste, die diese Macht hat. Sie können sich denken, wer vor Ihnen in dieser Position war, nicht wahr?«

»Meine Mutter«, flüsterte ich.

»Celia Barling«, sagte Victor. »Eben diese. Und wir sind mit ihr nicht besser umgesprungen als jetzt mit Ihnen. Im Gegenteil. Sie war ein nettes Mädchen, Ihre Mutter. Blitzgescheit. Sie hatte das nicht verdient. Und als sie die Nase voll hatte, hat sie getan, was sie konnte. Hat ihre Siebensachen gepackt und das Haus verlassen, und sichergestellt, dass die Partie nicht beendet werden kann.«

Seine Stimme zitterte, und seine Augen weiteten sich – und jetzt hörte ich es auch. An der Tür war ein Kratzen, ein Scharren, und, wenn ich ganz genau hinhörte, ein leises Knurren. Mir wurde kalt.

»Aber Sie waren nur ein kleines Kind, damals«, warf ich hastig ein. »Es war nicht Ihre Schuld.« Ich versuchte, ruhig zu bleiben. Die Tür war versperrt. Die Hunde konnten nicht hereinkommen.

Victor legte einen Finger an die Lippen. »Ich war so alt, wie ich es jetzt bin«, sagte er, dann zischte er schmerzerfüllt, atmete angestrengt und sprach weiter, eine Hand gegen die Brust gepresst. »Wir waren alle … so alt wie heute. Als Ihre Mutter gegangen ist … da hat sie unsere Zeit mitgenommen. Sie steht still in Kettlewood Hall, seit fünfzehn Jahren, und wir alle mittendrin –«

Ich starrte ihn an, wollte ihm nicht glauben und konnte

doch nur nicken. »Deswegen kennt jeder meine Mutter«, sagte ich. Mir schwirrte der Kopf. Dass Phoebe aussah wie ein kleines Mädchen, wenn sie in Wirklichkeit alt genug war, um längst verheiratet zu sein, und Lorina erst … Es erklärte, warum alle Leute hier in Kettlewood so seltsam waren. Wäre ich fünfzehn Jahre lang keinen Tag gealtert, wäre ›seltsam‹ vermutlich noch das Beste gewesen, was man über mich sagen konnte.

»Und darum dürfen wir nicht in die Kirche«, erwiderte Victor. »Bei meinen Eltern, Onkel Arthur, Tante Agnes macht es keinen großen Unterschied. Aber wenn man mich sehen würde, oder Toby, oder meine Cousinen – niemand darf erfahren, was für ein Fluch auf uns liegt. Wenn die Menschen drüben im Dorf die Wahrheit wüssten, würden sie vermutlich keinen Einzigen von uns mehr in die Kirche lassen. Dann sollen sie besser denken, wir wären von zarter Gesundheit und dürften deswegen das Haus nicht verlassen.« Victor versuchte zu lachen, doch sein Gesicht blieb starr vor Schmerzen. Immer, wenn er zu sprechen aufhörte, hörte ich das drohende Knurren, ganz nah. Sie scharrten nicht mehr an der Tür. Vielleicht warteten sie? Was, wenn wir wieder hinauswollten? Die Fenster waren groß, und direkt davor lag der Garten, aber das änderte nichts an meiner Angst.

Victor redete weiter, schnell und atemlos, als hinge unser beider Leben davon ab. Ich war stolz auf ihn, dass er sich nicht einschüchtern ließ, aber gleichzeitig wollte ich ihn anflehen, still zu sein. »Verstehen Sie jetzt, warum Sie spielen müssen?«, fragte er. »Sie haben es in der Hand, das alles hier zu beenden. Auch wenn es heißt, ein paar Entscheidungen zu treffen, deren Ergebnis Ihnen nicht gefällt. Sie müssen uns helfen.«

Er stand auf, trat zu mir hin und nahm meine Hände in seine. »Bitte, Iris. Wir brauchen Sie.«

Ich fühlte das feuchte, warme Blut an seinen Händen, noch bevor ich die roten Flecken auf seiner Brust sah. Durch die Weste fielen sie kaum auf, doch darüber war das weiße Hemd dunkel verfärbt und klebrig, und der Umriss seiner Hand zeichnete sich klar ab. Ich wollte schreien und wegrennen, aber Victors Lächeln hielt mich zurück.

»Sie … Sie bluten«, sagte ich und hätte lange überlegen müssen, um etwas noch Dümmeres, Offensichtlicheres zu sagen.

»Es sind nur Kratzer«, antwortete Victor. Sein Tonfall klang weniger zuversichtlich als seine Worte. »Noch.«

Draußen vor der Tür waren die Hunde still. Zu still.

»Aber es war niemand hier. Niemand außer uns.«

Victor lachte, doch es wirkte nicht echt. »Das müssen sie auch nicht. Denken Sie an Castor und Pollux? Ich sagte doch, vor denen müssen Sie keine Angst haben. Sie sind nur Schatten. Sie erinnern uns daran, welche Regeln für uns gelten. Lawrence Aubreys treue Hunde. Stellvertreter. Das Haus passt auf sie auf und sie auf das Haus.«

»Wie konnten sie …« Ich sprach nicht weiter. Ich wollte es nicht wissen. Ich wollte mich sicher fühlen können, zumindest hinter verschlossenen Türen. Dass die Macht dieser Hunde bis nach Leeds reichte, bis in meine Träume – das hatte ich akzeptiert, das war die Natur von Albträumen. Dass die Hunde hier leibhaftig herumliefen – auch damit musste ich leben. Aber wenn sie überall waren, wenn Türen sie nicht aufhielten … »Warum?«, fragte ich stattdessen. »Warum tun die Hunde das? Wir haben nur geredet.« Ich fühlte Tränen in meinen Augen, aber ich war zornig. Auf das Haus. Auf die Hunde. Auf wen auch immer. Irgendjemand war schuld, dass Victor blutete, und ich war es nicht, so viel wusste ich.

Victor lächelte mich an. »Ich habe Ihnen so viel erzählt, wie ich es wagen konnte. Ich würde mehr erklären, doch ich darf es nicht. Es tut mir leid.«

Er hielt immer noch meine Hände fest, mit denen ich ihm am liebsten das Hemd aufgerissen hätte, um zu sehen, was mit seiner Brust passiert war. Und so hübsch er aussah mit diesem ins Gesicht gemeißelten Lächeln, hätte ich mit ihm lieber meinen Zorn geteilt.

»Nur eines noch.« Victor drückte meine Hand, nur ein kleines bisschen. »Sie haben bei Ihrer Ankunft einen Geist in der Bibliothek gesehen und dachten, das wäre ich gewesen. Verstehen Sie jetzt, wer es war?«

Ich nickte. »Das waren wirklich Sie, nicht wahr?«

Victor antwortete nicht, nicht mit Worten jedenfalls. Er verriet mir die Antwort in seinen Augen, vielleicht der letzte Ort, den die Hunde nicht erreichen konnten.

»Heißt das, mein Vater lebt noch?« Lieber über meinen Vater sprechen, den ich sowieso nicht kannte, als fragen, was mir eigentlich auf dem Herzen lag: Was war mit Victor? War er nun lebendig oder doch nur ein Geist?

Noch einmal nickte Victor mit den Augen. »Wir haben Leichen im Keller«, sagte er. »Aber diese nicht.« Endlich klang sein Lachen wieder echter. »Ich werde gehen und mich umkleiden, bevor meine Eltern zurückkommen. Sie brauchen nicht zu wissen, dass ich mit Ihnen geredet habe. Und Sie, bitte tun Sie, was Sie müssen. Beantworten Sie mir und sich nur eine Frage. Wenn eine Schachpartie endet, was passiert dann mit den Figuren, die in ihrem Verlauf geschlagen wurden?«

»Sie kommen zurück in die Dose, zusammen mit den anderen«, sagte ich. »Oder sie werden wieder aufgestellt, für eine neue Partie.«

»So ist es.« Victor half mir aus dem Sessel, und ich sah sein Blut an meinen Händen, echtes, warmes Blut. Er war kein Geist. Selbst wenn ich hier an allem zweifeln musste, daran nicht. »Machen Sie sich keine Vorwürfe, wenn Sie jemanden opfern müssen. Und hören Sie nicht auf das, was mein Cousin redet. Sie sind hier, um uns alle zu erlösen. So schändlich wir Sie auch jeden Tag belügen müssen – zumindest werden Sie hier anständig gefüttert.« Während er sprach, wischte er sich mit seinem Einstecktuch die Hände ab, dann reichte er mir galant den Arm. »Kommen Sie, Iris. Dieses Zimmer ist zu dunkel für so ein hübsches Gesicht.«

Ich fragte nicht mehr nach dem Bild von Charles. Ich wollte nicht riskieren, weitere Antworten zu erhalten, solange Victors Blut noch frisch war.

Victor hatte es eilig, mich aus dem Zimmer zu bugsieren. Statt vorsichtig zu lauschen, ob die Hunde noch draußen waren, riss er die Tür auf, machte mir ein nettes Kompliment dabei, sagte irgendwas über das Wetter –

Doch so schnell war ich nicht abzulenken. Victor mochte so tun, als wäre alles am Ende nur ein Spiel – aber ich sah den Sessel, in dem er eben noch gesessen hatte, sah die tiefen Furchen in der ledernen Rückenlehne. Wie Krallenspuren. Es hatte nicht an der Tür gekratzt. Sie waren die ganze Zeit über bei uns im Zimmer gewesen.

Niemand war auf dem Flur zu sehen, doch das hieß nichts mehr. Meine Ohren schrillten von einem Heulen, das irgendwo weit weg sein mochte oder nur in meinem eigenen Kopf, aber die Wahrheit war, ich hatte Angst. Victor bot mir wieder seinen Arm an, und ich musste mich zwingen, mich nicht daran festzuklammern wie ein furchtsames Kind. Er war mir so nah, dass ich die Stärke in seinem Hemd riechen konnte und die Seife dazu, und unter dem ganzen roch ich Victor selbst. Er roch unglaublich gut.

Wirklich, ich hätte meine Nase in ihm vergraben können! Er roch nicht nach Blut, nicht nach Angst, während ich selbst gerade dabei war, mein Hemd durchzuschwitzen und ein Kleid, das mir nicht gehörte. Nur Victor ansehen – nicht an die Hunde denken …

»Es tut mir leid, dass ich Ihnen solche Angst eingejagt habe«, sagte Victor freundlich, während wir durch die große Halle spazierten.

»Das waren nicht Sie«, erwiderte ich, froh, dass meine Stimme nicht zitterte. »Wirklich … wie Sie da so ruhig bleiben können!«

Victor lächelte in die Ferne. »Sie können mir nichts anhaben, nur wehtun«, sagte er. »Und Schmerzen sind nichts Schönes, nur verstehen Sie, ich war ein Geist, nicht hier und nicht drüben, nicht wirklich und nicht unwirklich, nicht tot, aber auch nicht lebendig. Ich habe meinen Körper zurück, und wenn das bedeutet, dass ich Schmerzen fühlen kann, sind das die besten Schmerzen der Welt.«

Ich traute mich nicht zu fragen, wie er ein Geist geworden war. Ich wollte nicht die Hunde herausfordern. »Jetzt haben Sie mir so viel erzählt und so einen hohen Preis bezahlt«, sagte ich. »Dann müssen Sie mir zumindest erlauben, Ihre Wunden zu versorgen.«

»Es sind ja keine Wunden«, antwortete Victor ausweichend. »Nur Schrammen, wirklich.«

»Lassen Sie sie mich wenigstens reinigen«, bat ich. Ich glaubte ihm nicht. Nicht, nachdem ich den Sessel gesehen hatte. »Sie sollen sich nicht entzünden.« Keinen Augenblick dachte ich daran, dass es sich überhaupt nicht schickte, einen Gentleman ohne Hemd zu sehen. Ich wollte nur ein bisschen wiedergutmachen, was ich verschuldet hatte, und suchte vor allem einen Grund, in Victors Nähe zu bleiben.

Er senkte den Blick. »Bitte, versuchen Sie es. Ich weiß so wenig über Sie, über Ihr Leben – aber Sie haben bestimmt schon öfter Verletzungen erleben müssen, wenn ich sehe, was mit Ihrer Hand passiert ist. Sie hatten so eine harte Zeit ...« Er schüttelte sich. »Ich kann nur versuchen, mir das vorzustellen, das ist nichts, was irgendein Mensch durchmachen dürfte, erst recht nicht so ein hübsches junges Mädchen ...«

»Ach, für die hässlichen ist das in Ordnung?« Es rutschte mir heraus und tat mir erstaunlich wenig leid, vielleicht weil ich zu oft von den falschen Männern hübsch genannt worden war. Ich wollte mich hastig entschuldigen, doch Victor hob die Hand und schüttelte den Kopf.

»Vergeben Sie mir, Iris, das war dumm von mir. Nicht, dass ich Sie nicht hübsch fände – aber das eine hat nichts mit dem anderen zu tun.« Er lächelte und schien mir meine Worte nicht übel genommen zu haben. Ich war erleichtert – ich hätte sie wirklich nur sehr ungern zurückgenommen. »Besteht Ihr Angebot trotzdem noch?«

Ich nickte ein bisschen zu eifrig. Was war los mit mir? Ich mochte Victor, und ich sollte mich freuen, wenn er mich hübsch nannte. Ich fand ihn schließlich auch hübsch, ich hatte wirklich noch nie einen Menschen so schön gefunden wie ihn, seit ich ihn das erste Mal gesehen hatte. Aber jetzt fühlte sich das alles auf einmal anders an. Plötzlich hätte Victor auch aussehen können wie eine verschrumpelte Kartoffel, ohne dass das irgendetwas an meinen Gefühlen geändert hätte. Ich verstand mich selbst nicht, doch ich ahnte, das gehörte dazu.

Mein Herz hämmerte, als wir Victors Zimmer erreichten. Ich, im Zimmer eines Mannes … Zum Glück sah uns niemand, und solange ich meine Kleidung anbehielt, sollte mir keiner etwas vorwerfen können.

Wie schön Victors Zimmer war! Meines war nur ein Gästezimmer, es hatte alles, was ein Zimmer brauchte, Bett, Schrank, Waschtisch – aber Victors Zimmer hatte eine Seele. Auch wenn es viel zu groß war. Selbst das mächtige Bett mit den vier gewundenen Pfosten wirkte fast verloren in dem Raum, und die dunkel verschalten Wände konnten ihn nicht schrumpfen. Und dann die Bücherregale! Das Haus hatte schon eine Bibliothek, die ein Mensch im Leben nicht auslesen konnte, und Victor hatte noch eigene Regale dazu. Aber auch die waren es nicht, woran mein Blick hängen blieb. Es stand in einer Ecke, fast verschämt, rührte sich nicht und schien doch zu mir hinzublicken – ein Schaukelpferd. Groß genug, um auch einen Erwachsenen tragen zu können, schwarz lackiertes Holz, eine Mähne aus richtigen Haaren und in seinen Augen ein Glanz, als würde es leben.

Ich hatte in Kettlewood Hall so viele Dinge zum Angsthaben gesehen und erlebt: Dies war das Gegenteil. Plötzlich war alle Angst fort, die Hunde vergessen. Ich konnte nicht anders, ich musste lachen. »Sie haben ja auch ein schwarzes Pferd!«

Victor errötete ein bisschen, dann verstand er, dass ich ihn nicht auslachte. »Ja, das … Es ist seit Generationen in unserer Familie. Ich war als Kind so vernarrt in das alte Ding, ich wollte es nicht mit den Reynard-Kindern teilen. Seitdem steht es nicht mehr im Kinderzimmer, sondern hier. Ich weiß, es ist albern, aber ich bin so daran gewöhnt.«

»Das ist überhaupt nicht albern. Das ist wunderschön.« Ich war hier, um Victor mit seinen Schrammen zu helfen, doch wenn das getan war, wollte ich ihn fragen, ob ich das Schaukelpferd einmal anfassen durfte. Diese seidige Mähne … Ich war noch nie auf einem Schaukelpferd geritten, und nie auf einem echten. »Hat es einen Namen?«

Victor lächelte. »Es heißt Feste. Schon immer. Ich weiß nicht, wer ihm den Namen gegeben hat.«

»Und ich wusste noch nicht einmal, dass das ein Name ist.«

Wir lachten beide. Es war so anders als unten im Herrenzimmer. Hier hatte ich nichts zu befürchten, hier gab es keine Hunde, auch keine unsichtbaren. Vielleicht war das Pferd selbst so etwas wie ein Wächter, mächtiger als alles Böse. Um ein Haar hätte ich Victor von meiner Liebe zu meinem eigenen schwarzen Pferd erzählt, dem ich nie einen Namen gegeben hatte, aber ich tat es nicht. Er brauchte nicht zu wissen, dass ich diese unbezahlbare Schachfigur wie ein Spielzeug behandelt hatte. Dann ging mir ein Licht auf.

»Waren Sie deswegen ein Geist?«, fragte ich.

Victor blickte mich an und verzog keine Miene. Er sagte nichts, durfte nichts sagen, aber ich verstand ihn auch so.

»Die Leben der Menschen in Kettlewood sind mit den Figuren auf dem Schachbrett verbunden«, sagte ich. »Deswegen ist Edith verschwunden, als ich den Bauern geschlagen habe. So viel weiß ich bereits. Und als meine Mutter mit dem schwarzen Springer weggelaufen ist, hat die Zeit im Haus stillgestanden, weil das Spiel nicht mehr vollständig war. Doch es ist noch etwas passiert, nicht wahr? Die Person, deren Leben mit diesem Springer verknüpft ist, ist verschwunden, aber die Figur war nur gestohlen, nicht geschlagen … Du bist mein schwarzer Springer.«

Victors Gesicht blieb ausdruckslos, aber seine Brust und Schultern bebten wie von einem Lachen, das er nicht herauslassen durfte.

»Es tut mir leid«, flüsterte ich. »Meine Mutter wusste das bestimmt nicht.«

Warum war sie davongelaufen? Wegen etwas, das Lord Kettlewood getan hatte, um sie von Charles zu trennen? War doch mein Vater selbst daran schuld? Wenn Charles kein Geist war, wo war er dann? Und wann war er verschwunden – vor ihr, nach ihr, oder vielleicht sogar mit ihr?

»Nein«, sagte Victor. »Sie wusste es nicht.« Er schüttelte den Kopf. »Wie ist es jetzt mit meinen Kratzern – wollen wir uns die einmal ansehen?«

Ich verstand, dass er das Thema wechseln wollte, und wenn er lieber über so etwas Unangenehmes wie seine Wunden sprach, musste es ihm wirklich ernst sein. Doch ich war froh, es herausgefunden zu haben. Victor war mein schwarzer Springer: Dann wusste ich schon einmal, welche Figur ich wie meinen Augapfel hüten würde.

Ein Gedanke sprang mich an, und sosehr ich ihn zu verdrängen versuchte, es war zu spät. Wenn mich jetzt jemand ärgerte, zum Beispiel Agnes oder Lorina, dann konnte ich sie ganz schnell loswerden. Ich musste nur ihre Figur schlagen, oder, wenn es meine eigene sein sollte, opfern. Wie viel Macht ich auf einmal in Händen hielt … Es gefiel mir nicht. Und noch weniger gefiel mir, dass ich überhaupt so dachte.

Victor drehte mir den Rücken zu, während er sein Hemd öffnete, und eigentlich hätte ich mich spätestens jetzt verschämt davonstehlen müssen. Aber Kettlewood hatte seine eigenen Regeln, und wenn Victor damit einverstanden war, dass ich ihn so sah, und ich damit einverstanden war, dann war doch alles in Ordnung.

Dann drehte sich Victor zu mir um, das Hemd über dem Arm, und gar nichts war in Ordnung. Was er als Kratzer oder Schrammen bezeichnete, waren tiefe, blutige Furchen, die sich links wie rechts über seine Brust zogen, als hätte etwas versucht, ihm das Herz herauszureißen. Die Krallenspuren waren deutlich zu erkennen. Auch wenn er wirklich nicht so stark blutete, wie ich befürchtet hatte, stockte mir der Atem.

»Ich sagte doch, es ist nicht so schlimm«, sagte Victor. »Ich dachte nur, wenn Sie es nicht mit eigenen Augen sehen, glauben Sie mir das nicht.«

»Es ist schlimm genug«, sagte ich durch zusammengebissene Zähne. Wo war Victors Waschtisch? Ich brauchte einen Moment, um zu verstehen, dass ein Wandschirm davorstand, dann sprang ich hin, tauchte ein Tuch ins Wasser, fühlte, ob es auch nicht zu rau auf der Haut war, und kehrte damit zu Victor zurück. »Hier, lass es mich versuchen … Am besten setzt du dich hin –«

»Auf das Schaukelpferd?«, fragte Victor und lachte, um dann doch in einem kleinen Sessel Platz zu nehmen, in dem er sonst vielleicht saß, um ungestört in seinen Büchern zu lesen.

»Achtung, das brennt jetzt vielleicht etwas«, sagte ich und begann vorsichtig, das Blut von den Kratzern zu tupfen. Wo es schon getrocknet war, rieb ich nicht weiter, ich wollte Victor nicht wehtun, aber das meiste war noch frisch, und wo ich getupft hatte, kam frisches Blut nach. Ich achtete darauf, die Wunden nicht mit den Fingern zu berühren, nur mit dem Tuch. »Tut das weh?«

Victor schüttelte den Kopf. »Machen Sie weiter. Bitte.«

Seine Haut war weiß und sah so weich aus, ich hätte sie am liebsten angefasst, doch ich tupfte und wischte weiter, als hätte ich mein Leben lang nichts anderes getan. Ich hatte eine Menge Unfälle in der Fabrik erlebt, mehr Blut gesehen als das hier, aber wenn ein Mädchen mit der Hand in die reißenden Schnüre der Spinnmaschine kam, so wie es mir passiert war, hatte ich auch nichts tun können. Dann gab es ein großes Geschrei, die Vorarbeiter kamen angesprungen, und die Arme wurde weinend davongeführt oder bewusstlos weggetragen – aber ich wusste, dass man eine Wunde auswaschen musste, und das tat ich.

Als ich an eine tiefere Stelle kam, zuckte Victor weg, ich griff, ohne nachzudenken, mit der linken Hand nach seiner Schulter, damit er mir nicht zappelte – und erstarrte, als ich seinen warmen Körper unter meiner Haut fühlte. Das war mehr als nur die Berührung zweier Hände. Ich fühlte, wie sich sein Brustkorb beim Atmen hob, ich konnte seinen Herzschlag erahnen, und ich wusste nicht mehr, was ich tun sollte – die Hand wieder wegnehmen, natürlich, aber ich wollte nicht …

Ich blickte Victor an, verlegen, verzweifelt, verzückt, und er lächelte und legte seine Hand auf meine. Es war nur ein Moment, in dem keiner von uns sprach, wir einander nur ansahen und uns freuten, lebendig zu sein. Dann nahm Victor langsam seine Hand weg und ich meine, und ich fuhr fort, seine Wunde zu reinigen, bis mein Lappen ganz schmutzig rot war und Victors Brust nicht wirklich besser aussah als vorher, aber zumindest weniger blutete.

»Ich … ich hole dir ein frisches Hemd«, sagte ich. »Im Schrank, ja?«

Victor errötete. »Ich weiß es nicht«, sagte er beschämt. »Saunders, das ist unser Diener, legt mir jeden Tag Kleidung heraus – aber immerhin kann ich mich selbst anziehen!« Er lachte und schüttelte den Kopf. »Was musst du nur über uns denken!«

»Ich denke, dass ich hier im Schrank ein Hemd finde. Und ein Unterhemd auch. Ist Blut an der Weste? Ich suche auch nach einer Weste ...« Da stand ich. Es war Sonntag, ich trug das Kleid eines Dienstmädchens, und ich legte dem jungen Herrn seine Wäsche heraus, wie es meinem Stand entsprach. Und doch war alles ganz anders. Und plötzlich gut.

Ich hätte für immer in Victors Zimmer bleiben mögen, seine Nähe genießen, Zeit mit ihm verbringen, vielleicht endlich das Schaukelpferd ausprobieren. Ich fühlte mich so seltsam frei bei ihm, dass ich wusste, er würde mich nicht deswegen auslachen. Doch wenn seine Eltern aus der Kirche zurückkamen, sollten sie mich nicht im Zimmer ihres Sohnes antreffen. Wir hätten die Stunden im Gebet verbringen und dabei Passagen aus der Schrift studieren sollen – stattdessen hatte ich meine Hand auf Victors nacktem Körper gehabt ...

Ich musste es so machen wie Annie: Erst mit Absicht und Anlauf Verbotenes tun und dann so lange beten, bis es wieder gut war. Ich ging also zurück in mein Zimmer, schloss die Tür hinter mir und kniete mich auf den harten Holzboden zum Bußgebet. Wie lange dauerte es, so eine Sünde wegzubeten? Annie betete ein bis zwei Stunden, wenn sie etwas gestohlen hatte. Ich fragte mich, gegen welches Gebot ich überhaupt verstoßen hatte. Ich hatte nicht die Ehe gebrochen, nicht gelogen, nicht meines Nächsten Haus, Frau, Diener oder Ochsen begehrt. Alles, was übrig blieb, war, dass ich den Sonntag zu heiligen hatte. Und es war ja nicht meine Schuld, dass ich nicht zur Kirche durfte.

Gott konnte mir das nicht so übel nehmen. Toby, Lorina und Phoebe waren seit Jahren nicht in der Kirche gewesen, ohne dass Gott sie dafür bestraft hatte. Vielleicht fand er auch, mit dem, was in Kettlewood passierte, waren sie gestraft genug. Ich hoffte, dass Gott das auch bei mir berücksichtigen würde. Er war gnädig, darum betete ich jeden Tag, und solange das Treiben in Kettlewood nicht gänzlich gottlos war, würde es schon nicht so schlimm sein.

Doch selbst während ich kniete und ein Vaterunser nach dem nächsten sprach, fühlten meine gefalteten Finger immer noch Victors Blut an ihnen, seine Haut unter meiner, die Wärme seines Körpers … Ich versuchte, diese Gedanken aus meinem Kopf zu verbannen, aber es half nicht. Mein Kopf dachte, wie er wollte, und er dachte nicht an Gott, sondern an Victor. Ich musste mich ablenken. Vielleicht noch einmal in den Garten gehen …

Draußen hatte der Regen aufgehört, und die Luft roch nach Gras und Blumen. Der Himmel war grau und versprach noch mindestens einen Guss, ehe der Tag vorüber war, doch das Licht hatte diesen besonderen Gelbstich, der alles aussehen ließ wie in Gold getaucht. Ich war froh, den Garten einmal für mich allein zu haben. Am Tag davor, als ich mit Toby herumspaziert war, hatte er mir gesagt, was ich schön zu finden hatte. Jetzt konnte ich mir mein eigenes Bild machen, und wenn ich eine Distelblüte lieber mochte als eine Rose, konnte mich niemand davon abhalten.

Ich hörte die Vögel singen, sah sie herumhüpfen, sie ließen sich nicht fangen und nicht anfassen, und sie waren der Beweis, dass man auch in Kettlewood kommen und gehen konnte, wie man wollte. Zumindest, wenn man ein Vogel war.

Dann hörte ich etwas anderes. Ich brauchte einen Moment, um zu verstehen, was es war. Es klang fast, als ob jemand schluchzte … Vorsichtig, auf Zehenspitzen, folgte ich dem Geräusch. Es war kein Kind, das da weinte, sondern ein Erwachsener, so leise, als wollte jemand mit aller Macht die Tränen zurückhalten, und dafür war es umso verzweifelter. Ich wollte nicht stören. Wer in den Garten ging, um zu weinen, tat das, um allein zu sein.

Ich hielt mich im Schatten der Sträucher, fühlte mich wie ein Eindringling und ging doch weiter. Dort, wo mir Toby am Vortag die Rosen gezeigt hatte, kniete ein Junge. Er sah so alt aus wie ich, doch ich wusste, das musste in diesem Haus nichts heißen. Aber ich erkannte an der einfachen Kleidung des Jungen, einem Paar Cordhosen mit breiten Hosenträgern, grobem Hemd und karierter Mütze, dass er zur Dienerschaft gehörte. Ich war erleichtert, dass es niemand war, den ich kannte. Einen Moment hatte ich befürchtet, es könnte Toby sein, und diese Peinlichkeit wollte ich uns beiden ersparen.

So vermutete ich, dass es der Gärtnerbursche war. Er stand nicht dort, wo die Rosen wuchsen. Er stand dort, wo am Vortag noch die Rosen gewachsen waren. Jetzt war von der Pracht nicht mehr viel übrig. Von meinem Versteck aus sah ich geknickte, geborstene Stiele, abgerissene Blätter, aufgewirbelte Erde, als wäre ein Sturm durch das Beet getobt und hätte nichts stehen lassen. Als ich vorsichtig näher trat, erkannte ich die zertretenen Blüten, und ich musste mir auf die Zunge beißen, um nicht selbst zu weinen.

Ich wusste nicht, wie viel Arbeit es war, Rosen großzuziehen – ich hatte immer gedacht, dass Blumen wuchsen, wie sie wuchsen, weil Gott das so wollte, doch so hingebungsvoll, wie Toby über diese Rosen gesprochen hatte, verstand ich, dass sie eine besondere Pflege brauchten und dafür ihrerseits geliebt wurden. Jetzt war das Beet zerstört, der Gärtner weinte, und ich wünschte, ich hätte das alles nicht mitansehen müssen.

Er sah nicht auf, als ich näher trat, und ich hätte einfach weitergehen können, ohne dass er mich bemerkt hätte, so versunken war er in seinen Kummer, aber ich wollte ihm doch noch ein freundliches Wort mitgeben, statt mich einfach davonzuschleichen.

»Es tut mir leid«, sagte ich leise. »Sie waren wunderschön.«

Der Junge drehte sich langsam zu mir um. Sein Gesicht war vom Weinen so rot, dass die Sommersprossen, die es übersäten, im Vergleich krank und gelb aussahen, und auch seine Augen waren rot, trocken und so tränenlos, dass sie zu brennen schienen. Einen Augenblick lang wirkte er verwirrt über mein Erscheinen, er blickte an mir hinunter, stutzte wegen des Kleides, das mich zu seinesgleichen machen wollte, ohne dass ich es war, dann verzog er das Gesicht. »Sie sind das also.«

»Entschuldigung«, sagte ich. »Ich hätte mich vorstellen sollen. Ich bin Iris.«

»Ich weiß, wer Sie sind«, sagte der Junge heiser. »Sie sind die, die alles kaputt macht.«

Ich hob abwehrend die Hände. »Nein, ich war das nicht! Ich würde nicht einfach so etwas Schönes zerstören!«

Er starrte mich an, und der Zorn ließ seine Augen funkeln. »Nicht die Rosen«, sagte er dumpf. »Nur alles andere.« Ich wusste nicht, was ich sagen sollte. Der Junge stand nur eine Armeslänge von mir entfernt, und ich dachte, gleich würde er mich schlagen. Aber das tat er nicht. Er spuckte mir vor die Füße. »Ich wünschte, Sie verlieren!«, rief er. »Ich wünschte, er kommt Sie holen! Das haben Sie dann davon …« Und ehe ich noch verstand, was er da redete, drehte er sich um und rannte weg.

Ich stand da wie versteinert. In meinem Leben war ich mehr als einmal angespuckt worden und hatte auch oft genug zurückgespuckt, doch noch nie war ich verflucht worden. Und das hier, so viel wusste ich, war ein Fluch. Ich fühlte ihn an mir kleben wie eine kleine schwarze Spinne, die nur darauf wartete, meinen ganzen Körper in ihr Netz einzuhüllen, bis ich mich nicht mehr bewegen konnte. Unwillkürlich rieb ich die Hände aneinander, als könnte ich den Fluch einfach abwischen, und schlug das Kreuzzeichen, etwas Besseres fiel mir nicht ein.

Dann raffte ich den Rock meines Kleides, um ihn nicht zu beschmutzen, und kniete mich vor dem Rosenbeet nieder. Es kam mir seltsam vor, ein Gebet für tote Blumen zu sprechen, aber sie hatten es verdient.

Ich sah Schuhabdrücke im Beet, von Männerschuhen. Jemand hatte diese Rosen mit Absicht niedergetrampelt. Ich wusste auch, wer.

Bis zu diesem Moment hatte ich eigentlich vorgehabt, mein Versprechen gegenüber Victor zu halten und Toby in Ruhe zu lassen. Doch das ging zu weit. Ich wollte Toby nicht ausquetschen, ausnutzen, dass er berauscht war, aber ich wollte wissen, was zum Teufel in ihn gefahren war. Alles in Kettlewood freute sich, dass ich da war, dass ich die Dinge wieder geraderücken konnte, die meine Mutter durcheinandergebracht hatte, dass ich den fünfzehnjährigen Dornröschenschlaf von ihnen und ihrem Haus nehmen sollte – woher kam dann Tobys Zorn?

Ich hatte einen bitteren Geschmack im Mund, als ich mich auf die Suche machte. Es gab immer noch zu viel, das ich nicht verstand, immer noch zu viele Lügen, und ehe ich auch nur einen Fuß wieder in die Nähe des Schachspiels setzte, wollte ich wissen, wer recht hatte, Victor oder Toby. Ich wollte Victor so gerne glauben, ich wollte, dass er mir die Wahrheit gesagt hatte, und hätte er für eine Lüge derart bluten müssen? Aber Tobys Worte gingen mir nicht aus dem Kopf.

Ich wusste nicht, wo er steckte. Ich konnte schlecht das ganze Haus absuchen, bis ich sein Zimmer gefunden hatte – dann fiel mir ein, dass Lorina etwas von einem Baumhaus erzählt hatte, und im Garten war ich schon. Ein Baumhaus konnte so schwer nicht zu finden sein, und wenn Victor sein Schaukelpferd behalten hatte, warum sollte sich nicht auch Toby in sein altes Baumhaus zurückziehen?

Der Garten war groß genug und jede Ecke anders. Es gab den Teil direkt am Haus, wo die Blumenbeete waren und alles eine Ordnung hatte, die menschengemacht aussah, doch je weiter man sich entfernte, desto mehr Bäume kamen hinzu, wurde der Garten zu einem Park, der sich hinter jeder Biegung neu zu erfinden schien. So viele Bäume, und in keinem war ein Haus. Fündig wurde ich erst in einem anderen Winkel des Gartens, der aussah, als ob er ganz den Kindern gehörte.

Da stand ein einzelner Baum, so groß und prachtvoll, dass er Hunderte von Jahren alt sein musste, oben prangte das Baumhaus, und von einem seiner Äste hing eine Schaukel – und obwohl ich mir vornahm, mich hier noch einmal heimlich hinzuschleichen und zu schaukeln, so wie ich auch einmal auf Victors Pferd reiten wollte, machte mich der Anblick zugleich wütend. Hier war Spielzeug für Erwachsene, die nichts Besseres zu tun hatten, um sich die Zeit zu vertreiben, für Leute, die wie Kinder aussahen, aber in Wirklichkeit längst erwachsen waren – und wo hatte ich meine

Kindheit verbracht? Vor der Spinnmaschine in Warwicks Textilfabrik. Jetzt war ich doppelt zornig, so zornig, dass Gott Toby gnaden mochte, dass er doch nicht dort oben steckte.

Eine Wendeltreppe, die sich um den Baum herumschraubte, führte hinauf in das Baumhaus. Ihre hölzernen Stufen waren grau und rissig vom Alter, doch immer noch stabil, und ich stampfte sie hinauf, ohne mich auch nur festhalten zu müssen. Oben war eine hölzerne Plattform mit einem Geländer und in der Mitte ein echtes kleines Haus aus Holz, mit Fenstern und einer Tür und einem Dach, das mit echten Schindeln bedeckt war. Zu einer anderen Gelegenheit hätte es mich verzückt, so etwas Reizendes zu sehen, aber jetzt stieß ich die Tür auf mit einer Heftigkeit, die ich von mir nicht kannte, und dass ich den Kopf einziehen musste, um einzutreten, machte auch keinen Unterschied mehr.

Das Häuschen war mit kleinen Möbeln eingerichtet. Vorhänge wehten in den scheibenlosen Fenstern, vielleicht einmal kariert, jetzt geisterhaft ausgeblichen. Ein Tisch mit Stühlen, groß genug für Kinder von vielleicht sieben Jahren, mehr nicht. Toby Reynard saß in einer Ecke auf dem Boden, den Kopf an die Wand gelehnt, und stierte mich an. Zu spät kam mir in den Sinn, dass er weitergetrunken haben konnte, nachdem Victor ihn aus dem Herrenzimmer vertrieben hatte, dass ich jetzt vielleicht mit einem sehr betrunkenen jungen Mann allein war, doch der Zorn in mir ließ keine Furcht zu.

»Verschwinde«, knurrte Toby, und ich versuchte, an seiner Stimme zu erkennen, ob er jetzt nüchterner war als zuvor oder das Gegenteil. »Verschwinde, oder ich vergesse mich.«

»So wie du dich bei den Rosen vergessen hast?«, fuhr ich ihn an. Er brauchte es nicht zu leugnen, selbst jetzt klebte noch Erde an seinen Schuhen. Und ich hatte keinen Grund mehr, irgendeine Form von Höflichkeit an den Tag zu legen. »So macht ihr Adligen das also? Ihr lasst euren Ärger an den Schwächsten und Wehrlosesten aus, die ihr finden könnt? An den Blumen, ausgerechnet? Du hast den Gärtnerburschen zum Weinen gebracht, macht dich das glücklich?«

Ich hatte nicht damit gerechnet, dass so schnell Leben in den Mann kommen würde, er sprang auf die Füße, und im nächsten Moment war er bei mir, hielt mich gepackt und drückte mich mit dem Rücken gegen die Wand, dass ich die Astlöcher im Holz fühlen konnte.

»Ich habe gesagt, du sollst verschwinden!«, schrie er. »Gestern! Gestern hab ich das gesagt, und du bist immer noch hier!«

Mein Körper wurde steif wie ein Brett unter der Gewalt seiner Hände, doch es war mein Zorn, der mich von oben bis unten erzittern ließ. »Ich geh aber nicht!«, stieß ich hervor. »Ich bringe das zu Ende, was meine Mutter angefangen hast, ob du willst oder nicht.« Meine Hände ballten sich zu Fäusten, bereit, über sein Gesicht niederzugehen, sobald er seinen Griff auch nur einen Deut lockerte. »Und du kannst nichts dagegen tun, nichts!«

Er ließ mich nicht los, drückte sich nur noch weiter gegen mich, sodass mir der schwere Alkohol in seinem Atem in die Nase stach. »Du hättest nicht herkommen dürfen«, sagte er leise. Es sollte vielleicht drohend wirken, doch es klang mehr, als ob er mit den Tränen kämpfte. »Was weißt du schon? Nichts weißt du!«

»Victor hat es mir gesagt«, antwortete ich und blickte

ihm so fest in die glasigen Augen, wie ich nur konnte. Er würde mich loslassen, ich wusste es …

Toby ließ von mir ab, machte einen Schritt zurück, schüttelte den Kopf und fing an zu lachen. »Victor! Was weiß schon Victor?« Er versetzte einem der Stühlchen einen Tritt, dass es quer durch die Hütte rutschte und an der gegenüberliegenden Wand liegen blieb, und so gern ich ihn auch geschlagen hätte mit aller Kraft, die in meinem Körper war, blieb ich doch lieber diesen einen Schritt auf Abstand. »Und du? Du bist nur ein kleines Mädchen! Du weißt nicht, was Liebe ist!«

»Liebe!«, schrie ich zurück. »Mit Liebe hat das nichts zu tun, dass du dich hier aufführst wie der letzte Mensch!«

»Sei still!«, brüllte Toby, so laut, dass mir die Ohren schrillten. »Sei still! Und verschwinde!« Vorsichtig schob ich mich in Richtung des Ausgangs. Mit diesem Mann war nicht zu reden, und ich war dumm gewesen, jemals etwas anderes anzunehmen. »Verschwinde und komm nicht wieder, eh du Lieben gelernt hast!«

Ich blieb stehen. »Ich glaube, das habe ich«, flüsterte ich, und es stimmte, auch wenn ich es vorher niemals gewagt hätte, das auszusprechen. »Das habe ich.« Er konnte mich anschreien, so viel er wollte, wir wussten beide, dass ich stärker war als er.

Seine Mundwinkel zuckten verächtlich. »Dann weißt du, wie es ist, wenn man dir einfach das Herz aus der Brust reißt, wenn alles in Scherben geht, was du jemals Glück hast nennen dürfen –«

Ich hatte Mitleid mit ihm. Ich war immer noch zornig auf ihn, doch das konnte ich immer noch auf ihn sein, wenn er wieder nüchtern war und Herr seiner Sinne. Jetzt hatte ich Mitleid. Und ich verstand langsam. »Es ist Edith, nicht wahr?«, sagte ich ruhig. »Du liebst sie. Deswegen bist du zornig auf mich. Dann sei es. Sei zornig auf mich. Nicht auf Victor, nicht auf die Rosen.«

»Edith?« Ich sah Verwirrung in seinem Gesicht, Verwunderung, Hohn, Abscheu. »Was will ich mit Edith?«

»Entschuldigung«, stammelte ich. Ich hatte mit jeder anderen Reaktion gerechnet, ich hätte es verstanden, wenn Toby und Edith ein heimliches Liebespaar gewesen wären. »Ich dachte nur, sie ist weg, und das ist meine Schuld –«

»Das ist nicht das Einzige, was deine Schuld ist.« Toby fasste mich bei den Schultern und schob mich rückwärts aus dem Baumhaus, langsam, aber mit Nachdruck. »Und wenn ich sage, verschwinde, dann hab wenigstens den Anstand, mich allein zu lassen. Oder es wird dir noch leidtun.«

Ich ging. Es war besser für uns beide. Mit Knien, die plötzlich zitterten, stieg ich die Baumtreppe wieder hinunter. Mein Herz hämmerte, und die Angst, die ich all die Zeit im Haus über so gut unter Kontrolle gehabt hatte, dass ich Toby hatte niederstarren können, kam jetzt mit einem Schlag über mich, wo sie mir nichts mehr tun konnte. Ich schlich mich zum Haus zurück. Erst wollte ich zu Victor laufen und ihm sagen, dass Toby grob zu mir gewesen war, aber ich entschied mich dagegen. Victor brauchte nicht zu wissen, dass ich zu Toby gegangen war, obwohl er mich gebeten hatte, es nicht zu tun – und in einem Haus, in dem selbst die Spiegel Geheimnisse vor mir hatten, durfte ich auch das eine oder andere für mich behalten. Ich brauchte Victor nicht, um mit Toby fertigzuwerden. Das konnte ich allein. Ich wusste nur noch nicht, wie.

Zumindest hatte ich jetzt keinen Grund mehr, die Bibliothek zu meiden. Der Einzige, der dagegen war, dass ich das

Schachspiel weiterspielte, war Toby, und was der wollte oder nicht, war mir schnuppe. Alle anderen warteten darauf, dass die Partie ein Ende nahm, also würde ich meinen Teil dazu beitragen. Wenn das Spiel vorüber war, sollte nichts mehr die Leute davon abhalten, mir die Wahrheit zu sagen.

Ich wusste nicht, ob der Earl und seine Familie inzwischen aus der Kirche zurück waren, aber wenigstens war keiner von ihnen in der Bibliothek. Leider hatte ich sie trotzdem nicht für mich allein – der Butler war dort, um die Buchrücken abzustauben. Ich würdigte ihn keines Blickes, als ich zum Schachtisch schritt und mich im Sessel niederließ, als ob der Platz mir gehörte.

Hargreaves, natürlich, ignorierte mich nicht. Er drehte sich um, den Staubwedel in der Hand, und sah mich an. Seinen Mund umspielte ein Lächeln, doch er sagte nichts, und ich war froh darüber. Wenn er mich anstarrte, starrte ich eben zurück. Ich hatte Zeit, er hatte Arbeit – wobei ich mich fragte, ob ausgerechnet das Staubwischen nicht warten konnte, bis der Sonntag vorbei war. Aber ich hatte vor Toby nicht klein beigegeben, dann würde ich das jetzt erst recht nicht tun. Ich hob meine Mundwinkel zu einem Lächeln, das ich absichtlich von meinen Augen fernhielt, und wartete wie eingefroren so lange, bis Hargreaves und sein Staubwedel die Bibliothek verließen.

Das Wissen, dass ich nicht mehr ohnmächtig war, änderte alles. Lustig, dass mir das ausgerechnet Toby gesagt hatte, Toby, der jetzt vielleicht beschlossen hatte, mein ärgster Feind zu werden. Aber ich hatte Macht über ihn und er keine über mich, und das wussten wir beide – ich und mein Gegenspieler, wer immer es sein mochte. Hatte Weiß gezogen, seitdem ich seinen Bauern geschlagen hatte?

Wie beim letzten Mal brauchte ich einen Moment, um herauszufinden, was passiert war. Mein Gegner war in der Tat am Zug gewesen, doch wieder hatte er nur seinen Läufer ein Feld weiterbewegt. Zum ersten Mal fragte ich mich, wie die letzten fünfzehn Jahre für den zweiten Spieler gewesen sein mochten. So viel Macht zu haben und sie nicht nutzen zu können, solange niemand da war, um die schwarzen Figuren zu bewegen, und dabei die ganze Zeit die Kettlewoods im Nacken zu haben, die es nicht erwarten konnten, dass es weiterging … Ich wusste nicht, wer es war, und das begann mich zu wurmen. Wenn meine Mutter mir schon nichts über das Schachspiel verraten hatte, hätte sie nicht zumindest darüber etwas andeuten können?

Wenn ein Spiel derart ernst wurde, machte das dann die Spieler zu Feinden? Gab es jemanden in diesem Haus, der mich als seinen Feind betrachtete? Agnes und Lorina natürlich, vor allem aber Toby … Ich zwinkerte. Vielleicht war genau das sein Problem. Vielleicht wollte er nicht, dass ich spielte, weil er dann selbst keine andere Wahl hatte, als mitzuspielen? Oder hatte er nur Angst, ich könnte seine Figur schlagen?

Aber darüber konnte ich mir später immer noch den Kopf zerbrechen. Erst einmal hatte ich größere Probleme auf dem Schachbrett. Meine Dame schwebte schon wieder in Gefahr. Eben hatte ich sie vor dem Turm in Sicherheit bringen müssen, nun war es der Läufer, der sie bedrohte, gedeckt durch einen Bauern. Dame gegen Läufer, auf so einen Tausch ließ ich mich nicht ein.

Selbst wenn meine Dame ihrerseits durch den Springer gedeckt war – im Schach ging es nicht um Rache. Und vor allem, der Springer war Victor. Da, wo er stand, war er erst mal in Sicherheit. Für ihn hätte ich meine Dame geopfert, dieser Springer war mir wichtiger als mein König. Aber wer waren die anderen Figuren? Zum Beispiel dieser lästige Läufer – wenn das jetzt Toby war, konnte ich ihn aus meinem Leben entfernen, einfach so. Ich verlor dann meine Dame – ob das Lady Kettlewood war? Sie musste eine der Damen sein, alles andere war doch unter ihrem Stand. Und Lord Kettlewood war natürlich ein König. Nur, welcher? Und wer war der andere König? Wir hatten hier schließlich nur einen einzigen Earl.

Plötzlich sah ich mein Schachspiel mit anderen Augen. Es waren keine Figuren mehr, die vielleicht einen Wert hatten, doch keinen Namen. Es waren Personen. Menschen. Sie lebten. Noch. Und ich hatte es in der Hand … Meine Finger begannen zu zittern. Vielleicht war das der Grund, warum niemand von den Kettlewoods über das Spiel reden durfte. Sie wussten sicher, welche Figur zu ihnen gehörte – aber wenn sie mir das verrieten, würde ich anders spielen.

Einiges erklärte sich von selbst. Das Personal bestand hauptsächlich aus Bauern. Nicht jeder davon – es waren nicht genug Aubreys und Reynards im Haus, um alle Könige und Offiziere zu stellen. Die wichtigeren Angestellten, die Haushälterin oder der Butler, konnten auch Offiziere sein. Am Ende waren die beiden Herrscher über die gesamte Dienerschaft König und Dame auf der anderen Seite?

Es war egal. Es war nur ein Spiel. Wenn ich es zu einem schnellen Ende bringen wollte, sollte ich nicht als Allererstes meine Dame verlieren. Im Geiste verfluchte ich meinen ersten Zug, bei dem ich ohne Sinn und Verstand nur einen Bauern bewegt hatte. Da hatte ich einmal den Vorteil, dass Schwarz am Zug war, dass ich die Richtung hätte vorgeben können, und ich dummes Ding hatte die Chance vergeudet. Jetzt blieb mir nichts mehr übrig, als eine Figur nach der anderen in Sicherheit zu bringen. Die Dame musste da weg, und viele Möglichkeiten hatte sie nicht. Auf zu vielen anderen Feldern war sie genauso bedroht.

Sie konnte rechts an den Rand, da stand sie auf Weiß, und der Läufer konnte keine weißen Felder betreten. Sah wie eine sichere Lösung aus, war letztlich aber wieder nur eine Sackgasse – so schlug oder bedrohte der Läufer beim nächsten Mal eben eine andere Figur von mir. Aber wenn ich die Dame an den linken Rand zog … Ich fühlte die kleinen Spulen in meinem Kopf rotieren. Wenn ich die Dame an den linken Rand zog – und wenn mein Gegner nicht durchschaute, was ich vorhatte –, dann würde ich in zwei Zügen Schach bieten können. Es war an der Zeit, das Ruder in die Hand zu nehmen.

Matt in drei Zügen, und das, ohne viele andere Figuren schlagen zu müssen. War das nicht das Allerbeste? Keine Bauern mehr opfern. Die Bediensteten in Kettlewood hatten ohnehin zu viel zu tun. Ein schnelles, sauberes Matt – doch in dem Moment, in dem ich die Figur berührte, spürte ich, dass ich nicht mehr allein im Raum war.

10

Ich weiß nicht, was ich hastiger tat – meine Hand von der Schachfigur lösen oder mich umsehen. So oder so, ich war nicht schnell genug, bevor ich hinter mir die Stimme von Phoebe Reynard hörte.

»Du kommst in die Hölle.«

Sie sagte es so beiläufig, als würde man aus dem Fenster schauen und feststellen, dass es regnete. Da stand sie, und ihr ziemlich leeres Lächeln wurde breiter, als sie sah, dass sie meine Aufmerksamkeit hatte. »Du kommst in die Hölle«, wiederholte sie zufrieden.

»Woher willst du das wissen?«, fragte ich und schalt mich im gleichen Moment, dass ich überhaupt darauf einging.

»Ich weiß es eben«, antwortete Phoebe. »Weil du dumm bist.«

»Und du«, sagte ich und stand auf, »musst nicht länger so tun, als wärst du nur ein kleines Mädchen, das sich alles herausnehmen kann.«

Vielleicht hatte ich sie damit endlich getroffen. Phoebe war immer blass, aber jetzt erschien sie mir wirklich käsig unter ihren Locken, und sofort tat sie mir leid. Es half nichts, sie sah nun einmal wie ein hilfloses kleines Mädchen aus. Wenigstens waren diesmal die Hunde nicht in ihrer Nähe.

»Aber zumindest«, sagte Phoebe, als wollte sie sich selbst mehr überzeugen als mich, »komme ich nicht in die Hölle.«

»Du kommst auch nicht in den Himmel«, sagte ich. »Dafür muss man nämlich erst einmal leben und erwachsen werden und sterben.« So leid es mir tat, sie zu quälen: Sie hatte angefangen.

»Da komme ich noch früh genug hin«, sagte Phoebe. »Wenn du einmal in der Hölle bist.«

Wirklich, sie benutzte das Wort zu oft. Ich musste schlucken und hoffte, dass Phoebe es nicht sah. Hatte sie mitbekommen, welche Figur ich berührt hatte? »Gibt es etwas, das du mir erzählen willst?«, fragte ich freundlich. »Du weißt, was passiert, wenn du mir zu viel verrätst.«

»Nein«, antwortete Phoebe. »Es ist kein Geheimnis, dass du in die Hölle kommst. Es kommt immer jemand in die Hölle. Ich sage dir nur nicht, weswegen.«

Dann machte sie kehrt und verschwand so leise, wie sie gekommen war. Die Tür der Bibliothek stand offen, deswegen hatte ich sie nicht gehört. Ich hatte nur darauf geachtet, dass Hargreaves auch wirklich ging, nicht auf die Tür. Jetzt blickte ich Phoebe nach, schob endlich die Dame an ihren Platz und machte, dass ich die Bibliothek wieder verließ. Ich hatte Bauchschmerzen. Der Sonntag war noch nicht vorbei, und ich hatte schon mehr erfahren, als mir eigentlich lieb war.

Mir ging der Fluch nicht aus dem Kopf, den der Gärtnerbursche über mich gesprochen hatte. Es half nichts, ich musste in die Kirche. Egal, ob ich noch einen Gottesdienst abbekam oder nicht. Wenn ich nur diesen Fluch wieder loswurde! Im Vergleich dazu war das Abendessen unwichtig. Immerhin hatte ich frühstücken können.

Ich hoffte, dass das Wetter sich halten würde, grau und verhangen, und dass es nicht gleich wieder losregnete. Ich hatte nichts zum Überziehen, war gerade erst krank gewesen, doch das spielte keine Rolle. Toby hatte mir die verborgene Pforte gezeigt, und wenn meine Mutter aus Kettlewood bis nach Leeds gekommen war, dann musste ich es auch bis in die Kirche und zurück schaffen.

Niemand folgte mir, als ich wieder in den Garten ging. Ich tat so, als wollte ich noch einmal nach den zerstörten Rosen sehen, auf dem Weg zum Tor kam ich ohnehin dran vorbei. Dann, als ich dachte, dass ich außer Reichweite der Hunde sein musste, nahm ich die Beine in die Hand und rannte los. Die Pforte ließ sich immer noch öffnen. Am Vortag hatte ich mich nicht hindurchgetraut, jetzt war ich erleichtert, auf die andere Seite schlüpfen zu können, ohne die Hunde hören zu können. Ich war draußen. Ich war frei. Und ich würde wiederkommen.

Doch bevor ich mich auf den Weg zur Kirche machte, musste ich etwas anderes tun. Im Schatten der Mauer setzte ich mich ins hohe, feuchte Gras und befreite meine Füße von Lorinas Stiefelchen. Da, wo ich mir die Blasen aufgescheuert hatte, waren meine Strümpfe blutig, aber nach dem, was Victor passiert war, sollte ich nicht jammern. Nachdem ich mich dreimal umgesehen hatte, ob wirklich niemand zusah, löste ich auch meine Strümpfe, rollte sie auf und schob sie in die Stiefel. Dann band ich die Schnürsenkel zusammen und hängte mir die Schuhe um den Hals.

Ich war fast mein ganzes Leben lang barfuß gelaufen. Natürlich, im Winter trug ich meine Pantinen und Wollsocken, und nachdem meine Mutter gestorben war, hatte ich ihre Schuhe geerbt, auch wenn sie mir zu groß waren. Doch meine Füße waren ans Barfußlaufen besser gewöhnt als ans Eingesperrtsein, und ich hatte dicke Hornhaut unter den Sohlen. Ehe ich die Kirche betrat, konnte ich mir die Schuhe wieder anziehen.

Niemand kam, um mich aufzuhalten. Die Hunde waren klug. Sie wussten, dass ich nicht weglaufen wollte. Ich folgte dem Pfad außen an der Mauer entlang, bis ich ans große Tor kam. Von Weitem sah ich die Kutsche im Hof stehen, das hieß, meine Großeltern waren zurück und würden mir auf dem Weg zur Kirche nicht begegnen.

Ich brauchte die gute Stunde für den Weg, mit der ich gerechnet hatte. Der Ort war wirklich nicht schwer zu finden, wenn man dem Wegweiser folgte. Natürlich fing es doch wieder an zu regnen, nur kurz, ein bisschen Niesel, der meine Haare befeuchtete und die Straße unter meinen Füßen kalt machte, das war es auch schon. Ich kam gut voran.

Als ich das Dorf erreichte, wurden meine Schritte langsamer. Ich war mir durchaus bewusst, was für einen Anblick ich da abgab – wer mich sah, musste mich für eine Landstreicherin halten. Besser, zumindest die Schuhe wieder anzuziehen. Ich suchte mir ein Versteck im Schatten eines Hühnerhauses und versuchte mein Glück, doch es ging nicht.

Schon am Morgen hatte ich meine Füße nur mit Mühe in die Schuhe zwängen können, jetzt wollten sie gar nicht mehr. Sie waren so geschwollen, dass ich am Ende die Strümpfe zum zweiten Mal auszog und sie zusammen mit den Stiefeln unter der Treppe des Hühnerhauses versteckte. Ich konnte sie auf dem Rückweg wieder abholen. Ich ließ auch die weiße Schürze des Kleides da. So sah ich immer noch aus wie ein armes Mädchen, aber nicht mehr wie eines, das der nächstbesten Dienstmagd eins übergebraten und das Kleid gestohlen hatte. Die Hühner gackerten aufgeregt, und ich hatte schon Angst, dass jemand glauben würde, ich hätte etwas gestohlen, doch Hühner gackerten irgendwie immer, und ich kam heil auf die Straße zurück.

Kettlewood war ein kleines Dorf, vor allem, wenn man aus der Stadt kam. Alles in allem konnte es nicht viel größer sein als der Park des Herrenhauses. Es bestand nur aus einer langen Straße mit Häusern auf beiden Seiten, einer zweiten Straße, die sie kreuzte, und da, in der Mitte, stand die Kirche. Eine gedrungene graue Kirche mit einem dicken Turm, der kaum das Mittelschiff überragte, und ich wusste sofort, dass sie uralt war, sogar älter als das Herrenhaus. Sie flößte mir gleich Vertrauen ein.

Ich wusste, dass ich beobachtet wurde, als ich die Hauptstraße entlang auf die Kirche zulief. Menschen sahen mich aus ihren Fenstern, und Kettlewood war so abgelegen, dass sich Fremde hier nicht hin verirrten. Hinter mir öffnete sich eine Haustür. Eine Frau im Sonntagsstaat kam heraus und folgte mir. Ich gab nichts darauf. Ich konnte nur hoffen, nicht in eine Kirche voller Leute zu platzen. Am liebsten hätte ich eine leere Kirche vorgefunden, nur Gott und ich.

Auch der Friedhof von Kettlewood, der das Kirchengebäude umgab, war alt. Ich sah kleine, krumme Steine, mit Moos überzogen, manche von ihnen neuer, wo in den letzten Jahren jemand begraben worden war. War dies der Ort, wo die Aubreys und Reynards lagen? Ich konnte es mir nicht vorstellen. Es sah zu bescheiden aus für die Familie eines Earls.

Die Kirchentür war unverschlossen, und ich störte auch keinen Gottesdienst. Von der Frau, die mir gefolgt war, sah ich nichts mehr. Innen brannten Kerzen. Die niedrige Holzdecke war vom Ruß der Zeiten fast schwarz. Es war mehr als nur schummrig, kein Vergleich mit den funkelnden Kronleuchtern in Kettlewood Hall.

Das Dämmerlicht war mir ganz recht. Ich schlich mich hinein, suchte mir die dunkelste Ecke in der hintersten Reihe und kniete mich hin zum Beten. Diesmal brauchte ich keine Worte, ich schloss nur stumm die Augen und hoffte, dass Gott verstand, weswegen ich gekommen war, und dass er mir vergab. Ich weiß nicht, wie lange ich so kniete, die Zeit mochte hier ebenso stillstehen wie im Herrenhaus, aber ich fühlte mich schon viel besser, als ich plötzlich direkt hinter mir ein Räuspern hörte.

Schnell beendete ich mein Gebet mit einem »Amen«, öffnete die Augen und blickte mich um. Dort stand der Pfarrer. Ich hatte ihn nicht kommen gehört, nicht, weil er sich angeschlichen hätte, sondern weil ich so in meinem Gebet versunken war, dass neben mir der Blitz hätte einschlagen können, ohne dass ich es bemerkt hätte.

»Miss? Geht es Ihnen gut?«

Ich nickte schnell. Der Pfarrer, den nur sein Gewand als solchen verriet und der mit seinem wettergegerbten Gesicht und den strohblonden Haaren ebenso gut ein Bauer hätte sein können, sollte nicht denken, dass ich zum Betteln hier war. »Ja, Hochwürden. Vielen Dank.«

Ich hoffte, dass ihm das genügte und er mich gleich wieder in Frieden ließ, ohne dass ich aufstehen musste. Im Knien konnte ich meine Füße unter dem Rock verbergen, doch sobald ich mich aufrichtete, würde er sie sehen und sich seinen Teil denken.

Er blickte an mir hinunter und schien genau zu wissen, was ich da vor ihm zu verbergen suchte. »Die Kirche von Sankt Edmund steht jeder Christenseele offen«, sagte er, »nur sehe ich hier selten – mehr als selten – ein neues Gesicht.«

Ich fühlte mich erröten. »Ich habe es nicht rechtzeitig zum Gottesdienst geschafft«, sagte ich. »Aber ich wollte zumindest ein Gebet sprechen.« Ich wusste, er erwartete, dass ich mich vorstellte, doch das konnte ich nicht, ohne zu lügen, und wenn es einen Ort gab, an dem ich im Leben nicht lügen würde, dann im Inneren einer Kirche.

»Ich bin der Pfarrer, Reverend Turner.« Er machte wieder eine Pause, in der ich meinen Namen hätte sagen können und es nicht tat, dann seufzte er leise. »Wenn es noch irgendetwas gibt, das ich für Sie tun kann –«

Erst wollte ich schweigen, damit er wieder ging, stattdessen brach es aus mir heraus: »Hochwürden, können Sie mir die Beichte abnehmen?«

Ich bereute die Frage im gleichen Moment. Wie um alles in der Welt sollte ich dem Pfarrer erzählen, dass ich drüben im Herrenhaus Schach mit Menschen spielte? Die Kettlewoods hatten ihr Geheimnis nicht so lange vor aller Welt bewahrt, nur damit ich kam und es verriet, und dann auch noch an den Pfarrer!

Ich sah das Gesicht des Reverends aufleuchten. Wenn er jetzt nur sagte, dass er keine Zeit hatte und ich warten sollte, sodass ich mich noch schnell davonmachen konnte. Aber natürlich tat er das nicht. Er nickte. »Selbstverständlich, Miss. Kommen Sie.«

Er führte mich zu einem Beichtstuhl, und es war der prachtvollste Beichtstuhl, den ich jemals gesehen hatte. Mit all dem Gold und Marmor passte er nicht recht zum Rest der Kirche, und während die Kirche selbst tausend Jahre alt sein mochte, sah der Beichtstuhl mehr aus wie etwas, das ich in Kettlewood erwartet hätte.

»Was für ein schöner Beichtstuhl!«, sagte ich, um Zeit zu schinden.

»Ja, nicht wahr? Die Familie unseres Earls hat ihn gespendet, im siebzehnten Jahrhundert.«

Ich versuchte zu rechnen und legte mich auf die Nase. »Das heißt, vor hundert Jahren?«

Der Pfarrer schmunzelte. »Etwas über zweihundert. Interessiert Sie die Geschichte der Kirche?« Er klang halb erstaunt und halb belustigt – natürlich passten solche Fragen nicht zu einer barfüßigen Büßerin.

»Warum spenden die einen Beichtstuhl?«, fragte ich weiter. »Ich meine, ausgerechnet?« Ich konnte ihm nicht sagen, wie gut das zusammenpasste – eine Familie, die so viele Geheimnisse hatte, und dann schenkte sie der Kirche einen Beichtstuhl?

»Oh, sie haben uns schon viel gespendet über die Jahre«, antwortete der Pfarrer. »Wir sind nur eine kleine Gemeinde, ohne die Kettlewoods gäbe es wohl den ganzen Ort nicht. Wir verdanken ihnen viel. Sie haben ihre eigene Bank, dort drüben. Die arme Familie, mit so einem Fluch gestraft zu sein –«

Ich dachte nicht mehr ans Beichten. »Was für ein Fluch?«, fragte ich, vielleicht etwas zu eifrig. Wenn der Pfarrer etwas wusste … Hier war vielleicht der einzige Ort, an dem die Hunde machtlos waren, und der Pfarrer war keine Schachfigur.

Doch er lächelte mich sanft an und schüttelte den Kopf. »Wollen wir nicht erst tun, wofür Sie gekommen sind? Danach zeige ich Ihnen gerne die Kirche und erzähle Ihnen mehr über unsere Kettlewoods. Aber nun …« Er deutete mit der Stirn in Richtung Beichtstuhl, sodass mir nichts anderes mehr übrig blieb, als hineinzusteigen.

Meine Knie zitterten, als ich auf der hölzernen Bank Platz nahm. Im Dunkel über mir nahm ich in den Ecken vier kleine Engelsstatuen wahr, und ich tröstete mich in der Vorstellung, dass sie gleich meine Sünden hinforttragen würden. Ich schluckte. Dann flüsterte ich: »Vergib mir, Vater, denn ich habe gesündigt.«

»Was hast du mir zu beichten, Kind?« Durch das Gitter klang die Stimme des Pfarrers hohl und fremd, und ich versuchte nicht daran zu denken, dass wir eben noch miteinander geredet hatten und er mein Gesicht kannte. Sonst wusste er nichts über mich. In Leeds hatte ich immer bei einem Pfarrer gebeichtet, der mich schon mein Leben lang kannte und bei dem ich fürchten musste, dass er alles, was ich ihm sagte, an unseren Vorarbeiter weitersagen würde. Bei Reverend Turner war das anders. Vielleicht kannte er das Geheimnis der Kettlewoods längst, vielleicht hatte der Earl es ihm schon vor Jahren anvertraut. Doch ich wollte nicht darauf bauen. Wenn, dann war es an den Kettlewoods, sich zu erklären. Und dafür war ich noch nicht Kettlewood genug.

»Ich … ich war hochmütig.« Ich bekam die Worte kaum heraus, als ob Gott selbst jedes Wort prüfte, ehe ich es auf meine Zunge legen durfte. »Und eine unschuldige Person muss jetzt darunter leiden.« Das stand für Edith, die ich hatte verschwinden lassen, ohne auch nur zu wissen, wohin. Ich wollte Victor glauben, dass sie wiederkommen würde, wenn die Partie einmal vorbei war, aber ich traute den Kettlewoods zu, mir alles zu erzählen, was ich hören wollte, solange ich nur ihr Spiel für sie spielte. Selbst Victor, wenn ich ehrlich war. »Und ich kann sie nicht einmal mehr um Vergebung bitten. Sie ist jetzt fort, meinetwegen.« Gott wusste, wie ich das meinte.

»Und ich … ich habe gegen das vierte Gebot verstoßen. Ich habe meine Großmutter beschimpft, statt sie zu ehren, und bin weggelaufen.« Das musste ich noch nicht einmal zurechtbiegen. Das stimmte, Wort für Wort. »Deswegen kann ich mich auch nicht bei ihr entschuldigen. Ich bin ja jetzt hier.« Ich atmete durch. Es herauszulassen tat gut. »Ich war letzten Sonntag nicht im Gottesdienst und heute auch nicht. Ich habe auch gelogen, mehr als einmal, und es tut mir leid.«

Und was war mit Sally Bickmores Kleid? »Ich habe gestohlen, von jemandem, der auch nicht mehr da ist, aber ich hatte trotzdem nicht das Recht, ihre Sachen zu nehmen. Und ich …« War das mit Victor eine Sünde oder nicht? Musste ich das erzählen? Ich seufzte. Besser, es zu sagen, und Gott fand es nicht so schlimm, als es nicht zu sagen und meine ganze Beichte nichts wert sein zu lassen. »Ich habe einen Jungen angesehen und dabei Gedanken gedacht.« Er würde sich schon vorstellen können, was für Gedanken das waren, ohne dass ich deutlicher werden musste, oder?

Und dann war es heraus. Der Pfarrer sagte nicht: ›Sie kommen aus Kettlewood, nicht wahr?‹ Er verriet mir nicht, was ich zu tun hatte, um Victor und die anderen aus dem Schachspiel zu befreien. Er sagte noch nicht einmal, dass das ja sehr viele Sünden auf einmal waren. Zwar ermahnte er mich, nicht mehr zu lügen und zu schimpfen und wieder brav den Sonntag zu heiligen, zurückzugeben, was ich gestohlen hatte, und so weiter – aber er betete mit mir, und so, wie es sich angefühlt hatte, am Ende des vergangenen Tages aus dem Korsett geschält zu werden, war es nun für meine Seele. Als würde eine große Last von mir genommen.

Die Kirche erschien mir strahlend hell, als ich aus dem Beichtstuhl trat. Die Kerzen leuchteten golden. Ich atmete durch und konnte noch den Weihrauch riechen, und alles in mir fühlte sich so leicht an, als wären wirklich alle meine Sünden vergeben. Es gab nur ein Problem mit den Beichten, und das wusste ich nur zu gut: Sie hielten immer nur bis zur nächsten Sünde. Sobald ich in Kettlewood ankam, hatte das

Schachspiel mich zurück, und alles, weswegen ich gebeichtet hatte, ging von vorn los.

Es dauerte einen Moment, bis auch der Pfarrer wieder hervorkam. Ich nickte ihm dankbar zu, aber er ging mit keinem Wort auf das ein, was ich im Beichtstuhl gesagt hatte. Hinter dem schweren Vorhang, getrennt durch ein Gitter, das uns fast völlig voreinander verbarg, waren wir andere Menschen als hier draußen. Jetzt war ich nur noch eine Fremde, die sich die Kirche ansehen wollte, und es war Reverend Turner egal, wie armselig ich aussah und dass ich kein Geld hatte, um es ihm in den Opferstock zu werfen.

»Kommen Sie, Miss«, sagte er. »Wenn Sie sich für unser Herrenhaus interessieren … Wollen Sie dort etwa Arbeit suchen?«

Ich schluckte. Nicht lügen. »Das … das habe ich heute versucht«, sagte ich wahrheitsgemäß. »Lady Kettlewood wollte es nicht.«

»Oh«, sagte der Reverend. »Sie sind gute Menschen, die Kettlewoods, sehr gute Menschen. Aber ach, gestraft sind sie. Nehmen Sie es ihnen nicht übel. Sie haben schon lange kein neues Personal aufgenommen. Ich hoffe, Sie haben wenigstens eine Mahlzeit bekommen?«

Ich nickte. »Was ist das für ein Fluch, von dem Sie sprachen? Ist das der Grund, warum sie keine Dienstboten einstellen wollen?« Nirgendwo in der Bibel stand, dass man sich nicht ein bisschen unwissender stellen durfte, als man war.

Reverend Turner seufzte. »Die arme Familie! Drei junge Leute leben in dem Haus, die Nichten und der Neffe des Earls, aber schon seit Jahren hat sie niemand mehr zu Gesicht bekommen. Sie haben eine schwere Krankheit, sodass sie das Haus nicht mehr verlassen dürfen und keinen Menschen sehen. Schrecklich, wenn so etwas passiert, und dann auch noch einer ganzen Generation!«

Ich nickte bedächtig. Es klang, als ob man Phoebe, Lorina und Toby für verrückt erklärt hatte, und selbst wenn da durchaus etwas dran war, fand ich es schändlich, dass die Kettlewoods ausgerechnet den Pfarrer belogen hatten. Nur, was hätten sie sonst tun sollen? Selbst wenn es mir gelang, den Fluch zu lösen, würden die Kinder immer noch fünfzehn Jahre zu jung sein, wenn sie nicht auf einen Schlag so alt wurden, wie sie eigentlich waren. Und was war mit Onkel Arthur? Er lebte doch bestimmt nur noch wegen der angehaltenen Zeit!

»Schauen Sie, Miss, die Bronzeplatten am Boden – dort liegen die Aubreys begraben, die Earls of Kettlewood. Sie sind mit den Normannen hierhergekommen, haben diese Kirche gebaut – die Vorstellung, dass sie jetzt ohne Erben sind ...«

Ich stellte mich auf die Zehenspitzen. Mir war zwar aufgefallen, dass sich der Boden seltsam uneben anfühlte, aber ich wäre nicht auf die Idee gekommen, dass diese Platten Grabsteine waren. Und ich lief einfach darauf herum, mit schmutzigen Füßen ... Aber sie waren selbst schuld, wenn sie sich nicht draußen auf dem Kirchhof begraben ließen.

Der Pfarrer schüttelte den Kopf. »Sie haben bestimmt ihr eigenes Kreuz zu tragen, Miss, und größere Sorgen als die Frage, wer denn unseren Earl einmal beerben soll!«

»Nein, bitte, erzählen Sie weiter!«, sagte ich schnell. »Das klingt alles sehr spannend.«

»Wirklich?« Der Pfarrer lächelte. »Passen Sie auf, Miss, ich nehme Sie gleich mit zur Witwe Clark. Das ist eine gute Frau, auch wenn sie nicht in einem Herrenhaus wohnt, und ich weiß, sie sucht ein neues Mädchen, das alte wird bald heiraten. Vielleicht hat sie einen Platz für sie.«

»Das … das ist sehr nett von Ihnen«, murmelte ich. »Aber das ist nicht nötig. Ich … ich wollte unbedingt nach Kettlewood, weil … meine Mutter hat da einmal gearbeitet, müssen Sie wissen. Vor vielen, sehr vielen Jahren.« Ich wand mich. Nicht lügen. Nicht die Wahrheit sagen. Und irgendwie den Pfarrer zu dem Thema zurückbringen, das mich beschäftigte, ohne mich plötzlich in Diensten bei irgendeiner Witwe wiederzufinden. Auch wenn das gar nicht mal wie eine schlechte Lösung für mich klang. Irgendwann würde die Schachpartie beendet sein, und die Kettlewoods brauchten mich nicht mehr.

»Oh«, sagte der Pfarrer. »Das ist natürlich … Das ist natürlich etwas. Aber Sie haben einen Ort, wo Sie jetzt hingehen können, ja?«

Ich nickte ihm vertrauensvoll zu. »Ja. Ich gehe einfach wieder zurück.«

»Zu Ihrer Großmutter?« Jetzt wirkte Reverend Turner ehrlich erleichtert.

»Genau«, sagte ich. »Zu meiner Großmutter. Und meinem Großvater.« Er musste ja nicht wissen, wen ich damit meinte. »Aber deswegen interessiere ich mich für das Herrenhaus«, setzte ich schnell hinzu. »Und diesen Fluch, natürlich.«

»Nun ja, es ist kein solcher Fluch, wie Sie sich das vorstellen.« Der Pfarrer bedeutete mir, mich in eine der hinteren Bänke zu setzen. »Eher eine Reihe schlimmer Schicksalsschläge. Der eine ist diese Erkrankung, von der ich sprach – aber was mit dem Sohn des Earls passiert ist, das ist noch tragischer.«

Ich hörte ihm mit angespannt gefalteten Händen zu, als

säße ich im eifrigsten Gebet. »Ist er gestorben?«, fragte ich, vielleicht etwas zu sensationsgierig.

»Wenn es nur so wäre!« Der Pfarrer schüttelte den Kopf. »Durchgebrannt ist er, hat sich aus dem Staub gemacht und wurde nicht mehr gesehen. Der arme Earl! Sein einziger Sohn.«

»Sein ... einziger?«, fragte ich. Mir wurde plötzlich schlecht. »Charles?«

Reverend Turner blickte mich etwas irritiert an. »Nein, nicht Charles. Da muss sich Ihre Mutter wohl falsch erinnert haben. Victor hieß er, Lord Kettlewoods Sohn. Victor Aubrey.«

Wie ich es nach Kettlewood Hall zurückschaffte, wusste ich nicht mehr, und erst recht nicht, warum ich es tat. Ich war so zornig, dass es in mir brodelte. Jeder konnte mich anlügen, von mir aus, jeder, nur nicht Victor. Ich mochte Victor. Sehr. Doch die Wahrheit war, er war auch nur einer von vielen, die mich belogen hatten. Der Earl hatte damit angefangen, und alle anderen hatten mitgemacht. Charles, armer Charles! Ich trat einen Kiesel vom Weg, und danach taten mir die Zehen weh, aber es war wenigstens ein ehrlicher Schmerz. Es tat mehr weh, angelogen worden zu sein und nicht zu wissen, wieso.

Trotzdem ging ich zurück. Ich dachte sogar daran, die Schuhe wieder mitzunehmen, vielleicht, damit ich etwas hatte, das ich Victor an den Kopf schleudern konnte. Es war fast schade, dass ich nur zwei Schuhe hatte. Ich stampfte voran, als wäre ich ein Gewitter im Anmarsch auf Kettlewood, und das, obwohl der Himmel inzwischen aufgeklart hatte und versuchte, mir einen schönen, sonnigen Tag zu schenken, den ich überhaupt nicht mehr haben wollte.

Diesmal suchte ich keine Ausreden, warum alles gar nicht so schlimm war, warum die Kettlewoods bestimmt ihre Gründe hatten, und vielleicht hatte sich der Pfarrer geirrt – aber ich wusste, dem war nicht so.

Victor hatte behauptet, seinen Bruder Charles nicht gekannt zu haben, und das war nicht gelogen. Doch seine Erklärung, er wäre damals zu jung gewesen, konnte nicht stimmen, und das hätte mir längst auffallen müssen. Wenn Charles vor fünfzehn Jahren mein Vater geworden wäre und Victor damals schon so alt wie heute gewesen war, war Victor auf jeden Fall auch alt genug, seinen eigenen Bruder zu kennen. Bloß, wenn es Charles Aubrey überhaupt nicht gab, wer war dann mein Vater? Es blieb ja nur noch einer übrig.

Victor. Nur noch Victor.

Es hätte ruhig regnen können, ich heulte so oder so. Doch bis ich das Haus erreicht hatte, war ich zumindest zu einem Entschluss gekommen. Ich hatte zwei Möglichkeiten: Ich konnte den Kettlewoods an den Kopf werfen, dass ich von ihren Lügen wusste, dass sie ihr verdammtes Schachspiel gefälligst selbst zu Ende spielen konnten, meine Sachen zurückfordern, das Haus verlassen und gehen. Anlügen lassen konnte ich mich auch woanders, und eine Familie, die das mit mir tat, konnte sich zum Teufel scheren.

Aber ebenso gut konnte ich versuchen, das Beste für mich dabei herauszuholen. Wenn ich jetzt ging, hatte ich nichts als meinen Stolz. Und wenn niemand außer mir die Partie zu einem Ende bringen konnte, wie viel Geld würden sie mir dann bieten, damit ich blieb? Die Kettlewoods waren reiche Leute. Ich würde ihre Partie für sie spielen, und ich würde mich dafür fürstlich entlohnen lassen.

Eines nach dem anderen. Erst einmal war es besser, wenn

ich mein Wissen für mich behielt, sie weiterlügen ließ und dabei langsam Wahrheiten sammelte, aus denen ich Nutzen schlagen konnte. Ich fühlte mich kalt und berechnend bei der Vorstellung – und es fühlte sich gut an. Ich hatte die längste Zeit meines Lebens Leute auf mir herumtrampeln lassen.

Als ich Kettlewood erreichte, wollte ich erst zum Haupttor hineinstolzieren, doch wenn ich vorhatte, ihnen das dumme kleine Mädchen vorzuspielen, für das sie mich offenbar alle hielten, war es besser, mich wieder zur Seitenpforte hineinzuschleichen.

Vorsichtig huschte ich durch den Garten ins Haus und war froh, dass mir dabei niemand über den Weg lief. Ich schaffte es bis in mein Zimmer, aber richtig geheim halten ließ sich mein Ausflug nicht. Meine nackten Füße hinterließen schmutzige Abdrücke auf dem Marmorboden. Nun gut. Dann bekam ich vielleicht Ärger. Was sollten sie tun? Mich vor die Tür setzen? Ich lachte bei der Vorstellung. Die Kettlewoods machten mir keine Angst mehr.

Trotzdem, als meine Zimmertür hinter mir zufiel, war ich erst einmal erleichtert. Einen Moment lang liebäugelte ich mit einem Bad, aber ich wusste nicht genau, wie ich mir selbst eines bereiten sollte, und ich wollte nicht ausgerechnet Tillie darunter leiden lassen, was der Earl mir für Lügen erzählt hatte. Tillie konnte am wenigsten von allen dafür. So nahm ich stattdessen meine Waschschüssel, um die Füße darin zu baden. Das Wasser wurde in der kleinen Schüssel sehr schmutzig, aber seine Kälte tat meinen wehen Füßen so gut, dass ich danach versuchen konnte, doch noch einmal Lorinas Schuhe anzuziehen. Das war etwas, das ich verlangen sollte, noch bevor es ans Geld ging: ein Paar Schuhe, das mir passte. Ein einfaches Kleid, das ich mir selbst anziehen konnte. Und die Tasche mit meinen Büchern.

Ich saß in meinem Zimmer und sah zu, wie der Tag vorüberging. Vor die Tür wagte ich mich nicht, bis ich wusste, wie ich mich Victor gegenüber verhalten wollte. Die Wahrheit war, ich liebte Victor, selbst jetzt noch. Nicht ganz und gar, nicht Hals über Kopf, aber ich hatte mich noch nie verliebt, und das hieß, ich liebte Victor mehr als jemals irgendeinen anderen Menschen. Ich liebte ihn so, dass ich ihn anfassen wollte, seine weiche Haut, seine dunklen Haare … Bei diesen Gedanken hätte ich gleich zur Kirche zurücklaufen und wieder in den Beichtstuhl springen müssen. Ich liebte ihn so, wie man schon einen Onkel ganz sicher nicht lieben durfte, geschweige denn einen Vater.

Ich schüttelte den Kopf. Besser glauben, dass alles gelogen war, jedes einzelne Wort. Victor war nicht mein Vater. Lord und Lady Kettlewood waren nicht meine Großeltern. Sie hatten nicht einfach von mir verlangen können, dass ich für sie Schach spielte. Sie konnten auch nicht das nächstbeste nasse Mädchen, das an ihre Tür klopfte, einfach so in die Familie aufnehmen. Natürlich, sie hätten mich als Dienstmagd anheuern können, nur wäre ich dann jemals in die Nähe des Schachspiels gekommen? Sie waren nicht meine Familie. Ich hatte mich nie wie eine Kettlewood gefühlt, weil ich keine Kettlewood war. Es war bitter. Aber es machte die Dinge auch einfacher.

Ich fühlte mich um Jahre gereift, als ich hinunter zum Abendessen ging. Ich hatte immer gedacht, im Leben zu viel gesehen und durchgestanden zu haben, um mir noch irgendetwas vormachen zu lassen, aber tatsächlich hatte ich jede einzelne dieser Lügen nur zu begierig in mich aufgesaugt. Jetzt war es anders. Als hätte mir jemand einen Schleier vom Gesicht gezogen, durchschaute ich auf einmal die Menschen um mich herum, mehr noch: Ich konnte sie verstehen. Erwachsen wurde man nicht davon, dass man in der Fabrik stand, davon war man nur kein Kind mehr. Erwachsen wurde man zuerst im Kopf. Und ich war sehr erwachsen, als ich hinunter zum Essen ging.

Ich fühlte alle Blicke auf mir ruhen, als ich den Speisesaal betrat. Alle Blicke bis auf Tobys, der, wenn er nicht mehr im Baumhaus saß und zürnte, wohl in seinem Bett lag und seinen Rausch ausschlief. Lorina und Phoebe begannen zu tuscheln, als sie mich im Dienstmädchenkleid sahen, und Agnes öffnete schon den Mund, als wollte sie etwas sagen, aber Lady Kettlewood war schneller.

»Was fällt dir ein, Iris?«, fuhr sie mich an. »Habe ich dir nicht verboten, mir in diesem Aufzug unter die Augen zu treten? Willst du mich verhöhnen?«

Ich lächelte und schüttelte den Kopf. »Nein, Mylady. Das ist nicht meine Absicht.« Und ich setzte mich an den Tisch.

»Untersteh dich! Du gehst jetzt und kommst erst wieder, wenn du angemessen gekleidet bist!« Die Masken waren endgültig gefallen. Das also war die wahre Lady Kettlewood, nicht die süßliche Frau, die versuchte, Großmutter zu spielen für ein Mädchen, für das sie nichts empfinden konnte, sondern eine Dame, die sich in einem Zug über das ganze Spielfeld bewegen konnte, daran gewöhnt, dass die Dinge so liefen, wie sie es wollte – nur, ich wollte nicht wie sie. Nicht mehr.

Ich schob meinen Stuhl zurück und stand auf. »Wie Sie wünschen, Mylady. Es war schön, Ihre Bekanntschaft gemacht zu haben.« Mit diesen Worten ging ich wieder zur Tür.

»Was soll das heißen? Du bekommst kein Essen, ehe du dich nicht umgezogen hast!«

Ich nickte. »Dann werde ich wohl verhungern«, sagte ich.

»Bedauerlich. Ich lebe eigentlich ganz gern. Aber dies ist das einzige Kleid, das ich selbst anziehen kann.« Ich ging auf ein Knie, nicht um zu knicksen, sondern um mir die Schuhe auszuziehen. »Und in diesen Schuhen kann ich nicht laufen«, sagte ich. »Ich habe sie Ihnen zuliebe angezogen, doch wenn es Ihnen nicht gefällt, lasse ich sie eben hier.«

Ohne mich nach den nach Luft schnappenden Damen umzusehen, stellte ich die Schuhe nebeneinander in den Türrahmen. Ich war so erfüllt von Mut, dass ich erst jetzt begriff, wie sehr mein ganzes Leben bis zu diesem Moment von Angst bestimmt worden war. Dann stand ich auf Strümpfen da, so groß wie noch nie.

»Genügt Ihnen das, oder stört Sie das Kleid so sehr, dass ich es auch gleich hierlassen soll?« Aus dem Augenwinkel konnte ich Victor beobachten, der aussah, als wollte er vor Scham in seiner Suppentasse versinken. Da musste er jetzt durch. Er hätte mich nicht anzulügen brauchen.

»Und jetzt entschuldigen Sie mich«, sagte ich laut. »Ich sehe, dass ich hier nicht erwünscht bin. Wir wissen doch alle, dass ich nicht bin wie ihr. Ich bin ein Mensch. Und ihr seid nur ein Haufen Schachfiguren!«

Ohne noch eine Erwiderung abzuwarten, marschierte ich davon. Hungrig vielleicht, aber stolz.

Eigentlich hatte ich nicht damit gerechnet, an diesem Abend überhaupt noch ein Mitglied der Familie zu Gesicht zu bekommen, doch tatsächlich musste ich gar nicht lange allein in meinem Zimmer sitzen, ehe es an der Tür klopfte. »Iris? Geht es dir gut? Darf ich hereinkommen?«

Wäre es nicht ausgerechnet Victors Stimme gewesen, hätte ich wahrscheinlich Nein gesagt, so aber trat ich, immer noch auf Strümpfen, zur Tür und ließ ihn ein. Da stand er, ein Glas Wasser in der Hand, und blickte mich ziemlich besorgt an.

»Komm herein«, sagte ich.

»Ich habe dir eine Erfrischung mitgebracht«, sagte Victor. »Ich dachte, du könntest sie brauchen.«

Ich musste lächeln. »Das ist ja sehr nett, aber ich habe vor allem Hunger.«

Victor schüttelte den Kopf und zog die Tür hinter sich zu. »Was da eben in dich gefahren ist ... Iris, bist du betrunken?«

»Was? Nein!«, rief ich entsetzt. »Wie kommst du darauf?«

»Wir konnten uns nicht erklären, was du da vorhin ...« Victor schüttelte den Kopf, als könnte er mir nicht recht glauben. Ich sah ihn schnüffeln. »Erst warst du so lange verschwunden, und dann das – mein Vater dachte, es war Toby. Dass er dich betrunken gemacht hat.«

»Niemand macht mich betrunken«, sagte ich ärgerlich. Dass Victor eben vor seiner Mutter nicht zu mir gehalten hatte, war eine Sache, doch wenn er nicht einmal verstand, dass mein Zorn echt war ... »Toby hat sich unmöglich verhalten, und ich gönne ihm morgen den dicksten Schädel der Welt – aber er hat mir keinen Alkohol gegeben, und ich hätte auch keinen von ihm angenommen. Allein dass du mir so was zutraust – wenn dir nichts Besseres einfällt, kannst du gleich wieder gehen.« Schon hatte ich eine Hand am Türknauf.

»Aber du hättest dich sehen müssen!«, sagte Victor aufgebracht. »Du warst wie ausgewechselt – so kenne ich dich nicht. So kannte dich keiner.«

Ich schnaubte. »Wann habt ihr denn jemals versucht,

mich kennenzulernen? Euch ging es doch nie darum, was ich bin, sondern nur um das, was ihr aus mir machen wolltet.«

»Iris, das stimmt nicht!«, sagte Victor. »Ich habe nie versucht, dich zu irgendetwas anderem zu machen. Ich mag dich so, wie du bist.«

»Na, offenbar nicht!« Ich schüttelte den Kopf. »Also gut, ich sage dir, was plötzlich in mich gefahren ist. Ich weiß Bescheid. Ich weiß, dass es Charles nicht gibt und nie gegeben hat.«

Es kam mir so vor, als würde Victor plötzlich blasser, als er es ohnehin war. Seine Hand verkrampfte sich um das Wasserglas. »Wie kommst du darauf?«, fragte er tonlos, nicht ›Woher weißt du das?‹, und das nahm ich ihm übel.

»Sieht aus, als hätte ich keinen Vater, was? Nur komisch, dass ich trotzdem hier stehe.« Ich kniff mich in den Arm. »Und ich fühle mich richtig echt an. Dafür, dass mein Vater nur erfunden ist –«

»Hör auf!«, rief Victor. »Hör auf damit!«

»Ach!« Streit hatte sich noch nie so gut angefühlt. »Du hast mich angelogen, ausgerechnet du! Du meinst, du hattest keinen Gefallen an den Lügengeschichten – aber du hast mitgemacht! Warum hast du nicht deinen Eltern gesagt, dass ich ein Anrecht auf die Wahrheit habe? Oder mich einfach nicht angelogen, zur Abwechslung?«

»Sie … sie sind meine Eltern«, antwortete Victor leise. »Ich habe nur getan, was sie mir befohlen haben. Es tut mir leid. Ich … ich wollte dir nicht wehtun. Aber es steht so viel auf dem Spiel …«

»Es ist egal«, erwiderte ich. »Ihr hättet mich einfach bitten können, zu bleiben. Aber mir eine Familie vorspielen, die ihr nicht seid – verstehst du nicht, wie grausam das ist?«

Ich schluckte, aber ich hatte keine Wahl mehr. Ich musste die Frage stellen, um sicherzugehen. »Oder bist du mein Vater, Victor?«

Victor schüttelte so entgeistert den Kopf, dass ich ihm glauben wollte. »Lieber Himmel, nein! Ich habe deine Mutter nie angerührt!«

Ich schnaubte nur. »Nun, irgendjemand hat es getan. Wenn nicht du, wer dann?«

Ich sah Victor nachdenken. Grübelte er gerade über der Frage, wer mein Vater war, oder nur darüber, was er mir stattdessen sagen sollte? Als er schließlich den Kopf schüttelte und leise antwortete: »Ich weiß es nicht«, konnte ich mich nicht entscheiden, ob ich ihm trauen sollte. »Mein Vater weiß es, da bin ich mir sicher. Aber ich denke nicht, dass er es mir verraten wird, und dir vermutlich auch nicht.«

»Aber warum nicht?«, rief ich. »Was habt ihr davon, wenn ihr es mir verheimlicht? Jetzt, wo ich weiß, dass ich nicht mit euch verwandt bin – gebt mir einen Grund, warum ich noch hierbleiben sollte! Gebt mir einen Vater!«

Victor brauchte lange, um zu antworten. »Wenn wir jetzt zu meinem Vater gehen, und er nennt dir wirklich einen Namen, würdest du ihm auch nur noch ein Wort glauben?« Er klang so mutlos, wie ich mich selbst in dem Moment fühlte, und ich wusste nicht, was ich noch antworten sollte.

»Wenn er hier im Haus ist«, flüsterte ich. »Mein Vater, wenn er in Kettlewood ist – warum kommt er dann nicht einfach zu mir? Er will mich nicht haben, nicht wahr?« Meine Stimme zitterte, doch meine Augen blieben trocken. Ich war aufgewachsen in dem Wissen, dass mein Vater mich nicht hatte haben wollen. Alles andere wäre Glück gewesen, und für Glück gab es in meinem Leben keinen Platz. Nur für Lügen.

Victor stand neben mir und blickte ebenso unglücklich wie hilflos drein. »Ich werde versuchen, es für dich in Erfahrung zu bringen«, sagte er. »Ich will das wiedergutmachen. All die Lügen … Wir hätten nie damit anfangen dürfen. Es tut mir so leid. Wirst du meine Entschuldigung annehmen?«

Ich ließ mir Zeit, ehe ich antwortete: »Ich weiß es nicht. Also, ich weiß nicht, ob ich eine Entschuldigung von dir will statt von denen, die eigentlich schuld sind.«

Nun war es an Victor zu schweigen. Endlich sagte er: »Aber warum hast du dann eben nicht das gesagt? Warum musstest du so ein Theater veranstalten? Androhen, dir die Kleider vom Leib zu reißen? Egal, wie recht du mit deinen Vorwürfen hast – wer soll dich jetzt noch ernst nehmen?«

»Ich«, sagte ich. »Ich nehme mich ernst. Du kannst deinen Eltern sagen, dass ich gerne meine Sachen wiederhätte. Die Kleider, die ich anhatte, als ich gekommen bin. Meine Schuhe. Und die Bücher, die ich dabeihatte. Ihr habt mir erst alles weggenommen, mich dann zu jemandem machen wollen, der ich nicht bin, und jetzt wunderst du dich, wenn mir der Kragen platzt?« Ich schüttelte den Kopf. »Weißt du, was deine Eltern noch getan haben? Ich war im Dorf. Ich habe mit dem Pfarrer gesprochen. Als du verschwunden bist – das, was sie mir über Charles erzählt haben, dass er ein Schuft war und sich davongemacht hat. Das haben sie über dich erzählt.«

Victors Blick wurde finster. »Sie sind zu weit gegangen«, sagte er. »Und nicht erst damit.« Dann nahm er meine Hände in seine. »Bitte, Iris. Ich weiß, dass ich viel von dir verlange. Wenn ich dafür sorge, dass du deine Sachen zurückbekommst, wirst du dann bleiben? Oder bist du über alle Berge, sobald du sie wiederhast?«

Ich schüttelte den Kopf und zog meine Hände zurück. »Hängt von meiner Antwort ab, ob du mir hilfst?«

»Versteh mich doch.« Jetzt war Victors Stimme kaum mehr als ein Krächzen. »Dir geht es nur um ein paar Kleider und Schuhe, und ja, auch darum, dass man dir die Wahrheit sagt. Aber was für uns auf dem Spiel steht – das ahnst du nicht.«

»Dann sag es mir!«, rief ich. »Sag es mir endlich! Worum geht es bei dem Schachspiel?«

Victor atmete durch. »Um unsere Zukunft«, sagte er dann. »Und unsere Gegenwart. Und unsere Vergangenheit.«

»Das ist keine Antwort! Wenn ich euch helfen soll, will ich die Wahrheit wissen.«

Victor antwortete nicht. Er drehte sich nur um und verließ das Zimmer. Er machte nicht einmal mehr die Tür hinter sich zu. Und er brauchte gar nicht erst wiederzukommen.

11

Irgendwann war es Nacht. Ich lag in meinem Bett und versuchte einzuschlafen, doch ich schreckte immer wieder auf. Es war kalt, und ich zog mir die Decke bis zum Kinn hoch. Wenn ich die Augen öffnete, hatte ich wieder dieses Gefühl, dass ich nicht allein im Zimmer war, dass mich etwas aus dem Spiegel beobachtete, etwas Unsichtbares, Ungreifbares. Vielleicht lag ich seit ein paar Stunden so, vielleicht auch länger, ich war müde und wach zugleich und wünschte mir nichts sehnlicher, als endlich zur Ruhe zu kommen und dann in einer Welt aufzuwachen, in der es den ganzen Sonntag nicht gegeben hatte.

Als es an meiner Tür klopfte, drehte ich mich auf die andere Seite und tat so, als hätte ich nichts gehört. Ich wollte niemanden sehen, erst recht nicht mitten in der Nacht. Aber es klopfte weiter, lange und ausdauernd. Ich hielt inne und schnüffelte. Nicht, dass das Haus in Flammen stand. Nein, kein Rauch –

»Iris? Iris Barling!« Jemand rief meinen Namen. Ich dachte erst, dass es Victor war, der sich entschuldigen wollte, doch es war nicht seine Stimme. Ich machte mich steif und versuchte, mir die Ohren zuzuhalten, während die Zimmertür aufging.

Erst traute ich mich nicht einmal zu blinzeln, aber die Bilder in meinem Kopf waren schlimmer als alles, was bei mir im Zimmer sein mochte, und ich öffnete die Augen. Erst sah ich nur weiße Flecken. Dann, langsam, verstand ich, dass es Menschen waren. Menschen in Nachthemden. Mit Kerzen in der Hand. Und sehr wahrscheinlich waren sie lebendig.

»Wach auf, Iris Barling!« Jetzt, endlich, erkannte ich Phoebe und Lorina. In ihren Nachthemden, nachts, in meinem Zimmer. »Steh auf!«

Ich hätte ihnen am liebsten gesagt, sie sollten sich zum Teufel scheren, aber ich wusste nicht, ob es noch Sonntag war oder schon Montag. So grunzte ich nur: »Lasst mich in Ruhe!«

Lorina zog mir die Decke weg. »Du kommst jetzt mit!«, sagte sie. »Oder es wird dir noch leidtun!«

Phoebe fing an, mich an den Haaren zu reißen. Ich wusste nicht, wie lang ich auf die Gelegenheit gewartet hatte, ihr eine Ohrfeige zu geben –

»Ist sie schon wach?«, hörte ich eine vorsichtige Stimme aus dem Flur, und das war Victor. Dass Phoebe und Lorina kamen, um mich zu piesacken, war eine Sache, aber dass Victor dabei mitmachen sollte?

»Gleich!«, zischte Lorina zurück. »Das faule Ding will nicht aufstehen.«

»Habt ihr zwei ihr gesagt, worum es geht?«

»Nein!« Jetzt wurde es mir zu bunt. »Haben sie nicht. Und ich will in Ruhe gelassen werden.«

Zögerlich, sehr zögerlich, schob sich Victors Kopf durch die Tür. Ich wusste nicht, mit was für einem Anblick er gerechnet hatte, aber als er mich im Nachthemd sah, hellte sich sein Gesicht auf, und er kam herein. Hatte er etwa gedacht, ich schliefe nackt? Ich war arm, aber keine Wilde! »Wartet draußen«, sagte er zu den beiden Mädchen. »Und danke.«

Sie nickten und liefen hinaus, nahmen ihre Kerzen mit und ließen nur Schatten zurück, und Victor. Ich saß in meinem Bett und verstand gar nichts mehr. »Was tut ihr hier? Warum erschreckt ihr mich so?«

»Komm mit«, sagte Victor, wie Lorina vor ihm. »Jetzt, sofort. Ich habe mit Lorina und Phoebe gesprochen. Wir erzählen dir die Geschichte.«

Ich war immer noch alles andere als wach. »Was für eine Geschichte?«, fragte ich.

Victor seufzte. »Unsere.«

»Mitten in der Nacht?«

»Damit meine Eltern nichts davon mitbekommen. Sie sollen nicht wissen, dass wir dir alles erzählen.« Er hielt mir seine Hand hin, aber ich brauchte keine Hilfe beim Aufstehen.

»Aber jetzt – in der Nacht – was ist mit den Hunden?« Was redete ich da? Ich wollte doch nichts mehr, als endlich die Geschichte erfahren!

Victor sah meinen Morgenmantel, den ich über das Fußende des Bettes gelegt hatte, um ihn am nächsten Tag schnell überziehen zu können, und reichte ihn mir. »Deswegen ist Phoebe dabei. Sie ist die Einzige, der die Hunde gehorchen. Und sie merkt es als Erste, wenn die Wächter sich rühren.«

»Das heißt, die Hunde …« Ich musste schlucken und sprach es dann doch aus. »Werden die Hunde dabei sein?«

Victor nickte.

»Ich habe Angst vor den Hunden«, flüsterte ich.

Victors Gesicht war düster im flackernden Schattenlicht. »Denkst du, ich nicht?«, erwiderte er. »Aber solange sie Hunde sind, aus Fleisch und Blut, sind sie harmlos. Dir werden sie auch sonst nichts tun. Kommst du?«

Langsam nickte ich. Ich wusste, dass ich das Geheimnis nicht ohne die Hunde bekommen würde. »Warum ist Lorina dabei?«, fragte ich. »Sie hasst mich.«

»Unsinn«, antwortete Victor. »Niemand hier hasst dich. Niemand. Lorina ist ... Nun, sie teilt sich das Zimmer mit Phoebe, und sie hätte es so oder so mitbekommen, wenn Phoebe sich rausschleicht. Also habe ich sie ebenfalls gefragt, ob sie dabei sein will. Die beiden können dir mehr Antworten geben als ich, weil sie fünfzehn Jahre länger Zeit hatten, Dinge in Erfahrung zu bringen. Meine Eltern haben uns früher nie viel von der Geschichte erzählt, und Onkel Arthur auch nicht, obwohl er mehr darüber weiß als jeder andere.«

Irgendwann musste ich Victor nach seiner Zeit als Geist fragen, doch noch war es zu früh dafür. So nickte ich nur und stieg aus dem Bett. Es war nicht so kalt, wie ich befürchtet hatte, und wenn Lorina und Phoebe beide im Nachthemd waren, sollte mir meines auch ausreichen. Nur Victor war in einen dunkelroten Hausmantel gehüllt, der ihn in dem schlechten Licht fast unsichtbar machte, aber ich wollte auch gar nicht wissen, was er darunter trug. Victor im Nachthemd – das schien irgendwie nicht zu ihm zu passen.

Zu viert schlichen wir uns hinunter in die Halle, wo Castor und Pollux bereits auf uns warteten. Einen Moment lang wäre ich am liebsten wieder weggelaufen. Die Hunde kamen ganz nah an mich heran und beschnüffelten meine Füße. Ich nahm schnell die Hände hinter den Rücken, damit sie mir nicht noch einmal über die Finger leckten. Aber sie wedelten mit dem Schwanz. Ihre Krallen scharrten auf dem Boden, als sie um uns herumsprangen.

»Scht, Castor! Kusch, Pollux!«, flüsterte Phoebe. »Ihr verratet uns sonst!«

Tatsächlich hatte ich noch nie so wenig Angst vor den

Hunden gehabt, und dabei war es mitten in der Nacht. Als sie uns begleiteten, während Lorina mit ihrer Kerze voranschritt und uns leuchtete, folgte ich mit der seltsamen Vorfreude auf ein großes Abenteuer.

Unser Weg führte uns ins Kaminzimmer, wo ich kurz nach meiner Ankunft in Kettlewood gewartet hatte.

»Hier ist gut, oder?«, fragte Lorina. »Hier hängt keiner.« Sie schüttelte sich. »Ich weiß, das ist albern, aber ich möchte nicht, dass sie dabei sind.« In ihrer Stimme war etwas so Verwundbares, dass ich fast Mitleid mit ihr hatte.

Die Flammen waren weit heruntergebrannt, doch als Victor zwei große Scheite nachlegte, dauerte es nicht lange, bis sie wieder loderten. Die beiden Hunde ließen sich auf dem Kaminvorleger nieder. Phoebe hockte sich zu ihnen, eine Hand auf dem Rücken jedes Tieres, und nickte mir zu. Ihr Gesicht schien vom Schein des Kamins zu glühen, während die beiden schwarzen Hunde auf dem dunklen Boden wie zwei Schatten aussahen.

Wir anderen nahmen in den Sesseln Platz. Über der Lehne des einen lag eine große Wolldecke, in die Lorina sich wickelte. Es war kälter als gedacht. Vorn beim Feuer fühlte ich die Wärme, doch meine Füße waren kalt vom Marmorboden, und am Rücken fror ich auch. Ich zog die Beine an und schlang die Arme darum.

Victor stand noch einmal auf, ging zu einem kleinen Schrank in der Ecke und holte eine Flasche heraus, deren Glas den Feuerschein brach wie ein Edelstein. »Möchte jemand von euch auch einen Schluck?«, fragte er.

»Was hast du da?«, fragte Lorina, während ich mechanisch den Kopf schüttelte.

»Port«, antwortete Victor. »Wenn wir schon hier sitzen, können wir uns wenigstens an etwas festhalten.«

»Ich, bitte«, sagte Lorina. Und auch wenn ich nichts wollte, drückte Victor mir ein Glas in die Hände. Es war ein sehr kleines Glas, aber ich hatte nicht vor, es auszutrinken. Als Victor die Flasche auf dem Tisch abstellte, sah ich Phoebe danach greifen. Ich wollte mich schon einmischen, als mir aufging, dass sie eigentlich lange erwachsen war.

»Fast wie ein Mitternachtspicknick«, sagte Victor. »Nur, dass wir noch nicht Mitternacht haben.«

»Und wenn schon«, erwiderte Lorina. »Wir haben das Haus für uns, niemand weiß, dass wir hier sind. Worauf warten wir?«

Die Blicke, die sie austauschten, verrieten mir, dass sie Angst hatten, und ich konnte es ihnen nicht verdenken. »Danke«, sagte ich schnell. »Ich weiß, was das für euch bedeutet –«

»Ach, was weißt du schon?«, fragte Phoebe und machte damit die besondere Stimmung wieder zunichte. »Du weißt noch nicht mal, wer das hier ist!«

Sie deutete auf ein Bild an der Wand, eines der vielen Gemälde von Kettlewoods aus längst vergangenen Zeiten. Es war mir vorher nicht aufgefallen, doch jetzt erkannte ich den Mann wieder. Auf dem Porträt von ihm, das irgendwo im Flur hing, hielt er eine Schachfigur in der Hand. Diesmal stand er, eine Hand an der Hüfte, mit einem sitzenden Hund an seiner Seite und einem zweiten zu seinen Füßen. Große, schwarze Hunde. Ich hatte den Namen des Mannes schon einmal gehört, wenn ich ihn mir nur gemerkt hätte!

So antwortete ich mit einem Lächeln: »Castor und Pollux.«

»Und der Mann?« Phoebe widersprach mir nicht.

»Sie kann es noch nicht wissen«, kam mir Victor zu Hilfe.

»Das ist Lawrence Aubrey. Ein Vorfahr von mir, er hat im siebzehnten Jahrhundert gelebt.«

»Vor zweihundert Jahren«, sagte ich, nicht ohne Stolz, weil ich auch endlich einmal etwas wusste.

»Zweihundertachtzehn!«, rief Phoebe dazwischen, und Victor lachte in sich hinein, während er an seinem Wein nippte.

»Er hat nicht nur vor zweihundertachtzehn Jahren gelebt«, sagte er. »Er ist nicht sehr alt geworden, fürchte ich. Vor zweihundertachtzehn Jahren muss er so in seinen Zwanzigern oder Dreißigern gewesen sein –«

»Und?«, fiel Phoebe ihm ins Wort und starrte mich an. »Wer war König? 1668? Wer war König?«

»Lass sie in Ruhe!«, sagte Victor ärgerlich. »Iris ist nicht gekommen, damit du sie abfragst. Überlass das morgen Mr. Attridge. Der König ist nicht wichtig. Es geht um Lawrence.«

»Und um das Schachspiel«, sagte Lorina leise. »Wenn der verdammte Lawrence damals nicht –«

»Wären wir nicht hier«, sagte Victor. »Und jetzt lasst mich ausreden.«

Ich drückte mich tief in den Sessel, das Kinn auf den Knien, und sah Victor erwartungsvoll an. »Erzähl mir von Lawrence.«

Victor nickte und lächelte mich an. »Lawrence war der jüngere Sohn des damaligen Earls of Kettlewood«, fing er an. »Damals war dieses Haus noch ziemlich neu. Vorher hat hier eine Burg gestanden, ein alter Bau aus unverputztem Stein. Ich stelle mir vor, dass man dort nicht so gut leben konnte – und es war eine Zeit, in der man große Feste veranstaltete und große Perücken trug und überhaupt alles sehr groß mochte, und so haben sie die alte Burg abgebrochen und das neue Haus gebaut.«

Ich musste an den neuen Beichtstuhl und die alte Kirche denken und nickte. Ich hatte mir noch nie Gedanken gemacht, wie die Leute früher gelebt hatten.

»Zu dieser Zeit«, redete Victor weiter, »lebten die Reynards in London. Sie waren verwandt mit den Aubreys über eine Schwester von Lawrence' Vater, oder von seinem Großvater, die in diese Familie eingeheiratet hatte. Von diesem Teil der Familie stammen Phoebe, Lorina und Toby ab. Wir sagen der Einfachheit halber, dass wir Cousins und Cousinen sind, auch wenn es in Wirklichkeit ein bisschen weitläufiger ist. In jedem Fall sind wir eine Familie.«

Phoebe und Lorina nickten bestätigend.

»Lawrence wiederum«, nahm Victor seinen Faden wieder auf, »lebte nicht in Kettlewood. Er hatte die Gelegenheit bekommen, die Welt zu sehen, und war mit der Britischen Ostindien-Kompanie bis nach Indien gereist. Du weißt, wo Indien ist?«

»Auf dem Globus«, antwortete ich. Immerhin wusste ich, dass es ein Land war, da war die Zeit, die ich in der Bibliothek verbracht hatte, doch zu etwas nutze gewesen. »Es ist weit weg und ziemlich groß. Ich habe es nachgeschaut, weil Lorina sagte, dass ihre Eltern dort sind.«

»Sie sind nicht wirklich dort, weißt du?«, murmelte Lorina, doch ich ging nicht darauf ein. Das war eine der Lügen, die ich ohnehin nicht lange geglaubt hatte.

»Genau«, sagte Victor. »Indien ist sehr weit weg, und die Reise dauert mit dem Segelschiff viele Monate. Lawrence war mehrere Jahre fort, und so etwas wie die Post gab es damals nicht – nicht bis nach Indien, jedenfalls. So hatte die Familie entsprechend lang nichts von Lawrence gehört und er auch nichts von ihnen. Er muss 1663 oder 1664 aufgebrochen sein, und erst 1668 machte er sich auf den weiten und beschwerlichen Rückweg. Im Gepäck hatte er Geschenke für seine Familie, darunter das große Schachspiel, das jetzt in der Bibliothek steht.«

»Deswegen sind die Türme auch Elefanten«, fiel ihm Phoebe ins Wort. »Weil es in Indien Elefanten gibt.«

»Das sind große Tiere.« Victor nickte, und ich ließ ihn weiterreden, obwohl ich Elefanten kannte. »Sie sind viel, viel größer als Pferde, aber man kann auch auf ihnen reiten.« Er schüttelte den Kopf. »Wie auch immer. Als Lawrence irgendwann in Kettlewood angekommen ist, war niemand da.«

Ich wartete. Vielleicht waren alle Aubreys zu Besuch bei den Vettern in London – doch ich ahnte, dass die Erklärung sehr viel düsterer sein würde. Victor sagte nichts, er blickte zu Phoebe hin. Die Hunde regten sich. Ihre Leiber erschienen mir angespannt, als wollten sie jeden Moment aufspringen, und ich hielt die Luft an.

»Sie waren alle tot«, sagte Phoebe, während sie mit jeder Hand einen Hund tätschelte. »Sie waren alle tot, jeder, die ganze Familie und sämtliche Diener. Und das war unsere Schuld.«

»Es war nicht unsere Schuld!«, entgegnete Lorina scharf. »Wir waren noch lange nicht geboren.«

»Es war aber unsere Familie«, sagte Phoebe. Die Hunde hatten sich wieder beruhigt.

»Wir sind eine Familie«, erwiderte Victor. »Und wenn einer schuld ist, dann Lawrence. Mein Vorfahr, nicht eurer.« Dann blickte er mich an. »Kannst du erraten, was passiert ist?«

Ich schüttelte den Kopf. Er sollte die Geschichte erzählen, nicht ich.

»Hast du schon einmal von der Pest gehört?« Mir gefiel Victors Art. Er verstand, dass ich sehr vieles nicht wusste, aber er wollte sich nicht über mich lustig machen. Es kam mir mehr vor, als würde er sich freuen, mir etwas Neues beizubringen. »Die Pest war eine furchtbare Krankheit. Damals wütete sie in London, und viele Tausend Menschen sind daran gestorben. Viele Zehntausend Menschen. Hast du London schon einmal gesehen?« Ich nickte.

»Heute hat London bestimmt drei Millionen Einwohner. Damals war es kleiner, aber trotzdem schon die größte Stadt von ganz England. Und in dieser Stadt, wo Hunderttausende dicht zusammenlebten, ist eine tödliche und sehr ansteckende Krankheit ausgebrochen. Die Menschen sind gestorben wie die Fliegen.«

»Das kann ich mir vorstellen«, murmelte ich. Es war seltsam, dass ich diese Pest nicht kannte, ich hätte erwartet, dass jede Krankheit der Welt einmal bei uns in Leeds Station gemacht hatte und nicht gegangen war, ohne leere Betten zu hinterlassen.

»Wer konnte, hat die Stadt verlassen«, sagte Victor. »Das heißt, die reichen Leute. Der König, die Adligen – wer einen eigenen Landsitz hatte oder Verwandte auf dem Land, hat zugesehen, dass er dorthin kam. Die Reynards sind zu den Aubreys nach Kettlewood geflohen. Aber sie kamen nicht allein. Sie hatten etwas mitgebracht.«

»Die Pest«, murmelte Lorina dumpf.

»Statt vor der Seuche in Sicherheit zu sein, haben sie das ganze Haus angesteckt«, sagte Victor bedrückt. »Und sie sind alle gestorben. Lawrence' Eltern. Seine Verlobte. Seine Brüder und Schwestern. Die Verwandten aus London. Die Köche, die Diener, die Gärtner. Die Pferde lagen tot im Stall, sie sind verhungert, weil niemand mehr da war, um sie zu füttern. Das ganze große neue Haus war völlig ausgestorben. Bis auf Lawrence Aubrey.«

Einen Moment lang schwiegen wir alle. Ich hörte das Knacken der Scheite im Kamin, und es klang wie verlöschende Seelen. »Und … was war mit den Hunden?«, fragte ich endlich, als ob es darauf noch ankam.

»Ich weiß es nicht«, antwortete Victor nach einer Weile. »Ich kenne die Geschichte nur so, wie meine Eltern sie uns erzählt haben. Die haben sie von ihren Eltern, und so weiter. Ich kann es dir nur so sagen, wie ich es selbst gehört habe. Lawrence Aubrey hatte zwei Jagdhunde …«

Die Hunde knurrten. Es war sehr deutlich, dass sie diesen Teil der Geschichte überspringen wollten. »Tut mir leid, dass ich gefragt habe«, sagte ich hastig. »Es ist ja auch nicht so wichtig.«

Wir rührten uns nicht, warteten, bis die Hunde wieder ganz ruhig waren. Victor trank den letzten Schluck aus seinem Glas, und als er es noch einmal füllen wollte, sah ich, dass die Flasche leer war. Wer hatte den ganzen Port getrunken? Ich hatte nicht darauf geachtet, so gebannt war ich von Victors Erzählung, aber wenn Lorina oder Phoebe jetzt schlecht wurde, sollte das nicht mein Problem sein.

Victor zuckte die Schultern, stellte die Flasche zurück und erzählte endlich weiter. »Lawrence' Herz war gebrochen«, sagte er leise. »Er war so verzweifelt, wie nur irgendjemand sein kann, und in seiner Trauer und seinem Zorn verfluchte er Gott, der ihm alles genommen hatte – seine Familie, seine Heimat. Er schloss sich allein in dem Haus ein und wartete auf das Ende. Er dachte, er müsste sterben wie alle anderen, dass der Schwarze Tod ihn nur aufgeschoben hatte, nicht verschont …«

Ich nickte und wartete darauf, dass alles wieder gut wurde. Dass Lawrence Aubrey seinen Glauben wiederfand und aus Dankbarkeit der Kirche einen neuen Beichtstuhl spendete. Doch ich ahnte, es würde noch schlimmer kommen.

»Lawrence' Flehen wurde erhört«, flüsterte Victor. »Und das war der Moment, als er verstand, dass er nicht allein im Haus war.«

Wieder starrten alle auf die Hunde, aber die schienen nur friedlich zu nicken.

»Zu den Geschenken, die Lawrence für seine Familie mitgebracht hatte, gehörte auch eine kleine Statue, die ein indisches Sagenwesen darstellen sollte, eine schaurige Erscheinung. Aber wie hätte er wissen sollen, dass er damit einen echten Dämon ins Land gebracht hatte?«

»Gibt es diese Figur noch?«, fragte ich und brachte die Worte kaum heraus. Ich musste wieder an meinen Traum denken, an die furchterregenden Gestalten mit den vielen Armen, und plötzlich bekam ich noch mehr Angst davor. Wenn es Dämonen waren, ob aus Indien oder direkt aus der Hölle – in meinen Träumen hatten die nichts zu suchen.

Die drei Kettlewoods tauschten Blicke aus, vor allem aber beobachteten sie die Hunde. Erst als von denen keine Regung kam, gab mir Victor endlich eine Antwort. »Sie ist noch im Haus«, sagte er. »Nur hat keiner von uns sie je gesehen. Sie stand in einer Nische, irgendwo in einem der unteren Räume, meine ich, und diese Nische ist zugemauert worden. Heute sind da Tapeten, deshalb kann keiner mehr sagen, wo genau die Figur steht. Nicht, dass das Einmauern viel geholfen hätte ...«

Die Hunde setzten sich auf. Erneut warteten wir, bis sie sich wieder ruhig hingelegt hatten. Vorsichtig nippte ich an meinem Wein, obwohl ich ihn eigentlich nicht hatte trinken wollen, aber es tat gut, mich an etwas festhalten zu können. Ich rang mit mir, ob ich von meinem Traum erzählen sollte, und entschied mich dagegen. Auch wenn Lorina und Phoebe gerade beinahe nett zu mir waren, traute ich dem Frieden nicht, und meine Träume gingen sie nichts an.

»Was passierte dann?«, fragte ich. »Mit Lawrence?« Trotz des Kamins war es plötzlich eiskalt im Zimmer.

Victor holte tief Luft; dann, nach einem letzten Blick auf die Hunde, sprudelte es aus ihm heraus: »Der Dämon machte Lawrence ein Angebot. Wenn Lawrence ihn im Schachspiel besiegte, würde er ihm seine Familie zurückgeben. Lawrence willigte ein und gewann, und der Dämon hielt Wort und gab ihm seine Familie zurück – zumindest gab er ihm etwas, das wie Lawrence' Familie aussah. Er erweckte die Figuren des Schachspiels zum Leben. Zweiunddreißig Menschen, Eltern, Onkel, Tanten, die Brüder und Schwestern, Cousins und Cousinen, Kinder wie Erwachsene, die Dienerschaft, als wären sie niemals tot gewesen.«

Victor hielt die Arme vor der Brust verschränkt, während er redete, und ich wusste, warum, aber er hatte Glück. Die Hunde rührten sich nicht. Sie schienen tief und fest zu schlafen. Erst als ich Phoebe lachen hörte, verstand ich, warum die Karaffe leer war. Die ganze Zeit über, als ich immer nur auf Victor geachtet hatte, hatte Phoebe den Hunden Wein gegeben. Deshalb waren sie so friedlich geblieben! Wir durften trotzdem nicht übermütig werden. Die Hunde waren alt und mächtig. Sie konnten jederzeit wieder aufwachen, sichtbar oder unsichtbar.

»Das heißt, es waren Menschen? Oder waren es Schachfiguren?« Ich flüsterte lieber, bevor ausgerechnet ich die Hunde weckte.

»Es waren Menschen«, sagte Victor. »Sie aßen, schliefen, atmeten, sie lebten, sie alterten, und irgendwann starben sie, genau wie andere Menschen. Es heißt, sie hätten sogar noch die Erinnerung an ihr altes Leben gehabt, auch wenn sie nichts mehr von ihrem Tod wussten. Auch wenn sie ihre Existenz tatsächlich einem Dämon verdankten, führten sie ein anständiges, gottesfürchtiges Leben.«

Ich runzelte die Stirn. Das konnte ich mir nicht vorstellen. Die Leute, von denen Victor da sprach, waren seine Vorfahren, und niemand wollte Dämonenbrut in der Familie haben. Trotzdem durfte ich mir meinen Teil denken. »Aber …?«, fragte ich vorsichtig.

»Selbst jetzt, zweihundert Jahre und viele Generationen später, hängt unser Leben immer noch an diesem Schachspiel.« Victor seufzte. »Wir sind gezwungen, Lawrence' Andenken zu ehren. Einmal in jeder Generation müssen wir Schach spielen. Eine Partie. Zwei aus dem Haus werden die Spieler. Und alle anderen …«

»Sind die Figuren«, sagte ich leise. »Ich verstehe. Und wenn ihr nicht spielt?«

Victor verzog das Gesicht zu einer Art Lächeln. »Dann stirbt unsere Familie aus«, sagte er. »Damit eine neue Generation geboren werden kann, muss die alte Generation spielen, und mit ihr alle, die im Haus leben. So ist es, und so wird es immer sein, das sind die Regeln von Kettlewood. Nun weißt du es.« Er atmete durch, Lorina seufzte, Phoebe kicherte hinter vorgehaltener Hand. Die Geschichte war erzählt, wir alle unversehrt, während die Hunde den Schlaf der Gerechten schliefen.

»Und die Figuren, die geschlagen werden?« Ich hatte noch so viele Fragen, und ich wusste, nur in dieser Nacht hatte ich Aussicht auf Antworten.

»Sie kommen zurück, wenn die Partie beendet ist.« Lorina gähnte. »Sie kommen immer alle wieder. Du bringst schon niemanden um.«

»Ja, aber wo sind sie bis dahin?«, fragte ich. »Sind sie auch Geister, so wie Victor einer war? Warum habe ich noch keinen von ihnen gesehen?«

»Sie sind keine Geister.« Jetzt wurde Victors Stimme schroff. »Ich war allein, all die Jahre über – und ich war nicht mal ein richtiger Geist, weißt du, ich war nirgendwo. Die anderen sind in Kettlewood. Nur nicht da, wo wir sind. Sie sind auf der anderen Seite.«

Ich starrte ihn an. Ich verstand nicht, und das Blut rauschte mir in den Ohren von all den unglaublichen Dingen, die ich in dieser Nacht zu hören bekommen hatte. »Wo sind sie? Im Jenseits?«

»Du bist wirklich zu dumm!«, schnaubte Phoebe. »Hast du sie noch nie gesehen? Sie sind hinter den Spiegeln. Da ist ein richtiges Haus, da leben sie, bis das Spiel vorbei ist. Kettlewood hinter den Spiegeln.«

»Hinter den Spiegeln«, murmelte ich. Das Erste an dieser Nacht, das mich nicht wunderte. »Natürlich.« Eine Frage fehlte noch, eine Frage, die sich hinter meiner Stirn durch zweihundert Jahre alte Geschichte wühlen musste, ehe sie den Weg in meinen Mund fand. »Und Lawrence?«, fragte ich. »Was ist aus ihm geworden?«

»Er ist in Kettlewood geblieben«, sagte Victor. »Hat seine Verlobte geheiratet, Kinder bekommen und ist irgendwann gestorben.«

»Und wenn er verloren hätte?«, fragte ich weiter. »Er hat Schach gegen einen Dämon gespielt und gewonnen. Wenn er stattdessen verloren hätte –«

»Dann gäbe es uns alle nicht«, antwortete Lorina pampig

und stand auf. »Keinen von uns und dich am allerwenigsten. Und ich gehe jetzt ins Bett.«

Ich sah Victor an, ich sah Phoebe an, ich wartete auf eine andere Antwort, aber ich bekam keine. »Wir wissen es nicht«, sagte Victor endlich. »Das hat Lawrence für sich behalten und mit ins Grab genommen.« Jetzt stand auch er auf. »Gehen wir. Morgen müssen wir früh aufstehen. Du weißt jetzt alles, was du wissen musst, Iris. Du wolltest die Geschichte des Schachspiels, du kennst sie. Mehr möchte ich heute Nacht nicht riskieren.«

»Danke«, sagte ich. »Wirklich, danke. Ich weiß, was das für euch bedeutet hat.« Ich hätte nachbohren können, aber dann wäre ich nicht mehr um die eine Frage herumgekommen, deren Antwort ich mehr fürchtete als jede andere: Lawrence Aubrey hatte gegen einen Dämon gespielt. Gegen wen spielte ich? Und um was?

Später war ich wieder in meinem Zimmer, und an Schlaf war nicht zu denken. Ich stand vor dem Spiegel über dem Waschtisch und starrte hinein. So oft hatte ich gesehen, wie sich etwas darin bewegte – jetzt wusste ich, was es war. Von einigen kannte ich sogar die Namen. Edith. Sally Bickmore. Die Eltern der Reynard-Kinder. Aber ich wollte mehr als nur ihre Namen. Ich wollte ein Lebenszeichen.

Seit ich nach Kettlewood gekommen war, hatte ich es vermieden, mich zu fragen, was mit den Spiegeln los war. Jetzt stürzte ich mich auf diese Frage, um nicht über das nachdenken zu müssen, was mir wirklich Angst einjagte. Ein Dämon war im Haus, und er verschwand nicht, obwohl man ihn eingemauert hatte, und erst recht nicht, wenn man nicht an ihn dachte. Aber ich hatte mein Leben lang nur durchgehalten, weil ich mich den grundsätzlichsten Fragen verwehrt hatte. Ich konnte nicht plötzlich anfangen, sie mir zu stellen. Später, vielleicht. Wenn ich die Spiegel verstanden hatte.

Das Zimmer hinter dem Spiegel war leer, bis auf mich. Ich fragte mich, wie das Leben auf der anderen Seite aussah, und ob es überhaupt ein Leben war. Mussten Edith und Sally die Räume hinter dem Spiegel putzen? Kümmerten sich verlorene Gärtnerburschen um gespiegelte Rosen? Das alles war so schwer vorstellbar, und je länger ich mein gläsernes Abbild anstarrte, je länger sich im Spiegel nichts tat, desto weniger konnte ich die ganze Geschichte glauben. Hätte ich vieles nicht längst besser gewusst, ich hätte über alles nur den Kopf schütteln können.

Ich wusste, es war lächerlich, doch ich klopfte gegen den Spiegel, um auf mich aufmerksam zu machen. Es war so ein großes Haus, die geschlagenen Personen konnten überall sein – aber vielleicht war zufällig jemand in der Nähe, der mir winken konnte. Ich bekam, natürlich, keine Antwort.

Ich war erleichtert. Das Glas fühlte sich an wie Glas. Es war kalt, hart und undurchdringlich. Was, wenn meine Hand einfach hindurchgeglitten wäre? Wenn ich durch den Spiegel hätte steigen können, um mir das Haus auf der anderen Seite anzusehen? Ich schauderte bei der Vorstellung. Es reichte, dass mein Spiegelbild da drüben lebte. Ich selbst wollte es nicht.

Ehe ich endlich zu Bett ging, nahm ich eines meiner Laken und hängte es über den Spiegel. Ich mochte die Vorstellung nicht, dass man mich von der anderen Seite aus beobachten konnte, wenn ich schlief, wenn ich mich wusch oder ankleidete … Ich mochte es überhaupt nicht, beobachtet zu werden, nie, zu keiner Tageszeit. Vermutlich ging es denen da drüben genauso. Kein Wunder, dass sie sich nicht zeigten.

Ich hatte nicht damit gerechnet, in dieser Nacht wirklich Schlaf zu finden, doch ich tat es, irgendwann, und was mich erwartete, waren wüste Träume. Ich sah mich durch ein leeres Gebäude irren, in dem erst nur alle Spiegel mit Laken verhängt waren, dann auch noch alle Möbel, und mittendrin standen Dinge, die aussahen wie mit Laken verhüllte Menschen, bleich, reglos, stumm. Es war ein Schloss, in dem es keine Farben gab, kein Schwarz und kein Weiß, nur Grautöne – und ich war nicht allein dort.

Etwas rief meinen Namen. Ich folgte dem Ruf, einer seltsam vertrauten Stimme, deren fremdländischen Klang ich doch noch nie gehört hatte. Ich lief von Raum zu Raum, durch eine Tür nach der anderen, über einen Marmorboden, der aussah wie ein hellgrau-dunkelgraues Schachbrett, doch ich fand niemanden. Wenn ich an den verhängten Spiegeln vorbeikam, hörte ich ein Klopfen, als ob jemand von der anderen Seite zu mir durchdringen wollte, aber ich hastete weiter, ohne eines der Laken anzurühren.

Dann kam ich in einen Raum, in dem es keine Türen gab, nicht einmal die, durch die ich hineingekommen war. Alle Wände um mich herum waren verhängte Spiegel, und ich sah, dass sich hinter den Laken etwas bewegte. Ich rannte wild im Kreis, verzweifelt, suchte einen Ausweg, aber ich erahnte ihn immer nur in meinem Rücken, niemals vor mir. Endlich blieb ich stehen, rang nach Luft und hörte ein Splittern. Die Tücher vor den Spiegeln glitten in einem Scherbenregen zu Boden, doch dahinter waren keine leeren Rahmen. Hinter jedem der Spiegel kam eine Nische zum Vorschein, und darin sah ich die Gestalt aus meinem Albtraum, das Gesicht eines Löwen und zugleich das eines Menschen, gleich achtmal um mich herum. Er griff nach mir mit seinen vielen Armen –

Ich wusste noch, dass ich schrie. Dann wurde ich wach. Und es grenzte an ein Wunder, dass ich danach noch einmal einschlief, und weiterschlief, traumlos.

Als mich Tillie am nächsten Morgen weckte, war ich wie gerädert. Die Geschichte von Lawrence Aubrey spukte mir immer noch im Kopf herum, und sie schien so viel besser in das Reich der Träume zu passen als in die Wirklichkeit. Doch wenn mich das Leben als Fabrikarbeiterin auf eines vorbereitet hatte, dann darauf, morgens im Halbschlaf völlig übermüdet aus dem Bett zu springen, um mich für die Arbeit fertig zu machen.

»Entschuldigen Sie, Miss«, sagte Tillie vorsichtig. »Lady Kettlewood hatte mich gebeten, Sie heute früher zu wecken, damit Sie am Unterricht teilnehmen können.«

»Unterricht«, wiederholte ich. Dunkel erinnerte ich mich, aber es war so lange her, und dazwischen lagen zweihundert Jahre und die Pest. »O ja, Unterricht.«

»Und ich habe Ihnen das hier mitgebracht.« Jetzt lächelte Tillie, und als ich sah, was sie da hatte, strahlte ich selbst über das ganze Gesicht. Ich mochte zwar noch nicht die Schachpartie gewonnen haben, doch einen Sieg konnte mir niemand mehr nehmen. Tillie legte ein Bündel am Fuß meines Bettes ab, und da, sauber zusammengefaltet und in Packpapier eingeschlagen, war mein Sonntagskleid. »Ich habe auch Ihre Schuhe und Ihre Reisetasche«, sagte Tillie. »Soll ich Ihnen beim Anziehen helfen?«

Ich schüttelte den Kopf, so heftig ich nur konnte. »Nein!«, rief ich triumphierend. »Das kann ich alleine!«

Tillie hielt sich eine Hand vor den Mund, aber ich sah,

wie sie lachte. »Wenn ich sonst noch etwas für Sie tun kann, Miss?«

Ich hätte ihr gerne gesagt, dass ich Bescheid wusste, dass ich alles daransetzen würde, die Dinge wiedergutzumachen, doch ich traute mich nicht. Ich wollte sie nicht in Schwierigkeiten bringen, auch wenn ich so viele Fragen an sie hatte. Fragen über Fragen nach meiner Mutter. Und ob sie wusste, wer mein Vater war.

Doch ich schwieg. Vor ein paar Tagen noch hatte ich gehofft, mich mit Tillie anzufreunden. Seitdem war so viel passiert, dass ich nicht wusste, ob Tillie mich überhaupt als Freundin haben wollte. Vor allem aber hatte ich Angst vor noch mehr Antworten. Meine letzten Fragen hatten einen Dämon ins Haus gebracht. Vielleicht wollte ich lieber nicht wissen, wer mein Vater war.

So dankte ich ihr nur, sah ihr zu, wie sie das schmutzige Wasser aus meiner Waschschüssel in einen Eimer entleerte, mir einen Krug frisches Wasser brachte, und wünschte ihr noch einen schönen Tag.

»Finden Sie den Weg zum Frühstückszimmer?«, fragte Tillie, und dann zwinkerte sie mir zu. »Im Erdgeschoss. Da, wo es nach Frühstück riecht.«

Ich war etwas bang, das Frühstück mit der Familie einnehmen zu müssen, nach dem, was beim Abendessen passiert war. Doch ich betrachtete die Rückgabe meiner Sachen als Friedensangebot, für das ich mich bei Victor zu bedanken hatte, also konnte auch ich meinen Teil dazu beitragen. Ich wusch mich gründlich, flocht mir die Haare zu besonders ordentlichen Zöpfen, um wie ein einfaches, anständiges Mädchen auszusehen und um davon abzulenken, dass ich dunkle Ringe unter den Augen hatte. Mein Trost war, dass Victor, Lorina und Phoebe nicht viel besser aussehen würden als ich, und Toby vermutlich noch schlimmer.

Dann folgte ich meiner Nase zum Frühstück. Und ich musste zugeben, dass mir heftig der Magen knurrte, schließlich hatte ich am Sonntag kaum etwas zu essen bekommen.

Das Frühstückszimmer war ein kleiner Raum neben dem Speisesaal, warm und gemütlich, mit einem prasselnden Feuer und dem verlockenden Duft frisch gebratenen Fisches. Es gab hier einen runden Tisch, der viel einladender aussah als die lange Tafel im Speisesaal, doch wenn ich damit gerechnet hatte, dort die ganze Familie anzutreffen, hatte ich mich geirrt. Zu meinem Erschrecken saß dort niemand außer Lady Kettlewood, und nach dem zweiten Gedeck auf dem Tisch erwartete sie, dass ich mich zu ihr setzte. Ich schluckte und trat ein.

»Guten Morgen, Mylady.« Ich knickste, so tief ich konnte. Sie war nicht meine Großmutter, aber immer noch eine Lady.

»Da bist du ja, Iris.« Sie winkte mich zu sich, dann blickte sie an mir hinunter, und was sie sah, schien ihr nicht zu gefallen. Immerhin, in der Zwischenzeit war mein Kleid gewaschen worden und meine Schuhe poliert, aber abgewetzt waren sie immer noch. »Nimm Platz. Das Frühstück ist angerichtet.«

Ich nickte. »Vielen Dank, dass Sie mir meine Sachen zurückgegeben haben, Mylady. Es bedeutet mir wirklich sehr viel.« Erwartete sie eine Entschuldigung für den vergangenen Abend? Die sollte sie nicht bekommen. Aber ansonsten war ich so höflich, wie ich nur konnte.

»Ich erwarte von dir, dass du unserem Haus keine Schande machst«, sagte sie streng, und ich ahnte, dass sie keine bessere Laune hatte als am Tag davor. »Ich habe Mr. Attridge überreden können, den Unterricht in diesem Haus wiederaufzunehmen, weil du ein ungebildetes kleines Ding bist und die Gelegenheit bekommen solltest, aus deinem Leben etwas zu machen.«

»Danke«, sagte ich. »Das meine ich ernst. Ich bedaure sehr, dass ich bis jetzt so wenig lernen konnte. Und wenn das hier vorbei ist – ich denke nicht, dass ich dann noch hierbleiben werde, nicht wahr?«

»Wenn das hier vorbei ist, schulden wir dir unseren Dank«, sagte Lady Kettlewood in einem Tonfall, als täte ihr nichts mehr leid als das. »So oder so, bis es so weit ist, soll es dir an nichts mangeln, und wenn du keinen anderen Wunsch hast, als deine alten Kleider zu tragen –«

»Ich habe eine Menge anderer Wünsche«, erwiderte ich ruhig. »Der größte ist, dass ich nicht angelogen werde. Ich weiß, Sie dürfen mir vieles nicht sagen. Nur lügen Sie bitte nicht. Ich hätte Sie wirklich gerne als Großmutter gehabt. Aber wenn Sie das nicht sind, ist es mir lieber, Sie tun gar nicht erst so.«

Lady Kettlewood ging nicht darauf ein. »Mr. Attridge«, sagte sie, »ist seit langer Zeit als Hauslehrer in Kettlewood, doch seit einigen Jahren … hat er nicht mehr unterrichtet.«

Ich konnte mir vorstellen seit wie vielen Jahren. Mr. Attridge saß hier fest wie alle anderen. Selbst wenn er sich weigerte zu arbeiten, konnten sie ihn nicht vor die Tür setzen. Nur dass ich dem Mann bisher noch nicht über den Weg gelaufen war, machte mich unsicher.

»Ich werde mich bemühen, eine gute Schülerin zu sein«, sagte ich leise. In Wirklichkeit war ich so aufgeregt, dass ich kaum einen Bissen hinunterbrachte. Ich hatte gedacht, ich könnte mich in die hinterste Reihe setzen, zuhören, wie Phoebe den Lehrer mit Fragen löcherte, und versuchen, dabei so viel wie möglich aufzuschnappen. Stattdessen sollte ich den Lehrer ganz für mich alleine haben?

»Es tut mir leid, ich bin zu spät.« Die Tür ging auf, und herein kam Victor. »Ich sehe, ihr habt schon ohne mich angefangen? Habt ihr mir wenigstens etwas übrig gelassen?«

Ich lächelte ihm freundlich, doch nicht zu auffällig zu. Lady Kettlewood musste nicht wissen, dass ich Victor mochte. Das Beste wäre gewesen, Victor hätte es auch nicht gewusst, aber ich fürchtete, dafür war es bereits zu spät. Er strahlte über das ganze Gesicht, als er mir zunickte.

»Victor? Was tust du hier?«, fragte Lady Kettlewood.

»Ich habe gehört, dass Mr. Attridge wieder mit dem Unterricht anfängt«, sagte Victor. »Und ich hoffe, er hat auch noch einen Platz für mich. Ich war so lange nicht mehr bei ihm …«

»Hm«, machte Lady Kettlewood. Sie sah aus, als hätte sie sein Spiel durchschaut, ohne zu wissen, was sie dagegen ausrichten sollte. »Wenn du darauf bestehst –«

Victor nickte. »Besser, als herumzusitzen«, sagte er. »Was ist mit den Reynards, ich dachte, sie wären längst hier?«

»Die Reynards kommen nicht«, erwiderte Lady Kettlewood kalt, dann taute sie ein wenig auf. Sie sprach immerhin mit ihrem Sohn. »Natürlich, du warst nicht dabei. Es ist etwas vorgefallen … zwischen Mr. Attridge und Lorina. Wir haben uns daraufhin entschieden, den Unterricht zu beenden.« Sie erwähnte keine Einzelheiten, doch ich konnte mir meinen Teil denken. Ich hoffte nur, dass es von Lorina ausgegangen war, nicht vom Lehrer. Ich war heilfroh, dass Victor beim Unterricht dabei sein würde. Er verstand, dass ich nicht dumm war. Von Mr. Attridge erwartete ich das Gegenteil.

Victor blickte sich um, stellte fest, dass kein Gedeck für

ihn da war, und setzte sich dann neben mich, wo er mir ungeniert Essen vom Teller stahl, bis seine Mutter seufzend nach dem Mädchen läutete. Wenn er übermüdet war, sah man es ihm zumindest nicht an, und ich war zu aufgeregt, um noch müde zu sein. Und bis wir uns zusammen auf den Weg zum Schulzimmer machen konnten, hatte ich auch meine Angst vor dem Lehrer überwunden.

So vieles in Kettlewood war ganz und gar anders als die Welt, aus der ich stammte – umso erstaunter war ich, als ich feststellte, dass ein Schulzimmer immer ein Schulzimmer war, egal, wo man es fand. Natürlich gab es Unterschiede: Hier waren nur zwei Reihen von Bänken, während bei uns sechzig Mädchen dicht an dicht gesessen hatten. Aber die Wände waren so schlicht getüncht wie sonst nur in den Dienstbotenquartieren. Und wie in Leeds stand auch hier eine mächtige schwarze Tafel, hingen die großen Landkarten, und die Inseln, die sie zeigten, waren die gleichen. Irgendwie tröstete mich das. Es war warm in dem Raum, der unter dem Dach lag, man roch die Jahre, die er nicht benutzt worden war, und frisches Bohnerwachs. Tillie, oder vielleicht die Haushälterin, hatte ihr Bestes getan, um das Schulzimmer wieder herzurichten, selbst wenn an diesem Tag nur zwei Menschen Unterricht bekommen sollten.

Victor setzte sich in die vordere Reihe, direkt vors Lehrerpult, und nach kurzem Zögern nahm ich die Bank neben ihm. Der Lehrer war noch nicht da, doch ich legte brav die Hände auf den Tisch und wartete. Unter meinen Fingern fühlte ich Furchen im Holz, die nicht von der Maserung stammten und die sich anfühlten wie hineingeschnitten, und als ich sie mir genauer ansah, erkannte ich Buchstaben, mit dem Federmesser in den Tisch geritzt, festgehalten für die Nachwelt.

AR, 1812 las ich, und ich fragte mich, ob das eine Jahreszahl sein sollte. Konnten die Tische und Bänke so alt sein? Ich fuhr mit dem Finger über die Rillen und musste lächeln. Standen die Buchstaben etwa für Arthur Reynard? Dann war er wirklich sehr alt …

Doch ich kam nicht dazu, mir darüber den Kopf zu zerbrechen, denn jetzt ging die Tür auf, und der Lehrer betrat den Raum. Mein neuer Lehrer. Ich bemühte mich, ein kluges Gesicht zu machen. Er war kein ganz junger Mann mehr, musste etwa in Mr. Whithams Alter sein, doch da hörte die Ähnlichkeit auch schon auf. Mr. Attridge war groß und blass und hielt sich sehr aufrecht. Eine schmale Gestalt, sauber gescheiteltes Haar, Brille auf der Nase, und durch die leicht verstaubten Gläser blickte er auf mich hinunter. Er hatte keinen Rohrstock dabei, aber den sollte er bei mir auch nicht brauchen. Ich schenkte ihm mein bravstes Lächeln. Mr. Attridge schüttelte den Kopf und fragte: »Wirklich, musste das sein?«

Victor sprang auf, bedeutete mir, es ihm nachzutun, und schmetterte ein fröhliches »Guten Morgen, Mr. Attridge!« in den Raum. Ich sprach mit, wenn auch leiser.

Mr. Attridge machte eine abwehrende Geste. »Setzt euch, setzt euch«, sagte er, trat ans Pult und seufzte. »Wer hat sich das in den Kopf gesetzt, Master Victor? Ihre verehrte Mutter?«

»Was in den Kopf gesetzt?«, fragte Victor unschuldig.

»Den Schulunterricht.« Wieder schüttelte Mr. Attridge den Kopf. »Nach all den Jahren …«

»Ich«, sagte ich. »Ich habe mir das in den Kopf gesetzt. Ich will etwas lernen.«

Er blickte mich an, als ob ich ihn verhöhnen wollte. »Sie sind Miss Iris Barling?«, fragte er, als ob sonst noch jemand da gewesen wäre. »Dann sind Sie nicht hier, um zu lernen.«

»Doch«, sagte ich, lauter. »Ich bin vierzehn Jahre alt, wissen Sie? Und es gibt ein Gesetz, dass ich mindestens zwei Stunden Unterricht am Tag bekommen muss.«

Ich hörte Victor an meiner Seite sehr leise glucksen, doch Mr. Attridge runzelte nur die Stirn, sodass sich seine Brille hob, und da blieb sie dann erst einmal hängen. »Davon höre ich zum ersten Mal«, sagte er. »Was für ein Gesetz soll das sein?«

Ich hatte keine Ahnung, wie das Gesetz hieß, aber darauf kam es nicht an. »Das Gesetz gibt es seit ein paar Jahren«, antwortete ich. »Die Queen hat es unterschrieben. Und was die Queen sagt, gilt selbst in Kettlewood.«

»Was haben Sie denn während der letzten Jahre gemacht, Mr. Attridge?«, fragte Victor, vielleicht, um mich zu erlösen, und vielleicht den Lehrer. »Ich war ja nicht da, sehen Sie, da weiß ich das nicht. Aber ich würde jetzt auch gerne da weitermachen, wo wir beim letzten Mal aufgehört haben. Mit Diokletian, Sie erinnern sich?«

»Wenn Sie das noch so gut wissen«, erwiderte Mr. Attridge, »dann gehen Sie in die Bibliothek, suchen Sie sich die Abhandlung über die Cäsaren und lesen Sie da weiter, wo Sie waren. Denken Sie wirklich, dass Sie mich dazu noch benötigen?«

»Ich vielleicht nicht«, sagte Victor ruhig. »Auch wenn ich denke, mit dem Lernen hört man nie auf. Lassen Sie mich raten – Sie haben die letzten Jahre in die Sterne geschaut und Berechnungen angestellt, nicht wahr? Freuen Sie sich, die untätige Zeit ist vorbei. Miss Barling braucht sie. Miss Barling will lernen, und Sie sind Lehrer.«

Mr. Attridge blickte auf mich hinunter wie auf ein besonders eifriges Insekt, das gerade angekündigt hatte, Premierminister werden zu wollen. »Wenn Ihnen das so wichtig ist, Master Victor, und wenn Sie sowieso alles besser wissen – nur zu, dann unterrichten Sie doch Miss Barling.«

Dann richtete er seine Brille und verließ das Schulzimmer. Ich starrte ihm nach und konnte nicht glauben, was da gerade passiert war. Ich wollte Mr. Whitham zurück. Mr. Whitham war ein Lehrer, der unterrichten wollte. Dieser Mr. Attridge dagegen …

»Was war das?«, fragte ich Victor leise. »Er macht Witze, oder?«

Victor schüttelte den Kopf. »Ich glaube nicht«, antwortete er. »Ich bin auch ganz vor den Kopf gestoßen – so kenne ich Mr. Attridge überhaupt nicht. Nur wenn ich mir das vorstelle … Die Zeit hier in Kettlewood steht seit Jahren still, aber sie verändert die Leute trotzdem. Mr. Attridge hat nach meinem Verschwinden wohl noch eine Weile weiterunterrichtet, dann ist das mit Lorina passiert –«

»Sie hat sich an Mr. Attridge rangemacht«, sagte ich. »Stimmt's?«

Victor wurde rot. Wirklich kirschrot. »Ich weiß auch nur, was meine Mutter gesagt hat …«, murmelte er ausweichend. »Ich war ja nicht da.«

Ich war im Leben noch nicht so froh gewesen, dass Victor fünfzehn Jahre als Geist verbracht hatte. Hätte Lorina ausgerechnet auf den nicht unglaublich hübschen Lehrer verfallen müssen, wenn sie Victor hätte haben können, Victor, der so viel besser aussah und so viel netter war als jeder andere Mann hier im Haus? War ich da gerade eifersüchtig? Himmel, ja! Und es fühlte sich gut an.

»Jedenfalls hat Mr. Attridge sich danach geweigert, weiter zu unterrichten, obwohl Phoebe das natürlich unbedingt wollte – sie liebt Wissen, und sie hatte schließlich auch nichts Besseres zu tun. Mr. Attridge war wirklich mal ein guter Lehrer, und ich habe gern Unterricht bei ihm gehabt – aber jetzt hat er wohl kein Interesse mehr daran, auch nur einen Finger für uns krumm zu machen. Es kann ihn ja niemand zwingen. Er hat seine kleine Wohnung hier oben, er hat sein Teleskop, früher hat er mich manchmal durchschauen lassen, und er scheint die letzten Jahre über nichts anderes mehr gemacht zu haben. Ich wette, wenn das hier vorbei ist, nimmt er sein Teleskop und seine Aufzeichnungen und wird ein weltbekannter Forscher, doch er wird im Leben nicht mehr unterrichten. So ein Jammer.«

Ich nickte nur. Was für ein Mensch wäre ich geworden nach fünfzehn Jahren in Kettlewood? Jemand wie Tillie, die sich abrackerte und für drei arbeitete, oder wie Mr. Attridge? Wenn Tillie in den Streik träte … Sie konnte schließlich auch nicht entlassen werden. Vielleicht fing sie sich ein paar Ohrfeigen von der Haushälterin ein, aber selbst die konnte niemand zwingen, für die Kettlewoods zu arbeiten. Ich musste grinsen. Ich taugte wirklich nicht zum Dienstmädchen. Ich hätte den Zirkus vielleicht ein paar Jahre mitgemacht und dann die Brocken hingeworfen, so lange, bis jeder in diesem Haus mitangepackt hätte. Selbst Lord und Lady Kettlewood.

Es waren unerhörte Gedanken und nichts, worüber ich auch nur mit Victor hätte sprechen können. Schließlich war er einer von denen, die untätig herumsaßen und es sich gut gehen ließen. Natürlich, so war es immer gewesen, und bestimmt hatten auch die Adligen kein einfaches Leben, zumindest, wenn man einen Adligen fragte. Aber Kettlewood hatte eigene Regeln, und ich konnte sie mir zunutze machen. »Wenn er mich nicht unterrichten will«, sagte ich zu Victor, »tust du das dann?«

Ich sah Victor überlegen. »Ehe du gar nichts lernst …«, sagte er endlich und lächelte mich an. »Nur erwarte nicht zu viel. Ich habe das noch nie gemacht, unterrichten. Nein, das ist falsch, ich habe Toby früher immer seine Rechenaufgaben erklärt und ihn die Lateinvokabeln abgefragt, nur ist das ja noch lange kein Unterricht. Wenn du trotzdem mit mir vorliebnehmen magst?«

Ich nickte. »Wir müssen deiner Mutter ja nicht erzählen, dass Mr. Attridge einfach rausmarschiert ist«, sagte ich. »Wir haben hier oben alles, was wir brauchen. Bücher holen wir uns aus der Bibliothek. Lass es uns versuchen. Zwei Stunden am Tag schaffen wir bestimmt.«

Victor schaute immer noch ein bisschen zweifelnd. »Ich weiß noch nicht mal, womit wir bei dir anfangen sollen«, meinte er. Es klang ein bisschen entschuldigend und auch ein bisschen mitleidig.

»Und Mr. Attridge hätte das gewusst?« Ich schüttelte den Kopf und schnaubte. »Bring mir bei, was immer dir einfällt. Ich bin ein Schwamm. Ich kann alles lernen. Wir werden schon herausfinden, worin ich gut bin und worin nicht.« Dann, nach einer kurzen Pause, setzte ich hinzu: »Außer Stricken. Der Teufel soll mich holen, wenn ich noch einmal ein Strickzeug in die Hände nehme!«

Victor grinste. »Stricken kann ich auch nicht«, sagte er. Und so wurde er mein Lehrer.

12

Einen Moment lang sah Victor aus, als hätte er schon wieder kalte Füße bekommen. Aber was hatte er zu verlieren? Wenn er wollte, konnte er sich sein eigenes Fatalien ausdenken, ich hätte es doch nie gemerkt. »Weißt du was, Iris?«, sagte er. »Ich bringe dir Latein bei. Hast du davon schon einmal gehört?«

Ich schüttelte den Kopf, auch wenn mir das Wort schon einmal untergekommen war.

»Latein ist eine Sprache«, sagte er. »Ich weiß nicht, wofür du sie jemals brauchen solltest – ich habe mein halbes Leben lang Latein gelernt und es für nichts gebraucht außer für ein paar Kirchenlieder. Aber das Schöne an Latein ist, wenn du das gelernt hast, kannst du alles lernen.«

Ich nickte. Wahrscheinlich hätte ich auch bei jedem anderen Angebot genickt, doch ich mochte die Idee, eine fremde Sprache zu sprechen. Man konnte sie als Geheimsprache verwenden. Ich konnte mir nicht vorstellen, dass die Hunde Latein verstanden.

»Und was noch gut an Latein ist«, erzählte Victor weiter, »die Sprache ist ganz logisch. Logik kannst du brauchen, um Schach zu spielen. Nur über Schach selbst kann ich dir nichts beibringen. Meine Eltern wollten nicht, dass ich es lerne.«

»Dann kann ich dir Schach beibringen«, sagte ich. »Zum Ausgleich.«

Victor schüttelte den Kopf. »Ungern. Es gibt Dinge, die möchte ich lieber nicht wissen. Ich darf mich wirklich nicht in das Spiel einmischen, und wenn ich irgendwas davon verstünde … Ich bin eine Schachfigur. Das reicht mir.«

Das verstand ich. So verbrachten wir die nächsten Stunden damit, mir Latein beizubringen. So weit wir kamen, hieß das. Erst einmal musste ich Victor das Alphabet aufmalen, zunächst auf einer Schiefertafel, dann noch mal an der großen Tafel, und ich kam mir sehr blöd dabei vor. Lesen und Schreiben konnte ich, und Victor wusste das. Aber dann fing er an, mir von den Römern zu erzählen, die vor langer Zeit gelebt hatten und die unsere Schrift erfunden hatten und das Latein. Dann ließ er mich alle kleinen Buchstaben auswischen, weil die Römer nur große Buchstaben hatten und es noch mal tausend Jahre dauerte, bis sich jemand die kleinen ausgedacht hatte, der aber überhaupt kein Römer mehr war …

Ich sog alles in mich auf. Es fühlte sich an, als würde ich an diesem einen Vormittag mehr lernen als in zwei Jahren Schule – wäre nur aller Unterricht so gewesen! Victor zeigte mir auf der Landkarte, wo die Römer gelebt hatten, und ich sah seine Augen leuchten, wenn ich verstand, was er mir erklären wollte. Ein bisschen Latein lernte ich auch noch, wenn auch nicht genug, um damit eine Geheimsprache zu sprechen. Aber immerhin konnte ich danach sagen »Ich lobe« und »Ich zerstöre«, was ich bestimmt irgendwann einmal brauchen würde.

»Du solltest Lehrer werden«, sagte ich. »Wirklich. Ich habe noch nie so viel an einem Tag gelernt. Noch nicht mal von Mr. Whitham, als der mich neben dem Schachspiel unterrichtet hat. Du bist der beste Lehrer, den ich jemals hatte.«

Victor wurde rot bis in die Ohren. »Danke«, sagte er. »Ich fürchte, ich werde schon Earl.«

»Na und?«, erwiderte ich. »Kannst du nicht beides werden? Dein Vater ist Earl, und ich wette, er hat daneben noch eine Menge Zeit, in der er Lehrer sein könnte.«

Victor schüttelte den Kopf. »So einfach ist das nicht. Aber ich bin dein Lehrer, und das bin ich gerne.«

Er stand nicht oben am Pult, während er mich unterrichtete. Tatsächlich saß er direkt neben mir, aber ich war so ins Lernen vertieft, dass ich lange brauchte, um zu merken, wie nah wir uns waren, und dann, wie sehr mir das gefiel. Ich rückte unauffällig ein bisschen näher an ihn heran, bis unsere Arme sich berührten.

Victor sah mich an und lächelte. »Deine Buchstaben sind noch ganz schön wackelig«, sagte er. »Warte, ich helfe dir.« Dann nahm er meine Hand und führte sie, langsam, sodass wir beide den Griffel hielten, doch ich achtete auf alles, außer auf meine Buchstaben. In dem Moment gab es nur unsere beiden Hände. Und wieder war es so, dass sich meine Hand heil anfühlte, als ob ich nie auch nur einen Finger verloren hätte.

Ich ließ den Griffel los, und wir saßen einfach da und hielten uns bei der Hand. Vielleicht war das der Moment, in dem uns beiden aufging, dass wir hier ganz allein saßen, weit weg vom Rest des Hauses, wo niemand kommen würde, um uns zu stören. Es gab nur uns beide. Und ich hätte unheimlich gern gewusst, was »Ich liebe dich« auf Latein hieß.

Aber alles, was ich sagen konnte, war »Laudo«. Ich sagte es. Und Victor verstand.

»Amare«, flüsterte er. »Amo. Amas. Amamus.«

»Amo. Amas. Amamus«, wiederholte ich atemlos. Es

waren die letzten Wörter, die wir noch brauchten. Dann küssten wir uns.

Ich wünschte mir, dass es Victors erster Kuss war, denn meiner war es nicht, zumindest nicht der erste, den ich bekam. Doch es war der erste, den ich jemals hatte bekommen wollen, der erste, den ich erwiderte, und der erste, der überhaupt nicht mehr aufhören sollte.

Wir hätten wirklich den ganzen Vormittag so weitermachen können. Stattdessen schauten wir uns an, grinsten und fuhren mit dem Unterricht fort, als wäre nichts gewesen.

»Das bleibt unser Geheimnis«, sagte Victor, und ich wunderte mich, dass er das überhaupt sagte. »Wenn meine Mutter das erfährt –«

»Ich kann ihr meine Wörter aufsagen«, antwortete ich. »Wenn sie mich fragt, was ich gelernt habe, kann ich ihr stundenlang etwas erzählen, und sie wird sich wundern, wie ich das in der kurzen Zeit überhaupt alles lernen konnte.«

Wir hatten keine Ahnung, wie spät es war. An der Wand hing eine große Uhr, aber da wohl niemand in den letzten Jahren daran gedacht hatte, sie aufzuziehen, stand sie so still wie die restliche Zeit in Kettlewood. Ihre Zeiger standen auf kurz vor acht, die einzige Uhrzeit, von der wir sicher sein konnten, dass sie gerade nicht war. So beachteten wir sie nicht weiter – bis sie plötzlich zu schlagen begann. Achtmal.

Ich sah Victor blass werden. »Wir sollten runtergehen«, sagte er leise.

Ich nickte. Wir konnten ja wiederkommen. So, wie Toby sein Baumhaus hatte, um sich dorthin zurückzuziehen, hatten wir jetzt das Schulzimmer.

Wir liefen die Treppen Hand in Hand hinunter, und meine Wangen glühten vor Aufregung bei dem Gefühl, etwas mächtig Verbotenes zu tun. Doch es war weit und breit niemand da, der uns hätte sehen können.

»Ich muss noch mit meiner Mutter sprechen«, sagte Victor. »Geh schon einmal vor in die Bibliothek, dann können wir ein paar Bücher raussuchen. Für den Unterricht morgen.«

Er musste mir nichts vormachen. Ich hatte keine Ahnung, ob er wirklich etwas von seiner Mutter wollte oder ob er mir nur die Möglichkeit geben wollte, allein in der Bibliothek zu sein. Ich hatte zu lange nicht mehr nach meinem Schachspiel geschaut – und jetzt hatte ich auch endlich einen Grund, dieses Spiel zu seinem Ende zu bringen. Für Victor. In diesem Moment hätte ich für Victor alles getan, außer noch einmal Lorinas Schuhe anzuziehen. Und ich konnte es gar nicht abwarten, in die Bibliothek zu kommen.

Der Butler war in der Halle, als ich angerannt kam. Ich hatte nicht damit gerechnet, jemanden zu treffen, und schlitterte über den blanken Boden, dass es eine Freude war. Hargreaves sah mich sehr seltsam an. Nicht missbilligend, was ich noch verstanden hätte, nur ... seltsam. Ich konnte es nicht beschreiben. Es war etwas in seinen Augen, das mir einen Schauder über den Rücken jagte. Ich bremste so stark ab, dass ich fast über meine Füße gefallen wäre.

»Auf dem Weg in die Bibliothek?«

Ich erstarrte, fühlte mich ertappt, selbst wenn es nur beim Glücklichsein war. »Das ist der Ort, wo die Bücher sind«, sagte ich kühl. »Also ja.«

»Dann habe ich schlechte Nachrichten für dich, Iris.«

Ich straffte mich. Am liebsten hätte ich ihn zurechtgewiesen, mich gefälligst mit Miss Barling anzusprechen, doch ich wollte wissen, was er zu sagen hatte. »Was ist?«

»Sie ist geschlossen.« Er lächelte, indem er nur die Mundwinkel hob und den Rest seines Gesichts reglos ließ. »Es tut mir leid.«

»Dann sperren Sie sie auf!« Ich ging zur Bibliothekstür, um es selbst auszuprobieren. Er hatte recht, es war abgeschlossen.

»Ich habe keinen Schlüssel«, sagte der Butler sanft. »Wir müssen warten.«

Ich war froh, keine Turnüre und kein Korsett mehr zu tragen. So konnte ich mich bücken und durchs Schlüsselloch spähen, ohne dabei zu ersticken. Aber da war nichts zu sehen. Etwas blockierte das Schloss. Steckte der Schlüssel von innen? Ich ignorierte die belustigten Blicke des Butlers und klopfte ein paarmal kräftig gegen das Holz. »Hallo? Ich möchte hinein!«

Die Bibliothek antwortete mir nicht.

»Das hat keinen Zweck«, sagte Hargreaves. »Jemand hat die Tür abgesperrt, den Schlüssel mitgenommen und das Schloss mit etwas verstopft.«

»Mit Absicht?« Zornig trat ich gegen die Tür. Es war jemand im Haus, der mich davon abhalten wollte, das Schachspiel zu Ende zu spielen, und ich hatte eine ziemlich genaue Vorstellung, wer das sein konnte.

Ich atmete durch und drehte mich zum Butler um. Wenn ich wollte, dass er mich respektvoll behandelte, musste ich mich auch entsprechend verhalten und nicht wie ein kleines Kind. »Kommt man vom Garten hinein?«, fragte ich. »Ich meine, mit einer Leiter, durch das Fenster –«

Hargreaves lachte, lautlos, und schüttelte den Kopf. »So eifrig, Iris, so eifrig … Ganz wie die Mutter … Es ist bereits ein Bursche unterwegs ins Dorf, um den Schlosser zu holen. Keine Sorge. Die Tür geht noch früh genug wieder auf. Du kannst hier mit mir warten … wenn du magst.«

Ich mochte nicht, und das sollte er sich auch denken können. »Dann lassen Sie mir Bescheid geben, wenn die Tür wieder auf ist.« Ich hätte mich lieber allein in einem Zimmer mit Castor und Pollux aufgehalten als bei diesem Mann. Stattdessen machte ich mich auf die Suche nach Victor.

Ziemlich zaghaft klopfte ich an die Tür seines Zimmers. Victor öffnete mir, ein Buch in der Hand und sichtlich erstaunt, mich so schnell wiederzusehen.

»Findest du den Weg nicht allein?«, fragte er und grinste.

Ich schüttelte den Kopf. »Die Bibliothek ist zu«, sagte ich. »Und ich muss mit dir reden. Über Toby.«

Victor atmete durch und konnte sicher eins und eins zusammenzählen. »Du solltest Toby in Ruhe lassen«, sagte er. »Bitte.«

»Das hatte ich auch vor«, schnaubte ich. »Er kann mir gestohlen bleiben. Nur, wer sonst soll das gewesen sein? Er ist der Einzige hier im Haus, der nicht will, dass ich –«

Victor zog mich in sein Zimmer und schloss die Tür. »Ich werde mit Toby reden«, sagte er. »Ich weiß, warum er sich so verhält, und ich bin sein Freund. Er sollte wissen, dass das, was er da versucht, zu nichts führt. Er hat die Tür versperrt? Wie viel Zeit soll ihm das verschaffen, drei, vier Stunden?« Victor schüttelte den Kopf. »Wenn du hier wartest, gehe ich sofort zu ihm.«

»Ich komme mit«, sagte ich. »Du musst das nicht für mich machen, ich kann selbst reden. Ich bin froh, wenn du dabei bist. Aber um ihm zu sagen, dass ich ihm wirklich nichts Böses will …«

»Warte hier«, antwortete Victor. »Ich kann dir nicht erklären, was mit Toby los ist, nicht, weil mich sonst die Hunde anfallen, sondern weil ich ihm versprochen habe, sein Geheimnis für mich zu behalten.«

»Ich kenne sein Geheimnis doch längst!«, rief ich. »Er hat mir selbst gesagt, dass er verliebt ist. Und wem sagt er das? Ich bin auch verliebt!« Plötzlich stiegen mir die Tränen in die Augen. »Und ich weiß genau wie Toby, oder wie du, dass es sinnlos ist. Dass ich mich als Fabrikarbeiterin nicht in einen zukünftigen Earl verlieben kann und erwarten, dass es für immer ist. Ich will einfach das Beste draus machen, solange es gut ist, und das gilt auch für Toby. Wenn er sich in ein Dienstmädchen verliebt, muss er das doch wissen!«

Meine Worte schienen Victor zu überrumpeln. Er sah mich an, als wisse er nicht, was er antworten wollte. Endlich sagte er: »Du und ich … Das ist nichts, worum du dich jetzt sorgen solltest. Hab keine Angst, dass ich nicht zu dir stehe, wenn es drauf ankommt. Aber was Toby angeht …« Er schüttelte den Kopf. »Toby ist in kein Dienstmädchen verliebt. Und ich werde mit ihm reden. Allein.«

Ich ließ ihn gehen. Am liebsten wäre ich ihm nachgeschlichen und hätte die beiden belauscht, aber Victor und ich hatten uns gerade erst geküsst, und ich wollte nicht gleich am ersten Tag das Vertrauen, das er mir entgegenbrachte, mit Füßen treten. Stattdessen nutzte ich aus, dass ich Victors Zimmer für mich allein hatte, und damit auch das Schaukelpferd.

Ich war vielleicht ein bisschen zu groß für das Pferd, aber nicht viel. Ich fühlte meine Zöpfe fliegen, und wenn ich die Augen schloss, konnte ich den wilden Wind spüren, und das Knarzen und Ächzen des Holzes war das Knacken von Zweigen unter den Hufen, während ich durch einen dunklen Wald galoppierte, in einer Welt, in der es weder Dämonen noch Spiegel gab. Vielleicht konnte ich fragen, ob ich einmal auf einem richtigen Pferd sitzen durfte? Doch in diesem Moment war das Schaukelpferd alles, was ich brauchte.

Ich fühlte mich beobachtet. Wiederwillig ließ ich das Pferd zur Ruhe kommen, bis es schließlich still stand, ehe ich es wagte, die Augen wieder zu öffnen. Hing irgendwo ein Spiegel, dem ich zuvor keine Beachtung geschenkt hatte? Aber es war kein Spiegel. Es war Victor. Er stand da und grinste übers ganze Gesicht, als ob er noch nie im Leben etwas Lustigeres gesehen hätte.

»Da … da bist du schon wieder«, sagte ich und fühlte mich erröten.

»Schaukel ruhig weiter«, antwortete Victor, dann seufzte er. »Toby war nicht in seinem Zimmer.«

»Dann ist er im Baumhaus«, schlug ich vor.

»Vermutlich.« Victor nickte. »Da störe ich ihn lieber nicht. Wenn er im Baumhaus ist, weiß ich, dass er allein sein will – oder eben nicht allein ist.«

Wenn Victor Toby nicht dorthin folgen wollte, wusste ich jetzt immerhin, wo der Bursche steckte. Doch sosehr ich mich auch über die versperrte Bibliothekstür ärgerte, war ich eigentlich kein Mensch, der anderen nachstieg. Ich hätte selbst manchmal am liebsten meine Ruhe gehabt. »Dann … wollen wir runtergehen und zusammen warten, bis der Schlosser die Bibliothek öffnet?« Die Betonung lag auf ›zusammen‹: Ich wollte nicht mit Hargreaves allein sein, aber ich hoffte, dass er mich in Frieden lassen würde, wenn Victor dabei war.

»Oder«, sagte Victor leise, »wir warten hier oben. Wir erfahren es früh genug, wenn die Bibliothek wieder offen ist.«

Ich sah ihn an, zögerte und schüttelte den Kopf. Das ging mir zu schnell. Ich wollte mich nicht so sehr in Victor verlieben, mit Haut und Haar und von oben bis unten und für immer und ewig, solange Toby mich auf seine Weise daran erinnerte, was es hieß, wenn sich ein Adliger mit der Arbeiterklasse einließ. Ich liebte Victor, daran konnte und wollte ich nicht zweifeln. Nur wollte ich nicht enden wie meine Mutter, von früh bis spät schuften und trotzdem kaum in der Lage, das uneheliche Kind durchzufüttern. Selbst wenn wir es erst einmal beim Küssen beließen … »Wenn wir im Schulzimmer sind«, sagte ich. »An unserem geheimen Ort. Hier … hier hätte ich zu große Angst, dass jemand hereinkommt und uns sieht.«

»Wenn du willst, kannst du auf dem Schaukelpferd sitzen bleiben.« Victor wirkte gekränkt. »Ich verbringe einfach gern Zeit mit dir, ist das verboten?«

Ich wollte ihn nicht verletzen. Aber ich hatte Nein gesagt, und das wollte ich auch nicht zurücknehmen müssen. »Ich … will nur so schnell wie möglich in die Bibliothek«, sagte ich ausweichend. »Das treibt mich um. Ich … komme später wieder.«

Und vielleicht konnte ich die Zeit, bis es so weit war, doch noch nutzen, um Toby Reynard hinterherzuspionieren.

Ich wusste, es war nicht nett von mir, doch ich lief hinaus in den Garten, um Toby im Baumhaus entweder zur Rede zu stellen oder zu belauschen, je nachdem, ob er dort allein war oder nicht. Toby hatte sich mir gegenüber unmöglich verhalten, und ich war nachtragend. Ich wollte etwas gegen ihn in der Hand haben, wenn er meinte, so weitermachen zu müssen. Wirklich, die Tür verrammeln – was kam als

Nächstes, versuchte er dann, mich die Treppe hinunterzustoßen? Ich konnte nicht glauben, dass er wirklich so weit gehen würde, mir etwas anzutun, doch es gefiel mir nicht, dass ich überhaupt darüber nachdenken musste.

Ich schlich durch den Garten wie eine groß geratene Katze, auch wenn ich wusste, dass man mich von den Fenstern des Baumhauses aus schon von Weitem sehen konnte. Aber wenn Toby da gerade ein Schäferstündchen abhalten sollte, würde er sicher nicht gerade jetzt aus dem Fenster schauen, und so gern ich ihm einmal tüchtig die Meinung gegeigt hätte, hoffte ich mehr, ihn zusammen mit seiner heimlichen Geliebten anzutreffen. Ich wollte wissen, vor wem ich mich in Acht zu nehmen hatte – und ich betete, dass es nicht Tillie war.

Als ich mich dem Baumhaus näherte, hörte ich Stimmen. Toby war tatsächlich nicht allein. Vorsichtig drückte ich mich an den Baumstamm und lauschte. Doch das Baumhaus war zu weit oben, die Blätter raschelten, und ich konnte nicht mehr als ein paar Satzfetzen verstehen, die keinen Sinn ergaben.

So leise ich konnte, arbeitete ich mich die Treppe hinauf, passte meine Bewegungen denen des Geästs an, damit es, wenn es knarzte, ebenso gut der Wind sein konnte. Nah genug, um die Stimmen erkennen zu können – und mich enttäuscht wieder an den Abstieg zu machen. Toby war nicht allein im Baumhaus, aber er hatte auch kein Mädchen bei sich. Stattdessen hockte er mit einem anderen Jungen zusammen, wahrscheinlich Will, der Gärtnerbursche, und dass die beiden Freunde waren, war nun wirklich kein Geheimnis.

Ich hoffte nur, dass sie mich nicht bemerkten. Will war schon bei unserer ersten Begegnung feindselig gewesen, und ich wollte nicht auf einen Schlag zwei durchaus kräftige Burschen gegen mich haben. Aber aufgeschoben war nicht aufgehoben. Ich würde Toby schon noch erwischen.

Als ich zum Haus zurückkam, war der Kutscher – den ich noch nicht kennengelernt hatte – gerade dabei, die Kutsche wieder abzuspannen, nicht die große, prachtvolle, mit der die Herrschaften zur Kirche gefahren waren, sondern einen deutlich schlichteren Einspänner, mit dem vermutlich der Schlosser abgeholt worden war. Ich beeilte mich, ins Haus zu kommen – den Moment, in dem die Tür feierlich wieder aufgebrochen wurde, wollte ich doch nicht verpassen.

Doch wie um mich dafür zu bestrafen, dass ich hinter Toby hergeschlichen war, obwohl mich Victor um das Gegenteil gebeten hatte, kam ich zu spät. Die Tür war bereits offen. Ich sah noch nicht mal gesplittertes Holz am Rahmen oder sonst einen Hinweis, dass mehr Gewalt notwendig gewesen wäre als eine spitze Pinzette und ein Dietrich. Der Schlosser war noch da, ein grobschlächtiger Mann, der aussah, als ob er die Tür mit einer Hand hätte aufdrücken können und bei dem ich mich wunderte, wie er zu solch zierlicher Arbeit fähig sein sollte. Er sprach mit Hargreaves, über Geld, vermutete ich, und keiner von beiden achtete auf mich, als ich in die Bibliothek huschte. Es war an der Zeit, meinen nächsten Zug zu tun …

Ich stand vor dem Schachtisch und seufzte. Hatte ich nicht eigentlich den gegnerischen König matt setzen wollen, so schnell es ging? Mein nächster Zug war lange geplant, ich wollte mit dem Läufer kommen und den König mit ihm und der Dame festsetzen – und was hatte ich vergessen? Dass mein Gegner auch ziehen durfte. Jetzt bedrohte ein Bauer, mit dem ich nicht gerechnet hatte, meine Dame und versperrte meinem Läufer den Weg. Am liebsten hätte ich den

Schachtisch umgeworfen. Von mir aus hätte die Bibliothek zubleiben können. Die offene Tür zeigte nur eines: dass ich eine jämmerlich schlechte Schachspielerin war.

Ich stand da und starrte auf die Figuren. Wenn ich gegen Mr. Whitham gespielt hatte, war es ganz anders gewesen. Er hatte mir nicht nur Tipps gegeben, ich hatte auch in ihm lesen können wie in einem Buch. Wenn ich meine Hand über einer Figur schweben ließ und ihn dabei beobachtete, konnte ich an seiner Miene abschätzen, ob das ein guter Zug war oder ein schlechter. Hier spielte ich gegen die leere Luft, und ich war am Verlieren.

Natürlich konnte ich die Dame wieder wegziehen, sie ewig auf ihrer Bahn hin und her schieben, ohne auch nur einen Schritt weiterzukommen. Damit war Victor nicht geholfen. Aber wenn es nur darum ging, die Partie zu beenden – das konnte ich sehr schnell. Ich muss mich einfach besiegen lassen. Ich hatte oft gegen Mr. Whitham Niederlagen erlebt. Natürlich wurmte mich das erst einmal, doch egal, ob ich siegte oder mich matt setzen ließ, es hatte nichts an meinem Leben geändert. Sollte es jetzt anders sein? Würde Victor mich weniger lieben, wenn ich verlor? Würde er nicht einfach froh sein, das Spiel hinter sich zu haben?

Meine Hand zitterte. Wenn die Dame den Bauern schlug, schlug der andere Bauer die Dame. Wenn die Dame stattdessen diesen Bauern schlug, stand der König im Schach – und schlug dann meine Dame. Wenn ich mit dem Läufer den Bauern schlug, verlor ich den Läufer, und alles nur für ein paar lästige Bauern. Es ging nicht darum, was Victor von mir dachte, sondern darum, wie ich mich selbst sah. Wenn ich beweisen wollte, dass ich nicht dumm war, musste ich anders spielen. Dafür musste ich vor allem endlich wissen, mit wem ich es zu tun hatte. Spielte ich gegen einen Menschen? Oder war mein Gegner eine Schreckgestalt aus dem fernen Indien?

Ich hatte keine Wahl: Ich musste meinem Gegner eine Falle stellen. Ihm auflauern, ihn auf frischer Tat ertappen, wenn er – oder sie – sich allein in der Bibliothek wähnte. Es ärgerte mich. Immer wenn ich glaubte, ich hätte alles in Erfahrung gebracht, was es über die Kettlewoods zu wissen gab, stolperte ich über das nächste Geheimnis. Jeder im Haus, jeder außer mir, wusste genau, wer der andere Spieler war, da war ich mir sicher. Dachten sie, ich fände es lustig, ihnen alles aus der Nase ziehen zu müssen, hinter den Leuten herschnüffeln zu müssen, mich unter dem Tisch zu verstecken wie ein kleines Kind?

»Was glotzt ihr so?«, fuhr ich den Spiegel über dem Kamin an. »Ihr verratet mir ja auch nichts!«

Der Tag hatte so schön begonnen mit Victor und mir. Jetzt war kaum noch etwas davon übrig. Ich hatte nicht übel Lust, das alles an den Nagel zu hängen, aber ich wusste, das konnte ich nicht. Ich war nicht meine Mutter. Ich wollte wissen, wie das Spiel ausging. Aber ich wollte es wirklich hinter mich bringen. Selbst wenn ich verlor. In Würde verlieren und es hinter mir haben.

Und wenn ich zwei Bauern gegen einen Läufer tauschte – dann war das auch nicht so schlimm. Nur Tillie war zu bedauern. Für jeden Bauern, den ich aus dem Spiel nahm, wuchs ihre Arbeit – wenn sie nicht selbst einer dieser Bauern war, und dann tat sie mir erst recht leid. Ich seufzte, ich zögerte. Dann nahm ich meinen Läufer und schlug den Bauern. An diesem Abend würden zwei Betten in Kettlewood leer bleiben. Und alles, woran ich denken konnte, war, wie sehr ich mich auf meine nächste Schulstunde mit Victor freute.

Am liebsten hätte ich mich gleich auf die Lauer gelegt, um zu sehen, wer die weißen Figuren bewegte, doch dann entschied ich mich, besser bis zum Abend zu warten. Man konnte sich viel leichter verstecken, wenn es draußen dunkel war. Außerdem hatte ich Hunger. Vielleicht, weil ich so viel gelernt hatte – den Kopf anstrengen war schließlich auch Arbeit.

So machte ich mich auf den Weg zum Mittagessen und hoffte, dass ich nicht ausgerechnet den Koch erwischt hatte. Noch mehr fehlendes Personal konnte Kettlewood schlecht verkraften. Es war an der Zeit, ein paar Generale zu schlagen. Nur Victor durfte nichts zustoßen.

Die ganze Familie war zum Essen versammelt, aber die Blicke machten mir nichts mehr aus, und nach der letzten Nacht hatten wahrscheinlich noch nicht einmal Phoebe und Lorina mehr viel gegen mich zu sagen. Selbst Toby war da, was mich fast wunderte. Natürlich wollte er sich nicht selbst verraten, und ich wusste nicht, wer außer mir noch ahnte, dass er hinter der blockierten Bibliothekstür steckte.

Ich hatte damit gerechnet, dass es bei Tisch kein anderes Thema geben würde. So viel passierte in Kettlewood nun auch wieder nicht, und wenn jemand so offensichtlich versuchte, das Spiel zu behindern, hätte sich eigentlich jeder das Maul darüber zerreißen müssen. Aber das Gegenteil war der Fall. Niemand verlor auch nur ein Wort über die Bibliothekstür. Ich wusste ja, dass die Familie nicht freiwillig über das Schachspiel redete, aber dass dann selbst die Bibliothek nicht mehr erwähnt werden durfte … Vielleicht ahnten sie nicht einmal etwas davon. Hargreaves hatte sich darum gekümmert, ohne den Earl deswegen zu belästigen.

Stattdessen sprachen die Herrschaften über das Wetter – »Was für einen schönen blauen Himmel wir heute haben.

Denkst du, das wird so bleiben, meine Liebe?« –, die Qualität des Käses – »Vorzüglich, ich hätte nicht erwartet, dass der Koch jemals wieder etwas von auch nur erträglicher Qualität auftreiben würde, aber hier hat er sich wirklich übertroffen!« – und, man höre und staune, meinen Schulunterricht: »Wir schicken Iris jetzt vormittags zu Mr. Attridge. Es ist wirklich an der Zeit, dass diese kleine Wilde ein bisschen Bildung vermittelt bekommt« – »Und Benimm. Vergiss nicht den Benimm!«

Das kam von Agnes. Die kleine Wilde saß nur eine Armeslänge von ihr entfernt, doch ich hatte zu viel Benimm, um meinen Löffel so in die Suppe fallen zu lassen, dass diese Agnes ins Auge gespritzt wäre. Niemand achtete darauf, was für Blicke Victor und ich verstohlen austauschten, außer Lorina, die ein bisschen grinste und es sich wohl für später merkte, wenn sie es nötig haben sollte, mir eins auszuwischen. Das Mittagessen war nicht so schlimm wie das Abendmahl, es kam mit weniger als fünf Gängen aus, und ich machte schon Pläne, wo ich mich in der Bibliothek verstecken konnte, als Agnes plötzlich aufschrie.

Sie schrie mitten im Satz und aus heiterem Himmel, und es war ein Schrei, wie ich ihn im Leben nie wieder hören wollte, laut, entsetzlich, wie ein Tier in Todesangst. Dann brach sie zusammen, auf ihrem Stuhl, einfach so. Ich sah, wie ihr Körper zuckte, zuckte, und sich nicht mehr regte. Einen Augenblick lang war alles still. Niemand rührte sich, Hände mit Löffeln blieben in der Luft hängen; dann, langsam, wandten sich alle Blicke mir zu. Nur ich starrte immer noch Agnes an, wie sie dasaß, ihr Kopf zur Seite gekippt, der Mund offen, die Augen gläsern wie alte, blinde Spiegel.

»Das … das wollte ich nicht.« Ich wusste nicht, ob ich flüsterte oder die Worte nur mit den Lippen formte, ich hörte nichts als das Rauschen meines Blutes und das Hämmern meines Herzens. Ich sah die Todesqualen in Agnes' Gesicht, selbst jetzt noch. Dann, langsam, fing sie an zu verschwinden, wurde durchscheinend, wie ein Spiegelbild in einer Fensterscheibe, und so wie Eisblumen über die Scheibe krochen und das Bild fraßen, löste sich Agnes vor meinen Augen auf.

»Was hast du getan?«, schrie Lady Kettlewood. »Was hast du getan?«

Mein ganzer Körper war taub, als ich aufstand und rückwärtsstolperte. »Ich habe nichts getan!«, schrie ich. »Ich habe doch hier gesessen, mit euch allen. Gegessen habe ich, das habe ich getan!« Ich musste lachen, es klang wie ein heiseres Bellen, und ich wusste nicht, wie ich wieder damit aufhören sollte.

»Du weißt genau, was du getan hast!«, rief Lady Kettlewood. »Wage es nicht, uns anzulügen!«

»Aber ich tue doch nur, was ich muss! Weil ihr es so wollt!«, flehte ich noch, ehe ich aus dem Raum rannte, hinaus in die Halle, und erst da fing ich an zu heulen. Ich wusste genau, was ich getan hatte. Ich hatte einen Läufer geopfert. Ich hatte Agnes umgebracht. Was hatte ich erwartet? Dass es einfach ›Plopp!‹ machte und die Person verschwand, um dann fröhlich aus dem Spiegel zu winken? Agnes war vor meinen Augen gestorben, und es machte keinen Unterschied, ob sie jetzt hinter den Spiegeln war oder im Himmel. Ich hatte sie auf dem Gewissen. Sie war nicht nur eine Schachfigur. Sie war ein Mensch. Die Frage war nur, was war ich?

Eigentlich wollte ich in mein Zimmer laufen, doch als ich schon fast bei der Treppe war, hielt ich inne. Die ganze Familie saß beim Essen, doch derjenige, dessen Hand den weißen Bauern geführt hatte, war vielleicht noch in der Bibliothek, und ich konnte ihn erwischen, wenn ich mich beeilte.

Ich kam zu spät. Die Bibliothek war verlassen. Langsam, widerstrebend trat ich an den Schachtisch heran, sah den siegreichen Bauern dort stehen und meinen Läufer neben dem Spielfeld liegen, bei den anderen geschlagenen Figuren. Es war nicht gerecht, und ich konnte es nicht ungeschehen machen. So wie ich meinen Bauern nicht auf seine Startposition hatte bewegen können, konnte ich auch den gegnerischen Bauern nicht vom Feld ziehen, egal, wie sehr ich an ihm rüttelte und zerrte. Und wenn ich den Läufer einfach auf das Schachbrett zurücksetzte? Wenn ich ihn auf irgendein anderes schwarzes Feld stellte, kam Agnes dann wieder?

Ich hatte Agnes nicht gemocht. Sie war immer gemein zu mir gewesen, aber niemand hatte es verdient, so zu enden. Und letztlich verstand ich ihr Verhalten besser als die verlogene Freundlichkeit, mit der mir Lord und Lady Kettlewood begegnet waren. Ihr Schicksal lag in meiner Hand. Ich konnte sie herumschubsen und, wenn ich wollte, ihr Leben opfern – warum sollte sie mich dann mögen? Ich hatte nicht darum gebeten, Herrin über Leben und Tod zu werden, doch ich war es. Irgendein schwarzes Feld …

Es ging nicht. Ich bekam den Läufer nicht auf das Schachbrett. Ich fühlte wie schon beim letzten Versuch diesen Widerstand, der mir die Figur in die Hand zurückdrückte. Ließ ich dann trotzdem los, stürzte der Läufer auf die Seite und rollte davon. Das Spiel wusste genau, welche Figuren geschlagen waren und welche noch stehen durften.

Das Maß war voll. Ich konnte nicht mehr. Noch einmal jemandem beim Sterben zusehen müssen, den ich nicht beschützt hatte, dessen Tod ich in Kauf genommen hatte, um mein Ziel zu erreichen … Und wenn ich es jetzt wirklich auf eine schnelle Niederlage hinauslaufen ließ, dann würden die Menschen um mich herum sterben wie die Fliegen. Ich konnte es nicht. Es sei denn –

»Ich gebe auf«, flüsterte ich. Ich musste nicht darauf warten, dass mein Gegner eine meiner Figuren nach der anderen abräumte, um am Ende meinen König zur Strecke zu bringen, ich konnte das alles abkürzen. Mr. Whitham hatte manche Partie auf diese Weise beendet, weil er keine Lust mehr hatte, weil er in Ruhe weitertrinken wollte oder weil es schon so spät war. Aufgeben war noch nie meine Art gewesen, aber besser das, als jemals wieder einen Schrei wie den von Agnes hören zu müssen.

»Ich gebe auf«, sagte ich, diesmal lauter. Meine Hand schwebte schon über meinem König, ich musste ihn bloß nehmen und beiseitelegen, und alles war vorbei. Die Partie beendet. Kettlewood Hall und alle, die dort lebten, erlöst. Das Spiel aus, alle würden aus den Spiegeln hervorkommen, und vielleicht saß Agnes dann gleich wieder am Esstisch und konnte sich über das Wetter auslassen oder über die Frage, warum es nur falsche Schildkrötensuppe gab. Nur den König nehmen, und alles war überstanden …

Ich fühlte meine Hand zittern. Ich hatte noch nie aufgegeben. Ich kämpfte, immer, bis zum Schluss. Jetzt aufgeben, alle Chancen, die ich vielleicht noch hatte, verschenken …

Doch es ging nicht um mich. Es ging um die Menschen, mit deren Leben ich spielte. War mein Stolz mehr wert als das? Ein Stolz, für den ich mir nichts kaufen konnte, der nichts daran änderte, dass ich arm war, ein Niemand, der nicht einmal einen Vater hatte … Mir liefen die Tränen über die Wangen. Wenn ich aufgab, hatte ich alles verloren, was ich jemals gewinnen konnte. Aber wenn nicht –

»Iris!« Die Stimme peitschte durch den Raum, so scharf,

dass ich zusammenzuckte. »Tu es nicht!« Ich fuhr herum. Hargreaves kam hereingestürzt, als ob in der Halle ein Unwetter ausgebrochen wäre und dies der letzte sichere Ort der Welt, und ehe ich wusste, wie mir geschah, hatte er meine Hand gepackt und sie vom König weggezogen. »Hör auf!«, rief er. »Du weißt nicht, was du tust.«

Ich starrte auf seine Hand, die mein Gelenk umklammert hielt, dass es wehtat, auf die Pockennarben auf seinem Unterarm, auf die schwarzen Haare, die unter dem blütenweißen Ärmel hervorragten. Erst dann sah ich ihm ins Gesicht. »Lassen Sie mich los!«, zischte ich.

Hargreaves schaute mich an, ließ lockerer, aber nicht los. »Du musst mich anhören«, sagte er. »Du weißt nicht, was sonst passiert.«

»Das Spiel ist vorbei«, murmelte ich dumpf. »Ich gebe auf.«

»Und dann?«, fragte er.

»Dann kann jeder gehen, wohin er will.«

Langsam schüttelte Hargreaves den Kopf. »Nur du nicht, Iris«, sagte er sanft.

Ich senkte den Blick, und endlich ließ er mein Handgelenk los. Ich sah die Abdrücke seiner Finger auf meiner Haut, und ich brachte kein Wort heraus.

»Sie haben es dir nicht gesagt.« Es war eine Feststellung, keine Frage. »Und er auch nicht.«

Wortlos schüttelte ich den Kopf. Hargreaves machte eine Geste, dass ich warten sollte, ging zur Bibliothekstür und schloss sie. Dann bedeutete er mir, im Sessel Platz zu nehmen.

»Natürlich haben sie es dir nicht gesagt«, sagte er dann. »Selbst wenn sie es könnten, hätten sie es nicht getan. Sie wissen, was mit dem passiert, der verliert. Die Schachfiguren sind fein raus. Wenn die Partie vorbei ist, kehren sie auf ihre Plätze zurück. Es ist der Spieler, der den Preis zu zahlen hat. Der Spieler, der verliert.«

Ich schwieg, lauschte auf Hargreaves' Stimme und in die Ferne. Heulten dort schon die Hunde?

»Du hast von Lawrence Aubrey gehört?«, fragte Hargreaves, und ich nickte. »Wie er gegen den Teufel persönlich gespielt hat um die Leben seiner Lieben?«

»Ein indischer Dämon«, flüsterte ich.

»Asura«, sagte Hargreaves. »Benutz das richtige Wort. Ein Asura. Aber von uns aus hätte es ebenso gut der Leibhaftige sein können. Du weißt, was sein Einsatz war?«

Zuerst wollte ich den Kopf schütteln, doch im Grunde meines Herzens kannte ich längst die Antwort. »Seine Seele?«, fragte ich.

»Seine Seele.« Hargreaves nickte. »Eine Seele gegen zweiunddreißig. Man kann über ihn sagen, was man will, er war ein geschickter Geschäftsmann, dieser Lawrence Aubrey.« Er lachte leise, und mir gefiel nicht, was ich in seinen Augen aufblitzen sah – es war ein Irrsinn, für den ich keinen Namen hatte. »So billig besiegt man einen Dämon nicht. Der wusste, er bekommt noch, was er will. Jede Generation eine Schachpartie. Jede Generation ein Gewinner, jede Generation ein Verlierer. Und jede Generation eine neue Seele.«

»Warum tut er das?«, fragte ich – war es wirklich das, was ich wissen wollte? Was einen Dämon antrieb? Nicht, warum niemand im Haus – noch nicht einmal Victor, verdammt! – es für nötig gehalten hatte, mich über diese Kleinigkeit zu informieren?

»Du wirst ihn noch fragen können.« Hargreaves lachte wieder. »Er wird sich freuen, jemanden zum Reden zu haben, so fern von seiner Heimat, von seinen Göttern …«

»Warum erzählen Sie mir das?«, fragte ich. »Ich meine, warum können Sie mir das erzählen, wenn sonst jeder, der auch nur den Mund aufmacht, es mit den Hunden zu tun bekommt?«

»Weil ich«, antwortete Hargreaves ruhig, und jetzt war der Wahnsinn aus seinen Augen verschwunden, sein Lachen erstorben, »der zweite Spieler bin.«

Ich schaute Hargreaves an und wusste nicht, was ich sagen sollte. Ich fühlte mich betrogen um den Moment, in dem ich es selbst herausgefunden hätte – als ob es das war, worum es ging, ein großes Rätselspiel. Wenn er mich verschaukeln wollte … Aber sein Gesicht war ernst, und ich suchte darin vergeblich nach auch nur einer Spur von Scherz. Ich schuldete ihm eine Antwort, eine Reaktion, irgendwas. Endlich fragte ich: »Warum verraten Sie mir das alles?«

Hargreaves lächelte, ein trauriges kleines Lächeln. »Weil ich denke, dass du es wissen solltest«, erwiderte er. »Und weil ich der Einzige bin, der dir das sagen kann.«

Ich schüttelte den Kopf. »Ich meine – warum haben Sie mich gerade zurückgehalten? Sie hätten gewonnen. Ist es nicht das, was Sie wollen?«

»Meine Seele behalten, um jeden Preis?« Hargreaves' Augen wurden einen Moment lang stumpf. »Ich will das Spiel gewinnen. Ich habe meine fünf Sinne beisammen, zumindest das, was nach all den Jahren noch davon übrig ist, ich hänge an meiner Seele – aber es ist eine Sache, eine Partie fair zu gewinnen, und eine andere, einen Menschen sehenden Auges ins Unheil laufen zu lassen.«

»Es ist nicht gerecht«, sagte ich, und endlich kitzelte mein Zorn mich wieder. »So oder so, es ist nicht gerecht. Ich habe mir nicht ausgesucht, um meine Seele zu spielen, ich bin nicht gefragt worden – Sie etwa? Wussten Sie, auf was Sie sich einlassen?«

Hargreaves lachte leise. »Das Spiel fragt nicht. Es wählt aus. Wäre ich lieber ein Bauer geworden? Vielleicht. Jeder im Haus denkt, ich hätte es von allen am besten getroffen. Aber so einfach ist es nicht. Es gibt kein Richtig und kein Falsch, es ist nur ein Spiel, und doch wird einer von uns am Ende alles verlieren.« Er stand auf und trat ans Fenster, doch er blickte nicht hinaus. Ich sah, dass er nur mein Spiegelbild in der Scheibe beobachtete. »Wie geht es dir, Iris? Ich kann dir einen Schluck Brandy anbieten, gegen den Schock –«

»Danke, nein.« Ich schüttelte den Kopf. Ich hatte keinen Schock. Wütend war ich, ja, aber vor allem auf mich selbst, dass ich nicht allein darauf gekommen war. All die seltsamen Blicke, die Hargreaves mir zugeworfen hatte, seit ich den Fuß über die Schwelle gesetzt hatte, ergaben jetzt einen Sinn. Dennoch wurde ich nicht schlau aus diesem Mann. Ich an seiner Stelle hätte mir nicht verraten, worum es ging.

Er war mein Gegenspieler, aber ich hätte ihn lieber als einen erbitterten Gegner gehabt, der es nicht abwarten konnte, mich tot zu sehen. Wie sollte ich jetzt gegen ihn weiterspielen, wenn ich ihn für einen anständigen, wenn nicht sogar freundlichen Kerl hielt? »Warum sind Sie nicht einfach gegangen? Sie hatten fünfzehn Jahre Zeit. Nehmen Sie Ihre Seele und gehen Sie.« Genau, das war mir das Liebste. Wenn er verschwand und ich blieb und wir die nächsten fünfzehn Jahre warteten, bis Hargreaves' Sohn an die Tür klopfte, um das Spiel fortzusetzen. Zeit, die stehenblieb, Zeit, die ich mit Victor verbringen konnte … Ich verstand, was Toby meinte. Zeit mit jemandem, den man eigentlich nicht haben durfte. Und dabei noch ein paar Jahre meine Seele behalten …

»Du meinst, wie deine Mutter?« Hargreaves seufzte. »Wenn das so einfach wäre, hätte in zweihundert Jahren keine der Partien ihr Ende gefunden. Deine Mutter war listig, und sie hatte großes Glück. Sie hat das Haus und die Hunde ausgetrickst, aber sie hatte Hilfe. Ohne einen Verbündeten hätte sie das nicht geschafft. Und warum hätte ich gehen sollen? Musste ich damit rechnen, dass das Spiel jemals fortgesetzt werden würde? Cilla ist so weit geflohen, wie sie nur konnte. Konnte ich ahnen, dass plötzlich ihre Tochter vor der Tür steht, den fehlenden Springer in der Hand, und noch dazu weiß, was damit zu tun ist?«

»Sie sind auch nicht abgehauen, als ich dann da war«, sagte ich.

Hargreaves lachte. »Muss ich vor einem kleinen Mädchen Angst haben? Wenn ich gehe, kann ich nur verlieren. Lord Kettlewood weiß, was er an mir hat. Ich war einmal ein einfacher Hausbursche – jetzt bin ich der Butler. Ich habe hier ein angenehmes Leben. Deiner Mutter ist ihre Flucht gelungen, aber um welchen Preis?«

»Sie ist jetzt im Himmel!«, sagte ich. Und er, oder ich, würde dort niemals hinkommen.

»Und muss von dort mitansehen, wie ihre Tochter genau das Schicksal erleidet, vor dem sie selbst geflohen ist?« Hargreaves schnaubte. »Warum bist du hergekommen, Iris? Warum bist du nicht in deiner Fabrik geblieben, und wenn nicht in der Fabrik, warum bist du ausgerechnet hierhergekommen, wo dir doch die ganze Welt offensteht? Warum musstest du auch nur einen Fuß nach Kettlewood setzen?«

Ich konnte es ihm nicht beantworten. »Wenn ich das gewusst hätte …«, sagte ich lahm. Doch ich kannte mich.

Wenn ich gewusst hätte, was mich erwartete, wäre ich erst recht gekommen. Es gab hier eine Geschichte, die zu Ende erzählt werden wollte – für den Preis meiner Seele? Diesen Teil hatte ich noch nicht einmal glauben mögen, als er wirklich auf der Hand lag. Niemand spielte gegen einen Dämon, ohne selbst etwas einsetzen zu müssen.

»Da ist eine Sache, die haben Sie mir noch nicht verraten«, sagte ich leise. »Der, der verliert, bezahlt das mit seiner Seele. Was ist der Preis für den, der gewinnt?«

Hargreaves lächelte, dass sein vernarbtes Gesicht davon fast glatt wurde. »Nur das, was dein Herz am meisten begehrt«, sagte er. »Mehr nicht.«

Ich lächelte zurück. »Was immer ich will?«

»Was immer du willst.«

Ich nickte. Mir war nach Heulen und Weglaufen zumute. Aber Hargreaves sollte denken, dass ich bereit war zu siegen. Bedingungslos. Und um jeden Preis.

13

Noch lange nachdem Hargreaves mich wieder allein gelassen hatte, saß ich in der Bibliothek und brütete über dem Schachspiel. Ich konnte mich nicht entscheiden, was ich tun sollte. Meine letzten Züge waren einer dümmer als der andere gewesen, sodass ich nicht wusste, wie ich die Partie noch herumreißen sollte, und verlieren kam nicht mehr infrage. Auf einmal ging es um jeden Zug, und was ich tat, entschied nicht mehr nur über Leben und Sterben in Kettlewood, sondern auch über mein eigenes Seelenheil.

Ein vorsichtiges Klopfen an der halboffenen Tür ließ mich aufblicken. »Iris?« Endlich fiel es Victor ein, nach mir zu schauen. Ich war drauf und dran, ihn zornig wegzuschicken. Er hätte mir folgen müssen, als ich vom Mittagstisch weggerannt war, aber was erwartete ich von ihm? Er hatte gerade seine Tante verloren, war ich da wirklich wichtiger? So nickte ich und ließ ihn hereinkommen.

»Es tut mir leid, dass du das vorhin mitansehen musstest«, sagte er, ohne mich anzublicken. »Und dass meine Mutter dann so über dich hergefallen ist –«

Ich schüttelte den Kopf. Das war es nicht, worüber ich reden wollte. Ich zwang mich, ihm in die Augen zu blicken. »Warum hast du mir das nicht gesagt?« Ich wollte ihn anschreien, aber alles, was herauskam, klang dünn und brüchig.

»Ich komme in die Hölle, wenn ich verliere, und du sagst es mir nicht?«

Victor starrte mich an und hob abwehrend die Hände. »Iris, das wusste ich nicht! Das höre ich gerade zum ersten Mal!«

»Hör auf zu lügen!«, fuhr ich ihn an. »Du kennst die ganze Geschichte von Lawrence und dem Dämon, nur diese eine unbedeutende Kleinigkeit weißt du nicht? Oder gehört das alles auch zum Spiel? Du tust so, als ob du mich liebst, damit ich ins offene Messer renne und es vor lauter Verliebtheit nicht merke?«

»Ich wusste es nicht!«, schrie er. Ich hatte Victor noch nie so zornig erlebt, noch nie so laut. Der Victor, den ich kannte, war ein Meister der Selbstbeherrschung, doch jetzt wirkte er so ehrlich verletzt, dass ich ihm glaubte. Bevor ich noch zurücknehmen konnte, was ich gesagt hatte, stürmte Victor aus der Bibliothek, und ich hatte genug Stolz in mir, um nicht hinter ihm herzurennen. Es ging in diesem Moment nicht um ihn. Es ging um mich.

Und was erwartete Victor, das ich glauben sollte? Selbst wenn er es wirklich nicht gewusst hatte, war nicht daran zu rütteln, dass jeder andere im Haus mir etwas vorgemacht hatte. Sie wussten es. Phoebe hatte es mir an den Kopf geworfen, der Gärtnerjunge an den Hals gewünscht, aber keiner hatte es für nötig gehalten, mir zu sagen, was Sache war. Nicht mal in der Nacht, als wir alle zusammengesessen hatten … Es tat mir leid, dass jetzt ausgerechnet Victor meinen geballten Zorn abbekommen hatte, aber ich konnte, würde, wollte mich nicht dafür entschuldigen.

Ich blieb sitzen, wo ich war, starrte auf das Schachbrett und wartete auf einen rettenden Gedanken. Vielleicht hoffte ich auch darauf, dass Victor zurückkam, aber daran mochte ich nicht einmal denken. Schach. Nur Schach. Die Dame musste da weg. Der Bauer war gedeckt, und ein Läufer und eine Dame gegen zwei Bauern war ein denkbar schlechter Tausch. Aber ich konnte die Dame vier Felder zur Seite ziehen, nach D4, und Schach bieten. Dann kam der weiße Läufer, schlug meine Dame, mein Springer holte sich den Läufer, und dann hatte ich endlich auch einmal Victors Figur bewegt … Da, schon wieder musste ich an Victor denken!

Ich seufzte und blieb sitzen, rührte die Figuren nicht an und sah zu, wie der Tag um mich herum vorüberging. Niemand kam, um mich zum Abendessen zu rufen, und ich war froh darüber. Ich wollte keinen von den Kettlewoods so schnell wiedersehen. Ich wollte überhaupt niemanden mehr sehen müssen. Vielleicht wäre ich in meinem Zimmer besser aufgehoben gewesen, doch in der Bibliothek fühlte ich mich stärker. Hier war ich die Spinne im Netz. Hier konnte ich so tun, als ob ich das ganze Haus in der Hand hatte …

Es dämmerte. Ich hatte keine Lampen angezündet, und als die Nacht zum Fenster hereinkam, wurde es mir ungemütlich. Wenn ich nicht vorhatte, jetzt zurück auf mein Zimmer zu kriechen, musste ich zusehen, dass ich etwas Licht bekam. Ich traute mich zwar nicht, den Kamin anzuzünden, und auch an das Gaslicht wagte ich mich nicht heran, aber es gab immer noch Kerzen. Am Kamin fand ich bestimmt ein paar Streichhölzer.

Meine Knie waren steif, als ich aufstand. So lange hatte ich im Leben nicht auf einem Fleck gesessen! Ich machte einen Schritt, und die Tür fiel zu. Ich dachte mir nichts dabei, sie hatte ohnehin nur einen Spaltweit offen gestanden, nachdem Victor hinausgerauscht war, und in der Halle war es immer zugig. Erst als ich hörte, wie außen der Schlüssel herumgedreht wurde, erschrak ich. »He!«, rief ich. »Ich bin noch hier drinnen!« Ich dachte mir, dass vielleicht Hargreaves oder die Haushälterin abends die Tür absperrte. Stattdessen hörte ich schnelle Schritte, die sich entfernten. Keiner vom Personal rannte.

Wütend hämmerte ich gegen das Holz. »Toby Reynard!«, rief ich. »Ich weiß genau, dass du das warst! Das ist nicht witzig!« Ich bekam, natürlich, keine Antwort. Ich atmete durch. Kein Grund, sich aufzuregen. Ja, ich war eingesperrt. Aber spätestens am anderen Morgen würde man mich schon rauslassen. Ich bückte mich und schaute durch das Schlüsselloch, um zu sehen, ob Toby es wieder verstopft hatte, doch ich konnte in den Flur blicken, wo immer noch das Licht brannte. Das hieß, der Schlüssel war weg. Trotzdem sollte es nicht zu lange dauern, bis jemand in die Bibliothek wollte. Bis dahin musste ich es mir eben bequem machen.

Auf dem Kaminsims fand ich eine Dose mit Streichhölzern, nur wusste ich nicht, wo die Kerzen waren. In allen anderen Räumen stand irgendwo ein Kerzenleuchter – auf dem Tisch, einem Bord, über dem Kamin. Hier sah ich keinen. Hatten sie Angst, eine umgekippte Kerze könnte die ganze Bibliothek abfackeln? Oder war ich nur zu dumm zum Suchen? Es machte mich nervös. Nicht, dass ich Angst vor der Dunkelheit gehabt hätte, ich wollte mich ohnehin nur in meinem Sessel zusammenrollen und schlafen, doch das Wissen, dass ich kein Licht hatte, trieb mich um. Wenn ich es doch mit dem Gaslicht versuchte … Besser nicht. Ich hatte weniger Angst vor dem Dunkel als vor einer Explosion.

Ruhig bleiben. Ich zog mir die Schuhe aus, machte es mir im Sessel gemütlich und versuchte einzuschlafen. Es blieb beim Versuch. Ich war zu aufgeregt und nicht müde genug, und meine Augen klappten ständig von selbst wieder auf, nur um zu sehen, wie sich der Raum mit Schatten füllte. Sie waren nicht anders als an jedem anderen Abend, in jedem anderen Zimmer, sie kamen von draußen, aus dem Garten, es waren die normalsten Schatten der Welt, doch sie fühlten sich anders an. Und über dem Kaminsims hing ein Spiegel …

Mit langen Schritten ging ich im Raum auf und ab, solange ich noch etwas sehen konnte. Bewegung war gut, sie half mir beim Denken und auch dabei, endlich müde zu werden. Vielleicht kam ja doch noch jemand, um nach mir zu suchen? Victor vielleicht? Ich seufzte. Er würde nicht kommen, nicht nach dem, was ich ihm an den Kopf geworfen hatte. Natürlich tat es mir jetzt leid, aber das half auch nichts mehr. Eine Nacht in der dunklen Bibliothek war meine Strafe.

Als es zu finster wurde, um zu sehen, wo ich hintrat, kehrte ich zurück in meinen Sessel. Ich hatte die Streichhölzer bei mir, um nicht völlig blind zu sein, wenn ich etwas hörte. Vom Kamin hatte ich mir den Schürhaken mitgenommen, nur für den Fall der Fälle, und hielt ihn griffbereit neben dem Sessel. Ich sollte mich nicht so anstellen. Eine Nacht in Kettlewood wie alle anderen … Es klopfte.

»Herein!«, rief ich, erleichtert, dass doch noch jemand gekommen war. »Es ist bloß abgeschlossen!«

Es kam keine Antwort, nur ein weiteres Klopfen. Und dann merkte ich, dass es nicht von der Tür kam. Ich erstarrte. Jedes Haar an meinem Körper stellte sich auf, als ich in die Dunkelheit lauschte, und nicht mal die Streichhölzer nützten mir etwas: Ich konnte mich nicht bewegen. Es klopfte erneut. Kam das vom Fenster? Nein, das war kein Klopfen auf Glas. Es klang dumpf, noch nicht einmal wie auf Holz – doch es war hier, bei mir, in der Bibliothek. Ich biss mir auf die Lippe, bis sie blutete, nahm all meinen Mut zusammen und riss ein Streichholz an.

»Wer ist da?«, fragte ich leise, nicht, um eine Antwort zu bekommen, sondern um meine Stimme zu hören. Es kam mir plötzlich kalt in der Bibliothek vor, viel kälter, als es selbst draußen in der Nacht sein musste. Das Streichholz flackerte und verbrannte mir die Finger, und ich sah nichts. Die Bibliothek war leer. Ich atmete durch. Mit der Streichholzdose in der einen Hand, dem Schürhaken in der anderen, arbeitete ich mich Zoll für Zoll vorwärts, in die Richtung, aus der ich das Klopfen zu hören glaubte. Wenn das aus dem Spiegel kam …

Es dauerte eine schiere Ewigkeit, bis ich den Kamin erreicht hatte, eine Ewigkeit, in der es immer mal wieder klopfte und dann lange Pausen machte. Ich riss das nächste Streichholz an, auch wenn ich dafür meinen Schürhaken beiseitelegen musste, und richtete es auf den Spiegel. Er zeigte mein Bild – eines, von dem ich froh war, dass es außer mir niemand sehen konnte. Mein Gesicht war blass und ängstlich, meine Haare zerzaust, meine Augen zu groß. Ich sah wieder nur aus wie ein hilfloses kleines Mädchen, und ich hasste mich dafür. Niemand sonst war im Spiegel zu sehen. Das Streichholz verlosch.

Es half nichts, ich musste versuchen, den Kamin anzuzünden. Da waren Holzscheite, ein Stapel alter Zeitungen, ich wusste, wie es ging, ich hatte schon oft dabei zugesehen, und ich hatte zwar Angst vor dem Feuer, aber verdammt, da klopfte etwas, und davor hatte ich mehr Angst. Ich kniete mich vor dem Kamin nieder, tastete nach den Dingen, die ich brauchte, und hatte nach einer Weile tatsächlich ein kleines Feuer. Ich hatte nur zwei Scheite genommen, wollte es nicht übertreiben, doch danach war es in der Bibliothek noch finsterer als zuvor. Alles Licht steckte nun im Kamin, ansonsten gab es nur Schwärze.

Wieder klopfte es. Diesmal war ich mir sicher, dass es nicht vom Kamin kam, und auch nicht aus dem Spiegel darüber. Es kam von einer ganz anderen Stelle – aber egal, wohin ich schaute, da waren nichts als Bücherregale. Es klopfte aus dem Bücherregal. Oder eher hinter dem Bücherregal ... Jetzt, endlich, wusste ich, mit wem ich es zu tun hatte.

»Lass mich in Frieden!«, rief ich. »Ich habe keine Ahnung, wie ich dich herauslassen soll, und selbst wenn – ich denke nicht dran!«

Mit dem Feuer im Rücken ging ich zu der Stelle hin. Es klopfte auf meiner Augenhöhe, nachdrücklicher als zuvor. Vorsichtig zog ich ein Buch aus dem Regal, dann noch eines, genug, um meine Hand hindurchzustrecken. Ich fühlte die Rückwand des Bücherschranks, klopfte mit dem Finger dagegen – es klang dumpf. Die Kettlewoods waren gründlich gewesen, hatten den Dämon erst eingemauert und dann noch das Regal davorgestellt. Man hätte alles niederreißen müssen, um dranzukommen, und das hatte ich ganz sicher nicht vor.

»Siehst du?«, flüsterte ich, fast triumphierend, in den Schlitz zwischen den Büchern. »Ich kann dir nicht helfen. Du bist auch so schon mächtig genug.«

In dem Moment klopfte es noch einmal. Nicht hinter dem Regal. Hinter mir. Jemand klopfte mir von hinten auf die Schulter. Ich schrie vor Schreck und fuhr herum. Niemand war zu sehen. Nur mein Feuer flackerte vor sich hin, ein Holzscheit knackte – konnte es das sein, was ich gehört hatte? War ein Stück vor Hitze abgeplatzt und mir gegen den Rücken geflogen? Mein Herz hämmerte. Mit winzigen Schritten bewegte ich mich zum Kamin zurück, wo ich den Schürhaken gelassen hatte. Ich fühlte mich etwas besser, als ich ihn wieder in der Hand hielt, doch mein Herz raste noch immer, und mein Atem kam stoßweise wie bei einer Fieberkranken.

»Zeig dich!«, brachte ich hervor. »Spiel keine Spiele mit mir!«

Vom Schachtisch kam ein leises Klappern. Die Figuren erzitterten auf ihren Plätzen, aber noch immer war nichts zu sehen.

»Das ist keine Antwort!«, rief ich, lauter. »Ich sagte, zeig dich!«

Etwas bewegte sich im Spiegel, und diesmal wusste ich genau, ich war es nicht. Ich trat näher heran, die Hände um den Schürhaken gekrallt. Wieder sah ich mein Gesicht, doch es hatte sich verändert, es erschien seltsam entschlossen dafür, dass mir immer noch das Herz aus der Brust springen wollte. Aber im Spiegel sah ich noch jemanden, der hinter mir stand, mir über die Schulter blickte ... Es war nicht die Missgeburt aus meinem Traum. Es war ein Mensch, ein Mann von seltsamer, fremdländischer Schönheit, mit dunkler Haut und schwarzem Haar und einem mächtigen Schnurrbart, aber seine Augen, diese glühenden schwarzen Augen, waren genau die gleichen, von denen ich geträumt hatte.

Ich stand reglos und starrte das Bild an, und ohne mich umzudrehen, spürte ich, dass wirklich jemand hinter mir stand. Ich sah seinen muskulösen nackten Oberkörper, den eine kleine offene Weste mehr enthüllte als verdeckte, und auch wenn das Bild einen Menschen zeigte, wussten wir beide nur zu gut, dass er keiner war. Ich sah, wie sich sein Mund zu einem Lächeln verzog, als er mir eine Hand auf die Schulter legte, eine Berührung zu viel.

Ich holte mit dem Schürhaken aus, und der Spiegel über dem Kamin zersplitterte. Glasscherben stürzten auf mich hernieder, ich fühlte, wie eine mein Gesicht zerschnitt, mir in die Hand stach. Doch es war vorbei. Der Spuk hatte ein Ende. Ich war allein in der Bibliothek, das wusste ich, und für den Rest der Nacht sollte ich es bleiben.

Langsam sank ich auf die Knie, umgeben von Stücken gesplitterten Glases, ließ den Schürhaken fallen und begann, haltlos zu zittern. Endlich erlaubte ich mir zu weinen, jetzt, wo ich es hinter mir hatte. Ich hatte in das Gesicht eines Dämons geschaut, aber er konnte mit mir spielen, so viel er wollte, er würde mich niemals besitzen. Meine Schulter, wo er mich berührt hatte, war seltsam taub. Wie oft war es Hargreaves so ergangen in den letzten fünfzehn Jahren? Wie oft hatte er dieses Gesicht sehen müssen, dieses Lächeln, bis das eigene Lachen brach und Wahnsinn wurde?

»Du bekommst mich nicht!«, flüsterte ich, während mir das Schluchzen die Stimme ersticken wollte. »Du bekommst mich nicht. Und ihn sollst du auch nicht bekommen. Nicht, wenn ich nur ein Wort mitzureden habe.«

Ich blieb sitzen, wo ich war, zusammengekauert zwischen den Scherben vor dem Kamin, selbst als das Feuer längst wieder erstorben war, als der Morgen dämmerte, und rührte mich nicht von der Stelle, bis irgendwann ein Schlüssel in der Tür gedreht wurde und sie mich fanden, oder das, was von mir übrig war.

An Schulunterricht oder auch nur an ein Frühstück war nicht zu denken. Ich hatte einen Schnitt in der Wange, der wie Feuer brannte, wenn ich das Gesicht verzog. Ich sah aus, als wäre ich in eine Messerstecherei geraten. An meinen Händen und Unterarmen waren kleinere Schnitte, beim Knien hatte ich mir einen Strumpf zerrissen, eine Scherbe steckte mir im Bein, ohne dass ich es gemerkt hatte – umso mehr blutete es beim Versuch, sie herauszuziehen, und ich schnitt mich dabei auch noch in den Daumen.

Ich lag in meinem Bett wie eine Kranke. An meiner Bettkante saß Victor und hielt meine Hand. »Jetzt ist er zu weit gegangen«, sagte er, und ich dachte, dass er den Dämon meinte. »Ich werde ihn mir vorknöpfen, und wenn er noch einmal versucht, dich zu sabotieren …« Erst da verstand ich, dass er von Toby sprach. »Nachts allein in der Bibliothek – niemand geht nachts in die Bibliothek, niemand, und ich will sehen, wie er sich da wieder rausredet.« Er seufzte. »Er wird natürlich behaupten, dass er es nicht gewesen ist – ach, ich hätte so viel mehr von ihm erwartet!«

Vorsichtig fuhr er mir mit dem Fingerrücken übers Gesicht, über die heile Wange, und schüttelte den Kopf. »Mein Vater will, dass wir den Doktor für dich rufen, meine Mutter ist dagegen. Sie weiß nicht, wie wir ihm erklären sollen, was dir passiert ist.«

Ich brachte ein Lächeln zustande. »Ich bin schlafgewandelt und habe dabei den Spiegel kaputt gemacht«, schlug ich vor. Ich wollte keinen Arzt sehen. Ich wollte in die Kirche. Ich hatte die Hand eines Dämons auf meiner Schulter gespürt und war noch nicht einmal auf die Idee gekommen, Gott um Hilfe anzurufen, hatte mich nicht bekreuzigt, nur mit einem Schürhaken um mich geschlagen wie eine Wahnsinnige. »Sind sie wütend auf mich?«

»Mach dir darüber keine Sorgen«, sagte Victor. »Ich dürfte eigentlich gar nicht hier sein, du solltest schlafen und dich von dem Schrecken erholen. Ich verschwinde jetzt, aber wenn du etwas brauchst, läute nach dem Mädchen.«

»Sie hat doch schon so viel Arbeit«, murmelte ich und schämte mich, dass ich am Tag davor noch einen Bauern geschlagen hatte, ohne einen Gedanken daran zu verschwenden. »Und es fehlt wieder jemand vom Personal – weißt du, wen ich da gestern erwischt habe?«

»Den Kutscher«, antwortete Victor. »Das ist ein schwerer Schlag für Vater. Er kann zwar reiten, statt die Kutsche zu nehmen, trotzdem muss jemand die Pferde versorgen. Der Kutscher hatte schon alle Arbeit des Stallburschen übernommen. Jetzt wird wohl der Gärtnerjunge ranmüssen.«

Ich hörte ihm zu und nickte. Kein Wort mehr darüber, dass wir uns gestritten hatten, und auch kein Wort mehr von dem, was seine Familie mir verschwiegen hatte. Nun war ich es, die etwas geheim hielt. Ich konnte Victor sagen, dass ich mich nachts in der Bibliothek gefürchtet hatte, dass ich etwas im Spiegel gesehen und ihn vor Schreck zerschlagen hatte. Aber ich konnte ihm nichts von dem Dämon erzählen, davon, wie er mich berührt hatte. Ich wollte nicht darüber reden.

Als Victor weg war, atmete ich auf. Einen Moment lang war ich versucht, sofort nach Tillie zu läuten, bloß um mich zu vergewissern, dass sie wirklich noch da war, aber obwohl ich die Hand schon am Klingelzug hatte, ließ ich es bleiben.

Zum ersten Mal fragte ich mich, wo Tillie hingehen würde, wenn die Partie vorüber war. Das ganze Personal, konnten die einfach um keinen Tag gealtert zu ihren Familien zurückkehren, als wären sie nicht vor fünfzehn Jahren verschwunden? Ich konnte nur hoffen, dass ihnen Lord Kettlewood wenigstens eine anständige Summe zahlen würde, denn hier im Haus würde wohl keiner von ihnen einen Tag länger als nötig bleiben.

Langsam verstand ich auch, was mich nach allem, was ich herausgefunden hatte, am wütendsten machte: Ich riskierte meine Seele, nur damit das gleiche Spiel, mit neuen Opfern, in der nächsten Generation von vorne anfangen konnte.

Mir wurde übel vor Abscheu. Was für Scheusale waren das, die ihr Haus am Leben hielten um den Preis, dass dafür andere Menschen, zufällig ausgewählte Mitglieder des Personals oder der Familie, ihre Seele opfern mussten? Ich konnte vielleicht Lawrence Aubrey verstehen, der halbverrückt war vor Trauer und nicht wusste, auf was er sich einließ – und Lawrence hatte um seine eigene Seele gespielt. Aber die, die ihm nachfolgten … Wäre es nicht besser gewesen, keine Kinder mehr zu bekommen?

Es gab so viele Menschen! Die sollten einmal nach Leeds fahren und sehen, wie wir lebten und wie viele wir waren. Wie konnten auf der einen Seite so viele Kinder geboren werden, die keiner haben wollte, deren Mütter kaum in der Lage waren, sie zu ernähren, Kinder wie ich, Kinder wie das, das Miss Hardaker erwartete – und auf der anderen Seite machten sich die Kettlewoods bereitwillig zu Figuren in einem Spiel und schacherten um Seelen, nur um ihren Namen fortbestehen zu sehen? Sie konnten Kinder adoptieren, es gab doch genug! Da half es auch nicht mehr, einen Beichtstuhl zu spenden. Es war meine Seele, die auf dem Spiel stand. Doch den Pakt dazu hatten andere geschlossen, und schlossen ihn immer wieder.

Ich lag im Bett, versuchte, das Brennen in meiner Wange zu ignorieren, und auch wenn ich schrecklich müde war, kam mein Kopf nicht zur Ruhe. Vom Denken allein wurden die Dinge nicht besser. So oft hatte ich darüber nachgedacht, den Kettlewoods Bedingungen zu stellen, von denen abhing, ob ich weiterspielte, aber das war auch immer nur eine Art Spiel gewesen – sehen, wie weit ich gehen konnte, wie viel Macht ich hatte, in dem Wissen, dass man mich zu nichts zwingen konnte und ich Herrin meiner Seele war.

Wie sich herausgestellt hatte, war ich genau das nicht. Ich

musste mit Lord und Lady Kettlewood darüber sprechen, und auch mit Victor. Vielleicht wussten sie es wirklich nicht. Vielleicht hielten die Aubreys und Reynards seit zweihundert Jahren die Augen vor der Wahrheit verschlossen. Doch selbst wenn sie jetzt auf meine Bedingungen eingehen würden – sie hatten mich so oft belogen. Sie konnten mir alles versprechen, was ich wollte, und sich hinterher nicht mehr darum scheren.

Meine Müdigkeit war vergangen. Ich stieg aus dem Bett, zog mich wieder an und machte mich auf die Suche nach Victor. Da er nicht ohne mich im Schulzimmer sitzen würde, hatte ich die besten Chancen, ihn in seinem Zimmer anzutreffen. Und da war er auch.

»Iris!«, rief er. »Du solltest doch schlafen! Nur, weil wir jetzt keinen Doktor geholt haben … du musst vorsichtig mit dir umgehen!«

Ich schüttelte den Kopf. »Ich muss mit dir sprechen, Victor«, sagte ich leise, und ich klang wohl ernst genug, dass er es auch verstand. Er ließ mich ins Zimmer schlüpfen, schloss die Tür, und ich kauerte mich in seinen Lesesessel.

»Was ist los?«, fragte Victor besorgt. »Ist es wegen uns beiden?«

Ich wollte schon den Kopf schütteln, dann stutzte ich. Ja, verdammt. Es war wegen uns. Ich wollte mit Victor zusammen sein. Richtig und für immer und nicht nur bis zum nächsten Zug. Ich wollte, dass ich ihm wichtig genug war, um sich mit seinen Eltern anzulegen, und ich wollte mit ihm eine Familie gründen … Was war eine Familie? Vater, Mutter, Kinder? Ich schluckte. Plötzlich war es viel persönlicher, und entsprechend schwerer, darüber zu sprechen.

Ich nickte. »Ja … auch. Aber nicht nur.« Ich atmete durch. »Worüber wir gestern gesprochen haben – das, was uns niemand gesagt hat. Ich spiele um meine Seele. Und alles nur, wenn ich dich richtig verstanden habe, damit in Kettlewood Kinder geboren werden können. Das ist nicht fair.«

Victor nickte langsam. »Nachdem wir gestern darüber gesprochen haben – nachdem wir uns gestritten haben –, habe ich versucht, mit meinen Eltern zu reden. Sie blocken ab. Es tut mir leid. Mein Vater ist … Er ist stur. Ich habe ihm gesagt, dass es ein Ende haben muss. Ich will nicht, dass du weiterspielst. Und ich gehe lieber wieder dorthin zurück, wo ich die letzten fünfzehn Jahre war, als meine Freiheit um diesen Preis zu erkaufen.« Ich sah, wie er mit den Worten rang, und doch kam es mir vor, als hätte er früher mit ihnen herausrücken müssen. Es war keine Kleinigkeit. So viel Aufhebens um einen Schnitt in meinem Gesicht, wenn es eigentlich um meine Seele ging. »Mein Vater meint, es war schon immer so, und wir haben uns den Spielregeln zu fügen.«

»Aber es war nicht immer so!«, rief ich aufgebracht. »Zweihundert Jahre – die Welt ist Tausende von Jahren alt, selbst ich weiß, dass zweihundert Jahre nichts sind, und ich kann noch nicht mal richtig rechnen! Und dein Vater ist nicht derjenige, der es in der Hand hat. Du bist es. Toby. Lorina. Phoebe. Ihr seid die letzte Generation. Ich spiele dieses Spiel wofür – nur damit du Kinder bekommen kannst?«

»Ohne das Spiel sterben die Earls of Kettlewood aus«, sagte Victor, aber er schaffte es nicht, mich dabei auch nur anzublicken. »So ist das.«

»Die Kettlewoods sind schon längst ausgestorben! Ihr seid alle nur hier, weil ein Dämon Seelen, die auf dem Weg zu Gott waren, gestohlen und in falsche Körper gesteckt hat! Ich liebe dich, Victor, aber bist du wirklich? Hast du eine Seele? Das, was Gott darunter versteht?«

Ich sah Victor erbleichen. »Frag mich das nie wieder«, sagte er tonlos. »Niemals. Wenn ich eines weiß, dann, dass ich eine Seele habe. Ich hatte fünfzehn Jahre lang nichts anderes mehr. Keinen Körper, keine Welt, keine Zeit – du wirst nie verstehen, wie das ist, weil es keine Worte dafür gibt. Nur zweifle niemals, niemals wieder daran, dass ich eine Seele habe.«

»Es tut mir leid«, flüsterte ich. In seinen Augen war ein Schmerz, auf den ich mich nicht einlassen konnte, weil mein eigener zu frisch war, aber ich wollte gerne mit ihm zusammen heilen. »Es ist nur – ich weiß auch, dass ich eine Seele habe. Und ich will sie behalten.«

Victor zog mich aus dem Sessel, schlang die Arme um mich und drückte mich an sich. »Ich liebe dich«, sagte er. »Mehr als alles andere. Egal, was mein Vater redet. Und den Gedanken, dich auf diese Weise zu verlieren, und aus diesem Grund … Wenn du glaubst, ich will um diesen Preis eine neue Generation in dieses Haus setzen: Nein, will ich nicht. Die Partie hat begonnen, als unsere Eltern angefangen haben, sich nach Bräuten für Toby und mich umzusehen – nicht, dass uns jemand gefragt hätte. Jetzt, da das Spiel weitergeht, werden meine Eltern wohl bald wieder damit anfangen. Ich weiß, dass Toby außer sich ist vor Angst, mit irgendeiner Frau, die er nicht liebt, verheiratet zu werden. Ja, er geht zu weit, und ich werde dafür sorgen, dass er sich bei dir entschuldigt, aber er ist blind vor Sorge.«

»Wenn Toby nicht heiraten will«, sagte ich, »und du mich heiraten willst« – ich versuchte, bei den Worten scherzhaft zu zwinkern, doch es klang plötzlich vollkommen ernst –, »dann müssen wir nur noch Lorina und Phoebe überzeugen …«

Victor schüttelte den Kopf. »Dafür ist es zu spät«, sagte

er. »Das Spiel hätte niemals begonnen werden dürfen, aber nun ist es im Gange, und wenn es nicht beendet wird, sind die Seelen derjenigen, die hinter den Spiegeln gefangen sind, auch für immer verloren.« Er hielt meine Hände fest, die sich ganz kalt und taub anfühlten. »Jetzt musst du einfach gewinnen. Ich glaube an dich.«

Ich fing an zu weinen. Ich war eine erbärmlich schlechte Schachspielerin, doch ich weinte aus einem anderen Grund. »Ich kann nur verlieren«, brachte ich heraus. »Wenn ich die Partie verliere, bin ich meine Seele los. Aber wenn ich gewinne? Damit verdamme ich einen anderen Menschen. Und dann will ich meine Seele auch nicht mehr haben.«

Victor hielt mich im Arm, doch es gab keine Worte mehr, um mich zu trösten, ich war elend und unglücklich und ich weinte, lautlos.

Ich weiß nicht, wie lange wir so standen, Arm in Arm. Keiner von uns sagte etwas, und Victor strich mir über die Haare, wieder und wieder, bis ich merkte, dass meine stillen Schluchzer erstarben, mein Atem ruhiger wurde und ich nicht mehr nur das Rauschen des Blutes in meinem Kopf hörte.

»Ich muss dich jetzt einen Moment allein lassen«, sagte Victor leise. »Ich tue es nicht gern, und ich werde mich beeilen, aber ich will endlich versuchen, mit Toby zu reden. Ich habe ein Hühnchen mit ihm zu rupfen, und ich will ihm sagen, was für dich auf dem Spiel steht.«

Ich nickte, schniefte und musste fast lachen, als Victor sich verzweifelt auf die Suche nach einem sauberen Taschentuch machte, um es mir zu geben, nachdem ich schon drei Stück nass geheult hatte. »Danke«, sagte ich. »So lange wirst du ja nicht weg sein. Ich warte hier auf dich.« Ich machte es mir wieder in Victors Sessel bequem, und diesmal hatte ich wirklich keine Lust, ihn und Toby zu belauschen.

Victor legte mir noch eine Wolldecke über die Beine, für die es eigentlich viel zu warm war, dann ging er. Ich blickte ihm nach, seufzte und versuchte krampfhaft, meine Augen offen zu halten. Ich war erschöpft und müde, doch ich wollte nicht einschlafen – ich fürchtete die Träume, die mich erwarteten. Wach bleiben. Victor war gleich wieder da.

Ich zwickte mich in den Arm und war mir völlig sicher, nicht eingeschlafen zu sein. Aber als ich die Augen wieder aufschlug, stand vor mir der dunkelhäutige Mann mit den Dämonenaugen. Diesmal sah ich ihn nicht nur im Spiegel. Und ich hatte auch keinen Schürhaken zur Hand.

Ich wünschte mir, so fest ich konnte, dass es nur ein Traum war. Da stand dieser Dämon, nah genug, dass wir einander hätten berühren können, aber er machte nur eine beschwichtigende Geste und trat einen Schritt zurück. »Hab keine Angst vor mir«, sagte er, und seine Stimme war warm und dunkel und sanft. Einen Moment lang wunderte ich mich, dass ich ihn überhaupt verstehen konnte, wenn er aus Indien kam, aber tatsächlich war sein Englisch besser als meines. Er sprach wie Victor oder Lord Kettlewood, nur der Klang seiner Stimme, die besondere Farbe darin, verriet seine fremdländische Herkunft.

»Ich werde nicht auf dich hören«, sagte ich fest. Endlich kam es mir in den Sinn, das Kreuzzeichen zu machen, nur verschwand er davon auch nicht. »Mir ist egal, was du bist, Dämon, Asura, der Leibhaftige – meine Seele bekommst du nicht.«

Er lächelte, und sein Schnurrbart lächelte mit ihm. »Du denkst, ich will deine Seele besitzen?«

Ich nickte. »Ihr habt es lange genug vor mir geheim gehalten, du und deine Hunde, aber jetzt weiß ich es. Und ich gebe meine Seele nicht her.«

»Ich will deine Seele nicht besitzen«, sagte er. Sein Lächeln wurde so breit, dass ich es in meinem Bauch fühlen konnte und sein Gesicht einen Moment lang wieder einem Bestienkopf glich. »Darum bin ich hier. Um dir meine Absichten zu erklären, und warum du mich nicht fürchten musst.«

»Ich fürchte dich nicht«, erwiderte ich. »Ich habe mich lang genug gefürchtet. Ich träume, und ich kann jederzeit wieder aufwachen. Du bist nicht wirklich. Ich habe Macht über dich.«

»Dann wach auf«, sagte er ruhig. »Beweise es mir.« Er wartete geduldig, während ich verzweifelt versuchte, ihn verschwinden zu lassen, und scheiterte. »Du hast es eben selbst ausgesprochen«, redete er dann weiter. »Kein Dämon. Kein Teufel. Weißt du nicht, was ein Asura ist? Ich bin ein Gott.«

Es war nur ein Traum. Ich musste nicht mit einer Traumgestalt streiten. Ich wusste, es gab nur einen Gott, und das war nicht er. »Ein Gott, der sich in der Bibliothek einmauern lässt?«, fragte ich höhnisch. »Das ist kein Gott.«

»Nenn mich einen Mindergott«, sagte der Dämon – er konnte noch so oft leugnen, einer zu sein, ich wusste es besser. »Ich bin ein Sucher. Ein Sammler. Du bist eine verlorene Seele. Jeder in diesem Haus, jeder in diesem Land ist eine verlorene Seele. Du spielst mein Spiel. Wenn du verlierst, erlaubst du mir, deine Seele in den Kreislauf zurückzuführen. Es ist nicht das, was du fürchtest. Ich nehme deine Seele in Empfang, damit du wiedergeboren werden kannst.«

»Was heißt das, wiedergeboren?«, fragte ich.

»Ein neues Leben«, sagte der Dämon. »Ein neuer Körper. Leben, Tod, Wiedergeburt. Das ist der Kreislauf.«

»Ich muss nicht noch einmal geboren werden«, erwiderte ich. »Ich habe nur dieses eine Leben, damit ich das Beste daraus mache, und nach meinem Tod wird Gott über mich richten. Daran glaube ich. Dafür lebe ich.«

»So sind die Regeln«, antwortete der Dämon, immer noch freundlich. »Ich werde deine Seele nicht in euer Höllenfeuer werfen, und wenn du eine reine Seele hast, wirst du die Früchte ernten. Du verlierst dieses Leben, wenn du mein Spiel verlierst, aber du kehrst zurück.«

Ich schüttelte mich bei dem Gedanken. Immer wieder leben, immer wieder sterben, nie das Paradies erlangen – ich wusste wohl, dass sie in Indien allesamt gottlose Heiden waren, aber diese Vorstellung war einfach schrecklich. Lieber Tausende von Jahren im Fegefeuer ausharren müssen als so etwas. Und dass er mir ins Gesicht lachen konnte und so tun, als ob ich mich auch noch darüber freuen sollte, machte es noch einfacher. »Ich widersage dir«, sagte ich. »Du wirst mich nicht bekommen. Nicht in diesem Leben, und erst recht in keinem anderen.«

»So sind die Regeln«, wiederholte der Dämon. »Du trägst das Zeichen der Acht. Du bist ein Kind des Spiels. Du warst meine Spielerin, lange bevor du auch nur einen Fuß in dieses Haus gesetzt hast. Du wärst nicht hier, wenn ich dich nicht gerufen hätte, und du bist mir gefolgt. Ohne das Spiel wärst du niemals geboren worden, niemals gezeugt. Wenn du verlierst, gibst du nur zurück, was dir geliehen wurde. Und wenn du gewinnst, erfülle ich dir einen Wunsch.«

»Jeden Wunsch?«, fragte ich. Jetzt war ich es, die lächelte. »Du erfüllst mir jeden Wunsch? Ich habe dein Wort? Das Wort eines Gottes?«

»So spielen wir nicht«, antwortete er. »Sag mir deinen Wunsch, und ich sage dir, ob ich ihn gewähren kann. Mein Wort gebe ich dir erst, wenn ich den Wunsch kenne.« Er schüttelte den Kopf. »Was sich dein kleiner Verstand wünschen mag – Geld, Reichtümer, die Liebe deines Herzens …«

Ich lächelte. »Ich wünsche mir Hargreaves' Seele«, sagte ich. »Wenn ich gewinne, soll er nicht verlieren. Das ist mein Wunsch.«

Der Dämon lachte so schallend, dass der ganze Traum davon zu beben begann. »Du kluges Kind!«, rief er. »Du dummes, kluges Kind! Du willst mich austricksen!« Er schien nicht einmal zornig darüber zu sein – er sah eher begeistert aus. »Du dummes, kluges, gutes Kind! Du bist nicht umsonst das Kind des Spiels. Du willst mich mit meinen eigenen Regeln schlagen.«

»Und?«, fragte ich kühn. »Geht es?«

Immer noch lachend schüttelte er den Kopf. »So einfach wird dir das nicht gelingen.«

»Und wenn ich mir wünsche, dass das Spiel ein Ende hat, ein für alle Mal?«

»Auch das geht nicht. Wenn du mich mit meinen Regeln schlagen willst, musst du die Regeln kennen. Das ist der erste Schritt. Ich nehme deine Herausforderung an – wenn ich eine Schwäche habe, dann die, dass ich keinem Spiel widerstehen kann. Wenn du verlierst, gewinne ich deine Seele. Wenn du gewinnst, kannst du dir Liebe und Reichtum wünschen. Aber wenn du es schaffst, mich auszutricksen, dann gewinnst du dein Leben, und das deines Vaters dazu.«

Dann lachte er, so lang und so laut, dass ich davon wach wurde. Ich saß in Victors Sessel, und ich war allein. Das Zimmer war leer. Nur ein Schatten des Lachens lag immer noch in der Luft. Ich rieb mir die Augen, rappelte mich auf, blinzelte. Ein Dämon, der Herausforderungen liebte. Ein Dämon, der sich austricksen ließ – und der mich regelrecht dazu einlud, es zu versuchen …

Victor würde sich noch wundern. Als ein Häufchen Elend hatte er mich zurückgelassen. Jetzt, wenn er wiederkam, erwartete ich ihn mit neuer Hoffnung, neuem Stolz, nur ohne Plan, was ich tun sollte.

Victor blieb länger weg, als ich erwartet hatte. In der Zwischenzeit nickte ich noch mehrmals ein, aber wenigstens träumte ich nicht mehr, und ich hoffte, den Asura niemals wiedersehen zu müssen. Trotzdem fand ich keinen rechten Schlaf. Das Brennen in meiner Wange machte mich jedes Mal wieder wach. Oder fand ich nur keine Ruhe wegen dem, was ich gerade erfahren hatte?

Endlich kam Victor zurück. Ich hatte jedes Zeitgefühl verloren. »Ich habe mit Toby gesprochen«, sagte er. »Und ich denke, es tut ihm leid, was er getan hat. Er möchte mit dir reden. Ohne mich. Ich konnte ihn nicht umstimmen.«

»Musst du auch nicht«, antwortete ich. »Wenn ich mit ihm reden kann – wenn er mir einmal zuhört –, bin ich schon zufrieden.« Ich sagte ihm nichts von meinem Traum, wenn es denn ein Traum war. Es gefiel mir nicht, Geheimnisse vor Victor zu haben, aber ich mochte nicht lang über meine Begegnung mit dem Asura nachdenken und erst recht nicht darüber reden. Die Sache mit Toby kam mir da gerade recht.

»Ich wäre lieber dabei«, erwiderte Victor. »Nach dem, was er getan hat – ich mag die Vorstellung nicht, dass du mit ihm allein bist.«

»Das ist lieb von dir«, entgegnete ich ausweichend. Wie

sagte ich ihm am besten, dass ich keinen Beschützer brauchte, ohne ihn zu verletzen? »Doch er wird mir nichts tun. So dumm ist er nicht. Und selbst wenn – ich denke nicht, dass er das überhaupt könnte. Ich dachte, das Spiel lässt nicht zu, dass die Figuren sich einmischen?«

Victor verzog das Gesicht. »Ich habe einfach kein gutes Gefühl dabei … Normalerweise hätte ich gesagt, Toby ist mein Freund und man kann ihm bedenkenlos trauen –«

»Dann sag das auch jetzt!«, bat ich. »Dann ist vielleicht Toby als Mensch nicht viel wert, aber du als Freund umso mehr. Und wirklich, ich passe auf mich auf. Wo kann ich ihn finden?«

»Er ist draußen«, antwortete Victor. »Im Baumhaus. Ich störe ihn dort ja sonst nicht, doch nachdem er dich in der Bibliothek eingesperrt hat …«

»Im Baumhaus, dann.« Ich erhob mich ächzend aus dem Sessel. Mit Toby sprechen und dann zusehen, dass ich irgendwo eine Salbe für mein Gesicht bekam und mich ins Bett packte. Aber ich wollte, dass Toby die Verletzung sah – ich konnte mir nicht vorstellen, dass er so was beabsichtigt hatte. Ich hielt Toby für vieles, doch nicht für böse. Das machte es nicht einfacher. Niemanden, mit dem ich es zu tun hatte, hätte ich als böse bezeichnet. Hargreaves nicht, Toby nicht, noch nicht einmal der Asura kam mir wirklich böse vor. Ich hätte lieber gegen einen Erzschurken gekämpft. Aber so hatte ich nur die Wahl, diese oder jene Seele zu verdammen.

Draußen regnete es schon wieder, als ich mich auf den Weg durch den Garten machte. Toby war nicht im Baumhaus. Er wartete unten auf mich, lehnte am nassen Stamm, und es schien ihm nichts auszumachen, dass ihm das Wasser auf die Haare rann. Er nickte mir zu und hob grüßend eine Hand. »Du bist also wirklich gekommen, Iris.«

Ich schnaubte. »Was dachtest du? Dass ich Angst vor dir habe, Toby Reynard? Ich lasse mich nicht einschüchtern.«

Toby nickte nur. Er sah ziemlich kläglich aus, nicht nur wegen des Regens. »Du kannst dir denken, worüber ich mit dir reden will?«

»Ich nehme an, du willst dich entschuldigen. Und das ist das Mindeste, was du tun kannst.«

Toby richtete sich auf und strich sich die Wassertropfen aus den Haaren, ehe er mir eine nasse Hand hinstreckte. »Dann fange ich damit an«, sagte er. »Ich habe mich verhalten wie ein Idiot, und es tut mir leid. Ich wollte nie, dass dir etwas zustößt. Ich wollte …« Er schüttelte den Kopf. »Ich weiß nicht mal mehr, was ich gewollt habe. Dir Angst einjagen, schätze ich. Aber du sitzt jetzt hier fest wie alle anderen, wo solltest du auch hingehen?« Er hielt mir geduldig seine Hand hin, doch ich nahm sie nicht. Die Hand hätte er mir reichen können nach unserem ersten Zusammenstoß, jetzt erwartete ich mehr als das. »Ich wollte nur nicht, dass du weiterspielst.«

Ich verzog keine Miene. »Weißt du, wie du mich dazu hättest bringen können, aufzuhören?«, sagte ich ruhig. »Indem du mir verraten hättest, was mit mir passiert, wenn ich verliere. Ein einziger Satz, und du hättest sicher sein können, dass ich so schnell keine der Figuren mehr anfasse.«

Toby grinste und schaffte es, selbst dabei unglücklich auszusehen. »Letzten Endes bin ich nicht besser als alle anderen«, erwiderte er. »Darüber mag keiner von uns auch nur nachdenken.«

Ich machte einen Schritt auf ihn zu und nahm endlich seine Hand. »Habe ich dein Wort, dass du mich jetzt in Ruhe lässt?«, fragte ich.

Toby nickte. »Ich habe keine Wahl«, antwortete er. »Ich

kann mich nur noch mehr zum Narren machen, aber ich kann das Spiel nicht aufhalten. Und im Moment traue ich mich nicht mal mehr ins Haus. Die Hunde suchen nach mir.«

»Nicht mal ins Baumhaus?«, entgegnete ich kalt. Sein Selbstmitleid widerte mich an. Es war meine Seele, die auf dem Spiel stand, doch er tat so, als ob er der Einzige wäre, der etwas zu verlieren hatte.

»Ich war lange genug da oben«, sagte Toby. »Wenn du mich ein Stück begleitest, möchte ich, dass du jemanden kennenlernst.«

»Deine große Liebe?«, fragte ich, und Toby nickte. Ich zuckte die Schultern und folgte ihm. Natürlich war ich neugierig. Aber ich hätte es lieber unter anderen Umständen erfahren. »Und wohin führst du mich jetzt? Wenn du dich noch nicht mal ins Haus wagst?«

»Ins Trockene, immerhin«, antwortete Toby. »Den Garten habe ich dir ja schon einmal gezeigt, bei besserem Wetter. Aber warst du schon einmal im Pferdestall?«

»In den Stall?« Ich lachte. »Du bist doch nicht etwa in ein Pferd verliebt?«

Toby warf mir einen Blick zu, so verletzt und zornig, dass ich sofort wieder still war. Er sagte kein Wort mehr, bis wir den Stall erreicht hatten, dann stieß er die Tür auf mit einer Heftigkeit, dass ich froh war, hinter ihm zu stehen und nicht in seinem Weg. »Da hast du ihn!«, rief er mit einer Mischung aus Triumph und Wut. »Iris, ich möchte dir Will vorstellen. Gärtnerjunge, seit gestern Stallknecht – und die Liebe meines Lebens.«

14

Ich konnte nicht anders – ich begann zu lachen. Es passte alles nicht zusammen: der dämmrige Stall, in dem es nach Pferd roch und nach Heu und Mist, und mittendrin Toby mit einem Gesicht, als stünde er am schönsten Ort der ganzen Welt, und er sah so glücklich aus, als wäre es ihm ernst, als spräche er über das schönste Mädchen der Welt und nicht über einen schlaksigen Burschen in Hosenträgern.

»Warum lachst du?«, fragte Toby. »Glaubst du, ich mache Witze?« Er sah nicht mehr wütend aus, eher enttäuscht – als hätte er etwas anderes von mir erwartet.

Ich schüttelte den Kopf. »Ich lache euch nicht aus!«, sagte ich hastig. »Ich habe nur … Ich habe so was noch nie gehört.«

»Du hast noch nie von der Liebe gehört?« Toby verzog das Gesicht. »Dann kann mir Victor ja nur leidtun …«

»Das ist etwas anderes!«, sagte ich. »Das ist doch nicht das Gleiche.«

»Und ich habe noch gesagt, erzähl es ihr nicht!« Will warf mir einen grimmigen Blick zu. »Ich wusste, dass sie es nicht versteht.«

»Oh, Miss Barling hat völlig recht.« Toby zog hinter mir die Stalltür zu und schob mir einen Schemel hin, der aussah, als stünde er schon im Stall, seit Kettlewood gebaut worden war. »Das kann man wirklich nicht vergleichen, Iris und

Victor und uns. Seit wie vielen Tagen seid ihr jetzt also zusammen?«

»Zwei …«, sagte ich und fühlte mich erröten. Ich wollte mich nicht setzen, solange die beiden Männer standen, doch ich war müde genug, um es trotzdem zu tun.

»Eben«, sagte Toby ruhig. »Zwei Tage. Das ist nicht das Gleiche.«

Ich atmete durch. Hatte ich mir nicht mal vorgenommen, mich über nichts mehr in Kettlewood zu wundern? »Irgendwie kann ich es doch verstehen«, sagte ich, mehr, um die Stimmung wieder zu heben. »Ihr sitzt hier fest, ihr seid jung, und ihr habt nicht viel Auswahl –« Was redete ich da? Es gab immer noch Hausmädchen in Kettlewood! »Irgendwie müsst ihr euch ja beschäftigen.« Das war meine freundlichste Art, zu umschreiben, dass jeder, wirklich jeder, in Kettlewood verrückt geworden war in den Jahren, seit die Zeit stillstand. »Und wenn sich deine Schwester an den Lehrer heranmachen kann …« Ich sprach nicht weiter. Tobys Gesichtsausdruck gab mir zu verstehen, dass ich mich gerade um Kopf und Kragen redete.

»Will und ich sind seit siebzehn Jahren zusammen«, sagte er. »Stell dir das vor. Siebzehn Jahre! Lange bevor deine Mutter auch nur einen Fuß ins Haus gesetzt hat, lange bevor die ganze Misere ihren Anfang genommen hat – und lange genug, dass ich weiß, dass ich im Leben nicht mehr von ihm getrennt werden will.«

Siebzehn Jahre … Ich schluckte. Es war schwer, das in den Kopf zu bekommen, nicht nur, weil die beiden so jung aussahen, dass sie kaum einen Tag älter sein konnten als das. »Das ist … wirklich lang«, erwiderte ich lahm und schüttelte den Kopf. Ich konnte mir nicht vorstellen, wie es war, jemanden so lange zu lieben.

»Es ist verboten.« Will starrte zu Boden. »Wenn sie mich anzeigen, Tobys Eltern – dann komme ich ins Zuchthaus.«

Ich versuchte, mir das auszumalen. »Es gibt Gesetze, dass ihr euch nicht lieben dürft?«

Toby lachte rau. »Nein, selbstverständlich nicht. Kein Gesetz kann einem vorschreiben, wen er zu lieben oder nicht zu lieben hat. Lieben darf ich Will bis ans Ende meiner Tage, und er mich. Wir dürfen nur nicht zusammen sein.«

Ich konnte nicht aufhören, den Kopf zu schütteln. Natürlich wollte ich nicht in etwas Ungesetzliches hineingezogen werden. Allerdings war so ein Gesetz schon irgendwie albern. Nur, es war nicht an mir, zu entscheiden, welche Gesetze richtig waren und welche nicht.

»Deswegen habe ich gedacht, ich muss dich aufhalten.« Toby stromerte hin und her, während er redete, immer wieder ganz nah an Will heran, dass ich schon dachte, er würde gleich die Arme um ihn legen, dann wieder weg, ans andere Ende des Stalles, und zurück, wie ein Hund an der Kette. »Ich will nicht, dass sie uns trennen. Es wäre mein Ende. Er ist mein Leben.«

»Und du bist sicher, dass deine Eltern …«, murmelte ich fahrig. Das Ganze überforderte mich. Auf der einen Seite brannte ich vor Neugier, auf der anderen war es mir unangenehm, einen Mann so über die Liebe reden zu hören wie ein Mädchen. Ich hatte mir in der Fabrik alle Arten von Schwärmereien anhören müssen, das passierte, wenn lauter Frauen und Mädchen auf einem Haufen arbeiteten, und ich hatte auch gesehen, wo das alles hinführte. Doch selbst damals war das nichts gewesen, was ich genauer wissen wollte.

»Bestenfalls jagen sie Will aus dem Haus«, sagte Toby.

»Schlimmstenfalls zeigen sie uns beide an, wahrscheinlicher nur Will, weil sie keinen Skandal wollen. Die ersten Jahre über haben wir unsere Liebe geheim gehalten, aber als wir dachten, wir sitzen hier für immer fest, und niemand hat die Macht, etwas dagegen zu tun … Da sind wir unvorsichtiger geworden.«

»Und jetzt weiß es das ganze Haus«, setzte Will hinzu. »Vor einer halben Stunde noch das ganze Haus bis auf dich.«

»Victor war der Einzige, dem ich es damals erzählt habe«, sagte Toby. »Mit irgendwem musste ich drüber reden. Er hätte mich auch nie verraten – noch nicht mal dir, das ehrt ihn.«

Ich verknotete meine Hände ineinander. Wenn Victor die beiden hatte gewähren lassen, war es dann an mir, etwas anderes zu tun? »Victor ist so«, sagte ich und musste grinsen. Irgendwie war ich in der gleichen Lage wie Toby vor siebzehn Jahren: Ich war verliebt, wollte es am liebsten in die ganze Welt hinausposaunen, und doch waren jetzt diese beiden die Einzigen, mit denen ich es wagen konnte, darüber zu reden.

»Er war sauer, als er gehört hat, dass wir aufgeflogen sind.« Toby seufzte so nachdrücklich, dass eines der Pferde wie als Antwort darauf wieherte. »Wir konnten das einfach nicht mehr verstecken. Wollen es auch nicht. «

Gedanken ratterten mir durch den Kopf, schneller als die Dampflok. Ich war immer noch sauer wegen dem, was Toby mit mir angestellt hatte, mit der Bibliothekstür, selbst mit Wills schönem Rosenbusch – aber ich konnte ihn verstehen, besser als mir lieb war. Nur, was konnte ich für sie tun? Konnte ich Gesetze umschreiben? Sicher nicht. »Und wenn ihr zusammen durchbrennt?«, schlug ich vor. »Ich kann euch Bescheid geben, wenn die Partie zu Ende geht, dann könnt ihr alles vorbereiten, und bevor deine Eltern wieder da sind, bevor sie euch finden, seid ihr weg.«

Will lachte schallend. »Was sollen wir tun, nach Gretna Green laufen und heiraten?«

Ich schwieg beleidigt. Ich wollte auch nur helfen. Und es gab genug Möglichkeiten. Vielleicht konnten sie so tun, als wären sie ein Herr mit seinem Diener – niemand würde Fragen stellen. Oder einfach als zwei unverheiratete Männer ein Haus beziehen, so wie zwei alte Jungfern zusammenwohnen konnten, ohne dass sich jemand darüber wunderte. Oder nach Amerika gehen. In Amerika war alles möglich.

»Es ist lieb von dir, an so etwas zu denken«, sagte Toby, freundlicher als sein Freund. »Vielleicht versuchen wir das ja wirklich. Nicht heiraten, natürlich, aber durchbrennen. So oder so, ich werde nicht zulassen, dass sie uns trennen.« Langsam wurde er ruhiger. »Ich werde nichts mehr unternehmen, um dich zu sabotieren, das verspreche ich. Hier.« Er griff in seine Westentasche und reichte mir einen Schlüssel. Ich wusste, dass er für die Bibliothekstür war, und er fühlte sich seltsam schwer an für so ein kleines Ding.

»Versprecht mir, dass ihr auch sonst nichts Dummes anstellt«, sagte ich leise. »Bitte. Egal, wie verzweifelt ihr seid.«

Ich sah die beiden einen Blick austauschen, und es lief mir kalt den Rücken hinunter. Niemand musste mir sagen, woran sie gerade dachten. Allem ein Ende setzen, ohne darauf zu warten, dass der Tod von selbst an die Tür klopfte … Wenn Toby und Will das auch nur versuchten – dann war es meine Schuld. Und diese Schuld wollte ich nicht. Aber sie gingen nicht auf meine Worte ein, versprachen mir nichts, noch nicht einmal mit einer Lüge. Ich fühlte, wie sich ein

Stein in meinem Inneren bildete, hart und kalt und schwer. Mir war lieber, zehnmal von Toby in der Bibliothek eingesperrt zu werden, als das, was jetzt im Raum stand.

»Ich … ich sage euch Bescheid, wenn das Spiel zu Ende geht.« Ich musste jedes Wort mit Gewalt hervorwürgen.

»Wir wollten nur, dass du Bescheid weißt«, sagte Toby leise. »Und es tut mir wirklich leid, wie ich dich behandelt habe. Nimmst du meine Entschuldigung jetzt an?«

Ich nickte, immer noch verwirrt, aufgewühlt, unglücklich. Kettlewood war nicht gerecht. Auf der einen Seite opferten sie Menschenseelen, um die Familie zu erhalten, auf der anderen Seite waren zwei, die sich einfach nur lieben wollten und das nicht durften – und mittendrin ich. Doch ich streckte Toby meine Hand hin, und diesmal war er es, der sie nahm, nicht halbherzig oder hastig, sondern ehrlich. Siebzehn Jahre. Vielleicht war es besser, sie freuten sich einfach darüber, so viel Zeit miteinander gehabt zu haben. Es gab nicht für jeden ein glückliches Ende in dieser Welt. Keines für meine Mutter, wahrscheinlich keins für mich, und erst recht keins für meinen Vater …

»Kann ich noch etwas fragen?«, flüsterte ich. »Etwas ganz anderes?«

»Nur zu.« Toby machte eine weit ausholende Geste. »Ich sage dir alles, was ich kann.«

»Mein Vater«, sagte ich. »Das ist Hargreaves, nicht wahr?«

Sie nickten, beide. Ich seufzte. Warum sollte auch nur einmal eine Entscheidung einfach sein?

Wieder war die Bibliothekstür verschlossen, aber diesmal, weil ich sie selbst abgesperrt hatte. Ich wollte mit dem Schachbrett allein sein, ohne dass mich jemand stören konnte. Ich starrte auf die schwarzen und weißen Felder und versuchte meine Gedanken zu ordnen. In meiner Wirklichkeit gab es kein Schwarz oder Weiß, kein Gut oder Böse. Es war alles falsch, egal, wie man es drehte, und egal, was ich tat, ich würde jemanden zerstören, jemandem das Herz brechen, eine Seele in den Abgrund stoßen.

Ich starrte auf die Figuren, die mir keine Antwort geben konnten. Mir gingen die Worte aus meinem Traum nicht aus dem Kopf, die Einladung des Dämons, ihn mit seinen eigenen Waffen zu schlagen, aber ich fühlte mich, als ob ich dafür zu wenig wusste. Zu wenig über Indien, zu wenig über Asuras und vor allem zu wenig über Schach. Und sosehr ich die Vorstellung mochte, das Spiel auszutricksen und dafür zu sorgen, dass es nie wieder gespielt werden musste, hatte ich keine Ahnung, wie ich das anstellen sollte. Meine Mutter hatte damals die Dinge nur aufgehalten. Ich musste sie zu einem Ende bringen.

Natürlich, ich wollte lieber gewinnen als verlieren, und nach dem Gespräch mit Toby und Will hatte ich eine Idee, was ich mir dann wünschen würde. Mein Wunsch war, dass die beiden zusammen glücklich werden durften, weil ich verstand, dass sie das ohne die Hilfe eines leibhaftigen Dämons niemals schaffen konnten. Ich brauchte mir nicht Victor zu wünschen: Er war zwar der Sohn eines Earls und ich eine Fabrikarbeiterin, und seine Eltern würden unsere Beziehung niemals erlauben, doch wenn er sich dann nicht gegen seine Eltern stellte und zu mir hielt, auch wenn wir am Ende beide arm waren, wollte ich ihn sowieso nicht.

Und mir Reichtum wünschen … Für so etwas mochte ich keinen Wunsch vergeuden, solange es andere gab, die ein Wunder brauchten. Ich konnte mir wünschen, dass Annie sah und zur Schule gehen und lernen durfte. Je mehr ich darüber nachdachte, desto mehr fiel mir ein, was ich mir wünschen konnte, nicht für mich selbst, sondern für die ganze Welt. Aber wenn ich gewann, dann verlor mein Vater seine Seele, und das hatte ich selbst dann nicht gewollt, als ich noch nichts von unserer Verwandtschaft wusste. Ich starrte aufs Schachfeld, suchte den einen Zug, der das Ruder herumreißen würde, und alles hing für mich an einer einzigen Frage: Verdiente Hargreaves den Tod?

Ich wusste nichts über ihn. Ich mochte ihn nicht einmal wirklich. Er hätte mir verraten können, wer er war, statt mich seltsam anzustarren und unangemessen vertraulich mit mir zu reden. Vor allem konnte ich mir nicht vorstellen, dass meine Mutter ihn geliebt haben sollte. Er war so alt, bestimmt über vierzig, er war nicht einmal hübsch, und überhaupt, wer wollte Hargreaves, wenn man sich in Victor verlieben konnte? Ich schüttelte mich bei dem Gedanken, dass Hargreaves meiner Mutter Gewalt angetan haben könnte, doch wenn es so gewesen war, machte es die Dinge einfacher.

Dann hatte ich endlich einen Grund, Hargreaves den Tod zu wünschen und dass seine Seele in der Hölle schmoren sollte oder abertausendmal neu geboren werden. Das Wissen, dass er mein Vater war, ließ mich nicht mehr für ihn empfinden als vorher. Doch ob er wirklich das Schlimmste verdiente … Meine Gedanken kreisten und kreisten und kamen nie ans Ziel.

Es klopfte an der Bibliothekstür, jemand rief meinen Namen. Ich rief zurück, dass ich allein sein wollte, und der Klopfer gab Ruhe, ohne dass ich auch nur wusste, wer es gewesen war. Ich wollte niemanden sehen – doch wenn ich mich nur noch einschloss, bekam ich auch keine Antworten. Ich konnte Hargreaves fragen, was er mit meiner Mutter getan hatte, aber ich glaubte nicht, dass er mir die Wahrheit sagen würde. Doch jemand anders konnte es wissen.

So sperrte ich die Bibliothekstür wieder auf, suchte an der Wand nach dem Klingelzug und läutete nach Tillie. Ich musste nicht lange warten.

»Miss Barling«, sagte Tillie und knickste. »Was kann ich für Sie tun?«

Ich schenkte ihr das strahlendste Lächeln, das ich so weit jenseits der Müdigkeit noch zustande brachte. »Sind Sie so gut und bringen mir ein Kännchen Tee? Und zwei Tassen dazu?«

Wenn ich schon nicht geschlafen hatte in der letzten Nacht, sah Tillie aus, als ob sie in keiner der letzten Nächte mehr als drei Stunden Schlaf bekommen hätte. Sie hatte so dunkle Ringe unter den Augen, dass ich nicht verstand, warum nicht längst Lady Kettlewood oder Mrs. Pleasance ihr Tablett, Staubwedel oder was auch immer abgenommen und ihr befohlen hatte, sich für ein paar Stunden hinzulegen. Tillie nickte. »Natürlich, Miss Barling. Einen Augenblick.«

»Hetzen Sie sich nicht!«, rief ich noch, da war sie schon weg. Hinunter in die Küche, den Kessel aufsetzen, Teeblätter in die Kanne geben, Geschirr auf ein Tablett stellen … Ich konnte gar nicht glauben, wie schnell Tillie wieder da war, aber sie hatte alles mitgebracht, was man zum Tee brauchte. Mein Magen begann plötzlich ganz übel zu knurren.

»Setzen Sie sich, Tillie«, sagte ich, nahm ihr das Tablett ab und fing an, den kleinen Tisch beim Sofa zu decken. Tillie hatte richtige Tassen mitgebracht, keine zierlichen Porzellantässchen, sondern die großen Steinguttassen, mit denen das Personal frühstückte. Ich konnte ihr gar nicht sagen, wie froh ich darüber war.

»Ich möchte mit Ihnen reden, es ist sehr wichtig. Denken Sie, ich soll besser die Tür absperren, damit Sie nicht gleich wieder weggerufen werden, oder haben Sie auch so einen Moment für mich?«

Tillie schüttelte den Kopf und lächelte ein bisschen. »Ihnen kann ich es ja sagen, Miss Barling, ich bin wirklich froh, wenn ich kurz sitzen kann.« Mir entging nicht, dass sie einen fragenden Blick in Richtung des Schachbretts warf und dann beruhigt nickte, als sie sah, dass sich dort nichts verändert hatte. Meine Dame bedrohte einen Bauern, und Tillie konnte nicht noch mehr fehlendes Personal ausgleichen. Aber vielleicht verstand sie auch, dass zugleich dieser Bauer meiner Dame drohte.

Ich war froh, uns beiden Tee einschenken zu können. Milch und Zucker dazu … »Ich muss Sie etwas fragen wegen meiner Mutter«, sagte ich, fast beiläufig. »Sie haben Sie doch am besten gekannt von denen, die jetzt noch im Haus sind, oder?«

Ich sah Tillie erröten. »Na ja …«, sagte sie.

»Außer meinem Vater, natürlich«, setzte ich schnell hinzu. »Und ich weiß inzwischen auch, wer das ist, Sie brauchen keine Angst mehr zu haben, wegen irgendwas, was Sie mir jetzt sagen, in Schwierigkeiten zu kommen.« Ich sah die Erleichterung in ihren Augen, als sie endlich an ihrem Tee nippte. »Aber ich möchte wissen – war meine Mutter in ihn verliebt? Hat sie das jemals erzählt?«

Was erwartete ich da – musste sich Tillie an jedes Wort erinnern, das irgendwann vor fünfzehn Jahren gesprochen worden war? Doch ja, sie nickte. »Sie hatte Angst, dass es herauskommt«, sagte sie. »Dachte, sie verliert ihre Stellung – aber Cilla …« Ich sah, wie ihr Lächeln wärmer wurde, und es berührte mich, wie glücklich die Erinnerung an meine Mutter machen konnte, selbst nach so vielen Jahren. »Sie war komplett verknallt. Bis über beide Ohren.« Tillie musste lachen, und ich hoffte, dass sie so schnell nicht mehr damit aufhören musste.

»Er ist nur so …« Ich schüttelte den Kopf. »Ich kann mir das so schwer vorstellen. Ich meine – er ist so alt!«

»Damals doch nicht!«, rief Tillie, und dann ließ sie bestürzt die Teetasse sinken, als habe sie gerade etwas verraten, was sie nicht durfte.

»Ich dachte, hier steht die Zeit still«, sagte ich. »Niemand wird auch nur einen Tag älter –«

»Aber er doch nicht!« Tillie schüttelte den Kopf. »Er war der Einzige, der gealtert ist – die ganzen Jahre über. Da wussten wir, was er ist.« Sie verzog das Gesicht bei diesen Worten und blickte schnell wieder in ihre Teetasse, damit ich es nicht sehen konnte. »Er war ein fescher junger Mann, damals. Ein einfacher Hausbursche, doch er hatte so eine Art, als ob er zu was Besserem bestimmt wär. Hat immer viel Aufhebens gemacht um seine Kleider, immer saubere Schuhe, vielleicht wollte er davon ablenken, dass er so entstellt war. Ohne die Narben hätte er noch Master Victor die Schau gestohlen und Master Toby sowieso. Aber er war schon sehr eitel. Keiner für mich, wenn Sie's wissen wollen, nur Cilla, ach, die war hin und weg.«

Ich atmete auf. Nicht, dass es die Entscheidung, was ich tun sollte, auch nur einen Deut einfacher machte, aber mir war lieber, meine Mutter war mit diesem Mann glücklich gewesen, selbst wenn es nicht für lang hatte sein sollen. »Und er? Hat er sie auch geliebt?«

»Hm«, machte Tillie. »Er hat's ihr zumindest gut vorgemacht, wenn es nicht wirklich so war. Hat sie verführt, und nun ja, sie hätt halt besser aufpassen sollen, bloß dass sie schwanger geworden ist, das war ja nicht mehr das Problem, nachdem das Spiel einmal angefangen hat. Hätt sie ja keiner mehr vor die Tür setzen können, und so schwanger, dass man's gesehen hätte, war sie noch lang nicht. Ich hab es gewusst, aber sonst noch jemand?«

»Und er?«, fragte ich. »Wusste er, dass sie schwanger war?«

Tillie zuckte die Schultern. »Was weiß ich? Nachdem Cilla weg war, hat jedenfalls keiner darüber gesprochen. Ich denke, bis Sie vor der Tür gestanden haben, Miss, hat keiner geahnt oder dran gedacht, dass es Sie gibt.«

Ich nickte nur und biss mir auf die Zunge. Es gab eine Frage, die ich stellen musste, obwohl ich wusste, dass Tillie sie mir nicht beantworten durfte. »Haben Sie …«, flüsterte ich und versuchte es dann noch leiser, dass meine Worte kaum zu hören waren: »Waren Sie das, die meiner Mutter zur Flucht verholfen hat? Sie müssen nichts sagen, geben Sie mir nur ein Zeichen mit den Augen.«

Tillie senkte den Blick. »Nein, Miss. Iris. Ich wär nicht auf die Idee gekommen … Hätt nicht gewusst, wie …«

»Schon gut«, antwortete ich schnell. »Danke. Ich nehme an, die Hunde …« Ich musste blinzeln, als mir ein Gedanke kam. Keiner im Haus hätte es wagen können, so ein Komplott mit meiner Mutter zu schmieden – doch es gab einen, der meinte, dass die Hunde ihm nichts taten. Und damit ergab wirklich nichts mehr einen Sinn.

Ich schüttelte den Kopf. »Hat sie Ihnen erzählt, dass sie weglaufen wollte?«

»Nein, das wusste keiner von uns.« Tillie seufzte. »Außer … Ich weiß nicht, vielleicht wusste er davon. Vielleicht hatten sie das gemeinsam geplant – oder es war sogar seine Idee …« Hastig trank Tillie ihre Tasse aus und stellte sie auf dem Tablett ab. »Bitte entschuldigen Sie, Miss Barling, ich kann nicht noch länger bleiben. Ich habe so viel zu tun …«

Ich ließ sie gehen, mit dem schlechtesten Gewissen der Welt. Aber sie hatte mir sehr weitergeholfen, mir eine Last von der Seele genommen, und ich konnte nur hoffen, dass sie unser kleines Gespräch vielleicht zumindest ein bisschen erholsam gefunden hatte. So oder so – es waren genug Bauern geschlagen worden.

Doch erst einmal war es an der Zeit, Hargreaves auf die Probe zu stellen. Meinen Vater. Würde er so weit gehen, die eigene Tochter zu opfern, um sein Leben zu retten? Mir gefiel der Gedanke, dass er meiner Mutter zur Flucht verholfen hatte, damit sie keine Feinde sein mussten, doch machte ihn das wirklich zu einem Vater? Und dachte er von mir wirklich als seinem Kind?

Es würde sich zeigen. Dame auf D4. Schach. Und nun abwarten, wie Hargreaves darauf reagieren würde.

Die Falle war gestellt. Wenn Hargreaves nur an seinen Sieg dachte, schluckte er meinen Köder und schlug meine Dame. Ich rechnete fest damit. Doch wenn er stattdessen nur seinen König aus dem Schach zog oder mit seinem Turm dazwischenging, wenn er meine Dame schonte, um mich zu schonen … Ich wagte es nicht, darauf zu hoffen. Wenn er wirklich mein Vater war – ließ er mich dann in mein Unheil laufen? Ich seufzte, warf einen letzten Blick aufs Schachbrett und machte mich auf den Weg zu Victor.

Ich fand ihn in seinem Zimmer, auf dem Teppich, umgeben von Büchern. Er strahlte, als er mich sah, und das tat mir leid, weil ich wusste, dass er gleich nicht mehr strahlen würde. »Da bist du ja wieder!«, rief er. »Geht es dir besser? Hast du ein Nickerchen gemacht? Wie ist es dir mit Toby ergangen? Ich habe hier Bücher herausgesucht, für den Unterricht morgen …« Er stand auf, um mich zu umarmen, obwohl ich noch in der offenen Tür stand. Doch es gab weit und breit niemanden, der uns hätte sehen können, außer den Schatten hinter dem Spiegel, und die wussten es wohl schon lange.

Ich schluckte. »Victor … Ich muss dir etwas sagen. Du solltest mit deiner Mutter sprechen.«

»Meiner Mutter?« Victor schüttelte den Kopf. »Weswegen?«

Ich fuhr mir mit der Zunge über die Lippen. »Ich dachte, du willst sie vielleicht noch mal sehen. Ich … ich glaube, ich habe sie umgebracht. Also, geopfert.«

Victor wurde blass. Er atmete durch. »Es … Du …« Er blickte über meine Schulter, sah nicht mich an, sondern die Wand hinter mir. »Danke, dass du mir Bescheid gibst«, sagte er. »Bist du sicher?«

»Nicht ganz«, antwortete ich. »Du bist der Einzige, von dem ich genau weiß, wer er ist. Bei den anderen kann ich nur raten. Aber ich glaube, deine Mutter ist meine Dame, und sie wird gleich geschlagen. Du solltest dich beeilen.«

»Gut«, sagte Victor. »Dann komm mit.«

»Nein!« Ich wich zurück, schüttelte den Kopf. Ich spürte, wie mein ganzer Körper steif und schwer wurde. »Bitte geh ohne mich. Es ist deine Mutter.« Ich wollte nicht dabei sein, wenn es geschah. Als es Agnes erwischte, hatte mich das wie alle anderen aus heiterem Himmel getroffen. Doch Lady Kettlewood gegenübertreten zu müssen und nur darauf zu warten, dass sie vor meinen Augen tot zusammenbrach, durch meine Schuld – das konnte ich nicht.

»Ich möchte, dass du mitkommst.« Victor nahm meine Hand und hielt sie fest. »Iris, ich will dich nicht bestrafen, und ich verstehe, warum du dich sträubst. Ich möchte diese Chance nutzen ... Ich möchte meiner Mutter reinen Wein einschenken. Sie soll wissen, dass wir zusammen sind. Damit sie hinterher nicht denkt ... damit sie nicht denkt, wir wollten sie aus dem Weg räumen, um hinter ihrem Rücken ...« Er konnte nicht weiterreden. Es war seine Mutter, von der wir da sprachen.

Ich kaute auf meiner Lippe herum, suchte Ausreden und fand keine. Wenn ich erwartete, dass Victor zu mir stand, dann musste auch ich zu ihm stehen. Endlich nickte ich. »Aber wir dürfen ihr nicht erzählen, dass sie vielleicht gleich ...«

»Das könnte ich auch gar nicht«, sagte Victor leise. »Das weißt du. Wenn du sie warnen willst, versuch es. Ich werde das Spiel mit keinem Wort erwähnen.«

Vielleicht war es so am besten. Was brachte es, sie zu warnen, wenn sie ohnehin nichts tun konnte, um es zu verhindern? Und doch nahm ich ihr die Gelegenheit, Abschied zu nehmen, von ihrem Mann, oder von Onkel Arthur, oder um der Zofe den Rest des Tages freizugeben – doch ich konnte es ihr nicht ins Gesicht sagen. Dass ich sie opferte, nicht mal, um mir einen Vorteil zu verschaffen, sondern nur, um meinen Vater kennenzulernen.

»Weißt du, wo wir sie finden?«, fragte ich.

»Sie sitzt sonst immer im Salon mit Tante –« Victor brach ab. Sie konnte weiterhin im Salon sitzen und Agnes am gleichen Ort, jenseits des Spiegels. Und morgen vielleicht wieder beide zusammen. Ich schluckte und drückte Victors

Hand. Zu jedem Schritt musste ich mich zwingen. Mein Körper schlug vor, ich könnte doch noch schnell in Ohnmacht fallen, damit Victor allein gehen musste, aber ich setzte mich durch. Ich hatte es Victor versprochen.

Im Salon trafen wir Lady Kettlewood nicht an. Stattdessen fanden wir sie im Wintergarten, einem Raum, in den ich mich sofort verliebte. Das hätte vom ersten Tag an mein Lieblingsort in diesem viel zu großen Haus sein können, aber niemand hatte sich die Mühe gemacht, mich einmal herumzuführen.

Ich nahm mir vor, später noch einmal allein wiederzukommen, um mir in Ruhe die Pflanzen anzusehen, die dort wuchsen, und diese besondere Luft zu atmen, schwer und nass und grün, wie ich mir den Dschungel in Indien vorstellte, in dem die Elefanten lebten – und im gleichen Moment hatte ich ein schlechtes Gewissen, weil ich darauf warten wollte, dass Lady Kettlewood nicht mehr da war. Sie sah ernst und grimmig aus, schien über die Störung nicht gerade erfreut zu sein, doch ich hatte Lady Kettlewood schon seit Tagen nicht mehr bei guter Laune erlebt, und Agnes' Ende konnte das Ganze nicht besser gemacht haben. Wenigstens war sie nicht völlig allein. Onkel Arthur saß in einem Korbsessel, blätterte in einer Zeitung und nickte kurz, als wir hereinkamen.

»Entschuldige, Mutter.« Victor verbeugte sich, und ich machte einen schnellen Knicks. »Hast du einen Augenblick Zeit für uns?«

Lady Kettlewood seufzte. »Wenn es sein muss … Was gibt es denn?« Sie legte ihr Journal beiseite. »Würdest du uns entschuldigen, Arthur?«

Ich knetete hinter meinem Rücken die Hände. Ahnte sie, weswegen wir gekommen waren? Vorsichtig machte ich einen halben Schritt rückwärts, schob mich hinter Victor und hoffte, dass sie mich nicht groß beachten würde. Onkel Arthur brauchte lange, um seine Zeitung zusammenzurollen und langsam den Wintergarten zu verlassen. Kam es mir nur so vor, oder war er seit unserem letzten Gespräch noch älter und grauer geworden?

»Danke, Mutter.« Ich sah Victor schlucken. »Ich möchte, dass du es als Erste erfährst, bevor ich es Vater sage. Ich will keine Geheimnisse vor euch haben müssen, und es ist mir wichtig. Also, ohne langes Getue – Iris und ich, wir lieben uns.«

Ich hatte mit einem Zornesausbruch gerechnet, doch Lady Kettlewood schüttelte nur den Kopf. »Das musste ja wohl so kommen«, sagte sie. »Ich kann nicht sagen, dass es mich überrascht.« Sie machte eine Pause, und ich schöpfte schon Hoffnung, dann fuhr sie fort: »Ich kann auch nicht sagen, dass ich es gutheiße.«

»Ich weiß«, antwortete Victor. Ich bewunderte ihn, wie fest seine Stimme war. »Aber es ändert nichts. Ich komme nicht, um dich um Erlaubnis zu bitten. Ich möchte nur, dass du es weißt.«

Lady Kettlewood blickte an Victor hoch. Sie trug einen kleinen goldenen Kneifer auf der Nase, und sie schaute über seinen Rand hinweg, die Stirn zu tiefen Falten verzogen, dann wandte sie den Kopf und starrte mich an. »Komm hervor, Mädchen, und zeig dich«, sagte sie. »Du weißt, wie du das Spiel zu spielen hast.« Wie recht sie in diesem Moment hatte, konnte ich ihr nicht sagen. »Du hast unsere Leben in der Hand, und wir können nichts tun, als dir deinen Willen zu lassen. Aber das heißt nicht, dass du meinen Sohn bekommst.«

Ich trat hervor und zwang mich zu lächeln. »Ich habe ihn

doch schon«, sagte ich. »Ich habe sein Herz, und er hat meines. Und es ist kein Spiel. Nicht für mich.« Wusste Lady Kettlewood, welchen Preis ich zu bezahlen hatte? »Ich bin nicht hier, weil ich mein Bleiben in diesem Haus von Bedingungen abhängig mache, damit ich es nicht meiner Mutter nachtue und verschwinde. Aber gerade weil ich all das hier tue, weil ich mein Leben für Ihr Haus aufs Spiel setze, will ich nicht verstecken müssen, wer ich bin und wen ich liebe.« Bei diesen Worten musste ich an Toby und Will denken, und ich fühlte mich schäbig.

»Was erwartest du, Iris Barling?«, fragte Lady Kettlewood. »Soll ich dir auch noch meinen Segen geben? Du bist ein halbes Kind, und wenn du für einen Mann in diesem Haus schwärmen musst, ist mein Sohn der Beste, den du dir aussuchen kannst. Wenn das wiederum dazu führt, dass unser Haus dir am Herzen liegt, soll ich es dir dann ausreden?« Sie wandte sich an Victor. »Das Mädchen hat recht, ich kann ihr nichts vorschreiben. Du aber – du wirst dich von ihr fernhalten.«

Victor schüttelte den Kopf. »Ich bin immer euer gehorsamer Sohn gewesen«, sagte er sanft. »Selbst, nachdem ihr im Dorf herumerzählt habt, dass ich ein Taugenichts wäre und über alle Berge. Selbst, als ihr mich gezwungen habt, Iris anzulügen. Selbst, als ihr mir verschwiegen habt, dass sie um nichts Geringeres spielt als ihre Seele. Und ich werde weiterhin euer gehorsamer Sohn sein. Aber nicht, wenn es um Iris geht oder um meine Liebe. Du kannst gewiss sein, dass ich mich ihr gegenüber nur wie ein Gentleman verhalte und nichts tun werde, das sich nicht geziemt, doch du kannst mich nicht davon abhalten, meine Zeit mit ihr zu verbringen. Sie ist ein wundervoller Mensch, und ich bin glücklich darüber, sie kennen zu dürfen.«

Lady Kettlewood hob die Mundwinkel, ohne zu lachen. »Und als Nächstes wirst du um ihre Hand anhalten? Mäßige dich, Victor. Mach dich nicht lächerlich.«

»Ich denke, für solche Überlegungen ist es zu früh«, sagte Victor, und selbst von hinter ihm konnte ich das Lächeln in seiner Stimme hören. »Bedenke, wofür wir dieses Spiel spielen und was Iris mit ihrem Einsatz erkaufen soll. Da ist es bloß recht und billig, wenn sie auch die Früchte ernten darf.« Er trat neben mich und legte seine Hand in meine, nur einen Augenblick lang, doch es bedeutete viel. Dann ging er zu seiner Mutter, kniete vor ihr nieder und nahm ihre Hand. »Ich bitte dich nicht um deinen Segen, Mutter. Ich bitte dich nur um deine Liebe. Als dein Sohn.« Jetzt begann seine Stimme zu zittern. »Und ich schulde dir nichts als meine Ehrlichkeit, eine Schuld, die allzu selten erbracht wird in diesem Haus.«

Sie starrte ihn an, und plötzlich veränderte sich ihre Miene, von Zorn hin zu Entsetzen, Erkenntnis. Sie stieß Victors Hand beiseite und sprang auf. »Deswegen seid ihr hier!«, rief sie. »Darum geht es also!« Sie blickte sich verzweifelt um, und alles um sie herum, die gläsernen Wände des Wintergartens, wurde zu Spiegeln, die sie schon jetzt gefangen hielten. »Wie viel Zeit bleibt mir noch?«

Lady Kettlewood wartete keine Antwort mehr ab. Sie stürmte aus dem Wintergarten, wie ich noch nie eine Lady hatte rennen sehen, und ich hörte das hastige Klappern ihrer Absätze auf dem Marmorboden, als sie sich entfernte.

»Vater ist im Herrenzimmer!«, schrie Victor ihr hinterher. »Da habe ich ihn zuletzt gesehen! Im Herrenzimmer!« Dann brach er, noch kniend, zusammen und begann zu schluchzen.

Ich stand hilflos dabei und wusste nicht, was ich tun sollte. Ihn trösten, natürlich – durfte man einen Mann trösten? Oder sollte ich mich davonschleichen, damit er sich nicht schämen musste, dass ich ihn weinen sah? Ich zögerte, dann kniete ich mich neben ihn und legte den Arm um seine Schultern.

»Es ist schon gut«, flüsterte er, während er um Atem rang. »Es … es ist nicht für immer. Und noch … noch ist sie ja hier. Wenigstens konnte ich mich diesmal … mich diesmal verabschieden.« Dann schwieg er, aber er schlang beide Arme um mich, als wollte er mich nie mehr loslassen.

Wir sahen Lady Kettlewood nicht wieder. Uns blieb die Hoffnung, dass sie es noch geschafft hatte, sich von ihrem Gatten zu verabschieden, doch als wir zusammen die Bibliothek betraten, Hand in Hand, lag die schwarze Dame neben dem Spielbrett bei den geschlagenen Figuren.

»Es tut mir leid«, flüsterte ich.

Victor drückte meine Hand und schüttelte den Kopf. »Das muss es nicht.« Seine Stimme klang wieder fest, und sein Gesicht hatte an Farbe gewonnen. »Wir waren uns fremd geworden«, sagte er. »Für meine Eltern war ich so lange fort, dass sie irgendwann selbst die Dinge geglaubt haben, die sie erzählt haben, um mein Verschwinden zu erklären. Und als ich wieder da war, war ich für sie auf gewisse Weise wirklich der Herumtreiber, der sich aus dem Staub gemacht hat. Sie haben ihr Bestes gegeben, die Wahrheit zu sehen, aber ich war ein verlorener Sohn und wollte nicht bereuen, was nicht meine Schuld war …« Er atmete tief durch. »Es ist nicht für immer. Wenn das Spiel vorbei ist, dann können wir versuchen, ganz von vorn anzufangen. Wir alle.«

»Auch du und ich?«, fragte ich vorsichtig.

Victor lachte leise. »Bis auf uns beide«, sagte er. »Wir machen genau da weiter, wo wir aufgehört haben. Mit der O-Deklination.«

Ich versuchte, sein Lachen zu erwidern, dabei konnte ich ihn nicht einmal ansehen. Victor war traurig, weil er gerade seine Mutter verloren hatte – ich, weil mein Vater mir wirklich die Dame genommen hatte. Ein naheliegender Zug, der mich bis ins Mark geschwächt hatte. Ich hatte wissen wollen, ob Hargreaves Gnade zeigen würde, wenn es darauf ankam, doch er tat es nicht. Warum sollte er? Er wollte gewinnen. Jeder Mensch, der auch nur ansatzweise bei klarem Verstand war, sollte das wollen. Wie hatte ich jemals etwas anderes von ihm erwarten können?

»Lässt du mich einen Moment allein?«, fragte ich. »Ich habe … ich muss noch etwas erledigen.«

»Aber danach gehst du ins Bett, ja?« Victor küsste mich sanft auf die Stirn, ehe er ging. »Du kannst dich kaum noch auf den Beinen halten, und ich mag die Vorstellung nicht, dass du uns schon wieder krank wirst.«

»Wenn, dann werde ich nur mir krank«, antwortete ich und schaffte es endlich wieder zu grinsen. »Mach dir um mich keine Sorgen.«

Wenigstens musste ich über meinen nächsten Zug nicht lange nachdenken. Ich hatte so fest damit rechnen können, dass der weiße Läufer meine Dame schlug, dass ich längst wusste, wie ich antworten würde. Der brave Sohn rächte die gefallene Mutter. Victor war kaum aus dem Zimmer, als ich seine Figur nahm, meinen treuen Springer, und endlich diesen lästigen Läufer, der mich von Anfang an geärgert hatte, schlagen konnte. So ein schönes Gefühl, wieder mein schwarzes Pferd in der Hand zu halten! Ich strich über Mähne und Kruppe, stupste den kleinen Reitersmann liebevoll mit dem Finger und fragte mich, ob Victor das spüren konnte, bevor ich den Springer einem Racheengel gleich auf dem schwarzen Feld niedergehen ließ.

Dame auf D4. Läufer auf D4. Springer auf D4. Nun bedrohte niemand mehr dieses Feld. Victor war der Held des Tages. Aber mir war alles andere als heldenhaft zumute. Ohne meine Dame stand ich so viel schlechter da, solange Hargreaves seine noch hatte, und jetzt konnte er meine Figuren eine nach der anderen vom Brett pflücken. Selbst wenn ich nicht gewinnen wollte – verlieren wollte ich erst recht nicht.

Doch jetzt wusste ich, dass ich nicht einfach aufhören konnte. Ich spielte auch für die Seelen, die hinter dem Spiegel gefangen waren, nicht im Himmel und nicht in der Hölle und in ewiger Verdammnis, wenn diese Partie kein Ende fand.

Ich fühlte einen Schatten hinter mir, und der Schatten nickte. Ich zuckte zusammen. Es war Hargreaves. Schon wieder hatte ich ihn nicht hereinkommen gehört. Wie alle Mitglieder des Personals konnte er sich lautlos bewegen, um die Herrschaften nicht zu stören, aber ich war keine Herrschaft, und etwas Vorwarnung wäre mir lieb gewesen. Trotzdem rückte ich vom Schachbrett weg, damit er sehen konnte, was ich getan hatte. Hargreaves sagte nichts. Er sah sich den Schachtisch nur an und wandte sich dann wieder zum Gehen.

Ich schluckte. »Warten Sie!«

Er blieb stehen, lächelte. »Was kann ich für dich tun, Iris?«

»Ich weiß, wer Sie sind«, erwiderte ich.

»Das ist schön.«

Ich versuchte mir vorzustellen, wie er früher einmal ausgesehen haben mochte, damals, als meine Mutter noch jung war. Es wollte mir nicht einmal in den Kopf, dass meine Mutter einmal jung und hübsch gewesen sein sollte. Bei ihm gelang es mir erst recht nicht. »Sie hätten es mir sagen können.«

Hargreaves schüttelte den Kopf. »Es war besser so«, antwortete er. »So macht es die Dinge doch deutlich schwerer.«

»Oder einfacher«, erwiderte ich. »Aber jetzt weiß ich es wenigstens.« Es half nichts, er verwandelte sich nicht vor meinen Augen in einen Vater. Er war Hargreaves, nicht mehr und nicht weniger. Ich wollte nicht einmal wissen, wie sein Vorname lautete. »Kann ich Sie etwas fragen?«

Hargreaves legte den Kopf schief. »Selbstverständlich.«

»Als das Spiel begonnen hat«, sagte ich, »woher wussten Sie dann, dass Sie ein Spieler sind? Und wer hat Ihnen Schach beigebracht?«

Hargreaves' Mundwinkel zuckten, dass ich nicht sagen konnte, ob er lachen oder weinen wollte. »Er hat mit mir gesprochen«, sagte er. »Hat er das mit dir noch nicht?«

»Doch …« Ich schauderte bei der Erinnerung. »Aber er hat mir kein Schachspielen beigebracht. Und ich habe meine ersten Züge getan, lange bevor ich auch nur wusste, dass es ihn gibt.«

»Vielleicht ist es bei dir anders«, antwortete Hargreaves. »Bei dir konnte er davon ausgehen, dass du deine Bestimmung schon kennst. Du bist von allein hergekommen, hast verstanden, was zu tun war … Vielleicht hat er all die Jahre zu dir gesprochen, ohne dass es dir bewusst war?«

Ich wollte ihm nichts von meinen Träumen erzählen. Noch nicht einmal meine Mutter hatte davon gehört. Hätte sie sonst verstanden, dass Kettlewood nach mir rief? Dass Kettlewood schon nach mir gerufen hatte, selbst als sie noch lebte? »Vielleicht«, erwiderte ich ausweichend. »Aber die Schachregeln, die haben Sie auch von ihm?«

Jetzt war klar, dass Hargreaves lachte. »Du hast also das Buch noch nicht gefunden.«

Ich starrte ihn aus großen Augen an. »Ich dachte, es gibt in diesem Haus keine Bücher über Schach.« Hatte ich jemals danach gefragt?

»So?« Mit schnellen Schritten war Hargreaves am Bücherregal. Mir stockte der Atem, als er genau an der Stelle stehen blieb, von wo ich in der Nacht das Klopfen gehört hatte. »Was ist dann das hier?« Er zog ein furchterregend dickes Buch heraus und brachte es mir. »Gut möglich, dass niemand außer mir weiß, dass es da ist, weil ich es selbst dorthin gestellt habe. Mag sein, dass es hier noch mehr Bücher über Schach gibt. Niemand kennt alle Bücher, die in diesen Regalen stehen. Aber dieses Buch reicht vollkommen aus. Es ist meines, jedoch habe ich es mit Absicht hier deponiert. Die Regeln gehören nicht nur mir allein.«

»Das sind alles Regeln?«, fragte ich atemlos. Im Leben hatte ich noch nie so ein dickes Buch gelesen, und ich bekam kaum Luft, als ich es aufschlug und auf die erste Seite starrte. »Handbuch des Schachspielers. Eine populäre und wissenschaftliche Einführung in das Schachspiel. Veranschaulicht an Spielen der größten Meister und illustriert durch zahlreiche Diagramme originärer und bemerkenswerter Positionen.« So viele große, fremde Wörter. Selbst Latein kam mir einfacher vor. »Von Howard Staunton, Esquire. London.« Das Buch wog schwer in meinen Händen, und die Buchstaben tanzten vor meinen müden Augen. »Das muss ich alles lesen?«

Hargreaves schüttelte den Kopf. »Das habe ich nicht gesagt«, erwiderte er. »Die Regeln beherrschst du, und für eine Frau spielst du nicht schlecht. Aber ich sage auch nicht, dass du es nicht lesen solltest.«

Ich umklammerte das Buch mit beiden Händen, bevor es sich einfach in Luft auflöste. Ich wollte es lesen. Ich würde es zumindest versuchen. Schließlich war es in den gleichen lateinischen Buchstaben geschrieben, die ich schon kannte, und in der gleichen englische Sprache, die ich mein Leben lang sprach, was sollte daran so schwer sein? »Danke«, sagte ich. Wenn die Lösung für all meine Probleme irgendwo versteckt war, dann in diesem Buch. Was hatte der Asura gesagt? Ich konnte ihn austricksen, wenn ich die Regeln kannte … »Danke«, wiederholte ich. »Das ist … sehr anständig von Ihnen.«

»Wie ich bereits sagte.« Hargreaves' Blick wurde wieder hart. »Ich will nicht auf unfaire Weise gewinnen. Dich von diesem Buch fernhalten, das mir selbst genutzt hat, wäre unfair.«

»Aber gewinnen wollen Sie.« Ich fragte nicht. Ich stellte fest. »Obwohl ich …« Ich sprach nicht weiter. Es klang, als ob ich versuchte, sein Mitleid zu wecken – und Mitleid war das Letzte, was ich wollte, von irgendwem.

Hargreaves hatte den Anstand, meine Frage nicht zu beantworten. Was immer er sich wünschen mochte, war nicht mehr wert als meine Seele, und das wusste er so gut wie ich. Selbst wenn er so eitel sein sollte, sich Jugend und Schönheit zurückzuwünschen, war der Preis dafür viel zu hoch. Aber solange er ihn nicht selbst bezahlen musste … Sein Lächeln gefror, doch er sagte nichts. Das war meine Chance, sein Gewissen zu erreichen.

»Meine Mutter wollte nicht gewinnen«, sagte ich, jedes Wort ein Nadelstich. »Sie ist lieber in völliger Armut gestorben, als gegen den Mann gewinnen zu müssen, den sie liebte –«

Ich verfehlte mein Ziel. Hargreaves begann zu lachen, laut und höhnisch. »Glaubst du das wirklich?«, fragte er und legte eine Hand auf meine Schulter. »Glaubst du, deine Mutter hätte jemals gewinnen können? Sie konnte noch nicht einmal ihren Namen schreiben, geschweige denn lesen. Das, was sie über Schach wusste, habe ich ihr erklärt, und selbst dann hat sie nicht verstanden, dass ich ihr Gegenspieler war. Sie war ein liebes, süßes, dummes Ding, deine Mutter – nein, lass mich ausreden! Sie war ein dummes Ding, und nur darum hat das Spiel sie ausgewählt. Damit es schneller vorbei ist.«

Ich entwand mich seiner Berührung. »Und doch hat sie am Ende allen eine lange Nase gedreht!«, rief ich zornig. »Von wegen, schnell vorbei! Meiner Mutter ist es gelungen, für alle in diesem Haus die Zeit anzuhalten. Was haben Sie geschafft?«

»Nicht für alle.« Der Hohn war fort. Hargreaves wurde grau, und plötzlich sah er noch viel älter aus, als er war. Wie mochte es sein, sich selbst beim Altern zusehen zu müssen in einer Welt, in der alles in Jugend gefroren war? »Und du kannst dich freuen, Iris, dass ich fair spiele.« Seine Stimme war rau wie alte Borke und genauso brüchig. »Ich war nicht ehrlich zu deiner Mutter, aber immer fair, und ich werde auch zu dir immer fair sein. Nur wenn du weiter so viele Fehler machst, lässt du mir keine Wahl, als sie auszunutzen.« Er klopfte auf das Buch in meinen Händen. »Tu, was deine Mutter nicht konnte, und lies. Du wirst nicht gewinnen, aber vielleicht hältst du dann etwas länger durch. Gut für dich – und für deinen kleinen Freund.«

Ich hatte nichts mehr mit ihm zu besprechen. Solange ich

so müde war, dass ich nicht mehr geradeaus schauen konnte, war ich für Hargreaves jedenfalls keine Herausforderung, und das wussten wir beide. Ich ging ohne ein weiteres Wort, nahm das Buch mit in mein Zimmer und legte es mir, als ich endlich schlafen ging, unter das Kopfkissen, damit seine Weisheiten mir direkt in den Schädel kriechen konnten. Es war sehr unbequem, doch war Lernen jemals einfach? Schlafen und hoffen, dass danach die Welt ein besserer Ort sein würde … Aber als ich erwachte, war sie das Gegenteil.

15

Ich konnte kaum länger als ein paar Stunden geschlafen haben, als ich davon wach wurde, dass meine Tür aufflog, mit so viel Wucht, als tobte gerade ein Wirbelsturm durch das Haus, und Lorina in mein Zimmer krachte. »Du Miststück!«, schrie sie, laut genug, um das ganze Haus aufzuscheuchen. »Du hast meine Schwester auf dem Gewissen! Und ich war auch noch nett zu dir!«

Ich setzte mich im Bett auf, bevor sie auf die Idee kommen konnte, mich an den Haaren hochzuzerren, und bemühte mich, ruhig zu bleiben. »Ich habe das Spiel nicht gemacht, Lorina«, sagte ich. »Beschwer dich beim alten Lawrence – nur denk dran, dich auch bei ihm zu bedanken, denn ohne ihn wären die Reynards längst ausgestorben.«

Lorina verharrte, wo sie war, aber nur einen Augenblick lang, dann stürzte sie sich auf mich und fing an, auf mich einzuschlagen wie von Sinnen. Sie wollte Haue? Dann hatte sie sich das falsche Opfer ausgesucht. Ich hatte allemal mehr Erfahrung mit Prügeleien als sie und den Vorteil, dass ich in meinem Nachthemd viel beweglicher war. Ich hatte sie so schnell mit dem Rücken an die Wand genagelt, dass sie mir beinahe leidtat. Ein Mädchen aus der Fabrik hätte mir jetzt ins Gesicht gespuckt, doch von Lorina hatte ich das nicht zu befürchten – sie war irgendwann mal gut erzogen worden, und das blieb hängen.

»Ich habe es nicht mit Absicht gemacht, hörst du?«, rief ich. »Ich bin nicht schuld!«

»Aber jetzt habe ich niemanden mehr!« Lorina fing an zu weinen wie ein kleines Mädchen. Sie wollte doppelt so alt sein wie ich? Davon merkte man nichts. »Erst unsere Nanny, dann unsere Eltern, jetzt auch noch meine Schwester –«

»Du hast noch einen Bruder«, sagte ich ungerührt.

»Mein Bruder!« Lorina schnaubte, doch wenigstens hörte sie dafür auf zu flennen. »Mein Bruder hat nur Augen für seinen Gärtner und verschwendet keinen Gedanken an uns oder daran, was er uns damit antut!«

»Ich sagte nicht, dass du ihn mögen musst«, erwiderte ich. »Nur, dass er da ist. Und für Phoebe tut es mir leid, wirklich. Ich wusste nicht, dass sie es war.«

»Es wird dir noch richtig leidtun!«, schrie Lorina. »Und wie dir das noch leidtun wird!«

»Willst du mir sagen, wie ich das Spiel zu spielen habe?«, fragte ich höhnisch. »Du weißt, was dann passiert …«

Lorina schnappte nach Luft und sah aus, als müsste sie jeden Augenblick in Ohnmacht fallen. »Du weißt nicht, mit wem du es zu tun hast!«, rief sie. »Ich werde deine lächerliche kleine Armee niedermähen, bis keiner mehr auf den Beinen steht –« Flecken brannten auf ihren aristokratischen weißen Wangen, und ihre Augen waren so rot von Tränen, dass sie schon lange, ehe sie zu mir kam, mit dem Weinen angefangen haben musste. Aber Mitleid hatte ich mit ihr noch weniger als mit mir selbst.

»Lass mich raten«, sagte ich und lächelte. »Du bist die weiße Königin. Und du kannst und wirst gar nichts tun. Du hast nichts zu entscheiden. Du gehst dahin, wo die Hand dich hinschiebt. Du hast keine Macht. Du bist auch nur ein armes Würstchen. Und du verlässt jetzt sofort mein Zimmer.« Ich ließ Lorina los, und sie hatte es eilig, davonzukommen, nicht ohne die Tür zuzuschlagen wie ein trotziges Gör.

Ich wollte mich erst wieder schlafen legen, doch nach der Rangelei war ich wach. Es sollte inzwischen aufs Abendessen zugehen, und ich hatte wirklich Hunger. Vor allem aber wollte ich Victor meine Errungenschaft, das Schachbuch, zeigen. Vielleicht konnte er mir die schwierigeren Wörter erklären …

So zog ich mich wieder an, holte das Buch unter dem Kissen hervor – niemand sollte mit so einem dicken Buch unter dem Kopfkissen schlafen gehen, es tat weder dem Buch gut noch dem Kopf – und machte mich auf den Weg. Wie üblich hatte ich keine Ahnung, wie spät es war und wie viel Zeit mir vor dem Essen noch blieb, aber für einen kleinen Besuch bei Victor sollte es reichen. Ich trat auf den Flur, das Buch unterm Arm, und erstarrte. Vor mir standen Castor und Pollux, blickten mich aus blitzenden Augen und mit angelegten Ohren an, hoben die Lefzen und knurrten leise.

Mechanisch machte ich einen Schritt zurück in mein Zimmer und zog die Tür zu. Ich mochte die Vorstellung nicht, dass die Hunde vor meiner Tür saßen, aber besser draußen als drinnen. Ich verfluchte mich dafür, ausgerechnet Phoebes Figur geschlagen zu haben – ich hatte immer nur zu gern geglaubt, dass ihr die Hunde gehorchten. Seit die beiden bei unserer nächtlichen Unterhaltung so friedlich eingeschlafen waren, hatte ich fast meine Furcht vor ihnen verloren. Jetzt standen sie da, wie um mich daran zu erinnern, dass ich fast mein ganzes Leben lang Angst vor ihnen gehabt hatte.

Ich stand vor dem Spiegel am Waschtisch und spritzte mir Wasser ins Gesicht, um auf andere Gedanken zu kommen und meinen Mut zu finden. Was waren schon zwei Hunde? Musste ich die fürchten, wenn so viel mehr auf dem Spiel stand? Es half nicht viel. Selbst als die Hunde nur Schattengestalten aus einem Albtraum gewesen waren, hatte ich sie mehr gefürchtet als alles auf der Welt.

Die Iris im Spiegel schien anderer Ansicht zu sein. Vielleicht war sie ein anderer Mensch als ich, lebte dort zwischen all den geschlagenen Figuren und hatte ihnen versprochen, dass sie bald wieder frei kamen. Ich sah eine Entschlossenheit in ihren Augen, von der ich nicht glauben konnte, dass es meine sein sollte. Die ganze Zeit über hatte ich versucht, diejenigen zu ertappen, die mich aus dem Spiegel beobachteten, nach denjenigen gesucht, die in den Zimmern jenseits des Glases lebten, und dabei die wichtigste Spiegelbewohnerin von allen vergessen: mich selbst.

Ich musste nicht durch den Spiegel gehen. Ich war schon drin. Und mein Spiegelbild war der Ansicht, dass ich mich nicht so anstellen sollte. Solange ich den Hunden keinen Grund dazu gab, würden sie mir auch nichts tun. Sie konnten mich nicht daran hindern, mein Zimmer zu verlassen. Der Weg zum Schachbrett musste für mich frei sein.

Wahrscheinlich hatten sie etwas gegen das Buch, oder dass ich mit Victor darüber reden wollte ... Ich musste aufpassen. Ein leuchtend rotes Buch, auf dem in goldener Prägung ein Schachspiel abgebildet war – das fiel auf. Aber am Fußende meines Bettes stand Mr. Whithams Tasche, die ich tatsächlich keines Blickes mehr gewürdigt hatte, seit Tillie sie mir zusammen mit Kleid und Schuhen zurückgebracht hatte. Wenn sie für eines geeignet war, dann, um Bücher durch die Gegend zu tragen. Auf eines mehr oder weniger kam es nicht an. Und wenn mich jemand fragen sollte, der nichts von dem Schachbuch zu wissen hatte, konnte ich ganz unschuldig Mr. Whithams Buch über die englischen Könige herzeigen.

Ich fühlte mich wie eine Verschwörerin, als ich mich endlich auf den Weg zu Victor machte, und völlig lächerlich. Von den Hunden war nichts mehr zu sehen. Waren sie einfach davongetrottet, oder hatte ich mir alles nur eingebildet? Es wäre mir lieber gewesen, genau zu wissen, wo sie steckten. So konnten sie wieder überall sein. Selbst bei einem im Zimmer, unsichtbar …

Etwas zu nervös drückte ich die schwere Tasche an mich, als ich an Victors Tür klopfte. Ich hatte Glück, er war da. Doch er zog mich nicht ins Zimmer, wie er es sonst tat, er blieb im Türrahmen stehen und versperrte mir mit seinem Arm den Weg, während er an mir hinuntersah.

Mir gefiel sein Blick nicht, trotzdem lächelte ich. »Victor, kann ich dir etwas zeigen? Ich habe etwas gefunden, über das ich gern mit dir sprechen würde.«

»Jetzt nicht, Iris«, antwortete er. »Ein andermal, vielleicht. Ich möchte gerade nicht gestört werden.«

»Oh«, sagte ich. »Das … Das tut mir leid. Ich wollte nicht stören –« Weiter kam ich nicht. Victor hatte die Tür zugemacht. Vor meiner Nase. Ich stand da wie Falschgeld und wusste nicht, wie mir geschah. Victors Stimme hatte so kalt geklungen, so verächtlich, und sein Blick dazu … Ich fragte mich, was ich ihm getan hatte. Dann seufzte ich. Natürlich hatte ich etwas getan. Victor hatte gerade seine Mutter verloren, meinetwegen. Was erwartete ich? Dass es mit einem bisschen Trösten erledigt war? Ich musste ihm Zeit geben. Ihn nicht bedrängen. Er würde mir verzeihen, er liebte mich, ich wusste, dass er mich liebte … Ich unterdrückte einen Fluch, als ich davonschlich. Was glaubte Victor denn, weswegen ich spielte – aus Spaß vielleicht? Von Lorina hatte ich nichts anderes erwartet, aber Victors Verhalten enttäuschte mich. Dann musste ich mir den Sinn der schwierigen Worte eben selbst zusammenreimen.

Nach dem Abendessen sollte ich Zeit genug dafür haben. Es war ein unerträgliches Mahl, warme Speisen in kalter Stimmung, und kaum jemand sprach ein Wort. Seit meinem letzten Essen mit der Familie war zu viel passiert. Agnes war fort, Lady Kettlewood, Phoebe, und an der Tafel gab es mehr leere Plätze als besetzte. Wo ich sonst direkt neben Victor saß und mich über die Gelegenheit freute, am Tisch zu tuscheln, war er nun beiseitegerückt, sodass ein leerer Stuhl zwischen uns stand, und er blickte kein einziges Mal auch nur in meine Richtung. Außer uns waren nur noch Lorina, Toby, Onkel Arthur und Lord Kettlewood anwesend, das waren alle, die von der Familie übrig waren.

Ich aß schnell und schweigend, würgte Gang um Gang hinunter, als ob ich sonst mit Strafe rechnen musste, und mein Magen, der eben noch geknurrt hatte, beschwerte sich nun, dass er genug hatte, ihm das Fleisch zu fettig war, die Nachspeise zu süß. Ich wartete nur auf eine Gelegenheit, zurück in mein Zimmer zu kommen und zu meinem Buch. Einen letzten Versuch unternahm ich noch, das Gespräch mit Victor zu suchen, passte ihn an der Tür ab, doch einen größeren Fehler hätte ich nicht machen können.

Er schüttelte nur den Kopf und sah mich nicht einmal an. »Ich sagte doch, ich möchte meine Ruhe haben.«

»Aber wir …« Ich schluckte. »Es tut mir leid, was mit deiner Mutter passiert ist. Ich wollte dir nur sagen, wenn du mich brauchst, bin ich für dich da.«

Victor verzog das Gesicht. »Wie freundlich«, sagte er in einem Ton, der das Gegenteil war. »Sollte ich deiner bedürfen, weiß ich ja, wo ich dich finde.« Dann marschierte er an mir vorbei, ohne sich noch einmal umzudrehen, und ich konnte ihm nur hinterherstarren wie ein begossener Pudel. Ich hätte gern geglaubt, dass er wütend auf mich war, oder trauerte, oder verletzt war – aber nichts an ihm sprach von Wut oder Trauer oder Schmerz. Alles, was sein Blick noch sagte, wenn er mich betrachtete, war ›Insekt‹. Von einem Moment auf den anderen war er nicht mehr der Victor, den ich kannte, und erst recht nicht mehr der, in den ich mich verliebt hatte. Wenn er mir noch einmal so begegnen würde, dann würde ich nicht mehr dastehen und Entschuldigungen stammeln – ich würde ihm etwas husten. Aber so richtig!

Ich stapfte zurück auf mein Zimmer, dass meine hölzernen Absätze klapperten, und es war ein gutes, zorniges Geräusch. Ich brauchte Victor nicht. Mein Leben lang war ich ohne einen Victor ausgekommen, und wenn er jetzt plötzlich glaubte, zu gut für mich zu sein, war das sein Problem. Er sollte sich genau überlegen, ob er es sich mit mir verscherzen wollte. Ein Zug, und ich konnte seinen Springer der gegnerischen Königin zum Fraß vorwerfen. Ob er das wusste?

Oder war genau das der Knackpunkt? Ich hatte seine Figur bewegt, und er hatte plötzlich erkannt, dass er auch nur eine Schachfigur war. Eine Frau hatte ihrem Mann zu gehorchen, nicht umgekehrt … Bis ich auf meinem Zimmer angekommen war, heulte ich, doch ich war gut darin, das still zu tun. Diesmal vermied ich es, mich meinem Spiegelbild auch nur zu nähern. Ich wusste, ich liebte Victor, aber wir konnten nicht zusammen sein – nicht, solange ich die Spielerin war und er ein Springer. Wir mussten beide wieder Menschen werden, um zueinanderzufinden.

Ich zündete mir eine Kerze an, setzte mich im Schneidersitz auf mein Bett und machte mich über das Buch her. Es war so dick, dass es eine Woche oder länger dauern konnte, bis ich es durchgelesen hatte, doch immerhin bestand es nicht nur aus Text. Beim Durchblättern sah ich, dass eine Menge Bilder darin waren, schematische Zeichnungen eines Schachbrettes mit seinen Figuren in verschiedenen Stellungen. Ich war froh, dass ich sofort verstand, wie sie zu lesen waren. Und auf den ersten Seiten gab es ein Verzeichnis, was mich in dem Buch alles erwartete.

Mit dem Finger unter der Zeile arbeitete ich mich vorwärts, nickte, wenn ich ein schwieriges Wort nicht nur entziffert, sondern auch verstanden hatte. Die eigentlichen Regeln wurden im ersten Teil erklärt, das waren vielleicht fünfzig Seiten von den fünfhundert, die das Buch hatte: Das war schon mal eine Erleichterung. Danach kamen Tricks, Beispiele, Musterpartien. Jeder einzelnen Eröffnung war ein Teil gewidmet, es gab eigene Abschnitte zu jedem erdenklichen Endspiel, bis hin zu ›König und drei Freibauern gegen König und drei Freibauern‹, was eine ziemlich seltene Stellung sein musste. In diesem Buch stand alles über Schach, was man sich nur vorstellen konnte. Kein Wunder, dass Hargreaves so viel besser spielte als ich …

Ich stutzte. Etwas kitzelte meinen Verstand, etwas, das mir hätte auffallen sollen, doch ich wusste nicht, was. Etwas stimmte nicht. Etwas fehlte. Vielleicht hatte ich etwas übersehen? Ohne zu wissen, nach was genau ich suchte, blätterte ich zurück zum Anfang. Einführung. Königsspringereröffnung. Königsläufereröffnung. Königsgambit. Damengambit. Endspiel. Alles gegen den König. Weiß gewinnt. Schwarz gewinnt. Dann begriff ich, was ich vermisste. Wenn dieses Buch alles war, was Hargreaves über Schach wusste, dann fehlte ihm ein ganz wesentlicher Teil.

Eröffnung. Gambit. Endspiel. Sieg. Kein Remis. Ein Schachspiel konnte unentschieden ausgehen. Und dieses Buch verlor kein Wort darüber.

Ich blätterte mich durch die Seiten des Buches, um sicherzugehen, dass ich nicht doch etwas übersehen hatte, und konnte es nicht glauben. So ein dickes Buch über Schach, und kein Unentschieden? Was hatte mir Mr. Whitham da beigebracht? Kopfschüttelnd legte ich das Buch beiseite. Das Buch war gedruckt, schwarz auf weiß, es musste recht haben. Aber Mr. Whitham war Lehrer, und ich kannte ihn. Er wusste nicht alles, niemand tat das, doch was er sagte, stimmte. Wenn Mr. Whitham keine Lust mehr aufs Schachspiel hatte, nahm er seinen König und gab auf. Er hatte es nicht nötig, sich ein Unentschieden auszudenken, wenn es das nicht längst gab. Es gab sogar ein eigenes Wort dafür, nur für Schach. Es hieß Remis. Es stand nur nicht in diesem Buch.

Ich wusste nichts über Mr. Staunton, der das Buch geschrieben hatte, aber das Buch sah alt aus. Das Papier war vergilbt und fleckig. Ich fand keine Jahreszahl darin – vielleicht hatten sie beide recht, Mr. Staunton und Mr. Whitham. Vielleicht gab es früher wirklich kein Remis. Vielleicht änderten sich die Schachregeln genauso wie die Gesetze. Vor zwanzig Jahren hatte es noch kein Gesetz gegeben, dass Kinder nicht den ganzen Tag arbeiten durften und zur Schule gehen mussten. Das Schachspiel hatte sich auch verändert. Wir hatten heute Türme anstelle von Elefanten. Menschen änderten sich. Gesetze änderten sich. Warum nicht auch die Regeln?

Draußen war es inzwischen völlig dunkel, aber ich war kein bisschen müde. Ich hatte die Lösung für alle meine

Probleme gefunden, und jetzt musste ich sie nur noch Hargreaves erklären. Ich wusste nicht, ob er noch wach war, doch ich wollte keine Sekunde mehr verlieren.

Mit dem Buch unter dem Arm machte ich mich auf die Suche nach dem Butler. Es musste wirklich spät sein, das ganze Haus war dunkel. Ich zögerte, ehe ich die Bibliothek betrat, obwohl ich unter der Tür noch Licht sah. Noch mal nachts dort allein sein wollte ich so schnell nicht. Aber wenn ich Hargreaves irgendwo antreffen konnte, dann da. Natürlich, er wohnte auch irgendwo, nur wollte ich gerade lieber nicht das Obergeschoss abklappern, um am Ende einen Mann im Nachthemd aus dem Bett zu scheuchen. Erst recht nicht, wenn das mein Vater war. Und ich hatte Glück. Er war tatsächlich in der Bibliothek – er löschte gerade das Feuer im Kamin. Als er mich kommen sah, trat er einen Schritt zurück und nickte mir zu.

»Da bist du ja schon wieder, Iris.« Er verzog das Gesicht zu einem Lächeln. »Und das Buch hast du auch gelesen? Wie ... fleißig von dir.« Die Schatten malten ihm eine Fratze.

Ich streckte ihm das Buch hin. »Vielen Dank, dass Sie es mir geliehen haben«, sagte ich. Immer wenn ich auf Hargreaves traf, versuchte ich, nicht daran zu denken, dass er mein Vater war, doch es wurde mit jedem Mal schwerer. »Nein, ich habe es noch nicht ganz gelesen. Aber Sie waren so freundlich, meiner Mutter das Schachspielen beizubringen« – ganz glatt brachte ich das über die Lippen, obwohl ich es abscheulich fand, wie Hargreaves über meine Mutter geredet hatte –, »und jetzt kann ich Ihnen das heim... kann ich Ihnen das zurückzahlen.« Ich atmete durch. »Es gibt da eine neue Regel, die Sie noch nicht kennen.«

Hargreaves schüttelte den Kopf und lachte. »Was wird

das hier? Erwartest du, dass ich Ratschläge von einem kleinen Mädchen annehme?«

»Nein!«, rief ich. »Aber ich erwarte, dass Sie einen Ratschlag von Ihrer Tochter annehmen! Denn das bin ich, und ich will nicht, dass Sie sterben müssen, und Sie, verdammt noch mal, sollten nicht wollen, dass ich sterbe!«

Hargreaves lachte weiter. »Dann hör auf, von mir als deinem Vater zu denken.« Wo seine Stimme höhnisch war, war sein Blick es nicht. »Du machst es uns beiden nur schwerer.«

Er verstand mich nicht, doch das hieß nicht, dass ich aufgeben würde. »Unentschieden!«, schrie ich. »Das Spiel kann unentschieden ausgehen! Wir müssen nur –«

Ich zuckte zusammen, als ich ein Heulen hörte. Es kam von überallher, fing weit entfernt an und war doch direkt an meinem Ohr. An der Bestürzung in Hargreaves' Gesicht sah ich, dass er es auch hörte. Mit einem Schritt war er bei mir, hielt mich fest, legte mir seine Hand über den Mund.

»Still!«, zischte er. »Du weißt nicht, was du anrichtest! Denkst du wirklich, es wäre so einfach?« Selbst jetzt lachte er noch, auf eine wilde, hohle Weise, die mir in der Seele wehtat. »Das Spiel ist nicht so dumm. Wir dürfen uns nicht absprechen, niemals. Ich hätte dir niemals verraten dürfen, wer ich bin – ich wusste nicht, dass du uns beide so in Gefahr bringen würdest.« Seine Hand roch nach Kohle und Kölnisch Wasser.

Langsam ließ er mich los, und wir versuchten beide, wieder zu Atem zu kommen. Selbst jetzt hörte ich noch etwas, mehr ein Knurren denn ein Heulen, ganz in der Nähe. Es schien aus dem Kamin zu dringen, und dass ich die Hunde nicht sehen konnte, machte es noch schlimmer. Aber ich schüttelte den Kopf. »Die Hunde machen mir keine Angst«, sagte ich trotzig. »Ich fürchte keinen Dämon und erst recht nicht seine Schergen. Was sollen sie uns tun? Wir sind die Hand, die den König führt.«

»Glaubst du das wirklich?«, fragte Hargreaves leise. »Du weißt, was wir in diesem Haus sind.«

»Wir sind die Spieler«, bekräftigte ich. Ich durfte an allem zweifeln, nur nicht daran, dass ich unverwundbar war. »Wir sind die Herren über Schwarz und Weiß, über Leben und Tod –«

»Ersetzbar«, sagte Hargreaves. »Das sind wir. Jedes andere Leben in diesem Haus ist mit einer Figur auf dem Schachbrett verbunden. Steht die Figur, leben sie. Fällt die Figur, fallen sie, um hinterher wieder aufzustehen. War deine Mutter mächtig? Mächtig genug, um davonzulaufen, nur um dann einen armseligen Tod zu sterben. Wir haben keine Macht, noch nicht einmal die, das Spiel zu beenden, es sei denn, wir geben auf – und eines sage ich dir, ich werde niemals aufgeben, und wenn du meine Tochter sein willst, wirst auch du das niemals tun.« Während er sprach, krochen die Schatten aus dem Kamin und setzten sich um uns herum wie große, schwarze Hunde. »Lieber bin ich dein Feind, als dass du dich aufgibst, um mich zu schonen.«

Ich sah ihn an und schüttelte den Kopf. Hinter ihm thronten die Hunde aus Schatten und Rauch. Doch sie machten mir nicht mehr Angst als der Verlust auch nur einer Seele. »Ich fürchte mich nicht«, sagte ich laut. »Sollen die Hunde doch kommen – ich gebe nicht auf, bis wir beide gerettet sind.«

In den Schatten formten sich Augenpaare, jedes von ihnen wie zwei Stücke hellroter Glut. In Wahrheit schlug mir das Herz bis zum Hals, aber ich hatte mich zu lange vor diesen Hunden gefürchtet.

»Wenn wir jetzt und hier nicht miteinander sprechen dürfen – ich bitte Sie, treffen Sie mich morgen früh an der Pforte, und ich sage Ihnen, was wir tun können.« Ich wusste, die Hunde hörten zu, aber ich hatte genug, genug von allem, und am meisten von meiner Angst. Die schwarzen Hunde konnten sich noch so sehr zusammenballen, anspannen, sie hatten Macht nur durch die Furcht, die sie verbreiteten. »Wir können all das hier beenden, ohne eine einzige Regel zu brechen.« Das Knurren wurde lauter – und dann war es still. Kein Laut mehr, bloß ein Knacken im Kamin.

Hargreaves hechtete vorwärts, stieß mich zur Seite, als wäre ich ein Bündel Baumwolle, und ich fiel hin, völlig überrumpelt. Im selben Moment sprangen die Hunde dorthin, wo eben noch ich gestanden hatte und wo nun Hargreaves war. Sie waren nur Schatten, Schatten und Rauch … Vor meinen Augen begann Hargreaves zu brennen.

Zwei Dinge, die ich fürchtete, Hunde und Feuer – ich weiß nicht, wo ich die Geistesgegenwart hernahm, doch plötzlich hielt ich eine Blumenvase in Händen, die sonst immer auf dem Teetisch stand, und schleuderte ihren Inhalt auf den brennenden Mann, Blumen und Wasser. Es zischte nicht einmal. Ich sah, wie Hargreaves sich wand, die Hände vors Gesicht nahm, die Hunde waren immer noch über ihm, Hunde aus Schatten und das Spiegelbild eines Feuers, und es brannte, so lautlos, wie Hargreaves' verzerrter Mund schrie.

»Halt!«

Die Welt um mich herum erstarrte wie aus Eis gegossen. Hunde und Flammen zersprangen, als hätte jemand einen Schürhaken gegen die Wirklichkeit geschwungen, und nichts war mehr als diese Stimme, dunkel, warm, mächtiger als Leben oder Tod.

»Zieht euch zurück, Wächter aus den Schatten! Euer Herr ist tot. Ihr werdet diese beiden nicht anrühren. Sie spielen nach den Regeln. Nun weichet hinfort!«

Ich zitterte, nicht in der Lage, mich auch nur umzudrehen. Die Stimme erfüllte den ganzen Raum, doch ich wollte den, zu dem sie gehörte, nicht sehen. Der Anblick dessen, was mit uns in der Bibliothek war, war nicht für menschliche Augen bestimmt.

Aus den zerbrochenen Schatten formten sich neue schwarze Hunde, die ihre Ohren anlegten und die Schwänze einkniffen und davonschlichen, zurück in den Kamin, wo sie in Asche und Rauch aufgingen. Die Stimme war verstummt. Ich brauchte einen Moment, bis der Bann von mir abfiel, dann endlich eilte ich zu Hargreaves.

Er brannte nicht mehr. Seine Kleider und Haare waren unversehrt, und ich atmete auf. Ich hatte mir das alles nur eingebildet, oder die Stimme hatte es ungeschehen gemacht – dann sah ich Hargreaves' Hände, die er noch immer vors Gesicht hielt. Sie waren von dicken, roten Brandmalen überzogen. Keine frischen Wunden, kein verbranntes Fleisch, sondern die Narben von einem lang vergangenen Feuer, wo zuvor keine Narben gewesen waren. Und als er die Hände langsam sinken ließ, war auch sein Gesicht eine Maske von Narben.

Ich starrte ihn an, wusste nicht, was ich sagen sollte. Alles, was ich hervorbrachte, war: »Vater.«

Er blickte mich an aus Augen, die noch mehr zu glänzen schienen als zuvor, und schüttelte den Kopf. »Dummes Kind«, sagte er leise. »Glaubst du wirklich, ich will dich verlieren?« Er legte mir eine Hand auf die Schulter, nur kurz, dann drehte er sich um, trat an den Kamin und erstickte das Feuer mit einer Schaufel voll Sand. Der letzte

Hauch der schwarzen Hunde war verschwunden. Hargreaves ging zur Tür, hielt sie so lange auf, bis ich aus der dunklen Bibliothek geschlichen kam, und verlor immer noch kein Wort über das, was vorgefallen war.

»Es … es tut mir leid«, stammelte ich, aber er schüttelte den Kopf.

»Morgen Vormittag habe ich eine Besorgung im Dorf zu machen«, sagte er. »Ich kann noch jemanden brauchen, der mir tragen hilft. Wie du weißt, sind wir knapp an Personal, und ohne Kutscher müssen wir zu Fuß gehen.«

Ich nickte langsam. »Treffe ich Sie an der Pforte?«

»Ich nehme dich beim Wort«, sagte er. »Und wehe, diese neue Regel hält nicht, was du versprichst.«

Wie ich in dieser Nacht schlafen konnte, weiß ich nicht. Sobald ich die Augen schloss, sah ich wieder die Hunde vor mir, den brennenden Hargreaves. Trotzdem musste ich schlafen, schon allein, damit ich am anderen Morgen aufwachen konnte und glauben, dass alles nur ein Traum gewesen war. Ich zwang mich, ins Bett zu gehen und die Augen zu schließen, und tatsächlich schlief ich ein.

Oder hatte ich selbst das nur geträumt? Denn als Nächstes stand ich vor meinem Spiegel, über die Waschschüssel gebeugt, und spritzte mir Wasser ins Gesicht. Zum Fenster fiel Licht herein. Ich warf einen Blick zu meinem Bett hinüber, und dort lag, immer noch halb unter meinem Kopfkissen, das rotgebundene Buch. Welcher Tag war dies?

Ich hatte keine Ahnung, ob dies der Traum war oder ob alles, was sonst am Mittwoch passiert war, ins Traumland gehörte – doch als ich wieder in den Spiegel blickte, sah ich dort nicht mein eigenes Gesicht, sondern das des Asuras. Ich konnte froh sein, dass er in seiner menschlichen Gestalt erschien, dennoch stolperte ich erschrocken einen Schritt zurück. Ich rieb mir die Augen, doch davon verschwand das Bild nicht. Stattdessen winkte es mir, wieder näher zu treten.

»Wirst du mich anhören?«, fragte der Asura.

Ich schüttelte den Kopf. »Ich weiß nicht mehr, was ich denken soll«, sagte ich. »Du hast ... Warum hast du uns vor den Hunden gerettet?«

Er senkte das Haupt. »Ihr seid meine Spieler«, antwortete er. »Ich beschütze nur, was mir gehört.« Er lächelte auf diese bestimmte Weise, die ihn mehr wie ein Tier aussehen ließ denn wie einen Menschen, aber ich verspürte keine Angst vor ihm.

»Ich verstehe das nicht«, sagte ich. »Ich dachte, die Hunde helfen dir, dein Geheimnis zu hüten –«

»Mein Geheimnis?«, rief der Asura, und die Verletztheit in seiner sonst so geschmeidigen Stimme ließ ihn fast wieder menschlich erscheinen. »Was habe ich zu verlieren, wenn bekannt wird, was in diesem Haus vorgeht? Ich bin ein Gott. Kein Mensch in diesem Land kann mir mehr antun, als ich schon erlitten habe. Nein, mein Kind. Es sind nicht meine Hunde, und nicht mein Geheimnis.« Er kam so nah, dass sein Gesicht aus dem Spiegel herauszuragen schien. »Du glaubst, du kennst die Wahrheit?«

Ich schüttelte den Kopf. »Ich weiß nur, was man mir erzählt hat«, sagte ich. »Ich kann die Teile zusammensetzen und sehen, was passt und was nicht, und doch ist es, als hätte ich am Ende immer noch mehr übrig als am Anfang. Ich weiß nicht, was wahr ist und was nur wieder eine Lüge.«

Der Asura lächelte, und wäre seine Gestalt die einer Katze gewesen, er hätte geschnurrt. »Vielleicht ist alles die Wahrheit«, sagte er. »Vielleicht ist alles gelogen. Was ist der

Unterschied? Am Ende ist eine Lüge auch nur ein Spiegelbild der Wirklichkeit. Was bleibt am Schluss übrig?«

»Ich weiß es nicht«, sagte ich, und selbst das fühlte sich gelogen an.

»Wenn du in meinen Spiegel schaust«, sagte der Asura, »zeige ich dir meine Wahrheit. Nur eine von vielen. Aber dein Bild ist nicht vollständig ohne.«

»Was für einen Spiegel?«, fragte ich. »Hier ist nur einer, und in dem sehe ich nur dich –«

»Komm näher«, erwiderte der Asura, flötend, lockend. »Näher. Näher.«

Ich gehorchte ihm. Ich konnte nichts anderes tun. Seine Stimme hatte nicht dieselbe Gewalt, mit der er die Hunde zurückgerufen hatte, trotzdem spürte ich ihre Macht. Ich trat so nah an ihn heran, dass sich unsere Gesichter fast berührten, und auf seiner Stirn öffnete sich ein drittes Auge. Ich starrte es an, voller Bezauberung und ohne Angst. Es war wie ein menschliches Auge, das auf der Spitze stand. Gleichzeitig jedoch war es ein Spiegel, und ich fühlte, wie ich hineingesogen wurde, als fiele ich in einen tiefen Brunnen.

Erst dachte ich, ich wäre auf einem großen Schachbrett gelandet, aber es war nur ein Fußboden aus schwarzen und weißen Fliesen, der sich in alle Richtungen erstreckte und dann im Dunkeln verlor. Die zwei Gestalten, die ich in seiner Mitte stehen sah, waren keine Schachfiguren. Ich kannte sie beide.

»Warum rufst du mich?«, fragte der Asura, auch hier in seiner menschlichen Form, gekleidet in seine fremdländischen, bunten Gewänder. »Ich habe getan, was du von mir verlangt hast. Nun lass mich gehen!«

»Du hast um deine Freiheit gespielt und verloren«, sagte

der andere. Seine Kleidung wirkte nicht minder fremd und übertrieben, doch auch ihn hatte ich oft genug gesehen, auf den Gemälden in der Halle und im Kaminzimmer. Seine Stimme klang fast wie Victors, aber ich wusste, es war Lawrence Aubrey.

»Und dir deinen Wunsch erfüllt«, erwiderte der Asura. »Wir sind quitt, Mensch.« Dann sah ich ihn lächeln. »Es sei denn, du gewährst mir ein zweites Spiel –«

»Ich habe dich beschworen, damit du mir meine Familie wiedergibst«, sagte Lawrence. Hinter ihm tauchten zwei Schatten auf, die ich nur zu gut kannte. Castor und Pollux traten ins Bild, und wie auf dem Gemälde ließen sie sich zu Füßen ihres Herrn nieder. »Weißt du nicht, was eine Familie ist, Dämon? Meine Familie, das sind die Generationen von jetzt bis in alle Ewigkeit. Und doch bekommt meine Frau kein Kind, noch die meines Bruders, noch meine Base. Was für einen Fluch hast du auf uns gelegt? So haben wir nicht gewettet!«

Der Asura schüttelte den Kopf. »Ich habe getan, was du von mir verlangt hast. Noch mehr Seelen kann ich nicht borgen. Ich habe dir deine Familie gegeben, dein ganzes Haus, selbst die Dienerschaft, obwohl ich wusste, dass mich Strafe dafür erwartet, dass die Seelen dort fehlen, wo sie eigentlich wiedergeboren werden sollten.«

Lawrence Aubrey lachte, und ich konnte mich nicht erinnern, jemals ein abscheulicheres Lachen gehört zu haben. »Das hättest du dir vorher überlegen müssen, Dämon! Du kanntest meinen Wunsch, als du in das Spiel eingewilligt hast. Ist das nun deine Rache? Dass du mein Haus aussterben lässt?«

»Sie sind schon tot«, antwortete der Asura mit seiner sanften Stimme. »Du weißt es. Es sind nur Spiegelbilder mit geborgten Seelen, damit du deinen Frieden hast. Mehr kannst du nicht verlangen.«

»Ich verlange, dass du Wort hältst, verfluchter Dämon!« Lawrence bebte vor Zorn, dass ich mir kaum vorstellen konnte, wie er lang genug stillgehalten haben sollte, dass man so schöne Bilder von ihm malen konnte. »Aber ich habe keine Wahl. Du willst ein neues Spiel? Du sollst es haben. Ein Spiel für jede Generation, die in diesem Haus geboren wird, und eine Seele dazu, um dich bei deinen Göttern freizukaufen. Ist es das, was du willst?«

»Was ich will«, antwortete der Asura leise, »ist meine Freiheit.« Er tat mir leid, doch es war ein einzelner Moment, aus der Zeit gepflückt, und ich wusste nicht, was vorausgegangen war. Dies war das Bild, das der Asura mich sehen lassen wollte. Eine Wahrheit von vielen.

»Du kannst einem Spiel nicht widerstehen«, sagte Lawrence Aubrey und nickte zufrieden. »An der Stelle hat der Händler nicht zu viel versprochen. Eine Statue, in die ein Dämon gebannt ist, der dem, der ihn im Spiel besiegt, jeden Wunsch erfüllt. Beschwer dich bei dem, der dich in die Statue gebannt hat. Ich nehme mir nur, was mir zusteht.«

Die Hunde spitzten die Ohren und setzten sich wieder auf. Dann blickten sie direkt in meine Richtung. Konnten sie mich sehen? War ich wirklich in dieser Welt? Die Hunde schienen einander zuzunicken, dann sahen sie zu ihrem Herrn auf, als erwarteten sie seinen Befehl – und als er ihnen einen Fingerzeig gab, sprangen sie los.

Ich nahm die Beine in die Hand und rannte weg. Ich sah die Hunde näher kommen, und im Laufen veränderten sie sich. Der eine wurde schwarz wie die Nacht, der andere weiß wie Schnee, und endlich wusste ich, was ich da träumte. Es war der Traum, den ich mein ganzes Leben lang geträumt hatte – nur, dass alles, was ich sonst von ihm kannte, sein Schluss war, der Schluss, in dem die Hunde mich erreichten, mich totbissen, mich auffraßen.

Ich blieb stehen. Ich drehte mich zu den Hunden um, und dann rief ich mit einer Stimme, die es nicht mit der eines Gottes aufnehmen konnte und doch das Beste war, das ich je zustande gebracht hatte: »Castor! Pollux! Sitzt!«

Die Hunde gehorchten. Sie setzten sich hin und nahmen wieder ihre wirkliche Farbe an, ein dunkles Grau, nicht aus Nacht gemacht. Sie schauten mich hechelnd aus ihren dummen Hundeaugen an, in denen nichts Dämonisches mehr war, und warteten auf einen Befehl von mir.

»Lasst mich in Ruhe«, sagte ich. Und ich war fast enttäuscht, als ich dann tatsächlich wach wurde, am Donnerstag, in meinem Bett, ohne ein Buch unter dem Kissen, ohne ein fremdes Gesicht im Spiegel, und um eine Wahrheit reicher, eine von vielen.

Doch wenn ich gehofft hatte, in einem Haus ohne Hunde aufzuwachen, lag ich falsch. Einen zweihundert Jahre alten Fluch hob man nicht mit etwas Stolz und drei Worten auf. Trotzdem hatte der Traum etwas in mir verändert. Vielleicht, weil es mir zum ersten Mal gelungen war, selbst seinen Ausgang zu beeinflussen, und wenn ich das konnte, dann konnte ich noch viel mehr.

Als ich morgens aus meinem Zimmer kam, warteten die Hunde schon vor der Tür, und sie folgten mir geduldig durch das ganze Haus. Sie heulten nicht und sie knurrten nicht, schienen so greifbar zu sein wie ich, aber ihre Absicht war klar. Sie wussten, dass ich Hargreaves etwas verraten wollte, und sie wollten sichergehen, dass das nicht stattfand.

Victor war keine Hilfe. Ausgerechnet jetzt, wo ich ihn am nötigsten gebraucht hätte, blieb er kühl und abweisend, und selbst wenn ich für mich Erklärungen gefunden hatte, warum er sich so verhielt, nahm ich es ihm übel. Ich war stocksauer auf ihn, doch dass ich ihm meinerseits die kalte Schulter zeigte, merkte er nicht einmal, so wenig Interesse hatte er noch an mir. Ich fragte nicht, ob an diesem Tag Unterricht stattfinden würde. Die Antwort hätte ohnehin Nein gelautet, und ich hatte anderes zu tun.

War schon das Abendessen grimmig und still gewesen, galt das für das Frühstück erst recht, obwohl mehr Familienmitglieder als sonst dabeisaßen. Toby war da, den ich noch nie am Frühstückstisch gesehen hatte, und Lorina sowie ein sehr wortkarger Lord Kettlewood. Es lag eine Verzweiflung in dieser Gesellschaft, als ob sich die verbliebenen Familienmitglieder zusammendrängten, weil sie nicht wussten, wie viel gemeinsame Zeit ihnen noch blieb. Lady Kettlewood, die früher immer der Mittelpunkt des Frühstücks gewesen war, fehlte, und das wog schwerer als jede anwesende Person.

Ich hatte gehofft, dass vielleicht Hargreaves das Frühstück servieren würde, doch stattdessen war es Tillie, die wie jeden Morgen mit dem Servierwagen vorfuhr und Köstlichkeiten auftischte, auf die kaum jemand Appetit zu haben schien. Auch ich brachte nicht viel hinunter, nur ein bisschen Fisch. Wenn es eine Sache gab, an die ich mich in Kettlewood gewöhnt hatte und die ich nicht mehr missen mochte, waren das geräucherte Makrelen. Ich wusste nicht, wie lange ich noch hier sein würde. Wenn das Spiel vorüber war und ich es überlebt hatte, lag alles in Victors Hand. Falls er sich dann weiterhin so verhielt, würde ich schneller am Bahnhof sein, als er bis zehn zählen konnte. Und wenn er dann wieder der Alte wurde … dann musste ich es mir zumindest überlegen.

Die Hunde lagen unter dem Tisch, während wir frühstückten, friedlich zu meinen Füßen. Auch als ich mich nach dem Frühstück davonzustehlen versuchte, hefteten sie sich mir an die Fersen.

Ich hatte die Hunde noch nie außerhalb des Hauses gesehen, doch das hieß nicht, dass sie es nicht verlassen konnten. Sie folgten mir durch den Garten, der jetzt, als einmal die Sonne schien, besonders schön anzusehen war, gerade weil alles schon ein bisschen verwildert aussah. Ich versuchte sie abzuschütteln, indem ich Umwege machte und mir nicht anmerken ließ, wo ich hinwollte, doch die Hunde folgten mir auf dem Fuß. Um sie loszuwerden, hätte ich mich schon unsichtbar machen müssen.

Aber so, wie ich mich durch den Garten schlängelte, wie eine Blinde, die den Weg nicht finden konnte, entging auch anderen im Haus nicht, dass ich etwas plante. Als ich endlich meinen Versuch, die Hunde abzuschütteln, aufgab und, Castor und Pollux im Gefolge, zur Seitenpforte schlich, wurde ich dort schon erwartet. Nicht von Hargreaves, leider – es war nur Toby. Nach unserem letzten Gespräch war ich mir nicht sicher, ob ich mich darüber freuen sollte.

»So, so, Iris«, sagte er und blickte an mir hinunter. »Willst du ausgehen?«

»Ich führe die Hunde spazieren«, sagte ich so gelassen wie möglich.

Toby grinste kurz. »Das sehe ich.«

Ich hätte ihm gern verraten, worum es ging. Ich hatte mein Versprechen nicht vergessen, ihn und Will zu warnen, ehe die Partie endete, nur wie, wenn die Hunde danebensaßen? »Du kannst sie mir nicht zufällig abnehmen?«, fragte ich.

»Und wie soll ich das machen? Denkst du, es hilft, wenn ich ihnen Stöckchen werfe?«

Ich schüttelte den Kopf. »Ich dachte nur, du bist Phoebes Bruder, vielleicht kannst du das, was sie kann –«

»Wenn ich das könnte!« Toby lachte. »Jeder von uns hat seine eigenen Talente. Was meine angeht, musst du Will fragen.« Er zwinkerte mir zu. Dann ging er langsam rückwärts in den Garten, ohne dabei die Hunde aus den Augen zu lassen. »Was für ein Pech mit Victor«, sagte er überdeutlich. »Dass das ausgerechnet jetzt passieren musste.«

»Was passieren?«, fragte ich und bemühte mich, dabei ruhig zu bleiben. »Was ist mit ihm? Verrat es mir!« Ich sah, wie die Hunde die Ohren spitzten.

»Ich darf dir das eigentlich nicht erzählen«, sagte Toby, wieder mit übertriebener Betonung. »Er hat die Farbe gewechselt. War dir das vorher noch nicht aufgefallen? Helle Felder, gute Tage. Dunkle Felder, schlechte Tage.« Er hatte jetzt schon ein bisschen Abstand zu den Hunden und musste rufen, damit ich und sie ihn verstehen konnten. Die Hunde knurrten. »Die armen Läufer auf Schwarz! Aber ich bin ein Springer, ein bildschöner weißer Springer, wechsle mit jedem Zug mein Wesen, bald öfter als mein Hemd –« Er rannte los, als die Hunde die Muskeln anspannten und seine Herausforderung annahmen. Einen Moment lang hatte ich Angst um Toby, doch er hatte schnelle Beine, und ich sah, welchen Weg er einschlug. Ins Baumhaus kamen die Hunde nicht hinein, jedenfalls solange sie Hunde blieben … »Übrigens«, schrie Toby noch im Laufen, und er klang so vergnügt, als gäbe es keinen größeren Spaß, als sich von zwei Hunden hetzen zu lassen, »der Butler wartet am Haupttor!«

Ich lief los. Es war schändlich von mir, Toby in Gefahr zu bringen, um meine eigene Haut zu retten, aber es war seine Entscheidung gewesen, mir zu helfen, nachdem er mir mehrmals Steine in den Weg gelegt hatte, und ich konnte ihn nur ehren, indem ich mich beeilte, zum Haupttor zu kommen. Und tatsächlich, da stand Hargreaves, eine Taschenuhr in der Hand, kopfschüttelnd, als glaube er nicht mehr, dass ich noch auftauchen würde. Die Krempe seines Hutes legte sein Gesicht in Schatten, und er hatte den Kragen höhergeschlagen als üblich, aber ich sah es trotzdem. Ich hatte letzte Nacht nicht geträumt. Die Narben, wo ihn die Hunde verbrannt hatten, waren immer noch da.

»Da bist du ja, Iris«, sagte er kurz angebunden.

Ich nickte atemlos. »Wir haben nicht viel Zeit«, sagte ich. »Die Hunde sind mir auf den Fersen. Toby Reynard lenkt sie ab.«

Am liebsten wäre ich den ganzen Weg bis ins Dorf gerannt. Stattdessen gingen wir wie zwei normale Menschen, ganz unauffällig. Der Butler in seinem schwarzen Gehrock und mit dem Zylinder hätte auch als Gentleman durchgehen können, und ich mit meinem Mantel, für den es viel zu warm war, als sein Dienstmädchen. Es war ein langer Weg und viel Zeit zum Reden.

»Es gibt diese Regel«, fing ich an, »die ist –«

Hargreaves legte einen Finger an die Lippen und deutete über seine Schulter, und als ich nach hinten lugte, rutschte mir das Herz bis in die Schuhe. Da waren Castor und Pollux, holten mit langen Sprüngen auf, bis sie wieder nur einen Schritt hinter mir waren. Tobys Hilfe war vergebens gewesen … Ich konnte nur hoffen, dass ihm nichts Schlimmes passiert war. »Kein Grund, ein Risiko einzugehen«, sagte Hargreaves leise. »Du bekommst die Gelegenheit noch, und niemand wird uns hören können.«

Ich schob die Hände in meine Manteltaschen und nickte. »Was müssen Sie besorgen?«, fragte ich laut – ich konnte mir nicht vorstellen, mit Hargreaves eine ganz alltägliche Unterhaltung zu führen, aber ich konnte zumindest so tun als ob.

»Silberpolitur«, antwortete Hargreaves todernst.

»Silberpolitur?« Niemand würde einen Fußweg von einer Stunde auf sich nehmen nur für eine Flasche Silberpolitur.

»So ist es«, sagte Hargreaves, aber als er lächeln wollte, sah ich, wie er vor Schmerzen das Gesicht verzog. »Wir bekommen alles, was wir brauchen, nach Kettlewood geliefert, aber der Krämer hat beim letzten Mal vergessen, mir die Silberpolitur mitzubringen, die ich bestellt hatte. Wo es doch nichts Wichtigeres gibt, als das Silber zu polieren …«

Ich nickte. »Das ist wirklich ein guter Grund, um in den Ort zu gehen.« Ich versuchte, mich nicht zu offensichtlich zu freuen. Es hieß, dass Hargreaves mich und mein Angebot ernst nahm. Mit den passenden Schuhen war es für mich ein deutlich kürzerer Weg als beim letzten Mal, und mit Castor und Pollux im Rücken ging es noch schneller. Schon sahen wir die Ausläufer des Dorfes auftauchen, und ich fragte mich, was die Leute hinter den Gardinen wohl denken mochten, wenn sie uns sahen, vor allem mit den beiden Hunden.

Wieder warf ich vorsichtig einen Blick über die Schulter. Castor und Pollux waren direkt hinter uns, aber sie hatten sich verändert. Ihre Gestalt schien zu flimmern, von einem Augenblick zum nächsten wechselten sie zwischen Hund und Schatten, ihre Pfoten machten kein Geräusch auf dem staubigen Weg, und ihr Atem war nicht mehr zu hören. Ich beschleunigte meine Schritte, doch die Hunde taten es mir gleich und wurden dabei noch unwirklicher.

Ich getraute mich nichts mehr zu sagen. Ich wollte Hargreaves Hilfe suchende Blicke zuwerfen, doch ich wagte es nicht, die Hunde auch nur einen Wimpernschlag lang aus den Augen zu lassen, aus Angst, dass sie sich dann gänzlich in Rauch auflösen würden. Er selbst wirkte ruhig, doch ich ahnte, dass seine Gelassenheit gespielt war – er wusste besser als ich, wozu diese Tiere imstande waren. Schließlich fiel mir nichts anderes ein, als an seinem Ärmel zu zupfen und auf unsere Verfolger zu deuten. Noch während ich das tat, schnappte einer der Hunde nach meinem Rocksaum, und mein Herz setzte einen Schlag lang aus, als die Schnauze direkt durch den Stoff zu fahren schien.

»Castor, Pollux – sitzt!«, flüsterte ich, doch hier galten andere Gesetze als in meinem Traum. Die Hunde liefen weiter.

Hargreaves verzog keine Miene. »Was würdest du sagen, wenn wir eine Kerze für deine liebe Frau Mutter anzünden?«, fragte er und deutete mit der Kante seines Zylinders in Richtung der Kirche vor uns.

»Oh, was für eine gute Idee!«, antwortete ich, versuchte, mein pochendes Herz zu beruhigen und so erfreut wie möglich zu klingen. Richtig, die Kirche! Kirchhof und Kirche waren heiliger Boden, den die Hunde nie und nimmer betreten konnten. Auch wenn ich nicht verstand, was genau Castor und Pollux waren – sie waren etwas Altes, Böses, das es nicht geben durfte.

»Dann ist es beschlossen«, sagte Hargreaves und nahm die Beine in die Hand. Bis zu diesem Moment hatte man noch nicht einmal sehen können, dass er über so etwas wie

Knie verfügte. Jetzt rannte er, als ob der Teufel selbst hinter ihm her wäre, und ich rannte mit, ohne noch einmal zurückzuschauen.

Ich hörte das böse Knurren, als wir uns der Kirchhofsmauer näherten, ich fühlte eine lähmende Kälte, die an meinen Fersen leckte, Schmerzen in meinem ganzen Körper, doch ich biss die Zähne zusammen und rannte weiter, wie ich noch nie gerannt war, zur Pforte hin. Meine Füße hämmerten auf den Boden und die Worte des Vaterunsers durch meinen Kopf. Ich strauchelte, der eine Schuh, der größer war als der andere, war mir im Weg, ich stolperte, stürzte – und sah vor mir das graue, moosüberzogene Gestein der Gräber von St. Edmund. Wir waren in Sicherheit.

Hargreaves half mir auf. Ich klopfte mir den Staub ab, richtete mein Kleid und rang nach Atem. Was für eine Erleichterung, dass ich unversehrt war, noch nicht mal beim Sturz hatte ich mir eine Schramme zugezogen, weil das weiche Gras des Kirchhofs mich aufgefangen hatte. Die Hunde hatten mich nicht erwischt bis auf das unterste Stück meines Rockes. Dort hatte der Stoff jede Farbe verloren, war ausgeblichen wie ein alter Knochen.

Erst als wir durch die Kirchentür traten, wagte ich es wieder, auch nur zu flüstern. »Danke«, brachte ich hervor. »Was für eine gute Idee!«

Hargreaves nickte. »Falls du dich fragen solltest, wo dein Verstand herkommt – den hast du von mir.« Es war das erste Mal, dass ich mich wirklich fühlte, als ob wir verwandt wären.

Die Kerzen brannten, doch die Kirche war leer. Reverend Turner hatte noch andere Dinge zu tun, als auf verirrte Reisende zu warten. Ich bekreuzigte mich, und alle Angst fiel von mir ab. Hier waren wir in Sicherheit. Ich blickte Hargreaves an, wollte ihm endlich meine Regel erklären, aber er legte noch mal einen Finger an die Lippen. Dann deutete er auf den Beichtstuhl.

Ich zögerte. Durfte man sich einfach in einen Beichtstuhl setzen, wenn der Pfarrer nicht da war? Hargreaves wartete nicht auf Zustimmung, er huschte hinüber, und ehe ich michs versah, war er hinter dem Vorhang verschwunden, wo beim letzten Mal der Reverend gesessen hatte. Ich nickte, faltete die Hände und betrat den Beichtstuhl auf der Büßerseite.

»Hören Sie mich?«, flüsterte ich.

»Ich weiß nicht, wer du bist, mein Kind«, sagte die Stimme auf der anderen Seite, und auch wenn ich nichts sah, wusste ich, dass es Hargreaves war. In der Kirche gab es keinen Spuk und keine Spiegel. »Sprich. Was möchtest du mir sagen?«

»Vater …«, sagte ich leise und musste eine Pause machen, Atem holen, mir die Tränen aus den Augen wischen. »Vater«, sagte ich noch einmal, und danach ging es schnell. »Sie denken, ein Spiel geht nur dann unentschieden aus, wenn beide Seiten sich miteinander absprechen. Das mag früher so gewesen sein, aber es gibt eine Regel, mit der kann ein Spieler ein Remis verlangen, ausgehend von dem, was die Figuren auf dem Schachfeld tun.«

»Oho«, hörte ich Hargreaves' Stimme von der anderen Seite. »Erzähl mir mehr, mein Kind.«

Ich nickte, beugte mich vor, sodass mein Mund fast das Trenngitter berührte, und begann zu flüstern.

16

Als wir aus der Kirche kamen, waren die Hunde fort. Vielleicht waren sie nach Hause getrottet, doch ich hoffte insgeheim, der Hundefänger hätte sie mitgenommen. Die Hauptsache war: Sie konnten uns nichts mehr tun.

Auf dem Rückweg hüpfte ich von einem Bein aufs andere, auch wenn Hargreaves mir dafür seltsame Blicke zuwarf. Aber ich konnte nicht anders, mein Herz war so leicht, dass ich dachte, ich müsse davonfliegen. Alle Sorgen, alles, was mir auf der Seele gelegen hatte, hatte ich in der Kirche zurückgelassen. Nun mussten wir nur noch die Partie zu einem Ende bringen. Wir hatten unsere Züge nicht abgesprochen, doch das war auch nicht nötig. Wir wussten, was zu tun war.

Und nachdem wir das jetzt hinter uns gebracht hatten, konnten wir wie zwei normale Menschen miteinander reden. Ich konnte endlich nach meiner Mutter fragen, ohne Angst haben zu müssen, dass Hargreaves sie verhöhnte, nur um sicherzustellen, dass ich ihn auch genug hasste. Es gab so viele Dinge über sie, die ich noch nicht wusste.

»Da ist eine Sache, die ergibt für mich keinen Sinn«, sagte ich. »Meine Mutter, als sie davongelaufen ist – warum hat sie den schwarzen Springer mitgenommen? Wusste sie, was sie damit anrichtet?« Es war eine Frage, die mir keine Ruhe ließ, je länger ich darüber nachdachte. Warum hatte meine

Mutter ausgerechnet Victors Figur gestohlen? Ich hatte Angst, meine Mutter könnte heimlich in ihn verliebt gewesen sein. Vielleicht war sie mit Hargreaves ausgegangen, weil er der Spatz in der Hand gewesen war, aber was, wenn sie in Wirklichkeit Victor geliebt hatte? Ich konnte nicht in den gleichen Mann verliebt sein wie meine eigene Mutter. Suchte ich jetzt Gründe, um meine Liebe wieder loszuwerden? Reichte es nicht, dass sich Victor vor meinen Augen in einen herzlosen Klotz verwandelt hatte?

Hargreaves lachte leise. Auch er wirkte erleichtert, doch nicht so frei wie ich. Ich ahnte, dass er dem Braten noch lange nicht traute. »Das war meine Schuld«, sagte er. »Ich habe sie dazu gebracht.«

»Aber warum?«, fragte ich weiter. »Was hatten Sie davon? Jahrelang in Kettlewood festsitzen – das kann doch nicht Ihre Absicht gewesen sein.«

»Oh, das war es auch nicht.« Hargreaves schüttelte den Kopf und seufzte. »Ich habe ihr nicht gesagt, dass sie die Figur stehlen soll, falls du das denkst, Iris. Aber sie sollte nicht erfahren, dass ich derjenige bin, gegen den sie spielt. Also musste ich so tun, als wäre ich eine der Figuren. Und einen Springer zu spielen war das einfachste.«

»Weil Springer mit jedem Zug ihre Farbe wechseln?« Ich verzog das Gesicht, verärgert, dass ich nicht selbst darauf gekommen war. »Und weil sich dann immer die Stimmung desjenigen ändert, der mit der Figur verbunden ist?« Der Gedanke war so naheliegend, doch irgendwie hatte es sich ergeben, dass ich nur Figuren von schwarzen Feldern auf andere schwarze Felder bewegt hatte – bis auf einen meiner ersten Züge: Da war meine Dame von einem weißen auf ein schwarzes Feld gezogen, und von einem Tag auf den anderen war Lady Kettlewood nicht mehr meine süße falsche

Großmutter, sondern ein unausstehliches Weibsbild gewesen. Trotzdem, selbst wenn das erklärte, was mit Victor passiert war: Es entschuldigte nichts. Wenn er mich wirklich liebte, sollte auch die Farbe eines Schachfeldes nichts daran ändern können.

»So ist es«, sagte Hargreaves. »Ich gebe zu, es hat mir Spaß gemacht, deiner Mutter etwas vorzuspielen, auch wenn es nicht nett war – sie hat es mir tausendmal heimgezahlt.« Er klang nicht zornig, nur bitter. »Immerhin konnte sie ihr Kind außerhalb von Kettlewood zur Welt bringen, außer Reichweite des Spiels … Wenn es das wert war …«

Ich sagte darauf nichts. Ich wagte es nicht. Doch meine Antwort war: Ja. Ich war das wert.

Danach schwieg Hargreaves, und ich bekam Angst, dass er es sich doch noch anders überlegen würde. Ich wusste nicht, was er sich von dem Asura hatte wünschen wollen, doch es musste ein wirklich großer Wunsch sein, wenn er dafür so viele Jahre hier überstanden hatte. Jetzt ans Schachbrett zurückzukehren und diesen Wunsch aufgeben zu müssen … Ich erfuhr immer neue Dinge über meine Mutter. Aber ich wusste so gut wie nichts über Hargreaves, und ich traute mich nicht, ihn danach zu fragen.

Wieder in Kettlewood Hall angekommen, hätten wir uns sofort an den Schachtisch setzen können, aber ich hatte es gerade nicht eilig. Nun, da ich glauben konnte, dass keine Leben mehr auf dem Spiel standen, weder meines noch Hargreaves', war es an der Zeit, endlich einmal darüber nachzudenken, was passieren würde, wenn das Spiel vorüber war. Wie würde es mit Victor und mir weitergehen? Ich musste mit ihm reden. Und diesmal würde ich mich nicht abschütteln lassen.

Es wäre ein Leichtes gewesen, abzuwarten, bis ich wieder

am Zug war und den Springer zurück auf ein weißes Feld setzen konnte, doch das erschien mir zu billig. Wenn ich wirklich mit Victor zusammen sein wollte, musste ich auch mit seiner grässlichen Seite leben. Mir war klar, dass die nicht allein am Schachbrett liegen konnte. Niemand war immer nur goldig, und es war besser, ich lernte Victors schlechte Eigenschaften jetzt schon kennen, als irgendwann nach der Hochzeit aus allen Wolken zu fallen …

Zumindest machte Victor es mir leicht, ihn zu finden. Er steckte in seinem Zimmer, bei seinen Büchern. Ich klopfte, wartete, und Victor öffnete die Tür. Natürlich wieder nur einen Spalt, aber ich hatte meinen Fuß in der Tür, bevor er sichs versah.

»Victor, ich muss mit dir reden.«

Ich hatte damit gerechnet, dass er das Gesicht verziehen würde, und er tat es. »Es tut mir leid, mir ist nicht nach Unterhaltungen.«

»Weißt du was?«, sagte ich. »Das ist mir gerade herzlich egal. Weil ich mit dir sprechen werde, egal, was du dazu sagst. Wir können hier im Flur weiterreden, oder du lässt mich rein. Deine Entscheidung.«

Victor verdrehte die Augen und ließ mich ins Zimmer. Die Bücher, die sich vor Kurzem noch auf dem Boden gestapelt hatten, waren zurück ins Regal gewandert, bis auf eines, das aufgeschlagen auf der Armlehne seines Sessels lag. Ich versuchte, den Namen des Autors zu entziffern, doch er sagte mir nichts. Shakespeare. Offenbar jemand, der dicke Bücher schrieb. »Was willst du denn?«

»Dich freundlich darauf hinweisen, dass du ein Scheusal bist«, sagte ich. Ich hatte es ihm ruhig und gelassen unter die Nase reiben wollen, aber es kam so zornig heraus, wie ich mich fühlte.

Victor sah mich nicht an, sondern wanderte zum Fenster, blickte hinaus und sprach mit den Vorhängen, nicht ohne lange und ausgiebig zu seufzen. »Weißt du, Iris, ich dachte mir, dass du das nicht verstehen würdest. Ich habe einfach keinen guten Tag.«

Ich schnaubte. Erwartete er wirklich, dass ich mich mit dem Anblick seines Rückens begnügen würde? »Einen schlechten Tag, weil ich es gewagt habe, deinen Springer zu bewegen?«

Victor schwieg eine Weile, dann sagte er, immer noch von mir abgewandt: »Du hast es also gemerkt?«

»Nein, habe ich nicht!«, rief ich. »Toby hat es mir erklärt. Ich wäre auch nicht drauf gekommen, weil es so lächerlich ist! Du kannst von mir aus schlechte Tage haben, so viele du willst, aber du kannst dir doch nicht von einer Feldfarbe vorschreiben lassen, was für ein Mensch du bist!«

»Ich sagte ja, du würdest es nicht verstehen«, erwiderte Victor leise. »Ich habe keine Kontrolle darüber.«

»Und ich sage, du stellst dich an!« Ich stampfte nicht mit dem Fuß auf, dafür war ich zu alt, aber ich hätte es gern getan. »Was soll ich denn denken? Dass du nur deswegen nett zu mir warst, weil du zufällig als Einziger auf einem weißen Feld gestanden hast? Toby steht übrigens schon die ganze Zeit auf einem schwarzen Feld und ist nicht ununterbrochen ein Kotzbrocken, sondern nur manchmal, und er hat mir heute sehr geholfen, trotz allem.«

»Mit der Zeit gewöhnt man sich dran«, antwortete Victor. »Wenn man fünfzehn Jahre auf dem gleichen Feld steht … Man wird irgendwann wieder normal, bis zum nächsten Wechsel …«

»Ich will keine fünfzehn Jahre warten müssen, bis der Victor, den ich liebe, wieder zum Vorschein kommt! Und ich will auch nicht meine Schachzüge davon abhängig machen, mit was für Menschen ich es danach zu tun habe.« In dem Moment hatte ich kein Interesse daran, Victor zu erzählen, dass ich eine Lösung gefunden hatte. Es ging um mehr als nur das Schachspiel. Es ging darum, dass ich wenig Lust auf jemanden hatte, der so gut darin war, sich selbst leidzutun.

Wieder sagte Victor lange nichts und seufzte nur. »Ich habe mir das nicht ausgesucht.«

»Und?«, erwiderte ich. »Ich habe mir so vieles nicht ausgesucht, nur ich tu wenigstens was, um es zu ändern. Mit einem ›Ich hab mir das nicht ausgesucht‹ hätte ich genauso gut in Yorkshire bleiben können.«

»Es tut mir leid«, murmelte Victor.

»Dreh dich wenigstens zu mir um!«, rief ich. »Ich fühle mich, als ob ich mit einer Wand rede! Verstehst du nicht, worum es mir geht? Ich will Victor den Menschen, und alles, was du mir gibst, ist Victor die Schachfigur.«

Langsam drehte Victor sich um. Immerhin brachte er wieder ein Lächeln zustande. »Wenn das eine vom anderen zu trennen wäre«, sagte er, »glaubst du, ich wäre dann fünfzehn Jahre lang vom Angesicht der Welt verschwunden? Denkst du nicht, ich hätte dann irgendwann gesagt: ›So, genug verschwunden, ich reiße mich am Riemen und bin wieder da?‹ Denkst du wirklich, das wäre so einfach?«

Ich schüttelte den Kopf. »Ich will doch nicht mal, dass es einfach ist«, murmelte ich und fühlte, wir mir etwas den Hals zuschnürte. »Mein Problem ist nur …«

Ich schluckte. Ich hatte Victor einmal unterstellt, keine Seele zu besitzen, und ihn damit bis ins Mark getroffen. Aber was war er wirklich, wenn er nur durch eine Schachfigur am Leben gehalten wurde und allein deswegen auf der

Welt war, weil der Asura ihm eine Seele geliehen hatte? Das konnte ich ihm niemals sagen, es hätte ihm das Herz gebrochen, und das hieß, ich war nicht besser als die Kettlewoods. Ich konnte auch nicht über die Dinge reden, die wirklich wichtig waren – ganz ohne Hunde im Nacken.

»Mein Problem ist – wenn du mich nur die Hälfte der Zeit über liebst, was soll ich dann mit dem Rest tun?«

»Ich liebe dich auch die andere Hälfte über«, sagte Victor. »Ich kann es dann nur nicht zeigen.« Er schüttelte den Kopf. »Ich hatte gehofft, du könntest das Spiel gewinnen, ohne mich bewegen zu müssen, und dann wäre ich erlöst gewesen, und du hättest es nie miterleben müssen.«

Jetzt war es an mir zu seufzen. »Nehmen wir mal an, ich beende die Partie heute. Bleibst du dann in der Stimmung, in der du jetzt bist, und ich muss Jahre warten, bis du dich wieder gefangen hast? Du bist der Königsspringer, wenn wir nach der Partie die Figuren aufs Brett zurückstellen, stehst du so lange auf Schwarz, bis irgendwann das nächste Spiel losgeht.«

Victor legte mir eine Hand auf die Schulter, und es sah aus, als ob ihm die Berührung schwerfiel. »Wenn das Spiel vorbei ist, sind wir alle wieder wir selbst«, sagte er. »Ganz Mensch. Ich kann nicht versprechen, dass ich dann keine schlechten Tage habe. Aber ich kann dir versprechen, dass ich dich lieben werde. Immer.«

Ich fühlte, wie sich etwas in mir bewegte, als würde etwas, das aus der Spur geraten war, wieder an seinen Platz rücken. Die Frage war nicht, ob Victor eine echte Seele hatte, auch nicht, von wem er sie bekommen hatte: Es ging darum, was er mit ihr machte. Er hatte nur diese eine Seele, und ich wollte ihn mit keiner anderen. »Darf … darf ich dich umarmen?«, fragte ich vorsichtig und war erleichtert, als er nickte. Ich schmiegte mich an ihn, sanft, gerade so weit, wie er mich ließ, und er legte die Arme um mich, zaghafter als sonst, doch nicht mit weniger Liebe.

»Danke«, sagte er leise. »Dass du gekommen bist … Ich war so allein in der Zeit … als ich weg war. Es war mehr wie ein Schlaf, und ich habe nicht viel davon gefühlt, aber unterschwellig … und jetzt ist das alles wiedergekommen …«

Ich nickte an seiner Schulter. »Ich lasse dich nicht allein«, antwortete ich. »Und … vielleicht ist es ganz gut, dass du auf Schwarz gelandet bist und es endlich herauslassen kannst? Ich stelle mir das furchtbar vor, immer nur gute Laune haben zu müssen, das ist doch keinen Deut besser, nicht?« Ein Schauder lief über meinen Körper, als Victor mich auf die Stirn küsste. »Ich bringe es zu Ende«, flüsterte ich. »Heute noch. Ich weiß, wie. Und ich will, dass das ganze Haus dabei ist. Wir brauchen Zeugen. Wirst du mir helfen?«

Victor zögerte. »Es hat noch nie jemand zugesehen, wie die Partie gespielt wird.«

»Ich weiß«, sagte ich. »Aber wir halten uns nur an die Regeln. Weil Regeln sich ändern können.«

»Und wir auch«, antwortete Victor und küsste mich wieder.

»Und wir auch«, wiederholte ich. Ich hätte endlos so mit ihm dastehen mögen, am Fenster, wo uns jeder sehen konnte. Doch dafür war später noch Zeit. Erst einmal musste ich ein Spiel zu Ende spielen. Nicht irgendwann. Sondern jetzt.

Auf dem Treppenabsatz vor der Tür zur Bibliothek versammelten sich mehr Menschen, als ich je in Kettlewood auf einmal gesehen hatte, und ich war froh, dass es noch so viele waren. Victor und sein Vater waren da, Toby, Lorina und

Onkel Arthur, dazu das verbliebene Personal: Tillie und die Haushälterin, Will und der Gärtner, den ich zum ersten Mal traf, Lady Kettlewoods Zofe, der Koch mit der Küchenmagd und Lord Kettlewoods Diener – noch einer, dem ich nie begegnet war – sowie der Laufbursche.

Der Einzige, den ich nirgends entdeckte, war der Hauslehrer. Nicht, dass ich ausgerechnet auf den besonderen Wert gelegt hätte, doch wir wollten alle Hausbewohner dabeihaben.

Ich blickte fragend in die Runde. Ich sah in angespannte, bleiche Gesichter. Das Ende des Spiels, auf das alle so lange gewartet hatten, nahte, und doch schien sich in diesem Moment niemand darauf zu freuen. Es herrschte eine Stimmung wie vor einem Gewitter, schwer und drückend, und so sah auch die Menschenmenge aus: wie eine Wolke, die mit Macht zusammengedrückt wurde und es kaum erwarten konnte, sich wieder aufzulösen.

Es war erstaunlich, dass bis auf Mr. Attridge alle gekommen waren, denn leicht konnte es ihnen nicht gefallen sein. Ob sie nur die Angst, Hargreaves oder ich könnten ihnen ihr Fernbleiben heimzahlen, hergetrieben hatte, wusste ich nicht und wollte es auch nicht wissen.

»Danke, dass Sie alle hier sind«, sagte ich und war stolz, wie kraftvoll meine Stimme klang bei meiner ersten Ansprache überhaupt. »Kann vielleicht noch jemand von Ihnen Mr. Attridge Bescheid sagen?«

»Das wird nicht nötig sein«, erwiderte Hargreaves und lächelte leicht.

Ich verstand. Seit ich das letzte Mal nach dem Schachbrett geschaut hatte, hatte auch Hargreaves seinen Zug gemacht, und das offenbar mit schlagendem Erfolg. Ich nickte und schluckte. »Wollen wir … wollen wir dann hineingehen?«

Plötzlich hatte ich einen Kloß im Hals. Dass Hargreaves den Lehrer geschlagen hatte – das nahm ich als Drohung. Vielleicht wollte er doch gewinnen, vor aller Augen.

Niemand tat einen Schritt in Richtung der Bibliothekstür, wo Castor und Pollux nur darauf zu lauern schienen, dass jemand hineinging. Ich hoffte auf Hargreaves, doch der machte eine einladende Geste. »Nach dir, Iris.«

»Es ist besser, wenn bloß sie den Raum betritt«, sagte Lord Kettlewood. »Die Regeln verlangen, dass niemand zuschaut –«

»Nein!«, sagte ich laut. »Die Regeln verlangen, dass Schach gespielt wird. Und dass keinerlei Absprachen stattfinden. Nicht mehr und nicht weniger. Alles andere hat sich irgendwann ergeben, all die Lügen und Geheimnisse. Aber wir spielen diese Partie jetzt zu Ende, und das vor Zeugen.« Keine Ausflüchte mehr. Ich wollte, dass jeder im Haus wusste, wie das Spiel zu spielen war. Ich trat an den Hunden vorbei und stieß die Tür zur Bibliothek auf. »Es ist Platz genug für alle. Ein paar werden stehen müssen, aber den meisten von euch sollte das nichts ausmachen.«

Es war schade, dass ich den Spiegel über dem Kamin zerschlagen hatte. Sooft ich bei der Vorstellung geschaudert hatte, von den Menschen hinter dem Spiegel beobachtet zu werden: Jetzt hätte ich es ihnen gegönnt, zusehen zu können. Ich bildete mir ein, sie wären trotzdem bei uns. Auf den Fensterscheiben lagen Schemen, die sonst nicht dort waren und die zu nichts passten, das es im Garten gab. Ich konnte keine Gesichter erkennen, nur Bewegungen, trotzdem lächelte ich den Fenstern zu. Ich war nicht nur meinetwegen hier. Es ging auch um die Verbannten.

Mutiger, als ich mich eigentlich fühlte, marschierte ich zum Schachtisch, um zu sehen, was Hargreaves getan hatte.

Und ich konnte nur hoffen, dass mir niemand ansah, wie mir schlecht wurde. Er hatte meinen Turm geschlagen, Dame von G7 nach F8 – und ich stand im Schach. Hatten wir so gewettet?

»Schach«, sagte Hargreaves leise hinter mir. »Falls du es noch nicht gemerkt hast.«

Ich sah ihn nicht an, während ich mich auf meinen Platz setzte. »Ich sehe es.«

»Keine Absprachen«, antwortete Hargreaves. »So soll es sein.« Ich hörte, dass er dabei lächelte, und ich hasste es. Mit gesenktem Kopf starrte ich auf die Figuren, als er mir gegenüber Platz nahm. Lautlos ließen sich die Hunde neben uns nieder, einer neben jedem Spieler und im Sitzen immer noch so groß, dass ihre Schatten bis auf das Schachfeld fielen. Ihre Gestalten schienen zu verschwimmen, als wären sie nur noch halb wirklich, und umso bedrohlicher fühlten sie sich an.

Die übrigen Menschen drängten sich vor der Tür, ich hörte sie murmeln, ohne dass sich jemand hereinwagte. Dann, endlich, sagte Onkel Arthur: »Lorina, mein Mädchen, sei so lieb und reich mir deinen Arm.« Die beiden, die nur der weiße König und seine Dame sein konnten, traten ein, setzten sich auf das Sofa, als wäre es ein Tag wie jeder andere und nur eine Frage der Zeit, bis Tillie mit dem Teewagen kam, und jetzt, immer noch zögerlich, folgte ihnen der Rest.

Victor blieb in der Nähe der Bücherregale stehen, die Hände verkrampft, das Gesicht blass und müde, aber er war da, und dafür dankte ich ihm. Toby und Will standen eng beieinander und so nah bei der Tür, als wollten sie sichergehen, dass sie den kürzesten Fluchtweg hatten, doch auch wenn sie beinahe noch angespannter aussahen als die anderen, war ich froh, dass auch sie gekommen waren. Mir entging nicht, dass Toby sich vorsichtig bewegte wie einer, der Schmerzen beim Laufen hat, und ich bemerkte dunkle Flecken an seinem linken Hosenbein. Doch gemessen daran, zu was die Hunde imstande waren, schien seine Begegnung mit ihnen an diesem Morgen noch glimpflich ausgegangen zu sein.

Die Bibliothek füllte sich mit Menschen, wurde kleiner, dunkler, enger, und ich verfluchte meinen Entschluss, die letzten Züge vor Publikum tun zu wollen. Es konnten ebenso gut meine eigenen letzten Züge sein. Doch ich wollte zu Ende bringen, was meine Mutter angefangen hatte, auf meine Weise. Eigentlich hatte ich geplant, meinen Springer zu nehmen, um es Hand in Hand mit Victor zu schaffen, aber da ich jetzt im Schach stand, blieb mir nichts anderes übrig, als meinen König in Sicherheit zu bringen. Ich zog ihn außer Reichweite der Königin, von C8 nach D7, und sah Hargreaves nicken. Wieder zog er seine Dame. G7. »Schach«, sagte er laut, und im Raum wurde es so still, dass man eine Stecknadel hätte fallen können hören.

Ich ließ den Blick auf dem Schachbrett. In diesem Moment wollte ich niemanden sehen, nichts, was mich irgendwie abgelenkt hätte. Meine Hand zitterte, als ich den König zurück nach C8 zog. Das Schach war aufgelöst, nur einen Augenblick lang: Noch einmal folgte Hargreaves mit seiner Dame. »Schach.«

Lord Kettlewood – ich sah ihn nicht, aber ich wusste, dass er es war – schnappte nach Luft, als ob ihm gleich das Herz stehenbleiben würde. Was sollte ich dann erst sagen? Ich bewegte meinen König zurück nach D7 und wusste im gleichen Moment, wie dumm das gewesen war. Auf C7 stand ein Bauer, einer von zwei schwarzen Bauern, die das ganze Spiel über noch nicht bewegt worden waren, und das hieß, auf B7 hätte mein König deutlich sicherer gestanden als da, wo die Dame ihn gleich wieder im Visier hatte. Aber berührt war geführt, auch jetzt noch. Hargreaves tat, was er zu tun hatte. Dame nach G7. »Schach.«

Meine Hand zitterte, als ich meinen König wieder nach C8 zog. So eine wichtige Figur, und so ohnmächtig! Ein Schritt in jede Richtung, mehr nicht, doch was sollte ich sonst noch groß tun? Ich hörte Hargreaves lachen, sah verschwommen, wie er den Kopf schüttelte, aber alles, was ich noch sehen konnte, waren die Figuren vor mir. Es rauschte in meinen Ohren, die Welt jenseits des Schachbretts verschwand im Schatten, und Hargreaves zog seine Dame nach F8, zum dritten Mal. »Schach!«, rief er, laut, triumphierend, zufrieden.

Ich blickte auf. Meine Augen brannten vom angestrengten Starren, mein Herz hämmerte, aber meine Stimme war klar, als ich sagte: »Remis.« Ein Raunen ging durch den Raum. »Ich verlange, dass diese Partie Remis gegeben wird«, sagte ich, lauter. »Unentschieden«, setzte ich hinzu, für alle, die das Wort noch nie gehört hatten.

Hargreaves faltete die Hände vor der Brust. Seine Handschuhe verdeckten die Brandnarben, aber ich wusste, sie waren da. »Du stehst im Schach, mein Kind«, sagte er sanft. »Wieso sollte ich dir ein Remis gewähren?« Sein rechtes Auge funkelte. Es konnte eine Träne sein, die sich dort verfangen hatte, doch ich wollte lieber glauben, dass er mir zuzwinkerte.

»Weil ich das Recht habe, ein Remis zu fordern«, sagte ich ruhig. »Wir haben diese Stellung jetzt zum dritten Mal wiederholt. Damit kann diese Partie als Unentschieden gewertet werden, wenn ich das so will. Und ich will das so. Es gibt eine Regel, die genau das zulässt.«

»Oho«, sagte Hargreaves mit gespielter Überraschung. »Was soll das für eine Regel sein?«

»Eine neue Regel«, antwortete ich. »Und nein, ich habe sie mir nicht ausgedacht. Es ist so. Das sind die Regeln. Sie können sich ändern. Das gehört zum Spiel.«

Hargreaves lachte. »Du glaubst wirklich, Kind, das ginge so einfach?«

»Die Partie ist beendet«, sagte ich. »Schauen Sie her.« Und ich fing an, meine Figuren in ihre Ausgangsposition zurückzusetzen. Ich bluffte. Meine Hände zitterten, und dass ich mich so ruhig fühlte wie noch nie im Leben, lag nur daran, dass in mir alles vor Angst taub war. Wenn ich mich geirrt hatte … Wenn ich mich geirrt hatte, war ich so gut wie tot. Ich hatte keine Ahnung, ob es gehen würde. Ich hatte noch nie eine gefallene Figur aufs Spielfeld zurücksetzen können. Jetzt klappte es. Ich konnte meine Dame nehmen und sie zurücksetzen nach D8, und sie blieb stehen.

Das Spiel war vorbei, ohne Gewinner und ohne Verlierer, vor Zeugen. Die Menschen von Kettlewood hatten es gesehen und die Hunde ebenso. Ich fühlte ihre Blicke auf mir, bohrend, glühend. Dann senkten Castor und Pollux die Köpfe, und der Bann war gebrochen. Um mich herum wurde es schwarz.

Ich hatte wirklich keinen Grund, noch einmal in Ohnmacht zu fallen. Ich zwang mich, die Augen zu öffnen, zwang die wirbelnden schwarzen Flecken, wieder zur Welt zu werden. Ich wollte diesen Moment auskosten, ich wollte sehen, wie die Menschen sich freuten, ihre Erleichterung, wenn ihnen bewusst wurde, dass es wirklich durchgestanden war nach all den Jahren, und natürlich wollte ich auch nicht verpassen, wie die Verschwundenen aus dem Spiegel stiegen und zurückkehrten – als ich eine Stimme hörte, die meinen Namen rief.

»Iris! Iris Barling!«

Ich saß wirklich in dem Sessel am Schachtisch, ich schlief nicht, doch wer da über mich gebeugt stand, war nicht etwa Hargreaves oder Victor, sondern der Asura. Ich zwinkerte. »Was willst du noch von mir?«, fragte ich. »Warum bin ich nicht wach?«

Der Asura lächelte. »Ich habe dich kurz ausgeborgt«, sagte er. »Keine Angst, ich gebe dich gleich zurück. Aber ich möchte dir gratulieren. Du hast das Spiel überlistet.«

»Nicht überlistet«, sagte ich. »Nur die Regeln gelernt.«

»Das ist das Gleiche«, antwortete der Asura. Bis auf ihn sah ich niemanden in der Bibliothek, nur einen dunklen Umriss, von dem ich glaubte, dass er Hargreaves war. »Es war ein gutes Spiel. Ich gewähre dir dein Unentschieden. Du hast es dir verdient. Und dein Vater auch.«

»Ist es jetzt vorbei?«, fragte ich.

»Für dich – für diese Runde – ja.«

»Das meine ich nicht«, sagte ich. »Bist du jetzt frei?«

Der Asura schüttelte den Kopf. »Du hast nicht um meine Freiheit gespielt«, sagte er. »Doch das soll nicht deine Sorge sein.« Er zwinkerte mir zu, mit allen drei Augen. »Danke, Iris Barling.«

Er streckte die Hand aus und berührte mich an der Stirn, genau dort, wo bei ihm das dritte Auge saß, und ich spürte, wie etwas durch meinen Körper floss, eine seltsame Wärme, ein Kribbeln. Dann wurde es wirklich schwarz um mich.

Im nächsten Moment stieg mir ein abscheulicher Geruch in die Nase, so stechend, dass ich nach Luft schnappte und die Augen aufriss. Diesmal war ich wieder unter Menschen. Mir war schwindelig. Meine Stirn kribbelte noch immer, genauso wie meine fehlenden Finger.

»Es ist vorbei«, sagte ich. »Das Spiel. Das Spiel ist vorbei.« Ich war so erschöpft wie an den Tagen, an denen ich von früh bis spät in der Fabrik gestanden hatte, weil ein anderes Mädchen fehlte und ich nicht nach Hause durfte, und ich wusste nicht, wo auf einmal meine ganze Kraft hingekommen sein sollte – ich hatte nichts getan, nur Schach gespielt, aber es war wohl doch viel mehr gewesen. Vor meinen Augen verschwamm die Welt, um mich herum drehte sich alles … Ich versuchte, Hargreaves anzusehen. Ging es ihm wie mir? Aber er sah so normal aus, wie das mit all den Narben in seinem Gesicht möglich war. Vielleicht war er besser darin, es zu verbergen. Er nickte mir nur einmal zu, stand auf und verließ die Bibliothek.

»Wie geht es dir, Iris?«, fragte Victor. Ich war froh, dass er da war.

»Seltsam«, sagte ich. »Als wäre noch etwas passiert, aber ich weiß nicht, was.«

»Hauptsache, du lebst.« Victor half mir aus dem Sessel und bot mir seinen Arm an. »Du siehst aus, als bräuchtest du ein bisschen Ruhe.«

Ich schüttelte den Kopf, und mir wurde schlecht davon. »Ich will sehen, wie es jetzt weitergeht«, sagte ich. »All die Leute, die verschwunden sind – ich will sehen, wie sie wiederkommen.«

Victor lachte. »Du siehst sie noch früh genug.«

»Aber nicht, wie sie aus den Spiegeln steigen.«

Victor strich mir über die Haare. »Vielleicht wollen sie auch gar nicht, dass du das siehst«, sagte er. »Kettlewood hinter den Spiegeln ist keine Menagerie. Vielleicht brauchen sie einen Augenblick für sich, um hier anzukommen. Wir müssen uns alle erholen. Du dich am allermeisten.«

Ich nickte vorsichtig. Irgendwie fühlte ich mich darum betrogen, dass man mich hochleben ließ und als Heldin des Tages feierte. Aber was wollte ich? Ich hatte etwas geschafft, das in zweihundert Jahren niemand fertiggebracht hatte, und das Wichtigste war, dass ich selbst das verstand. Und wenn noch einmal jemand behaupten sollte, dass ich dumm war und von nichts eine Ahnung hatte, konnte ich sagen, dass ich alles nur durch eigene Klugheit geschafft hatte und weil ich etwas als Einzige gewusst hatte.

»Eines muss ich noch tun«, sagte ich. Hargreaves war schon fort, und damit blieb mir die Ehre, mit zitternden Händen die restlichen Figuren eine nach der anderen auf das Schachbrett zurückzusetzen. Schwarze Figuren, weiße Figuren, Elefanten, Pferde, Bauern. Es war das Beste, wenn sie nie wieder bewegt werden mussten. Bis dahin war es ein schönes, altes Schachspiel, und mehr nicht.

Vom Rest des Tages bekam ich tatsächlich nicht mehr viel mit. Ich weiß, dass Leute zu mir kamen, mir die Hand schüttelten und sich bedankten, immerhin. Ich weiß, dass ich Castor und Pollux davontrotten sah, nicht, wie ich gehofft hatte, mit eingekniffenen Schwänzen, nur wenigstens wie zwei gewöhnliche Hunde. Doch das letzte Bild, das ich für mich mitnahm und an dem ich mich festhielt, als ich endlich in meinem Bett lag und davondämmerte, war Victor, wie er lächelte. Keine Schachfigur mehr. Nur noch ein Mensch.

Als ich am nächsten Morgen wach wurde und die Augen aufschlug, wusste ich gleich, dass etwas anders war. Etwas fehlte. Ich war allein in meinem Zimmer, und zum ersten

Mal fühlte es sich auch so an. Der Spiegel über dem Waschtisch war so leer, als wäre über Nacht seine Seele gestohlen worden, und als ich mir Wasser ins Gesicht spritzte, lebte auf der anderen Seite des Glases nur noch die andere Iris. Beinahe tat sie mir leid, weil sie nun ganz allein sein musste, doch sie hatte mir nie von ihrem Leben dort drüben erzählt, dann wollte ich jetzt erst recht nichts davon wissen.

Ich hatte also tatsächlich den Moment verpasst, in dem die Verlorenen wiederkamen, aber vielleicht war das ganz gut so. Sie kehrten meinetwegen zurück, doch nicht für mich – sie hatten Freunde und Familie im Haus, die sie zum Teil schon seit fünfzehn Jahren vermissten, und sie waren nicht da, damit ich sie anstarrte. Ich wollte erfahren, was sie hinter den Spiegeln erlebt hatten, ob es dort wirklich noch einmal das gleiche Haus gab und, wenn ja, was man sah, wenn man aus den Fenstern schaute, ob man es verlassen konnte oder wie die Zeit dort verging. Aber ehe ich solche Fragen stellte, sollte ich alle erst einmal besser kennenlernen.

Und gab es einen besseren Ort dafür als das Frühstückszimmer? Ich freute mich auf die neuen Gesichter und auf die vertrauten, als ich die Treppen hinuntertanzte. Ein frischer Luftzug kam mir entgegen. In der Halle war die große Eingangstür offen, und daneben stand der Butler und schaute hinaus in den sonnengoldenen Park.

»Guten Morgen, Hargreaves!«, rief ich vergnügt.

Der Mann drehte sich um. Es war nicht Hargreaves. Auch wenn er den gleichen schwarzen Anzug trug und eine ähnliche Statur hatte, war es ein deutlich älterer Mann mit silbergrauem Haar über einer Adlernase. »Guten Morgen, Miss Barling«, sagte er und nickte mir knapp zu. »Es freut mich, endlich persönlich Ihre Bekanntschaft zu machen. Mein Name ist Hollis.«

»Entschuldigung«, murmelte ich und fühlte, wie ich rot wurde. Ich knickste hastig. »Ich habe Sie verwechselt … Sie wissen nicht zufällig, wo Hargreaves ist?« Fast hätte ich gesagt ›mein Vater‹, doch ich verkniff es mir. Diejenigen, die es etwas anging, wussten das längst.

»Bedaure, Miss Barling«, antwortete der neue alte Butler. »Ich habe ihn heute noch nirgendwo gesehen.«

Und so sollte es auch bleiben. Hargreaves war verschwunden. Er musste noch in der Nacht gegangen sein, ohne ein Wort des Abschieds und ohne auch nur von Lord und Lady Kettlewood eine Belohnung einzufordern, als hätte er Angst, dass jeder Tag, den er blieb, ihn aufs Neue an das Schachfeld binden könnte. Erst war ich zornig, dass er sich einfach so aus dem Staub gemacht hatte; er war immerhin mein Vater, und jetzt war er weg und ich kannte nicht einmal seinen Vornamen. Aber vielleicht war es besser so. Ich war alt genug, um ihn nicht mehr zu brauchen, und er wollte frei sein. Trotzdem, ich hätte mich gern bei ihm bedankt.

Das Spiel hätte auch ganz anders enden können, wenn er nicht nach meinen Regeln mitgespielt hätte. Er war ein besserer Schachspieler als ich, er hätte mich ohne Weiteres matt setzen können, und nur der Tatsache, dass er da, wo es drauf ankam, ein Gewissen hatte, verdankte ich mein Leben und alles andere. Doch vielleicht war es genau umgekehrt. Vielleicht hatte ich mehr von ihm geerbt, als ich dachte, und genau deswegen mein Gewissen, weil er selbst eines hatte.

So hatte Kettlewood für mich einen Bewohner weniger, noch bevor ich die kennenlernen konnte, die dazugekommen waren. Am Frühstückstisch bei Lady Kettlewood fand ich auch Agnes, die mir so warmherzig einen guten Morgen wünschte, dass ich mich fragen musste, ob anstelle der Frau, die ich gekannt hatte, eine andere dem Spiegel entstiegen war, aber natürlich war sie noch die Gleiche. Doch sie war keine Schachfigur mehr in meiner Hand, musste nicht mehr in der Angst leben, was passierte, wenn ich einen falschen Zug tat, und wir konnten uns endlich treffen wie zwei Fremde. Fremd waren mir auch Mr. und Mrs. Reynard, denen ich freundlich, doch recht distanziert vorgestellt wurde.

Das Frühstück wurde von einem Mädchen serviert, das ich noch nie gesehen hatte. Ich fragte sie nicht, ob sie Sally Bickmore war, weil ich nicht beichten wollte, woher ich ihren Namen kannte. Selbst wenn ich mir denken konnte, dass sie sich lieber ein paar Tage ausgeruht hätte, bevor es wieder an die Arbeit ging, war ich doch froh, dass Tillie endlich nicht mehr alles allein machen musste.

»Ihr Frühstück, Mylady«, sagte sie mit einer heiseren Stimme, die in diesem nicht allzu großen Zimmer einen seltsamen Hall hatte.

»Danke, Sally.« Lady Kettlewood ließ sich nichts anmerken. Sie war vielleicht ein wenig blass um die Nase, aber sie war jeder Zoll eine Lady, ob sie gerade aus dem Spiegel gestiegen war oder nicht, und sie wollte nicht über die Angelegenheit sprechen, erst recht nicht mit einem Dienstmädchen. »Sie können sich entfernen.«

»Das werde ich auch, Mylady«, antwortete das Mädchen. »Ich verlasse dieses Haus noch heute. Ich bleibe keinen Tag länger an einem Ort … wo so etwas passiert.«

Lady Kettlewood verzog immer noch keine Miene. »Wie freundlich, dass Sie uns zumindest noch das Frühstück gebracht haben«, sagte sie gelassen. »Sprechen Sie mit Mrs. Pleasance, damit sie Ihnen ein Zeugnis ausstellt. Nur belästigen Sie mich bitte nicht damit.«

Und das war alles. Eine Lady duldete keine Widerworte.

Etwas hatten die aus dem Spiegel Zurückgekehrten gemein, egal, ob Herrschaften oder Personal. Sie wirkten alle ein wenig verwirrt, und wer wollte es ihnen verdenken? Ich sah Mrs. Reynard mit ihrer linken Hand nach der Teetasse greifen, oder genauer dorthin, wo keine Teetasse war, sie stand auf der anderen Seite des Tellers. Dann stutzte sie, schüttelte den Kopf und nahm die rechte Hand. Ich sah Menschen straucheln und stolpern, unsicher, welcher Fuß nun welcher war.

Doch das Auffälligste war, wie sie sich gegenüber den Spiegeln verhielten. Sie würdigten sie erst keines Blickes, huschten in weiten Bögen vorbei, ehe sie sich wieder heranpirschten, um von der Seite hineinzuspähen, unsichtbar für alles, was herausschauen mochte.

Ich hoffte, es würde sich legen. Ein paar Tage brauchten wir doch alle, um uns an die Veränderungen zu gewöhnen, an die ungewohnte Freiheit, und an diesen Tagen stand die Zeit nicht mehr still in Kettlewood. Die Dinge, die passierten, passierten für immer. Onkel Arthur starb. Wahrscheinlich wäre es schöner gewesen, eine Geburt zu haben, um zu zeigen, dass alles wieder gut war, aber dafür musste jemand ein Kind bekommen, und wer sollte das sein? Ich? Ich war immer noch keine fünfzehn Jahre alt, und bei aller Liebe, Kinder konnten noch zwei, drei Jahre warten. Oder Lorina? Die brauchte dafür erst einmal einen Mann. Bis dahin war uns Onkel Arthur einen Zug voraus, und er starb, einfach so, in der folgenden Nacht.

Es tat mir leid. Er war ein freundlicher Mann gewesen und hatte sich von allen im Haus am ehesten wie meine Familie angefühlt. Selbst wenn auch er mir letztlich nichts als Lügengeschichten erzählt hatte, hatte es mich getröstet, wenn er mir verstohlen über den Tisch hinweg zulächelte.

Doch Onkel Arthur war sehr alt. Das unterbrochene

Spiel hatte ihm Jahre geschenkt, die er sonst nicht gehabt hätte, und ich hoffte, dass es für ihn schöne Jahre gewesen waren. Nun war seine Zeit gekommen. Er war auf dem Weg in den Himmel, wo sein Bruder und seine Eltern auf ihn warteten und wo ich ihn eines Tages wiedersehen würde.

Dreimal hatte er in seinem Leben das Schachspiel spielen müssen, zuletzt als weißer König, immer mit dem Ziel, dass den Kettlewoods neue Kinder geboren werden konnten, ohne dass er selbst jemals heiraten, geschweige denn Vater hätte werden können. Die Kettlewoods durften nicht zu viele werden, sie mussten immer auf das Schachbrett passen. Onkel Arthur hatte getan, was von ihm erwartet wurde, bis zu seinem Tod – in einer Welt aus Spiegeln und Lügen, in der sich jeder seine Wahrheit selbst zusammenbasteln konnte, aus zu vielen Splittern, die nicht alle zu dem gleichen Ganzen gehört haben mussten.

Als Nächstes verschwanden Toby und Will, und auch sie gingen ohne ein Wort. Sie warteten nicht einmal Onkel Arthurs Beerdigung ab, sie nahmen den Weg durch die Seitenpforte, und niemand folgte ihnen. Hinterher stellte sich heraus, dass sie Schmuck von Tobys Mutter mitgenommen hatten und eine Schublade voller Silberbesteck, doch Toby hätte sicherlich das eine oder andere geerbt, und von irgendwas mussten sie schließlich leben. Ich konnte nur hoffen, dass sie auf ihre Weise glücklich werden würden. Ob sie wirklich auf dem Weg nach Amerika waren oder doch nur bis Newport kamen, alles war besser, als zu bleiben und darauf zu warten, dass man sie ins Gefängnis warf für nichts als ihre Liebe.

Ich wusste nicht, was es für Toby bedeutete, sich von Kettlewood zu entfernen. Zwar würde er mit Will so oder so keine Kinder bekommen, aber konnte ein Reynard überhaupt so weit vom Schachbrett entfernt leben? Es wäre schön gewesen, zu glauben, dass ich den Fluch ein für alle Mal gebrochen hatte – die Zeit musste es zeigen. Vielleicht begann in fünfundzwanzig Jahren die nächste Partie, vielleicht kam Toby dann noch einmal zurück, und dann wollte ich gerne erfahren, wie es ihm und Will ergangen war. Jetzt konnte ich nichts weiter tun, als den beiden Glück zu wünschen. Regeln konnten sich ändern, Menschen, und auch Gesetze. Die Zeit sollte es zeigen. Wenigstens lief sie wieder.

Andere, von denen ich erwartet hätte, dass sie Kettlewood so schnell wie möglich den Rücken kehren würden, wollten bleiben. Tillie seufzte lang, dann schüttelte sie den Kopf, als ich sie danach fragte. »Was soll ich sonst machen?«, fragte sie. »Zu meiner Familie zurückgehen, so, wie ich jetzt aussehe? Ich habe so lange kein Geld mehr geschickt, bin so lange nicht nach Hause gekommen, meine Mutter muss doch denken, ich wär tot – und wenn ich dann vor der Tür stehe, als wär ich nie weg gewesen … Meine Mutter ist eine abergläubische Frau. Hat ein Hufeisen über der Tür und weiß, wofür es gut ist. Sie wird denken, die Feen hätten mich geholt, das wird sie. Da bleibe ich lieber hier. Ich könnte es anderswo versuchen und schauen, ob ich es irgendwo bis zur Zofe schaffe – aber hier kenne ich die Herrschaften, und die Herrschaften wissen, was sie an mir haben.«

Doch Tillie war auch nie in Kettlewood hinter den Spiegeln gewesen … Diejenigen, die das hinter sich hatten, wussten es besser. Sally Bickmore war nur die Erste, die ihre Dienstmädchenuniform zurück in den Schrank hängte, ihr Kleid und ihr Gebetbuch nahm und ging. Sie erfuhr nie, dass ich mich an ihren Sachen vergriffen hatte, sodass mir nichts übrig blieb, als dafür Gott selbst um Verzeihung zu bitten. Auch Edith, die gar nicht so viel Zeit auf der anderen Seite verbracht hatte, wollte nicht bleiben. Ein Mitglied des Personals nach dem anderen kündigte, und ich fragte mich, wie Lord Kettlewood das erklären wollte. So viele Jahre hatten sie hier kein neues Personal eingestellt, und jetzt mussten sie fast die gesamte Belegschaft ersetzen. Ich verstand, dass zwar die Schachpartie vorüber war, aber nicht die Zeit der Lügen.

Was blieb noch? Victor blieb, und ich. Er bat mich in sein Zimmer und schloss die Tür, nicht ohne sich zu vergewissern, dass niemand in der Nähe war, um zu lauschen. Mir fiel auf, dass sein Schaukelpferd verschwunden war. Vielleicht hatten wir beide erst einmal genug von schwarzen Pferden, aber es war schade. Ich mochte das Schaukelpferd.

»Iris«, sagte er und nahm meine Hände in seine, und ich war überglücklich, dass er wieder der Alte war. »Ich möchte mit dir reden.«

Ich nickte. »Ich auch mit dir.«

»Ich weiß. Ich kann es mir denken.« Er schaute mir in die Augen und atmete durch. »Wo soll ich anfangen?«

»Damit, dass du mich liebst?«, schlug ich vor. »Das ist jedenfalls das, womit ich anfangen würde. Dass ich dich liebe. Weil es stimmt.«

Er grinste ein bisschen. »Na ja, wenn wir das beide wissen, müssen wir ja nicht mehr drüber reden.« Er lachte über mein dummes Gesicht. »Nein, es ist etwas anderes, das mir gerade sehr auf der Seele liegt. Ich werde mit meinen Eltern reden, aber ich wollte es vorher mit dir besprechen.«

»Ich höre dir zu«, antwortete ich. »Immer.« Trotzdem fühlte ich mein Lächeln zittern. Was seine Eltern über unsere Liebe dachten, wusste ich nur zu gut. Ich hatte meine Schuldigkeit getan, und niemand im Haus musste mehr nach meiner Pfeife tanzen. Warum sollten Lord und Lady Kettlewood mich noch einen Tag länger dabehalten? Ich hatte mich bisher nicht getraut zu fragen, was nun aus mir werden sollte. Und ich hatte Angst. Zwar hatte ich beim Schachspiel mein Leben behalten, aber die Aussicht, Victor nicht wiedersehen zu dürfen, erschien mir plötzlich genauso entsetzlich wie der Tod.

»Mein ganzes Leben lang habe ich gedacht, ich bin der Erbe von Kettlewood«, sagte Victor, ohne meine Hände loszulassen. »Ich bin der einzige Sohn des Earls of Kettlewood. Ich bin mit der Selbstverständlichkeit aufgewachsen, dass ich ihm als Earl nachfolge. Dann begann das Spiel, deine Mutter floh, und ich bin verschwunden. Und als ich dann wiederkam, war es für mich, als wäre ich aus einem langen, irrwitzigen Traum erwacht – und so hätte es auch sein können, niemand im Haus sah auch nur einen Tag älter aus als damals, von Hargreaves abgesehen, aber in der Zwischenzeit hatten meine Eltern ihren Sohn verloren. Das haben sie über mich erzählt, und jetzt, obwohl ich wieder da bin … weiß niemand, dass es mich noch gibt.«

»Und du siehst so jung aus«, fügte ich hinzu.

Victor schüttelte den Kopf. »Ich sehe nicht so jung aus, ich bin so jung! Ich bin nicht wie Lorina, Toby oder Phoebe ein Erwachsener in einem jugendlichen Körper. Ich bin siebzehn Jahre alt, obwohl ich über dreißig sein müsste – und meine Eltern sind in Erklärungsnot. Nicht nur, weil niemand das Geheimnis von Kettlewood kennen darf, sondern vor allem, weil sie so viele Lügen über mich erzählt haben. Ich denke, es ist am besten, wenn ich es ihnen einfach mache. Am besten für uns alle.«

Ich blickte ihn verwirrt an. In diesem Moment klang es für mich, als wollte er sich einen Bart ankleben und so tun, als wäre der verlorene Sohn zurückgekehrt, alles genauso, wie seine Eltern behauptet hatten, und ich fragte mich, warum er sich das antun wollte und wo mein Platz in dem Ganzen sein sollte. Natürlich, wenn er ein Schuft und Herumtreiber war, konnte er sich irgendwo ein Mädchen angelacht haben, aber wollte ich so ein Mädchen sein?

Das alles ging mir durch den Kopf, und ich brachte kein Wort heraus, bis Victor sagte: »Ich denke nicht, dass ich noch ein Earl werden kann – oder werden möchte.«

»Kein Earl«, sagte ich. Mein Herz begann schneller zu pochen, das Blut schoss mir in die Wangen, und ich fühlte, wie sich so viel Glück in mir sammelte, dass ich gar nicht wusste, wohin damit.

Victor fing an zu lachen. »Ich wusste, ich muss dich nicht fragen, ob du mich noch mögen würdest, wenn ich ein einfacher Mann bin!«

»Du wirst nie einfach sein«, antwortete ich und war froh, endlich mein eigenes Lachen hinauslassen zu können. Tatsächlich hätte ich nicht gewusst, wie ich ihn lieben sollte, wenn er ein Earl war, doch das behielt ich für mich. Wir sollten nicht an unserer Liebe zueinander zweifeln müssen, nur weil wir in verschiedenen Welten geboren waren. Er konnte ebenso wenig für seinen Stand wie ich für meinen.

»Du auch nicht.« Victor schüttelte den Kopf. »Ich dachte, vielleicht können wir uns irgendwo in der Mitte treffen?«

»Die Mitte zwischen dir und mir ist hier«, sagte ich und bewegte unsere Hände dorthin. »Weil man hier unser beider Herzen schlagen fühlt.«

Victor antwortete nicht, aber er lächelte auf eine Weise, die ich liebte. Ach was, in diesem Moment liebte ich alles an ihm.

»Die Mitte zwischen einem Earl und einer Fabrikarbeiterin«, sagte Victor. »Es tut mir leid, dass ich dir so eine Entscheidung aufbürden muss – eigentlich will ich nur hier stehen und dich im Arm halten …«

»Dann tu das«, bat ich. »Halt mich. Fest. Ich will dich auch im Arm halten. Wir können dabei miteinander reden.« Ich wusste, dass es ihm ernst war, doch mir war es das erst recht. Ich wollte es nicht nur hören, ich wollte am ganzen Körper fühlen, dass er bereit war, alles aufzugeben, und ich wollte fühlen, dass er dabei glücklich war. Es hätte mir das Herz gebrochen, ihn unglücklich zu sehen, selbst wenn er es für mich tat. In den letzten Tagen hatte ich so viel gelernt über Entscheidungen und ihren Preis, und ich wollte nicht, dass Victor mehr bezahlen musste, als ich selbst zu zahlen bereit gewesen wäre.

Victor legte die Arme um mich und drückte mich an sich. »Niemand hat mich jemals gefragt, ob ich ein Earl werden will«, sagte er, und seine warme Stimme direkt an meinem Ohr jagte mir eine Gänsehaut über den Körper. »Jetzt, nach allem, was passiert ist, frage ich mich zum ersten Mal, ob ich nicht auch für mich entscheiden kann, was ich sein möchte. Und weißt du, was ich gerne wäre?«

Ich schüttelte den Kopf an seiner Schulter. Ich konnte nicht einmal sagen, was ich selbst sein wollte. Ich wollte bei Victor sein, für immer, aber was noch? Wer noch? Ich wusste vieles, was ich nicht wollte. Ich wollte nie wieder in einer Fabrik arbeiten müssen. Ich wollte nicht mehr hungern müssen, nicht mehr frieren und mich nicht mehr anspucken und klein machen und schlagen lassen – aber ich konnte nicht den Rest meines Lebens damit verbringen, etwas nicht zu sein. Ich hatte immer nur bis zum Ende der Partie gedacht.

»Ein Lehrer«, sagte Victor, und dann schwieg er. Er schob mich auf Armeslänge von sich weg und hielt mich auf eine seltsam abwartende Weise. Ich wusste nicht, was er von mir hören wollte.

Ich schüttelte den Kopf. »Rede weiter.«

»Ich dachte, du lachst«, sagte Victor. »Du hast noch nicht gelacht.«

»Warum sollte ich lachen?«, fragte ich. »Ich denke, du bist ein guter Lehrer.« Er wäre vielleicht auch ein guter Earl geworden, nur hatte ich keine Ahnung, was ein Earl zu tun hatte, und von einem Lehrer wusste ich das genau. Lehrer wurden gebraucht. Dringender als Earls.

Victor nickte langsam. »Meine Eltern werden das nicht gerne hören, nur was sollen sie sagen? Sie können es mir nicht verbieten, nicht, nachdem sie so getan haben, als gäbe es mich nicht mehr.«

»Sie wollen auch nur, dass es dir gut geht«, sagte ich. »Lehrer sind keine reichen Leute.«

»Sie würden mich nicht verhungern lassen, denke ich«, erwiderte Victor und seufzte, als ob ihm das leidtäte. »Und dich natürlich auch nicht. Vielleicht ist es auch noch viel zu früh, um sich darüber Gedanken zu machen. Ich bin zu jung, um Lehrer zu sein, aber ich möchte lernen, einer zu werden.«

Ich nickte und nickte immer wilder, als mir Ideen kamen. Nicht nur Ideen für Victor, sondern auch für mich, für uns beide. »Ich will auch lernen!«, rief ich. »Ich habe gerade erst damit angefangen, aber ich will nie wieder aufhören. Wir könnten eine Schule aufmachen. Eine Schule, in der arme

Kinder richtige Sachen lernen können. Nicht nur stricken und beten. Latein und so.«

Victor lachte, als ob ihm ein Stein vom Herzen gefallen wäre und der halbe Hang hinterherkäme. »Na, es gibt sicher wichtigere Sachen als Latein«, sagte er, doch ich kannte kein Halten mehr.

»Eine Schule für alle Kinder«, sagte ich. »Selbst für blinde. Alle.« Ich wusste, für Annie kam das zu spät. Bis wir alt genug waren und gelernt hatten, was Lehrer wissen mussten, war sie selbst eine erwachsene Frau, und sie würde nichts zum Leben haben, das nicht erbettelt oder gestohlen war. Sie tat mir leid, selbst wenn sie es lange aufgegeben hatte, etwas Besseres zu erwarten – doch das hieß nicht, dass es für andere so bleiben musste. Die Dinge konnten sich ändern.

Sie mussten es auch, damit wir so eine Schule haben konnten. Wenn die Kinder in eine richtige Schule gingen, konnten sie für ihre Familien kein Geld verdienen, und so begeistert ich von meinem Einfall sein mochte, wusste ich, dass es nicht einfach werden würde, ihn Wirklichkeit werden zu lassen. Aber es war eine Idee, aus der man etwas machen konnte. Wenn wir einen echten Earl mit seinem Geld hinter uns hatten … Die Kettlewood-Schule für Arme und Blinde … Das klang doch gut.

»Erklär das meinen Eltern!«, sagte Victor. »Wirklich. Sie haben bis jetzt nichts davon gesagt, doch ich denke, dass du eine Belohnung verlangen kannst.«

»Die habe ich schon bekommen«, flüsterte ich und drückte mich an ihn. Tief in mir wusste ich, dass er recht hatte. Victor war meine Belohnung von Victor, nicht von Lord und Lady Kettlewood. »Aber gut, eine Schule nehme ich gerne noch dazu.«

Und wenn sie das alles nicht hören wollten und mich wirklich vor die Tür setzten, nahm ich ihr Geheimnis mit. Was war besser? Wenn die Leute Latein lernten oder wenn sie die Geschichte von Lawrence Aubrey erfuhren? Aber bevor ich den Kettlewoods das androhte, konnten wir erst einmal mit ihnen reden. Sie waren einmal, wenn auch nur für kurze Zeit, meine gütigen Großeltern gewesen. Fragen kostete nichts. Und durchbrennen konnten wir danach noch immer.

Epilog

Ich kehrte schneller nach Leeds zurück, als ich mir das bei meinem Aufbruch vorgestellt hatte, und das nicht in einer goldenen Kutsche. Es war ein bisschen ernüchternd, dass selbst Lords und Ladys mit der Eisenbahn reisten. Victor und ich saßen in der ersten Klasse, und ebenso wenig wie ich auf der Hinfahrt Mr. Whitham gefragt hatte, was die Fahrkarten kosteten, wollte ich das jetzt wissen.
Jedes Mal, wenn wir durch einen Tunnel fuhren, hielt ich mich an Victor fest, nicht, weil ich Angst vor der Dunkelheit gehabt hätte, sondern weil ich fürchtete, er könnte nicht mehr da sein, sobald es wieder hell wurde. Eigentlich sollte unsere Fahrt kein Problem sein – Lord Kettlewood konnte auch nach London reisen, wann immer das Oberhaus tagte, und solange wir nicht vorhatten, lange fortzubleiben, brauchten wir uns wirklich keine Sorgen zu machen. Trotzdem war es eine Art Test. Wir fuhren jetzt nur nach Leeds, um uns um die Angelegenheiten zu kümmern, die ich dort zurückgelassen hatte, aber ich wollte nicht den Rest meines Lebens in Kettlewood festsitzen. Im Gegenteil – je weiter wir von dort wegkamen, desto besser.

Ich kann nicht behaupten, dass sich Lord und Lady Kettlewood über Victors Pläne freuten, doch letzten Endes störten sie sich weniger an mir als daran, dass er sein

Erbe ausschlagen wollte, da er doch der einzige Sohn war und Toby über alle Berge. So machten sie gute Miene, spielten auf Zeit und hofften, dass wir es uns doch noch anders überlegten. Selbst wenn – England wurde von einer Königin regiert, und das seit mehr als vierzig Jahren, dann konnte sicher auch Lorina die Countess of Kettlewood werden. Wenn Lorina einmal heiratete, war sie keine Reynard mehr, und ich mochte die Vorstellung, dass die Zeit der Reynards und Aubreys von Kettlewood nach all den Jahren endlich ein Ende haben sollte. Die Schwierigkeit lag eher darin, zu erklären, wer Lorina war. Sie hatte schließlich weder den Verstand verloren, noch sah sie aus wie jemand um die dreißig. Sie konnte immer noch eine entferntere Verwandte aus London sein, aber wie Lord und Lady Kettlewood sich da jetzt herausreden wollten und was die Queen dazu sagte, sollte wirklich nicht mein Problem sein.

Victor klebte an den Fenstern des Zuges, dass selbst ich mit meiner Neugier kaum hinterherkam. »Ich war noch nie weiter als bis Kettlewood Dorf«, sagte er entschuldigend, und ich lachte – jetzt war ich die erfahrene Reisende, konnte ihm erklären, wie es in einem Bahnhof zuging, und bedauerte, dass ich mir von Mr. Whitham nicht hatte beibringen lassen, wie die Eisenbahn angetrieben wurde, um es jetzt an Victor weitergeben zu können.

»Irgendwie ist es für dich doch auch eine Rückkehr«, sagte ich, froh, dass wir dieses prachtvolle Abteil mit seinen gepolsterten Sitzen für uns allein hatten. »Du warst so viele Jahre bei mir in Leeds, zumindest zum Teil.«

Victor verzog das Gesicht. Er mochte es immer noch nicht, über diese Zeit sprechen zu müssen, und ich wusste, das würde noch seine Weile dauern. Umso mehr freute es mich, dass er mich auf dieser Fahrt begleitete. Ich drückte seine Hand, und er lachte wieder. »Erwarte nicht, dass ich mich dort zurechtfinde«, sagte er. »Ich werde mich heillos verlaufen in dieser riesigen Stadt, wenn du nicht auf mich aufpasst.«

»Oh, und wie ich auf dich aufpassen werde!«, rief ich. »Du bist das Kostbarste, was ich auf der Welt habe. Ich lasse nicht zu, dass dir etwas passiert – und keine Angst, vom Bahnhof ist es nicht weit zu uns.« Nicht weit genug, um eine Droschke zu nehmen. Ich war auf meinen eigenen Füßen gegangen, und auf eigenen Füßen kehrte ich zurück. Auch wenn ich jetzt ein anderes Kleid trug – ich musste mich niemandem mehr beweisen, und wenn Victor mir schon so weit entgegenkam, konnte ich auch ein bisschen mit der Mode gehen. Bis auf die Schuhe. Ich konnte mich an alles gewöhnen, nur nicht an Stiefelchen. Und die speckige alte Ledertasche, die ich in der Hand trug wie einen Schatz, passte auch nicht ins noble Bild.

Doch so stolz ich auch war, schließlich wieder auf dem Bahnsteig zu stehen, auf dem alles angefangen hatte, fühlte ich doch einen Kloß im Hals. Es waren nur ein paar Wochen vergangen, aber das Leben ging weiter, auch in Leeds, und ich musste damit rechnen, dass nichts mehr so war, wie ich es kannte. In Gedanken bereitete ich mich auf das Schlimmste vor, darauf, zu erfahren, dass meine Großmutter in der Zwischenzeit im Armenhaus gestorben war …

Ich atmete durch, um mir Mut zu machen, und musste husten. Die Luft in Leeds war stechend vom Ruß, der Himmel von schweren grauen Wolken verhangen, die keinen Regen trugen. Mit einem verlegenen Lächeln sah ich Victor an, der bedrückt schien angesichts der Trostlosigkeit, die uns umgab. »Willkommen in meiner Heimat«, sagte ich, forscher und vergnügter, als mir zumute war. »Ich hoffe, du bist anständig zu Fuß?«

Ich war froh, dass Victor mitgekommen war – aber mit jedem Schritt, den wir taten, mit jeder Straße, in die wir einbogen, schämte ich mich mehr. Alles war schmutzig. Es herrschte ein Gestank, der nicht nur an den Schornsteinen lag, nach Unrat und Kloake. Eine Gruppe völlig verdreckter Kinder spielte auf der Straße mit einem Huhn, das aussah, als wolle es überall sein außer dort, und dessen weiße Federn der einzige Klecks Sauberkeit an diesem Tag waren. Vorsichtig schielte ich zu Victor hin und sah das Entsetzen in seinen Augen. Wir hätten doch eine Droschke nehmen sollen. Schlamm – und ich hoffte, es war wirklich nur Schlamm – klebte an seinen Schuhen, seinen Hosenbeinen, und er machte zögerliche Schritte, um nicht alles noch schlimmer zu machen. Ein paar Kinder kamen angerannt, um zu betteln, und ich musste sie verscheuchen.

Und so hatte ich gelebt! Sicher, es hatte mir etwas ausgemacht, kein Mensch lebte gerne so, doch es war mir immer normal erschienen. Jetzt fühlte sich ein Teil von mir so fremd wie an dem Tag, als ich nach Kettlewood Hall gekommen war, während ich gleichzeitig überfließen wollte vor Glück, wieder zu Hause zu sein, und es doch nicht schaffte. Jeder, an dem wir vorbeikamen, vom kleinsten Gör bis zum ältesten Greis, hielt inne und starrte uns an.

»Es tut mir leid«, flüsterte Victor. »Das wusste ich nicht … Das konnte ich mir nicht vorstellen –«

»Schon gut«, antwortete ich, obwohl ich wusste, das war es nicht. »Es ist ja nicht deine Schuld.«

Victor nickte, und in seinem Gesicht sah ich eine grimmige Entschlossenheit, die ihm gut stand und ihn erwachsener machte. »Deswegen«, sagte er. »Wenn ich nur einen Tag daran zweifeln sollte, dass meine Entscheidung die richtige war, dann schleif mich bei den Ohren durch diese Straßen, damit ich wieder weiß, wofür ich das machen will. Für wen.«

»Warte, bis du Annie kennenlernst«, sagte ich. Ich betete, dass sie überhaupt noch da war, und verfluchte mich im nächsten Augenblick. Wir hätten nicht herkommen dürfen. Hier standen wir in unseren feinen Kleidern, kamen hereingeschneit, nur um gleich darauf wieder zu verschwinden. Noch nicht mal Geschenke hatte ich dabei! Ich konnte Victor fragen, wie viel Geld er hatte, um es Annie und ihrer Mutter dazulassen, doch selbst wenn – ich war froh, dass Annie blind war.

Die Stufen in unserem Haus ächzten so schlimm wie immer. Das heißt, sie knarzten dort, wo Victor ging; meine Füße erinnerten sich nur zu gut. Ich hatte in diesem Haus gewohnt, seit ich denken konnte. So stieß ich auch unsere Zimmertür auf, ohne zu klopfen, als wäre ich nie fort gewesen. Es war Nachmittag, zu früh, als dass die Frauen schon aus der Fabrik zurück gewesen wären, nur Annie war da, kauerte in ihrem üblichen Winkel neben dem Kamin und schoss hoch, als die Tür aufging.

»Keine Angst, Annie!«, rief ich. »Ich bin es nur, Iris.« Als ob sie mich vergessen hätte in der kurzen Zeit …

Annie stutzte, schnüffelte und schüttelte den Kopf. »Lüg mich nicht an!«, schnaubte sie. »Wer ist der andere?«

Ich winkte Victor herein. Er schaffte es kaum über die Türschwelle, vielleicht, weil er nicht wusste, wo er sich hinstellen sollte. Mit den zwei Betten und der Wäschekommode gab es im Zimmer praktisch keinen Platz mehr. So eng hatte ich es nicht in Erinnerung. In der Luft hing ein schaler Geruch nach Kartoffeln und Rüben. »Das ist Victor Aubrey«, sagte ich, als ob das als Erklärung reichte. »Und Victor, dies ist Annie Randall.«

»Der wird hier aber nicht wohnen!«, sagte Annie. »Wir haben keinen Platz für Männer. Und für dich – das wird dann was eng, schätze ich.« Ein Lächeln huschte über ihr Gesicht, das noch nie einen Menschen lächeln gesehen hatte. »Habt ihr zwei …?«

»Annie, nein!«, rief ich. »Aber ich liebe ihn, das ist kein Geheimnis.« Victor wurde rot.

»Bei dem hast du also die ganze Zeit gesteckt?« Annie lachte. »Und ich dachte, du wärst in Fatalien. Das wird deiner Großmutter nicht gefallen.«

Noch nicht mal jetzt brachte ich es übers Herz, Annie zu sagen, dass Fatalien nur ausgedacht war. Und ich ließ die Chance verstreichen, ihr von Indien zu erzählen, wo es Dämonen mit Löwenköpfen und drei Augen gab und Elefanten, so hoch wie Türme. »Das heißt, sie ist noch hier?« Dass ich erleichtert aufatmete, verwunderte mich selbst am meisten.

»Bis übernächste Woche noch.« Annie zog wieder die Nase hoch, dann trat sie an mich heran und fing an, mein Kleid abzutasten. Ihre Finger fanden Rüschen, wo früher keine gewesen waren, und Knöpfe, die allein mehr wert sein mussten, als sie in der letzten Woche gestohlen hatte. »Du bist verschwunden, ohne deinen Lohn abzuholen. Den hat sie einkassiert. Na, jetzt bist du ja wieder da. Hast es gut getroffen, was?«

Ich nickte. »Annie, da ist so viel, das ich dir erzählen könnte …« Mir versagte die Stimme. Ich hatte es doch in der Hand. Ich konnte Annie nach Kettlewood mitnehmen, damit sie ein Auskommen hatte – sie würde sich schon irgendwie nützlich machen können mit ihren geschickten Fingern, in der Küche vielleicht … Aber Kettlewood war keine Menagerie, wo ich beliebig neue Geschöpfe anschleppen konnte, und Annie kein Zootier. Ich hatte mich dort kreuzunglücklich und fremd gefühlt, hatte nicht vor, den Rest meines Lebens dort verbringen zu müssen, wollte ich das dann ausgerechnet Annie antun?

Annie machte es mir einfach, und ich vermutete, mit Absicht. »Aber nicht jetzt«, sagte sie. »Siehst du nicht, dass ich am Beten bin? Wenn du etwas zu tun haben willst, mach, dass du deine Großmutter findest. Ich habe keine Ahnung, wo sie bleibt. Wollte zum Markt, eh der weg ist, übrig gebliebenes Gemüse besorgen.«

Wieder spähte ich zu Victor hin, und sein Mund war nur noch ein schmaler Strich. Ich sah, wie es in ihm brodelte, und das war gut. Aber ich wusste, dass es nicht ausreichte, jeden reichen Mann einmal in unsere Behausungen zu holen, damit er sah, wie wir leben mussten, und uns danach besser behandelte. Die meisten reichen Leute wussten das längst. Es war ihnen nur egal.

»Soll ich dir nicht mal ein bisschen erzählen? Von Victor und mir?«

Annie wedelte heftig mit den Händen, so wie sie es immer tat, wenn andere den Kopf geschüttelt hätten. »Ich will das nicht hören!« Ihre Augen schwammen in Tränen. »Du hast mir eine Geschichte gegeben, als du verschwunden bist! Die will ich behalten – egal, was dir wirklich passiert ist, das kann niemals so groß sein.«

›Größer noch.‹ Die Worte lagen mir auf den Lippen, doch ich behielt sie für mich. Es reichte, wenn Victor und ich die Geschichte kannten. »Also gut«, sagte ich laut. »Dann mache ich mich auf die Suche nach meiner Großmutter.«

Als ich hinter mir die Tür schloss, nahm ich mir noch vor, dass es nicht zum letzten Mal sein würde. Dass ich noch oft kommen würde, um Annie zu besuchen, dass ich vielleicht sogar einmal für sie sorgen würde, auf meine Weise … »Gott behüte dich, Annie«, sagte ich leise. Wir wussten beide, diesmal war es für immer.

Wir mussten nicht lange vor dem Haus warten, bis meine Großmutter mit ihrem Korb vom Markt zurückkehrte – lang genug, um uns in den Arm zu nehmen, doch zu kurz, um mit Victor über das zu sprechen, was er hier zu sehen bekam. Ich hätte gerne gewusst, was er jetzt dachte. Aber da kam auch schon meine Großmutter. Sie bedachte uns nur mit einem kurzen Blick, bevor sie weiterstapfte.

»Großmutter!«, rief ich. »Warte!«

Sie ließ den Korb sinken und zögerte, bevor sie sich umdrehte und fragte: »Iris?« Ich musste schlucken. Ich glaube, das war das erste Mal, dass sie mich mit meinem Namen ansprach. Ich wollte ihr schon um den Hals fallen, als sie fortfuhr: »Dass du dich erdreistest, hier noch mal aufzuschlagen, nachdem du mich schon um ein Haar ins Armenhaus gebracht hast! Und was willst du in diesem affigen Aufzug?«

Ich zwang mich zu lächeln. »Dir Victor vorstellen, Großmutter. Und dich mitnehmen. Nach Kettlewood.«

Das war das erste Mal, dass meine Großmutter Victor wirklich ansah, dann trat sie rückwärts, schlug das Kreuzzeichen und wollte im Haus verschwinden, doch ich hielt sie am Arm fest.

»Bleib hier! Hör mir zu!«

»Da gibt es nichts zuzuhören.« Alles Blut war aus ihrem Gesicht gewichen und alle Kraft aus ihrer Stimme. »Du hast es also wirklich getan, bist in dieses verdammte Haus gegangen. Dir ist nicht mehr zu helfen. Und jetzt erwartest du auch noch –«

»Ich erwarte gar nichts!«, sagte ich zornig. »Ich bin zurückgekommen, weil es meine Schuldigkeit ist, für dich zu sorgen, Großmutter, aber wenn du nicht willst …« Ich betete insgeheim, dass sie nicht wollte, und fürchtete es zugleich. »Das Haus ist nicht mehr verflucht, dafür habe ich gesorgt, und ich will nur –«

Sie spuckte mich an. Ich starb vor Scham, weil Victor es mitansehen musste. »Lügen!«, rief sie. »Gott hat dieses Haus verflucht, und nur Gott kann den Fluch von ihm nehmen. Und ich – lieber geh ich ins Armenhaus, als auch nur in die Richtung zu atmen!«

Langsam verstand ich. Meine Mutter hatte ihr Geheimnis immer gut vor mir bewahrt, aber das hieß nicht, dass meine Großmutter es nicht kannte. Ich hätte das, was mir passiert war, auch meiner Mutter erzählt, wenn sie noch gelebt hätte. »Also gut«, sagte ich fest. »Wenn ich dich nicht umstimmen kann, dann lass uns dir wenigstens jeden Monat Geld geben, damit du ein Auskommen hast und die Miete bezahlen kannst.«

»Nimm dein verfluchtes Geld und scher dich zum Teufel!«, schrie sie. »Und dann nimm deinen verfluchten Bräutigam und setz nie wieder auch nur einen Fuß in diese Stadt! Du kommst dorther, dann gehörst du auch dorthin – Teufelsbrut!«

Ich ließ sie ziehen. Es war nicht so, wie ich es mir vorgestellt hatte: das tränenreiche Wiedersehen, die Versöhnung und der friedliche Lebensabend, den meine Großmutter voller Dankbarkeit in dem schönen Haus haben würde, nicht ohne Lord und Lady Kettlewood zu piesacken als meine kleine Rache für all die Lügen, die sie mir erzählt hatten. Vielleicht hatte Annie recht. Vielleicht fuhr man manchmal doch besser mit einer Vorstellung als mit der Wahrheit.

Victor nahm mich in den Arm, als ich weinte. »Schon gut«, sagte er und strich mir übers Haar. Ich fühlte seine Hilflosigkeit. »Du hast es versucht.«

Ich schniefte und musste trotzdem lächeln. »Wie meine Mutter«, sagte ich. »Meiner Mutter hättest du alles Gold der Erde versprechen können, sie wäre nicht nach Kettlewood zurückgegangen. Meine Großmutter ist genauso stur. Und ich erst. Kannst du dir vorstellen, den Rest deines Lebens mit so einem bockigen Weibsbild zu verbringen?«

Victor nickte. »Wenn du nicht bockig wärst«, sagte er, »wäre ich jetzt nicht hier. Oder überhaupt irgendwo.«

»Aber die ganze Fahrt für nichts …«, murmelte ich.

»Es war wichtig«, antwortete Victor. »Für mich, und für dich erst recht. Du lässt ihr ihren Stolz. Doch du lässt sie nicht im Stich. Das hättest du dir sonst übel genommen. Und ich kenne jetzt deine Familie.«

Ich nahm seine Hände. »Du«, sagte ich. »Du bist alle Familie, die ich haben will.«

Für die Nacht hatten wir Zimmer in einem Hotel am Bahnhof. Lord Kettlewood hatte sich darum gekümmert; wie er das gemacht hatte, ohne auch nur das Haus zu verlassen, wusste ich nicht, aber wer mit unsichtbaren Klingeln nach dem Dienstmädchen rief, bekam vielleicht auch einfach so ein Hotelzimmer am anderen Ende des Landes. Doch bevor wir dort einkehrten, gab es noch eine letzte Sache, die ich erledigen wollte. Ich nahm Victor mit zu meiner alten Schule.

Erst dachte ich, wir kämen zu spät. Der letzte Unterricht war schon vorbei, und ich vermutete, dass Mr. Whitham längst im Wirtshaus saß. So gern ich ihm Victor vorgestellt hätte – das sollte nicht mit einem Mann passieren, der zu betrunken war, um sich noch auf den Beinen zu halten.

Als ich in der Lehrerwohnung Licht sah, schöpfte ich Hoffnung, aber vielleicht freute ich mich zu früh. Wer wusste schon, ob nicht längst ein neuer Lehrer für Mr. Warwicks Kinderarbeiter zuständig war? Ob Mr. Whitham jemals aus London zurückgekehrt war, nachdem er mir dort abhandengekommen war? Trotzdem klopfte ich an das Fenster. Ich wollte wissen, was aus meinem Lehrer geworden war, und im Zweifelsfall konnte sein Nachfolger es mir verraten.

Ich hörte Schritte hinter dem staubigen Fenster, dann ein Ächzen, als es aufgeschoben wurde. Und als dahinter tatsächlich das vertraute Gesicht von Mr. Whitham auftauchte, war ich davon fast so überrascht wie er von meinem Anblick. Er sah besser aus, als ich ihn in Erinnerung hatte. Der Geruch von Tabakrauch quoll mir entgegen, als hätte er seit Ewigkeiten keine Frischluft ins Zimmer gelassen, aber Alkohol roch ich keinen.

»Iris!«, rief Mr. Whitham, und zum ersten Mal seit meiner Ankunft in Leeds hatte ich das Gefühl, dass sich jemand über das Wiedersehen mit mir freute. »Du bist wieder da!«

Ich nickte. »Frisch aus Kettlewood«, sagte ich, stolz auf mich selbst, wo ich es auf ihn hätte sein müssen. »Ich wollte Ihnen Ihre Tasche zurückbringen.« Wenn die Tasche hätte erzählen können, was sie in der Zeit erlebt hatte … So blieben nur die Bücher, um ihre eigenen Geschichten zu erzählen: das Geschichtsbuch, das über Algebra, und das dritte, von dem ich erst jetzt herausgefunden hatte, dass es von den Völkern im fernen Afrika handelte. Es tat mir fast leid, sie wieder hergeben zu müssen, ohne sie gelesen zu haben, aber sie gehörten mir nicht, und Kettlewood war voller Bücher.

Mr. Whitham starrte mich an, dann die Tasche, dann Victor. »Du kommst nur, um mir meine Tasche zurückzugeben?«

Ich schluckte. Durfte ich diesem Mann, der mir so viel über Moral erzählt hatte, sagen, dass ich verliebt war? Verlobt waren Victor und ich noch nicht, und ich war plötzlich um Worte verlegen. »Mr. Whitham, das ist Victor Aubrey aus Kettlewood, und Victor, dies ist mein Lehrer, Mr. Whitham, von dem ich so viel erzählt habe.«

Es war seltsam, diese Unterhaltung am Fenster zu führen. Aber ich konnte eine derartige Unordnung in dem kleinen Zimmer ausmachen, dass ich nicht fragen mochte, ob Mr. Whitham uns hereinbitten wollte, nachdem wir ihn ohne Vorwarnung überfallen hatten. Dass er noch nüchtern war, erschien mir Glück genug. Doch er hatte offenbar kein Problem damit, Victor durch das Fenster die Hand zu reichen.

»Und?«, fragte er mich dann. »Wie ist es dir ergangen? Hast du Schach spielen können? Oder sonst etwas gebraucht von dem, was ich dir beigebracht habe?«

»Nur eine halbe Partie«, antwortete ich wahrheitsgemäß. »Aber Sie waren ein guter Lehrer. Ohne Sie wäre ich nicht hier – oder zumindest nie weg gewesen.« Ich wusste nicht, was ich noch sagen sollte, und Mr. Whitham nickte nur und schloss das Fenster. Ich dachte schon, er wäre vielleicht gekränkt, als er auch schon die Tür zum Schulraum öffnete.

»Kommt herein«, sagte er. »Ich habe nicht mehr mit Besuch gerechnet, und anbieten kann ich euch auch nichts … nicht guten Gewissens, jedenfalls.« Er lachte kurz und war dabei wieder sehr der Mr. Whitham, den ich gekannt hatte. »Aber setzt euch doch an die Pulte, so müsst ihr zumindest nicht stehen.« Mit einem Seitenblick auf Victor verzog er leicht das Gesicht. Vermutlich war ihm klar, dass Victor aus einer ganz anderen Schicht stammte als die Schüler, an die er gewöhnt war, und Victor seinerseits wusste anscheinend auch nicht recht, wie er mit meinem früheren Lehrer umgehen sollte.

Aber einmal im Schulzimmer wurden wir ungezwungener. Das war nicht wie in dem Zimmer, in dem ich gelebt hatte – Schule war Schule, und Victor blühte sichtlich auf angesichts der Tafel und der Landkarten, als wir uns in eine der vorderen Bänke setzten.

»Erzählt mir mehr!«, bat Mr. Whitham. »Was ist mit deinem Vater, hast du da etwas herausfinden können? Gibt es die übrigen Schachfiguren noch? Und Iris, du hättest die Bücher auch behalten dürfen.«

Ich schüttelte den Kopf. »Die waren nur geliehen«, sagte ich. »Und Kettlewood hat eine richtige Bibliothek. Das würde Ihnen gefallen.« Ich rang mit mir, überlegte, ob ich es wagen konnte, ihm die Geschichte zu erzählen, und ließ es dann sein. Ich musste nicht mit dem Geheimnis der Kettlewoods hausieren gehen, vor allem nicht, wenn Victor daneben saß. »Ich wollte Ihnen eigentlich noch einen Brief schreiben, aber …«

»Oh, den habe ich auch bekommen«, antwortete Mr. Whitham sichtlich zerknirscht. »Was für eine gute Idee von dir – wirklich, es tut mir leid, wie ich mich in London aufgeführt habe. Es war schändlich von mir, dich so sitzen zu lassen. Ich bin heilfroh, dass dir nichts zugestoßen ist.«

Abgesehen davon, dass ich fast meine Seele verloren hätte … Aber das brauchte er nicht zu wissen. »Ich habe mir auch Sorgen um Sie gemacht«, sagte ich fast ein bisschen vorwurfsvoll. »Ich bin auch froh, dass sie gut wieder hier angekommen sind.«

Mr. Whitham nickte. »Das hätten wir uns wohl beide nicht träumen lassen, dass wir uns einmal ausgerechnet hier wiedersehen würden – und du in so einem schönen Kleid und netter Gesellschaft …« Etwas schien ihn zu bedrücken, und ich wollte nicht bohren, aber da seufzte er und redete weiter: »Iris, ich wollte es dir eigentlich schon lange sagen. Dir und meinen anderen Schülerinnen. Es tut mir leid, was ihr durchmachen müsst. Es ist eine Schande, wie ihr behandelt werdet. Wenn man bedenkt, dass ich das alles einmal besser machen wollte – nicht weniger als die Welt retten …«

»Aber das können Sie immer noch!«, platzte es aus mir heraus. »Wenn Sie noch wollen, heißt das. Dann wäre es schön, wenn Sie sich bereithalten würden – wir wollen eine Schule gründen. In fünf Jahren, oder so, brauchen wir noch einen Lehrer.«

Miss Griffith' Akademie für Höhere Töchter liegt in den grünen Hügeln von Lincolnshire, auf halber Strecke zwischen Kettlewood und Leeds. Victor meinte, wir sollten uns irgendwo in der Mitte treffen, und da bin ich nun. Ich bin keine höhere Tochter und werde nie eine sein, aber das ist mir egal. Für die anderen Mädchen bin ich seltsam genug mit meinen fehlenden Fingern, meinen klobigen Schuhen und dem Dialekt, der mich immer als Mitglied der Unterschicht verraten wird, als Mädchen aus dem Norden.

Machen sie es mir leicht? Beileibe nicht. Will ich, dass sie es mir leicht machen? Es wäre gelogen, wenn ich sagen würde, die Hänseleien machten mir nichts aus, aber ich habe Schlimmeres erlebt. Und wenn sie wüssten, dass ich vor meiner Ankunft keinen Tag Unterricht bekommen hatte – jedenfalls nicht das, was Miss Griffith unter Unterricht versteht –, würden sie mich noch ganz anders behandeln, doch sie wissen es nicht, weil ich es mir nicht anmerken lasse. Sie können mich als Trampel bezeichnen oder andere Witze über mich machen, wenn Miss Griffith gerade nicht hinschaut, aber ich gebe niemandem einen Grund, mich dumm zu nennen.

Ich lerne wie ein Schwamm. Ich habe ein Ziel. Die anderen Mädchen schaudern, wenn ich ihnen erzähle, dass ich Lehrerin werden will – sie bedauern mich armes Ding, weil ich gezwungen sein werde, Geld zu verdienen, wo es ihnen selbst darum geht, eine gute Partie zu machen und sich von Miss Griffith eine Bildung verpassen zu lassen, damit sie ihre Ehemänner später nicht zu sehr langweilen. Wahrscheinlich denken sie auch, dass der Earl of Kettlewood mein Schulgeld bezahlt, weil ich seine uneheliche Tochter bin.

Aber damit muss der Earl leben. Bei all den Lügen, die die Kettlewoods verbreitet haben, muss auch einmal eine auf sie zurückfallen. Schulmädchen tuscheln. Und ich spiele die Geheimnisvolle. Manchmal, wenn ich allein bin, stehe ich vor dem Spiegel, lege einen Finger an die Lippen und lächle leise. Und mein Spiegelbild nickt und lächelt verschwörerisch zurück.

Victor geht in Cambridge auf die Universität. Mir wäre es lieber, er wäre weiter weg von Kettlewood, doch seine Eltern haben darauf bestanden. Wir sehen uns in den Ferien. So wird es noch ein paar Jahre gehen, doch ich denke, es geht ganz gut. Wenn wir in Kettlewood sind, fühlte es sich an, als ob dort die Zeit stillstünde, wenn auch auf andere Weise als früher. Lord und Lady Kettlewood fragen Victor jedes Mal, ob er es sich nicht doch anders überlegt hat – aber wenn ich stur sein kann, dann kann Victor das erst recht. Tatsächlich bin ich inzwischen recht gerne in Kettlewood, auch wenn ich mir das niemals hätte träumen lassen. Ich habe den Kettlewoods ihre Lügen noch nicht verziehen und werde das auch so schnell nicht tun. Aber wenn ich dort bin, sehe ich Victor, und das ist es mir wert.

Der neue Gehilfe des Gärtners versteht nicht viel von Rosen, doch es bewundert sie auch niemand mehr so wie Toby, und ich vermute, eigentlich ging es ihm mehr um den Mann, der sie gepflanzt hatte. Ich muss oft an die beiden denken, öfter als an Hargreaves, tatsächlich. Ich kann die beiden verstehen. Ich weiß, wie es ist, jemanden zu lieben und ihn nicht sehen zu dürfen. Für mich ist es furchtbar, warten zu müssen, all die Wochen und Monate, bis ich Victor wieder in die Arme fallen kann. Für Toby waren es die Rosen. Mir geht das Herz auf, wenn ich Latein lerne. Miss Griffith wird nie verstehen, warum meine Augen so glänzen, wenn ich Sätze von Ovid übersetzen darf. »Aurea prima sata est aetas« … Eine geheime Sprache, und jedes Wort heißt Liebe.

Und ist der Fluch gebrochen? Wir wissen es nicht. In einer zugemauerten Nische in der Bibliothek, irgendwo hinter all den Büchern, steht immer noch eine kleine indische Statue. An den Wänden hängen Porträts von Lawrence Aubrey, als wäre der ein Vorfahre, auf den man stolz sein müsste, und durch die Flure tappen zwei Hunde, die seit über zweihundert Jahren tot sein sollten. Man kann nicht alles auf einmal ändern. Doch es fühlt sich trotzdem so an, für mich zumindest, als ob der Bann, der auf dem Haus lag, gebrochen ist.

Die Figuren auf dem Schachbrett stehen bereit, glänzend und sauber, regelmäßig abgestaubt von den neuen Hausmädchen, die nicht wissen, was es damit auf sich hat und die sich vielleicht nur fragen, warum niemand jemals mit den Figuren spielt. Ich frage mich, ob das möglich wäre – einfach ganz normal spielen mit dem Kettlewood-Spiel? Ich will es nicht riskieren. Ich will nicht diejenige sein, welche die nächste Partie auslöst. Aber für den Fall, dass noch mal eine Partie gespielt werden muss, habe ich eine Anleitung geschrieben. Meine erste Handlung als Lehrerin.

»Remis in drei Zügen. Springer vor, Springer zurück, Springer vor, Springer zurück, Springer vor, Springer zurück, Ende.« Es war eine Heidenarbeit, diese Sätze in das Holz des Schachtisches zu ritzen, und ich hoffe, dass die Schrift auch in zweihundert Jahren noch lesbar sein wird. Eine etwas ausführlichere Version, die, in meiner schönsten Handschrift, auch die Regel dazu erklärt, liegt in Stauntons Schachlehrbuch, bei dem ich jedes Mal, wenn ich in Kettlewood bin, dafür sorge, dass es ein kleines bisschen aus dem Regal vorsteht, damit jeder weiß, dass das Buch da ist.

Ich habe nie erfahren, was der Asura mit mir gemacht hat, als er meine Stirn berührte, oder was es mit diesem Zeichen der Acht auf sich hat, das ich offenbar trage. Ja, ich habe nur acht Finger, das Schachfeld hat acht mal acht Felder, aber hat das wirklich etwas zu bedeuten? Nichts gegen ein paar märchenhafte Abenteuer, doch ich hätte mein Leben gerade lieber ein bisschen langweilig und ereignislos.

Nur manchmal, wenn ich morgens aufwache, kribbelt meine Stirn, gerade genug, um mich daran zu erinnern, was passiert ist. Den Asura habe ich nie wiedergesehen, weder im Spiegel noch in meinen Träumen, und ich bin froh darüber. Obwohl ich auch nicht mehr von dem schwarzen und dem weißen Hund träume, habe ich immer noch Angst vor Hunden. Man kann sich ändern. Man muss nur nicht gleich ein völlig anderer Mensch werden.

Ich habe keine Ahnung, ob die Regel, dass ein Spiel unentschieden gegeben wird, wenn dreimal die gleiche Stellung wiederholt wird, eine echte, offizielle Schachregel ist oder doch etwas, das Mr. Whitham sich ausgedacht hat. Jede neue Regel muss irgendwann mal von jemandem erfunden werden. Und wenn sich die Geschichte noch einmal wiederholen sollte – dann machen wir von Anfang an unsere Regeln selbst.

Danksagung

Es soll ja Leute geben, für die ist die Danksagung das Beste an einem Buch. Das würde ich jetzt so nicht unterschreiben – dafür mag ich den Rest des Buches einfach zu sehr –, aber die Leute, denen ich danken möchte, sind das Beste überhaupt, und ohne sie gäbe es heute weder Kettlewood Hall noch seine Spiegel.

Chronologisch muss ich natürlich meinen Eltern als Erstes danken, aber ich habe ihnen das Buch schon gewidmet, und darum sollen sie sich jetzt noch etwas gedulden. Stattdessen will ich mit den Lesern anfangen. Wenn mir für mein »Puppenzimmer« nicht derart viel Liebe entgegengebracht worden wäre, hätte ich vielleicht viele andere Bücher geschrieben, aber nicht ausgerechnet noch eine Gothic Novel. Aber wenn man schwarz auf weiß hat, dass es Leute gibt, die solche Bücher gerne lesen, schreibt es sich noch mal so gut. An dieser Stelle auch ein dickes Dankeschön an Tim Sonderhüsken, der damals glaubte, dass Gaslicht eine Chance verdient hat, und der recht behalten sollte.

Ich danke auch meinen lieben Freunden und Kollegen aus dem *Tintenzirkel*, die von der ersten Idee begeistert waren und mir bis zur letzten Seite beigestanden haben. Um nur ein paar repräsentative Namen zu nennen: Annette Juretzki für ihre Hilfe mit der indischen Mythologie, Kati Gries für ihr unerschöpfliches Wissen über die viktorianische Ära, Daphne Vielmetter, wiewohl nicht selbst im *Tintenzirkel*, für ihre Hilfe mit der Kostümkunde, und Monica Höfkes, Anika Beer und Sabrina Železný weil sowieso, immer und Gurkensalat.

Ich danke meiner unerschütterlichen Agentin Michaela Gröner, die bei diesem Buch so weit über das hinausgegangen ist, was man von einer Agentin erwarten kann, und ohne die dieses Buch vielleicht nie fertig geworden wäre, was blöd ist, wenn man das Manuskript längst verkauft hat. Es gibt zu wenige Literaturpreise für Agenten. Micha, du rockst.

Ich will eigentlich auch meiner großartigen Lektorin Hannah Brosch danken, die sich für dieses Buch dermaßen ins Zeug gelegt hat, dass selbst ich mit meinem Perfektionismus dagegen erblasst bin, aber ich habe jetzt so oft schon das Wort »Danke« verwendet, und Hannah hat mir mit so viel Inbrunst die Wortwiederholungen ausgetrieben, dass ich jetzt erst mal eine Viertelstunde verzweifelt nach einem Synonym suchen gehe. Wieder da. Gibt keins. Daher: Danke, Hannah! Und natürlich auch danke an Natalja Schmidt und Nina Hübner vom Verlag Droemer Knaur, bei denen dieses Buch so ein schönes Zuhause gefunden hat.

Bevor jetzt endlich meine Eltern drankommen, will ich erst noch meinem ebenso geduldigen wie leidgeprüften Mann Christoph danken, der mich schon wieder ein ganzes Buch lang ausgehalten hat, mit allen Nervenzusammenbrüchen, nächtlichen Geistesblitzen und abrupten Themenwandeln, die dazugehören. Danke für Diskussionen über die Passatwinde, Schuhsohlen und Chesterfield-Sofas – vor allem aber für alles, was er mir über das Schachspielen beigebracht hat, und die vielen Ansätze, die es gedauert hat, gemeinsam die Kettlewood-Partie zu einem ansprechend dramatischen Ende zu bringen.

Ich danke auch allen, die mich in den letzten fünfundzwanzig Jahren in meiner Liebe zu Lewis Carrolls »Alice in Wonderland« unterstützt haben und die nun all die kleinen Anspielungen in diesem Buch wiederfinden, und insbesondere Herrn Dr. Stündel für seine großartige Übersetzung und die Erlaubnis, daraus zu zitieren.

Und jetzt meine Eltern. Denen danke ich sowieso. Ohne meine Eltern würde ich heute ganz andere Bücher schreiben. Gut, wahrscheinlich würde ich ohne sie überhaupt keine Bücher schreiben. Aber ohne den reichhaltigen Schatz an Gruselgeschichten, mit denen mein Vater mich versorgt hat, und wenn meine Mutter mir nicht Wilkie Collins' »Frau in Weiß« zu lesen gegeben hätte, wäre ich vielleicht doch eine Krimiautorin geworden. Wobei – die Krimis hatte ich ja auch von ihnen. Danke, Eltern. Danke, Rotraud und Dieter. Ich rede euch zwar schon länger nicht mehr mit Vornamen an, aber ich finde, eure Namen gehören in dieses Buch.

Danke. Danke für alles.

Stolberg, im November 2017,
Maja Ilisch